U0921218

曹雪芹 著
程伟元 高鹗 整理

九州出版社
JIUZHOUPRESS

图书在版编目（CIP）数据

红楼梦：程乙本 /（清）曹雪芹著；孙温，戴敦邦绘. —北京：九州出版社，2017.10
ISBN 978-7-5108-6109-3

Ⅰ. ①红… Ⅱ. ①曹… ②孙… ③戴… Ⅲ. ①章回小说—中国—清代 Ⅳ. ①I242.4

中国版本图书馆CIP数据核字（2017）第246411号

红楼梦：程乙本

作　　者	（清）曹雪芹 著；孙温，戴敦邦 绘
责任编辑	沧　桑
封面设计	潘大鹏
出版发行	九州出版社
地　　址	北京市西城区阜外大街甲35号（100037）
发行电话	（010）68992190/3/5/6
网　　址	www.jiuzhoupress.com
印　　刷	北京利丰雅高长城印刷有限公司
开　　本	710毫米×1000毫米　16开
印　　张	127
字　　数	1200千字
版　　次	2017年10月第1次
印　　次	2023年4月第2次印刷
书　　号	ISBN 978-7-5108-6109-3
定　　价	880.00元

出版说明

《红楼梦》是中国古典小说的巅峰之作，居于四大名著之首，也是一部具有世界影响力的古典小说，堪称中国文学的典范，后世对《红楼梦》的研究也形成了一门显学——红学，且长盛不衰。

关于本书出版和校勘的几个问题，在此做以简要说明。

《红楼梦》在流传的过程中，形成了众多版本，主要分为两大脉络：120 回的程高本和 80 回的脂本。

脂本主要有流传甚广的庚辰本、甲戌本、蒙府本等十几种版本，本套书未选择该系统版本，在此不做赘述。

程高本主要分为 1791 年程伟元、高鹗用活字排印的“程甲本”以及 1792 年在“程甲本”基础上修订的“程乙本”，因“程乙本”为修订版本，自然更为完善，民国的汪原放先生曾做过比较，“程乙本”在“程甲本”基础上改动了 21506 字，主要为：纰缪文字、文言词语的修改等。民国大师胡适非常推崇程乙本，望其普及；台湾著名小说家白先勇先生也较为推崇“程乙本”，并认为该版本为最适合大众阅读的版本；著名海外学者、本书序作者刘再复更是认为高鹗的续书是非常成功的，“把握住前八十回的文心，极为高明又极为妥贴。”“程乙本”的版本优点难以与诸多版本一一举例对比，但作为编者或读者，该版本都是明智之选。

本书的校勘以 1792 年程伟元、高鹗再一次以木活字刊行的程乙本为底本，并尽可能保持底本原貌，对个别的生僻字和错误进行了处理，在不影响阅读的情况下，很多通假字未作改动。对于很多混用字，尽量保持统一。

《红楼梦》为四大名著中篇幅最长的，为节省篇幅，本书未出校文，因古籍出版本身的复杂性和《红楼梦》本身的特点，出版工作很难做到尽善尽美，希望能在有限的时间里，出版一套适合大家阅读的版本，不足之处，请读者不吝指正。

编者

2017 年 11 月

序

一

人民日报《环球人物》杂志社和九州出版社，两家联合重印程乙本《红楼梦》(姑且称为联合版吧)，是个很好的消息。我喜欢一百二十回的程乙本。先前我感悟与讲述《红楼梦》，也常依据以程乙本为底本的校注本（有时也依据以程甲本为底本的排印本)。

喜爱《红楼梦》的人，都知道《红楼梦》的版本有两大脉络。一是“脂本”脉络。所谓脂本，是指流行于乾隆十九年（1754）至五十六年（1791）间的八十回抄本，因附有脂砚斋（曹雪芹的友人或亲人）的眉批，所以称作“脂本”。现在可以知道的脂批《石头记》抄本就有十种以上，包括甲戌本、庚辰本、己卯本、《红楼梦稿》本、戚序本（戚蓼生序)、舒序本（舒元炜序)、梦序本（梦觉主人序)、蒙府本（蒙古王府)、靖藏本（南京靖应鹍，已遗失)、列藏本（列宁格勒）及南京图书馆藏本、郑振铎藏本等。二是“程本”脉络，也可称作“程高本”脉络。程即程伟元，高即高鹗。全书一百二十回，由程伟元于乾隆五十六年（1791）初次以活字排印，简称程甲本。第二年又用活字排印修订稿，通称程乙本。“程本”因为有高鹗的四十回续书，变成一百二十回。也因为有了续书，《红楼梦》的故事便呈现出完整形态。因此，后来各种一百二十回的《红楼梦》版本，均以程甲、乙两本

为基础，甚至署名为曹雪芹、高鹗著。高鹗（1738-1815年），字兰墅，别署“红楼外史”，汉军镶黄旗人，乾隆六十年（1795）进士，官至翰林院侍读。关于高鹗续写的《红楼梦》后四十回，历来争议很大。有人认为，后四十回大体上是曹雪芹散失的遗稿，根本说不上“续”，顶多算是“整理”；有人认为，红楼续书的艺术水平与原书（前八十回）相差太远，高鹗的续写不仅无功，而且有罪，糟蹋了原著。也有人认为，《红楼梦》的续书很多，唯有高鹗的续写抵达原著水平，并使《红楼梦》形成完整结构，其功不可没。面对纷纷的众说，我从未做过褒此抑彼的判断，只维护“一部红楼，各自表述”的自由权利。然而，今天我则要表明：我相信程伟元序文里说的话是真话。他说：“……然原本目录百二十卷……，爰为竭力搜罗，自藏书家甚至故纸堆中，无不留心。数年以来，仅积有二十余卷。一日，偶于鼓担上得十余卷，遂重价购之。……然漶漫不可收拾，乃同友人细加厘剔，截长补短，钞成全部，复为镌板以公同好。《石头记》全书至是始告成矣。”相信此言，意味着《石头记》八十回抄本之后还有遗稿，但散失于民间。程、高二人先是做了“搜罗”（搜集）工作，后又做了“整理”“剪裁”“钞写”等工作。后一项工作，用今天的语言表述，便是“续编”与“续写”。总之，没有程伟元与高鹗的重整、重编、补全，就没有今天完整的一百二十回《红楼梦》全书。除了相信程序所言之外，我相信程、高二人对散失佚稿的“搜”“剔”“截”“补”，不仅是个“续编”过程，也是一个“续写”过程。因此，《红楼梦》全书“前八十回为曹雪芹原著，后四十回为高鹗续书”之说，可以成立。基于此，我不仅要以鲜明的态度肯定高鹗的续编续写之功，而且认为，这是人类文学创作史上的一种奇观。

二

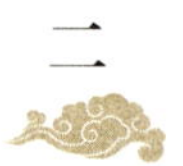

今年四月，香港诚品书局（台湾诚品书局的香港分部）邀请我和白先勇

先生就《红楼梦》作一对话。这一设想，十分美好。先勇兄去年刚推出《细说〈红楼梦〉》大著，特寄赠我一部。这是他在美国加州大学圣塔芭芭拉分校二十九年及台湾大学三个学期的教学成果，也是他一生不断阅读的重要心得。能以此书为主要话题与他对谈，乃是一次极好的学习机会，可惜因为我身在美国，路途太远，力不从心，实在无法为此而作一次万里飞行，只好作罢。诚品书局之所以让我与白先勇兄对话，大约有两个原因。一是我和先勇兄本是好友，彼此相互敬重已久，对话当然会十分愉快；二是先勇兄和我都很喜欢《红楼梦》的程乙本，并且都充分肯定高鹗的四十回续书。先勇兄是当代中国的一流作家，有丰富的创作经验与敏锐的文学感觉，他不赞成张爱玲贬抑高鹗续书（张爱玲著有《红楼梦魇》，并为不能读到曹雪芹的全本而感到终生遗憾），为能够读到程高全本而感到人生充满喜悦，并通过文本细读，一回一回地讲述，娓娓道来，真引人入胜。倘若有机会对话，我当会讲些与他的共通共鸣之处，包括巨著中的哲学意蕴。但我们的阅读方式与阅读重心有所不同，也就难免有些歧见。例如，对于二十二回，我认为这是全书的文眼。林黛玉看出贾宝玉禅偈之弱点，在宝玉的“你证我证，心证意证，是无有证，斯可云证，无可云证，是立足境”二十四字禅偈之后再加“无立足境，是方干净”八个字，极为重要。可惜先勇兄却未论此一情节。我一再说，《红楼梦》两个主人公贾宝玉和林黛玉的内心相通，相思相恋；但一个修的是“爱”的法门（宝玉），一个修的是“智慧”的法门（黛玉），很不相同。在智慧层面上，黛玉处处都高于宝玉一筹，补加“无立足境，是方干净”，也是智高一筹的明证。这一加，显示她已进入庄子的“无待”境界，即完全独立不依的境界。而宝玉则还徘徊在“立足境”之有待境界。诸如这样的认识，我真想与先勇兄商讨。

尽管我和先勇兄对《红楼梦》的阅读方法与认知方法有所不同（大约是微观文本细读与宏观精神把握的差异），但对高鹗续书的看法则十分相近。我缺少先勇兄的创作才华与书写敏感，但也深知高鹗实在不简单。我早就认同林语堂先生对续书的肯定（参见林语堂《平心论高鹗》，1958 年），但直到今天，才得以充分表述。《红楼梦》问世之后续书很多，据我曾寄寓的文学研究所老研究员孙楷第先生的查考，《红楼梦》续书就有《后红楼梦三十回》《续红楼梦三十卷》《续红楼梦四十卷》《绮楼重梦四十八回》《红楼重梦》《红楼复梦一百回》《红楼圆梦三十回》《红楼梦补三十二回》《红楼幻梦二十回》《红楼梦别二十四回》《红楼后梦》《红楼再梦》等。而一粟先生（《〈红楼梦〉资料汇编》编者）则列出更多书目：《后红楼梦》《续红楼梦》《绮楼重梦》《红楼复梦》《红楼圆梦》《红楼梦补》《补红楼梦》《增补红楼梦》《红楼幻梦》《新石头记》《红楼残梦》《红楼余梦》《红楼真梦》《红楼梦别本》《新续红楼梦》《红楼三梦》《红楼后梦》《红楼再梦》《红楼续梦》《再续红楼梦》《三续红楼梦》《红楼补梦》《红楼梦醒》《疑红楼梦》《疑疑红楼梦》《大红楼梦》《红楼翻梦》《红楼二尤》《姽婳将军》《林黛玉笔记》等。而依据《红楼梦》所改编的各种戏曲，更是多得难以计数。但是众多续书，能经得起时间（历史）筛选和读者筛选的，唯有高鹗续作（或续编）的四十回作品。

三

我不仅不是红学家，而且不把《红楼梦》作为研究对象（只作为心灵感应、感悟对象和欣赏对象）。也就是说，对于《红楼梦》，我不做主客分离的逻辑分析。只由主体（接受主体与对象主体）去做“心心相印”。总之，我是享受《红楼梦》的大众的一员，而不是辛苦查考钻研《红楼梦》的小众的一员。相应地，在方法上也只是对前人提供的小说文本和研究成果再做悟证，不做考证与论证。但对《红楼梦》问世之后的一切考证与论证我都衷心尊重，用心领会。哪怕像蔡元培先生那种偏颇的考证（证其巨著具有反清复明的民族主义倾向），我也尽可能去理解，绝不轻薄嘲笑。我早已声明，我讲述《红楼梦》，完全是自身的生命需求，毫无外在目的。如果说有什么学术“企图”的话，那也只是想把《红楼梦》的探索，从考古学与意识形态学拉回文学。所以在讲述中，既不设置政治、道德法庭，也不设置考古实证法庭，只确认“审美法庭”，即只做文学阅读与审美判断。对于高鹗的续书，我之所以肯定它，敢说它是文学创作史上的“奇观”，也是出于审美判断。所谓审美判断，既不是独断，也不是武断，而是“诗断”，即文学判断。也可以说，既不是考证，也不是论证，而是“诗证”，即艺术鉴赏和艺术鉴定。以往讨论高鹗续书时，大都用考证、论证的方法，讨论的中心是它的真伪、可否（是否可能，如俞平伯先生早在 1922 年就发表了《论续书底不可能》）等。这种方法乃是“外证”方法。而我则使用文学批评的“内证”方法，只论美丑与艺术水平，只重文本鉴赏，不在乎文章出自谁的手笔，只要写得好就可以。从青年时代开始，我一直像王国维、胡适、鲁迅那样，把一百二十回作为一部完备的艺术整体来鉴赏，从未觉得后四十回与前八十回有什么天渊之别。说句实在话，四十年前我阅读何其芳作序的人民文学出版社的版本时，还不知道红学界关于后四十回的续书有那么大的分歧与争议。过了若干年，虽明了红学界的争论焦点，也不喜欢续书中“兰桂齐芳”和“沐皇恩延世泽”等俗笔，但并不觉得续书有什么致命伤。此时，我离争论的双方都很远，只是进入纯粹的文学阅读（诗鉴），而且是带着“原著与续著有何差别”的问题进行阅读与判断。读后鉴后，更是理性地认定，后四十回的续作，其文心（审美大局）与前八十回并无根本不同。也就是说，续书大处站得住脚，小处虽有疏漏但可以原谅。小处的俗笔甚至可称败笔的，除了人们常说的“兰桂齐芳”之外，我还觉得宝玉出走后，又写了皇上钦赐匾额，追封宝玉为“文妙真人”，实属画蛇添足，完全没有必要。所谓真人就无须“文妙”俗号，既是“文妙”，便非真人。我尽可能挑剔高氏续书的瑕疵，但最后还是觉得，鲁迅的评价是公平的。他说：“后四十回虽数量止初本之半，而大故迭起，破败死亡相继，与所谓‘食尽鸟飞独存白地’者颇符，惟结末又稍振。”（《中国小说史略·第二十四篇 清之人情小说》）所谓“大故迭起”，意思是说，后四十回，情节密集，大事件一桩接一桩，大故事一个接一个：宝钗出闺，金玉合成；黛玉泪尽，焚稿而亡；宝玉思念，痛触前情；元妃薨逝，贾府抄检，贾母树倒，妙玉遭劫，凤姐病故，甄贾相逢，宝玉出走，或归大荒。确实是“破败死亡相继”，样样扣人心弦。而这些大情节，并非杜撰，而是与原著的“白茫茫大地真干净”（第五回）的预言正相呼应。因此，可以说，鲁迅所说的“颇符”二字，一字千钧。如果用鲁迅的审美眼光看“红楼”，那就应当确认，高氏续书与曹氏原著的大思路相符合。续书中的某些微观俗笔，到底无法否认高鹗宏观上的真墨健笔。

我说高氏续书“大处站得住脚”，乃是指它的两个“大处”即两大结局：一是悲剧结局；二是形而上结局。林黛玉泪尽而亡，贾宝玉离家出走，这都是大结局，而且都是悲剧大结局。王国维的《红楼梦评论》对此赞道：“红楼梦书，与一切喜剧相反，彻头彻尾之悲剧也……吾国之文学，以挟乐天之精神故，故往往说诗歌之正义，善人必令其终，而恶人必离其罚……《红楼梦》则不然……金玉以之合，木石以之离，又岂有蛇蝎之人物，非常之变故，行于期间哉？不过通常之道德、通常之人情、通常之境遇为之而已。由此观之，《红楼梦》者，可谓悲剧中之悲剧也。”王国维这段著名的论断，其立论的根据在哪里？就在后四十回高鹗的续书里。林黛玉之死是谁写出来的？如果不是曹雪芹散失的遗稿，那就是高鹗的手笔。这一小说的“大处”十分精彩又十分深刻。林黛玉之死，不是恶人的结果，而是善人的结果（包括最爱黛玉的贾母与贾宝玉）。贾母与宝玉都在无意之中进入了谋杀黛玉的“共犯结构”，都有一份责任。这才是最为深刻的悲剧。另一主角贾宝玉在黛玉去世之后，丧失心灵支柱，心灰意懒，最后离家出走。在中国，“出走”这种行为语言，既是“反叛”，也是“绝望”。这正是最深刻的悲剧行为与悲剧心理。

说高氏续书“大处站得住”，除了它书写了悲剧结局，还书写了形而上结局，即哲学性的“觉悟”结局。续书如何把握贾宝玉的结局，这是决定作品成败的大难点，又是一个关键点。高鹗在此关键点上，把握住前八十回的文心，极为高明又极为妥贴。

续书第一百一十七回，描写贾宝玉丢失了胸前垂挂的玉石，为此薛宝钗与袭人皆慌成一团，拼命寻找。在这个关键性的瞬间，宝玉说了一句石破天惊的话：“我已经有了心了，要那玉何用？”这是大彻大悟之语，充分形而上品格之语。这说明，续书守持了《红楼梦》原著的心灵本体论，唯有心灵最重要，其他的都可以不在乎。还有第一〇三回，贾雨村到了江津渡口。此时，已修成道人的甄士隐前来开导他放下功名以求解脱，贾雨村却昏昏欲睡，最终不觉不悟。与贾雨村相反，贾宝玉最终大彻大悟，离家出走了。这种结尾深含哲学意蕴，让人回味无穷。87 版电视剧虽很成功（总体构思、演员表演、音乐制作等皆很成功），但结尾却太形而下（如宝玉入狱，王熙凤破席裹尸在雪地里下葬，刘姥姥体现贫下中农阶级品格而仗义救亲等），让人感到唐突，甚至感到如此结局甚有迎合时势之嫌。

我很敬重把自己的一生都献给《红楼梦》研究事业的周汝昌先生，他的成就主要在于考证（尤其是著写了《红楼梦新证》，纠正了胡适关于贾府败落是“坐吃山空”“树倒猢狲散”的“自然趋势”说，而实证了贾府家道中衰乃是人为的政治历史原因），考证功夫登峰造极，而对《红楼梦》文学价值的感悟与认知又在胡适与俞平伯之上（他高度评价《红楼梦》的文学水准，最先判断《红楼梦》抵达世界经典水平）。然而，他对程本的高氏续书却过分贬抑，关于这点，我在为他的弟子梁归智教授所作的《周汝昌传》二版序文中，曾坦率地提出商榷。我说：

我如此高度评价周汝昌先生研究《红楼梦》的成就，并不等于说，我和周汝昌先生的学术观点完全一致。很可惜，我一直未能赢得一个机会直接向周先生请教，如果有这样的机会，我一定会坦率地告诉他，有三个问题老是让我“牵肠挂肚”，很想和他讨论，也可以说是商榷。第一，关于后四十回即高鹗续作的评价。众所周知，周先生以极其鲜明的态度彻底否定高鹗的续作，认定高氏不仅无功，而且有罪。而我却不这么看，我认为周先生的否定只道破部分真理，也就是高鹗续书确实有许多败笔，例如让宝玉与贾兰齐赴科场而且中了举，让皇帝赐予“文妙真人”的名号与匾额，这显然与曹雪芹原有的境界差别太大。但是，后四十回毕竟给《红楼梦》一个形而上的结局，即结局于“心”（当宝钗和袭人还在寻找丢失的通灵玉石时，宝玉声明：我已经有了心了，要那玉何用）。第一〇三回写“急流津觉迷渡口”，贾宝玉实已觉悟，贾雨村却徘徊于江津渡口，虽与甄士隐重逢，并听了甄的“太虚”说法，但还是不觉不悟，昏昏入睡。至此，是佛（觉即佛）是众（迷即众），便见分野了。这种禅式结局乃是哲学境界，难怪牟宗三先生对后四十回要大加赞赏。第二，周先生自己的研究早已超越考证，不知道为什么在定义“红学”时，却把红学限定于考证、探佚、版本等，而把对《红楼梦》文本的鉴赏、审美、批评，逐出《红学》的王国之外，这是不是有点像柏拉图把诗人和戏剧家逐出他的“理想国”？第三，周先生发现脂砚斋可能就是史湘云。在“真事隐”的故事中最后是贾宝玉与史湘云实现“白首双星”的共聚，这很可信，但周先生却由此而独钟湘云，以至觉得《红楼梦》倘若让湘云取代黛玉为第一女主角会更好。这类细节问题，我心藏数个，很想与周先生“争论”一番，可惜山高路远，这种求教的机会恐怕不会有了。想到这里，真是感到遗憾。出国之前，一代红学大师就在附近，我在北京二十七年，竟未能到他那里感受一下他的卓越才华与心灵，这是多大的损失啊。此时，我只能在落基山下向他问候与致敬，并想对他说：“周先生，您是幸福的，因为您的整个人生，都紧紧地连着中华民族最伟大的生命与天才。”

四

《红楼梦》研究，在中国当代已成一门公认的显学。钱锺书先生曾提醒过我：“显学很容易变成俗学。”我在发表关于《红楼梦》的阅读心得时，也特别警惕把《红楼梦》探索庸俗化。

《红楼梦》阅读，像是精神上的奥林匹克运动会，人人都可享受观赏和参与的快乐。谁都承认，《红楼梦》是我国的文学经典，但我多了一层认识，即认定它不是一般的文学经典，而是“经典极品”。

所谓“经典极品”，必须具备三个条件：

第一，它是人类社会精神价值创造最高水准的标志。人类有史以来，有一些天才名字和他的代表作，产生之后便成了我们这个星球地平面上的最高精神水准。如哲学上的柏拉图、亚里士多德、康德、休谟、黑格尔、马克思、笛卡尔等。在文学上，如荷马史诗中的《伊利亚特》、希腊悲剧中的《俄底浦斯王》、但丁的《神曲》、莎士比亚的《哈姆雷特》、塞万提斯的《唐·吉诃德》、歌德的《浮士德》、雨果的《悲惨世界》、托尔斯泰的《战争与和平》、陀思妥耶夫斯基的《卡拉马佐夫兄弟》、卡夫卡的《变形记》《审判》《城堡》等等；而中国唯有一个名字、一部作品能够与这些经典极品并驾齐驱，这就是曹雪芹与他的《红楼梦》。基于这一看法，我虽然高度评价胡适、俞平伯先生的考证之功，但对他们二人看低《红楼梦》水平的说法，总是耿耿于怀。胡适竟然认为“《红楼梦》比不上《儒林外史》，在文学技术上《红楼梦》比不上《海上花列传》，也比不上《老残游记》”。他甚至对苏雪林教授说“原本《红楼梦》也只是一件未成熟的文艺作品”（参见 1960 年 11 月 20 日胡适致苏雪林信，引自《胡适论红学》第 267 页，安徽教育出版社，2006 年版）。说《红楼梦》是一件未成熟的作品，这是什么话？而俞平伯先生也说：“平心看来，《红楼梦》在世界文学中底位置是不很高的。这一类小说，和中国底文学——诗、词、曲，在一个平面上。”（《红楼梦辩》中卷。引自《俞平伯说红楼梦》第 93 页，上海古籍出版社，2000 年版）很明显，胡、俞这两位著名红学家，对《红楼梦》的审美判断（文学价值的估量）是完全错误的。

第二，它是超越时代、超越地域的一种伟大存在。它没有时间的边界，也没有空间的边界，是一种与日月星辰相似的永恒精神存在。叙利亚诗人阿多尼斯说，卓越的诗，不是文化，而是存在。文化是被建构或已建构的完成体，存在则是自在自为之体。《红楼梦》作为一种存在，它诞生之后便会一天天生长，一天天扩展自己的内涵与影响。文化有边界，而存在没有边界。它将永远被感知，被阐释，被开掘，即永远说不尽，一千年一万年之后仍然说不尽。西方有说不尽的《哈姆雷特》，东方则有说不尽的《红楼梦》。也就是说，时间对于《红楼梦》没有意义。它完全是一部超时代的、具有永恒性品格的伟大作品。

第三，它经得起各种文学流派、各种文学思潮不同标准的密集检验，又超越各种文学流派、各种文学思潮的评价尺度。说《红楼梦》是伟大的写实主义作品，不错，因为它真实，无论描写人性还是描写人的生存环境都很真实。它扬弃“大仁大恶”那种脸谱化旧套，呈现“善恶并举”与“无善无罪”的活人真相。《红楼梦》一部小说反映的现实生活比同时代的任何历史著作都更为真实，更为丰富。但它又超越写实主义，因为它不仅写了人间的大梦，而且写了太虚幻境、鬼神感应等，这明明又是浪漫主义。不是小浪漫，而是大浪漫，它展示的图景从天上到地上，从三生石畔到大观园。其精神内涵不仅属于中国，而且属于全世界。它是一部超越中国情结的伟大作品，文本中具有中国的民族特色，但其视野则完全超越中华民族。说它是荒诞主义，也对。他除了描述最美的心灵与最美的形象之外，也写了这个世界的荒诞真实。贾赦、贾琏、贾瑞、贾蓉、薛璠等，全是荒诞的象征。所以我说《红楼梦》不仅是一部伟大的悲剧，而且也是一部伟大的荒诞剧。说它是魔幻主义，也没错。癞头和尚，跛足道人，赤瑕宫神瑛侍者，三生石畔绛珠仙草，哪个不沾玄幻、仙幻、佛幻、警幻？主人公生下来就嘴衔玉石，秦可卿死时与王熙凤相会，林黛玉死后潇湘馆闹鬼等，都带有魔幻色彩。当下有学人拔高《金瓶梅》，说《金瓶梅》比《红楼梦》还好，这种论点显然不妥。我不否认《金瓶梅》确实是一部写实主义的杰作。它不设道德法庭，写出了人性的真实与生存环境的真实，非常精彩。但如果用其他视角观照，例如用“心灵”、“想象力”视角或用“形而上”视角，我们就会发现，它缺少《红楼梦》那种形而上品格和巨大的心灵内涵，其“想象力”也无法与《红楼梦》同日而语。《金瓶梅》虽有写实成就，但就整体文学价值而言，它还是远逊于《红楼梦》。

五

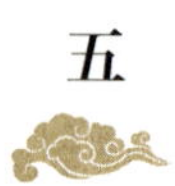

万念归心，以“我已经有心了”作终结，这是一百二十回本（程高本）

最了不起的选择，也是程本为后人说不尽的原因。有了这“心”，程高本就有了灵魂，也就可以立于不败之地了。

完整形态的《红楼梦》，之所以完整，首先是心灵的完整。我曾说过，心灵、想象力、审美形式乃是文学的三大要素，而心灵为第一要素。《红楼梦》的成就是多方面的，但塑造一颗名为“贾宝玉”的心灵，乃是它的第一成就。我曾出版过《贾宝玉论》（北京三联），认为贾宝玉是人类文学史上最纯粹的心灵，它的清澈，如同创世纪第一个早晨的露珠，至真至善至美。这颗心灵不仅没有敌人，也没有坏人，甚至没有“假人”。它没有世俗人通常具有的生命机能，如仇恨机能、报复机能、嫉妒机能、算计机能、排他机能、贪婪机能等等。也就是说，这颗心灵不懂人世间还有《水浒传》的那种凶残之心，嗜杀嗜斗之心，也不知道人世间还有《三国演义》中的那些权术、诡术和心术。他与曹操的“宁负天下人，休教天下人负我”的哲学相反，从不在乎他人对自己“如何如何”，只知道自己该如何对待他人和这个世界。父亲贾政委屈他，冤枉他，把他打得皮破血流，他没有半句怨言和微词。因为父亲如此对待他，这是父亲的事；而他应当如何对待父亲，这是他的做人准则，也是他的精神品格。

2000 年，我在香港城市大学中国文化中心备课，第一次感悟到贾宝玉的心灵时，禁不住内心的激动，真的“拍案而起”了。之所以如此激动，一是为读懂“贾宝玉心灵”本身的精彩内涵；二是为曹雪芹能够塑造出如此光芒万丈的心灵；三是为自己能够有幸地感受到这颗心灵的不同凡响。这有点像王阳明在龙场大彻大悟时的高度亢奋与高度喜悦。王阳明在那一个夜晚终于明白，万物万有中，最重要的是人的心灵。吾心即宇宙，宇宙即吾心；心灵价值无量，心灵决定一切。所以我说，《红楼梦》乃是王阳明之后中国最伟大的心学，不同的只是王阳明的心学是思辨性心学，而《红楼梦》则是意象性心学。如果“心学”二字太学术，那也可以称它为“伟大的心谱”或“伟大的心曲”。抓住贾宝玉的心灵，就抓住了《红楼梦》的“神髓”。小说的语言，小说的故事，小说的框架，都仅是《红楼梦》的“形”；唯有贾宝玉的心灵，是《红楼梦》的“神”。《红楼梦》之所以不仅是情爱故事，就因为它还有更重要的内涵，例如写出贾宝玉，这就给人类社会提供了一种至真至善至美的精神存在。贾宝玉当然是情爱角色，说他是情爱主体并没有错。但贾宝玉不仅是情爱主体，他更重要的是心灵主体。这颗心灵，对待世界、对待社会、对待人生、对待他者的态度都是最合情理、最合天地的态度。

都云作者痴，谁解其中味？《红楼梦》之所以韵味无穷，永远读不尽，说不尽，就在于它拥有贾宝玉的心灵之味，人性及神性之味。林黛玉、薛宝钗、史湘云、秦可卿、探春等诸闺阁女子当然可爱，但她们都是环绕贾宝玉心灵运转的星辰，唯有贾宝玉的心灵，是红楼梦世界的太阳。曹雪芹对中华民族最伟大的贡献，正是他给这个民族塑造了一颗永葆青春、永葆光明的精神太阳。

高鹗的续书没有给这颗太阳减色。相反，他面对这颗太阳不断向读者提示：有了心，就有了一切。人类胸内的心灵比胸外的宝石重千倍，贵万倍。只要捧着这颗心，贾宝玉出家之后无论走到哪个天涯海角，他都是至纯、至善、至贵之身。庄子在2300年前就提出“真人”的人格理想，但他没有描绘出“真人”是什么样。而曹雪芹和高鹗为庄子完成了真人的形象塑造。真人之形，真人之神，真人之心，就是贾宝玉这个样子。文学的事业，是心灵的事业，曹雪芹高举了心灵，高鹗随之高举了心灵。心灵把原著与续书打成一片，连成一部巅峰式的伟大艺术品。

六

去年冬季，我结束香港科技大学人文学院暨高等研究院的客座课程之后，又应公开大学之邀，作了一次全校性的学术演讲，讲题是《“四大名著”的精神分野》。四大名著是指四部长篇小说《三国演义》《水浒传》《西游记》《红楼梦》。我郑重地说明，笼统地通称“四大名著”，有理由，但也有危险。就艺术水平而言（纯粹文学批评），四部小说都堪称经典（《三国演义》和《水浒传》只是一般经典，不是“经典极品”）。但就精神内涵而言，《水浒传》与《三国演义》乃是坏书，二者皆是中国的地狱之门。而《西游记》与《红楼梦》则是好书，二者皆是中国的天堂之门。为什么？因为前二者与后二者的精神方向根本不同，其精神分野可谓天渊之差，霄壤之别。接着，我从心灵分野、意志分野、境界分野等三个方面讲述了四部名著的具体区别。从心灵层面上说，《水浒传》太多凶心即太多砍杀之心，对于主人公李逵、武松的杀人快感，作者的描述也报以快感。《三国演义》则是机心、伪心、权谋之心的大全，全书展示的“三国”逻辑是：谁最会伪装，谁的成功率就最高。而《西游记》《红楼梦》则童心洋溢，佛光普照。《西游记》中的师徒结构，唐僧呈现佛心，孙悟空呈现童心。《红楼梦》童心、佛心双全，主人公贾宝玉的赤子之心，其内涵便是双心并举。童心表现为真心，包括爱情之真，友情之真，亲情之真，世情之真。佛心表现为慈无量心，悲无量心，喜无量心，舍无量心。所以我说，贾宝玉就是准基督，准释迦。释迦牟尼出家之前什么样？大体上是贾宝玉这个样。而贾宝玉出家后会是什么样？大约正是释迦那个样。

心灵分野之外是意志分野。所谓意志，乃是人的内在驱动力，包括行为与心理的驱动力。《三国演义》与《水浒传》的主人公（英雄们）的驱动力，乃是权力意志。不是一般的权力意志，而是最高权力意志，即争夺皇位皇权的欲望。而《西游记》与《红楼梦》的主人公孙悟空与贾宝玉，其行为与心理的驱动力则是自由意志，也就是自由精神本身，也可以说是对自由的向往。不过，孙悟空呈现的是积极自由（著名哲学家比撒亚·柏林把自由区分为积极自由与消极自由），他的大闹龙宫、大闹天宫，乃是积极自由的极致，而走出五指山后的西天取经，则是确认自由并非任性的我行我素，任何自由都包含着某种限定。而贾宝玉的自由意志，乃是消极自由的象征。他不是重在“争取”，而是重在“回避”：回避科举，回避世俗逻辑，回避“立功、立德、立言”等不朽功业的追求。他读诗作诗，沉醉西厢，追求情爱，均无功利之思，与其说是“争取自由”，不如说是回避掌控。从世俗的囚牢中走出来，才是贾宝玉的真性情真意志。

最后是境界分野。哲学家把境界分为自然境界（动物境界）、功利境界、道德境界、天地境界。最低者处于动物境界，如同禽兽。最高者处于天地境界，不仅具有人性，而且具有神性。贾宝玉始终处于佛性的宇宙境界中，处处慈悲待人。作为天外来客，他把佛教的不二法门贯彻到人世间，所以对人没有贵贱之分、尊卑之分、内外之分、主奴之分、敌我之分。他用天眼看人，晴雯就是晴雯，鸳鸯就是鸳鸯，美就是美，生命就是生命。说她们是“奴婢”，是“丫鬟”，是“下人”，那是世俗世界的概念。这些概念从未进入宝玉的脑中与心中。他拒绝生活在世俗世界的浊水中与概念中，所以“处淤（污）泥而不染”，五毒不伤。他爱一切人，理解一切人，宽恕一切人。即使对那个总是想加害他的赵姨娘，他也未曾说过她的一句坏话。即使对贾环那种蓄意用灯油火伤害他眼睛的罪恶行径，他也不予计较，真认定“四海之内皆兄弟”。王国维说，《红楼梦》不同于《桃花扇》，后者是历史，处于历史境界中；而前者则超历史，超时代，处于宇宙境界中。天地境界既高于《三国演义》与《水浒传》的功利境界（一切以“图大业”为转移），也高于包公（包拯）的道德境界。作家不是包公，他们既同情秦香莲，也同情陈世美，面对的只是人性真实与心灵困境。曹雪芹是真作家、大作家，他既悲悯林黛玉，也悲悯薛宝钗。既写出林黛玉的悲剧，也写出薛宝钗的悲剧。因为他立足于天地境界之中，天生一副“博爱”的菩萨心肠和一副“兼美”的天地情怀。

十几年来，我放下其他课题，专注于文学，并在香港科技大学人文学院开设《文学常识二十二讲》和《文学慧悟十八点》的讲座，重新整理自己对文学的认知。在讲述中，我只强调文学的“真实”特性，并且认定，文学的功能只要“见证人性的真实和见证人类生存环境的真实”即可。这一见证功能也是文学创作的唯一出发点，不必选择其他的出发点，包括“谴责”“暴露”“干预生活”“批判社会”等出发点。我说的“真实”，乃是“真际”，而非“实际”。太虚幻境不是“实际”，但它也呈现“真际”。世界异常丰富复杂，人性也异常丰富复杂，作家只能尽可能贴近真际真实，不可能穷尽真理，也不可能抵达那个所谓“世界本体”的“终极”顶端。作家与哲学家一样，对于世界、社会、人生、人性，只能不断去认知、认知、再认知，很难去完成“改造”。即使对于

“国民性”，也只能呈现，而不能从根本上去改造。我的一切文学讲述，均以《红楼梦》为参照系。在此参照系之下，什么是文学？如何创作文学？全都洞若观火。

在《红楼梦》面前，人们常会产生“高山仰止”之感。我除了“如见高山”之外，还觉得“如见星辰”。于是，一打开巨著，总想起康德“天上星辰，地上的道德律”的名句，并悄悄地作了变动，改为“天上星辰，地上的《红楼梦》”。除此之外，我不知道如何表达内心对这部“经典极品”的热爱与敬意了。

刘再复

二〇一七年十月十二日

美国　科罗拉多

目录

第一回

甄士隐梦幻识通灵 贾雨村风尘怀闺秀

此开卷第一回也。作者自云：曾历过一番梦幻之后，故将真事隐去，而借“通灵”之说，撰此《石头记》一书也，故曰“甄士隐”云云。但书中所记何事何人？自己又云：“今风尘碌碌，一事无成。忽念及当日所有之女子，一一细考较去，觉其行止见识皆出我之上；我堂堂须眉，诚不若彼裙钗：我实愧则有馀，悔又无益，大无可如何之日也。当此日，欲将已往所赖天恩祖德，锦衣纨袴之时，饫甘餍肥之日，背父兄教育之恩，负师友规训之德，以致今日一技无成、半生潦倒之罪，编述一集，以告天下：知我之负罪固多，然闺阁中历历有人，万不可因我之不肖，自护己短，一并使其泯灭也。所以蓬牖茅椽，绳床瓦灶，并不足妨我襟怀；况那晨风夕月，阶柳庭花，更觉得润人笔墨。我虽不学无文，又何妨用假语村言敷演出来，亦可使闺阁昭传，复可破一时之闷，醒同人之目，不亦宜乎？”故曰“贾雨村”云云。更于篇中间用“梦”、“幻”等字，却是此书本旨，兼寓提醒阅者之意。

看官：你道此书从何而起？说来虽近荒唐，细玩颇有趣味。

却说那女娲氏炼石补天之时，于大荒山无稽崖，炼成高十二丈、见方二十四丈大的顽石三万六千五百零一块，那娲皇只用了三万六千五百块，单单剩下一块未用，弃在青埂峰下。谁知此石自经锻炼之后，灵性已通，自去自来，可大可小。因见众石俱得补天，独自己无才，不得入选，遂自怨自愧，日夜悲哀。

一日，正当嗟悼之际，俄见一僧一道远远而来，生得骨格不凡，丰神迥异，来到这青埂峰下，席地坐谈。见着这块鲜莹明洁的石头，且又缩成扇坠一般，甚属可爱。那僧托于掌上，笑道："形体倒也是个灵物了，只是没有实在的好处。须得再镌上几个字，使人人见了，便知你是件奇物，然后携你到那昌明隆盛之邦、诗礼簪缨之族、花柳繁华地、温柔富贵乡那里去走一遭。"石头听了大喜，因问："不知可镌何字？携到何方？望乞明示。"那僧笑道："你且莫问，日后自然明白。"说毕，便袖了，同那道人飘然而去，竟不知投向何方。

又不知过了几世几劫，因有个空空道人访道求仙，从这大荒山无稽崖青埂峰下经过，忽见一块大石，上面字迹分明，编述历历。空空道人乃从头一看，原来是无才补天，幻形入世，被那茫茫大士、渺渺真人携入红尘、引登彼岸的一块顽石：上面叙着堕落之乡、投胎之处，以及家庭琐事、闺阁闲情、诗词谜语，倒还全备。只是朝代年纪，失落无考。后面又有一偈云：

无才可去补苍天，枉入红尘若许年。
此系身前身后事，倩谁记去作奇传？

空空道人看了一回，晓得这石头有些来历，遂向石头说道："石兄，你这一段故事，据你自己说来，有些趣味，故镌写在此，意欲闻世传奇。据我看来：第一件，无朝代年纪可考；第二件，并无大贤大忠理朝廷、治风俗的善政，其中只不过几个异样女子，或情或痴，或小才微善。我纵然抄去，也算不得一种奇书。"石头果然答道："我师何必太痴？我想历来野史的朝代，无非假借汉、唐的名色；莫如我这石头所记，不借此套，只按自己的事体情理，反倒新鲜别致。况且那野史中，或讪谤君相，或贬人妻女，奸淫凶恶，不可胜数；更有一种风月笔墨，其淫秽污臭，最易坏人子弟。至于才子佳人等书，则又开口文君，满篇子建，千部一腔，千人一面，且终不能不涉淫滥。在作者不过要写出自己的两首情诗艳赋来，故假捏出男女二人名姓；又必旁添一小人拨乱其间，如戏中小丑一般。更可厌者，'之乎者也'，非理即文，大不近情，自相矛盾。竟不如我这半世亲见亲闻的几个女子，虽不敢说强似前代书中所有之人，但观其事迹原委，亦可消愁破闷；至于几首歪诗，也可以喷饭供酒。其间离合悲欢，兴衰际遇，俱是按迹循踪，不敢稍加穿凿，至失其真。只愿世人当那醉馀睡醒之时，或避事消愁之际，把此一玩，不但是洗旧翻新，却也省了些寿命筋力，不更去谋虚逐妄了。我师意为如何？”

空空道人听如此说，思忖半晌，将这《石头记》再检阅一遍。因见上面大旨不过谈情，亦只是实录其事，绝无伤时诲淫之病，方从头至尾抄写回来，闻世传奇。从此空空道人因空见色，由色生情，传情入色，自色悟空，遂改名情僧，改《石头记》为《情僧录》。东鲁孔梅溪题曰《风月宝鉴》。后因曹雪芹于悼红轩中披阅十载，增删五次，纂成目录，分出章回，又题曰《金陵十二钗》，并题一绝。即此便是《石头记》的缘起。诗云：

满纸荒唐言，一把辛酸泪。
都云作者痴，谁解其中味？

《石头记》缘起既明，正不知那石头上面记着何人何事？看官请听：

按那石上书云：当日地陷东南，这东南有个姑苏城，城中阊门最是红尘中一二等富贵风流之地。这阊门外有个十里街，街内有个仁清巷，巷内有个古庙，因地方狭窄，人皆呼作“葫芦庙”。庙旁住着一家乡宦，姓甄名费，字士隐；嫡妻封氏，性情贤淑，深明礼义。家中虽不甚富贵，然本地也推他为望族了。因这甄士隐禀性恬淡，不以功名为念，每日只以观花种竹、酌酒吟诗为乐，倒是神仙一流人物。只是一件不足：年过半百，膝下无儿；只有一女，乳名英莲，年方三岁。

一日炎夏永昼，士隐于书房闲坐，手倦抛书，伏几盹睡，不觉朦胧中走至一处，不辨是何地方。忽见那厢来了一僧一道，且行且谈。只听道人问道：“你携了此物，意欲何往？”那僧笑道：“你放心。如今现有一段风流公案，正该了结，这一干风流冤家，尚未投胎入世。趁此机会，就将此物夹带于中，使他去经历经历。”那道人道：“原来近日风流冤家又将造劫历世，但不知起于何处，落于何方？”那僧道：“此事说来好笑。只因当年这个石头，娲皇未用，自己却也落得逍遥自在，各处去游玩。一日来到警幻仙子处，那仙子知他有些来历，因留他在赤霞宫中，名他为赤霞宫神瑛侍者。他却常在西方灵河岸上行走，看见那灵河岸上三生石畔有棵绛珠仙草，十分娇娜可爱，遂日以甘露灌溉，这绛珠草始得久延岁月。后来既受天地精华，复得甘露滋养，遂脱了草木之胎，幻化人形，仅仅修成女体，终日游于离恨天外，饥餐秘情果，渴饮灌愁水。只因尚未酬报灌溉之德，故甚至五内郁结着一段缠绵不尽之意。常说：‘自己受了他雨露之惠，我并无此水可还。他若下世为人，我也同去走一遭，但把我一生所有的眼泪还他，也还得过了。’因此一事，就勾出多少风流冤家都要下凡，造历幻缘，那绛珠仙草也在其中。今日这石正该下世，我来特地将他仍带到警幻仙子案前，给他挂了号，同这些情鬼下凡，一了此案。”那道人道：“果是好笑，从来不闻有‘还泪’之说。趁此，你我何不也下世度脱几个，岂不是一场功德？”那僧道：“正合吾意。你且同我到警幻仙子宫中，将这蠢物交割清楚，待这一干风流孽鬼下世，你我再去。如今有一半落尘，然犹未全集。”道人道：“既如此，便随你去来。”

却说甄士隐俱听得明白，遂不禁上前施礼，笑问道：“二位仙师请了。”那僧、道也忙答礼相问。士隐因说道：“适闻仙师所谈因果，实人世罕闻者。但弟子愚拙，不能洞悉明白。若蒙大开痴顽，备细一闻，弟子洗耳谛听，稍能警省，亦可免沉沦之苦了。”二仙笑道：“此乃玄机，不可预泄。到那时只不要忘了我二人，便可跳出火坑矣。”士隐听了，不便再问，因笑道：“玄机固不可泄露，但适云‘蠢物’，不知为何？或可得见否？”那僧说：“若问此物，倒有一面之缘。”说着取出，递与士隐。士隐接了看时，原来是块鲜明美玉，上面字迹分明，镌着“通灵宝玉”四字，后面还有几行小字。正欲细看时，那僧便说已到幻境，就强从手中夺了去。和那道人竟过了一座大石牌坊，上面大书四字，乃是“太虚幻境”。两边又有一副对联道：

假作真时真亦假，无为有处有还无。

士隐意欲也跟着过去，方举步时，忽听一声霹雳，若山崩地陷。士隐大叫一声，定睛看时，只见烈日炎炎，芭蕉冉冉，梦中之事便忘了一半。又见奶母抱了英莲走来。士隐见女儿越发生得粉装玉琢，乖觉可喜，便伸手接来，抱在怀中，斗他玩耍一回。又带至街前，看那过会的热闹。

方欲进来时，只见从那边来了一僧一道：那僧癞头跣足，那道跛足蓬头，疯疯癫癫，挥霍谈笑而至。及到了他门前，看见士隐抱着英莲，那僧便大哭起来，又向士隐道："施主，你把这有命无运、累及爹娘之物抱在怀内作甚？"士隐听了，知是疯话，也不睬他。那僧还说："舍我罢，舍我罢。"士隐不奈烦，便抱着女儿转身。才要进去，那僧乃指着他大笑，口内念了四句言词，道是：

惯养娇生笑你痴，菱花空对雪澌澌。
好防佳节元宵后，便是烟消火灭时。

士隐听得明白，心下犹豫，意欲问他来历，只听道人说道："你我不必同行，就此分手，各干营生去罢。三劫后，我在北邙山等你，会齐了，同往太虚幻境销号。"那僧道："最妙，最妙。"说毕，二人一去，再不见个踪影了。士隐心中此时自忖："这两个人必有来历，很该问他一问，如今后悔却已晚了。"

这士隐正在痴想，忽见隔壁葫芦庙内寄居的一个穷儒，姓贾名化、表字时飞、别号雨村的走来。这贾雨村原系湖州人氏，也是诗书仕宦之族。因他生于末世，父母祖宗根基已尽，人口衰丧，只剩得他一身一口。在家乡无益，因进京求取功名，再整基业。自前岁来此，又淹蹇住了，暂寄庙中安身，每日卖文作字为生，故士隐常与他交接。

当下雨村见了士隐，忙施礼陪笑道："老先生倚门伫望，敢街市上有甚新闻么？"士隐笑道："非也。适因小女啼哭，引他出来作耍。正是无聊的很，贾兄来得正好，请入小斋，彼此俱可消此永昼。”说着，便令人送女儿进去；自携了雨村来至书房中，小童献茶。方谈得三五句话，忽家人飞报：“严老爷来拜。”士隐慌忙起身谢道：“恕诓驾之罪。且请略坐，弟即来奉陪。”雨村起身也让道：“老先生请便。晚生乃常造之客，稍候何妨。”说着，士隐已出前厅去了。

这里雨村且翻弄诗籍解闷，忽听得窗外有女子嗽声。雨村遂起身往外一看，原来是一个丫鬟在那里掐花儿：生的仪容不俗，眉目清秀，虽无十分姿色，却也有动人之处。雨村不觉看得呆了。那甄家丫鬟掐了花儿，方欲走时，猛抬头见窗内有人：敝巾旧服，虽是贫窘，然生得腰圆背厚，面阔口方，更兼剑眉星眼，直鼻方腮。这丫鬟忙转身回避，心下自想：“这人生的这样雄壮，却又这样褴褛。我家并无这样贫窘亲友，想他定是主人常说的什么贾雨村了，怪道又说他必非久困之人，每每有意帮助周济他，只是没什么机会。”如此一想，不免又回头一两次。雨村见他回头，便以为这女子心中有意于他，遂狂喜不禁，自谓此女子必是个巨眼英豪，风尘中之知己。

一时小童进来，雨村打听得前面留饭，不可久待，遂从夹道中，自便门出去了。士隐待客既散，知雨村已去，便也不去再邀。

一日，到了中秋佳节。士隐家宴已毕，又另具一席于书房，自己步月至庙中来邀雨村。

原来雨村自那日见了甄家丫鬟曾回顾他两次，自谓是个知己，便时刻放在心上。今又正值中秋，不免对月有怀，因而口占五言一律云：

未卜三生愿，频添一段愁。
闷来时敛额，行去几回头。
自顾风前影，谁堪月下俦？
蟾光如有意，先上玉人楼。

雨村吟罢，因又思及平生抱负，苦未逢时，乃又搔首对天长叹，复高吟一联云：

玉在椟中求善价，钗于奁内待时飞。

恰值士隐走来听见，笑道："雨村兄真抱负不凡也！"雨村忙笑道："不敢。不过偶吟前人之句，何期过誉如此！"因问："老先生何兴至此？"士隐笑道："今夜中秋，俗谓团圆之节；想尊兄旅寄僧房，不无寂寥之感。故特具小酌，邀兄到敝斋一饮。不知可纳芹意否？"雨村听了，并不推辞，便笑道："既蒙谬爱，何敢拂此盛情。"说着，便同士隐复过这边书院中来了。

须臾茶毕，早已设下杯盘，那美酒佳肴，自不必说。二人归坐，先是款酌慢饮；渐次谈至兴浓，不觉飞觥献斝起来。当时街坊上家家箫管，户户笙歌；当头一轮明月，飞彩凝辉。二人愈添豪兴，酒到杯干。雨村此时已有七八分酒意，狂兴不禁，乃对月寓怀，口占一绝云：

时逢三五便团圞，满把清光护玉栏。
天上一轮才捧出，人间万姓仰头看。

士隐听了，大叫："妙极！弟每谓兄必非久居人下者，今所吟之句，飞腾之兆已现，不日可接履于云霄之上了。可贺，可贺！"乃亲斟一斗为贺。

雨村饮干，忽叹道："非晚生酒后狂言，若论时尚之学，晚生也或可去充数挂名。只是如今行李路费，一概无措，神京路远，非赖卖字撰文，即能到得。"士隐不待说完，便道："兄何不早言。弟已久有此意，但每遇兄时，并未谈及，故未敢唐突。今既如此，弟虽不才，'义利'二字，却还识得。且喜明岁正当大比，兄宜作速入都，春闱一捷，方不负兄之所学。其盘费馀事，弟自代为处置，亦不枉兄之谬识矣。"当下即命小童进去，速封五十两白银并两套冬衣。又云："十九日乃黄道之期，兄可即买舟西上。待雄飞高举，明冬再晤，岂非大快之事！"雨村收了银、衣，不过略谢一语，并不介意，仍是吃酒谈笑。那天已交三鼓，二人方散。

士隐送雨村去后，回房一觉，直至红日三竿方醒。因思昨夜之事，意欲写荐书两封与雨村，带至都中去，使雨村投谒个仕宦之家，为寄身之地。因使人过去请时，那家人回来说："和尚说：贾爷今日五鼓已进京去了，也曾留下话与和尚转达老爷，说：'读书人不在黄道黑道，总以事理为要，不及面辞了。'"士隐听了，也只得罢了。

真是闲处光阴易过，倏忽又是元宵佳节。士隐令家人霍启抱了英莲，去看社火花灯。半夜中霍启因要小解，便将英莲放在一家门槛上坐着。待他小解完了来抱时，那有英莲的踪影。急的霍启直寻了半夜，至天明不见。那霍启也不敢回来见主人，便逃往他乡去了。

那士隐夫妇见女儿一夜不归，便知有些不好；再使几人去找寻，回来皆云影响全无。夫妻二人半世只生此女，一旦失去，何等烦恼，因此昼夜啼哭，几乎不顾性命。

看看一月，士隐已先得病，夫人封氏也因思女搆疾，日日请医问卦。不想这日三月十五，葫芦庙中炸供，那和尚不小心，油锅火逸，便烧着窗纸。此方人家俱用竹篱木壁，也是劫数应当如此，于是接二连三，牵五挂四，将一条街烧得如火焰山一般。彼时虽有军民来救，那火已成了势了，如何救得下，直烧了一夜方熄，也不知烧了多少人家。只可怜甄家在隔壁，早成了一堆瓦砾场了，只有他夫妇并几个家人的性命不曾伤了，急的士隐惟跌足长叹而已。与妻子商议，且到田庄上去住。偏值近年水旱不收，贼盗蜂起，官兵剿捕，田庄上又难以安身。只得将田地都折变了，携了妻子与两个丫鬟，投他岳丈家去。

他岳丈名唤封肃，本贯大如州人氏，虽是务农，家中却还殷实。今见女婿这等狼狈而来，心中便有些不乐。幸而士隐还有折变田产的银子在身边，拿出来托他随便置买些房地，以为后日衣食之计。那封肃便半用半赚的，略与他些薄田破屋。士隐乃读书之人，不惯生理稼穑等事，勉强支持了一二年，越发穷了。封肃见面时，便说些现成话儿；且人前人后，又怨他不会过，只一味好吃懒做。士隐知道了，心中未免悔恨；再兼上年惊唬，急忿怨痛：暮年之人，那禁得贫病交攻，竟渐渐的露出那下世的光景来。

可巧这日拄了拐，扎挣到街前散散心时，忽见那边来了一个跛足道人，疯狂落拓，麻鞋鹑衣，口内念着几句言词道：

世人都晓神仙好，惟有功名忘不了。
古今将相在何方？荒冢一堆草没了。

世人都晓神仙好，只有金银忘不了。
终朝只恨聚无多，及到多时眼闭了。

世人都晓神仙好，只有姣妻忘不了。
君生日日说恩情，君死又随人去了。

世人都晓神仙好，只有儿孙忘不了。
痴心父母古来多，孝顺子孙谁见了？

士隐听了，便迎上来道："你满口说些什么？只听见些'好'、'了'，'好'、'了'。"那道人笑道："你若果听见'好'、'了'二字，还算你明白。可知世上万般，好便是了，了便是好：若不了，便不好；若要好，须是了。我这歌儿便叫《好了歌》。"

士隐本是有夙慧的，一闻此言，心中早已悟彻，因笑道："且住，待我将你这《好了歌》注解出来何如？"道人笑道："你就请解。"士隐乃说道：

陋室空堂，当年笏满床。衰草枯杨，曾为歌舞场。蛛丝儿结满雕梁，绿纱今又在蓬窗上。说甚么脂正浓，粉正香，如何两鬓又成霜？昨日黄土陇头埋白骨，今宵红绡帐底卧鸳鸯。金满箱，银满箱，转眼乞丐人皆谤。正叹他人命不长，那知自己归来丧。训有方，保不定日后作强梁；

择膏粱，谁承望流落在烟花巷。因嫌纱帽小，致使锁枷扛；昨怜破袄寒，今嫌紫蟒长。乱烘烘，你方唱罢我登场，反认他乡是故乡。甚荒唐，到头来，都是为他人作嫁衣裳。

那疯跛道人听了，拍掌大笑道：“解得切，解得切。”士隐便说一声：“走罢。”将道人肩上的搭裢抢过来背上，竟不回家，同着疯道人飘飘而去。

当下哄动街坊，众人当作一件新闻传说。封氏闻知此信，哭个死去活来。只得与父亲商议，遣人各处访寻，那讨音信。无奈何，只得依靠着他父母度日。幸而身边还有两个旧日的丫鬟伏侍，主仆三人，日夜作些针线，帮着父亲用度。那封肃虽然每日抱怨，也无可奈何了。

这日那甄家的大丫鬟在门前买线，忽听得街上喝道之声。众人都说：“新太爷到任了。”丫鬟隐在门内看时，只见军牢、快手一对一对过去，俄而大轿内抬着一个乌帽猩袍的官府来了。那丫鬟倒发了个怔，自思：“这官儿好面善，倒像在那里见过的。”于是进入房中，也就丢过，不在心上。

至晚间正待歇息之时，忽听一片声打的门响，许多人乱嚷，说：“本县太爷的差人来传人问话！”封肃听了，唬得目瞪口呆。

不知有何祸事，且听下回分解。

第二回

贾夫人仙逝扬州城　冷子兴演说荣国府

却说封肃听见公差传唤，忙出来陪笑启问。那些人只嚷："快请出甄爷来。"封肃忙陪笑道："小人姓封，并不姓甄。只有当日小婿姓甄，今已出家一二年了。不知可是问他？"那些公人道："我们也不知什么真假，既是你的女婿，就带了你去面禀太爷便了。"大家把封肃推拥而去。封家各各惊慌，不知何事。

至二更时分，封肃方回来。众人忙问端的，他乃说道："原来新任太爷姓贾名化，本湖州人氏，曾与女婿旧交。因在我家门首看见娇杏丫头买线，只说女婿移住此间，所以来传。我将缘故回明，那太爷感伤叹息了一回。又问外孙女儿，我说看灯丢了。太爷说：'不妨，待我差人去，务必找寻回来。'说了一回话，临走又送我二两银子。"甄家娘子听了，不觉感伤。一夜无话。

次日，早有雨村遣人送了两封银子、四匹锦缎，答谢甄家娘子；又一封密书与封肃，托他向甄家娘子要那娇杏作二房。封肃喜得眉开眼笑，巴不得去奉承太爷，便在女儿前一力撺掇。当夜用一乘小轿，便把娇杏送进衙内去了。雨村欢喜，自不必言；又封百金赠与封肃，又送甄家娘子许多礼物，令其且自过活，以待访寻女儿下落。

却说娇杏那丫头，便是当年回顾雨村的，因偶然一看，便弄出这段奇缘，也是意想不到之事。谁知他命运两济：不承望自到雨村身边只一年，便生一子；又半载，雨村嫡配忽染疾下世，雨村便将他扶作正室夫人。正是：

偶因一回顾，便为人上人。

原来雨村因那年士隐赠银之后，他于十六日便起身赴京。大比之期，十分得意，中了进士，选入外班，今已升了本县太爷。虽才干优长，未免贪酷，且恃才侮上，那同寅皆侧目而视。不上一年，便被上司参了一本，说他貌似有才，性实狡猾；又题了一两件徇庇蠹役、交结乡绅之事：龙颜大怒，即命革职。部文一到，本府各官无不喜悦。那雨村虽十分惭恨，面上却全无一点怨色，仍是嘻笑自若。交代过了公事，将历年所积的宦囊，并家属人等，送至原籍，安顿妥当了，却自己担风袖月，游览天下胜迹。那日偶又游至维扬地方，闻得今年盐政点的是林如海。

这林如海姓林名海，表字如海，乃是前科的探花，今已升兰台寺大夫，本贯姑苏人氏，今钦点为巡盐御史，到任未久。原来这林如海之祖，也曾袭过列侯的，今到如海，业经五世。起初只袭三世，因当今隆恩盛德，额外加恩，至如海之父又袭了一代，到了如海便从科第出身。虽系世禄之家，却是书香之族。只可惜这林家支庶不盛，人丁有限，虽有几门，却与如海俱是堂族，没甚亲支嫡派的。今如海年已五十，只有一个三岁之子，又于去岁亡了；虽有几房姬妾，奈命中无子，亦无可如何之事。只嫡妻贾氏生得一女，乳名黛玉，年方五岁，夫妻爱之如掌上明珠。见他生得聪明俊秀，也欲使他识几个字，不过假充养子，聊解膝下荒凉之叹。

且说贾雨村在旅店偶感风寒，愈后又因盘费不继，正欲得一个居停之所，以为息肩之地。偶遇两个旧友，认得新盐政，知他正要请一西席教训女儿，遂将雨村荐进衙门去。这女学生年纪幼小，身体又弱，功课不限多寡，其馀不过两个伴读丫鬟，故雨村十分省力，正好养病。

看看又是一载有馀，不料女学生之母贾氏夫人一病而亡。女学生奉侍汤药，守丧尽礼，过于哀痛，素本怯弱，因此旧病复发，有好些时不曾上学。雨村闲居无聊，每当风日晴和，饭后便出来闲步。

这一日偶至郊外，意欲赏鉴那村野风光。信步至一山环水漩、茂林修竹之处，隐隐有座庙宇，门巷倾颓，墙垣剥落。有额题曰“智通寺”，门旁又有一副旧破的对联云：

身后有馀忘缩手，眼前无路想回头。

雨村看了，因想道：“这两句文虽甚浅，其意则深。也曾游过些名山大刹，倒不曾见过这话头。其中想必有个翻过筋斗来的，也未可知。何不进去一访？”走入看时，只有一个龙钟老僧在那里煮粥。雨村见了，却不在意。及至问他两句话，那老僧既聋且昏，又齿落舌钝，所答非所问。雨村不奈烦，仍退出来。意欲到那村肆中沽饮三杯，以助野趣，于是移步行来。

刚入肆门，只见座上吃酒之客，有一人起身大笑，接了出来，口内说：“奇遇，奇遇！”雨村忙看时，此人是都中古董行中贸易，姓冷号子兴的，旧日在都相识。雨村最赞这冷子兴是个有作为大本领的人，这子兴又借雨村斯文之名，故二人最相投契。雨村忙亦笑问：“老兄何日到此？弟竟不知。今日偶遇，真奇缘也！”子兴道：“去年岁底到家，今因还要入都，从此顺路找个敝友，说一句话。承他的情，留我多住两日。我也无甚紧事，且盘桓两日，待月半时也就起身了。今日敝友有事，我因闲走到此，不期这样巧遇。”一面说，一面让雨村同席坐了，另整上酒肴来。

二人闲谈慢饮，叙些别后之事。雨村因问：“近日都中可有新闻没有？”子兴道：“倒没有什么新闻，倒是老先生的贵同宗家出了一件小小的异事。”雨村笑道：“弟族中无人在都，何谈及此？”子兴笑道：“你们同姓，岂非一族？”雨村问：“是谁家？”子兴笑道：“荣国贾府中，可也不玷辱老先生的门楣了。”雨村道：“原来是他家。若论起来，寒族人丁却自不少，东汉贾复以来，支派繁盛，各省皆有，谁能逐细考查？若论荣国一支，却是同谱。但他那等荣耀，我们不便去认他，故越发生疏了。”

子兴叹道：“老先生休这样说。如今的这荣、宁两府，也都萧索了，不比先时的光景。”雨村道：“当日宁、荣两宅人口也极多，如何便萧索了呢？”子兴道："正是，说来也话长。"雨村道："去岁我到金陵时，因欲游览六朝遗迹，那日进了石头城，从他宅门前经过：街东是宁国府，街西是荣国府，二宅相连，竟将大半条街占了。大门外虽冷落无人，隔着围墙一望，里面厅殿楼阁，也还都峥嵘轩峻；就是后边一带花园里，树木山石，也都还有葱蔚洇润之气：那里像个衰败之家？"子兴笑道："亏你是进士出身，原来不通。古人有言：'百足之虫，死而不僵。'如今虽说不似先年那样兴盛，较之平常仕宦人家，到底气象不同。如今人口日多，事务日盛，主仆上下都是安富尊荣，运筹谋画的竟无一个；那日用排场，又不能将就省俭。如今外面的架子虽没很倒，内囊却也尽上来了。这也是小事。更有一件大事：谁知这样钟鸣鼎食的人家儿，如今养的儿孙，竟一代不如一代了。"

雨村听说，也道："这样诗礼之家，岂有不善教育之理？别门不知，只说这宁、荣两宅，是最教子有方的，何至如此？"子兴叹道："正说的是这两门呢！等我告诉你：当日宁国公是一母同胞弟兄两个。宁公居长，生了两个儿子。宁公死后，长子贾代化袭了官，也养了两个儿子：长子名贾敷，八九岁上死了；只剩了一个次子贾敬，袭了官，如今一味好道，只爱烧丹炼汞，别事一概不管。幸而早年留下一个儿子，名唤贾珍，因他父亲一心想作神仙，把官倒让他袭了。他父亲又不肯住在家里，只在都中城外，和那些道士们胡羼。这位珍爷也生了一个儿子，今年才十六岁，名叫贾蓉。如今敬老爷不管事了。这珍爷那里干正事，只一味高乐不了，把那宁国府竟翻过来了，也没有敢来管他的人。再说荣府你听，方才所说异事就出在这里。自荣公死后，长子贾代善袭了官，娶的是金陵世家史侯的小姐为妻。生了两个儿子：长名贾赦，次名贾政。如今代善早已去世，太夫人尚在。长子贾赦袭了官，为人却也中平，也不管理家事。惟有次子贾政，自幼酷喜读书，为人端方正直。祖父钟爱，原要他从科甲出身，不料代善临终遗本一上，皇上怜念先臣，即叫长子袭了官；又问还有几个儿子，立刻引见，又将这政老爷赐了个额外主事职衔，叫他入部习学，如今现已升了员外郎。这政老爷的夫人王氏，头胎生的公子名叫贾珠，十四岁进学，后来娶了妻，生了子，不到二十岁，一病就死了。第二胎生了一位小姐，生在大年初一，就奇了。不想隔了十几年，又生了一位公子，说来更奇：一落胞胎，嘴里便衔下一块五彩晶莹的玉来，还有许多字迹。你道是新闻不是？”

雨村笑道：“果然奇异。只怕这人的来历不小。”子兴冷笑道：“万人都这样说，因而他祖母爱如珍宝。那年周岁时，政老爷试他将来的志向，便将世上所有的东西摆了无数叫他抓。谁知他一概不取，伸手只把些脂粉、钗环抓来玩弄。那政老爷便不喜欢，说将来不过酒色之徒，因此不甚爱惜。独那太君还是命根子一般。说来又奇：如今长了十来岁，虽然淘气异常，但聪明乖觉，百个不及他一个；说起孩子话来也奇，他说：‘女儿是水做的骨肉，男子是泥做的骨肉。我见了女儿便清爽，见了男子便觉浊臭逼人。’你道好笑不好笑？将来色鬼无疑了。”

雨村罕然厉色道：“非也。可惜你们不知道这人的来历，大约政老前辈也错以淫魔色鬼看待了。若非多读书识事，加以致知格物之功、悟道参玄之力者，不能知也。”子兴见他说得这样重大，忙请教其故。雨村道：“天地生人，除大仁大恶，馀者皆无大异。若大仁者则应运而生，大恶者则应劫而生；运生世治，劫生世危。尧、舜、禹、汤、文、武、周、召、孔、孟、董、韩、周、程、朱、张，皆应运而生者；蚩尤、共工、桀、纣、始皇、王莽、曹操、桓温、安禄山、秦桧等，皆应劫而生者。大仁者修治天下，大恶者扰乱天下。清明灵秀，天地之正气，仁者之所秉也；残忍乖僻，天地之邪气，恶者之所秉也。今当祚永运隆之日，太平无为之世，清明灵秀之气所秉者，上自朝廷，下至草野，比比皆是。所馀之秀气漫无所归，遂为甘露，为和风，洽然溉及四海。彼残忍乖邪之气，不能荡溢于光天化日之下，遂凝结充塞于深沟大壑之中。偶因风荡，或被云摧，略有摇动感发之意，一丝半缕误而逸出者，值灵秀之气适过，正不容邪，邪复妒正，两不相下；如风水雷电地中既遇，既不能消，又不能让，必致搏击掀发。既然发泄，那邪气亦必赋之于人。假使或男或女偶秉此气而生者，上则不能为仁人为君子，下亦不能为大凶大恶。置之千万人之中，其聪俊灵秀之气，则在千万人之上；其乖僻邪谬不近人情之态，又在千万人之下。若生于公侯富贵之家，则为情痴情种；若生于诗书清贫之族，则为逸士高人；纵然生于薄祚寒门，甚至为奇优，为名娼，亦断不至为走卒健仆，甘遭庸夫驱制。如前之许由、陶潜、阮籍、嵇康、刘伶、王谢二族、顾虎头、陈后主、唐明皇、宋徽宗、刘庭芝、温飞卿、米南宫、石曼卿、柳耆卿、秦少游，近日倪云林、唐伯虎、祝枝山，再如李龟年、黄幡绰、敬新磨、卓文君、红拂、薛涛、崔莺、朝云之流：此皆易地则同之人也。”

子兴道：“依你说，成则公侯败则贼了？”雨村道：“正是这意。你还不知，我自革职以来，这两年遍游各省，也曾遇见两个异样孩子，所以方才你一说这宝玉，我就猜着了八九也是这一派人物。不用远说，只这金陵城内钦差金陵省体仁院总裁甄家，你可知道？”子兴道：“谁人不知，这甄府就是贾府老亲，他们两家来往极亲热的。就是我也和他家往来非止一日了。”雨村笑道：“去岁我在金陵，也曾有人荐我到甄府处馆。我进去看其光景，谁知他家那等荣贵，却是个富而好礼之家，倒是个难得之馆。但是这个学生虽是启蒙，却比一个举业的还劳神。说起来更可笑，他说：‘必得两个女儿陪着我读书，我方能认得字，心上也明白；不然，我心里自己糊涂。’又常对着跟他的小厮们说：‘这“女儿”两个字极尊贵极清净的，比那瑞兽珍禽、奇花异草更觉稀罕尊贵呢。你们这种浊口臭舌，万万不可唐突了这两个字，要紧，要紧。但凡要说的时节，必用净水香茶漱了口方可；设若失错，便要凿牙穿眼的。’其暴虐顽劣，种种异常。只放了学进去，见了那些女儿们，其温厚和平，聪敏文雅，竟变了一个样子。因此，他令尊也曾下死笞楚过几次，竟不能改。每打的吃疼不过时，他便姐姐妹妹的乱叫起来。后来听得里面女儿们拿他取笑：‘因何打急了，只管叫姐妹作什么？莫不叫姐妹们去讨情讨饶？你岂不愧些？’他回答的最妙，他说：‘急痛之时，只叫姐姐妹妹字样，或可解疼，也未可知，因叫了一声，果觉疼得好些。遂得了秘法，每疼痛之极，便连叫姐妹起来了。’你说可笑不可笑？为他祖母溺爱不明，每因孙辱师责子，我所以辞了馆出来的。这等子弟，必不能守祖、父基业，从师友规劝的。只可惜他家几个好姊妹都是少有的。”

子兴道：“便是贾府中现在三个也不错。政老爷的长女名元春，因贤孝才德，选入宫作女史去了。二小姐乃是赦老爷姨娘所出，名迎春；三小姐政老爷庶出，名探春；四小姐乃宁府珍爷的胞妹，名惜春：因史老夫人极爱孙女，都跟在祖母这边，一处读书，听得个个不错。”雨村道：“更妙在甄家风俗：女儿之名，亦皆从男子之名；不似别人家里，另外用这些‘春’、‘红’、‘香’、‘玉’等艳字。何得贾府亦落此俗套？”子兴道：“不然。只因现今大小姐是正月初一所生，故名元春，馀者都从了‘春’字；上一排的却也是从弟兄而来的。现有对证：目今你贵东家林公的夫人，即荣府中赦、政二公的胞妹，在家时名字唤贾敏。不信时你回去细访可知。”雨村拍手笑道：“是极。我这女学生名叫黛玉，他读书凡‘敏’字，他皆念作‘密’字；写字遇着‘敏’字，亦减一二笔。我心中每每疑惑，今听你说，是为此无疑矣。怪道我这女学生言语举止另是一样，不与凡女子相同：度其母不凡，故生此女。今知为荣府之外孙，又不足罕矣。可惜上月其母竟亡故了。”子兴叹道：“老姊妹三个，这是极小的，又没了；长一辈的姊妹，一个也没了。只看这小一辈的将来的东床何如呢。”

雨村道：“正是。方才说政公已有一个衔玉之子，又有长子所遗弱孙，这赦老竟无一个不成？”子兴道：“政公既有玉儿之后，其妾又生了一个，倒不知其好歹。只眼前现有二子一孙，却不知将来何如。若问那赦老爷，也有一子，名叫贾琏，今已二十多岁了，亲上做亲，娶的是政老爷夫人王氏内侄女，今已娶了四五年。这位琏爷身上现捐了个同知，也是不喜正务的；于世路上好机变，言谈去得，所以目今只在乃叔政老爷家住，帮着料理家务。谁知自娶了这位奶奶之后，倒上下无人不称颂他的夫人，琏爷倒退了一舍之地：模样又极标致，言谈又爽利，心机又极深细，竟是个男人万不及一的。”

雨村听了，笑道：“可知我言不谬了。你我方才所说的这几个人，只怕都是那正邪两赋而来一路之人，未可知也。”子兴道：“正也罢，邪也罢，只顾算别人家的帐，你也吃杯酒才好。”雨村道：“只顾说话，就多吃了几杯。”子兴笑道：“说着别人家的闲话，正好下酒，就多吃几杯何妨？”雨村向窗外看道：“天也晚了，仔细关了城，我们慢慢进城再谈，未为不可。”于是二人起身，算还酒钱。方欲走时，忽听得后面有人叫道：“雨村兄恭喜了！特来报个喜信的。”雨村忙回头看时……

要知是谁，且听下回分解。

第三回

托内兄如海荐西宾
接外孙贾母惜孤女

却说雨村忙回头看时，不是别人，乃是当日同僚一案参革的张如圭。他系此地人，革后家居，今打听得都中奏准起复旧员之信，他便四下里寻情找门路，忽遇见雨村，故忙道喜。二人见了礼，张如圭便将此信告知雨村。雨村欢喜，忙忙叙了两句，各自别去回家。冷子兴听得此言，便忙献计，令雨村央求林如海，转向都中去央烦贾政。

雨村领其意而别，回至馆中，忙寻邸报看真确了。次日，面谋之如海。如海道："天缘凑巧。因贱荆去世，都中家岳母念及小女无人依傍，前已遣了男女、船只来接，因小女未曾大痊，故尚未行。此刻正思送女进京。因向蒙教训之恩，未经酬报，遇此机会，岂有不尽心图报之理。弟已预筹之，修下荐书一封，托内兄务为周全，方可稍尽弟之鄙诚；即有所费，弟于内家信中写明，不劳吾兄多虑。"雨村一面打恭，谢不释口；一面又问："不知令亲大人现居何职？只怕晚生草率，不敢进谒。"如海笑道："若论舍亲，与尊兄犹系一家，乃荣公之孙：大内兄现袭一等将军之职，名赦，字恩侯；二内兄名政，字存周，现任工部员外郎，其为人谦恭厚道，大有祖父遗风，非膏粱轻薄之流，故弟致书烦托，否则不但有污尊兄清操，即弟亦不屑为矣。"雨村听了，心下方信了昨日子兴之言，于是又谢了林如海。如海又说："择了出月初二日小女入都，吾兄即同路而往，岂不两便？"雨村唯唯听命，心中十分得意。如海遂打点礼物并饯行之事，雨村一一领了。

那女学生原不忍离亲而去，无奈他外祖母必欲其往，且兼如海说："汝父年已半百，再无续室之意；且汝多病，年又极小，上无亲母教养，下无姊妹扶持。今去依傍外祖母及舅氏姊妹，正好减我内顾之忧，如何不去？”黛玉听了，方洒泪拜别，随了奶娘及荣府中几个老妇登舟而去。雨村另有船只，带了两个小童，依附黛玉而行。

一日到了京都，雨村先整了衣冠，带着童仆，拿了宗侄的名帖，至荣府门上投了。彼时贾政已看了妹丈之书，即忙请入相会。见雨村相貌魁伟，言谈不俗；且这贾政最喜的是读书人，礼贤下士，拯溺救危，大有祖风；况又系妹丈致意：因此优待雨村，更又不同。便极力帮助，题奏之日，谋了一个复职。不上两月，便选了金陵应天府，辞了贾政，择日到任去了，不在话下。

且说黛玉自那日弃舟登岸时，便有荣府打发轿子并拉行李车辆伺候。这黛玉尝听得母亲说，他外祖母家与别人家不同。他近日所见的这几个三等的仆妇，吃穿用度，已是不凡；何况今至其家，都要步步留心，时时在意，不要多说一句话，不可多行一步路，恐被人耻笑了去。自上了轿，进了城，从纱窗中瞧了一瞧，其街市之繁华，人烟之阜盛，自非别处可比。又行了半日，忽见街北蹲着两个大石狮子，三间兽头大门，门前列坐着十来个华冠丽服之人，正门不开，只东、西两角门有人出入；正门之上有一匾，匾上大书“敕造宁国府”五个大字。黛玉想道：“这是外祖的长房了。”

又往西不远，照样也是三间大门，方是荣国府，却不进正门，只由西角门而进。轿子抬着走了一箭之远，将转弯时便歇了轿，后面的婆子也都下来了。另换了四个眉目秀洁的十七八岁的小厮上来抬着轿子，众婆子步下跟随。至一垂花门前落下，那小厮俱肃然退出。众婆子上前打起轿帘，扶黛玉下了轿。

黛玉扶着婆子的手，进了垂花门，两边是超手游廊，正中是穿堂，当地放着一个紫檀架子大理石屏风。转过屏风，小小三间厅房。厅后便是正房大院：正面五间上房，皆是雕梁画栋；两边穿山游廊、厢房，挂着各色鹦鹉、画眉等雀鸟。台阶上坐着几个穿红着绿的丫头，一见他们来了，都笑迎上来道：

“刚才老太太还念诵呢，可巧就来了。”于是三四人争着打帘子。一面听得人说：“林姑娘来了。”

黛玉方进房，只见两个人扶着一位鬓发如银的老母迎上来。黛玉知是外祖母了，正欲下拜，早被外祖母抱住，搂入怀中，“心肝儿肉”叫着大哭起来。当下侍立之人无不下泪，黛玉也哭个不休。众人慢慢解劝，那黛玉方拜见了外祖母。贾母方一一指与黛玉道：“这是你大舅母。这是二舅母。这是你先前珠大哥的媳妇珠大嫂子。”黛玉一一拜见。贾母又说：“请姑娘们。今日远客来了，可以不必上学去。”众人答应了一声，便去了两个。

不一时，只见三个奶妈并五六个丫鬟，拥着三位姑娘来了：

> 第一个肌肤微丰，身材合中，腮凝新荔，鼻腻鹅脂，温柔沉默，观之可亲；第二个削肩细腰，长挑身材，鸭蛋脸儿，俊眼修眉，顾盼神飞，文彩精华，见之忘俗；第三个身量未足，形容尚小：其钗环裙袄，三人皆是一样的妆束。

黛玉忙起身，迎上来见礼，互相厮认，归了坐位。丫鬟送上茶来。不过叙些黛玉之母如何得病，如何请医服药，如何送死发丧。不免贾母又伤感起来，因说：“我这些女孩儿，所疼的独有你母亲。今一旦先我而亡，不得见面，怎不伤心！”说着，携了黛玉的手，又哭起来。众人都忙相劝慰，方略略止住。

众人见黛玉年纪虽小，其举止言谈不俗；身体面貌虽弱不胜衣，却有一段风流态度，便知他有不足之症。因问：“常服何药？为何不治好了？”黛玉道：“我自来如此，从会吃饭时便吃药到如今了，经过多少名医，总未见效。那一年我才三岁，记得来了一个癞头和尚，说要化我去出家，我父母自是不从。他又说：‘既舍不得他，但只怕他的病，一生也不能好的；若要好时，除非从此以后，总不许见哭声，除父母之外，凡有外亲，一概不见，方可平安了此一生。’这和尚疯疯癫癫，说了这些不经之谈，也没人理他。如今还是吃人参养荣丸。”贾母道：“这正好，我这里正配丸药呢，叫他们多配一料就是了。”

一语未完，只听后院中有笑语声，说："我来迟了，没得迎接远客。"黛玉思忖道："这些人个个皆敛声屏气如此，这来者是谁，这样放诞无礼？"心下想时，只见一群媳妇、丫鬟拥着一个丽人，从后房进来。这个人打扮与姑娘们不同，彩绣辉煌，恍若神妃仙子：

头上戴着金丝八宝攒珠髻，绾着朝阳五凤挂珠钗；项上戴着赤金盘螭缨络圈；身上穿着缕金百蝶穿花大红云缎窄褃袄，外罩五彩刻丝石青银鼠褂；下着翡翠撒花洋绉裙。一双丹凤三角眼，两弯柳叶吊梢眉。身量苗条，体格风骚。粉面含春威不露，丹唇未启笑先闻。

黛玉连忙起身接见。贾母笑道："你不认得他。他是我们这里有名的一个泼辣货，南京所谓'辣子'，你只叫他'凤辣子'就是了。"黛玉正不知以何称呼，众姊妹都忙告诉黛玉道："这是琏二嫂子。"黛玉虽不曾识面，听见他母亲说过：大舅贾赦之子贾琏，娶的就是二舅母王氏的内侄女，自幼假充男儿教养，学名叫做王熙凤。黛玉忙陪笑见礼，以"嫂"呼之。

这熙凤携着黛玉的手，上下细细打量了一回，便仍送至贾母身边坐下，因笑道："天下真有这样标致人儿！我今日才算看见了。况且这通身的气派，竟不像老祖宗的外孙女儿，竟是嫡亲的孙女儿似的，怨不得老祖宗天天嘴里心里放不下。只可怜我这妹妹这么命苦，怎么姑妈偏就去世了呢？"说着便用帕拭泪。贾母笑道："我才好了，你又来招我；你妹妹远路才来，身子又弱，也才劝住了：快别再提了。"熙凤听了，忙转悲为喜道："正是呢，我一见了妹妹，一心都在他身上，又是喜欢，又是伤心，竟忘了老祖宗了。该打，该打！"又忙拉着黛玉的手问道："妹妹几岁了？可也上过学？现吃什么药？在这里别想家。要什么吃的，什么玩的，只管告诉我；丫头、老婆们不好，也只管告诉我。"黛玉一一答应。一面熙凤又问人："林姑娘的东西可搬进来了？带了几个人来？你们赶早打扫两间屋子，叫他们歇歇儿去。"

说话时已摆了果茶上来，熙凤亲自布让。又见二舅母问他："月钱放完了没有？"熙凤道："放完了。刚才带了人到后楼上找缎子，找了半日，也没见昨儿太太说的那个。想必太太记错了。"王夫人道："有没有，什么要紧！"因又说道："该随手拿出两个来，给你这妹妹裁衣裳啊。等晚上想着，再叫人去拿罢。"熙凤道："我倒先料着了，知道妹妹这两日必到，我已经预备下了。等太太回去过了目，好送来。"王夫人一笑，点头不语。

当下茶果已撤，贾母命两个老嬷嬷带黛玉去见两个舅舅去。维时贾赦之妻邢氏忙起身笑回道："我带了外甥女儿过去，到底便宜些。"贾母笑道："正是呢，你也去罢，不必过来了。"那邢夫人答应了，遂带着黛玉，和王夫人作辞，大家送至穿堂。垂花门前早有众小厮拉过一辆翠幄清油车来，邢夫人携了黛玉坐上，众老婆们放下车帘，方命小厮们抬起。拉至宽处，驾上驯骡，出了西角门往东，过荣府正门，入一黑油漆大门内，至仪门前方下了车。邢夫人挽着黛玉的手进入院中。黛玉度其处必是荣府中之花园隔断过来的。进入三层仪门，果见正房、厢房、游廊悉皆小巧别致，不似那边的轩峻壮丽，且院中随处之树木山石皆好。及进入正室，早有许多艳妆丽服之姬妾、丫鬟迎着。

邢夫人让黛玉坐了；一面令人到外书房中请贾赦。一时回来说："老爷说了：'连日身上不好，见了姑娘，彼此伤心，暂且不忍相见。劝姑娘不必伤怀想家，跟着老太太和舅母，是和家里一样的。姐妹们虽拙，大家一处作伴，也可以解些烦闷。或有委屈之处，只管说，别外道了才是。'"

黛玉忙站起身来，一一答应了。再坐一刻便告辞，邢夫人苦留吃过饭去。黛玉笑回道："舅母爱惜赐饭，原不应辞；只是还要过去拜见二舅舅，恐去迟了不恭，异日再领。望舅母容谅。"邢夫人道："这也罢了。"遂命两个嬷嬷用方才坐来的车送过去。于是黛玉告辞。邢夫人送至仪门前，又嘱咐了众人几句，眼看着车去了方回来。

一时黛玉进入荣府，下了车，只见一条大甬路直接出大门来。众嬷嬷引着，便往东转弯，走过一座东西穿堂，向南大厅之后，仪门内大院落：上面五间大正房，两边厢房鹿顶，耳房钻山，四通八达，轩昂壮丽，比各处不同。黛玉便知这方是正内室。进入堂屋，抬头迎面先见一个赤金九龙青地大匾，匾上写着斗大三个字，是“荣禧堂”；后有一行小字：“某年月日书赐荣国公贾源”，又有“万幾宸翰”之宝。大紫檀雕螭案上，设着三尺多高青绿古铜鼎，悬着待漏随朝墨龙大画，一边是錾金彝，一边是玻璃盆。地下两溜十六张楠木圈椅。又有一副对联，乃是乌木联牌镶着錾金字迹，道是：

座上珠玑昭日月，堂前黼黻焕烟霞。

下面一行小字是：“世教弟勋袭东安郡王穆莳拜手书”。

原来王夫人时常居坐宴息也不在这正室中，只在东边的三间耳房内。于是嬷嬷们引黛玉进东房门来。临窗大炕上铺着猩红洋毯，正面设着大红金钱蟒引枕，秋香色金钱蟒大条褥；两边设一对梅花式洋漆小几：左边几上摆着文王鼎，鼎旁匙箸、香盒；右边几上摆着汝窑美人觚，里面插着时鲜花草。地下面，西一溜四张大椅，都搭着银红撒花椅搭，底下四副脚踏；两边又有一对高几，几上茗碗、瓶花俱备。其馀陈设，不必细说。

老嬷嬷让黛玉上炕坐。炕沿上却也有两个锦褥对设。黛玉度其位次，便不上炕，只就东边椅上坐了。本房的丫鬟忙捧上茶来。黛玉一面吃了，打量这些丫鬟们妆饰衣裙，举止行动，果与别家不同。

茶未吃了，只见一个穿红绫袄、青绸掐牙背心的一个丫鬟走来笑道：“太太说，请林姑娘到那边坐罢。”老嬷嬷听了，于是又引黛玉出来，到了东廊三间小耳房内。正面炕上横设一张炕桌，上面堆着书籍、茶具；靠东壁面西设着半旧的青缎靠背、引枕。王夫人却坐在西边下首，亦是半旧青缎靠背、坐褥。见黛玉来了，便往东让。黛玉心中料定这是贾政之位。因见挨炕一溜三张椅子上也搭着半旧的弹花椅袱，黛玉便向椅上坐了。王夫人再三让他上炕，他方挨王夫人坐下。王夫人因说：“你舅舅今日斋戒去了，再见罢。只是有句话嘱咐你：你三个姐妹倒都极好，以后一处念书认字，学针线，或偶一玩笑，却都有个尽让的。我就只一件不放心：我有一个孽根祸胎，是家里的混世魔王，今日因往庙里还愿去，尚未回来，晚上你看见就知道了。你以后总不用理会他，你这些姐姐妹妹都不敢沾惹他的。”

黛玉素闻母亲说过：“有个内侄，乃衔玉而生，顽劣异常，不喜读书，最喜在内帏厮混。外祖母又溺爱，无人敢管。”今见王夫人所说，便知是这位表兄。一面陪笑道：“舅母所说，可是衔玉而生的？在家时，记得母亲常说：这位哥哥比我大一岁，小名就叫宝玉，性虽憨顽，说待姊妹们却是极好的。况我来了，自然和姊妹们一处，弟兄们是另院别房，岂有沾惹之理？”王夫人笑道：“你不知道原故。他和别人不同，自幼因老太太疼爱，原系和姐妹们一处娇养惯了的。若姐妹们不理他，他倒还安静些；若一日姐妹们和他多说了一句话，他心上一喜，便生出许多事来：所以嘱咐你别理会他。他嘴里一时甜言蜜语，一时有天没日，疯疯傻傻，只休信他。”黛玉一一的都答应着。

忽见一个丫鬟来说：“老太太那里传晚饭了。”王夫人忙携了黛玉，出后房门，由后廊往西，出了角门，是一条南北甬路，南边是倒座三间小小抱厦厅；北边立着一个粉油大影壁，后有一个半大门，小小一所房屋。王夫人笑指向黛玉道：“这是你凤姐姐的屋子。回来你好往这里找他去，少什么东西，只管和他说就是了。”这院门上也有几个才总角的小厮，都垂手侍立。

王夫人遂携黛玉穿过一个东西穿堂，便是贾母的后院了。于是进入后房门，已有许多人在此伺候，见王夫人来，方安设桌椅；贾珠之妻李氏捧杯，熙凤安箸，王夫人进羹。贾母正面榻上独坐，两旁四张空椅。熙凤忙拉黛玉在左边第一张椅子上坐下，黛玉十分推让。贾母笑道：“你舅母和嫂子们是不在这里吃饭的。你是客，原该这么坐。”黛玉方告了坐，就坐了。贾母命王夫人也坐了。迎春姊妹三个告了坐，方上来：迎春坐右手第一，探春左第二，惜春右第二。旁边丫鬟执着拂尘、漱盂、巾帕，李纨、凤姐立于案边布让；外间伺候的媳妇、丫鬟虽多，却连一声咳嗽不闻。饭毕，各各有丫鬟用小茶盘捧上茶来。当日林家教女以惜福养身，每饭后必过片时方吃茶，不伤脾胃；今黛玉见了这里许多规矩不似家中，也只得随和些。接了茶，又有人捧过漱盂来，黛玉也漱了口，又盥手毕。然后又捧上茶来，这方是吃的茶。贾母便说："你们去罢，让我们自在说说话儿。"王夫人遂起身，又说了两句闲话儿，方引李、凤二人去了。

贾母因问黛玉念何书，黛玉道："刚念了'四书'。"黛玉又问姊妹们读何书，贾母道："读什么书，不过认几个字罢了。"

一语未了，只听外面一阵脚步响，丫鬟进来报道："宝玉来了。"黛玉心想："这个宝玉，不知是怎样个惫懒人呢。"及至进来一看，却是位青年公子：

> 头上戴着束发嵌宝紫金冠，齐眉勒着二龙戏珠金抹额；一件二色金百蝶穿花大红箭袖，束着五彩丝攒花结长穗宫绦，外罩石青起花八团倭缎排穗褂；登着青缎粉底小朝靴。面若中秋之月，色如春晓之花。鬓若刀裁，眉如墨画，鼻如悬胆，睛若秋波。虽怒时而似笑，即瞋视而有情。项上金螭缨络，又有一根五色丝绦，系着一块美玉。

黛玉一见，便吃一大惊，心中想道："好生奇怪：倒像在那里见过的，何等眼熟！"只见这宝玉向贾母请了安，贾母便命："去见你娘来。"即转身去了。一会再来时已换了冠带：头上周围一转的短发都结成小辫，红丝结束，共攒至顶中胎发，总编一根大辫，黑亮如漆，从顶至梢，一串四颗大珠，用金八宝坠脚；身上穿着银红撒花半旧大袄；仍旧带着项圈、宝玉、寄名锁、护身符等物；下面半露松绿撒花绫裤，锦边弹墨袜，厚底大红鞋。越显得面如傅粉，唇若施脂；转盼多情，语言若笑。天然一段风韵，全在眉梢；平生万种情思，悉堆眼角。看其外貌，最是极好，却难知其底细。后人有《西江月》二词批的极确。词曰：

> 无故寻愁觅恨，有时似傻如狂。纵然生得好皮囊，腹内原来草莽。
> 潦倒不通庶务，愚顽怕读文章。行为偏僻性乖张，那管世人诽谤。

又曰：

富贵不知乐业，贫穷难耐凄凉。可怜辜负好时光，于国于家无望。
天下无能第一，古今不肖无双。寄言纨袴与膏粱：莫效此儿形状。

却说贾母见他进来，笑道："外客没见就脱了衣裳了，还不去见你妹妹呢。"宝玉早已看见了一个袅袅婷婷的女儿，便料定是林姑妈之女，忙来见礼。归了坐细看时，真是与众各别。只见：

两弯似蹙非蹙笼烟眉，一双似喜非喜含情目。态生两靥之愁，娇袭一身之病。泪光点点，娇喘微微。闲静似娇花照水，行动如弱柳扶风。心较比干多一窍，病如西子胜三分。

宝玉看罢，笑道："这个妹妹我曾见过的。"贾母笑道："又胡说了，你何曾见过？"宝玉笑道："虽没见过，却看着面善，心里倒像是远别重逢的一般。"贾母笑道："好，好！这么更相和睦了。"

宝玉便走向黛玉身边坐下，又细细打量一番，因问："妹妹可曾读书？"黛玉道："不曾读书，只上了一年学，些须认得几个字。"宝玉又道："妹妹尊名？"黛玉便说了名。宝玉又道："表字？"黛玉道："无字。"宝玉笑道："我送妹妹一字：莫若'颦颦'二字极妙。"探春便道："何处出典？"宝玉道："《古今人物通考》上说：'西方有石名黛，可代画眉之墨。'况这妹妹眉尖若蹙，取这个字，岂不甚美？"探春笑道："只怕又是杜撰。"宝玉笑道："除了'四书'，杜撰的也太多呢。"因又问黛玉："可有玉没有？"众人都不解。黛玉便忖度着："因他有玉，所以才问我的。"便答道："我没有玉。你那玉也是件稀罕物儿，岂能人人皆有？"

宝玉听了，登时发作起狂病来，摘下那玉就狠命摔去，骂道："什么罕物！人的高下不识，还说灵不灵呢！我也不要这劳什子！"吓的地下众人一拥争去拾玉。贾母急的搂了宝玉道："孽障，你生气，要打骂人容易，何苦摔那命根子？"宝玉满面泪痕，哭道："家里姐姐妹妹都没有，单我有，我说没趣儿；如今来了这个神仙似的妹妹也没有：可知这不是个好东西。"贾母忙哄他道："你这妹妹原有玉来着。因你姑妈去世时，舍不得你妹妹，无法可处，遂将他的玉带了去：一则全殉葬之礼，尽你妹妹的孝心；二则你姑妈的阴灵儿也可权作见了你妹妹了。因此他说没有，也是不便自己夸张的意思啊。你还不好生带上，仔细你娘知道。"说着，便向丫鬟手中接来，亲与他带上。宝玉听如此说，想了一想，也就不生别论。

当下奶娘来问黛玉房舍，贾母便说："将宝玉挪出来，同我在套间暖阁里，把你林姑娘暂且安置在碧纱厨里。等过了残冬，春天再给他们收拾房屋，另作一番安置罢。"宝玉道："好祖宗，我就在碧纱厨外的床上很妥当，又何必出来，闹的老祖宗不得安静呢？"贾母想一想说："也罢了。每人一个奶娘并一个丫头照管，馀者在外间上夜听唤。"一面早有熙凤命人送了一顶藕合色花帐并锦被、缎褥之类。

黛玉只带了两个人来：一个是自己的奶娘王嬷嬷；一个是十岁的小丫头，名唤雪雁。贾母见雪雁甚小，一团孩气；王嬷嬷又极老：料黛玉皆不遂心，将自己身边一个二等小丫头，名唤鹦哥的与了黛玉。亦如迎春等一般：每人除自幼乳母外，另有四个教引嬷嬷；除贴身掌管钗钏、盥沐两个丫头外，另有四五个洒扫房屋、来往使役的小丫头。当下王嬷嬷与鹦哥陪侍黛玉在碧纱厨内，宝玉乳母李嬷嬷并大丫头名唤袭人的陪侍在外面大床上。

原来这袭人亦是贾母之婢，本名蕊珠，贾母因溺爱宝玉，恐宝玉之婢不中使，素喜蕊珠心地纯良，遂与宝玉。宝玉因知他本姓花，又曾见旧人诗句有"花气袭人"之句，遂回明贾母，即把蕊珠更名袭人。

却说袭人倒有些痴处：伏侍贾母时，心中只有贾母；如今跟了宝玉，心中又只有宝玉了。只因宝玉性情乖僻，每每规谏，见宝玉不听，心中着实忧郁。是晚宝玉、李嬷嬷已睡了，他见里面黛玉、鹦哥犹未安歇，他自卸了妆，悄悄的进来，笑问："姑娘怎么还不安歇？"黛玉忙笑让："姐姐请坐。"袭人在床沿上坐了。鹦哥笑道："林姑娘在这里伤心，自己淌眼抹泪的说：'今儿才来了，就惹出你们哥儿的病来。倘或摔坏了那玉，岂不是因我之过？'所以伤心。我好容易劝好了。"袭人道："姑娘快别这么着。将来只怕比这更奇怪的笑话儿还有呢。若为他这种行状，你多心伤感，只怕你还伤感不了呢。快别多心。"黛玉道："姐姐们说的，我记着就是了。"又叙了一回，方才安歇。

次早起来，省过贾母，因往王夫人处来。正值王夫人与熙凤在一处拆金陵来的书信，又有王夫人的兄嫂处遣来的两个媳妇儿来说话。黛玉虽不知原委，探春等却晓得是议论金陵城中居住的薛家姨母之子、表兄薛蟠倚财仗势，打死人命，现在应天府案下审理。如今舅舅王子腾得了信，遣人来告诉这边，意欲唤取进京之意。

毕竟怎的，下回分解。

第四回

薄命女偏逢薄命郎
葫芦僧判断葫芦案

却说黛玉同姐妹们至王夫人处，见王夫人正和兄嫂处的来使计议家务，又说姨母家遭人命官司等语。因见王夫人事情冗杂，姐妹们遂出来，至寡嫂李氏房中来了。

原来这李氏即贾珠之妻。珠虽夭亡，幸存一子，取名贾兰，今方五岁，已入学攻书。这李氏亦系金陵名宦之女，父名李守中，曾为国子祭酒；族中男女无不读诗书者。至李守中继续以来，便谓“女子无才便是德”，故生了此女，不曾叫他十分认真读书，只不过将些《女四书》《列女传》读读，认得几个字，记得前朝这几个贤女便了；却以纺绩女红为要，因取名为李纨，字宫裁。所以这李纨虽青春丧偶，且居处于膏粱锦绣之中，竟如槁木死灰一般，一概不问不闻，惟知侍亲养子，闲时陪侍小姑等针凿、诵读而已。今黛玉虽客居于此，已有这几个姑嫂相伴，除老父之外，馀者也就无用虑了。

如今且说贾雨村授了应天府，一到任，就有件人命官司详至案下，却是两家争买一婢，各不相让，以致殴伤人命。彼时雨村即拘原告来审。那原告道：“被打死的乃是小人的主人。因那日买了个丫头，不想系拐子拐来卖的。这拐子先已得了我家的银子，我家小主人原说第三日方是好日，再接入门；这拐子又悄悄的卖与了薛家，被我们知道了，去找拿卖主，夺取丫头。无奈薛家原系金陵一霸，倚财仗势，众豪奴将我小主人竟打死了。凶身主仆已皆逃走，无有踪迹，只剩了几个局外的人。小人告了一年的状，竟无人作主。

求太老爷拘拿凶犯，以扶善良，存殁感激大恩不尽！”雨村听了，大怒道：“那有这等事：打死人竟白白的走了，拿不来的？”便发签差公人，立刻将凶犯家属拿来拷问。只见案旁站着一个门子，使眼色不叫他发签。雨村心下狐疑，只得停了手。退堂至密室，令从人退去，只留这门子一人伏侍。门子忙上前请安，笑问：“老爷一向加官进禄，八九年来，就忘了我了？”雨村道：“我看你十分眼熟，但一时总想不起来。”门子笑道：“老爷怎么把出身之地竟忘了？老爷不记得当年葫芦庙里的事么？”雨村大惊，方想起往事。

原来这门子本是葫芦庙里一个小沙弥，因被火之后无处安身，想这件生意倒还轻省，耐不得寺院凄凉，遂趁年纪轻，蓄了发，充当门子。雨村那里想得是他。便忙携手笑道：“原来还是故人。”因赏他坐了说话。这门子不敢坐。雨村笑道：“你也算贫贱之交了。此系私室，但坐不妨。”门子才斜签着坐下。

雨村道：“方才何故不令发签？”门子道：“老爷荣任到此，难道就没抄一张本省的‘护官符’来不成？”雨村忙问：“何为‘护官符’？”门子道：“如今凡作地方官的，都有一个私单，上面写的是本省最有权势极富贵的大乡绅名姓，各省皆然。倘若不知，一时触犯了这样的人家，不但官爵，只怕连性命也难保呢！所以叫做‘护官符’。方才所说的这薛家，老爷如何惹得他！他这件官司并无难断之处，从前的官府都因碍着情分脸面，所以如此。”一面说，一面从顺袋中取出一张抄的“护官符”来，递与雨村看时，上面皆是本地大族名宦之家的俗谚口碑，云：

贾不假，白玉为堂金作马。
阿房宫，三百里，住不下金陵一个史。
东海缺少白玉床，龙王来请金陵王。
丰年好大雪，珍珠如土金如铁。

雨村尚未看完，忽闻传点，报：“王老爷来拜。”雨村忙具衣冠接迎，有顿饭工夫方回来。问这门子，门子道：“四家皆连络有亲，一损俱损，一荣俱荣。今告打死人之薛，就是‘丰年大雪’之薛。不单靠这三家，他的世交亲友在都在外的本也不少，老爷如今拿谁去？”雨村听说，便笑问门子道：“这样说来，却怎么了结此案？你大约也深知这凶犯躲的方向了？”

门子笑道：“不瞒老爷说，不但这凶犯躲的方向，并这拐的人我也知道，死鬼买主也深知道，待我细说与老爷听：这个被打死的是一个小乡宦之子，名唤冯渊，父母俱亡，又无兄弟，守着些薄产度日。年纪十八九岁，酷爱男风，不好女色。这也是前生冤孽，可巧遇见这丫头，他便一眼看上了，立意买来作妾，设誓不近男色，也不再娶第二个了。所以郑重其事，必得三日后方进门。谁知这拐子又偷卖与薛家，他意欲卷了两家的银子逃去；谁知又走不脱，两家拿住，打了个半死，都不肯收银，各要领人。那薛公子便喝令下人动手，将冯公子打了个稀烂，抬回去三日竟死了。这薛公子原择下日子要上京的，既打了人，夺了丫头，他便没事人一般，只管带了家眷走他的路，并非为此而逃；这人命些些小事，自有他弟兄、奴仆在此料理。这且别说，老爷可知这被卖的丫头是谁？”雨村道：“我如何晓得？”门子冷笑道：“这人还是老爷的大恩人呢！他就是葫芦庙旁住的甄老爷的女儿，小名英莲的。”雨村骇然道：“原来是他！听见他自五岁被人拐去，怎么如今才卖呢？”

门子道：“这种拐子单拐幼女，养至十二三岁，带至他乡转卖。当日这英莲，我们天天哄他玩耍，极相熟的，所以隔了七八年，虽模样儿出脱的齐整，然大段未改，所以认得；且他眉心中原有米粒大的一点胭脂记，从胎里带来的。偏这拐子又租了我的房子居住，那日拐子不在家，我也曾问他。他说是打怕了的，万不敢说，只说拐子是他的亲爹，因无钱还债才卖的。再四哄他，他又哭了，只说：‘我原不记得小时的事。’这无可疑了。那日冯公子相见了，兑了银子，因拐子醉了，英莲自叹说：‘我今日罪孽可满了！’后又听见三日后才过门，他又转有忧愁之态。我又不忍，等拐子出去，又叫内人去解劝他：‘这冯公子必待好日期来接，可知必不以丫鬟相看。况他是个绝风流人品，家里颇过得，素性又最厌恶堂客，今竟破价买你，后事不言可知。只耐得三两日，何必忧闷？’他听如此说，方略解些，自谓从此得所。谁料天下竟有不如意事，第二日，他偏又卖与了薛家。若卖与第二家还好，这薛公子的混名，人称他‘呆霸王’，最是天下第一个弄性尚气的人，而且使钱如土。只打了个落花流水，生拖死拽，把个英莲拖去，如今也不知死活。这冯公子空喜一场，一念未遂，反花了钱，送了命，岂不可叹！”

雨村听了，也叹道：“这也是他们的孽障遭遇，亦非偶然，不然这冯渊如何偏只看上了这英莲？这英莲受了拐子这几年折磨，才得了个路头，且又是个多情的，若果聚合了，倒是件美事，偏又生出这段事来。这薛家纵比冯家富贵，想其为人，自然姬妾众多，淫佚无度，未必及冯渊定情于一人。这正是梦幻情缘，恰遇见一对薄命儿女。且不要议论他人，只目今这官司如何剖断才好？”门子笑道：“老爷当年何其明决，今日何反成个没主意的人了？小的听见老爷补升此任，系贾府、王府之力。此薛蟠即贾府之亲，老爷何不顺水行舟，做个人情，将此案了结，日后也好去见贾、王二公。”雨村道：“你说的何尝不是，但事关人命，蒙皇上隆恩，起复委用，正竭力图报之时，岂可因私枉法？是实不忍为的。”门子听了，冷笑道：“老爷说的自是正理，但如今世上是行不去的。岂不闻古人说的：‘大丈夫相时而动。’又说：‘趋吉避凶者为君子。’依老爷这话，不但不能报效朝廷，亦且自身不保，还要三思为妥。”

雨村低了头，半日方说道：“依你怎么着？”门子道：“小人已想了个很好的主意在此：老爷明日坐堂，只管虚张声势，动文书，发签拿人。凶犯自然是拿不来的，原告固是不依，只用将薛家族人及奴仆人等拿几个来拷问；小的在暗中调停，令他们报个‘暴病身亡’，合族中及地方上共递一张保呈。老爷只说善能扶鸾请仙，堂上设了乩坛，令军民人等只管来看。老爷便说：‘乩仙批了，死者冯渊与薛蟠原系夙孽，今狭路相遇，原因了结：今薛蟠已得了无名之病，被冯渊的魂魄追索而死。其祸皆由拐子而起，除将拐子按法处治外，馀不累及’等语。小人暗中嘱咐拐子，令其实招。众人见乩仙批语与拐子相符，自然不疑了。薛家有的是钱，老爷断一千也可，五百也可，与冯家作烧埋之费。那冯家也无甚要紧的人，不过为的是钱，有了银子，也就无话了。老爷细想，此计如何？”雨村笑道：“不妥，不妥。等我再斟酌斟酌，压服得口声才好。”二人计议已定。

至次日坐堂，勾取一干有名人犯，雨村详加审问。果见冯家人口稀少，不过赖此欲得些烧埋之银；薛家仗势倚情，偏不相让：故致颠倒未决。雨村便徇情枉法，胡乱判断了此案。冯家得了许多烧埋银子，也就无甚话说了。雨村便疾忙修书二封与贾政并京营节度使王子腾，不过说“令甥之事已完，不必过虑”之言寄去。

此事皆由葫芦庙内沙弥新门子所为，雨村又恐他对人说出当日贫贱时事来，因此心中大不乐意。后来到底寻了他一个不是，远远的充发了才罢。

当下言不着雨村。且说那买了英莲、打死冯渊的薛公子，亦系金陵人氏，本是书香继世之家。只是如今这薛公子幼年丧父，寡母又怜他是个独根孤种，未免溺爱纵容些，遂致老大无成；且家中有百万之富，现领着内帑钱粮，采办杂料。这薛公子学名薛蟠，表字文起，性情奢侈，言语傲慢；虽也上过学，不过略识几个字，终日惟有斗鸡走马，游山玩景而已。虽是皇商，一应经纪世事全然不知，不过赖祖、父旧日的情分，户部挂个虚名，支领钱粮；其馀事体，自有伙计、老家人等措办。寡母王氏，乃现任京营节度使王子腾之妹，与荣国府贾政的夫人王氏是一母所生的姊妹，今年方五十上下，只有薛蟠一子。还有一女，比薛蟠小两岁，乳名宝钗，生得肌骨莹润，举止娴雅。当时他父亲在日极爱此女，令其读书识字，较之乃兄竟高十倍。自父亲死后，见哥哥不能安慰母心，他便不以书字为念，只留心针黹、家计等事，好为母亲分忧代劳。

近因今上崇尚诗礼，征采才能，降不世之隆恩，除聘选妃嫔外，凡世宦名家之女，皆得亲名达部，以备选择为公主、郡主入学陪侍，充为才人、赞善之职。自薛蟠父亲死后，各省中所有的买卖承局、总管、伙计人等，见薛蟠年轻不谙世事，便趁时拐骗起来，京都几处生意，渐亦销耗。薛蟠素闻得都中乃第一繁华之地，正思一游，便趁此机会：一来送妹待选；二来望亲；三来亲自入部销算旧帐，再计新支；其实只为游览上国风光之意。因此早已检点下行装细软，以及馈送亲友各色土物人情等类，正择日起身，不想偏遇着那拐子卖英莲。薛蟠见英莲生的不俗，立意买了作妾，又遇冯家来夺，因恃强喝令豪奴将冯渊打死。便将家中事务，一一嘱托了族中人并几个老家人；自己同着母亲、妹子，竟自起身长行去了。人命官司，他却视为儿戏，自谓花上几个钱，没有不了的。

在路不计其日。那日已将入都，又听见母舅王子腾升了九省统制，奉旨出都查边。薛蟠心中暗喜道："我正愁进京去有舅舅管辖，不能任意挥霍；如今升出去，可知天从人愿。"因和母亲商议道："咱们京中虽有几处房舍，只是这十来年没人居住，那看守的人未免偷着租赁给人住，须得先着人去打扫收拾才好。"他母亲道："何必如此招摇！咱们这进京去，原是先拜望亲友，或是在你舅舅处，或是你姨父家，他两家的房舍极是宽敞的，咱们且住下，再慢慢儿的着人去收拾，岂不消停些？"薛蟠道："如今舅舅正升了外省去，家里自然忙乱起身，咱们这会子反一窝一拖的奔了去，岂不没眼色呢？"他母亲道："你舅舅虽升了去，还有你姨父家。况这几年来，你舅舅、姨娘两处，每每带信捎书接咱们来；如今既来了，你舅舅虽忙着起身，你贾家的姨娘未必不苦留我们，咱们且忙忙的收拾房子，岂不使人见怪？你的意思，我早知道了：守着舅舅、姨母住着，未免拘紧了；不如各自住着，好任意施为。你既如此，你自去挑所宅子去住；我和你姨娘，姊妹们别了这几年，却要住几日，我带了你妹子去投你姨娘家去。你道好不好？"薛蟠见母亲如此说，情知扭不过，只得吩咐人夫，一路奔荣国府而来。

那时王夫人已知薛蟠官司一事，亏贾雨村就中维持了，才放了心。又见哥哥升了边缺，正愁少了娘家的亲戚来往，略加寂寞。过了几日，忽家人报："姨太太带了哥儿、姐儿，合家进京，在门外下车了。"喜的王夫人忙带了人，接到大厅上，将薛姨妈等接进去了。姊妹们一朝相见，悲喜交集，自不必说。叙了一番契阔，又引着拜见贾母，将人情土物各种酬献了，合家俱厮见过，又治席接风。

薛蟠拜见过贾政、贾琏，又引着见了贾赦、贾珍等。贾政便使人进来对王夫人说："姨太太已有了年纪，外甥年轻，不知庶务，在外住着，恐又要生事。咱们东南角上梨香院那一所房十来间白空闲着，叫人请了姨太太和姐儿、哥儿住了甚好。"王夫人原要留住。贾母也遣人来说："请姨太太就在这里住下，大家亲密些。"薛姨妈正欲同居一处，方可拘紧些儿子；若另住在外边，又恐他纵性惹祸：遂忙应允。又私与王夫人说明："一应日费供给，一概都免，方是处常之法。"王夫人知他家不难于此，遂亦从其自便。从此后，薛家母女就在梨香院住了。

原来这梨香院乃当日荣公暮年养静之所，小小巧巧，约有十馀间房舍，前厅后舍俱全。另有一门通街，薛蟠的家人就走此门出入。西南上又有一个角门，通着夹道子，出了夹道，便是王夫人正房的东院了。每日或饭后或晚间，薛姨妈便过来，或与贾母闲谈，或与王夫人相叙；宝钗日与黛玉、迎春姊妹等一处，或看书下棋，或做针黹：倒也十分相安。

只是薛蟠起初原不欲在贾府中居住，生恐姨父管束，不得自在。无奈母亲执意在此，且贾宅中又十分殷勤苦留，只得暂且住下；一面使人打扫出自家的房屋，再移居过去。谁知自此间住了不上一月，贾宅族中凡有的子侄，俱已认熟了一半，都是那些纨袴气习，莫不喜与他来往。今日会酒，明日观花，甚至聚赌嫖娼，无所不至，引诱的薛蟠比当日更坏了十倍。虽说贾政训子有方，治家有法，一则族大人多，照管不到；二则现在房长乃是贾珍，彼乃宁府长孙，又现袭职，凡族中事，都是他掌管；三则公私冗杂，且素性潇洒，不以俗事为要，每公暇之时，不过看书、着棋而已；况这梨香院相隔两层房舍，又有街门别开，任意可以出入：这些子弟们所以只管放意畅怀的。因此薛蟠遂将移居之念渐渐打灭了。

日后如何，下回分解。

第五回

贾宝玉神游太虚境 警幻仙曲演红楼梦

第四回中既将薛家母子在荣府中寄居等事略已表明，此回暂可不写了。如今且说林黛玉自在荣府，一来贾母万般怜爱，寝食起居，一如宝玉，把那迎春、探春、惜春三个孙女儿倒且靠后了；就是宝玉、黛玉二人的亲密友爱，也较别人不同：日则同行同坐，夜则同止同息，真是言和意顺，似漆如胶。不想如今忽然来了一个薛宝钗，年纪虽大不多，然品格端方，容貌美丽，人人都说黛玉不及。那宝钗却又行为豁达，随分从时；不比黛玉孤高自许，目无下尘：故深得下人之心，就是小丫头们亦多和宝钗亲近。因此黛玉心中便有些不忿；宝钗却是浑然不觉。

那宝玉也在孩提之间，况他天性所禀，一片愚拙偏僻，视姊妹、兄弟，皆如一体，并无亲疏远近之别。如今与黛玉同处贾母房中，故略比别的姊妹熟惯些；既熟惯，便更觉亲密；既亲密，便不免有些不虞之隙，求全之毁。这日不知为何，二人言语有些不和起来，黛玉又在房中独自垂泪。宝玉也自悔言语冒撞，前去俯就，那黛玉方渐渐的回转过来。

因东边宁府花园内梅花盛开，贾珍之妻尤氏乃治酒具，请贾母、邢夫人、王夫人等赏花，是日先带了贾蓉夫妻二人来面请。贾母等于早饭后过来，就在会芳园游玩，先茶后酒。不过是宁、荣二府眷属家宴，并无别样新文趣事可记。

一时宝玉倦怠，欲睡中觉。贾母命人好生哄着，歇息一会再来。贾蓉媳妇秦氏便忙笑道：“我们这里有给宝二叔收拾下的屋子，老祖宗放心，只管交给我就是了。”因向宝玉的奶娘、丫鬟等道：“嬷嬷、姐姐们，请宝二叔跟我这里来。”贾母素知秦氏是极妥当的人，因他生得袅娜纤巧，行事又温柔和平，乃重孙媳中第一个得意之人，见他去安置宝玉，自然是放心的了。

当下秦氏引一簇人来至上房内间，宝玉抬头看见是一幅画挂在上面，人物固好，其故事乃是《燃藜图》也，心中便有些不快。又有一副对联，写的是：

世事洞明皆学问，人情练达即文章。

及看了这两句，纵然室宇精美，铺陈华丽，亦断断不肯在这里了。忙说：“快出去，快出去！”秦氏听了，笑道：“这里还不好，往那里去呢？要不就往我屋里去罢。”宝玉点头微笑。一个嬷嬷说道：“那里有个叔叔往侄儿媳妇房里睡觉的礼呢？”秦氏笑道：“不怕他恼，他能多大了，就忌讳这些个？上月你没有看见我那个兄弟来了，虽然和宝二叔同年，两个人要站在一处，只怕那一个还高些呢。”宝玉道：“我怎么没有见过他？你带他来我瞧瞧。”众人笑道：“隔着二三十里，那里带去？见的日子有呢。”

说着，大家来至秦氏卧房。刚至房中，便有一股细细的甜香。宝玉此时便觉眼饧骨软，连说：“好香！”入房向壁上看时，有唐伯虎画的《海棠春睡图》，两边有宋学士秦太虚写的一副对联云：

嫩寒锁梦因春冷，芳气袭人是酒香。

案上设着武则天当日镜室中设的宝镜，一边摆着赵飞燕立着舞的金盘，盘内盛着安禄山掷过伤了太真乳的木瓜。上面设着寿昌公主于含章殿下卧的宝榻，悬的是同昌公主制的连珠帐。宝玉含笑道：“这里好，这里好！”秦氏笑道：“我这屋子，大约神仙也可以住得了。”说着，亲自展开了西施浣过的纱衾，移了红娘抱过的鸳枕。于是众奶姆伏侍宝玉卧好了，款款散去，只留下袭人、晴雯、麝月、秋纹四个丫鬟为伴。秦氏便叫小丫鬟们好生在檐下看着猫儿打架。

那宝玉才合上眼，便恍恍惚惚的睡去，犹似秦氏在前，悠悠荡荡，跟着秦氏到了一处。但见朱栏玉砌，绿树清溪，真是人迹不逢，飞尘罕到。宝玉在梦中欢喜，想道：“这个地方儿有趣，我若能在这里过一生，强如天天被父母、师傅管束呢。”正在胡思乱想，听见山后有人作歌曰：

春梦随云散，飞花逐水流。
寄言众儿女：何必觅闲愁？

宝玉听了，是个女孩儿的声气。歌音未息，早见那边走出一个美人来，蹁跹袅娜，与凡人大不相同。有赋为证：

方离柳坞，乍出花房。但行处，鸟惊庭树；将到时，影度回廊。仙袂乍飘兮，闻麝兰之馥郁；荷衣欲动兮，听环珮之铿锵。靥笑春桃兮，云髻堆翠；唇绽樱颗兮，榴齿含香。盼纤腰之楚楚兮，风回雪舞；耀珠翠之的的兮，鸭绿鹅黄。出没花间兮，宜嗔宜喜；徘徊池上兮，若飞若扬。蛾眉欲颦兮，将言而未语；莲步乍移兮，欲止而仍行。羡美人之良质兮，冰清玉润；慕美人之华服兮，闪烁文章。爱美人之容貌兮，香培玉篆；比美人之态度兮，凤翥龙翔。其素若何？春梅绽雪。其洁若何？秋蕙披霜。其静若何？松生空谷。其艳若何？霞映澄塘。其文若何？龙游曲沼。其神若何？月射寒江。——远惭西子，近愧王嫱。生于孰地？降自何方？若非宴罢归来，瑶池不二；定应吹箫引去，紫府无双者也。

宝玉见是一个仙姑，喜的忙来作揖，笑问道：“神仙姐姐，不知从那里来？如今要往那里去？我也不知这里是何处，望乞携带携带。”那仙姑道：“吾居离恨天之上，灌愁海之中，乃放春山遣香洞太虚幻境警幻仙姑是也。司人间之风情月债，掌尘世之女怨男痴。因近来风流冤孽缠绵于此，是以前来访察机会，布散相思。今日与尔相逢，亦非偶然。此离吾境不远，别无他物，仅有自采仙茗一盏，亲酿美酒几瓮，素练魔舞歌姬数人，新填《红楼梦》仙曲十二支。可试随我一游否？”

宝玉听了，喜跃非常，便忘了秦氏在何处了，竟随着这仙姑到了一个所在。忽见前面有一座石牌横建，上书“太虚幻境”四大字。两边一副对联，乃是：

假作真时真亦假，无为有处有还无。

转过牌坊，便是一座宫门，上面横书着四个大字，道是“孽海情天”。也有一副对联，大书云：

厚地高天，堪叹古今情不尽；
痴男怨女，可怜风月债难酬。

宝玉看了，心下自思道：“原来如此。但不知何为古今之情？又何为风月之债？从今倒要领略领略。”宝玉只顾如此一想，不料早把些邪魔招入膏肓了。当下随了仙姑，进入二层门内，只见两边配殿皆有匾额、对联，一时看不尽许多，惟见几处写着的是：“痴情司”、“结怨司”、“朝啼司”、“暮哭司”、“春感司”、“秋悲司”。看了，因向仙姑道：“敢烦仙姑引我到那各司中游玩游玩，不知可使得么？”仙姑道：“此中各司存的是普天下所有的女子过去未来的簿册，尔乃凡眼尘躯，未便先知的。”宝玉听了，那里肯舍，又再四的恳求。那警幻便说：“也罢，就在此司内略随喜随喜罢。”

宝玉喜不自胜，抬头看这司的匾上，乃是“薄命司”三字，两边写着对联道：

春恨秋悲皆自惹，花容月貌为谁妍？

宝玉看了，便知感叹。进入门中，只见有十数个大橱，皆用封条封着。看那封条上，皆有各省字样。宝玉一心只拣自己家乡的封条看，只见那边橱上封条大书“金陵十二钗正册”。宝玉因问：“何为‘金陵十二钗正册’？”警幻道：“即尔省中十二冠首女子之册，故为正册。”宝玉道：“常听人说金陵极大，怎么只十二个女子？如今单我们家里，上上下下就有几百个女孩儿。”警幻微笑道：“一省女子固多，不过择其紧要者录之。两边二橱则又次之。馀者庸常之辈，便无册可录了。”

宝玉再看下首一橱，上写着“金陵十二钗副册”；又一橱，上写着“金陵十二钗又副册”。宝玉便伸手先将“又副册”橱门开了，拿出一本册来。揭开看时，只见这首页上画的既非人物，亦非山水，不过是水墨滃染，满纸乌云浊雾而已。后有几行字迹，写道是：

霁月难逢，彩云易散。心比天高，身为下贱。风流灵巧招人怨。寿夭多因诽谤生，多情公子空牵念。

宝玉看了，不甚明白。又见后面画着一簇鲜花，一床破席。也有几句言词，写道是：

枉自温柔和顺，空云似桂如兰。
堪羡优伶有福，谁知公子无缘。

宝玉看了，益发解说不出是何意思。遂将这一本册子搁起来，又去开了“副册”橱门。拿起一本册来，打开看时，只见首页也是画，却画着一枝桂花，下面有一方池沼，其中水涸泥干，莲枯藕败。后面书云：

根并荷花一茎香，平生遭际实堪伤。
自从两地生孤木，致使香魂返故乡。

宝玉看了又不解。又去取那“正册”看时，只见头一页上画着是两株枯木，木上悬着一围玉带；地下又有一堆雪，雪中一股金簪。也有四句诗道：

可叹停机德，堪怜咏絮才。
玉带林中挂，金簪雪里埋。

宝玉看了仍不解：待要问时，知他必不肯泄漏天机；待要丢下，又不舍。遂往后看，只见画着一张弓，弓上挂着一个香橼。也有一首歌词云：

二十年来辨是非，榴花开处照宫闱。
三春争及初春景，虎兔相逢大梦归。

后面又画着两个人放风筝，一片大海，一只大船，船中有一女子掩面泣涕之状。画后也有四句写着道：

才自清明志自高，生于末世运偏消。
清明涕泣江边望，千里东风一梦遥。

后面又画着几缕飞云，一湾逝水。其词曰：

富贵又何为？襁褓之间父母违。
展眼吊斜晖，湘江水逝楚云飞。

后面又画着一块美玉落在泥污之中。其断语云：

欲洁何曾洁，云空未必空。
可怜金玉质，终陷淖泥中。

后面忽画一恶狼，追扑一美女，欲啖之意。其下书云：

子系中山狼，得志便猖狂。
金闺花柳质，一载赴黄粱。

后面便是一所古庙，里面有一美人在看经独坐。其判云：

勘破三春景不长，缁衣顿改昔年妆。
可怜绣户侯门女，独卧青灯古佛旁。

后面便是一片冰山，上面有一只雌凤。其判云：

凡鸟偏从末世来，都知爱慕此生才。
一从二令三人木，哭向金陵事更哀。

后面又是一座荒村野店，有一美人在那里纺绩。其判曰：

势败休云贵，家亡莫论亲。
偶因济村妇，巧得遇恩人。

诗后又画一盆茂兰，旁有一位凤冠霞帔的美人。也有判云：

桃李春风结子完，到头谁似一盆兰？
如冰水好空相妒，枉与他人作笑谈。

诗后又画一座高楼，上有一美人悬梁自尽。其判云：

情天情海幻情深，情既相逢必主淫。
漫言不肖皆荣出，造衅开端实在宁。

宝玉还欲看时，那仙姑知他天分高明，性情颖慧，恐泄漏天机，便掩了卷册，笑向宝玉道："且随我去游玩奇景，何必在此打这闷葫芦？"宝玉恍恍惚惚，不觉弃了卷册，又随警幻来至后面。但见画栋雕檐，珠帘绣幕，仙花馥郁，异草芬芳，真好所在也。正是：

光摇朱户金铺地，雪照琼窗玉作宫。

又听警幻笑道："你们快出来迎接贵客。"

一言未了，只见房中走出几个仙子来：荷袂蹁跹，羽衣飘舞，娇若春花，媚如秋月。见了宝玉，都怨谤警幻道："我们不知系何贵客，忙的接出来。姐姐曾说今日今时必有绛珠妹子的生魂前来游玩，故我等久待，何故反引这浊物来污染清净女儿之境？"宝玉听如此说，便吓的欲退不能，果觉自形污秽不堪。警幻忙携住宝玉的手，向众仙姬笑道："你等不知原委。今日原欲往荣府去接绛珠，适从宁府经过，偶遇宁、荣二公之灵，嘱吾云：'吾家自国朝定鼎以来，功名奕世，富贵流传，已历百年。奈运终数尽，不可挽回：我等之子孙虽多，竟无可以继业者。惟嫡孙宝玉一人，禀性乖张，用情怪谲，虽聪明灵慧，略可望成，无奈吾家运数合终，恐无人规引入正。幸仙姑偶来，望先以情欲声色等事警其痴顽，或能使他跳出迷人圈子，入于正路，便是吾兄弟之幸了。'如此嘱吾，故发慈心，引彼至此。先以他家上中下三等女子的终身册籍，令其熟玩，尚未觉悟，故引了再到此处，遍历那饮馔声色之幻，或冀将来一悟，未可知也。"

说毕，携了宝玉入室。但闻一缕幽香，不知所闻何物，宝玉不禁相问。

警幻冷笑道："此香乃尘世所无，尔如何能知？此系诸名山胜境初生异卉之精，合各种宝林珠树之油所制，名为'群芳髓'。"宝玉听了，自是羡慕。于是大家入座，小鬟捧上茶来。宝玉觉得香清味美，迥非常品，因又问何名。警幻道："此茶出在放春山遣香洞，又以仙花灵叶上所带的宿露烹了，名曰'千红一窟'。"宝玉听了，点头称赏。因看房内瑶琴、宝鼎、古画、新诗，无所不有；更喜窗下亦有唾绒，奁间时渍粉污。壁上也挂着一副对联，书云：

幽微灵秀地，无可奈何天。

宝玉看毕，因又请问众仙姑姓名：一名痴梦仙姑，一名钟情大士，一名引愁金女，一名度恨菩提，各各道号不一。少刻，有小鬟来调桌安椅，摆设酒馔。正是：

琼浆满泛玻璃盏，玉液浓斟琥珀杯。

宝玉因此酒香洌异常，又不禁相问。警幻道："此酒乃以百花之蕊，万木之汁，加以麟髓、凤乳酿成，因名为'万艳同杯'。"宝玉称赏不迭。

饮酒间，又有十二个舞女上来，请问演何调曲。警幻道："就将新制《红楼梦》十二支演上来。"舞女们答应了，便轻敲檀板，款按银筝，听他歌道是：

开辟鸿蒙，……

方歌了一句，警幻道："此曲不比尘世中所填传奇之曲，必有生、旦、净、末之则，又有南北九宫之调。此或咏叹一人，或感怀一事，偶成一曲，即可谱入管弦。若非个中人，不知其中之妙。料尔亦未必深明此调，若不先阅其稿，后听其曲，反成嚼蜡矣。"说毕，回头命小鬟取了《红楼梦》原稿来，递与宝玉。宝玉接过来，一面目视其文，耳聆其歌曰：

【红楼梦引子】

开辟鸿蒙，谁为情种？都只为风月情浓。奈何天，伤怀日，寂寥时，试遣愚衷。因此上，演出这悲金悼玉的《红楼梦》。

【终身误】

都道是金玉良缘，俺只念木石前盟。空对着，山中高士晶莹雪；终不忘，世外仙姝寂寞林。叹人间，美中不足今方信。纵然是齐眉举案，到底意难平。

【枉凝眉】

一个是阆苑仙葩，一个是美玉无瑕。若说没奇缘，今生偏又遇着他；若说有奇缘，如何心事终虚话？一个枉自嗟呀，一个空劳牵挂。一个是水中月，一个是镜中花。想眼中能有多少泪珠儿，怎禁得秋流到冬，春流到夏！

却说宝玉听了此曲，散漫无稽，未见得好处；但其声韵凄婉，竟能销魂醉魄。因此也不问其原委，也不究其来历，就暂以此释闷而已。因又看下面道：

【恨无常】

喜荣华正好，恨无常又到。眼睁睁，把万事全抛；荡悠悠，芳魂销耗。望家乡，路远山高。故向爹娘梦里相寻告：儿命已入黄泉，天伦呵，须要退步抽身早！

【分骨肉】

一帆风雨路三千，把骨肉家园，齐来抛闪。恐哭损残年，告爹娘，休把儿悬念。自古穷通皆有定，离合岂无缘？从今分两地，各自保平安。奴去也，莫牵连。

【乐中悲】

襁褓中，父母叹双亡。纵居那绮罗丛，谁知娇养？幸生来，英豪阔大宽宏量，从未将儿女私情，略萦心上。好一似，霁月光风耀玉堂。厮配得才貌仙郎，博得个地久天长，准折得幼年时坎坷形状。终久是云散高唐，水涸湘江。这是尘寰中消长数应当，何必枉悲伤！

【世难容】

气质美如兰，才华馥比仙。天生成孤癖人皆罕。你道是啖肉食腥膻，视绮罗俗厌；却不知好高人愈妒，过洁世同嫌。可叹这，青灯古殿人将老；孤负了，红粉朱楼春色阑。到头来，依旧是风尘肮脏违心愿。好一似，无瑕白玉遭泥陷；又何须，王孙公子叹无缘。

【喜冤家】

中山狼，无情兽，全不念当日根由。一味的，骄奢淫荡贪欢媾。觑着那，侯门艳质同蒲柳；作践的，公府千金似下流。叹芳魂艳魄，一载荡悠悠。

【虚花悟】

将那三春勘破，桃红柳绿待如何？把这韶华打灭，觅那清淡天和。说什么，天上夭桃盛，云中杏蕊多；到头来，谁见把秋挨过？则看那，白杨村里人呜咽，青枫林下鬼吟哦；更兼着，连天衰草遮坟墓。这的是，昨贫今富人劳碌，春荣秋谢花折磨。似这般，生关死劫谁能躲？闻说道，西方宝树唤婆娑，上结着长生果。

【聪明累】

机关算尽太聪明，反算了卿卿性命。生前心已碎，死后性空灵。家富人宁，终有个家亡人散各奔腾。枉费了，意悬悬半世心；好一似，荡悠悠三更梦。忽喇喇似大厦倾，昏惨惨似灯将尽。呀！一场欢喜忽悲辛，叹人世，终难定！

【留馀庆】

留馀庆，留馀庆，忽遇恩人；幸娘亲，幸娘亲，积得阴功。劝人生，济困扶穷，休似俺那爱银钱忘骨肉的狠舅奸兄！正是乘除加减，上有苍穹。

【晚韶华】

镜里恩情，更那堪梦里功名。那美韶华去之何迅，再休提绣帐鸳衾。只这戴珠冠，披凤袄，也抵不了无常性命。虽说是，人生莫受老来贫，也须要阴骘积儿孙。气昂昂，头戴簪缨；光灿灿，胸悬金印；威赫赫，爵禄高登；昏惨惨，黄泉路近。问古来将相可还存？也只是虚名儿后人钦敬。

【好事终】

画梁春尽落香尘。擅风情，秉月貌，便是败家的根本。箕裘颓堕皆从敬，家事消亡首罪宁。宿孽总因情。

【飞鸟各投林】

为官的，家业凋零；富贵的，金银散尽。有恩的，死里逃生；无情的，分明报应。欠命的，命已还；欠泪的，泪已尽。冤冤相报自非轻，分离聚合皆前定。欲知命短问前生，老来富贵也真侥幸。看破的，遁入空门；痴迷的，枉送了性命。好一似食尽鸟投林，落了片白茫茫大地真干净！

歌毕，还又歌副歌。警幻见宝玉甚无趣味，因叹：“痴儿竟尚未悟！”那宝玉忙止歌姬不必再唱，自觉朦胧恍惚，告醉求卧。

警幻便命撤去残席，送宝玉至一香闺绣阁中。其间铺陈之盛，乃素所未见之物。更可骇者，早有一位仙姬在内：其鲜艳妩媚，大似宝钗；袅娜风流，又如黛玉。正不知是何意，忽见警幻说道："尘世中多少富贵之家，那些绿窗风月，绣阁烟霞，皆被那些淫污纨袴与流荡女子玷辱了。更可恨者，自古来多少轻薄浪子，皆以'好色不淫'为解，又以'情而不淫'作案：此皆饰非掩丑之语耳。好色即淫，知情更淫。是以巫山之会，云雨之欢，皆由既悦其色，复恋其情所致。吾所爱汝者，乃天下古今第一淫人也。"宝玉听了，唬的慌忙答道："仙姑差了。我因懒于读书，家父母尚每垂训饬，岂敢再冒'淫'字？况且年纪尚幼，不知'淫'为何事。"警幻道："非也。淫虽一理，意则有别。如世之好淫者，不过悦容貌，喜歌舞，调笑无厌，云雨无时，恨不能天下之美女，供我片时之趣兴：此皆皮肤滥淫之蠢物耳。如尔，则天分中生成一段痴情，吾辈推之为'意淫'。惟'意淫'二字，可心会而不可口传，可神通而不能语达。汝今独得此二字，在闺阁中虽可为良友，却于世道中未免迂阔怪诡，百口嘲谤，万目睚眦。今既遇尔祖宁、荣二公剖腹深嘱，吾不忍子独为我闺阁增光而见弃于世道，故引子前来，醉以美酒，沁以仙茗，警以妙曲；再将吾妹一人，乳名兼美，表字可卿者，许配与汝，今夕良时，即可成姻。不过令汝领略此仙闺幻境之风光尚然如此，何况尘世之情景呢。从今后，万万解释，改悟前情，留意于孔孟之间，委身于经济之道。"说毕，便秘授以云雨之事，推宝玉入房中，将门掩上自去。

那宝玉恍恍惚惚，依着警幻所嘱，未免作起儿女的事来，也难以尽述。至次日，便柔情缱绻，软语温存，与可卿难解难分。因二人携手出去游玩之时，忽然至一个所在，但见荆榛遍地，狼虎同行，迎面一道黑溪阻路，并无桥梁可通。正在犹豫之间，忽见警幻从后追来，说道："快休前进，作速回头要紧！"宝玉忙止步问道："此系何处？"警幻道："此乃迷津，深有万丈，遥亘千里。中无舟楫可通，只有一个木筏，乃木居士掌柁，灰侍者撑篙，不受金银之谢，但遇有缘者渡之。尔今偶游至此，设如坠落其中，便深负我从前谆谆警戒之语了。”话犹未了，只听迷津内响如雷声，有许多夜叉海鬼将宝玉拖将下去。吓得宝玉汗下如雨，一面失声喊叫：“可卿救我！”吓得袭人辈众丫鬟忙上来搂住，叫：“宝玉不怕，我们在这里呢。”

却说秦氏正在房外嘱咐小丫头们好生看着猫儿狗儿打架，忽闻宝玉在梦中唤他的小名儿，因纳闷道：“我的小名儿，这里从无人知道，他如何得知，在梦中叫出来？”

未知何因，下回分解。

第六回

贾宝玉初试云雨情
刘老老一进荣国府

却说秦氏因听见宝玉梦中唤他的乳名，心中纳闷，又不好细问。彼时宝玉迷迷惑惑，若有所失，遂起身解怀整衣。袭人过来给他系裤带时，刚伸手至大腿处，只觉冰冷粘湿的一片，吓的忙褪回手来，问："是怎么了？"宝玉红了脸，把他的手一捻。袭人本是个聪明女子，年纪又比宝玉大两岁，近来也渐省人事，今见宝玉如此光景，心中便觉察了一半，不觉把个粉脸羞的飞红，遂不好再问。仍旧理好衣裳，随至贾母处来，胡乱吃过晚饭。过这边来，趁众奶娘、丫鬟不在旁时，另取出一件中衣，与宝玉换上。

宝玉含羞央告道："好姐姐，千万别告诉人。"袭人也含着羞，悄悄的笑问道："你为什么……"说到这里，把眼又往四下里瞧了瞧，才又问道："那是那里流出来的？"宝玉只管红着脸不言语。袭人却只瞅着他笑。迟了一会，宝玉才把梦中之事细说与袭人听。说到云雨私情，羞的袭人掩面伏身而笑。宝玉亦素喜袭人柔媚姣俏，遂强拉袭人，同领警幻所训之事。袭人自知贾母曾将他给了宝玉，也无可推托的，扭捏了半日，无奈何，只得和宝玉温存了一番。自此，宝玉视袭人更自不同；袭人待宝玉也越发尽职了。这话暂且不提。

且说荣府中合算起来，从上至下，也有三百馀口人，一天也有一二十件事，竟如乱麻一般，没个头绪可作纲领。正思从那一件事、那一个人写起方妙？却好忽从千里之外，芥豆之微，小小一个人家，因与荣府略有些瓜葛，这日正往荣府中来，因此便就这一家说起，倒还是个头绪。

原来这小小之家姓王，乃本地人氏。祖上也做过一个小小京官，昔年曾与凤姐之祖、王夫人之父认识，因贪王家的势利，便连了宗，认作侄儿。那时只有王夫人之大兄、凤姐之父与王夫人随在京的知有此一门远族，馀者也皆不知。目今其祖早故，只有一个儿子，名唤王成，因家业萧条，仍搬出城外乡村中住了。王成亦相继身故，有子小名狗儿，娶妻刘氏：生子小名板儿；又生一女，名唤青儿。一家四口，以务农为业。因狗儿白日间自作些生计，刘氏又操井臼等事，青、板姊弟两个无人照管，狗儿遂将岳母刘老老接来，一处过活。这刘老老乃是个久经世代的老寡妇，膝下又无子息，只靠两亩薄田度日。如今女婿接了养活，岂不愿意呢？遂一心一计，帮着女儿、女婿过活。

因这年秋尽冬初，天气冷将上来，家中冬事未办，狗儿未免心中烦躁，吃了几杯闷酒，在家里闲寻气恼，刘氏不敢顶撞。因此刘老老看不过，便劝道："姑爷，你别嗔着我多嘴。咱们村庄人家儿，那一个不是老老实实，守着多大碗儿，吃多大的饭呢。你皆因年小时候，托着老子娘的福，吃喝惯了，如今所以有了钱就顾头不顾尾，没了钱就瞎生气，成了什么男子汉大丈夫了！如今咱们虽离城住着，终是天子脚下。这长安城中遍地皆是钱，只可惜没人会去拿罢了。在家跳蹋也没用。"狗儿听了道："你老只会在炕头上坐着混说，难道叫我打劫去不成？"刘老老说道："谁叫你去打劫呢？也到底大家想个方法儿才好；不然，那银子钱会自己跑到咱们家里来不成？"狗儿冷笑道："有法儿还等到这会子呢？我又没有收税的亲戚，做官的朋友，有什么法子可想的？就有，也只怕他们未必来理我们呢。"

刘老老道："这倒也不然。'谋事在人，成事在天'，咱们谋到了，靠菩萨的保佑，有些机会，也未可知。我倒替你们想出一个机会来。当日你们原是和金陵王家连过宗的，二十年前，他们看承你们还好；如今是你们拉硬屎，不肯去就和他，才疏远起来。想当初我和女儿还去过一遭，他家的二小姐着实爽快会待人的，倒不拿大，如今现是荣国府贾二老爷的夫人。听见他们说，如今上了年纪，越发怜贫恤老的了，又爱斋僧布施。如今王府虽升了官儿，只怕二姑太太还认的咱们，你为什么不走动走动？或者他还念旧，有些好处，也未可知。只要他发点好心，拔根寒毛，比咱们的腰还壮呢。”刘氏接口道：“你老说的好，你我这样嘴脸，怎么好到他门上去？只怕他那门上人也不肯进去告诉，没的白打嘴现世的。”

谁知狗儿利名心重，听如此说，心下便有些活动。又听他妻子这番话，便笑道：“老老既这么说，况且当日你又见过这姑太太一次，为什么不你老人家明日就去走一遭，先试试风头儿去？”刘老老道：“哎哟！可是说的了：‘侯门似海’。我是个什么东西儿？他家人又不认得我，去了也是白跑。”狗儿道：“不妨，我教给你个法儿：你竟带了小板儿先去找陪房周大爷，要见了他，就有些意思了。这周大爷先时和我父亲交过一桩事，我们本极好的。”刘老老道：“我也知道。只是许多时不走动，知道他如今是怎样？这也说不得了。你又是个男人，这么个嘴脸，自然去不得；我们姑娘，年轻的媳妇儿，也难卖头卖脚的。倒还是舍着我这副老脸去碰碰，果然有好处，大家也有益。”当晚计议已定。

次日天未明时，刘老老便起来梳洗了，又将板儿教了几句话。五六岁的孩子，听见带了他进城逛去，喜欢的无不应承。于是刘老老带了板儿，进城至宁荣街来。到了荣府大门前石狮子旁边，只见满门口的轿马。刘老老不敢过去，掸掸衣服，又教了板儿几句话。然后溜到角门前，只见几个挺胸叠肚、指手画脚的人坐在大门上，说东谈西的。刘老老只得蹭上来问：“太爷们纳福。”众人打量了一会，便问：“是那里来的？”刘老老陪笑道：“我找太太的陪房周大爷的，烦那位太爷替我请他出来。”那些人听了，都不理他，半日方说道：“你远远的在那墙畸角儿等着，一会子他们家里就有人出来。”内中有个年老的说道：“何苦误他的事呢？”因向刘老老道：“周大爷往南边去了。他在后一带住着，他们奶奶儿倒在家呢。你打这边绕到后街门上找就是了。”

刘老老谢了，遂领着板儿绕至后门上。只见门上歇着些生意担子：也有卖吃的，也有卖玩耍的。闹吵吵，三二十个孩子在那里。刘老老便拉住一个道：“我问哥儿一声：有个周大娘在家么？”那孩子翻眼瞅着道：“那个周大娘？我们这里周大娘有几个呢，不知那一个行当儿上的？”刘老老道：“他是太太的陪房。”那孩子道：“这个容易，你跟了我来。”引着刘老老进了后院，到一个院子墙边，指道：“这就是他家。”又叫道：“周大妈，有个老奶奶子找你呢。”

周瑞家的在内忙迎出来问：“是那位？”刘老老迎上来，笑问道：“好啊？周嫂子。”周瑞家的认了半日，方笑道：“刘老老，你好？你说么，这几年不见，我就忘了。请家里坐。”刘老老一面走，一面笑说道：“你老是贵人多忘事了，那里还记得我们？”说着，来至房中，周瑞家的命雇的小丫头倒上茶来，吃着。周瑞家的又问道：“板儿长了这么大了么？”又问些别后闲话。又问刘老老：“今日还是路过，还是特来的？”刘老老便说：“原是特来瞧瞧嫂子；二则也请请姑太太的安。若可以领我见一见更好；若不能，就借重嫂子，转致意罢了。”

周瑞家的听了，便已猜着几分来意。只因他丈夫昔年争买田地一事，多得狗儿他父亲之力，今见刘老老如此，心中难却其意；二则，也要显弄自己的体面。便笑说：“老老你放心。大远的诚心诚意来了，岂有个不叫你见个真佛儿去的呢？论理，人来客至，却都不与我相干。我们这里都是各占一样儿：我们男的只管春秋两季地租子，闲了时带着小爷们出门就完了；我只管跟太太、奶奶们出门的事。皆因你是太太的亲戚，又拿我当个人，投奔了我来，我竟破个例，给你通个信儿去。但只一件，你还不知道呢：我们这里不比五年前了，如今太太不理事，都是琏二奶奶当家。你打量琏二奶奶是谁？就是太太的内侄女儿，大舅老爷的女孩儿，小名儿叫凤哥的。”

刘老老听了，忙问道：“原来是他，怪道呢，我当日就说他不错。这么说起来，我今儿还得见他了？”周瑞家的道：“这个自然。如今有客来，都是凤姑娘周旋接待。今儿宁可不见太太，倒得见他一面，才不枉走这一遭儿。”刘老老道：“阿弥陀佛！这全仗嫂子方便了。”周瑞家的说：“老老说那里话。俗语说的好：‘与人方便，自己方便。’不过用我一句话，又费不着我什么事。”说着，便唤小丫头：“到倒厅儿上，悄悄的打听老太太屋里摆了饭了没有。”小丫头去了。

这里二人又说了些闲话。刘老老因说："这位凤姑娘，今年不过十八九岁罢了，就这等有本事，当这样的家，可是难得的。"周瑞家的听了道："嗐！我的老老，告诉不得你了。这凤姑娘年纪儿虽小，行事儿比是人都大呢。如今出挑的美人儿似的，少说着只怕有一万个心眼子；再要赌口齿，十个会说的男人也说不过他呢。回来你见了，就知道了。就只一件：待下人未免太严些儿。"

说着，小丫头回来说："老太太屋里摆完了饭了，二奶奶在太太屋里呢。"周瑞家的听了，连忙起身，催着刘老老："快走，这一下来，就只吃饭是个空儿，咱们先等着去；若迟了一步，回事的人多了，就难说了；再歇了中觉，越发没时候了。"

说着，一齐下了炕，整顿衣服，又教了板儿几句话，跟着周瑞家的，逶迤往贾琏的住宅来。先至倒厅，周瑞家的将刘老老安插住等着。自己却先过影壁，走进了院门，知凤姐尚未出来，先找着凤姐的一个心腹通房大丫头名唤平儿的。周瑞家的先将刘老老起初来历说明，又说："今日大远的来请安，当日太太是常会的，所以我带了他过来。等着奶奶下来，我细细儿的回明了，想来奶奶也不至嗔着我莽撞的。"

平儿听了，便作了个主意："叫他们进来，先在这里坐着就是了。"周瑞家的才出去领了他们进来，上了正房台阶，小丫头打起猩红毡帘。才入堂屋，只闻一阵香扑了脸来，竟不知是何气味，身子就像在云端里一般。满屋里的东西都是耀眼争光，使人头晕目眩。刘老老此时只有点头咂嘴念佛而已。于是走到东边这间屋里，乃是贾琏的女儿睡觉之所。平儿站在炕沿边，打量了刘老老两眼，只得问个好，让了坐。刘老老见平儿遍身绫罗，插金戴银，花容月貌，便当是凤姐儿了，才要称"姑奶奶"，只见周瑞家的说："他是平姑娘。"又见平儿赶着周瑞家的叫他"周大娘"，方知不过是个有体面的丫头。于是让刘老老和板儿上了炕，平儿和周瑞家的对面坐在炕沿上，小丫头们倒了茶来，吃了。

刘老老只听见咯当咯当的响声，很似打罗筛面的一般，不免东瞧西望的。忽见堂屋中柱子上挂着一个匣子，底下又坠着一个秤铊似的，却不住的乱晃。

刘老老心中想着："这是什么东西？有煞用处呢？"正发呆时，陡听得当的一声，又若金钟、铜磬一般，倒吓得不住的展眼儿。接着一连又是八九下。欲待问时，只见小丫头们一齐乱跑，说："奶奶下来了。"平儿和周瑞家的忙起身说："老老只管坐着，等是时候儿，我们来请你。"说着迎出去了。

刘老老只屏声侧耳默候。只听远远有人笑声，约有一二十个妇人，衣裙窸窣，渐入堂屋，往那边屋内去了。又见三两个妇人，都捧着大红油漆盒，进这边来等候。听得那边说道："摆饭。"渐渐的人才散出去，只有伺候端菜的几个人。半日鸦雀不闻。忽见两个人抬了一张炕桌来，放在这边炕上，桌上碗盘摆列，仍是满满的鱼肉，不过略动了几样。板儿一见，就吵着要肉吃，刘老老打了他一巴掌。

忽见周瑞家的笑嘻嘻走过来，点手儿叫他。刘老老会意，于是带着板儿下炕。至堂屋中间，周瑞家的又和他咕唧了一会子，方蹭到这边屋内。只见门外铜钩上悬着大红洒花软帘，南窗下是炕，炕上大红条毡，靠东边板壁立着一个锁子锦的靠背和一个引枕，铺着金线闪缎大坐褥，旁边有银唾盒。那凤姐家常戴着紫貂昭君套，围着那攒珠勒子，穿着桃红洒花袄，石青刻丝灰鼠披风，大红洋绉银鼠皮裙，粉光脂艳，端端正正坐在那里，手内拿着小铜火箸儿拨手炉内的灰。平儿站在炕沿边，捧着小小的一个填漆茶盘，盘内一个小盖钟儿。

凤姐也不接茶，也不抬头，只管拨那灰，慢慢的道："怎么还不请进来？"一面说，一面抬身要茶时，只见周瑞家的已带了两个人立在面前了，这才忙欲起身；犹未起身，满面春风的问好，又嗔着周瑞家的："怎么不早说？"刘老老已在地下拜了几拜，问姑奶奶安。凤姐忙说："周姐姐，搀着不拜罢。我年轻，不大认得，可也不知是什么辈数儿，不敢称呼。"周瑞家的忙回道："这就是我才回的那个老老了。"凤姐点头。刘老老已在炕沿上坐下了。板儿便躲在他背后，百般的哄他出来作揖，他死也不肯。

凤姐笑道："亲戚们不大走动，都疏远了。知道的呢，说你们弃嫌我们，不肯常来；不知道的那起小人，还只当我们眼里没人似的。"刘老老忙念佛道："我们家道艰难，走不起：来到这里，没的给姑奶奶打嘴，就是管家爷们瞧着也不像。”凤姐笑道：“这话没的叫人恶心。不过托赖着祖父的虚名，作个穷官儿罢咧，谁家有什么？不过也是个空架子。俗语儿说的好，‘朝廷还有三门子穷亲’呢，何况你我？”说着，又问周瑞家的：“回了太太了没有？”周瑞家的道：“等奶奶的示下。”凤姐儿道：“你去瞧瞧，要是有人就罢；要得闲呢，就回了，看怎么说。”周瑞家的答应去了。

这里凤姐叫人抓了些果子给板儿吃。刚问了几句闲话时，就有家下许多媳妇儿管事的来回话。平儿回了，凤姐道：“我这里陪客呢，晚上再来回；要有紧事，你就带进来现办。”平儿出去，一会进来说：“我问了，没什么要紧的，我叫他们散了。”凤姐点头。

只见周瑞家的回来，向凤姐道：“太太说：‘今日不得闲儿，二奶奶陪着也是一样。多谢费心想着。要是白来逛逛呢，便罢；有什么说的，只管告诉二奶奶。’”刘老老道：“也没甚的说，不过来瞧瞧姑太太、姑奶奶，也是亲戚们的情分。”周瑞家的道：“没有什么说的便罢；要有话，只管回二奶奶，和太太是一样儿的。”一面说，一面递了个眼色儿。刘老老会意，未语先红了脸；待要不说，今日所为何来？只得勉强说道：“论今日初次见，原不该说的；只是大远的奔了你老这里来，少不得说了……”

刚说到这里，只听二门上小厮们回说：“东府里小大爷进来了。”凤姐忙和刘老老摆手道：“不必说了。”一面便问：“你蓉大爷在那里呢？”只听一路靴子响，进来了一个十七八岁的少年，面目清秀，身段苗条，美服华冠，轻裘宝带。刘老老此时坐不是，站不是，藏没处藏，躲没处躲。凤姐笑道：“你只管坐着罢，这是我侄儿。”刘老老才扭扭捏捏的在炕沿儿上侧身坐下。

那贾蓉请了安，笑回道：“我父亲打发来求婶子：上回老舅太太给婶子的那架玻璃炕屏，明儿请个要紧的客，略摆一摆就送来。”凤姐道：“你来迟了，昨儿已经给了人了。”贾蓉听说，便笑嘻嘻的在炕沿上下个半跪道：“婶子要不借，我父亲又说我不会说话了，又要挨一顿好打。好婶子，只当可怜我罢。”凤姐笑道：“也没见我们王家的东西都是好的？你们那里放着那些好东西，只别看见我的东西才罢，一见了就想拿了去。”贾蓉笑道：“只求婶娘开恩罢。”

凤姐道："碰坏一点儿，你可仔细你的皮。"因命平儿拿了楼门上钥匙，叫几个妥当人来抬去。贾蓉喜的眉开眼笑，忙说："我亲自带人拿去，别叫他们乱碰。"说着便起身出去了。这凤姐忽然想起一件事来，便向窗外叫："蓉儿回来！"外面几个人接声说："请蓉大爷回来呢。"贾蓉忙回来，满脸笑容的瞅着凤姐，听何指示。那凤姐只管慢慢吃茶，出了半日神，忽然把脸一红，笑道："罢了，你先去罢。晚饭后你来，再说罢。这会子有人，我也没精神了。"贾蓉答应个"是"，抿着嘴儿一笑，方慢慢退去。

这刘老老方安顿了，便说道："我今日带了你侄儿，不为别的，因他爹娘连吃的没有，天气又冷，只得带了你侄儿，奔了你老来。"说着，又推板儿道："你爹在家里怎么教你的？打发咱们来作煞事的？只顾吃果子。"凤姐早已明白了，听他不会说话，因笑道："不必说了，我知道了。"因问周瑞家的道："这老老不知用了早饭没有呢？"刘老老忙道："一早就往这里赶咧，那里还有吃饭的工夫咧？"凤姐便命快传饭来。

一时周瑞家的传了一桌客馔，摆在东屋里，过来带了刘老老和板儿，过去吃饭。凤姐这里道："周姐姐好生让着些儿，我不能陪了。"一面又叫过周瑞家的来问道："方才回了太太，太太怎么说了？"周瑞家的道："太太说：'他们原不是一家子，当年他们的祖和太老爷在一处做官，因连了宗的。这几年不大走动。当时他们来了，却也从没空过的。如今来瞧我们，也是他的好意，别简慢了他。要有什么话，叫二奶奶裁夺着就是了。'"凤姐听了，说道："怪道既是一家子，我怎么连影儿也不知道？"

说话间，刘老老已吃完了饭，拉了板儿过来，舔唇咂嘴的道谢。凤姐笑道："且请坐下，听我告诉你：方才你的意思，我已经知道了。论起亲戚来，原该不等上门，就有照应才是；但只如今家里事情太多，太太上了年纪，一时想不到是有的。我如今接着管事，这些亲戚们又都不大知道；况且外面看着虽是烈烈轰轰，不知大有大的难处，说给人也未必信。你既大远的来了，又是头一遭儿和我张个口，怎么叫你空回去呢？可巧昨儿太太给我的丫头们作衣裳的二十两银子还没动呢，你不嫌少。先拿了去用罢。"

那刘老老先听见告艰苦，只当是没想头了；又听见给他二十两银子，喜的眉开眼笑道："我们也知道艰难的，但只俗语说的：'瘦死的骆驼比马还大'呢。凭他怎样，你老拔一根寒毛，比我们的腰还壮哩。"周瑞家的在旁听见他说的粗鄙，只管使眼色止他。凤姐笑而不睬，叫平儿把昨儿那包银子拿来，再拿一串钱，都送至刘老老跟前。凤姐道："这是二十两银子，暂且给这孩子们作件冬衣罢。改日没事，只管来逛逛，才是亲戚们的意思。天也晚了，不虚留你们了。到家该问好的都问个好儿罢。"一面说，一面就站起来了。

刘老老只是千恩万谢的，拿了银钱，跟着周瑞家的走到外边。周瑞家的道："我的娘！你怎么见了他倒不会说话了呢？开口就是'你侄儿'。我说句不怕你恼的话，就是亲侄儿，也要说的和软些儿。那蓉大爷才是他的侄儿呢，他怎么又跑出这么个侄儿来了呢！"刘老老笑道："我的嫂子，我见了他，心眼儿里爱还爱不过来，那里还说的上话来？"

二人说着，又到周瑞家坐了片刻。刘老老要留下一块银子给周家的孩子们买果子吃，周瑞家的那里放在眼里，执意不肯。刘老老感谢不尽，仍从后门去了。

未知去后如何，且听下回分解。

第七回

送宫花贾琏戏熙凤
宴宁府宝玉会秦钟

话说周瑞家的送了刘老老去后，便上来回王夫人话，谁知王夫人不在上房，问丫鬟们，方知往薛姨妈那边说话儿去了。周瑞家的听说，便出东角门，过东院，往梨香院来。刚至院门前，只见王夫人的丫鬟金钏儿和那一个才留头的小女孩儿站在台阶儿上玩呢。看见周瑞家的进来，便知有话来回，因往里努嘴儿。

周瑞家的轻轻掀帘进去，见王夫人正和薛姨妈长篇大套的说些家务人情话。周瑞家的不敢惊动，遂进里间来。只见薛宝钗家常打扮，头上只挽着纂儿，坐在炕里边，伏在几上，和丫鬟莺儿正在那里描花样子呢。见他进来，便放下笔，转过身，满面堆笑让："周姐姐坐。"周瑞家的也忙陪笑问道："姑娘好？"一面炕沿边坐了，因说："这有两三天也没见姑娘到那边逛逛去，只怕是你宝兄弟冲撞了你不成？"宝钗笑道："那里的话。只因我那宗病又发了，所以且静养两天。"周瑞家的道："正是呢，姑娘到底有什么病根儿？也该趁早请个大夫，认真医治医治。小小的年纪儿，倒作下个病根儿，也不是玩的呢。"宝钗听说，笑道："再别提起这个病。也不知请了多少大夫，吃了多少药，花了多少钱，总不见一点效验儿。后来还亏了一个和尚，专治无名的病症，因请他看了。他说我这是从胎里带来的一股热毒，幸而我先天壮，还不相干。要是吃丸药，是不中用的。他就说了个海上仙方儿，又给了一包末药作引子，异香异气的。他说犯了时，吃一丸就好了。倒也奇怪，这倒效验些。"

周瑞家的因问道："不知是什么方儿？姑娘说了，我们也好记着，说给人知道。要遇见这样病，也是行好的事。”宝钗笑道：“不问这方儿还好，若问这方儿，真把人琐碎死了。东西药料，一概却都有限，最难得是‘可巧’二字：要春天开的白牡丹花蕊十二两，夏天开的白荷花蕊十二两，秋天的白芙蓉花蕊十二两，冬天的白梅花蕊十二两。将这四样花蕊于次年春分这一天晒干，和在末药一处，一齐研好。又要雨水这日的天落水十二钱……”周瑞家的笑道：“嗳呀！这么说就得三年的工夫呢。倘或雨水这日不下雨，可又怎么着呢？”宝钗笑道：“所以说，那里有这么可巧的雨？也只好再等罢了。还要白露这日的露水十二钱，霜降这日的霜十二钱，小雪这日的雪十二钱。把这四样水调匀了，丸了龙眼大的丸子，盛在旧磁坛里，埋在花根底下。若发了病的时候儿，拿出来吃一丸，用一钱二分黄柏煎汤送下。”

周瑞家的听了，笑道：“阿弥陀佛！真巧死了人，等十年还未必碰的全呢。”宝钗道：“竟好。自他去后，一二年间，可巧都得了，好容易配成一料。如今从家里带了来，现埋在梨花树底下。”周瑞家的又道：“这药有名字没有呢？”宝钗道：“有。也是那和尚说的，叫作‘冷香丸’。”周瑞家的听了点头儿。因又说：“这病发了时，到底怎么着？”宝钗道：“也不觉什么，不过只喘嗽些，吃一丸也就罢了。”

周瑞家的还要说话时，忽听王夫人问道：“谁在里头？”周瑞家的忙出来答应了，便回了刘老老之事。略待半刻，见王夫人无话，方欲退出去，薛姨妈忽又笑道：“你且站住，我有一件东西，你带了去罢。”说着便叫：“香菱。”帘栊响处，才和金钏儿玩的那个小丫头进来，问：“太太叫我做什么？”薛姨妈道：“把那匣子里的花儿拿来。”香菱答应了，向那边捧了个小锦匣儿来。薛姨妈道：“这是宫里头作的新鲜花样儿堆纱花十二枝。昨儿我想起来，白放着可惜旧了，何不给他们姐妹们戴去？昨儿要送去，偏又忘了。你今儿来得巧，就带了去罢。你家的三位姑娘每位两枝；下剩六枝：送林姑娘两枝，那四枝给凤姐儿罢。”王夫人道：“留着给宝丫头戴也罢了，又想着他们。”薛姨妈道：“姨太太不知，宝丫头怪着呢，他从来不爱这些花儿粉儿的。”

说着，周瑞家的拿了匣子，走出房门。见金钏儿仍在那里晒日阳儿，周瑞家的问道："那香菱小丫头子，可就是时常说的临上京时买的，为他打人命官司的那个小丫头吗？"金钏儿道："可不就是他。"正说着，只见香菱笑嘻嘻的走来。周瑞家的便拉了他的手，细细的看了一回，因向金钏儿笑道："这个模样儿，竟有些像咱们东府里的小蓉奶奶的品格儿。"金钏儿道："我也这么说呢。"周瑞家的又问香菱："你几岁投身到这里？"又问："你父母在那里呢？今年十几了？本处是那里的人？"香菱听问，摇头说："不记得了。"周瑞家的和金钏儿听了，倒反为叹息了一回。

一时周瑞家的携花至王夫人正房后。原来近日贾母说孙女们太多，一处挤着倒不便，只留宝玉、黛玉二人在这边解闷，却将迎春、探春、惜春三人移到王夫人这边房后三间抱厦内居住，令李纨陪伴照管。如今周瑞家的故顺路先往这里来，只见几个小丫头都在抱厦内默坐，听着呼唤。迎春的丫鬟司棋和探春的丫鬟侍书，二人正掀帘子出来，手里都捧着茶盘、茶钟。周瑞家的便知他姐妹在一处坐着，也进入房内，只见迎春、探春二人正在窗下围棋。周瑞家的将花送上，说明原故。二人忙住了棋，都欠身道谢，命丫鬟们收了。

周瑞家的答应了，因说："四姑娘不在房里，只怕在老太太那边呢。"丫鬟们道："在那屋里不是？"周瑞家的听了，便往这边屋里来，只见惜春正同水月庵的小姑子智能儿，两个一处玩耍呢。见周瑞家的进来，便问他何事。周瑞家的将花匣打开，说明原故。惜春笑道："我这里正和智能儿说，我明儿也要剃了头，跟他作姑子去呢，可巧又送了花来；要剃了头，可把花儿戴在那里呢？"说着，大家取笑一会，惜春命丫鬟收了。

周瑞家的因问智能儿："你是什么时候来的？你师父那秃歪剌那里去了？"智能儿道："我们一早就来了。我师父见过太太，就往于老爷府里去了，叫我在这里等他呢。"周瑞家的又道："十五的月例香供银子可得了没有？"智能儿道："不知道。"惜春便问周瑞家的："如今各庙月例银子是谁管着？"周瑞家的道："是余信管着。"惜春听了，笑道："这就是了。他师父一来了，余信家的就赶上来，和他师父咕唧了半日，想必就是为这个事了。"

那周瑞家的又和智能儿唠叨了一回，便往凤姐处来。穿过了夹道子，从李纨后窗下，越过西花墙，出西角门，进凤姐院中。走至堂屋，只见小丫头丰儿坐在房门槛儿上。见周瑞家的来了，连忙的摆手儿，叫他往东屋里去。周瑞家的会意，忙着蹑手蹑脚儿的往东边屋里来，只见奶子拍着大姐儿睡觉呢。周瑞家的悄悄儿问道："二奶奶睡中觉呢吗？也该清醒了。"奶子笑着，撇着嘴摇头儿。正问着，只听那边微有笑声儿，却是贾琏的声音。接着房门响，平儿拿着大铜盆出来，叫人舀水。

平儿便进这边来，见了周瑞家的，便问："你老人家又来作什么？"周瑞家的忙起身，拿匣子给他看道："送花儿来了。"平儿听了，便打开匣子，拿了四枝，抽身去了。半刻工夫，手里拿出两枝来，先叫彩明来，吩咐："送到那边府里，给小蓉大奶奶戴的。"次后方命周瑞家的回去道谢。

周瑞家的这才往贾母这边来。过了穿堂，顶头忽见他的女孩儿打扮着，才从他婆家来。周瑞家的忙问："你这会子跑来作什么？"他女孩儿说："妈，一向身上好？我在家里等了这半日，妈竟不回去。什么事情，这么忙的不回家？我等烦了，自己先到了老太太跟前请了安了，这会子请太太的安去。妈还有什么不了的差事？手里是什么东西？"周瑞家的笑道："嗳！今儿偏偏来了个刘老老，我自己多事，为他跑了半日。这会子叫姨太太看见了，叫送这几枝花儿给姑娘、奶奶们去，这还没有送完呢。你今儿来，一定有什么事情。"

他女孩儿笑道："你老人家倒会猜，一猜就猜着了。实对你老人家说：你女婿因前儿多喝了点子酒，和人分争起来。不知怎么叫人放了把邪火，说他来历不明，告到衙门里，要递解还乡。所以我来和你老人家商量商量，讨个情分。不知求那个可以了事？"周瑞家的听了道："我就知道。这算什么大事，忙的这么着？你先家去，等我送了林姑娘的花儿就回去。这会儿太太、二奶奶都不得闲儿呢。"他女孩儿听说，便回去了，还说："妈，好歹快来。"周瑞家的道："是了罢。小人儿家没经过什么事，就急的这么个样儿！"

说着，便到黛玉房中去了。谁知此时黛玉不在自己房里，却在宝玉房中，大家解九连环作戏。周瑞家的进来，笑道："林姑娘，姨太太叫我送花儿来了。"宝玉听说，便说："什么花儿？拿来我瞧瞧。"一面便伸手接过匣子来看时，原来是两枝宫制堆纱新巧的假花。黛玉只就宝玉手中看了一看，便问道：“还是单送我一个人的，还是别的姑娘们都有呢？”周瑞家的道：“各位都有了，这两枝是姑娘的。”黛玉冷笑道：“我就知道么，别人不挑剩下的也不给我呀。”周瑞家的听了，一声儿也不敢言语。

宝玉问道：“周姐姐，你作什么到那边去了？”周瑞家的因说：“太太在那里，我回话去了，姨太太就顺便叫我带来的。”宝玉道：“宝姐姐在家里作什么呢？怎么这几日也不过来？”周瑞家的道：“身上不大好呢。”宝玉听了，便和丫头们说：“谁去瞧瞧，就说我和林姑娘打发来问姨娘、姐姐安，问姐姐是什么病，吃什么药。论理，我该亲自来的；就说才从学里回来，也着了些凉，改日再亲自来看。”说着，茜雪便答应去了。周瑞家的自去无话。

原来周瑞家的女婿便是雨村的好友冷子兴，近日因卖古董，和人打官司，故叫女人来讨情。周瑞家的仗着主子的势，把这些事也不放在心上，晚上只求求凤姐便完了。

至掌灯时，凤姐卸了妆，来见王夫人，回说：“今儿甄家送了来的东西，我已收了；咱们送他的，趁着他家有年下送鲜的船，交给他带了去了。”王夫人点点头儿。凤姐又道：“临安伯老太太生日的礼已经打点了，太太派谁送去？”王夫人道：“你瞧谁闲着，叫四个女人去就完了，又来问我。”凤姐道：“今日珍大嫂子来请我明日去逛逛，明日有什么事没有？”王夫人道：“有事没事都碍不着什么。每常他来请，有我们，你自然不便；他不请我们，单请你，可知是他的诚心，叫你散荡散荡。别辜负了他的心，倒该过去走走才是。”凤姐答应了。当下李纨、探春等姊妹们也都定省毕，各归房无话。

次日，凤姐梳洗了，先回王夫人毕，方来辞贾母。宝玉听了，也要逛去。凤姐只得答应着，立等换了衣裳。姐儿两个坐了车，一时进入宁府。早有贾珍之妻尤氏与贾蓉媳妇秦氏，婆媳两个带着多少侍妾、丫鬟等接出仪门。那尤氏一见凤姐，必先嘲笑一阵。一手拉了宝玉，同入上房里坐下。秦氏献了茶。凤姐便说：“你们请我来作什么？拿什么孝敬我？有东西就献上来罢，我还有事呢。”尤氏未及答应，几个媳妇们先笑道：“二奶奶今日不来就罢，既来了，就依不得你老人家了。”

正说着，只见贾蓉进来请安。宝玉因道：“大哥哥今儿不在家么？”尤氏道：“今儿出城请老爷的安去了。”又道：“可是你怪闷的，坐在这里作什么？何不出去逛逛呢？”秦氏笑道：“今日可巧：上回宝二叔要见我兄弟，今儿他在这里书房里坐着呢，为什么不瞧瞧去？”宝玉便要去见，尤氏忙吩咐人小心伺候着跟了去。凤姐道：“既这么着，为什么不请进来我也见见呢？”尤氏笑道：“罢，罢，可以不必见他。比不得咱们家的孩子，胡打海摔惯了的；人家的孩子都是斯斯文文的，没见过你这样泼辣货，还叫人家笑话死呢。”凤姐笑道：“我不笑话他就罢了，他敢笑话我？”贾蓉道：“他生的腼腆，没见过大阵仗儿，婶子见了，没的生气。”凤姐啐道：“呸！扯臊！他是哪吒，我也要见见。别放你娘的屁了！再不带来，打你顿好嘴巴子。”贾蓉溜湫着眼儿笑道：“何苦婶子又使利害？我们带了来就是了。”凤姐也笑了。

说着出去，一会儿，果然带了个后生来：比宝玉略瘦些，眉清目秀，粉面朱唇，身材俊俏，举止风流，似更在宝玉之上；只是怯怯羞羞，有些女儿之态。腼腆含糊的向凤姐请安问好。凤姐喜的先推宝玉，笑道：“比下去了。”便探身一把攥了这孩子的手，叫他身旁坐下，慢慢问他年纪、读书等事，方知他学名叫秦钟。早有凤姐跟的丫鬟、媳妇们看见凤姐初见秦钟，并未备得表礼来，遂忙过那边去告诉平儿。平儿素知凤姐和秦氏厚密，遂自作主意，拿了一匹尺头，两个“状元及第”的小金锞子，交付来人送过去。凤姐还说太简薄些。秦氏等谢毕，一时吃过了饭，尤氏、凤姐、秦氏等抹骨牌，不在话下。

宝玉、秦钟二人随便起坐说话儿。那宝玉自一见秦钟，心中便如有所失。痴了半日，自己心中又起了个呆想，乃自思道：“天下竟有这等的人物！如今看了，我竟成了泥猪癞狗了。可恨我为什么生在这侯门公府之家？要也生在寒儒薄宦的家里，早得和他交接，也不枉生了一世。我虽比他尊贵，但绫锦纱罗，也不过裹了我这枯株朽木；羊羔美酒，也不过填了我这粪窟泥沟。‘富贵’二字，真真把人荼毒了！”那秦钟见了宝玉形容出众，举止不凡，更兼金冠绣服，艳婢娇童，心中亦自思道："果然怨不得姐姐素日提起来就夸不绝口。我偏偏生于清寒之家，怎能和他交接亲厚一番，也是缘法。"二人一样胡思乱想。宝玉又问他读什么书。秦钟见问，便依实而答。二人你言我语，十来句话，越觉亲密起来了。

一时捧上茶果吃茶，宝玉便说："我们两个又不吃酒，把果子摆在里间小炕上，我们那里去，省了闹的你们不安。"于是二人进里间来吃茶。秦氏一面张罗凤姐吃果酒，一面忙进来嘱咐宝玉道："宝二叔，你侄儿年轻，倘或说话不防头，你千万看着我，别理他。他虽腼腆，却脾气拐孤，不大随和儿。"宝玉笑道："你去罢，我知道了。"秦氏又嘱咐了他兄弟一回，方去陪凤姐儿去了。

一时凤姐、尤氏又打发人来问宝玉："要吃什么，只管要去。"宝玉只答应着，也无心在饮食上，只问秦钟近日家务等事。秦钟因言："业师于去岁辞馆，家父年纪老了，残疾在身，公务繁冗，因此尚未议及延师，目下不过在家温习旧课而已。再，读书一事，也必须有一二知己为伴，时常大家讨论，才能有些进益……"宝玉不待说完，便道："正是呢。我们家却有个家塾，合族中有不能延师的便可入塾读书，亲戚子弟可以附读。我因上年业师回家去了，也现荒废着。家父之意，亦欲暂送我去，且温习着旧书，待明年业师上来，再各自在家读书。一则，家祖母因说：家学里子弟太多，恐怕大家淘气，反不好；二则，也因我病了几天：遂暂且耽搁着。如此说来，尊翁如今也为此事悬心。今日回去，何不禀明，就往我们这敝塾中来？我也相伴，彼此有益，岂不是好事？"秦钟笑道："家父前日在家提起延师一事，也曾提起这里的义学倒好，原要来和这里的老爷商议引荐，因这里又有事忙，不便为这点子小事来絮聒。二叔果然度量侄儿或可磨墨洗砚，何不速速作成？又彼此不致荒废，又可以常相聚谈，又可以慰父母之心，又可以得朋友之乐：岂不是美事？"宝玉道："放心，放心。咱们回来告诉你姐夫、姐姐和琏二嫂子，今日你就回家禀明令尊，我回去禀明了祖母：再无不速成之理。"

二人计议已定，那天气已是掌灯时分，出来又看他们玩了一回牌。算帐时，却又是秦氏、尤氏二人输了戏酒的东道，言定后日吃这东道。一面又吃了晚饭。因天黑了，尤氏说："派两个小子送了秦哥儿家去。"媳妇们传出去半日，秦钟告辞起身。尤氏问："派谁送去？"媳妇们回说："外头派了焦大，谁知焦大醉了，又骂呢。"尤氏、秦氏都道："偏又派他作什么？那个小子派不得，偏又惹他。"凤姐道："成日家说你太软弱了，纵的家里人这样，还了得吗？"尤氏道："你难道不知这焦大的？连老爷都不理他，你珍大哥哥也不理他。因他从小儿跟着太爷出过三四回兵，从死人堆里把太爷背出来了，才得了命；自己挨着饿，却偷了东西给主子吃；两日没水，得了半碗水，给主子喝，他自己喝马溺：不过仗着这些功劳情分，有祖宗时，都另眼相待，如今谁肯难为他？他自己又老了，又不顾体面，一味的好酒，喝醉了无人不骂。我常说给管事的：以后不用派他差使，只当他是个死的就完了。今儿又派了他。"凤姐道："我何曾不知这焦大？到底是你们没主意，何不远远的打发他到庄子上去就完了。"说着，因问："我们的车可齐备了？"众媳妇们说："伺候齐了。"

凤姐也起身告辞，和宝玉携手同行。尤氏等送至大厅前，见灯火辉煌，众小厮都在丹墀侍立。那焦大又恃贾珍不在家，因趁着酒兴，先骂大总管赖二，说他不公道，欺软怕硬："有好差使，派了别人；这样黑更半夜送人，就派我。没良心的忘八羔子！瞎充管家！你也不想想，焦大太爷跷起一只腿，比你的头还高些。二十年头里的焦大太爷眼里有谁？别说你们这一把子的杂种们！"

正骂得兴头上，贾蓉送凤姐的车出来，众人喝他不住。贾蓉忍不住，便骂了几句，叫人："捆起来！等明日酒醒了，再问他还寻死不寻死！"那焦大那里有贾蓉在眼里，反大叫起来，赶着贾蓉叫："蓉哥儿，你别在焦大跟前使主子性儿。别说你这样儿的，就是你爹，你爷爷，也不敢和焦大挺腰子呢。不是焦大一个人，你们能作官儿，享荣华，受富贵？你祖宗九死一生挣下这个家业，到如今不报我的恩，反和我充起主子来了。不和我说别的还可，再说别的，咱们白刀子进去，红刀子出来！”凤姐在车上和贾蓉说：“还不早些打发了没王法的东西！留在家里，岂不是害？亲友知道，岂不笑话咱们这样的人家，连个规矩都没有？”贾蓉答应了“是”。

众人见他太撒野，只得上来了几个，揪翻捆倒，拖往马圈里去。焦大益发连贾珍都说出来，乱嚷乱叫说：“我要往祠堂里哭太爷去。那里承望到如今生下这些畜生来，每日偷狗戏鸡，爬灰的爬灰，养小叔子的养小叔子，我什么不知道？咱们胳膊折了往袖子里藏。”众小厮见说出来的话有天没日的，唬得魂飞魄丧，把他捆起来，用土和马粪满满的填了他一嘴。

凤姐和贾蓉也遥遥的听见了，都装作没听见。宝玉在车上听见，因问凤姐道：“姐姐，你听他说‘爬灰的爬灰’，这是什么话？”凤姐连忙喝道：“少胡说！那是醉汉嘴里胡唚，你是什么样的人，不说没听见，还倒细问。等我回了太太，看是捶你不捶你。”吓得宝玉连忙央告：“好姐姐，我再不敢说这些话了。”凤姐哄他道：“好兄弟，这才是呢。等回去咱们回了老太太，打发人到家学里去说明了，请了秦钟，学里念书去要紧。”说着自回荣府而来。

要知端的，下回分解。

第八回

贾宝玉奇缘识金锁
薛宝钗巧合认通灵

话说宝玉和凤姐回家，见过众人，宝玉便回明贾母，要约秦钟上家塾之事，自己也有个伴读的朋友，正好发愤；又着实称赞秦钟人品行事，最是可人怜爱的。凤姐又在一旁帮着说：“改日秦钟还来拜见老祖宗呢。”说的贾母喜欢起来。凤姐又趁势请贾母一同过去看戏。

贾母虽年高，却极有兴头。后日，尤氏来请，遂带了王夫人、黛玉、宝玉等过去看戏。至晌午，贾母便回来歇息。王夫人本好清净，见贾母回来，也就回来了。然后凤姐坐了首席，尽欢至晚而罢。

却说宝玉送贾母回来，待贾母歇了中觉，还要回去看戏，又恐搅的秦氏等人不便。因想起宝钗近日在家养病，未去看视，意欲去望他。若从上房后角门过去，恐怕遇见别事缠绕，又怕遇见他父亲，更为不妥，宁可绕个远儿。当下众嬷嬷、丫鬟伺候他换衣服，见不曾换，仍出二门去了，众嬷嬷、丫鬟只得跟随出来。还只当他去那边府中看戏，谁知到了穿堂儿，便向东北边绕过厅后而去。偏顶头遇见了门下清客相公詹光、单聘仁二人走来，一见了宝玉，便都赶上来笑道，一个抱着腰，一个拉着手，道：“我的菩萨哥儿，我说做了好梦呢，好容易遇见你了。”说着，又唠叨了半日才走开。老嬷嬷叫住，因问：“你们二位是往老爷那里去的不是？”二人点头道：“是。”又笑着说：“老爷在梦坡斋小书房里歇中觉呢，不妨事的。”一面说，一面走了。说的宝玉也笑了。

于是转弯向北奔梨香院来。可巧管库房的总领吴新登和仓上的头目名叫戴良的，同着几个管事的头目，共七个人从帐房里出来，一见宝玉，赶忙都一齐垂手站立。独有一个买办，名唤钱华，因他多日未见宝玉，忙上来打千儿，请宝玉的安。宝玉含笑伸手，叫他起来。众人都笑说："前儿在一处看见二爷写的斗方儿，越发好了，多早晚赏我们几张贴贴。"宝玉笑道："在那里看见了？"众人道："好几处都有，都称赞的了不得，还和我们寻呢。"宝玉笑道："不值什么，你们说给我的小幺儿们就是了。"一面说，一面前走。众人待他过去，方都各自散了。

闲言少述。且说宝玉来至梨香院中，先进薛姨妈屋里来，见薛姨妈打点针黹与丫鬟们呢，宝玉忙请了安。薛姨妈一把拉住，抱入怀中，笑说："这么冷天，我的儿，难为你想着来。快上炕来坐着罢。"命人沏滚滚的茶来。宝玉因问："哥哥没在家么？"薛姨妈叹道："他是没笼头的马，天天逛不了，那里肯在家一日呢？"宝玉道："姐姐可大安了？"薛姨妈道："可是呢，你前儿又想着打发人来瞧他。他在里间不是，你去瞧。他那里比这里暖和，你那里坐着，我收拾收拾，就进来和你说话儿。"

宝玉听了，忙下炕来。到了里间门前，只见吊着半旧的红绸软帘。宝玉掀帘一步进去，先就看见宝钗坐在炕上作针线，头上挽着黑漆油光的髻儿，蜜合色的棉袄，玫瑰紫二色金银线的坎肩儿，葱黄绫子棉裙：一色儿半新不旧的，看去不见奢华，惟觉雅淡。罕言寡语，人谓装愚；安分随时，自云守拙。宝玉一面看，一面问："姐姐可大愈了？"宝钗抬头看见宝玉进来，连忙起身，含笑答道："已经大好了，多谢惦记着。"

说着，让他在炕沿上坐下，即令莺儿倒茶来。一面又问老太太、姨娘安，又问别的姐妹们好。一面看宝玉头上戴着累丝嵌宝紫金冠，额上勒着二龙捧珠抹额，身上穿着秋香色立蟒白狐腋箭袖，系着五色蝴蝶鸾绦，项上挂着长命锁、记名符，另外有那一块落草时衔下来的宝玉。宝钗因笑说道："成日家说你的这块玉，究竟未曾细细的赏鉴过，我今儿倒要瞧瞧。"说着，便挪近前来。宝玉亦凑过去，便从项上摘下来，递在宝钗手内。宝钗托在掌上，只见大如雀卵，灿若明霞，莹润如酥，五色花纹缠护。

看官们：须知道这就是大荒山中青埂峰下的那块顽石幻相。后人有诗嘲云：

女娲炼石已荒唐，又向荒唐演大荒。
失去本来真面目，幻来新就臭皮囊。
好知运败金无彩，堪叹时乖玉不光。
白骨如山忘姓氏，无非公子与红妆。

那顽石亦曾记下他这幻相并癞僧所镌篆文，今亦按图画于后面。但其真体最小，方从胎中小儿口中衔下。今若按式画出，恐字迹过于微细，使观者大费眼光，亦非畅事，所以略展放些，以便灯下醉中可阅。今注明此故，方不至以胎中之儿口有多大，怎得衔此狼犺蠢大之物为诮。

通灵宝玉正面　　通灵宝玉反面

通靈寶玉
莫失莫忘
仙壽恒昌

一除邪祟
二療冤疾
三知禍福

宝钗看毕，又从新翻过正面来细看，口里念道：“莫失莫忘，仙寿恒昌。”念了两遍，乃回头向莺儿笑道：“你不去倒茶，也在这里发呆作什么？”莺儿也嘻嘻的笑道：“我听这两句话，倒像和姑娘项圈上的两句话是一对儿。”

宝玉听了，忙笑道：“原来姐姐那项圈上也有字？我也赏鉴赏鉴。”宝钗道：“你别听他的话，没有什么字。”宝玉央求道：“好姐姐，你怎么瞧我的呢？”宝钗被他缠不过，因说道：“也是个人给了两句吉利话儿，錾上了，所以天天带着；不然沉甸甸的，有什么趣儿？”一面说，一面解了排扣，从里面大红袄儿上，将那珠宝晶莹、黄金灿烂的璎珞掏了出来。宝玉忙托着锁看时，果然一面有四个字，两面八个字，共成两句吉谶。亦曾按式画下形相。

金锁正面

金锁反面

宝玉看了，也念了两遍，又念自己的两遍，因笑问：“姐姐，这八个字倒和我的是一对儿。”莺儿笑道：“是个癞头和尚送的，他说必须錾在金器上……”宝钗不等他说完，便嗔他：“不去倒茶！”一面又问宝玉从那里来。

宝玉此时与宝钗挨肩坐着，只闻一阵阵的香气，不知何味，遂问：“姐姐熏的是什么香？我竟没闻过这味儿。”宝钗道：“我最怕熏香。好好儿的衣裳，为什么熏他？”宝玉道：“那么着这是什么香呢？”宝钗想了想，说：“是了，是我早起吃了冷香丸的香气。”宝玉笑道：“什么‘冷香丸’，这么好闻？好姐姐，给我一丸尝尝呢。”宝钗笑道：“又混闹了。一个药也是混吃的？”

一语未了，忽听外面人说：“林姑娘来了。”话犹未完，黛玉已摇摇摆摆的进来，一见宝玉，便笑道：“哎哟！我来的不巧了。”宝玉等忙起身让坐。宝钗笑道：“这是怎么说？”黛玉道：“早知他来，我就不来了。”宝钗道：“这是什么意思？”黛玉道：“什么意思呢？来呢一齐来，不来一个也不来；今儿他来，明儿我来，间错开了来，岂不天天有人来呢？也不至太冷落，也不至太热闹。姐姐有什么不解的呢？”宝玉因见他外面罩着大红羽缎对襟褂子，便问：“下雪了么？”地下老婆们说：“下了这半日了。”宝玉道：“取了我的斗篷来。”黛玉便笑道：“是不是？我来了他就该走了。”宝玉道：“我何曾说要去？不过拿来预备着。”宝玉的奶母李嬷嬷便说道：“天又下雪，也要看时候儿，就在这里和姐姐妹妹一处玩玩儿罢。姨太太那里摆茶呢。我叫丫头去取了斗篷来，说给小幺儿们散了罢。”宝玉点头。李嬷嬷出去，命小厮们：“都散了罢。”

这里薛姨妈已摆了几样细巧茶食，留他们喝茶吃果子。宝玉因夸前日在东府里珍大嫂子的好鹅掌，薛姨妈连忙把自己糟的取了来给他尝。宝玉笑道：“这个就酒才好。”薛姨妈便命人灌了上等酒来。李嬷嬷上来道：“姨太太，酒倒罢了。”宝玉笑央道：“好妈妈，我只喝一钟。”李妈道：“不中用。当着老太太、太太，那怕你喝一坛呢。不是那日我眼错不见，不知那个没调教的只图讨你的喜欢，给了你一口酒喝，葬送的我挨了两天骂。姨太太不知道他的性子呢，喝了酒更弄性。有一天老太太高兴，又尽着他喝；什么日子又不许他喝。何苦我白赔在里头呢？”薛姨妈笑道：“老货，只管放心喝你的去罢：我也不许他喝多了；就是老太太问，有我呢。”一面命小丫头：“来，让你奶奶去，也吃一杯搪搪寒气。”那李妈听如此说，只得且和众人吃酒去。

这里宝玉又说：“不必烫暖了，我只爱喝冷的。”薛姨妈道：“这可使不得：吃了冷酒，写字手打颤儿。”宝钗笑道：“宝兄弟，亏你每日家杂学旁收的，难道就不知道酒性最热，要热吃下去，发散的就快；要冷吃下去，便凝结在内？拿五脏去暖他，岂不受害？从此还不改了呢，快别吃那冷的了。”宝玉听这话有理，便放下冷的，令人烫来方饮。

黛玉磕着瓜子儿，只管抿着嘴儿笑。可巧黛玉的丫鬟雪雁走来给黛玉送小手炉儿，黛玉因含笑问他说：“谁叫你送来的？难为他费心。那里就冷死我了呢？”雪雁道：“紫鹃姐姐怕姑娘冷，叫我送来的。”黛玉接了，抱在怀中，笑道：“也亏了你倒听他的话。我平日和你说的，全当耳旁风；怎么他说了你就依，比圣旨还快呢？”宝玉听这话，知是黛玉借此奚落，也无回复之词，只嘻嘻的笑了一阵罢了。宝钗素知黛玉是如此惯了的，也不理他。薛姨妈因笑道：“你素日身子单弱，禁不得冷，他们惦记着你倒不好？”黛玉笑道：“姨妈不知道。幸亏是姨妈这里，倘或在别人家，那不叫人家恼吗？难道人家连个手炉也没有，巴巴儿的打家里送了来？不说丫头们太小心，还只当我素日是这么轻狂惯了的呢。”薛姨妈道：“你是个多心的，有这些想头；我就没有这些心。”

说话时，宝玉已是三杯过去了，李嬷嬷又上来拦阻。宝玉正在个心甜意洽之时，又兼姐妹们说说笑笑，那里肯不吃。只得屈意央告：“好妈妈，我再吃两杯，就不吃了。”李嬷嬷道：“你可仔细，今儿老爷在家，隄防着问你的书。”宝玉听了此话，便心中大不悦，慢慢的放下酒，垂了头。

黛玉忙说道：“别扫大家的兴。舅舅若叫，只说姨妈这里留住你。这个妈妈，他又该拿我们来醒脾了。”一面悄悄的推宝玉，叫他赌赌气；一面咕哝说：“别理那老货！咱们只管乐咱们的。”那李妈也素知黛玉的为人，说道：“林姐儿，你别助着他了。你要劝他，只怕他还听些。”黛玉冷笑道：“我为什么助着他？我也不犯着劝他。你这妈妈太小心了。往常老太太又给他酒吃，如今在姨妈这里多吃了一口，想来也不妨事。必定姨妈这里是外人，不当在这里吃，也未可知。”李嬷嬷听了，又是急，又是笑，说道：“真真这林姐儿，说出一句话来，比刀子还利害。”宝钗也忍不住，笑着把黛玉腮上一拧，说道：“真真的这个颦丫头一张嘴，叫人恨又不是，喜欢又不是。”

薛姨妈一面笑着，又说：“别怕，别怕。我的儿，来到这里，没好的给你吃，别把这点子东西吓的存在心里，倒叫我不安。只管放心吃，有我呢。索性吃了晚饭去；要醉了，就跟着我睡罢。”因命：“再烫些酒来。姨妈陪你吃两杯，可就吃饭罢。”宝玉听了，方又鼓起兴来。李嬷嬷因吩咐小丫头：“你们在这里小心着，我家去换了衣裳就来。”悄悄的回薛姨妈道：“姨太太别由他尽着吃了。”说着便家去了。

这里虽还有两三个老婆子，都是不关痛痒的，见李妈走了，也都悄悄的自寻方便去了。只剩了两个小丫头，乐得讨宝玉的喜欢。幸而薛姨妈千哄万哄，只容他吃了几杯，就忙收过了。作了酸笋鸡皮汤，宝玉痛喝了几碗，又吃了半碗多碧粳粥。一时薛、林二人也吃完了饭，又酽酽的喝了几碗茶。薛姨妈才放了心。雪雁等几个人，也吃了饭，进来伺候。黛玉因问宝玉道：“你走不走？”宝玉乜斜倦眼道：“你要走，我和你同走。”黛玉听说，遂起身道：“咱们来了这一日，也该回去了。”

说着，二人便告辞。小丫头忙捧过斗笠来，宝玉把头略低一低，叫他戴上。那丫头便将这大红猩毡斗笠一抖，才往宝玉头上一合，宝玉便说：“罢了，罢了！好蠢东西，你也轻些儿，难道没见别人戴过？等我自己戴罢。”黛玉站在炕沿上道：“过来，我给你戴罢。”宝玉忙近前来。黛玉用手轻轻笼住束发冠儿，将笠沿掖在抹额之上，把那一颗核桃大的绛绒簪缨扶起，颤巍巍露于笠外。整理已毕，端详了一会，说道：“好了，披上斗篷罢。”宝玉听了，方接了斗篷披上。薛姨妈忙道："跟你们的妈妈都还没来呢，且略等等儿。"宝玉道："我们倒等着他们？有丫头们跟着就是了。"薛姨妈不放心，吩咐两个女人送了他兄妹们去。

他二人道了扰，一径回至贾母房中。贾母尚未用晚饭，知是薛姨妈处来，更加喜欢。因见宝玉吃了酒，遂叫他自回房中歇着，不许再出来了；又令人好生招呼着。忽想起跟宝玉的人来，遂问众人："李奶子怎么不见？"众人不敢直说他家去了，只说："才进来了，想是有事，又出去了。"宝玉踉跄着回头道："他比老太太还受用呢，问他作什么？没有他，只怕我还多活两日儿。"

一面说，一面来至自己卧室，只见笔墨在案。晴雯先接出来，笑道："好啊！叫我研了墨，早起高兴，只写了三个字，扔下笔就走了，哄我等了这一天。快来给我写完了这些墨才算呢。"宝玉方想起早起的事来，因笑道："我写的那三个字在那里呢？"晴雯笑道："这个人可醉了。你头里过那府里去，嘱咐我贴在门斗儿上的。我恐怕别人贴坏了，亲自爬高上梯，贴了半天，这会子还冻的手僵着呢。"宝玉笑道："我忘了。你手冷，我替你焐着。"便伸手拉着晴雯的手，同看门斗上新写的三个字。

一时黛玉来了，宝玉笑道："好妹妹，你别撒谎，你看这三个字那一个好？"黛玉仰头看见是"绛芸轩"三字，笑道："个个都好。怎么写的这样好了？明儿也替我写个匾。"宝玉笑道："你又哄我了。"说着又问："袭人姐姐呢？"晴雯向里间炕上掀嘴儿。宝玉看时，见袭人和衣睡着。宝玉笑道："好啊！这么早就睡了。"又问晴雯道："今儿我那边吃早饭，有一碟子豆腐皮儿的包子。我想着你爱吃，和珍大奶奶要了，只说我晚上吃，叫人送来的。你可见了没有？"晴雯道："快别提了。一送来我就知道是我的，偏才吃了饭，就搁在那里。后来李奶奶来了看见，说：'宝玉未必吃了，拿去给我孙子吃罢。'就叫人送了家去了。"

正说着，茜雪捧上茶来。宝玉还让："林妹妹喝茶。"众人笑道："林姑娘早走了，还让呢。"宝玉吃了半盏，忽又想起早晨的茶来，问茜雪道："早起沏了碗枫露茶，我说过那茶是三四次后才出色，这会子怎么又斟上这个茶来？”茜雪道：“我原留着来着，那会子李奶奶来了，喝了去了。”宝玉听了，将手中茶杯顺手往地下一摔，豁琅一声，打了个粉碎，泼了茜雪一裙子。又跳起来问着茜雪道：“他是你那一门子的‘奶奶’，你们这么孝敬他？不过是我小时候儿吃过他几日奶罢了，如今惯的比祖宗还大！撵出去，大家干净！”说着，立刻便要去回贾母。

原来袭人未睡，不过是故意儿装睡，引着宝玉来怄他玩耍。先听见说字问包子，也还可以不必起来；后来摔了茶钟动了气，遂连忙起来解劝。早有贾母那边的人来问：“是怎么了？”袭人忙道：“我才倒茶，叫雪滑倒了，失手砸了钟子了。”一面又劝宝玉道：“你诚心要撵他也好，我们都愿意出去，不如就势儿连我们一齐撵了，你也不愁没有好的来伏侍你。”宝玉听了，方才不言语了。袭人等便搀至炕上，脱了衣裳。不知宝玉口内还说些什么，只觉口齿缠绵，眉眼愈加饧涩，忙伏侍他睡下。袭人摘下那“通灵宝玉”来，用绢子包好，塞在褥子底下：恐怕次日带时，冰了他的脖子。那宝玉到枕就睡着了。彼时李嬷嬷等已进来了，听见醉了，也就不敢上前，只悄悄的打听睡着了，方放心散去。

次日醒来，就有人回：“那边小蓉大爷带了秦钟来拜。”宝玉忙接出去，领了拜见贾母。贾母见秦钟形容标致，举止温柔，堪陪宝玉读书，心中十分喜欢，便留茶留饭，又叫人带去见王夫人等。众人因爱秦氏，见了秦钟是这样人品，也都欢喜，临去时都有表礼。贾母又给了一个荷包和一个金魁星，取“文星和合”之意。又嘱咐他道：“你家住的远，或一时冷热不便，只管住在我们这里。只和你宝二叔在一处，别跟着那不长进的东西们学。”秦钟一一的答应，回家禀知他父亲。

他父亲秦邦业现任营缮司郎中，年近七旬，夫人早亡。因年至五旬时尚无儿女，便向养生堂抱了一个儿子和一个女儿。谁知儿子又死了，只剩下个女儿，小名叫做可儿，又起个官名叫做兼美。长大时，生得形容袅娜，性格风流。因素与贾家有些瓜葛，故结了亲。秦邦业却于五十三岁上得了秦钟，今年十二岁了。因去岁业师回南，在家温习旧课，正要与贾亲家商议，附往他家塾中去，可巧遇见宝玉这个机会；又知贾家塾中司塾的乃现今之老儒贾代儒，秦钟此去，可望学业进益，从此成名：因十分喜悦。只是宦囊羞涩，那边都是一双富贵眼睛，少了拿不出来。因是儿子的终身大事所关，说不得东拼西凑，恭恭敬敬封了二十四两贽见礼，带了秦钟，到代儒家来拜见。然后听宝玉拣的好日子，一同入塾。塾中从此闹起事来。

未知如何，下回分解。

第九回

训劣子李贵承申饬
嗔顽童茗烟闹书房

话说秦邦业父子专候贾家人来送上学之信。原来宝玉急于要和秦钟相遇，遂择了后日一定上学，打发人送了信。到了这天宝玉起来时，袭人早已把书笔文物收拾停妥，坐在床沿上发闷，见宝玉起来，只得伏侍他梳洗。宝玉见他闷闷的，问道："好姐姐，你怎么又不喜欢了？难道怕我上学去，撂的你们冷清了不成？"袭人笑道："这是那里的话。念书是很好的事，不然就潦倒一辈子了，终久怎么样呢？但只一件：只是念书的时候儿想着书，不念的时候儿想着家。总别和他们玩闹，碰见老爷不是玩的。虽说是奋志要强，那功课宁可少些：一则贪多嚼不烂，二则身子也要保重。这就是我的意思，你好歹体谅些。"袭人说一句，宝玉答应一句。袭人又道："大毛儿衣服我也包好了，交给小子们去了。学里冷，好歹想着添换，比不得家里有人照顾。脚炉、手炉也交出去了，你可逼着他们给你笼上。那一起懒贼，你不说，他们乐得不动，白冻坏了你。"宝玉道："你放心，我自己都会调停的。你们也可别闷死在这屋里，常和林妹妹一处玩玩儿去才好。"说着俱已穿戴齐备，袭人催他去见贾母、贾政、王夫人。宝玉又嘱咐了晴雯、麝月几句，方出来见贾母。贾母也不免有几句嘱咐的话。然后去见王夫人，又出来到书房中见贾政。

这日贾政正在书房中和清客相公们说闲话儿，忽见宝玉进来请安，回说上学去。贾政冷笑道："你要再提'上学'两个字，连我也羞死了。依我的话，你竟玩你的去是正经。看仔细站腌臜了我这个地，靠腌臜了我这个门！"众清客都起身笑道："老世翁何必如此？今日世兄一去，二三年就可显身成名的，断不似往年仍作小儿之态了。天也将饭时了，世兄竟快请罢。”说着便有两个年老的携了宝玉出去。

贾政因问：“跟宝玉的是谁？”只听见外面答应了一声，早进来三四个大汉，打千儿请安。贾政看时，是宝玉奶姆的儿子名唤李贵的，因向他道：“你们成日家跟他上学，他到底念了些什么书？倒念了些流言混话在肚子里，学了些精致的淘气。等我闲一闲，先揭了你的皮，再和那不长进的东西算帐！”吓的李贵忙双膝跪下，摘了帽子碰头，连连答应“是”，又回说：“哥儿已经念到第三本《诗经》，什么‘攸攸鹿鸣，荷叶浮萍’。小的不敢撒谎。”说的满坐哄然大笑起来，贾政也撑不住笑了。因说道：“那怕再念三十本《诗经》，也是掩耳盗铃，哄人而已。你去请学里太爷的安，就说我说的：什么《诗经》、古文，一概不用虚应故事，只是先把‘四书’一齐讲明背熟是最要紧的。”李贵忙答应“是”，见贾政无话，方起来退出去。

此时宝玉独站在院外，屏声静候，等他们出来同走。李贵等一面掸衣裳，一面说道：“哥儿可听见了？先要揭我们的皮呢！人家的奴才跟主子赚些个体面，我们这些奴才白陪着挨打受骂的。从此也可怜见些才好。”宝玉笑道：“好哥哥，你别委屈，我明儿请你。”李贵道：“小祖宗，谁敢望请，只求听一两句话就有了。”

说着，又至贾母这边，秦钟早已来了，贾母正和他说话儿呢。于是二人见过，辞了贾母。宝玉忽想起未辞黛玉，又忙至黛玉房中来作辞。彼时黛玉在窗下对镜理妆，听宝玉说上学去，因笑道：“好！这一去，可是要蟾宫折桂了。我不能送你了。”宝玉道：“好妹妹，等我下学再吃晚饭；那胭脂膏子，也等我来再制。”唠叨了半日，方抽身去了。黛玉忙又叫住，问道：“你怎么不去辞你宝姐姐来呢？”宝玉笑而不答，一径同秦钟上学去了。

原来这义学也离家不远。原系当日始祖所立，恐族中子弟有力不能延师者，即入此中读书。凡族中为官者皆有帮助银两，以为学中膏火之费；举年高有德之人为塾师。

如今秦、宝二人来了，一一的都互相拜见过，读起书来。自此后，二人同来同往，同起同坐，愈加亲密。兼贾母爱惜，也常留下秦钟，一住三五天，和自己重孙一般看待。因见秦钟家中不甚宽裕，又助些衣服等物。不上一两月工夫，秦钟在荣府里便惯熟了。宝玉终是个不能安分守理的人，一味的随心所欲，因此发了癖性，又向秦钟悄说："咱们两个人一样的年纪，况又同窗，以后不必论叔侄，只论弟兄朋友就是了。"先是秦钟不敢，宝玉不从，只叫他"兄弟"，叫他表字"鲸卿"，秦钟也只得混着乱叫起来。

原来这学中虽都是本族子弟与些亲戚家的子侄，俗语说的好："一龙九种，种种各别。"未免人多了，就有龙蛇混杂，下流人物在内。自秦、宝二人来了，都生的花朵儿一般的模样；又见秦钟腼腆温柔，未语先红，怯怯羞羞，有女儿之风；宝玉又是天生成惯能作小服低，赔身下气，性情体贴，话语缠绵：因他二人又这般亲厚，也怨不得那起同窗人起了嫌疑之念，背地里你言我语，诟谇谣诼，布满书房内外。

原来薛蟠自来王夫人处住后，便知有一家学，学中广有青年子弟。偶动了龙阳之兴，因此也假说来上学，不过是三日打鱼，两日晒网，白送些束脩礼物与贾代儒，却不曾有一点儿进益，只图结交些契弟。谁想这学内的小学生图了薛蟠的银钱穿吃，被他哄上手了，也不消多记。又有两个多情的小学生，亦不知是那一房的亲眷，亦未考真姓名，只因生得妩媚风流，满学中都送了两个外号：一个叫"香怜"，一个叫"玉爱"。别人虽都有羡慕之意，"不利于孺子"之心，只是惧怕薛蟠的威势，不敢来沾惹。

如今秦、宝二人一来了，见了他两个，也不免缱绻羡爱，亦知系薛蟠相知，未敢轻举妄动；香、玉二人心中，一般的留情与秦、宝：因此四人心中虽有情意，只未发出。每日一入学中，四处各坐，却八目勾留，或设言托意，或咏桑寓柳，遥以心照，却外面自为避人眼目。不料偏又有几个滑贼看出形景来，都背后挤眉弄眼，或咳嗽扬声，这也非止一日。

可巧这日代儒有事回家，只留下一句七言对联，令学生对了，明日再来上书；将学中之事，又命长孙贾瑞管理。妙在薛蟠如今不大上学应卯了，因此秦钟趁此和香怜弄眉挤眼，二人假出小恭，走至后院说话。秦钟先问他："家里的大人可管你交朋友不管？”一语未了，只听见背后咳嗽了一声。二人吓的忙回顾时，原来是窗友名金荣的。香怜本有些性急，便羞怒相激，问他道：“你咳嗽什么？难道不许我们说话不成？”金荣笑道：“许你们说话，难道不许我咳嗽不成？我只问你们：有话不分明说，许你们这样鬼鬼祟祟的干什么故事？我可也拿住了，还赖什么？先让我抽个头儿，咱们一声儿不言语；不然，大家就翻起来。”秦、香二人就急得飞红了脸，便问道：“你拿住什么了？”金荣笑道：“我现拿住了是真的。”说着又拍着手笑嚷道：“贴的好烧饼！你们都不买一个吃去？”秦钟、香怜二人又气又急，忙进来向贾瑞前告金荣，说金荣无故欺负他两个。

原来这贾瑞最是个图便宜没行止的人：每在学中以公报私，勒索子弟们请他；后又助着薛蟠图些银钱、酒肉，一任薛蟠横行霸道，他不但不去管约，反助纣为虐讨好儿。偏那薛蟠本是浮萍心性，今日爱东，明日爱西：近来有了新朋友，把香、玉二人丢开一边；就连金荣也是当日的好友，自有了香、玉二人，便见弃了金荣，近日连香、玉亦已见弃。故贾瑞也无了提携帮衬之人，不怨薛蟠得新厌故，只怨香、玉二人不在薛蟠跟前提携了。因此贾瑞、金荣等一干人，也正醋妒他两个。今见秦、香二人来告金荣，贾瑞心中便不自在起来，虽不敢呵叱秦钟，却拿着香怜作法，反说他多事，着实抢白了几句。香怜反讨了没趣，连秦钟也讪讪的，各归坐位去了。

金荣越发得了意，摇头咂嘴的，口内还说许多闲话；玉爱偏又听见：两个人隔坐咕咕唧唧的角起口来。金荣只一口咬定说：“方才明明的撞见他两个在后院里亲嘴摸屁股，两个商议定了，一对儿。论长道短。”那时只顾得志乱说，却不防还有别人。

谁知早又触怒了一个人。你道这一个人是谁？原来这人名唤贾蔷，亦系宁府中之正派玄孙，父母早亡，从小儿跟着贾珍过活。如今长了十六岁，比贾蓉生得还风流俊俏。他兄弟二人最相亲厚，常共起居。宁府中人多口杂，那些不得志的奴仆，专能造言诽谤主人，因此不知又有什么小人诟谇谣诼之辞。贾珍想亦风闻得些口声不好，自己也要避些嫌疑，如今竟分与房舍，命贾蔷搬出宁府，自己立门户过活去了。这贾蔷外相既美，内性又聪敏，虽然应名来上学，亦不过虚掩眼目而已，仍是斗鸡走狗、赏花阅柳为事。上有贾珍溺爱，下有贾蓉匡助，因此族中人谁敢触逆于他。他既和贾蓉最好，今见有人欺负秦钟，如何肯依。如今自己要挺身出来抱不平，心中且忖度一番："金荣、贾瑞一等人，都是薛大叔的相知，我又与薛大叔相好，倘或我一出头，他们告诉了老薛，我们岂不伤和气呢？欲要不管，这谣言说的大家没趣。如今何不用计制伏，又止息了口声，又不伤脸面。"想毕，也装出小恭去，走至后面，悄悄把跟宝玉书童茗烟叫至身边，如此这般，调拨他几句。

这茗烟乃是宝玉第一个得用且又年轻不谙事的，今听贾蔷说："金荣如此欺负秦钟，连你们的爷宝玉都干连在内，不给他个知道，下次越发狂纵。"这茗烟无故就要欺压人的，如今得了这信，又有贾蔷助着，便一头进来找金荣，也不叫"金相公"了，只说："姓金的，你什么东西！"贾蔷遂跺一跺靴子，故意整整衣服，看看日影儿说："正时候了。"遂先向贾瑞说，有事要早走一步。贾瑞不敢止他，只得随他去了。

这里茗烟走进来，便一把揪住金荣，问道："我们肏屁股不肏，管你毴毴相干？横竖没肏你的爹罢了！你是好小子，出来动一动你茗大爷！"吓的满屋中子弟都怔怔的痴望。贾瑞忙喝："茗烟不得撒野！"金荣气黄了脸，说："反了！奴才小子都敢如此，我只和你主子说。"便夺手要去抓打宝玉。秦钟刚转出身来，听得脑后飕的一声，早见一方砚瓦飞来，并不知系何人打来，却打到了贾蓝、贾菌的座上。

这贾蓝、贾菌亦系荣府近派的重孙。这贾菌少孤，其母疼爱非常，书房中与贾蓝最好，所以二人同坐。谁知这贾菌年纪虽小，志气最大，极是淘气不怕人的。他在座上，冷眼看见金荣的朋友暗助金荣，飞砚来打茗烟，偏打错了，落在自己面前，将个磁砚水壶儿打了个粉碎，溅了一书墨水。贾菌如何依得，便骂："好囚攮的们！这不都动了手了么！"骂着，也便抓起砚台来要飞。贾蓝是个省事的，忙按住砚台，忙劝道："好兄弟，不与咱们相干。"贾菌如何忍得住，见按住砚台，他便两手抱起书箧子来，照这边扔去。终是身小力薄，却扔不到，反扔到宝玉、秦钟案上就落下来了。只听豁啷一响，砸在桌上，书本、纸片、笔、砚等物撒了一桌，又把宝玉的一碗茶也砸得碗碎茶流。

那贾菌即便跳出来，要揪打那飞砚的人。金荣此时随手抓了一根毛竹大板在手，地狭人多，那里经得舞动长板。茗烟早吃了一下，乱嚷："你们还不来动手？"宝玉还有几个小厮：一名扫红，一名锄药，一名墨雨。这三个岂有不淘气的，一齐乱嚷："小妇养的！动了兵器了！"墨雨遂掇起一根门闩，扫红、锄药手中都是马鞭子，蜂拥而上。贾瑞急得拦一回这个，劝一回那个，谁听他的话，肆行大乱。众顽童也有帮着打太平拳助乐的，也有胆小藏过一边的，也有立在桌上拍着手乱笑、喝着声儿叫打的：登时鼎沸起来。

外边几个大仆人李贵等听见里边作反起来，忙都进来，一齐喝住，问是何故。众声不一：这一个如此说，那一个又如彼说。李贵且喝骂了茗烟等四个一顿，撵了出去。秦钟的头早撞在金荣的板上，打去一层油皮。宝玉正拿褂襟子替他揉，见喝住了众人，便命："李贵，收书，拉马来，我去回太爷去！我们被人欺负了，不敢说别的，守礼来告诉瑞大爷，瑞大爷反派我们的不是，听着人家骂我们，还调唆人家打我们。茗烟见人欺负我，他岂有不为我的？他们反打伙儿打了茗烟，连秦钟的头也打破了。还在这里念书么？"

李贵劝道："哥儿不要性急。太爷既有事回家去了，这会子为这点子事去聒噪他老人家，倒显的咱们没礼似的。依我的主意，那里的事情那里了结，何必惊动老人家？这都是瑞大爷的不是：太爷不在家里，你老人家就是这学里的头脑了，众人看你行事。众人有了不是，该打的打，该罚的罚，如何等闹到这步田地还不管呢？"贾瑞道："我吆喝着都不听。"李贵道："不怕你老人家恼我，素日你老人家到底有些不是，所以这些兄弟不听。就闹到太爷跟前去，连你老人家也脱不了的。还不快作主意撕掳开了罢。"

宝玉道："撕掳什么？我必要回去的。"秦钟哭道："有金荣在这里，我是要回去的了。"宝玉道："这是为什么？难道别人家来得，咱们倒来不得的？我必回明白众人，撵了金荣去！"又问李贵："这金荣是那一房的亲戚？"李贵想一想道："也不用问了，若说起那一房亲戚，更伤了兄弟们的和气了。"茗烟在窗外道："他是东府里璜大奶奶的侄儿。什么硬挣仗腰子的，也来吓我们！璜大奶奶是他姑妈。你那姑妈只会打旋磨儿，给我们琏二奶奶跪着借当头，我眼里就看不起他那样主子奶奶么。"李贵忙喝道："偏这小狗攮知道，有这些蛆嚼！"

宝玉冷笑道："我只当是谁的亲戚，原来是璜嫂子的侄儿！我就去向他问问。"说着便要走，叫茗烟进来包书。茗烟进来包书，又得意洋洋的道："爷也不用自己去见他。等我去找他，就说老太太有话问他呢，雇上一辆车子拉进去，当着老太太问他，岂不省事？"李贵忙喝道："你要死啊！仔细回去我好不好先捶了你，然后回老爷、太太，就说宝哥儿全是你调唆。我这里好容易劝哄的好了一半，你又来生了新法儿。你闹了学堂，不说变个法儿，压息了才是，还往火里奔。"茗烟听了，方不敢做声。

此时贾瑞也生恐闹不清，自己也不干净，只得委屈着来央告秦钟，又央告宝玉。先是他二人不肯，后来宝玉说："不回去也罢了，只叫金荣赔不是便罢。"金荣先是不肯，后来经不得贾瑞也来逼他权赔个不是，李贵等只得好劝金荣说："原来是你起的头儿，你不这样，怎么了局呢？"金荣强不过，只得与秦钟作了个揖。宝玉还不依，定要磕头。贾瑞只要暂息此事，又悄悄的劝金荣说："俗语说的：'忍得一时忿，终身无恼闷。"

未知金荣从也不从，下回分解。

第十回

金寡妇贪利权受辱
张太医论病细穷源

话说金荣因人多势众，又兼贾瑞勒令赔了不是，给秦钟磕了头，宝玉方才不吵闹了。大家散了学。金荣自己回到家中，越想越气，说："秦钟不过是贾蓉的小舅子，又不是贾家的子孙，附学读书，也不过和我一样。因他仗着宝玉和他相好，就目中无人。既是这样，就该干些正经事，也没的说；他素日又和宝玉鬼鬼祟祟的，只当人家都是瞎子看不见。今日他又去勾搭人，偏偏撞在我眼里，就是闹出事来，我还怕什么不成？"

他母亲胡氏听见他咕咕唧唧的，说："你又要管什么闲事？好容易我和你姑妈说了，你姑妈又千方百计的和他们西府里琏二奶奶跟前说了，你才得了这个念书的地方儿。若不是仗着人家，咱们家里还有力量请的起先生么？况且人家学里茶饭都是现成的，你这二年在那里念书，家里也省好大的嚼用呢。省出来的，你又爱穿件体面衣裳。再者，你不在那里念书，你就认得什么薛大爷了？那薛大爷一年也帮了咱们七八十两银子。你如今要闹出了这个学房，再想找这么个地方儿，我告诉你说罢，比登天的还难呢。你给我老老实实的玩一会子，睡你的觉去，好多着呢。"于是金荣忍气吞声，不多一时，也自睡觉去了。次日，仍旧上学去了，不在话下。

且说他姑妈原给了贾家"玉"字辈的嫡派，名唤贾璜。但其族人，那里皆能像宁、荣二府的家势，原不用细说。这贾璜夫妻守着些小小的产业，又时常到宁、荣二府里去请安，又会奉承凤姐儿并尤氏，所以凤姐儿、尤氏也时常资助资助他，方能如此度日。

今日正遇天气晴明，又值家中无事，遂带了一个婆子，坐上车，来家里走走，瞧瞧嫂子和侄儿。说起话儿来，金荣的母亲偏提起昨日贾家学房里的事，从头至尾，一五一十，都和他小姑子说了。这璜大奶奶不听则已，听了，怒从心上起，说道："这秦钟小杂种是贾门的亲戚，难道荣儿不是贾门的亲戚？也别太势利了。况且都做的是什么有脸的事！就是宝玉也不犯向着他到这个田地。等我到东府里瞧瞧我们珍大奶奶，再和秦钟的姐姐说说，叫他评评理。"金荣的母亲听了，急的了不得，忙说道："这都是我的嘴快，告诉了姑奶奶，求姑奶奶快别去说罢。别管他们谁是谁非，倘或闹出来，怎么在那里站的住？要站不住，家里不但不能请先生，还得他身上添出许多嚼用来呢。"璜大奶奶说道："那里管的那些个？等我说了，看是怎么样。"也不容他嫂子劝，一面叫老婆子瞧了车，坐上，竟往宁府里来。

到了宁府，进了东角门，下了车，进去见了尤氏，那里还有大气儿，殷殷勤勤叙过了寒温，说了些闲话儿，方问道："今日怎么没见蓉大奶奶？"尤氏说："他这些日子不知怎么了，经期有两个多月没有来。叫大夫瞧了，又说并不是喜。那两日，到下半日就懒怠动了，话也懒怠说，神也发涅。我叫他：'你且不必拘礼，早晚不必照例上来，你竟养养儿罢。就有亲戚来，还有我呢；别的长辈怪你，等我替你告诉。'连蓉哥儿我都嘱咐了，我说：'你不许累掯他，不许招他生气，叫他静静儿的养几天就好了。他要想什么吃，只管到我屋里来取。倘或他有个好歹，你再要娶这么一个媳妇儿，这么个模样儿，这么个性格儿，只怕打着灯笼儿也没处找去呢。'他这为人行事儿，那个亲戚、长辈儿不喜欢他？所以我这两日心里很烦。偏偏儿的早起他兄弟来瞧他，谁知那小孩子家不知好歹：看见他姐姐身上不好，这些事也不当告诉他，就受了万分委屈，也不该向着他说；谁知昨日学房里打架，不知是那里附学的学生倒欺负他，里头还有些不干不净的话，都告诉了他姐姐。婶子你是知道的，那媳妇虽则见了人有说有笑的，他可心细，不拘听见什么话儿，都要忖量个三日五夜才算。这病就是打这用心太过上得的。今儿听见有人欺负了他的兄弟，又是恼，又是气：恼的是那狐朋狗友，搬弄是非，调三窝四；气的是为他兄弟不学好，不上心念书，才弄的学房里吵闹。他为这件事，索性连早饭还没吃。我才到他那边解劝了他一会子；又嘱咐了他的兄弟几句，我叫他兄弟到那边府里又找宝玉儿去；我又瞧着他吃了半钟儿燕窝汤：我才过来了。婶子，你说我心焦不心焦？况且目今又没个好大夫，我想到他病上，我心里如同针扎的一般。你们知道有什么好大夫没有？”

金氏听了这一番话，把方才在他嫂子家的那一团要向秦氏理论的盛气，早吓的丢在爪洼国去了。听见尤氏问他好大夫的话，连忙答道：“我们也没听见人说什么好大夫。如今听起大奶奶这个病来，定不得还是喜呢。嫂子倒别教人混治，倘若治错了，可了不得！”尤氏道：“正是呢。”

说话之间，贾珍从外进来，见了金氏，便问尤氏道：“这不是璜大奶奶么？”金氏向前给贾珍请了安。贾珍向尤氏说：“你让大妹妹吃了饭去。”贾珍说着话，便向那屋里去了。金氏此来原要向秦氏说秦钟欺负他侄儿的事，听见秦氏有病，连提也不敢提了。况且贾珍、尤氏又待的甚好，因转怒为喜的，又说了一会子闲话，方家去了。

金氏去后，贾珍方过来坐下，问尤氏道：“今日他来，又有什么说的？”尤氏答道：“倒没说什么。一进来，脸上倒像有些个恼意似的；及至说了半天话儿，又提起媳妇的病，他倒渐渐的气色平和了。你又叫留他吃饭，他听见媳妇这样的病，也不好意思只管坐着，又说了几句话就去了，倒没有求什么事。如今且说媳妇这病，你那里寻一个好大夫，给他瞧瞧要紧，可别耽误了。现今咱们家走的这群大夫，那里要得：一个个都是听着人的口气儿，人怎么说，他也添几句文话儿说一遍；可倒殷勤的很，三四个人，一日轮流着，倒有四五遍来看脉；大家商量着立个方儿，吃了也不见效；倒弄的一日三五次换衣裳，坐下起来的见大夫，其实于病人无益。”

贾珍道：“可是这孩子也糊涂，何必又脱脱换换的？倘或又着了凉，更添一层病，还了得？任凭什么好衣裳，又值什么呢？孩子的身体要紧，就是一天穿一套新的，也不值什么。我正要告诉你：方才冯紫英来看我，他见我有些心里烦，问我怎么了。我告诉他媳妇身子不大爽快，因为不得个好大夫，断不透是喜是病，又不知有妨碍没妨碍，所以我心里实在着急。冯紫英因说他有一个幼时从学的先生，姓张名友士，学问最渊博，更兼医理极精，且能断人的生死。今年是上京给他儿子捐官，现在他家住着呢。这样看来，或者媳妇的病，该在他手里除灾，也未可定。我已叫人拿我的名帖去请了。今日天晚，或未必来，明日想一定来的。且冯紫英又回家亲替我求他，务必请他来瞧的。等待张先生来瞧了再说罢。”

尤氏听说，心中甚喜，因说：“后日是太爷的寿日，到底怎么个办法？”贾珍说道：“我方才到了太爷那里去请安，兼请太爷来家受一受一家子的礼。太爷因说道：‘我是清净惯了的，我不愿意往你们那是非场中去。你们必定说是我的生日，要叫我去受些众人的头，你莫如把我从前注的《阴骘文》，给我好好的叫人写出来刻了，比叫我无故受众人的头，还强百倍呢。倘或明日后日这两天一家子要来，你就在家里好好的款待他们就是了。也不必给我送什么东西来，连你后日也不必来。你要心中不安，你今日就给我磕了头去。倘或后日你又跟许多人来闹我，我必和你不依。’如此说了，后日我是再不敢去的了。且叫赖升来，吩咐他预备两日的筵席。”

尤氏因叫了贾蓉来：“吩咐赖升照例预备两日的筵席，要丰丰富富的。你再亲自到西府里请老太太、大太太、二太太和你琏二婶子来逛逛。你父亲今日又听见一个好大夫，已经打发人请去了，想明日必来。你可将他这些日子的病症细细的告诉他。”

贾蓉一一答应着出去了。正遇着刚才到冯紫英家去请那先生的小子回来了，因回道：“奴才方才到了冯大爷家，拿了老爷名帖请那先生去，那先生说是：‘方才这里大爷也和我说了。但只今日拜了一天的客，才回到家，此时精神实在不能支持，就是去到府上，也不能看脉。须得调息一夜，明日务必到府。’他又说：‘医学浅薄，本不敢当此重荐；因冯大爷和府上既已如此说了，又不得不去。你先替我回明大人就是了。大人的名帖，着实不敢当。’还叫奴才拿回来了。哥儿替奴才回一声儿罢。”贾蓉复转身进去，回了贾珍、尤氏的话，方出来叫了赖升，吩咐预备两日的筵席的话。赖升答应，自去照例料理，不在话下。

且说次日午间，门上人回道："请的那张先生来了。"贾珍遂延入大厅坐下。茶毕，方开言道："昨日承冯大爷示知老先生人品学问，又兼深通医学，小弟不胜钦敬。"张先生道："晚生粗鄙下士，知识浅陋。昨因冯大爷示知大人家第谦恭下士，又承呼唤，不敢违命。但毫无实学，倍增汗颜。"贾珍道："先生不必过谦，就请先生进去看看儿妇，仰仗高明，以释下怀。"

于是贾蓉同了进去，到了内室，见了秦氏，向贾蓉说道："这就是尊夫人了？"贾蓉道："正是。请先生坐下，让我把贱内的病症说一说，再看脉如何？"那先生道："依小弟意下，竟先看脉，再请教病源为是。我初造尊府，本也不知道什么，但我们冯大爷务必叫小弟过来看看，小弟所以不得不来。如今看了脉息，看小弟说得是不是，再将这些日子的病势讲一讲，大家斟酌一个方儿，可用不可用，那时大爷再定夺就是了。"贾蓉道："先生实在高明，如今恨相见之晚。就请先生看一看脉息可治不可治，得以使家父母放心。"于是家下媳妇们捧过大迎枕来，一面给秦氏靠着，一面拉着袖口，露出手腕来。这先生方伸手按在右手脉上，调息了至数，凝神细诊了半刻工夫；换过左手，亦复如是。诊毕了，说道："我们外边坐罢。"

贾蓉于是同先生到外边屋里炕上坐了。一个婆子端了茶来，贾蓉道："先生请茶。"茶毕，问道："先生看这脉息还治得治不得？"先生说："看得尊夫人脉息，左寸沉数，左关沉伏；右寸细而无力，右关虚而无神。其左寸沉数者，乃心气虚而生火；左关沉伏者，乃肝家气滞血亏。右寸细而无力者，乃肺经气分太虚；右关虚而无神者，乃脾土被肝木克制。心气虚而生火者，应现今经期不调，夜间不寐；肝家血亏气滞者，应胁下痛胀，月信过期，心中发热；肺经气分太虚者，头目不时眩晕，寅卯间必然自汗，如坐舟中；脾土被肝木克制者，必定不思饮食，精神倦怠，四肢酸软。据我看这脉，当有这些症候才对。或以这个的为喜脉，则小弟不敢闻命矣。"

旁边一个贴身伏侍的婆子道："何尝不是这样呢！真正先生说得如神，倒不用我们说了。如今我们家里现有好几位太医老爷瞧着呢，都不能说得这样真切。有的说道是喜，有的说道是病；这位说不相干，这位又说怕冬至前后：总没有个真着话儿。求老爷明白指示指示。”

那先生说：“大奶奶这个症候，可是众位耽搁了。要在初次行经的时候就用药治起，只怕此时已全愈了。如今既是把病耽误到这地位，也是应有此灾。依我看起来，病倒尚有三分治得。吃了我这药看，若是夜间睡的着觉，那时又添了二分拿手了。据我看这脉息，大奶奶是个心性高强、聪明不过的人。但聪明太过，则不如意事常有；不如意事常有，则思虑太过：此病是忧虑伤脾，肝木忒旺，经血所以不能按时而至。大奶奶从前行经的日子问一问，断不是常缩，必是常长的。是不是？”这婆子答道：“可不是，从没有缩过，或是长两日三日，以至十日不等，都长过的。”

先生听了道：“是了，这就是病源了。从前若能以养心调气之药服之，何至于此。这如今明显出一个水亏火旺的症候来。待我用药看。”于是写了方子，递与贾蓉。上写的是：

益气养荣补脾和肝汤

人参二钱　白术二钱（土炒）　云苓三钱　熟地四钱

归身二钱　白芍二钱　川芎一钱五分　黄芪三钱

香附米二钱　醋柴胡八分　淮山药二钱（炒）

真阿胶二钱（蛤粉炒）　延胡索钱半（酒炒）　炙甘草八分

引用建莲子七粒去心　大枣二枚

贾蓉看了说：“高明的很。还要请教先生：这病与性命终久有妨无妨？”先生笑道：“大爷是最高明的人：人病到这个地位，非一朝一夕的症候了；吃了这药，也要看医缘了。依小弟看来，今年一冬是不相干的；总是过了春分，就可望全愈了。”贾蓉也是个聪明人，也不往下细问了。

于是贾蓉送了先生去了，方将这药方子并脉案都给贾珍看了，说的话也都回了贾珍并尤氏了。尤氏向贾珍道：“从来大夫不像他说的痛快，想必用药不错的。”贾珍笑道：“他原不是那等混饭吃久惯行医的人，因为冯紫英我们相好，他好容易求了他来的。既有了这个人，媳妇的病或者就能好了。他那方子上有人参，就用前日买的那一斤好的罢。”

贾蓉听毕了话，方出来叫人抓药去，煎给秦氏吃。

不知秦氏服了此药，病势如何，且听下回分解。

第十一回

庆寿辰宁府排家宴
见熙凤贾瑞起淫心

话说是日贾敬的寿辰，贾珍先将上等可吃的东西，稀奇的果品，装了十六大捧盒，着贾蓉带领家下人送与贾敬去，向贾蓉说道："你留神看太爷喜欢不喜欢，你就行了礼起来，说：'父亲遵太爷的话，不敢前来，在家里率领合家都朝上行了礼了。'"贾蓉听罢，即率领家人去了。

这里渐渐的就有人来。先是贾琏、贾蔷来看了各处的座位，并问："有什么玩意儿没有？"家人答道："我们爷算计，本来请太爷今日来家，所以并未敢预备玩意儿。前日听见太爷不来了，现叫奴才们找了一班小戏儿并一档子打十番的，都在园子里戏台上预备着呢。"

次后邢夫人、王夫人、凤姐儿、宝玉都来了，贾珍并尤氏接了进去。尤氏的母亲已先在这里，大家见过了，彼此让了坐。贾珍、尤氏二人递了茶，因笑道："老太太原是个老祖宗，我父亲又是侄儿，这样年纪，这个日子，原不敢请他老人家来；但是这时候天气又凉爽，满园的菊花盛开，请老祖宗过来散散闷，看看众儿孙热热闹闹的，是这个意思。谁知老祖宗又不赏脸。"凤姐儿未等王夫人开口，先说道："老太太昨日还说要来呢，因为晚上看见宝兄弟吃桃儿，他老人家又嘴馋，吃了有大半个，五更天时候就一连起来两次。今日早晨略觉身子倦些，因叫我回大爷，今日断不能来了，说有好吃的要几样，还要很烂的呢。"贾珍听了，笑道："我说老祖宗是爱热闹的，今日不来，必定有个缘故，这就是了。"

王夫人说："前日听见你大妹妹说，蓉哥媳妇身上有些不大好，到底是怎么样？”尤氏道：“他这个病得的也奇。上月中秋还跟着老太太、太太玩了半夜，回家来好好的。到了二十日以后，一日比一日觉懒了，又懒怠吃东西：这将近有半个多月。经期又有两个月没来。”邢夫人接着说道：“不要是喜罢？”

正说着，外头人回道：“大老爷、二老爷并一家的爷们都来了，在厅上呢。”贾珍连忙出去了。

这里尤氏复说：“从前大夫也有说是喜的。昨日冯紫英荐了他幼时从学过的一个先生，医道很好，瞧了说不是喜，是一个大症候。昨日开了方子，吃了一剂药，今日头晕的略好些，别的仍不见大效。”凤姐儿道：“我说他不是十分支持不住，今日这样日子，再也不肯不挣扎着上来。”尤氏道：“你是初三日在这里见他的，他强扎挣了半天，也是因你们娘儿两个好的上头，还恋恋的舍不得去。”凤姐听了，眼圈儿红了一会子，方说道：“‘天有不测风云，人有旦夕祸福。’这点年纪，倘或因这病上有个长短，人生在世，还有什么趣儿呢！”

正说着，贾蓉进来，给邢夫人、王夫人、凤姐儿都请了安，方回尤氏道：“方才我给太爷送吃食去，并说我父亲在家伺候老爷们，款待一家子爷们，遵太爷话，并不敢来。太爷听了很喜欢，说：‘这才是。’叫告诉父亲、母亲，好生伺候太爷、太太们。叫我好生伺候叔叔、婶子并哥哥们。还说：‘那《阴骘文》叫他们急急刻出来，印一万张散人。’我将这话都回了我父亲了。我这会子还得快出去打发太爷们并合家爷们吃饭。”凤姐儿说：“蓉哥儿，你且站着。你媳妇今日到底是怎么着？”贾蓉皱皱眉儿说道：“不好呢！婶子回来瞧瞧去就知道了。”于是贾蓉出去了。

这里尤氏向邢夫人、王夫人道：“太太们在这里吃饭，还是在园子里吃去？有小戏儿现在园子里预备着呢。”王夫人向邢夫人道：“这里很好。”尤氏就吩咐媳妇、婆子们快摆饭来。门外一齐答应了一声，都各人端各人的去了。不多时，摆上了饭。尤氏让邢夫人、王夫人并他母亲都上坐了，他与凤姐儿、宝玉侧席坐了。邢夫人、王夫人道：“我们来，原为给大老爷拜寿，这岂不是我们来过生日来了么？”凤姐儿说：“大老爷原是好养静的，已修炼成了，也算得是神仙了。太太们这么一说，就叫作心到神知了。”一句话说得满屋子里笑起来。

尤氏的母亲并邢夫人、王夫人、凤姐儿都吃了饭，漱了口，净了手，才说要往园子里去。贾蓉进来向尤氏道：“老爷们并各位叔叔、哥哥们都吃了饭了。大老爷说家里有事；二老爷是不爱听戏，又怕人闹的慌：都去了。别的一家子爷们，被琏二叔并蔷大爷都让过去听戏去了。方才南安郡王、东平郡王、西宁郡王、北静郡王四家王爷，并镇国公牛府等六家、忠靖侯史府等八家，都差人持名帖送寿礼来，俱回了我父亲，收在帐房里，礼单都上了档子了，领谢名帖都交给各家的来人了，来人也各照例赏过，都让吃了饭去了。母亲该请二位太太、老娘、婶子都过园子里去坐着罢。”尤氏道：“这里也是才吃完了饭，就要过去了。”凤姐儿说道：“我回太太：我先瞧瞧蓉哥媳妇儿去，我再过去罢。”王夫人道：“很是。我们都要去瞧瞧，倒怕他嫌我们闹的慌，说我们问他好罢。”尤氏道：“好妹妹，媳妇听你的话，你去开导开导他，我也放心。你就快些过园子里来罢。”宝玉也要跟着凤姐儿去瞧秦氏。王夫人道：“你看看就过来罢，那是侄儿媳妇呢。”于是尤氏请了王夫人、邢夫人并他母亲，都过会芳园去了。

凤姐儿、宝玉方和贾蓉到秦氏这边来，进了房门，悄悄的走到里间房内。秦氏见了，要站起来。凤姐儿说：“快别起来，看头晕。”于是凤姐儿紧行了两步，拉住了秦氏的手，说道：“我的奶奶，怎么几日不见，就瘦的这样了？”于是就坐在秦氏坐的褥子上。宝玉也问了好，在对面椅子上坐了。贾蓉叫：“快倒茶来，婶子和二叔在上房还未吃茶呢。”

秦氏拉着凤姐儿的手，强笑道：“这都是我没福。这样人家，公公、婆婆当自家的女孩儿似的待。婶娘，你侄儿虽说年轻，却是他敬我，我敬他，从来没有红过脸儿。就是一家子的长辈、同辈之中，除了婶子不用说了，别人也从无不疼我的，也从无不和我好的。如今得了这个病，把我那要强心，一分也没有了。公婆面前未得孝顺一天；婶娘这样疼我，我就有十分孝顺的心，如今也不能够了。我自想着，未必熬得过年去。”

宝玉正把眼瞅着那《海棠春睡图》并那秦太虚写的“嫩寒锁梦因春冷，芳气袭人是酒香”的对联，不觉想起在这里睡晌觉时梦到“太虚幻境”的事来，正在出神。听得秦氏说了这些话，如万箭攒心，那眼泪不觉流下来了。

凤姐儿见了，心中十分难过，但恐病人见了这个样子反添心酸，倒不是来开导他的意思了，因说：“宝玉，你忒婆婆妈妈的了。他病人不过是这样说，那里就到这个田地？况且年纪又不大，略病病儿就好了。”又回向秦氏道：“你别胡思乱想，岂不是自己添病了么？”贾蓉道：“他这病也不用别的，只吃得下些饭食就不怕了。”凤姐儿道：“宝兄弟，太太叫你快些过去呢。你倒别在这里只管这么着，倒招得媳妇也心里不好过；太太那里又惦着你。”因向贾蓉说道：“你先同你宝叔叔过去罢，我还略坐坐呢。”贾蓉听说，即同宝玉过会芳园去。

这里凤姐儿又劝解了一番，又低低说了许多衷肠话儿。尤氏打发人来两三遍，凤姐儿才向秦氏说道：“你好生养着，我再来看你罢。合该你这病要好了，所以前日遇着这个好大夫，再也是不怕的了。”秦氏笑道：“任凭他是神仙，治了病，治不了命。婶子，我知道，这病不过是挨日子的。”凤姐说道：“你只管这么想，这那里能好呢？总要想开了才好。况且听得大夫说，若是不治，怕的是春天不好。咱们若是不能吃人参的人家，也难说了；你公公、婆婆听见治得好，别说一日二钱人参，就是二斤也吃得起。好生养着罢，我就过园子里去了。”秦氏又道：“婶子，恕我不能跟过去了。闲了的时候，还求过来瞧瞧我呢，咱们娘儿们坐坐，多说几句闲话儿。”凤姐儿听了，不觉的眼圈儿又红了道：“我得了闲儿，必常来看你。”

于是带着跟来的婆子、媳妇们，并宁府的媳妇、婆子们，从里头绕进园子的便门来。只见：

黄花满地，白柳横坡。小桥通若耶之溪，曲径接天台之路。石中清流滴滴，篱落飘香；树头红叶翩翩，疏林如画。西风乍紧，犹听莺啼；

暖日常暄，又添蛩语。遥望东南，建几处依山之榭；近观西北，结三间临水之轩。笙簧盈座，别有幽情；罗绮穿林，倍添韵致。

凤姐儿看着园中景致，一步步行来。正赞赏时，猛然从假山石后走出一个人来，向前对凤姐说道："请嫂子安。"凤姐猛吃一惊，将身往后一退，说道："这是瑞大爷不是？"贾瑞说道："嫂子连我也不认得了？"凤姐儿道："不是不认得，猛然一见，想不到是大爷在这里。"贾瑞道："也是合该我与嫂子有缘：我方才偷出了席，在这里清净地方略散一散，不想就遇见嫂子。这不是有缘么？"一面说着，一面拿眼睛不住的观看凤姐。

凤姐是个聪明人，见他这个光景，如何不猜八九分呢。因向贾瑞假意含笑道："怪不得你哥哥常提你，说你好：今日见了，听你这几句话儿，就知道你是个聪明和气的人了。这会子我要到太太们那边去呢，不得合你说话；等闲了再会罢。"贾瑞道："我要到嫂子家里去请安，又怕嫂子年轻，不肯轻易见人。"凤姐又假笑道："一家骨肉，说什么年轻不年轻的话！"贾瑞听了这话，心中暗喜，因想道："再不想今日得此奇遇。"那情景越发难堪了。凤姐儿说道："你快去入席去罢，看他们拿住了罚你的酒。"贾瑞听了，身上已木了半边，慢慢的走着，一面回过头来看。凤姐儿故意的把脚放迟了，见他去远了，心里暗忖道："这才是知人知面不知心呢！那里有这样禽兽的人？他果如此，几时叫他死在我手里，他才知道我的手段！"

于是凤姐儿方移步前来。将转过了一重山坡儿，见两三个婆子慌慌张张的走来，见了凤姐儿，笑道："我们奶奶见二奶奶不来，急的了不得，叫奴才们又来请奶奶来了。"凤姐儿说："你们奶奶就是这样急脚鬼似的。"凤姐儿慢慢的走着，问："戏文唱了几出了？"那婆子回道："唱了八九出了。"说话之间，已到天香楼后门，见宝玉和一群丫头、小子们在那里玩呢。凤姐儿说："宝兄弟，别忒淘气了。"一个丫头说道："太太们都在楼上坐着呢。请奶奶就从这边上去罢。"

凤姐儿听了，款步提衣上了楼。尤氏已在楼梯口等着。尤氏笑道："你们娘儿两个忒好了，见了面总舍不得来了。你明日搬来和他同住罢。你坐下，我先敬你一钟。”于是凤姐儿至邢夫人、王夫人前告坐。尤氏拿戏单来让凤姐儿点戏，凤姐儿说：“太太们在这里，我怎么敢点？”邢夫人、王夫人道：“我们和亲家太太点了好几出了。你点几出好的我们听。”凤姐儿立起身来答应了，接过戏单，从头一看，点了一出《还魂》，一出《弹词》，递过戏单来，说：“现在唱的这《双官诰》完了，再唱这两出，也就是时候了。”王夫人道：“可不是呢，也该趁早叫你哥哥、嫂子歇歇，他们心里又不静。”尤氏道：“太太们又不是常来的，娘儿们多坐一会子去，才有趣儿。天气还早呢。”

凤姐儿立起身来望楼下一看，说：“爷们都往那里去了？”旁边一个婆子道：“爷们才到凝曦轩，带了十番，那里吃酒去了。”凤姐儿道：“在这里不便宜，背地里又不知干什么去了。”尤氏笑道：“那里都像你这么正经人呢！”

于是说说笑笑，点的戏都唱完了，方才撤下酒席，摆上饭来。吃毕，大家才出园子，来到上房，坐下吃了茶，才叫预备车，向尤氏的母亲告了辞。尤氏率同众姬妾并家人媳妇们送出来；贾珍率领众子侄在车旁侍立，都等候着。见了邢、王二夫人，说道：“二位婶子明日还过来逛逛。”王夫人道：“罢了，我们今儿整坐了一日，也乏了，明日也要歇歇。”于是都上车去了。贾瑞犹不住拿眼看着凤姐儿。贾珍进去后，李贵才拉过马来，宝玉骑上，随了王夫人去了。这里贾珍同一家子的弟兄、子侄吃过饭，方大家散了。

次日，仍是众族人等闹了一日，不必细说。

此后凤姐不时亲自来看秦氏。秦氏也有几日好些，也有几日歹些。贾珍、尤氏、贾蓉甚是焦心。

且说贾瑞到荣府来了几次，偏都值凤姐儿往宁府去了。这年正是十一月三十日冬至。到交节的那几日，贾母、王夫人、凤姐儿日日差人去看秦氏。回来的人都说：“这几日没见添病，也没见大好。”王夫人向贾母说：“这个症候，遇着这样节气不添病，就有指望了。”贾母说：“可是呢。好个孩子，要有个长短，岂不叫人疼死！”说着，一阵心酸，向凤姐儿说道：“你们娘儿们好了一场，明日大初一，过了明日，你再看看他去。你细细的瞧瞧他的光景，倘或好些儿，你回来告诉我。那孩子素日爱吃什么，你也常叫人送些给他。”

凤姐儿一一答应了。到初二日，吃了早饭，来到宁府里，看见秦氏光景，虽未添什么病，但那脸上身上的肉都瘦干了。于是和秦氏坐了半日，说了些闲话，又将这病无妨的话开导了一番。秦氏道：“好不好，春天就知道了。如今现过了冬至，又没怎么样，或者好的了，也未可知。婶子回老太太、太太放心罢。昨日老太太赏的那枣泥馅的山药糕，我吃了两块，倒像克化的动的似的。”凤姐儿道：“明日再给你送来。我到你婆婆那里瞧瞧，就要赶着回去回老太太话去。”秦氏道：“婶子替我请老太太、太太的安罢。”

凤姐儿答应着就出来了。到了尤氏上房坐下，尤氏道：“你冷眼瞧媳妇是怎么样？”凤姐儿低了半日头，说道：“这个就没法儿了。你也该将一应的后事给他料理料理，冲一冲也好。”尤氏道：“我也暗暗的叫人预备了。就是那件东西不得好木头，且慢慢的办着呢。”于是凤姐儿喝了茶，说了一会子话儿，说道：“我要快些回去回老太太的话去呢。”尤氏道：“你可慢慢儿的说，别吓着老人家。”凤姐儿道：“我知道。”

于是凤姐儿起身回到家中，见了贾母，说：“蓉哥媳妇请老太太安，给老太太磕头。说他好些了，求老祖宗放心罢。他再略好些，还给老太太磕头请安来呢。”贾母道：“你瞧他是怎么样？”凤姐儿说：“暂且无妨，精神还好呢。”贾母听了，沉吟了半日，因向凤姐说：“你换换衣裳，歇歇去罢。”

凤姐儿答应着出来，见过了王夫人。到了家中，平儿将烘的家常衣服给凤姐儿换上了。凤姐儿坐下，因问：“家中有什么事没有？”平儿方端了茶来递过去，说道：“没有什么事。就是那三百两银子的利银，旺儿嫂子送进来，我收了。还有瑞大爷使人来打听奶奶在家没有，他要来请安说话。”凤姐儿听了，哼了一声，说道：“这畜生合该作死！看他来了怎么样。”平儿回道："这瑞大爷是为什么，只管来？"凤姐儿遂将九月里在宁府园子里遇见他的光景，他说的话，都告诉了平儿。平儿说道："癞蛤蟆想吃天鹅肉，没人伦的混帐东西！起这样念头，叫他不得好死！"凤姐儿道："等他来了，我自有道理。"

不知贾瑞来时作何光景，且听下回分解。

第十二回

王熙凤毒设相思局
贾天祥正照风月鉴

话说凤姐正与平儿说话，只见有人回说："瑞大爷来了。"凤姐命："请进来罢。"贾瑞见请，心中暗喜。见了凤姐，满面陪笑，连连问好。凤姐儿也假意殷勤，让坐让茶。贾瑞见凤姐如此打扮，越发酥倒，因饧了眼问道："二哥哥怎么还不回来？"凤姐道："不知什么缘故。"贾瑞笑道："别是路上有人绊住了脚，舍不得回来了罢？"凤姐道："可知男人家见一个爱一个，也是有的。"贾瑞笑道："嫂子这话错了，我就不是这样人。"凤姐笑道："像你这样的人，能有几个呢？十个里也挑不出一个来。"

贾瑞听了，喜的抓耳挠腮。又道："嫂子天天也闷的很？"凤姐道："正是呢，只盼个人来说话解解闷儿。"贾瑞笑道："我倒天天闲着。若天天过来替嫂子解解闷儿，可好么？"凤姐笑道："你哄我呢，你那里肯往我这里来？"贾瑞道："我在嫂子面前若有一句谎话，天打雷劈！只因素日闻得人说嫂子是个利害人，在你跟前一点也错不得，所以唬住我了。我如今见嫂子是个有说有笑极疼人的，我怎么不来？死了也情愿！"凤姐笑道："果然你是个明白人，比蓉儿兄弟两个强远了。我看他们那样清秀，只当他们心里明白，谁知竟是两个糊涂虫，一点不知人心。"

贾瑞听了这话，越发撞在心坎上，由不得又往前凑一凑，觑着眼看凤姐的荷包。又问："戴着什么戒指？"凤姐悄悄的道："放尊重些，别叫丫头们看见了。"贾瑞如听纶音、佛语一般，忙往后退。凤姐笑道："你该去了。"贾瑞道："我再坐一坐儿。好狠心的嫂子！"凤姐儿又悄悄的道："大天白日，人来人往，你就在这里，也不方便。你且去，等到晚上起了更你来，悄悄的在西边穿堂儿等我。”贾瑞听了，如得珍宝，忙问道：“你别哄我。但是那里人过的多，怎么好躲呢？”凤姐道：“你只放心，我把上夜的小厮们都放了假，两边门一关，再没别人了。”

贾瑞听了，喜之不禁，忙忙的告辞而去，心内以为得手。盼到晚上，果然黑地里摸入荣府，趁掩门时钻入穿堂。果见漆黑，无一人来往，贾母那边去的门已倒锁了，只有向东的门未关。贾瑞侧耳听着，半日不见人来。忽听咯噔一声，东边的门也关上了。贾瑞急的也不敢则声，只得悄悄出来，将门撼了撼，关得铁桶一般。此时要出去亦不能了，南北俱是大墙，要跳也无攀援。这屋内又是过堂风，空落落的，现是腊月天气，夜又长，朔风凛凛，侵肌裂骨，一夜几乎不曾冻死。好容易盼到早晨，只见一个老婆子先将东门开了进来，去叫西门。贾瑞瞅他背着脸，一溜烟抱了肩跑出来。幸而天气尚早，人都未起，从后门一径跑回家去。

原来贾瑞父母早亡，只有他祖父代儒教养。那代儒素日教训最严，不许贾瑞多走一步，生怕他在外吃酒赌钱，有误学业。今忽见他一夜不归，只料定他在外非饮即赌，嫖娼宿妓，那里想到这段公案，因此也气了一夜。贾瑞也捻着一把汗，少不得回来撒谎，只说：“往舅舅家去了，天黑了，留我住了一夜。”代儒道：“自来出门，非禀我不敢擅出，如何昨日私自去了？据此也该打，何况是撒谎！”因此发狠，按倒打了三四十板，还不许他吃饭，叫他跪在院内读文章，定要补出十天功课来方罢。贾瑞先冻了一夜，又挨了打，又饿着肚子，跪在风地里念文章，其苦万状。

此时贾瑞邪心未改，再不想到凤姐捉弄他。过了两日，得了空儿，仍找寻凤姐。凤姐故意抱怨他失信。贾瑞急的起誓。凤姐因他自投罗网，少不的再寻别计，令他知改，故又约他道：“今日晚上，你别在那里了，你在我这房后小过道儿里头那间空屋子里等我。可别冒撞了。”贾瑞道：“果真么？”凤姐道：“你不信，就别来。”贾瑞道：“必来，必来！死也要来的！”凤姐道：“这会子你先去罢。”贾瑞料定晚间必妥，此时先去了。凤姐在这里便点兵派将，设下圈套。

那贾瑞只盼不到晚，偏偏家里亲戚又来了，吃了晚饭才去，那天已有掌灯时候。又等他祖父安歇，方溜进荣府，往那夹道中屋子里来等着，热锅上蚂蚁一般。只是左等不见人影，右听也没声响。心中害怕，不住猜疑道：“别是不来了，又冻我一夜不成？”

正自胡猜，只见黑魆魆的进来一个人。贾瑞便打定是凤姐，不管青红皂白，那人刚到面前，便如饿虎扑食、猫儿捕鼠的一般抱住，叫道：“亲嫂子，等死我了！”说着，抱到屋里炕上，就亲嘴扯裤子，满口里亲爹亲娘的乱叫起来。那人只不做声。贾瑞便扯下自己的裤子来，硬帮帮就想顶入。忽然灯光一闪，只见贾蔷举着个蜡台，照道：“谁在这屋里呢？”只见炕上那人笑道：“瑞大叔要肏我呢！”

贾瑞不看则已，看了时，真臊的无地可入。你道是谁？却是贾蓉。贾瑞回身要跑，被贾蔷一把揪住道：“别走！如今琏二婶子已经告到太太跟前，说你调戏他，他暂时稳住你在这里。太太听见气死过去了，这会子叫我来拿你。快跟我走罢。”贾瑞听了，魂不附体，只说：“好侄儿，你只说没有我，我明日重重的谢你。”贾蔷道：“放你不值什么，只不知你谢我多少？况且口说无凭，写一张文契才算。”贾瑞道：“这怎么落纸呢？”贾蔷道：“这也不妨，写个赌钱输了，借银若干两，就完了。”贾瑞道：“这也容易。”贾蔷翻身出来，纸笔现成，拿来叫贾瑞写。他两个做好做歹，只写了五十两银子，画了押，贾蔷收起来。然后撕掳贾蓉。贾蓉先咬定牙不依，只说：“明日告诉族中的人评评理。”贾瑞急的至于磕头。贾蔷做好做歹的，也写了一张五十两欠契才罢。

贾蔷又道：“如今要放你，我就担着不是。老太太那边的门早已关了；老爷正在厅上看南京来的东西，那一条路定难过去：如今只好走后门。要这一走，倘或遇见了人，连我也不好。等我先去探探，再来领你。这屋里你还藏不住，少时就来堆东西，等我寻个地方。”说毕，拉着贾瑞，仍熄了灯，出至院外，摸着大台阶底下，说道：“这窝儿里好。只蹲着，别哼一声。等我来再走。”说毕，二人去了。

贾瑞此时身不由己，只得蹲在那台阶下。正要盘算，只听头顶上一声响，哗喇喇一净桶尿粪从上面直泼下来，可巧浇了他一身一头。贾瑞撑不住，“嗳哟”一声。忙又掩住口，不敢声张。满头满脸皆是尿屎，浑身冰冷打战。只见贾蔷跑来叫：“快走，快走！”贾瑞方得了命，三步两步从后门跑到家中，天已三更，只得叫开了门。家人见他这般光景，问：“是怎么了？”少不得撒谎说：“天黑了，失脚掉在茅厕里了。”一面即到自己房中更衣洗濯。心下方想到凤姐玩他，因此发一回狠；再想想凤姐的模样儿标致，又恨不得一时搂在怀里：胡思乱想，一夜也不曾合眼。自此虽想凤姐，只不敢往荣府去了。

贾蓉等两个常常来要银子，他又怕祖父知道。正是相思尚且难禁，况又添了债务，日间功课又紧；他二十来岁的人，尚未娶亲，想着凤姐不得到手，自不免有些指头儿告了消乏；更兼两回冻恼奔波：因此三五下里夹攻，不觉就得了一病：心内发膨胀，口内无滋味；脚下如绵，眼中似醋；黑夜作烧，白日常倦；下溺遗精，嗽痰带血……诸如此症，不上一年都添全了。于是不能支持，一头躺倒；合上眼，还只梦魂颠倒，满口胡话，惊怖异常。百般请医疗治，诸如肉桂、附子、鳖甲、麦冬、玉竹等药，吃了有几十斤下去，也不见个动静。

倏又腊尽春回，这病更加沉重。代儒也着了忙，各处请医疗治，皆不见效。因后来吃“独参汤”，代儒如何有这力量，只得往荣府里来寻。王夫人命凤姐称二两给他。凤姐回说：“前儿新近替老太太配了药；那整的，太太又说留着送杨提督的太太配药，偏偏昨儿我已经叫人送了去了。”王夫人道：“就是咱们这边没了，你叫个人，往你婆婆那里问问，或是你珍大哥哥那里有，寻些来，凑着给人家，吃好了，救人一命，也是你们的好处。”凤姐应了，也不遣人去寻，只将些渣末凑了几钱，命人送去，只说：“太太叫送来的，再也没了。”然后向王夫人说：“都寻了来了，共凑了二两多，送去了。”

那贾瑞此时要命心急，无药不吃，只是白花钱不见效。忽然这日有个跛足道人来化斋，口称专治冤孽之症。贾瑞偏偏在内听见了，直着声叫喊，说：“快去请进那位菩萨来救命！”一面在枕头上磕头。众人只得带进那道士来。

贾瑞一把拉住，连叫："菩萨救我！"那道士叹道："你这病非药可医。我有个宝贝与你，你天天看时，此命可保矣。"说毕，从搭裢中取出个正面反面皆可照人的镜子来，背上錾着"风月宝鉴"四字，递与贾瑞道："这物出自太虚幻境空灵殿上，警幻仙子所制，专治邪思妄动之症，有济世保生之功。所以带他到世上来，单与那些聪明俊秀、风雅王孙等照看。千万不可照正面，只照背面，要紧，要紧！三日后我来收取，管叫你病好。"说毕，徉长而去。众人苦留不住。

贾瑞接了镜子，想道："这道士倒有意思，我何不照一照试试？"想毕，拿起那宝鉴来，向反面一照，只见一个骷髅儿立在里面。贾瑞忙掩了，骂那道士："混帐！如何吓我？我倒再照照正面是什么？"想着，便将正面一照，只见凤姐站在里面点手儿叫他。贾瑞心中一喜，荡悠悠觉得进了镜子，与凤姐云雨一番，凤姐仍送他出来。到了床上，"嗳哟"了一声，一睁眼，镜子从新又掉过来，仍是反面立着一个骷髅。贾瑞自觉汗津津的，底下已遗了一滩精。心中到底不足，又翻过正面来，只见凤姐还招手叫他，他又进去。如此三四次。到了这次，刚要出镜子来，只见两个人走来，拿铁锁把他套住，拉了就走。贾瑞叫道："让我拿了镜子再走……"只说这句，就再不能说话了。

旁边伏侍的人只见他先还拿着镜子照，落下来，仍睁开眼拾在手内。末后镜子掉下来，便不动了。众人上来看时，已经咽了气了，身子底下冰凉精湿，遗下了一大滩精。这才忙着穿衣抬床。

代儒夫妇哭的死去活来，大骂道士："是何妖道！"遂命人架起火来烧那镜子。只听空中叫道："谁叫他自己照了正面呢？你们自己以假为真，为何烧我此镜？"忽见那镜从房中飞出。代儒出门看时，却还是那个跛足道人，喊道："还我的风月宝鉴来！"说着，抢了镜子，眼看着他飘然去了。

当下代儒没法，只得料理丧事，各处去报。三日起经，七日发引，寄灵铁槛寺后，一时贾家众人齐来吊问。荣府贾赦赠银二十两，贾政也是二十两；宁府贾珍亦有二十两；其馀族中人贫富不一，或一二两、三四两不等；外又有各同窗家中分资，也凑了二三十两。代儒家道虽然淡薄，得此帮助，倒也丰丰富富完了此事。

谁知这年冬底，林如海因为身染重疾，写书来特接黛玉回去。贾母听了，未免又加忧闷，只得忙忙的打点黛玉起身。宝玉大不自在，争奈父女之情，也不好拦阻。于是贾母定要贾琏送他去，仍叫带回来。一应土仪、盘费，不消絮说，自然要妥贴的。作速择了日期，贾琏同着黛玉，辞别了众人，带领仆从，登舟往扬州去了。

要知端的，且听下回分解。

第十三回

秦可卿死封龙禁尉
王熙凤协理宁国府

话说凤姐儿自贾琏送黛玉往扬州去后，心中实在无趣，每到晚间，不过同平儿说笑一回，就胡乱睡了。这日夜间，和平儿灯下拥炉，早命浓熏绣被，二人睡下，屈指计算行程，该到何处。不知不觉，已交三鼓，平儿已睡熟了。

凤姐方觉睡眼微矇，恍惚只见秦氏从外走进来，含笑说道："婶娘好睡！我今日回去，你也不送我一程？因娘儿们素日相好，我舍不得婶娘，故来别你一别。还有一件心愿未了，非告诉婶娘，别人未必中用。"凤姐听了，恍惚问道："有何心愿？只管托我就是了。"秦氏道："婶娘，你是个脂粉队里的英雄，连那些束带顶冠的男子也不能过你。你如何连两句俗语也不晓得？常言：'月满则亏，水满则溢。'又道是：'登高必跌重。'如今我们家赫赫扬扬，已将百载，一日倘或乐极生悲，若应了那句'树倒猢狲散'的俗语，岂不虚称了一世诗书旧族了？"凤姐听了此话，心胸不快，十分敬畏，忙问道："这话虑的极是，但有何法可以永保无虞？"秦氏冷笑道："婶娘好痴也！否极泰来，荣辱自古周而复始，岂人力所能常保的？但如今能于荣时筹画下将来衰时的世业，亦可以长远保全了。即如今日诸事俱妥，只有两件未妥，若把此事如此一行，则后日可保无患了。"

凤姐便问道："什么事？"秦氏道："目今祖茔虽四时祭祀，只是无一定的钱粮；第二，家塾虽立，无一定的供给。依我想来，如今盛时固不缺祭祀、供给，但将来败落之时，此二项有何出处？莫若依我定见：趁今日富贵，将祖茔附近多置田庄、房舍、地亩，以备祭祀、供给之费，皆出自此处；将家塾亦设于此。合同族中长幼，大家定了则例，日后按房掌管这一年的地亩钱粮、祭祀、供给之事。如此周流，又无争竞，也没有典卖诸弊。便是有罪，己物可以入官，这祭祀产业，连官也不入的。便败落下来，子孙回家读书务农，也有个退步，祭祀又可永继。若目今以为荣华不绝，不思后日，终非长策。眼见不日又有一件非常的喜事，真是烈火烹油、鲜花着锦之盛。要知道也不过是瞬息的繁华，一时的欢乐，万不可忘了那‘盛筵必散’的俗语。若不早为后虑，只恐后悔无益了。”凤姐忙问：“有何喜事？”秦氏道：“天机不可泄漏。只是我与婶娘好了一场，临别赠你两句话，须要记着。”因念道：

三春去后诸芳尽，各自须寻各自门。

凤姐还欲问时，只听二门上传出云板，连叩四下，正是丧音，将凤姐惊醒。人回：“东府蓉大奶奶没了。”凤姐吓了一身冷汗，出了一会神，只得忙穿衣服，往王夫人处来。彼时合家皆知，无不纳闷，都有些伤心。那长一辈的想他素日孝顺，平辈的想他素日和睦亲密，下一辈的想他素日慈爱，以及家中仆从老小想他素日怜贫惜贱、爱老慈幼之恩：莫不悲号痛哭。

闲言少叙。却说宝玉因近日林黛玉回去，剩得自己落单，也不和人玩耍，每到晚间，便索然睡了。如今从梦中听见说秦氏死了，连忙翻身爬起来，只觉心中似戳了一刀的，不觉的哇的一声，直喷出一口血来。袭人等慌慌忙忙上来扶着，问是怎么样了；又要回贾母去请大夫。宝玉道：“不用忙，不相干。这是急火攻心，血不归经。”说着便爬起来，要衣服换了，来见贾母，即时要过去。袭人见他如此，心中虽放不下，又不敢拦阻，只得由他罢了。贾母见他要去，因说：“才咽气的人，那里不干净；二则，夜里风大：等明早再去不迟。”宝玉那里肯依。贾母命人备车，多派跟从人役，拥护前来。

一直到了宁国府前，只见府门大开，两边灯火，照如白昼。乱烘烘人来人往，里面哭声摇山振岳。宝玉下了车，忙忙奔至停灵之室，痛哭一番。然后见过尤氏，谁知尤氏正犯了胃气疼的旧症，睡在床上。然后又出来见贾珍。彼时贾代儒、代修、贾敕、贾效、贾敦、贾赦、贾政、贾琮、贾㻞、贾珩、贾珖、贾琛、贾琼、贾璘、贾蔷、贾菖、贾菱、贾芸、贾芹、贾蓁、贾萍、贾藻、贾蘅、贾芬、贾芳、贾蓝、贾菌、贾芝等都来了。贾珍哭的泪人一般，正和贾代儒等说道："合家大小，远近亲友，谁不知我这媳妇比儿子还强十倍。如今伸腿去了，可见这长房内绝灭无人了。"说着又哭起来。众人劝道："人已辞世，哭也无益，且商议如何料理要紧。"贾珍拍手道："如何料理！不过尽我所有罢了。"

正说着，只见秦邦业、秦钟、尤氏几个眷属尤氏姊妹也都来了。贾珍便命贾琼、贾琛、贾璘、贾蔷四个人去陪客，一面吩咐去请钦天监阴阳司来择日。择准停灵七七四十九日，三日后开丧送讣闻。这四十九日，单请一百零八众僧人，在大厅上拜大悲忏，超度前亡后死鬼魂；另设一坛于天香楼，是九十九位全真道士，打四十九日解冤洗业醮；然后停灵于会芳园中，灵前另外五十众高僧、五十位高道，对坛按七作好事。

那贾敬闻得长孙媳妇死了，因自为早晚就要飞升，如何肯又回家染了红尘，将前功尽弃呢，故此并不在意，只凭贾珍料理。

且说贾珍恣意奢华，看板时，几副杉木板皆不中意。可巧薛蟠来吊，因见贾珍寻好板，便说："我们木店里有一副板，说是铁网山上出的，作了棺材，万年不坏的。这还是当年先父带来的，原系忠义亲王老千岁要的，因他坏了事，就不曾用。现在还封在店里，也没有人买得起。你若要，就抬来看看。"

贾珍听说甚喜，即命抬来。大家看时，只见帮、底皆厚八寸，纹若槟榔，味若檀、麝；以手叩之，声如玉石：大家称奇。贾珍笑问道："价值几何？"薛蟠笑道："拿着一千两银子，只怕没处买。什么价不价，赏他们几两银子作工钱就是了。"贾珍听说，连忙道谢不尽，即命解锯造成。贾政因劝道："此物恐非常人可享；殓以上等杉木也罢了。"贾珍如何肯听。

忽又听见秦氏之丫鬟，名唤瑞珠，见秦氏死了，也触柱而亡。此事更为可罕，合族都称叹。贾珍遂以孙女之礼殡殓之，一并停灵于会芳园之登仙阁。

又有小丫鬟名宝珠的，因秦氏无出，乃愿为义女，请任摔丧驾灵之任。贾珍甚喜，即时传命，从此皆呼宝珠为“小姑娘”。那宝珠按未嫁女之礼，在灵前哀哀欲绝。于是合族人并家下诸人都各遵旧制行事，自不得错乱。

贾珍因想道：“贾蓉不过是黉门监生，灵幡上写时不好看；便是执事也不多。”因此心下甚不自在。可巧这日正是首七第四日，早有大明宫掌宫内监戴权，先备了祭礼遣人来，次后坐了大轿，打道鸣锣，亲来上祭。贾珍忙接待，让坐至逗蜂轩献茶。贾珍心中早打定主意，因而趁便就说要与贾蓉捐个前程的话。戴权会意，因笑道：“想是为丧礼上风光些？”贾珍忙道：“老内相所见不差。”戴权道：“事倒凑巧，正有个美缺：如今三百员龙禁尉缺了两员。昨儿襄阳侯的兄弟老三来求我，现拿了一千五百两银子送到我家里。你知道，咱们都是老相好，不拘怎么样，看着他爷爷的分上，胡乱应了。还剩了一个缺。谁知永兴节度使冯胖子要求与他孩子捐，我就没工夫应他。既是咱们的孩子要捐，快写个履历来。”贾珍忙命人写了一张红纸履历来。戴权看了，上写着：

江南应天府江宁县监生贾蓉，年二十岁。曾祖，原任京营节度使世袭一等神威将军贾代化。祖，丙辰科进士贾敬。父，世袭三品爵威烈将军贾珍。

戴权看了，回手递与一个贴身的小厮收了，道：“回去送与户部堂官老赵，说我拜上他起一张五品龙禁尉的票，再给个执照，就把这履历填上。明日我来兑银子送过去。”小厮答应了。戴权告辞，贾珍款留不住，只得送出府门。临上轿，贾珍问：“银子还是我到部去兑，还是送入内相府中？”戴权道：“若到部里兑，你又吃亏了；不如平准一千两银子，送到我家就完了。”贾珍感谢不尽，说：“待服满，亲带小犬到府叩谢。”于是作别。

接着又听喝道之声，原来是忠靖侯史鼎的夫人，带着侄女史湘云来了。王夫人、邢夫人、凤姐等刚迎入正房，又见锦乡侯、川宁侯、寿山伯三家祭礼也摆在灵前。少时，三人下轿，贾珍接上大厅。

如此亲朋你来我去，也不能计数。只这四十九日，宁国府街上一条白漫漫人来人往，花簇簇官去官来。

贾珍令贾蓉次日换了吉服，领凭回来。灵前供用执事等物俱按五品职例，灵牌疏上皆写“诰授贾门秦氏宜人之灵位”。会芳园临街大门洞开，两边起了鼓乐厅，两班青衣按时奏乐，一对对执事摆的刀斩斧截。更有两面朱红销金大牌竖在门外，上面大书道：“防护内廷紫禁道御前侍卫龙禁尉”。对面高起着宣坛，僧道对坛榜上大书：“世袭宁国公冢孙妇防护内廷御前侍卫龙禁尉贾门秦氏宜人之丧：四大部洲至中之地，奉天永建太平之国，总理虚无寂静沙门僧录司正堂万、总理元始正一教门道纪司正堂叶等，敬谨修斋，朝天叩佛。”以及“恭请诸伽蓝、揭谛、功曹等神，圣恩普锡，神威远振，四十九日销灾洗业平安水陆道场”等语，亦不及繁记。

只是贾珍虽然心意满足，但里面尤氏又犯了旧疾，不能料理事务，惟恐各诰命来往，亏了礼数，怕人笑话，因此心中不自在。当下正忧虑时，因宝玉在侧，便问道：“事事都算妥贴了，大哥哥还愁什么？”贾珍便将里面无人的话告诉了他。宝玉听说，笑道：“这有何难，我荐一个人与你，权理这一个月的事，管保妥当。”贾珍忙问：“是谁？”宝玉见坐间还有许多亲友，不便明言，走向贾珍耳边说了两句。贾珍听了，喜不自胜，笑道：“这果然妥贴。如今就去。”说着拉了宝玉，辞了众人，便往上房里来。

可巧这日非正经日期，亲友来的少，里面不过几位近亲堂客，邢夫人、王夫人、凤姐并合族中的内眷陪坐。闻人报：“大爷进来了。”唬的众婆娘唿的一声，往后藏之不迭；独凤姐款款站了起来。

贾珍此时也有些病症在身，二则过于悲痛，因拄个拐踱了进来。邢夫人等因说道：“你身上不好，又连日多事，该歇歇才是，又进来做什么？”贾珍一面拄拐，扎挣着要蹲身跪下，请安道乏。邢夫人等忙叫宝玉搀住，命人挪椅子与他坐。贾珍不肯坐，因勉强陪笑道：“侄儿进来有一件事要求二位婶娘、大妹妹。”邢夫人等忙问：“什么事？”贾珍忙说道：“婶娘自然知道：如今孙子媳妇没了，侄儿媳妇又病倒。我看里头着实不成体统，要屈尊大妹妹一个月，在这里料理料理，我就放心了。”邢夫人笑道：“原来为这个。你大妹妹现在你二婶娘家，只和你二婶娘说就是了。”王夫人忙道：“他一个小孩子，何曾经过这些事？倘或料理不清，反叫人笑话；倒是再烦别人好。”贾珍笑道：“婶娘的意思，侄儿猜着了：是怕大妹妹劳苦了。若说料理不开，从小儿大妹妹玩笑时就有杀伐决断；如今出了阁，在那府里办事，越发历练老成了。我想了这几日，除了大妹妹，再无人可求了。婶娘不看侄儿和侄儿媳妇面上，只看死的分上罢。”说着流下泪来。

王夫人心中为的是凤姐未经过丧事，怕他料理不起，被人见笑；今见贾珍苦苦的说，心中已活了几分，却又眼看着凤姐出神。那凤姐素日最喜揽事，好卖弄能干，今见贾珍如此央他，心中早已允了；又见王夫人有活动之意：便向王夫人道：“大哥说得如此恳切，太太就依了罢。”王夫人悄悄的问道：“你可能么？”凤姐道：“有什么不能的？外面的大事已经大哥哥料理清了，不过是里面照管照管。便是我有不知的，问太太就是了。”王夫人见说得有理，便不出声。贾珍见凤姐允了，又陪笑道：“也管不得许多了，横竖要求大妹妹辛苦辛苦。我这里先与大妹妹行礼，等完了事，我再到那府里去谢。”说着就作揖，凤姐连忙还礼不迭。

贾珍便命人取了宁国府的对牌来，命宝玉送与凤姐，说道：“妹妹爱怎么样办，就怎么样办；要什么，只管拿这个取去：也不必问我。只求别存心替我省钱，要好看为上；二则，也同那府里一样待人才好，不要存心怕人抱怨。只这两件外，我再没不放心的了。”凤姐不敢就接牌，只看着王夫人。王夫人道：“你大哥既这么说，你就照看照看罢了。只是别自作主意，有了事，打发人问你哥哥、嫂子一声儿要紧。”宝玉早向贾珍手里接过对牌来，强递与凤姐了。

贾珍又问：“妹妹还是住在这里，还是天天来呢？若是天天来，越发辛苦了。我这里赶着收拾出一个院落来，妹妹住过这几日，倒安稳。”凤姐笑说：“不用，那边也离不得我，倒是天天来的好。”贾珍说：“也罢了。”然后又说了一会闲话，方才出去。

一时女眷散后，王夫人因问凤姐："你今儿怎么样？"凤姐道："太太只管请回去，我须得先理出一个头绪来，才回得去呢。"王夫人听说，便先同邢夫人回去，不在话下。

这里凤姐来至三间一所抱厦中坐了，因想："头一件是人口混杂，遗失东西；二件，事无专管，临期推委；三件，需用过费，滥支冒领；四件，任无大小，苦乐不均；五件，家人豪纵，有脸者不能服钤束，无脸者不能上进：此五件，实是宁府中风俗。"

不知凤姐如何处治，且听下回分解。

第十四回

林如海灵返苏州郡
贾宝玉路谒北静王

话说宁国府中都总管赖升闻知里面委请了凤姐，因传齐同事人等，说道："如今请了西府里琏二奶奶管理内事，倘或他来支取东西，或是说话，小心伺候才好。每日大家早来晚散，宁可辛苦这一个月，过后再歇息，别把老脸面扔了。那是个有名的烈货，脸酸心硬，一时恼了，不认人的。"众人都道："说的是。"又有一个笑道："论理，我们里头也得他来整治整治，都忒不像了。"

正说着，只见来旺媳妇拿了对牌，来领呈文、经文、榜纸，票上开着数目。众人连忙让坐倒茶，一面命人按数取纸。来旺抱着，同来旺媳妇一路来至仪门，方交与来旺媳妇自己抱进去了。

凤姐即命彩明钉造册簿；即时传了赖升媳妇，要家口花名册查看；又限明日一早，传齐家人、媳妇进府听差。大概点了一点数目单册，问了赖升媳妇几句话，便坐车回家。

至次日卯正二刻，便过来了。那宁国府中老婆、媳妇早已到齐，只见凤姐和赖升媳妇分派众人执事，不敢擅入，在窗外打听。听见凤姐和赖升媳妇道："既托了我，我就说不得要讨你们嫌了。我可比不得你们奶奶好性儿，诸事由得你们。再别说你们这府里原是这么样的话，如今可要依着我行。错我一点儿，管不得谁是有脸的，谁是没脸的，一例清白处治。"

说罢，便吩咐彩明念花名册，按名一个一个叫进来看视。一时看完，又吩咐道："这二十个分作两班，一班十个，每日在内单管亲友来往倒茶，别的事不用管。这二十个也分作两班，每日单管本家亲戚茶饭，也不管别的事。这四十个人也分作两班，单在灵前上香、添油、挂幔、守灵、供饭、供茶、随起举哀，也不管别的事。这四个人专在内茶房收管杯碟茶器，要少了一件，四人分赔。这四个人单管酒饭器皿，少一件也是分赔。这八个人单管收祭礼。这八个单管各处灯油、蜡烛、纸札：我一总支了来，交给你们八个人，然后按我的数儿往各处分派。这二十个每日轮流各处上夜，照管门户，监察火烛，打扫地方。这下剩的按房分开，某人守某处，某处所有桌椅、古玩起，至于痰盒、掸子等物，一草一苗，或丢或坏，就问这看守的赔补。赖升家的每日揽总查看，或有偷懒的，赌钱、吃酒、打架、拌嘴的，立刻拿了来回我；你要徇情，叫我查出来，三四辈子的老脸就顾不成了。如今都有了定规，以后那一行乱了，只和那一行算帐。素日跟我的人，随身俱有钟表，不论大小事，都有一定的时刻；横竖你们上房里也有时辰钟：卯正二刻我来点卯；巳正吃早饭；凡有领牌回事，只在午初二刻；戌初烧过黄昏纸，我亲到各处查一遍回来，上夜的交明钥匙。第二日还是卯正二刻过来。说不得咱们大家辛苦这几日罢，事完了，你们大爷自然赏你们。”

说毕，又吩咐按数发茶叶、油烛、鸡毛掸子、笤帚等物，一面又搬取家伙：桌围、椅搭、坐褥、毡席、痰盒、脚踏之类。一面交发，一面提笔登记：某人管某处，某人领物件，开的十分清楚。众人领了去，也都有了投奔，不似先时只拣便宜的做，剩下苦差没个招揽；各房中也不能趁乱迷失东西；便是人来客往，也都安静了，不比先前紊乱无头绪：一切偷安、窃取等弊，一概都蠲了。

凤姐自己威重令行，心中十分得意。因见尤氏犯病，贾珍也过于悲哀，不大进饮食，自己每日从那府中熬了各样细粥，精美小菜，令人送过来。贾珍也另外吩咐：每日送上等菜到抱厦内，单预备凤姐。凤姐不畏勤劳，天天按时刻过来，点卯理事，独在抱厦内起坐，不与众妯娌合群，便有女眷来往也不迎送。

这日乃五七正五日上，那应赴僧正开方破狱，传灯照亡，参阎君，拘都鬼，延请地藏王，开金桥，引幢幡；那道士们正伏章申表，朝三清，叩玉帝；

禅僧们行香，放焰口，拜水忏；又有十二众青年尼僧搭绣衣，靸红鞋，在灵前默诵接引诸咒：十分热闹。

那凤姐知道今日的客不少，寅正便起来梳洗。及收拾完备，更衣盥手，喝了几口奶子，漱口已毕，正是卯正二刻了。来旺媳妇率领众人伺候已久。凤姐出至厅前，上了车，前面一对明角灯，上写“荣国府”三个大字。来至宁府大门首，门灯朗挂，两边一色绰灯，照如白昼，白汪汪穿孝家人两行侍立。请车至正门上，小厮退去，众媳妇上来揭起车帘。凤姐下了车，一手扶着丰儿，两个媳妇执着手把灯照着，簇拥凤姐进来。宁府诸媳妇迎着请安。凤姐款步入会芳园中登仙阁灵前，一见棺材，那眼泪恰似断线之珠，滚将下来。院中多少小厮垂手侍立，伺候烧纸。凤姐吩咐一声：“供茶，烧纸。”只听一棒锣鸣，诸乐齐奏，早有人请过一张大圈椅来，放在灵前。凤姐坐下，放声大哭，于是里外上下男女接声嚎哭。

贾珍、尤氏忙令人劝止，凤姐才止住了哭。来旺媳妇倒茶漱口毕，方起身，别了族中诸人，自入抱厦来。按名查点，名项人数俱已到齐，只有迎送亲友上的一人未到，即令传来。那人惶恐，凤姐冷笑道：“原来是你误了！你比他们有体面，所以不听我的话！”那人回道：“奴才天天都来的早，只有今儿来迟了一步，求奶奶饶过初次。”

正说着，只见荣国府中的王兴媳妇来了，往里探头儿。凤姐且不发放这人，却问：“王兴媳妇，来作什么？”王兴家的近前说：“领牌取线，打车、轿网络。”说着将帖儿递上。凤姐令彩明念道：“大轿两顶，小轿四顶，车四辆，共用大小络子若干根，每根用珠儿线若干斤。”凤姐听了数目相合，便命彩明登记，取荣国府对牌发下。王兴家的去了。

凤姐方欲说话，只见荣国府的四个执事人进来，都是支取东西领牌的。凤姐命彩明要了帖，念过，听了，一共四件，因指两件道：“这两件开销错了，再算清了来领。”说着将帖子摔下来。那二人扫兴而去。

凤姐因见张材家的在旁，便问：“你有什么事？”张材家的忙取帖子回道：“就是方才车、轿围子做成，领取裁缝工银若干两。”凤姐听了，收了帖子，命彩明登记；待王兴交过，得了买办的回押相符，然后与张材家的去领。一面又命念那一件，是为宝玉外书房完竣，支领买纸料糊裱。凤姐听了，即命收帖儿登记，待张材家的缴清再发。

凤姐便说道："明儿他也来迟了，后儿我也来迟了，将来都没有人了。本来要饶你，只是我头一次宽了，下次就难管别人了，不如开发了好。"登时放下脸来，叫："带出去，打他二十板子！"众人见凤姐动怒，不敢怠慢，拉出去照数打了，进来回复。凤姐又掷下宁府对牌："说与赖升，革他一个月的钱粮。"吩咐："散了罢。"众人方各自办事去了。那被打的也含羞饮泣而去。

彼时荣、宁两处领牌交牌人往来不绝，凤姐又一一开发了。于是宁府中人才知凤姐利害，自此俱各兢兢业业，不敢偷安，不在话下。

如今且说宝玉因见人众，恐秦钟受委屈，遂同他往凤姐处坐坐。凤姐正吃饭，见他们来了，笑道："好长腿子！快上来罢。"宝玉道："我们偏了。"凤姐道："在这边外头吃的，还是那边吃的？"宝玉道："同那些浑人吃什么，还是那边跟着老太太吃了来的。"说着，一面归坐。

凤姐饭毕，就有宁府一个媳妇来领牌，为支取香灯。凤姐笑道："我算着你今儿该来支取，想是忘了。要终久忘了，自然是你包出来，都便宜了我。"那媳妇笑道："何尝不是忘了，方才想起来，再迟一步也领不成了。"说毕，领牌而去。一时登记交牌。秦钟因笑道："你们两府里都是这牌，倘别人私造一个，支了银子去，怎么好？"凤姐笑道："依你说，都没王法了。"

宝玉因道："怎么咱们家没人来领牌子支东西？"凤姐道："他们来领的时候，你还做梦呢。我且问你：你们多早晚才念夜书呢？"宝玉道："巴不得今日就念才好。只是他们不快给收拾书房，也是没法儿。"凤姐笑道："你请我请儿，包管就快了。"宝玉道："你也不中用，他们该做到那里的时候，自然有了。"凤姐道："就是他们做，也得要东西，搁不住我不给对牌，是难的。"宝玉听说，便猴向凤姐身上，立刻要牌，说："好姐姐，给他们牌，好支东西去收拾。"凤姐道："我乏的身上生疼，还搁的住你这么揉搓？你放心罢，今儿才领了裱糊纸去了，他们该要的还等叫去呢，可不傻了？"宝玉不信，凤姐便叫彩明查册子给他看。

正闹着，人来回：“苏州去的昭儿来了。”凤姐急命叫进来。昭儿打千儿请安。凤姐便问：“回来做什么？”昭儿道：“二爷打发回来的。林姑老爷是九月初三巳时没的。二爷带了林姑娘同送林姑老爷的灵到苏州，大约赶年底回来。二爷打发奴才来报个信儿请安，讨老太太的示下；还瞧瞧奶奶家里好，叫把大毛衣裳带几件去。”凤姐道：“你见过别人了没有？”昭儿道：“都见过了。”说毕，连忙退出。凤姐向宝玉笑道：“你林妹妹可在咱们家住长了。”宝玉道：“了不得，想来这几日他不知哭的怎么样呢！”说着蹙眉长叹。

凤姐见昭儿回来，因当着人不及细问贾琏，心中七上八下。待要回去，奈事未毕。少不得耐到晚上回来，又叫进昭儿来细问，一路平安。连夜打点大毛衣服，和平儿亲自检点收拾，再细细追想所需何物，一并包裹，交给昭儿。又细细儿的吩咐昭儿：“在外好生小心些伏侍，别惹你二爷生气。时常劝他少喝酒，别勾引他认得混帐女人。我知道了，回来打折了你的腿！”昭儿笑着答应出去。那时天已四更，睡下，不觉早又天明，忙梳洗，过宁府来。

那贾珍因见发引日近，亲自坐车，带了阴阳生往铁槛寺来踏看寄灵之所；又一一嘱咐住持色空好生预备新鲜陈设，多请名僧，以备接灵使用。色空忙备晚斋。贾珍也无心茶饭，因天晚不及进城，就在净室胡乱歇了一夜。次日一早，赶忙的进城来，料理出殡之事；一面又派人先往铁槛寺，连夜另外修饰停灵之处，并厨茶等项，接灵人口。

凤姐见发引日期在迩，也预先逐细分派料理；一面又派荣府中车轿、人从，跟王夫人送殡；又顾自己送殡，去占下处。目今正值缮国公诰命亡故，邢、王二夫人又去吊祭送殡；西安郡妃华诞，送寿礼；又有胞兄王仁连家眷回南，一面写家信并带往之物；又兼迎春染疾，每日请医服药，看医生的启帖，讲论症源，斟酌药案。各事冗杂，亦难尽述，因此忙的凤姐茶饭无心，坐卧不宁：到了宁府里，这边荣府的人跟着；回到荣府里，那边宁府的人又跟着。凤姐虽然如此之忙，只因素性好胜，惟恐落人褒贬，故费尽精神，筹画的十分整齐，于是合族中上下无不称叹。

这日伴宿之夕，亲朋满座，尤氏犹卧于内室，一切张罗款待，都是凤姐一人周全承应。合族中虽有许多妯娌，也有言语钝拙的，也有举止轻浮的，也有羞口羞脚不惯见人的，也有惧贵怯官的，越显得凤姐洒爽风流，典则俊雅；真是万绿丛中一点红了。那里还把众人放在眼里，挥霍指示，任其所为。那一夜中灯明火彩，客送官迎，百般热闹，自不用说。

至天明吉时，一般六十四名青衣请灵，前面铭旌上大书："诰封一等宁国公冢孙妇防护内廷紫禁道御前侍卫龙禁尉享强寿贾门秦氏宜人之灵柩"。一应执事陈设，皆系现赶新做出来的，一色光彩夺目。宝珠自行未嫁女之礼，摔丧驾灵，十分哀苦。

那时官客送殡的有：镇国公牛清之孙、现袭一等伯牛继宗，理国公柳彪之孙、现袭一等子柳芳，齐国公陈翼之孙、世袭三品威镇将军陈瑞文，治国公马魁之孙、世袭三品威远将军马尚德，修国公侯晓明之孙、世袭一等子侯孝康；缮国公诰命亡故，其孙石光珠守孝不得来。这六家与荣、宁二家，当日所称"八公"的便是。馀者更有：南安郡王之孙，西宁郡王之孙，忠靖侯史鼎，平原侯之孙、世袭二等男蒋子宁，定城侯之孙、世袭二等男兼京营游击谢鲲，襄阳侯之孙、世袭二等男戚建辉，景田侯之孙、五城兵马司裘良。馀者锦乡伯公子韩奇、神武将军公子冯紫英、陈也俊、卫若兰等诸王孙公子，不可枚数。堂客也共有十来顶大轿、三四十顶小轿，连家下大小轿子车辆，不下百十馀乘。连前面各色执事陈设，接连一带，摆了有三四里远。

走不多时，路上彩棚高搭，设席张筵，和音奏乐，俱是各家路祭：第一棚是东平郡王府的祭，第二棚是南安郡王的祭，第三棚是西宁郡王的祭，第四棚便是北静郡王的祭。原来这四王，当日惟北静王功最高，及今子孙犹袭王爵。现今北静王世荣年未弱冠，生得美秀异常，性情谦和。近闻宁国府冢孙妇告殂，因想当日彼此祖父有相与之情，同难同荣，因此不以王位自居，前日也曾探丧吊祭；如今又设了路奠，命麾下的各官在此伺候；自己五更入朝，公事一毕，便换了素服，坐着大轿，鸣锣张伞而来，到了棚前落轿。手下各官两旁拥侍，军民人众不得往还。

一时只见宁府大殡浩浩荡荡，压地银山一般，从北而至。早有宁府开路传事人报与贾珍。贾珍急命前面执事扎住，同贾赦、贾政，三人连忙迎上来，以国礼相见。北静王轿内欠身，含笑答礼，仍以世交称呼接待，并不自大。贾珍道："犬妇之丧，累蒙郡驾下临，荫生辈何以克当！"北静王笑道："世交至谊，何出此言！"遂回头令长府官主祭代奠。贾赦等一旁还礼，复亲身来谢。北静王十分谦逊，因问贾政道："那一位是衔玉而诞者？久欲一见为快，今日一定在此，何不请来？"贾政忙退下来，命宝玉更衣，领他前来谒见。

那宝玉素闻北静王的贤德，且才貌俱全，风流跌宕，不为官俗国体所缚，每思相会，只是父亲拘束，不克如愿；今见反来叫他，自是喜欢。一面走，一面瞥见那北静王坐在轿内，好个仪表。

不知近前又是怎样，且听下回分解。

第十五回

王凤姐弄权铁槛寺
秦鲸卿得趣馒头庵

话说宝玉举目见北静王世荣头上戴着净白簪缨银翅王帽，穿着江牙海水五爪龙白蟒袍，系着碧玉红鞓带；面如美玉，目似明星：真好秀丽人物。宝玉忙抢上来参见，世荣从轿内伸手搀住。见宝玉戴着束发银冠，勒着双龙出海抹额，穿着白蟒箭袖，围着攒珠银带；面若春花，目如点漆。北静王笑道："名不虚传，果然如宝似玉。"问："衔的那宝贝在那里？"宝玉见问，连忙从衣内取出递与。北静王细细看了，又念了那上头的字，因问："果灵验否？"贾政忙道："虽如此说，只是未曾试过。"北静王一面极口称奇，一面理顺彩绦，亲自与宝玉带上。又携手问宝玉几岁，现读何书。宝玉一一答应。

北静王见他语言清朗，谈吐有致，一面又向贾政笑道："令郎真乃龙驹凤雏！非小王在世翁前唐突，将来'雏凤清于老凤声'，未可量也。"贾政陪笑道："犬子岂敢谬承金奖。赖藩郡馀恩，果如所言，亦荫生辈之幸矣。"北静王又道："只是一件：令郎如此资质，想老太夫人自然钟爱。但吾辈后生，甚不宜溺爱，溺爱则未免荒失了学业。昔小王曾蹈此辙，想令郎亦未必不如是也。若令郎在家难以用功，不妨常到寒邸。小王虽不才，却多蒙海内众名士，凡至都者，未有不垂青目的，是以寒邸高人颇聚。令郎常去谈谈会会，则学问可以日进矣。"贾政忙躬身答道："是。"

北静王又将腕上一串念珠卸下来，递与宝玉道："今日初会，仓卒无敬贺之物。此系圣上所赐蕶苓香念珠一串，权为敬贺之礼。"宝玉连忙接了，回身奉与贾政。贾政带着宝玉谢过了。于是贾赦、贾珍等一齐上来，叩请回舆。北静王道："逝者已登仙界，非你我碌碌尘寰中人。小王虽上叨天恩，虚邀郡袭，岂可越仙辆而进呢？"贾赦等见执意不从，只得谢恩回来，命手下人掩乐停音，将殡过完，方让北静王过去。不在话下。

且说宁府送殡，一路热闹非常。刚至城门，又有贾赦、贾政、贾珍诸同寅属下各家祭棚接祭，一一的谢过。然后出城，竟奔铁槛寺大路而来。彼时贾珍带着贾蓉来到诸长辈前，让坐轿上马，因而贾赦一辈的各自上了车、轿，贾珍一辈的也将要上马。凤姐因惦记着宝玉，怕他在郊外纵性，不服家人的话，贾政管不着，惟恐有闪失，因此命小厮来唤他。宝玉只得到他车前。凤姐笑道："好兄弟，你是个尊贵人，和女孩儿似的人品，别学他们猴在马上。下来，咱们姐儿两个同坐车，好不好？"宝玉听说，便下了马，爬上凤姐车内，二人说笑前进。

不一时，只见那边两骑马直奔凤姐车来，下马扶车回道："这里有下处，奶奶请歇歇更衣。"凤姐命请邢、王二夫人示下。那二人回说："太太们说不歇了，叫奶奶自便。"凤姐便命歇歇再走。小厮带着轿、马岔出人群，往北而来。宝玉忙命人去请秦钟。那时秦钟正骑着马，随他父亲的轿，忽见宝玉的小厮跑来请他去打尖。秦钟远看着宝玉所骑的马，搭着鞍笼，随着凤姐的车往北而去，便知宝玉同凤姐一车，自己也带马赶上来，同入一庄门内。

那庄农人家无多房舍，妇女无处回避。那些村姑野妇见了凤姐、宝玉、秦钟的人品、衣服，几疑天人下降。凤姐进入茅屋，先命宝玉等出去玩玩。

宝玉会意，因同秦钟带了小厮们各处游玩。凡庄家动用之物，俱不曾见过的，宝玉见了，都以为奇，不知何名何用。小厮中有知道的，一一告诉了名色并其用处。宝玉听了，因点头道："怪道古人诗上说：'谁知盘中餐，粒粒皆辛苦。'正为此也。"一面说，一面又到一间房内，见炕上有个纺车儿，越发以为稀奇。小厮们又说："是纺线织布的。"宝玉便上炕摇转。只见一个村妆丫头，约有十七八岁，走来说道："别弄坏了。"众小厮忙上来吆喝。宝玉也住了手，说道："我因没有见过，所以试一试玩儿。"那丫头道："你不会转，等我转给你瞧。"秦钟暗拉宝玉道："此卿大有意趣。"宝玉推他道："再胡说，我就打了。"说着，只见那丫头纺起线来，果然好看。忽听那边老婆子叫道："二丫头，快过来。"那丫头丢了纺车，一径去了。

宝玉怅然无趣。只见凤姐打发人来，叫他两个进去。凤姐洗了手，换了衣服，问他换不换。宝玉道："不换。"也就罢了。仆妇们端上茶食果品来，又倒上香茶来。凤姐等吃了茶，待他们收拾完备，便起身上车。外面旺儿预备赏封，赏了那庄户人家。那妇人等忙来谢赏。宝玉留心看时，并不见纺线之女。走不多远，却见这二丫头怀里抱着个小孩子，同着两个小女孩子，在村头站着瞅他。宝玉情不自禁，然身在车上，只得眼角留情而已。一时电卷风驰，回头已无踪迹了。

说笑间，已赶上大殡。早又前面法鼓金铙，幢幡宝盖，铁槛寺中僧众摆列路旁。少时到了寺中，另演佛事，重设香坛，安灵于内殿偏室之中。宝珠安于里寝室为伴。

外面贾珍款待一应亲友，也有坐住的，也有告辞的，一一谢了乏，从公、侯、伯、子、男，一起一起的散，至未末方散尽了。里面的堂客皆是凤姐接待，先从诰命散起，也到未正上下方散完了。只有几个近亲本族，等做过三日道场方去的。那时邢、王二夫人知凤姐必不能回家，便要带了宝玉同进城去。那宝玉乍到郊外，那里肯回去，只要跟着凤姐住着。王夫人只得交与凤姐而去。

原来这铁槛寺是宁、荣二公当日修造的，现今还有香火地亩，以备京中老了人口，在此停灵。其中阴阳两宅俱是预备妥贴的，好为送灵人口寄居。不想如今后人繁盛，其中贫富不一，或性情参商：有那家道艰难的，便住在这里了；有那有钱有势尚排场的，只说这里不方便，一定另外或村庄或尼庵寻个下处，为事毕宴退之所。即今秦氏之丧，族中诸人，也有在铁槛寺的，也有别寻下处的。凤姐也嫌不方便，因遣人来和馒头庵的姑子静虚说了，腾出几间房来预备。原来这馒头庵就是水月寺，因他庙里做的馒头好，就起了这个浑号。离铁槛寺不远。

当下和尚功课已完，奠过晚茶，贾珍便命贾蓉请凤姐歇息。凤姐见还有几个妯娌们陪着女亲，自己便辞了众人，带着宝玉、秦钟，往馒头庵来。只因秦邦业年迈多病，不能在此，只命秦钟等待安灵罢，所以秦钟只跟着凤姐、宝玉。一时到了庵中，静虚带领智善、智能两个徒弟出来迎接，大家见过。凤姐等至净室，更衣净手毕。因见智能儿越发长高了，模样儿越发出息的水灵了，因说道："你们师徒怎么这些日子也不往我们那里去？"静虚道："可是这几日因胡老爷府里产了公子，太太送了十两银子来这里，叫请几位师父念三日《血盆经》，忙的就没得来请奶奶的安。"

不言老尼陪着凤姐。且说那秦钟、宝玉二人正在殿上玩耍，因见智能儿过来，宝玉笑道："能儿来了。"秦钟说："理他作什么？"宝玉笑道："你别弄鬼儿。那一日在老太太屋里，一个人没有，你搂着他作什么呢？这会子还哄我。"秦钟笑道："这可是没有的话。"宝玉道："有没有也不管你，你只叫他倒碗茶来我喝，就撂过手。"秦钟笑道："这又奇了：你叫他倒去，还怕他不倒？何用我说呢？"宝玉道："我叫他倒的是无情意的，不及你叫他倒的是有情意的。"秦钟没法，只得说道："能儿，倒碗茶来。"那能儿自幼在荣府走动，无人不识，常和宝玉、秦钟玩笑。如今长大了，渐知风月，便看上了秦钟人物风流；那秦钟也爱他妍媚：二人虽未上手，却已情投意合了。智能走去倒了茶来。秦钟笑说："给我。"宝玉又叫："给我。"智能儿抿着嘴儿笑道："一碗茶也争，难道我手上有蜜？"宝玉先抢着了，喝着，方要问话，只见智善来叫智能去摆果碟子，一时来请他两个去吃果茶。他两个那里吃这些东西，略坐坐，仍出来玩耍。

凤姐也便回至净室歇息，老尼相伴。此时众婆子、媳妇见无事，都陆续散了，自去歇息，跟前不过几个心腹小丫头，老尼便趁机说道："我有一事，要到府里求太太，先请奶奶的示下。"凤姐问道："什么事？"老尼道："阿弥陀佛！只因当日我先在长安县善才庵里出家的时候儿，有个施主姓张，是大财主。他的女孩儿，小名金哥，那年都往我庙里来进香，不想遇见长安府太爷的小舅子李少爷。那李少爷一眼看见金哥就爱上了，立刻打发人来求亲，不想金哥已受了原任长安守备公子的聘定。张家欲待退亲，又怕守备不依，因此说已有了人家了。谁知李少爷一定要娶。张家正在没法，两处为难，不料守备家听见此信，也不问青红皂白，就来吵闹，说：‘一个女孩儿，你许几家子人家儿？’偏不许退定礼，就打起官司来。女家急了，只得着人上京找门路，赌气偏要退定礼。我想如今长安节度云老爷，和府上相好，怎么求太太和老爷说说，写一封书子，求云老爷和那守备说一声，不怕他不依。要是肯行，张家那怕倾家孝顺，也是情愿的。”

凤姐听了，笑道：“这事倒不大，只是太太再不管这些事。”老尼道：“太太不管，奶奶可以主张了。”凤姐笑道：“我也不等银子使，也不做这样的事。”静虚听了，打去妄想。半晌，叹道：“虽这么说，只是张家已经知道求了府里。如今不管，张家不说没工夫、不希图他的谢礼，倒像府里连这点子手段也没有似的。”

凤姐听了这话，便发了兴头，说道：“你是素日知道我的，从来不信什么阴司地狱报应的，凭是什么事，我说要行就行。你叫他拿三千两银子来，我就替他出这口气。”老尼听说，喜之不胜，忙说：“有，有！这个不难。”凤姐又道：“我比不得他们扯篷拉纤的图银子：这三千两银子，不过是给打发说去的小厮们作盘缠，使他赚几个辛苦钱儿；我一个钱也不要，就是三万两，我此刻还拿的出来。”老尼忙答应道：“既如此，奶奶明天就开恩罢了。”凤姐道：“你瞧瞧我忙的，那一处少的了我？我既应了你，自然给你了结啊。”老尼道：“这点子事，要在别人，自然忙的不知怎么样；要是奶奶跟前，再添上些，也不够奶奶一办的。俗语说的：‘能者多劳。’太太见奶奶这样才情，越发都推给奶奶了。只是奶奶也要保重贵体些才是。”一路奉承，凤姐越发受用了，也不顾劳乏，更攀谈起来。

谁想秦钟趁黑晚无人，来寻智能儿。刚到后头房里，只见智能儿独在那儿洗茶碗，秦钟便搂着亲嘴。智能儿急的跺脚说："这是做什么！"就要叫唤。秦钟道："好妹妹，我要急死了。你今儿再不依我，我就死在这里。"智能儿道："你要怎么样？除非我出了这牢坑，离了这些人，才好呢。"秦钟道："这也容易，只是远水解不得近渴。"说着，一口吹了灯，满屋里漆黑，将智能儿抱到炕上。那智能儿百般的扎挣不起来，又不好嚷，不知怎么样就把中衣儿解下来了。

这里刚才入港，说时迟，那时快，猛然间，一个人从身后冒冒失失的按住，也不出声。二人唬的魂飞魄散。只听嗤的一笑，这才知是宝玉。秦钟连忙起来，抱怨道："这算什么？"宝玉道："你倒不依？咱们就嚷出来。"羞的智能儿趁暗中跑了。宝玉拉着秦钟出来道："你可还强嘴不强？"秦钟笑道："好哥哥，你只别嚷，你要怎么着都使的。"宝玉笑道："这会子也不用说，等一会儿睡下，咱们再慢慢儿的算帐。"

一时宽衣安歇的时节，凤姐在里间，宝玉、秦钟在外间，满地下皆是婆子们打铺坐更。凤姐因怕通灵玉失落，等宝玉睡下，令人拿来，塞在自己枕边。却不知宝玉和秦钟如何算帐，未见真切，此系疑案，不敢创纂。

且说次日一早，便有贾母、王夫人打发了人来看宝玉，命多穿两件衣服，无事宁可回去。宝玉那里肯，又兼秦钟恋着智能儿，调唆宝玉求凤姐再住一天。凤姐想了一想，丧仪大事虽妥，还有些小事，也可以再住一日：一则贾珍跟前送了满情，二则又可以完了静虚的事，三则顺了宝玉的心。因此便向宝玉道："我的事都完了。你要在这里逛，少不得索性辛苦了。明儿是一定要走的了。"宝玉听说，千姐姐万姐姐的央求："只住一日，明儿必回去的。"于是又住了一夜。

凤姐便命悄悄将昨日老尼之事说与来旺儿。旺儿心中俱已明白，急忙进城，找着主文的相公，假托贾琏所嘱，修书一封，连夜往长安县来。不过百里之遥，两日工夫，俱已妥协。那节度使名唤云光，久悬贾府之情，这些小事，岂有不允之理，给了回书。旺儿回来，不在话下。

且说凤姐等又过了一日，次日方别了老尼，着他三日后往府里去讨信。那秦钟和智能儿两个百般的不忍分离，背地里设了多少幽期密约，只得含恨而别，俱不用细述。凤姐又到铁槛寺中照望一番。宝珠执意不肯回家，贾珍只得派妇女相伴。

后事如何，且听下回分解。

第十六回

贾元春才选凤藻宫
秦鲸卿夭逝黄泉路

且说秦钟、宝玉二人跟着凤姐自铁槛寺照应一番，坐车进城，到家见过贾母、王夫人等，回到自己房中。一夜无话。

至次日，宝玉见收拾了外书房，约定了和秦钟念夜书。偏偏那秦钟秉赋最弱，因在郊外受了些风霜，又与智能儿几次偷期缱绻，未免失于检点，回来时便咳嗽伤风，饮食懒进，大有不胜之态，只在家中调养，不能上学。宝玉便扫了兴，然亦无法，只得候他病痊再议。

那凤姐却已得了云光的回信，俱已妥协。老尼达知张家。那守备无奈何，忍气吞声，受了前聘之物。谁知爱势贪财的父母，却养了一个知义多情的女儿：闻得退了前夫，另许李门，他便一条汗巾，悄悄的寻了自尽。那守备之子谁知也是个情种：闻知金哥自缢，遂投河而死。可怜张、李二家没趣，真是人财两空。这里凤姐却安享了三千两。王夫人连一点消息也不知。自此凤姐胆识愈壮，以后所作所为，诸如此类，不可胜数。

一日，正是贾政的生辰，宁、荣二处人丁都齐集庆贺，热闹非常。忽有门吏报道："有六宫都太监夏老爷特来降旨。"吓的贾赦、贾政一干人不知何事，忙止了戏文，撤去酒席，摆香案，启中门跪接。早见都太监夏秉忠乘马而至，又有许多跟从的内监。那夏太监也不曾负诏捧敕，直至正厅下马，满面笑容，走至厅上，南面而立，口内说："奉特旨：立刻宣贾政入朝，在临敬殿陛见。"说毕，也不吃茶，便乘马去了。贾政等也猜不出是何来头，只得即忙更衣入朝。

贾母等合家人心俱惶惶不定，不住的使人飞马来往探信。有两个时辰，忽见赖大等三四个管家喘吁吁跑进仪门报喜，又说："奉老爷的命，就请老太太率领太太等进宫谢恩呢。"那时贾母心神不定，在大堂廊下伫候；邢、王二夫人、尤氏、李纨、凤姐、迎春姊妹以及薛姨妈等皆聚在一处打听信息。贾母又唤进赖大来细问端底，赖大禀道："奴才们只在外朝房伺候着，里头的信息一概不知。后来夏太监出来道喜，说咱们家的大姑奶奶封为凤藻宫尚书，加封贤德妃。后来老爷出来，也这么吩咐。如今老爷又往东宫里去了。急速请太太们去谢恩。"贾母等听了，方放下心来，一时皆喜现于面。于是都按品大妆起来。贾母率领邢、王二夫人并尤氏，一共四乘大轿，鱼贯入朝；贾赦、贾珍亦换了朝服，带领贾蔷、贾蓉，奉侍贾母前往。

宁、荣两处上下内外人等，莫不欢天喜地；独有宝玉置若罔闻。你道什么缘故？原来近日水月庵的智能私逃入城，来找秦钟，不意被秦邦业知觉，将智能逐出，将秦钟打了一顿；自己气的老病发了，三五日便呜呼哀哉了。秦钟本自怯弱，又带病未痊，受了笞杖；今见老父气死，悔痛无及，又添了许多病症。因此，宝玉心中怅怅不乐，虽有元春晋封之事，那解得他的愁闷。贾母等如何谢恩，如何回家，亲友如何来庆贺，宁、荣两府近日如何热闹，众人如何得意，独他一个皆视有如无，毫不介意：因此，众人嘲他越发呆了。

且喜贾琏与黛玉回来，先遣人来报信："明日就可到家了。"宝玉听了，方略有些喜意。细问原由，方知贾雨村也进京引见（皆由王子腾累上荐本，此来候补京缺），与贾琏是同宗弟兄，又与黛玉有师徒之谊，故同路作伴而来。林如海已葬入祖茔了，诸事停妥。贾琏这番进京，若按站走时，本该出月到家；因听见元春喜信，遂昼夜兼程而进。一路俱各平安。宝玉只问了黛玉好，馀者也就不在意了。

好容易盼到明日午错，果报："琏二爷和林姑娘进府了。"见面时，彼此悲喜交集，未免大哭一场，又致庆慰之词。宝玉细看那黛玉时，越发出落的超逸了。黛玉又带了许多书籍来，忙着打扫卧室，安排器具；又将些纸笔等物分送与宝钗、迎春、宝玉等。宝玉又将北静王所赠蕶苓香串，珍重取出来，转送黛玉。黛玉说："什么臭男人拿过的，我不要这东西！"遂掷还不取。宝玉只得收回。暂且无话。

且说贾琏自回家见过众人，回至房中，正值凤姐事繁，无片刻闲空，见贾琏远路归来，少不得拨冗接待。因房内别无外人，便笑道："国舅老爷大喜！国舅老爷一路风尘辛苦。小的听见昨日的头起报马来说，今日大驾归府，略预备了一杯水酒掸尘，不知可赐光谬领否？"贾琏笑道："岂敢，岂敢！多承，多承！"一面平儿与众丫鬟参见毕，端上茶来。

贾琏遂问别后家中诸事，又谢凤姐的辛苦。凤姐道："我那里管的上这些事来。见识又浅，嘴又笨，心又直，人家给个棒槌，我就拿着认作针了；脸又软，搁不住人家给两句好话儿；况且又没经过事，胆子又小，太太略有点不舒服，就吓的也睡不着了。我苦辞过几回，太太不许，倒说我图受用，不肯学习。那里知道我是捻着把汗儿呢。一句也不敢多说，一步也不敢妄行。你是知道的，咱们家所有的这些管家奶奶，那一个是好缠的？错一点儿，他们就笑话打趣；偏一点儿，他们就指桑骂槐的抱怨。坐山看虎斗，借刀杀人，引风吹火，站干岸儿，推倒了油瓶儿不扶：都是全挂子的本事。况且我又年轻，不压人，怨不得不把我搁在眼里。更可笑那府里蓉儿媳妇死了，珍大哥再三在太太跟前跪着讨情，只要请我帮他几天。我再四推辞，太太做情应了，只得从命。到底叫我闹了个马仰人翻，更不成个体统。至今珍大哥还抱怨后悔呢。你明儿见了他，好歹赔释赔释，就说我年轻，原没见过世面，谁叫大爷错委了他呢？"

说着，只听外间有人说话，凤姐便问："是谁？"平儿进来回道："姨太太打发香菱妹子来问我一句话，我已经说了，打发他回去了。"贾琏笑道："正是呢。我才见姨妈去，和一个年轻的小媳妇子刚走了个对脸儿，长得好齐整模样儿。我想咱们家没这个人哪！说话时问姨妈，才知道是打官司的那小丫头子，叫什么香菱的，竟给薛大傻子作了屋里人。开了脸，越发出挑的标致了。那薛大傻子真玷辱了他。"凤姐把嘴一撇，道："哎！往苏、杭走了一趟回来，也该见点世面了，还是这么眼馋肚饱的。你要爱他，不值什么，我拿平儿换了他来，好不好？那薛老大也是吃着碗里，瞧着锅里的，这一年来的时候，他为香菱儿不能到手，和姑妈打了多少饥荒。姑妈看着香菱的模样儿好还是小事，因他做人行事，又比别的女孩子不同，温柔安静，差不多儿的主子姑娘还跟不上他，才摆酒请客的费事，明堂正道给他做了屋里人。过了没半月，也没事人一大堆了。”一语未了，二门上的小厮传报：“老爷在大书房里等着二爷呢。”贾琏听了，忙忙整衣出去。

这里凤姐因问平儿：“方才姑妈有什么事，巴巴儿的打发香菱来？”平儿道：“那里来的香菱，是我借他暂撒个谎儿。奶奶瞧，旺儿嫂子越发连个算计儿也没了。”说着，又走至凤姐身边，悄悄说道：“那项利银早不送来，晚不送来，这会子二爷在家，他偏送这个来了。幸亏我在堂屋里碰见了，不然他走了来回奶奶，叫二爷要是知道了，咱们二爷那脾气，油锅里的还要捞出来花呢，知道奶奶有了体己，他还不大着胆子花么？所以我赶着接过来，叫我说了他两句，谁知奶奶偏听见了。为什么当着二爷，我才只说是香菱来了呢。”凤姐听了，笑道：“我说呢，姑妈知道你二爷来了，忽剌巴儿的打发个屋里人来。原来是你这蹄子闹鬼。”

说着，贾琏已进来了。凤姐命摆上酒馔来，夫妻对坐。凤姐虽善饮，却不敢任兴。正喝着，见贾琏的乳母赵嬷嬷走来。贾琏、凤姐忙让吃酒，叫他上炕去。赵嬷嬷执意不肯。平儿等早于炕沿下设下一几，摆一脚踏。赵嬷嬷在脚踏上坐了。贾琏向桌上拣两盘肴馔与他，放在几上自吃。凤姐又道：“妈妈很嚼不动那个，没的倒硌了他的牙。”因问平儿道：“早起我说那一碗火腿炖肘子很烂，正好给妈妈吃，你怎么不拿了去，赶着叫他们热来？”又道：“妈妈，你尝一尝你儿子带来的惠泉酒。”

赵嬷嬷道：“我喝呢。奶奶也喝一钟，怕什么，只不要过多了就是了。我这会子跑了来，倒也不为酒饭，倒有一件正经事，奶奶好歹记在心里，疼顾我些罢。我们这爷，只是嘴里说的好，到了跟前，就忘了我们。幸亏我从小儿奶了你这么大，我也老了，有的是那两个儿子，你就另眼照看他们些，别人也不敢龇牙儿的。我还再三的求了你几遍，你答应的倒好，如今还是落空。这如今又从天上跑出这样一件大喜事来，那里用不着人？所以倒是来和奶奶说是正经。靠着我们爷，只怕我还饿死了呢！”

凤姐笑道：“妈妈，你的两个奶哥哥都交给我。你从小儿奶的儿子，还有什么不知他那脾气的？拿着皮肉倒往那不相干的外人身上贴。可是现放着奶哥哥，那一个不比人强？你疼顾照看他们，谁敢说个‘不’字儿？没的白便宜了外人。我这话也说错了：我们看着是‘外人’，你却看着是‘内人’一样呢。”说着，满屋里人都笑了。赵嬷嬷也笑个不住，又念佛道：“可是屋子里跑出青天来了。要说‘内人’、‘外人’这些混帐事，我们爷是没有的；不过是脸软心慈，搁不住人求两句罢了。”凤姐笑道：“可不是呢，有‘内人’的他才慈软呢；他在咱们娘儿们跟前才是刚硬呢。”赵嬷嬷道：“奶奶说的太尽情了，我也乐了，再喝一钟好酒。从此我们奶奶做了主，我就没的愁了。”

贾琏此时不好意思，只是讪笑道：“你们别胡说了，快盛饭来吃，还要到珍大爷那边去商量事呢。”凤姐道：“可是，别误了正事，才刚老爷叫你说什么？”贾琏道：“就为省亲的事。”凤姐忙问道：“省亲的事竟准了？”贾琏笑道：“虽不十分准，也有八九分了。”凤姐笑道：“可是当今的恩典呢。从来听书听戏，古时候儿也没有的。”赵嬷嬷又接口道：“可是呢，我也老糊涂了。我听见上上下下吵嚷了这些日子，什么省亲不省亲，我也不理论；如今又说省亲，到底是怎么个缘故呢？”贾琏道：“如今当今体贴万人之心：世上至大莫如‘孝’字，想来父母儿女之性，皆是一理，不在贵贱上分的。当今自为日夜侍奉太上皇、皇太后，尚不能略尽孝意；因见宫里嫔妃、才人等皆是入宫多年，抛离父母，岂有不思想之理？且父母在家，思想女儿，不能一见，倘因此成疾，亦大伤天和之事。所以启奏太上皇、皇太后，每月逢二、六日期，准椒房眷属入宫请候。于是太上皇、皇太后大喜，深赞当今至孝纯仁，体天格物，因此二位老圣人又下谕旨说：椒房眷属入宫，未免有关国体仪制，母女尚未能惬怀。竟大开方便之恩，特降谕诸椒房贵戚，除二、六日入宫之恩外，凡有重宇别院之家，可以驻跸关防者，不妨启请内廷銮舆，入其私第，庶可尽骨肉私情，共享天伦之乐事。此旨下了，谁不踊跃感戴。现今周贵妃的父亲已在家里动了工，修盖省亲的别院呢；又有吴贵妃的父亲吴天佑家，也往城外踏看地方去了。这岂非有八九分了？”

赵嬷嬷道：“阿弥陀佛！原来如此。这样说起来，咱们家也要预备接大姑奶奶了？”贾琏道：“这何用说，不么这会子忙的是什么？”凤姐笑道：“果然如此，我可也见个大世面了。可恨我小几岁年纪，若早生二三十年，如今这些老人家也不薄我没见世面了。说起当年太祖皇帝仿舜巡的故事，比一部书还热闹，我偏偏的没赶上。”赵嬷嬷道：“嗳哟！那可是千载难逢的。那时候我才记事儿。咱们贾府正在姑苏扬州一带监造海船，修理海塘，只预备接驾一次，把银子花的像淌海水似的。说起来……”

凤姐忙接道：“我们王府里也预备过一次。那时我爷爷专管各国进贡朝贺的事，凡有外国人来，都是我们家养活。粤、闽、滇、浙所有的洋船货物，都是我们家的。”赵嬷嬷道：“那是谁不知道的？如今还有个俗语儿呢，说：‘东海少了白玉床，龙王来请金陵王。’这说的就是奶奶府上了。如今还有现在江南的甄家，嗳哟！好势派，独他们家接驾四次。要不是我们亲眼看见，告诉谁也不信的：别讲银子成了粪土，凭是世上有的，没有不是堆山积海的。‘罪过可惜’四个字，竟顾不得了。”凤姐道：“我常听见我们太爷说，也是这样的，岂有不信的？只纳罕他家怎么就这样富贵呢？”赵嬷嬷道：“告诉奶奶一句话：也不过拿着皇帝家的银子，往皇帝身上使罢了。谁家有那些钱买这个虚热闹去？”

正说着，王夫人又打发人来瞧凤姐吃完了饭不曾。凤姐便知有事等他，赶忙的吃了饭，漱口要走，又有二门上小厮们回：“东府里蓉、蔷二位哥儿来了。”贾琏才漱了口，平儿捧着盆盥手，见他二人来了，便问：“说什么话？”凤姐因亦止步，只听贾蓉先回说：“我父亲打发我来回叔叔：老爷们已经议定了，从东边一带，接着东府里花园起，至西北，丈量了，一共三里半大，可以盖造省亲别院了。已经传人画图样去了，明日就得。叔叔才回家，未免劳乏，不用过我们那边去，有话，明日一早再请过去面议。”贾琏笑说：“多谢大爷费心，体谅我，就从命不过去了。正经是这个主意才省事，盖造也容易；若采置别的地方去，那更费事，且不成体统。你回去说：这样很好，若老爷们再要改时，全仗大爷谏阻，万不可另寻地方。明日一早，我给大爷请安去，再细商量。”

贾蓉忙应几个“是”。贾蔷又近前回说：“下姑苏请聘教习，采买女孩子，置办乐器、行头等事，大爷派了侄儿，带领着赖管家两个儿子，还有单聘仁、卜固修两个清客相公，一同前去，所以叫我来见叔叔。”贾琏听了，将贾蔷打量了打量，笑道：“你能够在行么？这个事虽不甚大，里头却有藏掖的。”贾蔷笑道：“只好学着办罢咧。”

贾蓉在灯影儿后头悄悄的拉凤姐儿的衣裳襟儿；凤姐会意，也悄悄的摆手儿佯作不知。因笑道：“你也太操心了，难道大爷比咱们还不会用人？偏你又怕他不在行了。谁都是在行的？孩子们这么大了，没吃过猪肉，也见过猪跑。大爷派他去，原不过是个坐纛旗儿，难道认真的叫他讲价钱、会经纪去呢？依我说，很好。”贾琏道：“这是自然。不是我驳回，少不得替他筹算筹算。”因问：“这一项银子动那一处的？”贾蔷道：“刚才也议到这里。赖爷爷说：竟不用从京里带银子去；江南甄家还收着我们五万银子：明日写一封书信、会票，我们带去，先支三万两；剩二万存着，等置办彩灯、花烛并各色帘帐的使用。”贾琏点头道：“这个主意好。”

凤姐忙向贾蔷道：“既这么着，我有两个妥当人，你就带了去办，这可便宜你。”贾蔷忙陪笑道：“正要和婶娘讨两个人呢，这可巧了。”因问名字。凤姐便问赵嬷嬷。彼时赵嬷嬷已听呆了，平儿笑着推他，才醒悟过来，忙说：“一个叫赵天梁，一个叫赵天栋。”凤姐道：“可别忘了，我干我的去了。”说着便出去了。

贾蓉忙跟出来，悄悄的笑向凤姐道：“你老人家要什么，开个帐儿带去，按着置办了来。”凤姐笑着啐道：“别放你娘的屁！你拿东西换我的人情来了吗？我很不稀罕你那鬼鬼祟祟的。”说着，一笑走了。

这里贾蔷也问贾琏：“要什么东西，顺便织来孝敬。”贾琏笑道：“你别兴头，才学着办事，倒先学会了这把戏。短了什么，少不得写信来告诉你。"说毕，打发他二人去了。接着回事的人不止三四起，贾琏乏了，便传与二门上：一应不许传报，俱待明日料理。凤姐至三更时分，方下来安歇。一宿无话。

次早贾琏起来，见过贾赦、贾政，便往宁国府中来，合同老管事的家人等并几位世交门下清客相公们，审察两府地方，缮画省亲殿宇，一面参度办理人丁。自此后，各行匠役齐全，金银铜锡以及土木砖瓦之物，搬运移送不歇。先令匠役拆宁府会芳园的墙垣楼阁，直接入荣府东大院中。荣府东边所有下人一带群房已尽拆去。当日宁、荣二宅，虽有一条小巷界断不通，然亦系私地，并非官道，故可以联络。会芳园本是从北墙角下引了来的一股活水，今亦无烦再引。其山树木石虽不敷用，贾赦住的乃是荣府旧园，其中竹树山石以及亭榭栏杆等物，皆可挪就前来。如此，两处又甚近便，凑成一处，省许多财力，大概算计起来，所添有限。全亏一个胡老名公，号山子野，一一筹画起造。

贾政不惯于俗务，只凭贾赦、贾珍、贾琏、赖大、赖升、林之孝、吴新登、詹光、程日兴等几人安插摆布；堆山凿池，起楼竖阁，种竹栽花，一应点景，又有山子野制度。下朝闲暇，不过各处看望看望，最要紧处和贾赦等商议商议便罢了。贾赦只在家高卧：有芥豆之事，贾珍等或自去回明，或写略节；或有话说，便传呼贾琏、赖大等来领命。贾蓉单管打造金银器皿。贾蔷已起身往姑苏去了。贾珍、赖大等又点人丁，开册籍，监工等事。一笔不能写到，不过是喧阗热闹而已。暂且无话。

且说宝玉近因家中有这等大事，贾政不来问他的书，心中自是畅快；无奈秦钟之病日重一日，也着实悬心，不能快乐。这日一早起来，才梳洗了，意欲回了贾母，去望候秦钟，忽见茗烟在二门影壁前探头缩脑。宝玉忙出来问他："做什么？"茗烟道："秦大爷不中用了。"宝玉听了，吓了一跳，忙问道："我昨儿才瞧了他，还明明白白的，怎么就不中用了呢？"茗烟道："我也不知道，刚才是他家的老头子来特告诉我的。"宝玉听毕，忙转身回明贾母。贾母吩咐：“派妥当人跟去，到那里尽一尽同窗之情就回来，不许多耽搁了。”

宝玉忙出来更衣。到外边，车犹未备，急的满厅乱转。一时催促的车到，忙上了车，李贵、茗烟等跟随。来至秦家门首，悄无一人，遂蜂拥至内室。吓的秦钟的两个远房婶娘、嫂子并几个姐妹都藏之不迭。

此时秦钟已发过两三次昏，易箦多时矣。宝玉一见，便不禁失声的哭起来。李贵忙劝道：“不可。秦哥儿是弱症，怕炕上硌的不受用，所以暂且挪下来松泛些。哥儿这一哭，倒添了他的病了。”宝玉听了，方忍住近前，见秦钟面如白蜡，合目呼吸，展转枕上。宝玉忙叫道：“鲸哥，宝玉来了。”连叫了两三声，秦钟不睬。宝玉又叫道：“宝玉来了！”

那秦钟早已魂魄离身，只剩得一口悠悠馀气在胸，正见许多鬼判持牌提索来捉他，那秦钟魂魄那里肯就去；又记念着家中无人管理家务；又惦记着智能儿尚无下落：因此百般求告鬼判。无奈这些鬼判都不肯徇私，反叱咤秦钟道：“亏你还是读过书的人，岂不知俗语说的：‘阎王叫你三更死，谁敢留人到五更？’我们阴间上下都是铁面无私的，不比阳间瞻情顾意，有许多的关碍处。”

正闹着，那秦钟的魂魄忽听见“宝玉来了”四字，便忙又央求道：“列位神差略慈悲慈悲，让我回去和一个好朋友说一句话，就来了。”众鬼道：“又是什么好朋友？”秦钟道：“不瞒列位，就是荣国公的孙子，小名儿叫宝玉的。”那判官听了，先就唬的慌张起来，忙喝骂那些小鬼道：“我说你们放了他回去走走罢，你们不依我的话；如今闹的请出个运旺时盛的人来了，怎么好？”众鬼见都判如此，也都忙了手脚，一面又抱怨道：“你老人家先是那么雷霆火炮，原来见不得‘宝玉’二字。依我们想来，他是阳间，我们是阴间，怕他亦无益。”那都判越发着急，吆喝起来。

毕竟秦钟死活如何，且听下回分解。

第十七回

大观园试才题对额
荣国府归省庆元宵

话说秦钟既死，宝玉痛哭不止，李贵等好容易劝解半日方住，归时还带馀哀。贾母帮了几十两银子，外又另备奠仪，宝玉去吊祭。七日后便送殡掩埋了，别无记述。只有宝玉日日感悼，思念不已，然亦无可如何了。又不知过了几时才罢。

这日贾珍等来回贾政："园内工程俱已告竣，大老爷已瞧过了，只等老爷瞧了，或有不妥之处，再行改造，好题匾额、对联。"贾政听了，沉思一会，说道："这匾、对倒是一件难事。论礼，该请贵妃赐题才是。然贵妃若不亲观其景，亦难悬拟；若直待贵妃游幸时再行请题，偌大景致，若干亭榭，无字标题，任是花柳山水，也断不能生色。"众清客在旁笑答道："老世翁所见极是。如今我们有个主意：各处匾、对断不可少，亦断不可定。如今且按其景致，或两字、三字、四字，虚合其意拟了来，暂且做出灯匾、对联悬了；待贵妃游幸时，再请定名：岂不两全？"

贾政听了道："所见不差。我们今日且看看去，只管题了，若妥便用；若不妥，将雨村请来，令他再拟。"众人笑道："老爷今日一拟定佳，何必又待雨村？"贾政笑道："你们不知。我自幼于花鸟山水题咏上就平平的，如今上了年纪，且案牍劳顿，于这怡情悦性的文章更生疏了。便拟出来，也不免迂腐，反使花柳园亭因而减色，转没意思。"众清客道："这也无妨。我们大家看了公拟，各举所长，优则存之，劣则删之，未为不可。"贾政道："此论极是。且喜今日天气和暖，大家去逛逛。”说着，起身引众人前往。贾珍先去园中知会。

可巧近日宝玉因思念秦钟，忧伤不已，贾母常命人带他到新园子里来玩耍。此时也才进去，忽见贾珍来了，和他笑道：“你还不快出去呢，一会子老爷就来了。”宝玉听了，带着奶娘、小厮们一溜烟跑出园来。方转过弯，顶头看见贾政引着众客来了，躲之不及，只得一旁站住。贾政近来闻得代儒称赞他专能对对，虽不喜读书，却有些歪才，所以此时便命他跟入园中，意欲试他一试。宝玉未知何意，只得随往。

刚至园门，只见贾珍带领许多执事人旁边侍立。贾政道：“你且把园门关上，我们先瞧外面，再进去。”贾珍命人将门关上。贾政先秉正看门：只见正门五间，上面筒瓦泥鳅脊；那门栏窗槅，俱是细雕时新花样，并无朱粉涂饰；一色水磨群墙，下面白石台阶，凿成西番莲花样。左右一望，雪白粉墙，下面虎皮石砌成纹理。不落富丽俗套，自是喜欢，遂命开门进去。只见一带翠嶂挡在面前。众清客都道：“好山，好山！”贾政道：“非此一山，一进来，园中所有之景悉入目中，更有何趣？”众人都道：“极是。非胸中大有丘壑，焉能想到这里。”

说毕，往前一望，见白石崚嶒：或如鬼怪，或似猛兽，纵横拱立。上面苔藓斑驳，或藤萝掩映，其中微露羊肠小径。贾政道：“我们就从此小径游去，回来由那一边出去，方可遍览。”

说毕，命贾珍前导，自己扶了宝玉，逶迤走进山口。抬头忽见山上有镜面白石一块，正是迎面留题处。贾政回头笑道：“诸公请看，此处题以何名方妙？”众人听说，也有说该题“叠翠”二字的，也有说该题“锦嶂”的，又有说“赛香炉”的，又有说“小终南”的……种种名色，不止几十个。原来众客心中，早知贾政要试宝玉的才情，故此只将些俗套敷衍。宝玉也知此意。贾政听了，便回头命宝玉拟来。宝玉道：“尝听见古人说：‘编新不如述旧，刻古终胜雕今。’况这里并非主山正景，原无可题，不过是探景的一进步耳。莫如直书古人‘曲径通幽’这旧句在上，倒也大方。”众人听了，赞道：“是极，好极！二世兄天分高，才情远，不似我们读腐了书的。”贾政笑道：“不当过奖他。他年小的人，不过以一知充十用，取笑罢了。再俟选拟。”

说着，进入石洞，只见佳木茏葱，奇花烂熳，一带清流，从花木深处泻于石隙之下。再进数步，渐向北边，平坦宽豁，两边飞楼插空，雕甍绣槛，皆隐于山坳树杪之间。俯而视之，但见青溪泻玉，石磴穿云；白石为栏，环抱池沼；石桥三港，兽面衔吐。桥上有亭，贾政与诸人到亭内坐了，问：“诸公以何题此？”诸人都说：“当日欧阳公《醉翁亭记》有云：‘有亭翼然’，就名‘翼然’罢。”贾政笑道：“‘翼然’虽佳，但此亭压水而成，还须偏于水题为称。依我拙裁，欧阳公句‘泻于两峰之间’，竟用他这一个‘泻’字。”有一客道：“是极，是极。竟是‘泻玉’二字妙。”

贾政拈须寻思，因叫宝玉也拟一个来。宝玉问道：“老爷方才所说已是。但如今追究了去，似乎当日欧阳公题酿泉，用一‘泻’字则妥；今日此泉也用‘泻’字，似乎不妥。况此处既为省亲别墅，亦当依应制之体，用此等字，亦似粗陋不雅。求再拟蕴藉含蓄者。”贾政笑道：“诸公听此论何如？方才众人编新，你说‘不如述古’；如今我们述古，你又说粗陋不妥。你且说你的。”宝玉道：“用‘泻玉’二字，则不若‘沁芳’二字，岂不新雅？”贾政拈须点头不语。众人都忙迎合，称赞宝玉才情不凡。贾政道：“匾上二字容易。再作一副七言对来。”宝玉四顾一望，机上心来，乃念道：

绕堤柳借三篙翠，隔岸花分一脉香。

贾政听了，点头微笑。众人又称赞了一番。

于是出亭过池，一山一石，一花一木，莫不着意观览。忽抬头见前面一带粉垣，数楹修舍，有千百竿翠竹遮映。众人都道：“好个所在！”于是大家进入，只见进门便是曲折游廊，阶下石子漫成甬路；上面小小三间房舍：两明一暗，里面都是合着地步打的床几椅案。从里间房里，又有一小门，出去却是后园，有大株梨花，阔叶芭蕉，又有两间小小退步。后院墙下忽开一隙，得泉一派，开沟尺许，灌入墙内，绕阶缘屋至前院，盘旋竹下而出。

贾政笑道："这一处倒还好。若能月夜至此窗下读书，也不枉虚生一世。"说着便看宝玉。唬的宝玉忙垂了头。众人忙用闲话解说。又二客说："此处的匾该题四个字。"贾政笑问："那四字？"一个道是"淇水遗风"。贾政道："俗。"又一个道是"睢园遗迹"。贾政道："也俗。"

贾珍在旁说道："还是宝兄弟拟一个罢。"贾政道："他未曾做，先要议论人家的好歹，可见是个轻薄东西！"众客道："议论的是，也无奈他何。"贾政忙道："休如此纵了他。"因说道："今日任你狂为乱道，等说出议论来，方许你做。方才众人说的，可有使得的没有？"宝玉见问，便答道："都似不妥。"贾政冷笑道："怎么不妥？"宝玉道："这是第一处行幸之所，必须颂圣方可。若用四字的匾，又有古人现成的，何必再做？"贾政道："难道'淇水'、'睢园'不是古人的？"宝玉道："这太板了。莫若'有凤来仪'四字。"众人都哄然叫妙。贾政点头道："畜生，畜生！可谓'管窥蠡测'矣！"因命："再题一联来。"宝玉便念道：

宝鼎茶闲烟尚绿，幽窗棋罢指犹凉。

贾政摇头道："也未见长。"

说毕，引人出来。方欲走时，忽想起一事来，问贾珍道："这些院落屋宇，并几案桌椅都算有了。还有那些帐幔帘子并陈设玩器古董，可也都是一处一处合式配就的么？"贾珍回道："那陈设的东西，早已添了许多，自然临期合式陈设。帐幔帘子，昨日听见琏兄弟说，还不全。那原是一起工程之时，就画了各处的图样，量准尺寸，就打发人办去的，想必昨日得了一半。"

贾政听了，便知此事不是贾珍的首尾，便叫人去唤贾琏。一时来了，贾政问他："共有几宗？现今得了几宗？尚欠几宗？"贾琏见问，忙向靴筒内取出靴掖里装的一个纸折略节来，看了一看，回道："妆蟒洒堆、刻丝弹墨并各色绸绫大小幔子一百二十架，昨日得了八十架，下欠四十架。帘子二百挂，昨日俱得了。外有猩猩毡帘二百挂，湘妃竹帘一百挂，金丝藤红漆竹帘一百挂，黑漆竹帘一百挂，五彩线络盘花帘二百挂：每样得了一半，也不过秋天都全了。椅搭、桌围、床裙、杌套，每份一千二百件，也有了。”

一面说，一面走，忽见青山斜阻。转过山怀中，隐隐露出一带黄泥墙，墙上皆用稻茎掩护。有几百枝杏花，如喷火蒸霞一般。里面数楹茅屋，外面却是桑、榆、槿、柘各色树稚新条，随其曲折，编就两溜青篱。篱外山坡之下，有一土井，旁有桔槔、辘轳之属。下面分畦列亩，佳蔬菜花，一望无际。贾政笑道：“倒是此处有些道理。虽系人力穿凿，却入目动心，未免勾引起我归农之意。我们且进去歇息歇息。”

说毕，方欲进去，忽见篱门外路旁有一石，亦为留题之所。众人笑道：“更妙，更妙！此处若悬匾待题，则田舍家风一洗尽矣；立此一碣，又觉许多生色，非范石湖田家之咏不足以尽其妙。”贾政道：“诸公请题。”众人云：“方才世兄云：‘编新不如述旧。’此处古人已道尽矣：莫若直书‘杏花村’为妙。”贾政听了，笑向贾珍道：“正亏提醒了我。此处都好，只是还少一个酒幌，明日竟做一个来，就依外面村庄的式样，不必华丽，用竹竿挑在树梢头。”贾珍答应了，又回道：“此处竟不必养别样雀鸟，只养些鹅、鸭、鸡之类，才相称。”贾政与众人都说好。

贾政又向众人道：“‘杏花村’固佳，只是犯了正村名，直待请名方可。”众客都道：“是呀！如今虚的，却是何字样好呢？”大家正想，宝玉却等不得了，也不等贾政的话，便说道：“旧诗云‘红杏梢头挂酒旗’，如今莫若且题以‘杏帘在望’四字。”众人都道：“好个‘在望’！又暗合‘杏花村’意思。”宝玉冷笑道：“村名若用‘杏花’二字，便俗陋不堪了。唐人诗里还有‘柴门临水稻花香’，何不用‘稻香村’的妙？”众人听了，越发同声拍手道妙。贾政一声断喝：“无知的畜生！你能知道几个古人，能记得几首旧诗，敢在老先生们跟前卖弄！方才任你胡说，也不过试你的清浊，取笑而已，你就认真了。”

说着，引众人步入茆堂，里面纸窗木榻，富贵气象一洗皆尽。贾政心中自是欢喜，却瞅宝玉道：“此处如何？”众人见问，都忙悄悄的推宝玉，教他说好。宝玉不听人言，便应声道：“不及‘有凤来仪’多了。”贾政听了道："咳！无知的蠢物！你只知朱楼画栋、恶赖富丽为佳，那里知道这清幽气象呢？终是不读书之过。"宝玉忙答道："老爷教训的固是，但古人云'天然'二字，不知何意？"众人见宝玉牛心，都怕他讨了没趣，今见问"天然"二字，众人忙道："哥儿别的都明白，如何'天然'反要问呢？天然者，天之自成，不是人力之所为的。"宝玉道："却又来，此处置一田庄，分明是人力造作成的。远无邻村，近不负郭；背山无脉，临水无源；高无隐寺之塔，下无通市之桥：峭然孤出，似非大观。那及前数处有自然之理、自然之趣呢？虽种竹引泉，亦不伤穿凿。古人云'天然图画'四字，正恐非其地而强为其地，非其山而强为其山，即百般精巧，终不相宜……"未及说完，贾政气的喝命："扠出去！"才出去，又喝命："回来！"命："再题一联，若不通，一并打嘴巴！"宝玉吓的战兢兢的，半日，只得念道：

新绿涨添浣葛处，好云香护采芹人。

贾政听了，摇头道："更不好。"一面引人出来，转过山坡，穿花度柳，抚石依泉，过了荼蘼架，入木香棚，越牡丹亭，度芍药圃，入蔷薇院，来到芭蕉坞，盘旋曲折。忽闻水声潺潺，出于石洞；上则萝薜倒垂，下则落花浮荡。众人都道："好景，好景！"贾政道："诸公题以何名？"众人道："再不必拟了，恰恰乎是'武陵源'三字。"贾政笑道："又落实了，而且陈旧。"众人笑道："不然就用'秦人旧舍'四字也罢。"宝玉道："越发背谬了。'秦人旧舍'是避乱之意，如何使得？莫若'蓼汀花溆'四字。"贾政听了道："更是胡说。"

于是贾政进了港洞，又问贾珍："有船无船？"贾珍道："采莲船共四只，座船一只，如今尚未造成。"贾政笑道："可惜不得入了。"贾珍道："从山上盘道也可以进去的。"说毕，在前导引，大家攀藤抚树过去。只见水上落花愈多，其水愈加清溜，溶溶荡荡，曲折萦纡。池边两行垂柳，杂以桃杏遮天，无一些尘土。忽见柳阴中又露出一个折带朱栏板桥来。度过桥去，诸路可通。便见一所清凉瓦舍，一色水磨砖墙，清瓦花堵。那大主山所分之脉，皆穿墙而过。

贾政道："此处这一所房子，无味的很。"因而步入门时，忽迎面突出插天的大玲珑山石来，四面群绕各式石块，竟把里面所有房屋悉皆遮住。且一树花木也无，只见许多异草：或有牵藤的，或有引蔓的；或垂山岭，或穿石脚；甚至垂檐绕柱，萦砌盘阶；或如翠带飘飖，或如金绳蟠屈；或实若丹砂，或花如金桂：味香气馥，非凡花之可比。贾政不禁道："有趣！只是不大认识。"有的说是薜荔、藤萝。贾政道："薜荔、藤萝那得有此异香？"宝玉道："果然不是。这众草中也有藤萝、薜荔。那香的是杜若、蘅芜；那一种大约是茝兰，这一种大约是金葛；那一种是金䔲草，这一种是玉蕗藤；红的自然是紫芸，绿的定是青芷：想来即《离骚》《文选》所有的那些异草。有叫作什么藿蒳、姜汇的，也有叫作什么纶组、紫绛的，还有什么石帆、水松、扶留等样的，见于左太冲《吴都赋》。又有叫作什么绿荑的，还有什么丹椒、蘼芜、风连，见于《蜀都赋》。如今年深岁改，人不能识，故皆象形夺名，渐渐的唤差了，也是有的。"未及说完，贾政喝道："谁问你来？"唬的宝玉倒退，不敢再说。

贾政因见两边俱是超手游廊，便顺着游廊步入。只见上面五间清厦连着卷棚，四面出廊，绿窗油壁，更比前清雅不同。贾政叹道："此轩中煮茗操琴，也不必再焚香了。此造却出意外，诸公必有佳作新题，以颜其额，方不负此。"众人笑道："莫若'兰风蕙露'贴切了。"贾政道："也只好用这四字。其联云何？"一人道："我想了一对，大家批削改正。"道是：

麝兰芳霭斜阳院，杜若香飘明月洲。

众人道："妙则妙矣，只是'斜阳'二字不妥。"那人引古诗"蘼芜满院泣斜阳"句。众人云："颓丧，颓丧。"又一人道："我也有一联，诸公评阅评阅。"念道：

三径香风飘玉蕙，一庭明月照金兰。

贾政拈须沉吟，意欲也题一联，忽抬头见宝玉在旁不敢作声，因喝道："怎么你应说话时又不说了？还要等人请教你不成？"宝玉听了，回道："此处并没有什么'兰麝'、'明月'、'洲渚'之类，若要这样着迹说来，就题二百联也不能完。"贾政道："谁按着你的头，教你必定说这些字样呢？"宝玉道："如此说，则匾上莫若'蘅芷清芬'四字。对联则是：

吟成豆蔻诗犹艳，睡足荼蘼梦亦香。"

贾政笑道："这是套的'书成蕉叶文犹绿'，不足为奇。"众人道："李太白《凤凰台》之作，全套《黄鹤楼》，只要套得妙。如今细评起来，方才这一联，竟比'书成蕉叶'尤觉幽雅活动。"贾政笑道："岂有此理！"

说着，大家出来。走不多远，只见：崇阁巍峨，层楼高起；面面琳宫合抱，迢迢复道萦纡；青松拂檐，玉兰绕砌；金辉兽面，彩焕螭头。贾政道："这是正殿了。只是太富丽了些。"众人都道："要如此方是。虽然贵妃崇尚节俭，然今日之尊，礼仪如此，不为过也。"

一面说，一面走，只见正面现出一座玉石牌坊，上面龙蟠螭护，玲珑凿就。贾政道："此处书以何文？"众人道："必是'蓬莱仙境'方妙。"贾政摇头不语。宝玉见了这个所在，心中忽有所动，寻思起来，倒像在那里见过的一般，却一时想不起那年那日的事了。贾政又命他题咏，宝玉只顾细思前景，全无心于此了。众人不知其意，只当他受了这半日折磨，精神耗散，才尽词穷了；再要考难逼迫，着了急，或生出事来，倒不便。遂忙都劝贾政道："罢了，明日再题罢了。"贾政心中也怕贾母不放心，遂冷笑道："你这畜生，也竟有不能之时了。也罢，限你一日，明日题不来，定不饶你！这是第一要紧处所，要好生作来。"

说着，引人出来。再一观望，原来自进门至此，才游了十之五六。又值人来回，有雨村处遣人回话。贾政笑道："此数处不能游了。虽如此，到底从那一边出去，也可略观大概。"

说着，引客行来，至一大桥，水如晶帘一般奔人。原来这桥边是通外河之闸，引泉而入者。贾政因问："此闸何名？"宝玉道："此乃沁芳源之正流，即名'沁芳闸'。"贾政道："胡说，偏不用'沁芳'二字。"

于是一路行来：或清堂，或茅舍；或堆石为垣，或编花为门；或山下得幽尼佛寺，或林中藏女道丹房；或长廊曲洞，或方厦圆亭：贾政皆不及进去。因半日未尝歇息，腿酸脚软，忽又见前面露出一所院落来，贾政道："到此可要歇息歇息了。"

说着，一径引入。绕着碧桃花，穿过竹篱花障编就的月洞门，俄见粉垣环护，绿柳周垂。贾政与众人进了门。两边尽是游廊相接，院中点衬几块山石。一边种几本芭蕉；那一边是一树西府海棠，其势若伞，丝垂金缕，葩吐丹砂。众人都道："好花，好花！海棠也有，从没见过这样好的。"贾政道："这叫做'女儿棠'，乃是外国之种，俗传出'女儿国'，故花最繁盛：亦荒唐不经之说耳。"众人道："毕竟此花不同，'女国'之说，想亦有之。"宝玉云："大约骚人咏士以此花红若施脂，弱如扶病，近乎闺阁风度，故以'女儿'命名；世人以讹传讹，都未免认真了。"众人都说："领教，妙解。"

一面说话，一面都在廊下榻上坐了。贾政因道："想几个什么新鲜字来题？"一客道："'蕉鹤'二字妙。"又一个道："'崇光泛彩'方妙。"贾政与众人都道："好个'崇光泛彩'！"宝玉也道："妙。"又说："只是可惜了。"众人问："如何可惜？"宝玉道："此处蕉、棠两植，其意暗蓄'红'、'绿'二字在内；若说一样，遗漏一样，便不足取。"贾政道："依你如何？"宝玉道："依我，题'红香绿玉'四字，方两全其美。"贾政摇头道："不好，不好。"

说着，引人进入房内。只见其中收拾的与别处不同，竟分不出间隔来。原来四面皆是雕空玲珑木板：或流云百蝠，或岁寒三友，或山水人物，或翎毛花卉，或集锦，或博古，或万福万寿……各种花样，皆是名手雕镂，五彩销金嵌玉的。一槅一槅：或贮书，或设鼎，或安置笔砚，或供设瓶花，或安放盆景。其槅式样或圆或方，或葵花蕉叶，或连环半璧。真是花团锦簇，剔透玲珑。倏尔五色纱糊，竟系小窗；倏尔彩绫轻覆，竟系幽户。且满墙皆是随依古董玩器之形抠成的槽子，如琴、剑、悬瓶之类，俱悬于壁，却都是与壁相平的。众人都赞："好精致！难为怎么做的？"

原来贾政等走进来了，未到两层，便都迷了旧路：左瞧也有门可通，右瞧也有窗隔断。及到跟前，又被一架书挡住；回头，又有窗纱明透门径。及至门前，忽见迎面也进来了一起人，与自己的形相一样，却是一架大玻璃镜。转过镜去，一发见门多了。

贾珍笑道："老爷随我来。从这里出去就是后院，出了后院倒比先近了。"引着贾政及众人转了两层纱厨，果得一门出去，院中满架蔷薇。转过花障，只见青溪前阻。众人诧异："这水又从何而来？"贾珍遥指道："原从那闸起，流至那洞口，从东北山凹里引到那村庄里，又开一道岔口，引至西南上，共总流到这里，仍旧合在一处，从那墙下出去。"众人听了，都道："神妙之极！"说着，忽见大山阻路，众人都迷了路。贾珍笑道："跟我来。"乃在前导引，众人随着，由山脚下一转，便是平坦大路，豁然大门现于面前。众人都道："有趣，有趣！搜神夺巧，至于此极！"于是大家出来。

那宝玉一心只记挂着里边姊妹们，又不见贾政吩咐，只得跟到书房。贾政忽想起来道："你还不去，看老太太惦记你。难道还逛不足么？"宝玉方退了出来。至院外，就有跟贾政的小厮上来抱住，说道："今日亏了老爷喜欢。方才老太太打发人出来问了几遍，我们回说老爷喜欢。要不然，老太太叫你进去了，就不得展才了。人人都说你才那些诗，比众人都强。今儿得了彩头，该赏我们了。"宝玉笑道："每人一吊。"众人道："谁没见那一吊钱？把这荷包赏了罢。"说着，一个个都上来解荷包，解扇袋，不容分说，将宝玉所佩之物，尽行解去。又道："好生送上去罢。"一个个围绕着，送至贾母门前。那时贾母正等着他，见他来了，知道不曾难为他，心中自是喜欢。

少时，袭人倒了茶来，见身边佩物一件不存，因笑道："带的东西，必又是那起没脸的东西们解了去了。"黛玉听说，走过来一瞧，果然一件没有，因向宝玉道："我给你的那个荷包也给他们了？你明儿再想我的东西，可不能够了。”说毕，生气回房，将前日宝玉嘱咐他没做完的香袋儿，拿起剪子来就铰。宝玉见他生气，便忙赶过来，早已剪破了。宝玉曾见过这香袋，虽未完工，却十分精巧，无故剪了，却也可气。因忙把衣领解了，从里面衣襟上将所系荷包解了下来，递与黛玉道：“你瞧瞧，这是什么东西？我何曾把你的东西给人来着？”

黛玉见他如此珍重，带在里面，可知是怕人拿去之意，因此自悔莽撞剪了香袋，低着头一言不发。宝玉道：“你也不用铰，我知你是懒怠给我东西，我连这荷包奉还，何如？”说着，掷向他怀中而去。黛玉越发气的哭了。拿起荷包又铰。宝玉忙回身抢住，笑道：“好妹妹，饶了他罢。”黛玉将剪子一摔，拭泪说道：“你不用合我好一阵歹一阵的，要恼就撂开手。”说着，赌气上床，面向里倒下拭泪。禁不住宝玉上来妹妹长，妹妹短，赔不是。

前面贾母一片声找宝玉。众人回说：“在林姑娘房里。”贾母听说道：“好，好！让他姐妹们一处玩玩儿罢。才他老子拘了他这半天，让他松泛一会子罢。只别叫他们拌嘴。”众人答应着。

黛玉被宝玉缠不过，只得起来道：“你的意思，不叫我安生，我就离了你。”说着往外就走。宝玉笑道：“你到那里，我跟到那里。”一面仍拿着荷包来带上。黛玉伸手抢道：“你说不要，这会子又带上，我也替你怪臊的。”说着，嗤的一声笑了。宝玉道：“好妹妹，明儿另替我做个香袋儿罢。”黛玉道：“那也瞧我的高兴罢了。”一面说，一面二人出房，到王夫人上房中去了。可巧宝钗也在那里。

此时王夫人那边热闹非常。原来贾蔷已从姑苏采买了十二个女孩子以及行头，并聘了教习等回来了。那时薛姨妈另于东北上一所幽静房舍居住，将梨香院另行修理了，就令教习在此教演女戏；又另派了家中旧曾学过歌唱的众女人们（如今皆是皤然老妪），着他们带领管理。其日月出入银钱等事，以及诸凡大小所需之物料帐目，就令贾蔷总理。

又有林之孝家的来回：“采访聘买得十二个小尼姑、小道姑都到了，连新做的二十四分道袍也有了。外又有一个带发修行的，本是苏州人氏，祖上也是读书仕宦之家，因自幼多病，买了许多替身，皆不中用，到底这姑娘入了空门，方才好了，所以带发修行，今年十八岁，取名妙玉。如今父母俱已亡故，身边只有两个老嬷嬷、一个小丫头伏侍。文墨也极通，经典也极熟，模样又极好。因听说长安都中有观音遗迹并贝叶遗文，去年随了师父上来，现在西门外牟尼院住着。他师父精演先天神数，于去冬圆寂了。遗言说他不宜回乡，在此静候，自有结果。所以未曾扶灵回去。”

王夫人便道：“这样，我们何不接了他来？”林之孝家的回道：“若请他，他说：‘侯门公府，必以贵势压人，我再不去的。”’王夫人道：“他既是宦家小姐，自然要性傲些。就下个请帖请他何妨？”林之孝家的答应着出去，叫书启相公写个请帖去请妙玉，次日遣人备车轿去接。

不知后来如何，且听下回分解。

第十八回

皇恩重元妃省父母
天伦乐宝玉呈才藻

话说彼时有人回：工程上等着糊东西的纱绫，请凤姐去开库。又有人来回：请凤姐收金银器皿。连王夫人并上房丫鬟等皆不得空儿。宝钗因说道："咱们别在这里碍手碍脚。"说着，和宝玉等便往迎春房中来。

王夫人日日忙乱，直到十月里才全备了：监办的都交清帐目；各处古董文玩，俱已陈设齐备；采办鸟雀，自仙鹤、鹿、兔以及鸡、鹅等，亦已买全，交于园中各处饲养；贾蔷那边也演出二三十出杂戏来；一班小尼姑、道姑也都学会念佛诵经。于是贾政略觉心中安顿，遂请贾母到园中，色色斟酌，点缀妥当，再无些微不合之处，贾政才敢题本。本上之日，奉旨："于明年正月十五日上元之日贵妃省亲。"贾府奉了此旨，一发日夜不闲，连年也不能好生过了。

转眼元宵在迩。自正月初八，就有太监出来先看方向：何处更衣，何处燕坐，何处受礼，何处开宴，何处退息。又有巡察地方总理关防太监带了许多小太监，来各处关防挡围幕，指示贾宅人员何处出入、何处进膳、何处启事种种仪注。外面又有工部官员并五城兵马司打扫街道，撵逐闲人。贾赦等监督匠人扎花灯、烟火之类，至十四日，俱已停妥。这一夜，上下通不曾睡。

至十五日五鼓，自贾母等有爵者，俱各按品大妆。此时园内：帐舞蟠龙，帘飞绣凤；金银焕彩，珠宝生辉；鼎焚百合之香，瓶插长春之蕊；静悄悄无一人咳嗽。贾赦等在西街门外，贾母等在荣府大门外。街头巷口，用围幕挡严。

正等得不奈烦，忽见一个太监骑着匹马来了。贾政接着，问其消息。太监道："早多着哩！未初用晚膳，未正还到宝灵宫拜佛，酉初进大明宫领宴看灯，方请旨，只怕戌初才起身呢。”凤姐听了道：“既这样，老太太和太太且请回房，等到了时候再来，也还不迟。”于是贾母等自便去了。园中俱赖凤姐照料：执事人等带领太监们去吃酒饭；一面传人挑进蜡烛，各处点起灯来。

忽听外面马跑之声不一，有十来个太监喘吁吁跑来拍手儿。这些太监都会意，知道是来了，各按方向站立。贾赦领合族子弟在西街门外、贾母领合族女眷在大门外迎接，半日静悄悄的。忽见两个太监骑马缓缓而来，至西街门下了马，将马赶出围幕之外，便面西站立；半日，又是一对，亦是如此：少时便来了十来对，方闻隐隐鼓乐之声。一对对凤翣龙旌，雉羽宫扇，又有销金提炉焚着御香；然后一把曲柄七凤金黄伞过来，便是冠袍带履，又有执事太监捧着香巾、绣帕、漱盂、拂尘等物。一队队过完，后面方是八个太监抬着一顶金顶鹅黄绣凤銮舆缓缓行来。

贾母等连忙跪下。早有太监过来，扶起贾母等来，将那銮舆抬入大门，往东一所院落门前，有太监跪请下舆更衣。于是入门，太监散去，只有昭容、彩嫔等引着元春下舆。只见苑内各色花灯烱灼，皆系纱绫扎成，精致非常。上面有一灯匾，写着“体仁沐德”四个字。元春入室更衣，复出上舆进园。只见园中香烟缭绕，花影缤纷；处处灯光相映，时时细乐声喧：说不尽这太平景象，富贵风流。

却说贾妃在轿内看了此园内外光景，因点头叹道：“太奢华过费了！”忽又见太监跪请登舟。贾妃下舆登舟，只见清流一带，势若游龙；两边石栏上皆系水晶玻璃各色风灯，点的如银光雪浪；上面柳杏诸树虽无花叶，却用各色绸绫纸绢及通草为花，粘于枝上，每一株悬灯万盏；更兼池中荷荇凫鹭诸灯，亦皆系螺蚌羽毛做就的：上下争辉，水天焕彩，真是玻璃世界，珠宝乾坤。船上又有各种盆景，珠帘绣幕，桂楫兰桡，自不必说了。已而入一石港，港上一面匾灯，明现着“蓼汀花溆”四字。

看官听说：这“蓼汀花溆”及“有凤来仪”等字，皆系上回贾政偶试宝玉之才，何至便认真用了？想贾府世代诗书，自有一二名手题咏，岂似暴富之家，竟以小儿语搪塞了事呢？只因当日这贾妃未入宫时，自幼亦系贾母教养。后来添了宝玉，贾妃乃长姊，宝玉为幼弟，贾妃念母年将迈，始得此弟，是以独爱怜之；且同侍贾母，刻不相离；那宝玉未入学之先，三四岁时，已得元妃口传，教授了几本书，识了数千字在腹中：虽为姊弟，有如母子。自入宫后，时时带信出来与父兄说："千万好生扶养：不严不能成器，过严恐生不虞，且致祖母之忧。"眷念之心，刻刻不忘。前日贾政闻塾师赞他尽有才情，故于游园时聊一试之，虽非名公大笔，却是本家风味；且使贾妃见之，知爱弟所为，亦不负其平日切望之意：因此故将宝玉所题用了。那日未题完之处，后来又补题了许多。

且说贾妃看了四字，笑道："'花溆'二字便好，何必'蓼汀'？"侍坐太监听了，忙下舟登岸，飞传与贾政，贾政即刻换了。彼时舟临内岸，去舟上舆，便见琳宫绰约，桂殿巍峨，石牌坊上写着"天仙宝境"四大字。贾妃命换了"省亲别墅"四字。于是进入行宫，只见庭燎绕空，香屑布地；火树琪花，金窗玉槛。说不尽帘卷虾须，毯铺鱼獭；鼎飘麝脑之香，屏列雉尾之扇。真是：

金门玉户神仙府，桂殿兰宫妃子家。

贾妃乃问："此殿何无匾额？"随侍太监跪启道："此系正殿，外臣未敢擅拟。"贾妃点头。

礼仪太监请升座受礼，两阶乐起。二太监引赦、政等于月台下排班上殿，昭容传谕曰："免。"乃退。又引荣国太君及女眷等自东阶升月台上排班，昭容再谕曰："免。"于是亦退。

茶三献，贾妃降座，乐止，退入侧室更衣，方备省亲车驾出园。至贾母正室，欲行家礼，贾母等俱跪止之。贾妃垂泪，彼此上前厮见，一手挽贾母，一手挽王夫人。三人满心皆有许多话，但说不出，只是呜咽对泣而已。邢夫人、李纨、王熙凤、迎春、探春、惜春等，俱在旁垂泪无言。半日，贾妃方忍悲强笑，安慰道："当日既送我到那不得见人的去处，好容易今日回家，娘儿们这时不说不笑，反倒哭个不了；一会子我去了，又不知多早晚才能一见呢！”说到这句，不禁又哽咽起来。

邢夫人等忙上来劝解。贾母等让贾妃归坐，又逐次一一见过，又不免哭泣一番。然后东西两府执事人等在外厅行礼，及媳妇、丫鬟行礼毕。贾妃叹道：“许多亲眷，可惜都不能见面。”王夫人启道：“现有外亲薛王氏及宝钗、黛玉在外候旨，外眷无职，不敢擅入。”贾妃即请来相见。一时薛姨妈等进来，欲行国礼，元妃降旨免过，上前各叙阔别。

又有原带进宫的丫鬟抱琴等叩见，贾母连忙扶起，命入别室款待。执事太监及彩嫔、昭容各侍从人等，宁府及贾赦那宅两处自有人款待，只留三四个小太监答应。母女姊妹，不免叙些久别的情景及家务私情。又有贾政至帘外问安行参等事。

元妃又向其父说道：“田舍之家，齑盐布帛，得遂天伦之乐；今虽富贵，骨肉分离，终无意趣。”贾政亦含泪启道：“臣草芥寒门，鸠群鸦属之中，岂意得征凤鸾之瑞。今贵人上锡天恩，下昭祖德，此皆山川日月之精华，祖宗之远德，钟于一人，幸及政夫妇。且今上体天地生生之大德，垂古今未有之旷恩，虽肝脑涂地，岂能报效万一。惟朝乾夕惕，忠于厥职。伏愿圣君万岁千秋，乃天下苍生之福也。贵妃切勿以政夫妇残年为念。更祈自加珍爱，惟勤慎肃恭以侍上，庶不负上眷顾隆恩也。”贾妃亦嘱以“国事宜勤，暇时保养，切勿记念”。贾政又启：“园中所有亭台轩馆，皆系宝玉所题。如果有一二可寓目者，请即赐名为幸。”元妃听了宝玉能题，便含笑说道：“果进益了。”贾政退出。

元妃因问：“宝玉因何不见？”贾母乃启道：“无职外男，不敢擅入。”元妃命引进来。小太监引宝玉进来，先行国礼毕，命他近前，携手揽于怀内，又抚其头颈，笑道：“比先长了好些……”一语未终，泪如雨下。

尤氏、凤姐等上来启道：“筵宴齐备，请贵妃游幸。”元妃起身，命宝玉导引，遂同诸人步至园门前。早见灯光之中，诸般罗列。进园先从“有凤来仪”、“红香绿玉”、“杏帘在望”、“蘅芷清芬”等处，登楼步阁，涉水缘山，眺览徘徊。一处处铺陈华丽，一桩桩点缀新奇。元妃极加奖赞，又劝：“以后不可太奢了，此皆过分。”既而来至正殿，降谕免礼归坐，大开筵宴，贾母等在下相陪，尤氏、李纨、凤姐等捧羹把盏。

元妃乃命笔砚伺候，亲拂罗笺，择其喜者赐名。因题其园之总名曰“大观园”；正殿匾额云“顾恩思义”；对联云：

天地启宏慈，赤子苍生同感戴；

古今垂旷典，九州万国被恩荣。

又改题：“有凤来仪”，赐名“潇湘馆”；“红香绿玉”，改作“怡红快绿”，赐名“怡红院”；“蘅芷清芬”，赐名“蘅芜院”；“杏帘在望”，赐名“浣葛山庄”。正楼曰“大观楼”，东面飞楼曰“缀锦楼”，西面叙楼曰“含芳阁”。更有“蓼风轩”“藕香榭”“紫菱洲”“荇叶渚”等名。匾额有“梨花春雨”“桐剪秋风”“荻芦夜雪”等名。又命旧有匾、联不可摘去。于是先题一绝句云：

衔山抱水建来精，多少工夫筑始成。

天上人间诸景备，芳园应锡大观名。

题毕，向诸姐妹笑道：“我素乏捷才，且不长于吟咏，姐妹辈素所深知，今夜聊以塞责，不负斯景而已。异日少暇，必补撰《大观园记》并《省亲颂》等文，以记今日之事。妹等亦各题一匾一诗，随意发挥，不可为我微才所缚。且知宝玉竟能题咏，一发可喜。此中潇湘馆、蘅芜院二处，我所极爱；次之，怡红院、浣葛山庄：此四大处，必得别有章句题咏方妙。前所题之联虽佳，如今再各赋五言律一首，使我当面试过，方不负我自幼教授之苦心。”宝玉只得答应了，下来自去构思。

迎春、探春、惜春三人中，要算探春又出于姊妹之上，然自忖似难与薛、林争衡，只得随众应命。李纨也勉强作成一绝。贾妃挨次看姊妹们的题咏，写道是：

旷性怡情（匾额）

迎春

园成景物特精奇，奉命羞题额旷怡。
谁信世间有此境，游来宁不畅神思？

文采风流（匾额）

探春

秀水明山抱复回，风流文采胜蓬莱。
绿裁歌扇迷芳草，红衬湘裙舞落梅。
珠玉自应传盛世，神仙何幸下瑶台。
名园一自邀游赏，未许凡人到此来。

文章造化（匾额）

惜春

山水横拖千里外，楼台高起五云中。
园修日月光辉里，景夺文章造化功。

万象争辉（匾额）

李纨

名园筑就势巍巍，奉命可惭学浅微。
精妙一时言不尽，果然万物有光辉。

凝晖钟瑞（匾额）

薛宝钗

芳园筑向帝城西，华日祥云笼罩奇。
高柳喜迁莺出谷，修篁时待凤来仪。
文风已著宸游夕，孝化应隆归省时。

睿藻仙才瞻仰处，自惭何敢再为辞。

世外仙源（匾额）

林黛玉

宸游增悦豫，仙境别红尘。
借得山川秀，添来气象新。
香融金谷酒，花媚玉堂人。
何幸邀恩宠，宫车过往频。

元妃看毕，称赏不已。又笑道：“终是薛、林二妹之作与众不同，非愚姊妹所及。”

原来黛玉安心今夜大展奇才，将众人压倒，不想元妃只命一匾一咏，倒不好违谕多做，只胡乱做了一首五言律应命便罢了。

时宝玉尚未做完，才做了“潇湘馆”与“蘅芜院”两首，正做“怡红院”一首，起稿内有“绿玉春犹卷”一句。宝钗转眼瞥见，便趁众人不理论，推他道：“贵人因不喜‘红香绿玉’四字，才改了‘怡红快绿’；你这会子偏又用‘绿玉’二字，岂不是有意和他分驰了？况且蕉叶之典故颇多，再想一个改了罢。”宝玉见宝钗如此说，便拭汗说道：“我这会子总想不起什么典故出处来。”宝钗笑道：“你只把‘绿玉’的‘玉’字改作‘蜡’字就是了。”宝玉道：“‘绿蜡’可有出处？”宝钗悄悄的咂嘴点头笑道：“亏你今夜不过如此，将来金殿对策，你大约连‘赵钱孙李’都忘了呢。唐朝钱珝咏芭蕉诗头一句：‘冷烛无烟绿蜡干’都忘了么？”宝玉听了，不觉洞开心意，笑道：“该死，该死！眼前现成的句子竟想不到。姐姐真是‘一字师’了，从此只叫你师傅，再不叫姐姐了。”宝钗也悄悄的笑道：“还不快做上去，只姐姐妹妹的。谁是你姐姐？那上头穿黄袍的才是你姐姐呢。”一面说笑，因怕他耽延工夫，遂抽身走开了。

宝玉续成了此首，共有三首。此时黛玉未得展才，心上不快。因见宝玉构思太苦，走至案旁，知宝玉只少“杏帘在望”一首，因叫他抄录前三首，却自己吟成一律，写在纸条上，搓成个团子，掷向宝玉跟前。宝玉打开一看，觉比自己做的三首高得十倍，遂忙恭楷誊完呈上。元妃看道是：

有凤来仪

宝玉

秀玉初成实，堪宜待凤凰。
竿竿青欲滴。个个绿生凉。
迸砌防阶水，穿帘碍鼎香。
莫摇分碎影，好梦正初长。

蘅芷清芬

蘅芜满静苑，萝薜助芬芳。
软衬三春草，柔拖一缕香。
轻烟迷曲径，冷翠湿衣裳。
谁谓池塘曲，谢家幽梦长。

怡红快绿

深庭长日静，两两出蝉娟。
绿蜡春犹卷，红妆夜未眠。
凭栏垂绛袖，倚石护清烟。
对立东风里，主人应解怜。

杏帘在望

杏帘招客饮，在望有山庄。
菱荇鹅儿水，桑榆燕子梁。
一畦春韭熟，十里稻花香。
盛世无饥馁，何须耕织忙。

元妃看毕，喜之不尽，说："果然进益了。"又指"杏帘"一首为四首之冠，遂将"浣葛山庄"改为"稻香村"。又命探春将方才十数首诗另以锦笺誊出，令太监传与外厢。贾政等看了，都称颂不已。贾政又进《归省颂》。元妃又命以琼酪金脍等物，赐与宝玉并贾兰。此时贾兰尚幼，未谙诸事，只不过随母依叔行礼而已。

那时贾蔷带领一班女戏子在楼下，正等得不奈烦，只见一个太监飞跑下来说："做完了诗了，快拿戏单来。"贾蔷忙将戏目呈上，并十二个人的花名册子。少时，点了四出戏：第一出《豪宴》，第二出《乞巧》，第三出《仙缘》，第四出《离魂》。贾蔷忙张罗扮演起来：一个个歌有裂石之音，舞有天魔之态，虽是妆演的形容，却做尽悲欢的情状。

刚演完了，一个太监托着一金盘糕点之属进来，问："谁是龄官？"贾蔷便知是赐龄官之物，连忙接了，命龄官叩头。太监又道："贵妃有谕，说：'龄官极好，再做两出戏，不拘那两出就是了。'"贾蔷忙答应了，因命龄官做《游园》《惊梦》二出。龄官自为此二出非本角之戏，执意不从，定要做《相约》《相骂》二出。贾蔷扭不过他，只得依他做了。元妃甚喜，命："莫难为了这女孩子，好生教习。"额外赏了两匹宫绸，两个荷包，并金银锞子之类。

然后撤筵，将未到之处复又游玩。忽见山环佛寺，忙盥手，进去焚香拜佛，又题一匾云"苦海慈航"。又额外加恩与一班幽尼、女道。

少时，太监跪启："赐物俱齐，请验，按例行赏。"乃呈上略节。元妃从头看了无话，即命照此而行。太监下来，一一发放。原来贾母的是金、玉如意各一柄，沉香拐杖一根，枷楠念珠一串，"富贵长春"宫缎四匹，"福寿绵长"宫绸四匹，紫金"笔锭如意"锞十锭，"吉庆有馀"银锞十锭。邢夫人、王夫人二分，只减了如意、拐、珠四样。贾敬、贾赦、贾政等，每分御制新书二部，宝墨二匣，金、银盏各二只，表礼按前。宝钗、黛玉诸姊妹等，每人新书一部，宝砚一方，新样格式金银锞二对。宝玉和贾兰是金银项圈二个，金银锞二对。尤氏、李纨、凤姐等，皆金银锞四锭，表礼四端。另有表礼二十四端，清钱五百串，是赏与贾母、王夫人及各姊妹房中奶娘、众丫鬟的。贾珍、贾琏、贾环、贾蓉等，皆是表礼一端，金银锞一对。其馀彩缎百匹，白银千两，御酒数瓶，是赐东西两府凡园中管理、工程、陈设、答应及司戏、掌灯诸人的。外又有清钱三百串，是赐厨役、优伶、百戏、杂行人等的。

众人谢恩已毕，执事太监启道：“时已丑正三刻，请驾回銮。”元妃不由的满眼又滴下泪来，却又勉强笑着，拉了贾母、王夫人的手不忍放，再四叮咛：“不须记挂，好生保养。如今天恩浩荡，一月许进内省视一次，见面尽容易的，何必过悲？倘明岁天恩仍许归省，不可如此奢华糜费了。”贾母等已哭的哽噎难言了。元妃虽不忍别，奈皇家规矩违错不得的，只得忍心上舆去了。这里众人好容易将贾母及王夫人劝住，搀扶出园去了。

未知如何，下回分解。

第十九回

情切切良宵花解语
意绵绵静日玉生香

话说贾妃回宫，次日见驾谢恩，并回奏归省之事。龙颜甚悦，又发内帑彩缎、金银等物以赐贾政及各椒房等员，不必细说。

且说荣、宁二府中连日用尽心力，真是人人力倦，各各神疲；又将园中一应陈设、动用之物，收拾了两三天方完。第一个凤姐事多任重，别人或可偷闲躲静，独他是不能脱得的；二则本性要强，不肯落人褒贬，只扎挣着与无事的人一样。第一个宝玉是极无事最闲暇的。偏这一早，袭人的母亲又亲来回过贾母，接袭人家去吃年茶，晚上才得回来。因此，宝玉只和众丫头们掷骰子、赶围棋作戏。正在房内玩得没兴头，忽见丫头们来回说："东府里珍大爷来请过去看戏，放花灯。"宝玉听了，便命换衣裳。才要去时，忽又有贾妃赐出糖蒸酥酪来。宝玉想上次袭人喜吃此物，便命留与袭人了。自己回过贾母，过去看戏。

谁想贾珍这边唱的是《丁郎认父》《黄伯央大摆阴魂阵》，更有《孙行者大闹天宫》《姜太公斩将封神》等类的戏文：倏尔神鬼乱出，忽又妖魔毕露；内中扬幡过会，号佛行香，锣鼓、喊叫之声，闻于巷外。弟兄子侄，互为献酬；姊妹婢妾，共相笑语。独有宝玉见那繁华热闹到如此不堪的田地，只略坐了一坐，便走往各处闲耍。先是进内去和尤氏并丫头、姬妾鬼混了一回，便出二门来。尤氏等仍料他出来看戏，遂也不曾照管；贾珍、贾琏、薛蟠等只顾猜谜行令，百般作乐，纵一时不见他在座，只道在里边去了，也不理论。至于跟宝玉的小厮们，那年纪大些的知宝玉这一来了，必是晚上才散，因此偷空儿也有会赌钱的，也有往亲友家去的，或赌或饮，都私自散了，待晚上再来；那些小些的都钻进戏房里瞧热闹儿去了。

宝玉见一个人没有，因想："素日这里有个小书房内曾挂着一轴美人，画的很得神。今日这般热闹，想那里自然无人，那美人也自然是寂寞的，须得我去望慰他一回。"想着，便往那里来。刚到窗前，听见屋里一片喘息之声。宝玉倒唬了一跳，心想："美人活了不成？"乃大着胆子，舐破窗纸，向内一看：那轴美人却不曾活，却是茗烟按着个女孩子，也干那警幻所训之事，正在得趣，故此呻吟。宝玉禁不住大叫："了不得！"一脚踹进门去，将两个唬的抖衣而颤。

茗烟见是宝玉，忙跪下哀求。宝玉道："青天白日，这是怎么说？珍大爷要知道了，你是死是活？"一面看那丫头，倒也白白净净儿的，有些动人心处；在那里羞的脸红耳赤，低首无言。宝玉跺脚道："还不快跑！"一语提醒，那丫头飞跑去了。宝玉又赶出去叫道："你别怕，我不告诉人。"急的茗烟在后叫："祖宗，这是分明告诉人了。"

宝玉因问："那丫头十几岁了？"茗烟道："不过十六七了。"宝玉道："连他的岁数也不问问，就作这个事，可见他白认得你了。可怜，可怜！"又问："名字叫什么？"茗烟笑道："若说出名字来话长，真正新鲜奇文。他说他母亲养他的时节做了一个梦，梦得了一匹锦，上面是五色富贵不断头的卍字花样，所以他的名字就叫做万儿。"宝玉听了，笑道："想必他将来有些造化。等我明儿说了给你作媳妇，好不好？"

茗烟也笑了。因问："二爷为何不看这样的好戏？"宝玉道："看了半日，怪烦的，出来逛逛，就遇见你们了。这会子作什么呢？"茗烟微微笑道："这会子没人知道，我悄悄的引二爷城外逛去，一会儿再回这里来。"宝玉道："不好，看仔细花子拐了去；况且他们知道了，又闹大了。不如往近些的地方去，还可就来。"茗烟道："就近地方，谁家可去？这却难了。"宝玉笑道："依我的主意，咱们竟找花大姐姐去，瞧他在家作什么呢？"茗烟笑道："好，好。倒忘了他家。”又道：“他们知道了，说我引着二爷胡走，要打我呢。”宝玉道：“有我呢。”茗烟听说，拉了马，二人从后门就走了。

幸而袭人家不远，不过一半里路程，转眼已到门前。茗烟先进去叫袭人之兄花自芳。此时袭人之母接了袭人与几个外甥女儿、几个侄女儿来家，正吃果茶，听见外面有人叫“花大哥”。花自芳忙出去看时，见是他主仆两个，唬的惊疑不定，连忙抱下宝玉来，至院内嚷道：“宝二爷来了！”

别人听见还可，袭人听了，也不知为何，忙跑出来迎着宝玉，一把拉着问：“你怎么来了？”宝玉笑道：“我怪闷的，来瞧瞧你作什么呢？”袭人听了，才把心放下来，说道：“你也胡闹了，可作什么来呢？”一面又问茗烟：“还有谁跟了来了？”茗烟笑道：“别人都不知道。”袭人听了，复又惊慌道：“这还了得！倘或碰见人，或是遇见老爷；街上人挤马碰，有个失闪：这也是玩得的吗？你们的胆子比斗还大呢！都是茗烟调唆的，等我回去告诉嬷嬷们，一定打你个贼死！”茗烟撅了嘴道：“爷骂着打着叫我带了来的，这会子推到我身上！我说别来罢。——要不，我们回去罢。”花自芳忙劝道：“罢了，已经来了，也不用多说了。只是茅檐草舍，又窄又不干净，爷怎么坐呢？”

袭人的母亲也早迎出来了。袭人拉着宝玉进去。宝玉见房中三五个女孩儿，见他进来，都低了头，羞的脸上通红。花自芳母子两个恐怕宝玉冷，又让他上炕，又忙另摆果子，又忙倒好茶。袭人笑道：“你们不用白忙，我自然知道，不敢乱给他东西吃的。”一面说，一面将自己的坐褥拿了来，铺在一个杌子上，扶着宝玉坐下，又用自己的脚炉垫了脚；向荷包内取出两个梅花香饼儿来，又将自己的手炉掀开焚上，仍盖好，放在宝玉怀里；然后将自己的茶杯斟了茶，送与宝玉。彼时他母、兄已是忙着齐齐整整的摆上一桌子果品来。袭人见总无可吃之物，因笑道：“既来了，没有空回去的理，好歹尝一点儿，也是来我家一趟。”说着，捻了几个松瓤，吹去细皮，用手帕托着给他。

宝玉看见袭人两眼微红，粉光融滑，因悄问袭人道：“好好的哭什么？”

袭人笑道："谁哭来着？才迷了眼揉的。"因此便遮掩过了。因见宝玉穿着大红金蟒狐腋箭袖，外罩石青貂裘排穗褂，说道："你特为往这里来，又换新衣裳，他们就不问你往那里去吗？"宝玉道："原是珍大爷请过去看戏换的。"

袭人点头。又道："坐一坐就回去罢，这个地方儿不是你来得的。"宝玉笑道："你就家去才好呢，我还替你留着好东西呢。"袭人笑道："悄悄儿的罢，叫他们听着作什么？"一面又伸手从宝玉项上将通灵玉摘下来，向他姊妹们笑道："你们见识见识。时常说起来都当稀罕，恨不能一见。今儿可尽力儿瞧瞧，再瞧什么稀罕物儿，也不过是这么着了。"说毕，递与他们，传看了一遍，仍与宝玉挂好。又命他哥哥去雇一辆干干净净、严严紧紧的车，送宝玉回去。花自芳道："有我送去，骑马也不妨了。"袭人道："不为不妨，为的是碰见人。"

花自芳忙去雇了一辆车来。众人也不好相留，只得送宝玉出去。袭人又抓些果子给茗烟，又把些钱给他买花炮放，叫他："别告诉人，连你也有不是。"一面说着，一直送宝玉至门前，看着上车，放下车帘。花、茗二人牵马、跟随。来至宁府街，茗烟命住车，向花自芳道："须得我和二爷还到东府里混一混，才过去得呢，看大家疑惑。"花自芳听说有理，忙将宝玉抱下车来，送上马去。宝玉笑说："倒难为你了。"于是仍进了后门来，俱不在话下。

却说宝玉自出了门，他房中这些丫鬟们都索性恣意的玩笑：也有赶围棋的，也有掷骰、抹牌的，磕了一地的瓜子皮儿。偏奶母李嬷嬷拄拐进来请安，瞧瞧宝玉，见宝玉不在家，丫鬟们只顾玩闹，十分看不过，因叹道："只从我出去了不大进来，你们越发没了样儿了，别的嬷嬷越不敢说你们了。那宝玉是个丈八的灯台——照见人家，照不见自己的，只知嫌人家腌臜。这是他的房子，由着你们糟蹋，越不成体统了。"这些丫头们明知宝玉不讲究这些；二则李嬷嬷已是告老解事出去的了，如今管不着他们：因此只顾玩笑，并不理他。那李嬷嬷还只管问："宝玉如今一顿吃多少饭？什么时候睡觉？"丫头们总胡乱答应。有的说："好个讨厌的老货！"

李嬷嬷又问道："这盖碗里是酪，怎么不送给我吃？"说毕，拿起就吃。一个丫头道："快别动，那是说了给袭人留着的，回来又惹气了。你老人家自己承认，别带累我们受气。"李嬷嬷听了，又气又愧，便说道："我不信他这么坏了肠子。别说我吃了一碗牛奶，就是再比这个值钱的，也是应该的。难道待袭人比我还重？难道他不想想怎么长大了？我的血变了奶，吃的长这么大，如今我吃他碗牛奶，他就生气了？我偏吃了，看他怎么着！你们看袭人不知怎么样，那是我手里调理出来的毛丫头，什么阿物儿！"一面说，一面赌气把酪全吃了。又一个丫头笑道："他们不会说话，怨不得你老人家生气。宝玉还送东西给你老人家去，岂有为这个不自在的？"李嬷嬷道："你也不必装狐媚子哄我，打量上次为茶撵茜雪的事我不知道呢。明儿有了不是，我再来领。"说着，赌气去了。

少时，宝玉回来，命人去接袭人。只见晴雯躺在床上不动，宝玉因问："可是病了？还是输了呢？"秋纹道："他倒是赢的，谁知李老太太来了，混输了，他气的睡去了。"宝玉笑道："你们别和他一般见识，由他去就是了。"

说着，袭人已来，彼此相见。袭人又问宝玉何处吃饭，多早晚回来；又代母、妹问诸同伴姊妹好。一时换衣卸妆。宝玉命取酥酪来，丫鬟们回说："李奶奶吃了。"宝玉才要说话，袭人便忙笑说道："原来留的是这个，多谢费心。前儿我因为好吃，吃多了，好肚子疼，闹的吐了，才好了。他吃了倒好，搁在这里白糟蹋了。我只想风干栗子吃，你替我剥栗子，我去铺炕。"

宝玉听了，信以为真，方把酥酪丢开，取了栗子来，自向灯下检剥。一面见众人不在房中，乃笑问袭人道："今儿那个穿红的是你什么人？"袭人道："那是我两姨姐姐。"宝玉听了，赞叹了两声。袭人道："叹什么？我知道你心里的缘故，想是说他那里配穿红的？"宝玉笑道："不是，不是。那样的人不配穿红的，谁还敢穿？我因为见他实在好的很，怎么也得他在咱们家就好了。"袭人冷笑道："我一个人是奴才命罢了，难道连我的亲戚都是奴才命不成，定还要拣实在好的丫头才往你们家来？"宝玉听了，忙笑道："你又多心了。我说往咱们家来，必定是奴才不成，说亲戚就使不得？"袭人道："那也般配不上。”

宝玉便不肯再说，只是剥栗子。袭人笑道：“怎么不言语了？想是我才冒撞冲犯了你？明儿赌气花几两银子，买进他们来就是了。”宝玉笑道：“你说的话，怎么叫人答言呢？我不过是赞他好，正配生在这深宅大院里，没的我们这宗浊物倒生在这里。”袭人道：“他虽没这样造化，倒也是娇生惯养的，我姨父、姨娘的宝贝儿似的。如今十七岁，各样的嫁妆都齐备了，明年就出嫁。”宝玉听了“出嫁”二字，不禁又嗐了两声。

正不自在，又听袭人叹道：“我这几年，姊妹们都不大见；如今我要回去了，他们又都去了。”宝玉听这话里有文章，不觉吃了一惊，忙扔下栗子，问道：“怎么着，你如今要回去？”袭人道：“我今儿听见我妈和哥哥商量，教我再耐一年，明年他们上来，就赎出我去呢。”宝玉听了这话，越发忙了，因问：“为什么赎你呢？”袭人道：“这话奇了。我又比不得是这里的家生子儿，我们一家子都在别处，独我一个人在这里，怎么是个了手呢？”宝玉道：“我不叫你去，也难哪。”袭人道：“从来没这个理。就是朝廷宫里，也有定例：几年一挑，几年一放，没有长远留下人的理，别说你们家。”

宝玉想一想，果然有理。又道：“老太太要不放你呢？”袭人道：“为什么不放呢？我果然是个难得的，或者感动了老太太、太太，不肯放我出去，再多给我们家几两银子留下，也还有的；其实我又不过是个最平常的人，比我强的多而且多。我从小儿跟着老太太，先伏侍了史大姑娘几年，这会子又伏侍了你几年。我们家要来赎我，正是该叫去的，只怕连身价不要，就开恩放我去呢。要说为伏侍的你好，不叫我去，断然没有的事。那伏侍的好，是分内应当的，不是什么奇功；我去了，仍旧又有好的了，不是没了我就使不得的。”

宝玉听了这些话，竟是有去的理，无留的理，心里越发急了。因又道：“虽然如此说，我只一心要留下你，不怕老太太不和你母亲说，多多给你母亲些银子，他也不好意思接你了。”袭人道：“我妈自然不敢强：且慢说和他好说，又多给银子；就便不好和他说，一个钱也不给，安心要强留下我，他也不敢不依。但只是咱们家从没干过这倚势仗贵霸道的事。这比不得别的东西，因为喜欢，加十倍利，弄了来给你，那卖的人不吃亏，就可以行得的；如今无故平空留下我，于你又无益，反教我们骨肉分离，这件事，老太太、太太肯行吗？”

宝玉听了，思忖半晌，乃说道：“依你说来说去，是去定了？”袭人道：“去定了。”宝玉听了，自思道：“谁知这样一个人，这样薄情无义呢！”乃叹道：“早知道都是要去的，我就不该弄了来，临了剩我一个孤鬼儿。”说着，便赌气上床睡了。

原来袭人在家，听见他母、兄要赎他回去，他就说：“至死也不回去。”又说：“当日原是你们没饭吃，就剩了我还值几两银子，要不叫你们卖，没有个看着老子娘饿死的理；如今幸而卖到这个地方儿，吃穿和主子一样，又不朝打暮骂。况如今爹虽没了，你们却又整理的家成业就，复了元气；若果然还艰难，把我赎出来，再多掏摸几个钱，也还罢了。其实又不难了，这会子又赎我做什么？权当我死了，再不必起赎我的念头了。”因此哭了一阵。

他母、兄见他这般坚执，自然必不出来的了；况且原是卖倒的死契。明仗着贾宅是慈善宽厚人家儿，不过求求，只怕连身价银一并赏了，还是有的事呢。二则，贾府中从不曾作践下人，只有恩多威少的；且凡老少房中所有亲侍的女孩子们，更比待家下众人不同，平常寒薄人家的女孩儿也不能那么尊重：因此他母子两个就死心不赎了。次后忽然宝玉去了，他两个又是那个光景儿，母子二人心中更明白了，越发一块石头落了地，而且是意外之想，彼此放心，再无别意了。

且说袭人自幼儿见宝玉性格异常，其淘气憨顽出于众小儿之外，更有几件千奇百怪、口不能言的毛病儿。近来仗着祖母溺爱，父母亦不能十分严紧拘管，更觉放纵弛荡，任情恣性，最不喜务正。每欲劝时，谅不能听。今日可巧有赎身之论，故先用骗词以探其情，以压其气，然后好下箴规。今见宝玉默默睡去，知其情有不忍，气已馁堕。自己原不想栗子吃，只因怕为酥酪生事，又像那茜雪之茶，是以假要栗子为由，混过宝玉不提就完了。

于是命小丫头子们将栗子拿去吃了，自己来推宝玉，只见宝玉泪痕满面。袭人便笑道："这有什么伤心的？你果然留我，我自然不肯出去。"宝玉见这话头儿活动了，便道："你说说，我还要怎么留你？我自己也难说了。"袭人笑道："咱们两个的好，是不用说了。但你要安心留我，不在这上头。我另说出三件事来，你果然依了，那就是真心留我了；刀搁在脖子上，我也不出去了。"

宝玉忙笑道："你说那几件？我都依你。好姐姐，好亲姐姐，别说两三件，就是两三百件，我也依的。只求你们看守着我，等我有一日化成了飞灰，——飞灰还不好，灰还有形有迹，还有知识的。——等我化成一股轻烟，风一吹就散了的时候儿，你们也管不得我，我也顾不得你们了，凭你们爱那里去，那里去就完了。"急的袭人忙捂他的嘴道："好爷，我正为劝你这些个，更说的狠了。"宝玉忙说道："再不说这话了。"袭人道："这是头一件要改的。"宝玉道："改了，再说你就拧嘴。还有什么？"

袭人道："第二件，你真爱念书也罢，假爱也罢，只在老爷跟前，或在别人跟前，你别只管嘴里混批，只作出个爱念书的样儿来，也叫老爷少生点儿气，在人跟前也好说嘴。老爷心里想着：我家代代念书，只从有了你，不承望不但不爱念书（已经他心里又气又恼了），而且背前面后混批评：凡读书上进的人，你就起个外号儿，叫人家'禄蠹'；又说只除了什么'明明德'外就没书了，都是前人自己混编纂出来的。这些话，你怎么怨得老爷不气，不时时刻刻的要打你呢？"宝玉笑道："再不说了。那是我小时候儿不知天多高地多厚，信口胡说的，如今再不敢说了。还有什么呢？"

袭人道："再不许谤僧毁道的了。还有更要紧的一件事：再不许弄花儿，弄粉儿，偷着吃人嘴上擦的胭脂和那个爱红的毛病儿了。"宝玉道："都改，都改。再有什么，快说罢。"袭人道："也没有了，只是百事检点些，不任意任性的就是了。你要果然都依了，就拿八人轿也抬不出我去了。"宝玉笑道："你在这里长远了，不怕没八人轿你坐。"袭人冷笑道："这我可不稀罕的！有那个福气，没有那个道理，纵坐了也没趣儿。"

二人正说着，只见秋纹走进来说："三更天了，该睡了。方才老太太打发嬷嬷来问，我答应睡了。"宝玉命取表来看时，果然针已指到子初二刻了。方从新盥漱，宽衣安歇，不在话下。

至次日清晨，袭人起来，便觉身体发重，头疼目胀，四肢火热。先时还扎挣的住，次后挨不住，只要睡，因而和衣躺在炕上。宝玉忙回了贾母，传医诊视，说道："不过偶感风寒，吃一两剂药，疏散疏散就好了。"开方去后，令人取药来煎好。刚服下去，命他盖上被窝焐汗，宝玉自去黛玉房中来看视。

彼时黛玉自在床上歇午，丫鬟们皆出去自便，满屋内静悄悄的。宝玉揭起绣线软帘，进入里间，只见黛玉睡在那里，忙上来推他道："好妹妹，才吃了饭，又睡觉。"将黛玉唤醒。黛玉见是宝玉，因说道："你且出去逛逛。我前儿闹了一夜，今儿还没歇过来，浑身酸疼。"宝玉道："酸疼事小，睡出来的病大。我替你解闷儿，混过困去就好了。"黛玉只合着眼，说道："我不困，只略歇歇儿。你且别处去闹会子再来。"宝玉推他道："我往那里去呢？见了别人就怪腻的。"

黛玉听了，嗤的一笑道："你既要在这里，那边去老老实实的坐着，咱们说话儿。"宝玉道："我也歪着。"黛玉道："你就歪着。"宝玉道："没有枕头，咱们在一个枕头上罢。"黛玉道："放屁！外头不是枕头？拿一个来枕着。"宝玉出至外间，看了一看，回来笑道："那个我不要，也不知是那个腌臜老婆子的。"黛玉听了，睁开眼，起身笑道："真真你就是我命中的魔星！请枕这一个。"说着，将自己枕的推给宝玉，又起身将自己的再拿了一个来枕上，二人对着脸儿躺下。

黛玉一回眼，看见宝玉左边腮上有钮扣大小的一块血迹，便欠身凑近前来，以手抚之细看道："这又是谁的指甲划破了？"宝玉倒身，一面躲，一面笑道："不是划的，只怕是才刚替他们淘澄胭脂膏子，溅上了一点儿。"说着，便找绢子要擦。黛玉便用自己的绢子替他擦了，咂着嘴儿说道："你又干这些事了；干也罢了，必定还要带出幌子来。就是舅舅看不见，别人看见了，又当作奇怪事，新鲜话儿，去学舌讨好儿，吹到舅舅耳朵里，大家又该不得心净了。”

宝玉总没听见这些话，只闻见一股幽香，却是从黛玉袖中发出，闻之令人醉魂酥骨。宝玉一把便将黛玉的衣袖拉住，要瞧瞧笼着何物。黛玉笑道：“这时候谁带什么香呢？”宝玉笑道：“那么着，这香是那里来的？”黛玉道：“连我也不知道，想必是柜子里头的香气熏染的，也未可知。”宝玉摇头道：“未必。这香的气味奇怪，不是那些香饼子、香球子、香袋儿的香。”黛玉冷笑道：“难道我也有什么罗汉、真人给我些奇香不成？就是得了奇香，也没有亲哥哥亲兄弟弄了花儿、朵儿、霜儿、雪儿替我炮制。我有的是那些俗香罢了。”

宝玉笑道：“凡我说一句，你就拉上这些。不给你个利害也不知道，从今儿可不饶你了。”说着，翻身起来，将两只手呵了两口，便伸向黛玉膈肢窝内两胁下乱挠。黛玉素性触痒不禁，见宝玉两手伸来乱挠，便笑的喘不过气来。口里说：“宝玉，你再闹，我就恼了！”宝玉方住了手，笑问道：“你还说这些不说了？”黛玉笑道：“再不敢了。”一面理鬓，笑道：“我有奇香，你有‘暖香’没有？”

宝玉见问，一时解不来，因问：“什么‘暖香’？”黛玉点头笑叹道：“蠢才，蠢才！你有‘玉’，人家就有‘金’来配你；人家有‘冷香’，你就没有‘暖香’去配他？”宝玉方听出来，因笑道：“方才告饶，如今更说狠了。”说着又要伸手。黛玉忙笑道：“好哥哥，我可不敢了。”宝玉笑道：“饶你不难，只把袖子我闻一闻。”说着便拉了袖子，笼在面上，闻个不住。黛玉夺了手道：“这可该去了。”宝玉笑道：“要去不能。咱们斯斯文文的躺着说话儿。”说着，复又躺下。黛玉也躺下，用绢子盖上脸。

宝玉有一搭没一搭的说些鬼话，黛玉总不理。宝玉问他几岁上京，路上见何景致，扬州有何古迹，土俗民风如何。黛玉不答。宝玉只怕他睡出病来，便哄他道：“嗳哟！你们扬州衙门里有一件大故事，你可知道么？”黛玉见他说的郑重，又且正言厉色，只当是真事，因问：“什么事？”宝玉见问，便忍着笑顺口诌道：

“扬州有一座黛山，山上有个林子洞。”黛玉笑道：“这就扯谎，自来也没听见这山。”宝玉道：“天下山水多着呢，你那里都知道？等我说完了，你再批评。”黛玉道：“你说。”宝玉又诌道：

“林子洞里原来有一群耗子精。那一年腊月初七，老耗子升座议事，说：‘明儿是腊八儿了，世上的人都熬腊八粥。如今我们洞里果品短少，须得趁此打劫些个来才好。’乃拔令箭一枝，遣了个能干小耗子去打听。小耗子回报：‘各处都打听了，惟有山下庙里果、米最多。’老耗子便问：‘米有几样？果有几品？’小耗子道：‘米、豆成仓。果品却只有五样：一是红枣，二是栗子，三是落花生，四是菱角，五是香芋。’

“老耗子听了大喜，即时拔了一枝令箭，问：‘谁去偷米？’一个耗子便接令去偷米。又拔令箭问：‘谁去偷豆？’又一个耗子接令去偷豆。然后一一的都各领令去了。只剩下香芋，因又拔令箭问：‘谁去偷香芋？’只见一个极小极弱的小耗子应道：‘我愿去偷香芋。’

“老耗子和众耗见他这样，恐他不谙练，又怯懦无力，不准他去。小耗子道：‘我虽年小身弱，却是法术无边，口齿伶俐，机谋深远。这一去，管比他们偷的还巧呢。’众耗子忙问：‘怎么比他们巧呢？’小耗子道：‘我不学他们直偷；我只摇身一变，也变成个香芋，滚在香芋堆里，叫人瞧不出来，却暗暗儿的搬运，渐渐的就搬运尽了：这不比直偷硬取的巧吗？’众耗子听了，都说：‘妙却妙，只是不知怎么变？你先变个我们瞧瞧。’小耗子听了，笑道：‘这个不难，等我变来。’说毕，摇身说：‘变！’竟变了一个最标致美貌的一位小姐。众耗子忙笑说：‘错了，错了。原说变果子，怎么变出个小姐来了呢？’小耗子现了形，笑道：‘我说你们没见世面，只认得这果子是香芋，却不知盐课林老爷的小姐才是真正的香玉呢。’”

黛玉听了，翻身爬起来，按着宝玉笑道：“我把你这个烂了嘴的！我就知道你是编派我呢。”说着便拧。宝玉连连央告：“好妹妹，饶了我罢，再不敢了。我因为闻见你的香气，忽然想起这个故典来。”黛玉笑道：“饶骂了人，你还说是故典呢。”

一语未了，只见宝钗走来，笑问："谁说故典呢？我也听听。"黛玉忙让坐，笑道："你瞧瞧，还有谁？他饶骂了，还说是故典。"宝钗笑道："哦！是宝兄弟哟，怪不得他，他肚子里的故典本来多么。就只是可惜一件：该用故典的时候儿，他就偏忘了。有今儿记得的，前儿夜里的芭蕉诗就该记得呀，眼面前儿的倒想不起来。别人冷的了不得，他只是出汗。这会子偏又有了记性了。"黛玉听了，笑道："阿弥陀佛！到底是我的好姐姐。你一般也遇见对子了。可知一还一报，不爽不错的。"

刚说到这里，只听宝玉房中一片声吵嚷起来。

未知何事，下回分解。

第二十回

王熙凤正言弹妒意
林黛玉俏语谑娇音

话说宝玉在黛玉房中说耗子精，宝钗撞来，讽刺宝玉元宵不知“绿蜡”之典，三人正在房中互相取笑。那宝玉恐黛玉饭后贪眠，一时存了食，或夜间走了困，身体不好；幸而宝钗走来，大家谈笑，那黛玉方不欲睡，自己才放了心。忽听他房中嚷起来，大家侧耳听了一听，黛玉先笑道：“这是你妈妈和袭人叫唤呢。那袭人待他也罢了，你妈妈再要认真排揎他，可见老背晦了。”

宝玉忙欲赶过去，宝钗一把拉住道：“你别和你妈妈吵才是呢。他是老糊涂了，倒要让他一步儿的是。”宝玉道：“我知道了。”说毕走来。只见李嬷嬷拄着拐杖，在当地骂袭人：“忘了本的小娼妇儿！我抬举起你来，这会子我来了，你大模厮样儿的躺在炕上，见了我也不理一理儿。一心只想装狐媚子哄宝玉，哄的宝玉不理我，只听你的话。你不过是几两银子买了来的小丫头子罢咧，这屋里你就作起耗来了。好不好的，拉出去配一个小子，看你还妖精似的哄人不哄！”袭人先只道李嬷嬷不过因他躺着生气，少不得分辩说：“病了，才出汗，蒙着头，原没看见你老人家。”后来听见他说“哄宝玉”，又说“配小子”，由不得又羞又委屈，禁不住哭起来了。

宝玉虽听了这些话，也不好怎样，少不得替他分辩说：“病了，吃药。”又说：“你不信，只问别的丫头。”李嬷嬷听了这话，越发气起来了。说道：“你只护着那起狐狸，那里还认得我了呢，叫我问谁去？谁不帮着你呢？谁不是袭人拿下马来的？我都知道那些事。我只和你到老太太、太太跟前去讲讲：把你奶了这么大，到如今吃不着奶了，把我扔在一边儿，逞着丫头们要我的强。”一面说，一面哭。

彼时黛玉、宝钗等也过来劝道：“妈妈，你老人家担待他们些就完了。”李嬷嬷见他二人来了，便诉委屈，将当日吃茶，茜雪出去，和昨日酥酪等事，唠唠叨叨说个不了。

可巧凤姐正在上房算了输赢帐，听见后面一片声嚷，便知是李嬷嬷老病发了；又值他今儿输了钱，迁怒于人，排揎宝玉的丫头。便连忙赶过来，拉了李嬷嬷，笑道：“妈妈别生气。大节下，老太太刚喜欢了一日。你是个老人家，别人吵，你还要管他们才是；难道你倒不知规矩，在这里嚷起来，叫老太太生气不成？你说谁不好，我替你打他。我屋里烧的滚热的野鸡，快跟了我喝酒去罢。”一面说，一面拉着走。又叫：“丰儿，替你李奶奶拿着拐棍子、擦眼泪的绢子。”那李嬷嬷脚不沾地，跟了凤姐儿走了。一面还说：“我也不要这老命了，索性今儿没了规矩，闹一场子，讨了没脸，强似受那些娼妇的气。”后面宝钗、黛玉见凤姐儿这般，都拍手笑道：“亏他这一阵风来，把个老婆子撮了去了。”

宝玉点头叹道：“这又不知是那里的帐，只拣软的欺负。又不知是那个姑娘得罪了，上在他帐上了。”一句未完，晴雯在旁说道：“谁又没疯了，得罪他做什么？既得罪了他，就有本事承任，犯不着带累别人。”袭人一面哭，一面拉着宝玉道：“为我得罪了一个老奶奶，你这会子又为我得罪这些人；这还不够我受的，还只是拉扯人？”

宝玉见他这般病势，又添了这些烦恼，连忙忍气吞声，安慰他仍旧睡下出汗。又见他汤烧火热，自己守着他，歪在旁边，劝他只养病，别想那些没要紧的事。袭人冷笑道：“要为这些事生气，这屋里一刻还住得了？但只是天长日久，尽着这么闹，可叫人怎么过呢！你只顾一时为我得罪了人，他们都记在心里，遇着坎儿，说的好说不好听的，大家什么意思呢？”一面说，一面禁不住流泪；又怕宝玉烦恼，只得又勉强忍着。

一时杂使的老婆子端了二和药来。宝玉见他才有点汗儿，便不叫他起来，自己端着，给他就枕上吃了，即令小丫鬟们铺炕。袭人道：“你吃饭不吃饭，到底老太太、太太跟前坐一会子，和姑娘们玩一会子，再回来。我就静静的躺一躺也好啊。”宝玉听说，只得依他，看着他去了簪环躺下，才去上屋里，跟着贾母吃饭。

饭毕，贾母犹欲和那几个老管家的嬷嬷斗牌。宝玉惦记袭人，便回至房中，见袭人朦胧睡去。自己要睡，天气尚早。彼时晴雯、绮霞、秋纹、碧痕都寻热闹，找鸳鸯、琥珀等耍戏去了。见麝月一人在外间屋里灯下抹骨牌，宝玉笑道：“你怎么不和他们去？”麝月道：“没有钱。”宝玉道：“床底下堆着钱，还不够你输的？”麝月道：“都乐去了，这屋子交给谁呢？那一个又病了。满屋里上头是灯，下头是火。那些老婆子们都老天拔地伏侍了一天，也该叫他们歇歇儿了；小丫头们也伏侍了一天，这会子还不叫玩玩儿去吗？所以我在这里看着。”

宝玉听了这话，公然又是一个袭人了，因笑道：“我在这里坐着，你放心去罢。”麝月道：“你既在这里，越发不用去了，咱们两个说话儿不好？”宝玉道：“咱们两个做什么呢？怪没意思的。也罢了，早起你说头上痒痒，这会子没什么事，我替你篦头罢。”麝月听了道：“使得。”说着，将文具镜匣搬来，卸去钗镮，打开头发；宝玉拿了篦子，替他篦。

只篦了三五下儿，见晴雯忙忙走进来取钱，一见他两个，便冷笑道：“哦！交杯盏儿还没吃，就上了头了。”宝玉笑道：“你来，我也替你篦篦。”晴雯道：“我没这么大造化。”说着，拿了钱，摔了帘子，就出去了。宝玉在麝月身后，麝月对镜，二人在镜内相视而笑。宝玉笑着道：“满屋里就只是他磨牙。”麝月听说，忙向镜中摆手儿。宝玉会意，忽听唿一声帘子响，晴雯又跑进来问道：“我怎么磨牙了？咱们倒得说说。”麝月笑道：“你去你的罢，又来拌嘴儿了。”晴雯也笑道：“你又护着他了。你们瞒神弄鬼的，打量我都不知道呢。等我捞回本儿来再说。”说着，一径去了。这里宝玉通了头，命麝月悄悄的伏侍他睡下，不肯惊动袭人。一宿无话。

次日清晨，袭人已是夜间出了汗，觉得轻松了些，只吃些米汤静养。宝玉才放了心，因饭后走到薛姨妈这边来闲逛。

彼时正月内学房中放年学，闺阁中忌针黹：都是闲时，因贾环也过来玩。正遇见宝钗、香菱、莺儿三个赶围棋作耍，贾环见了也要玩。宝钗素日看他也如宝玉，并没他意；今儿听他要玩，让他上来，坐在一处玩。一注十个钱。头一回，自己赢了，心中十分喜欢。谁知后来接连输了几盘，就有些着急。赶着这盘正该自己掷骰子：若掷个七点便赢了，若掷个六点也该赢，掷个三点就输了。因拿起骰子来，狠命一掷：一个坐定了二，那一个乱转。莺儿拍着手儿叫："幺！"贾环便瞪着眼，"六！——七！——八！"混叫。那骰子偏生转出幺来。贾环急了，伸手便抓起骰子来，就要拿钱，说是个四点。莺儿便说："明明是个幺。"

宝钗见贾环急了，便瞅了莺儿一眼，说道："越大越没规矩！难道爷们还赖你？还不放下钱来呢。"莺儿满心委屈，见姑娘说，不敢出声，只得放下钱来，口内嘟囔说："一个做爷的还赖我们这几个钱，连我也瞧不起。前儿和宝二爷玩，他输了那些也没着急，下剩的钱还是几个小丫头子们一抢，他一笑就罢了。"宝钗不等说完，连忙喝住了。贾环道："我拿什么比宝玉？你们怕他，都和他好，都欺负我不是太太养的。"说着便哭。宝钗忙劝他："好兄弟，快别说这话，人家笑话。"又骂莺儿。

正值宝玉走来，见了这般景况，问："是怎么了？"贾环不敢则声。宝钗素知他家规矩：凡做兄弟的怕哥哥。却不知那宝玉是不要人怕他的，他想着："兄弟们一并都有父母教训，何必我多事？反生疏了。况且我是正出，他是庶出，饶这样看待，还有人背后谈论，还禁得辖治了他？"更有个呆意思存在心里。你道是何呆意？因他自幼姐妹丛中长大，亲姊妹有元春、探春，叔伯的有迎春、惜春，亲戚中又有湘云、黛玉、宝钗等人，他便料定天地间灵淑之气只钟于女子，男儿们不过是些渣滓浊沫而已。因此把一切男人都看成浊物，可有可无。只是父亲、伯叔、兄弟之伦，因是圣人遗训，不敢违忤。所以弟兄间亦不过尽其大概就罢了，并不想自己是男子，须要为子弟之表率。是以贾环等都不甚怕他，只因怕贾母不依，才只得让他三分。

现今宝钗生怕宝玉教训他，倒没意思，便连忙替贾环掩饰。宝玉道："大正月里哭什么？这里不好，到别处玩去。你天天念书，倒念糊涂了？譬如这件东西不好，横竖那一件好，就舍了这件取那件。难道你守着这件东西哭会子就好了不成？你原是要取乐儿，倒招的自己烦恼。还不快去呢。"

贾环听了，只得回来。赵姨娘见他这般，因问："是那里垫了踹窝来了？"贾环便说："同宝姐姐玩来着。莺儿欺负我，赖我的钱。宝玉哥哥撵了我来了。"赵姨娘啐道："谁叫你上高台盘了？下流没脸的东西！那里玩不得，谁叫你跑了去讨这没意思？"

正说着，可巧凤姐在窗外过，都听到耳内，便隔着窗户说道："大正月里怎么了？兄弟们小孩子家，一半点儿错了，你只教导他，说这样话做什么？凭他怎么着，还有老爷、太太管他呢，就大口家啐他？他现是主子，不好，横竖有教导他的人，与你什么相干？环兄弟，出来，跟我玩去。"

贾环素日怕凤姐比怕王夫人更甚，听见叫他，便赶忙出来。赵姨娘也不敢出声。凤姐向贾环道："你也是个没性气的东西哟！时常说给你：要吃，要喝，要玩，你爱和那个姐姐、妹妹、哥哥、嫂子玩，就和那个玩。你总不听我的话，倒叫这些人教的你歪心邪意、狐媚魇道的。自己又不尊重，要往下流里走，安着坏心，还只怨人家偏心呢。输了几个钱，就这么个样儿。"因问贾环："你输了多少钱？"贾环见问，只得诺诺的说道："输了一二百钱。"凤姐啐道："亏了你还是个爷，输了一二百钱就这么着。"回头叫："丰儿，去取一吊钱来；姑娘们都在后头玩呢，把他送了去。你明儿再这么狐媚子，我先打了你，再叫人告诉学里，皮不揭了你的。为你这不尊贵，你哥哥恨得牙痒痒，不是我拦着，窝心脚把你的肠子还窝出来呢。"喝令："去罢！"贾环诺诺的跟了丰儿，得了钱，自去和迎春等玩去，不在话下。

且说宝玉正和宝钗玩笑，忽见人说："史大姑娘来了。"宝玉听了，连忙就走。宝钗笑道："等着，咱们两个一齐儿走，瞧瞧他去。"说着，下了炕，和宝玉来至贾母这边。只见史湘云大说大笑的，见了他两个，忙站起来问好。正值黛玉在旁，因问宝玉："打那里来？"宝玉便说："打宝姐姐那里来。"黛玉冷笑道："我说呢！亏了绊住，不然，早就飞了来了。"宝玉道："只许和你玩，替你解闷儿？不过偶然到他那里，就说这些闲话。"黛玉道："好没意思的话！去不去，管我什么事？又没叫你替我解闷儿，还许你从此不理我呢！"说着，便赌气回房去了。

宝玉忙跟了来，问道："好好儿的又生气了？就是我说错了，你到底也还坐坐儿，合别人说笑一会子啊。"黛玉道："你管我呢？"宝玉笑道："我自然不敢管你，只是你自己糟蹋坏了身子呢。"黛玉道："我作践了我的身子，我死我的，与你何干？"宝玉道："何苦来，大正月里，死了活了的？"黛玉道："偏说死！我这会子就死！你怕死，你长命百岁的活着，好不好？"宝玉笑道："要像只管这么闹，我还怕死吗？倒不如死了干净。"黛玉忙道："正是了，要是这样闹，不如死了干净。"宝玉道："我说自家死了干净，别错听了话，又赖人。"正说着，宝钗走来，说："史大妹妹等你呢。"说着，便拉宝玉走了。这黛玉越发气闷，只向窗前流泪。

没两盏茶时，宝玉仍来了。黛玉见了，越发抽抽搭搭的哭个不住。宝玉见了这样，知难挽回，打叠起百样的款语温言来劝慰。不料自己没张口，只听黛玉先说道："你又来作什么？死活凭我去罢了，横竖如今有人和你玩，比我又会念，又会作，又会写，又会说会笑，又怕你生气，拉了你去哄着你。你又来作什么呢？"宝玉听了，忙上前悄悄的说道："你这么个明白人，难道连'亲不隔疏，后不僭先'也不知道？我虽糊涂，却明白这两句话。头一件，咱们是姑舅姐妹，宝姐姐是两姨姐妹：论亲戚，也比你远。第二件，你先来，咱们两个一桌吃，一床睡，从小儿一处长大的；他是才来的：岂有个为他远你的呢？"黛玉啐道："我难道叫你远他？我成了什么人了呢？我为的是我的心。"宝玉道："我也为的是我的心。你难道就知道你的心，不知道我的心不成？"黛玉听了，低头不语，半日说道："你只怨人行动嗔怪你，你再不知道你怄的人难受。就拿今日天气比，分明冷些，怎么你倒脱了青肷披风呢？"宝玉笑道："何尝没穿？见你一恼，我一暴燥，就脱了。"黛玉叹道："回来伤了风，又该讹着吵吃的了。”

二人正说着，只见湘云走来，笑道：“爱哥哥，林姐姐，你们天天一处玩，我好容易来了，也不理我理儿。”黛玉笑道：“偏是咬舌子爱说话，连个‘二哥哥’也叫不上来，只是‘爱哥哥’、‘爱哥哥’的。回来赶围棋儿，又该你闹‘幺爱三’了。”宝玉笑道：“你学惯了，明儿连你还咬起来呢。”

湘云道：“他再不放人一点儿，专挑人的不是。就算你比世人好，也不犯见一个打趣一个。我指出个人来，你敢挑他，我就服你。”黛玉便问：“是谁？”湘云道：“你敢挑宝姐姐的短处，就算你是个好的。”黛玉听了，冷笑道：“我当是谁，原来是他！我可那里敢挑他呢！”宝玉不等说完，忙用话岔开。

湘云笑道：“这一辈子，我自然比不上你。我只保佑着明儿得一个咬舌儿林姐夫，时时刻刻你可听‘爱’呀‘厄’的去。阿弥陀佛！那时才现在我眼里呢。”说的宝玉一笑，湘云忙回身跑了。

要知端详，且听下回分解。

第二十一回

贤袭人娇嗔箴宝玉
俏平儿软语救贾琏

话说史湘云说着笑着跑出来，怕黛玉赶上。宝玉在后忙说："绊倒了，那里就赶上了？"黛玉赶到门前，被宝玉叉手在门框上拦住，笑道："饶他这一遭儿罢。"黛玉拉着手说道："我要饶了云儿，再不活着。"湘云见宝玉拦着门，料黛玉不能出来，便立住脚，笑道："好姐姐，饶我这遭儿罢。"却值宝钗来在湘云身背后，也笑道："我劝你们两个看宝兄弟面上，都撂开手罢。"黛玉道："我不依。你们是一气的，都来戏弄我。"宝玉劝道："罢哟！谁敢戏弄你？你不打趣他，他就敢说你了？"

四人正难分解，有人来请吃饭，方往前边来。那天已掌灯时分，王夫人、李纨、凤姐，迎、探、惜姊妹等，都往贾母这边来。大家闲话了一回，各自归寝。湘云仍往黛玉房中安歇。

宝玉送他二人到房，那天已二更多了，袭人来催了几次方回。次早，天方明时，便披衣靸鞋，往黛玉房中来了，却不见紫鹃、翠缕二人，只有他姊妹两个尚卧在衾内。那黛玉严严密密裹着一幅杏子红绫被，安稳合目而睡。湘云却一把青丝拖于枕畔，一幅桃红绸被只齐胸盖着，衬着那一弯雪白的膀子撂在被外，上面明显着两个金镯子。宝玉见了，叹道："睡觉还是不老实。回来风吹了，又嚷肩膀疼了。"一面说，一面轻轻的替他盖上。

黛玉早已醒了，觉得有人，就猜是宝玉，翻身一看，果然是他。因说道："这早晚就跑过来作什么？"宝玉说道："这还早呢！你起来瞧瞧罢。"黛玉道："你先出去，让我们起来。"宝玉出至外间。黛玉起来，叫醒湘云，二人都穿了衣裳。

宝玉又复进来，坐在镜台旁边。只见紫鹃、翠缕进来伏侍梳洗。湘云洗了脸，翠缕便拿残水要泼。宝玉道："站着，我就势儿洗了就完了，省了又过去费事。"说着，便走过来，弯着腰洗了两把。紫鹃递过香肥皂去，宝玉道："不用了，这盆里就不少了。"又洗了两把，便要手巾。翠缕撇嘴笑道："还是这个毛病儿。"宝玉也不理他，忙忙的要青盐擦了牙，漱了口。完毕，见湘云已梳完了头，便走过来笑道："好妹妹，替我梳梳呢。"湘云道："这可不能了。"宝玉笑道："好妹妹，你先时候儿怎么替我梳了呢？"湘云道："如今我忘了，不会梳了。"宝玉道："横竖我不出门，不过打几根辫子就完了。"说着，又千妹妹万妹妹的央告。湘云只得扶过他的头来梳篦。

原来宝玉在家，并不戴冠，只将四围短发编成小辫，往顶心发上归了总，编一根大辫，红绦结住。自发顶至辫梢，一路四颗珍珠，下面又有金坠脚儿。湘云一面编着，一面说道："这珠子只三颗了，这一颗不是了。我记得是一样的，怎么少了一颗？"宝玉道："丢了一颗。"湘云道："必定是外头去掉下来，叫人拣了去了，倒便宜了拣的了。"黛玉旁边冷笑道："也不知是真丢，也不知是给了人，镶什么戴去了呢。"宝玉不答。因镜台两边都是妆奁等物，顺手拿起来赏玩，不觉拈起了一盒子胭脂，意欲往口边送，又怕湘云说。正犹豫间，湘云在身后伸过手来，拍的一下，将胭脂从他手中打落，说道："不长进的毛病儿！多早晚才改呢？"

一语未了，只见袭人进来，见这光景，知是梳洗过了，只得回来自己梳洗。忽见宝钗走来，因问："宝兄弟那里去了？"袭人冷笑道："'宝兄弟'那里还有在家的工夫！"宝钗听说，心中明白。袭人又叹道："姐妹们和气，也有个分寸儿，也没个黑家白日闹的。凭人怎么劝，都是耳旁风。"宝钗听了，心中暗忖道："倒别看错了这个丫头，听他说话，倒有些识见。"宝钗便在炕上坐了，慢慢的闲言中，套问他年纪、家乡等语，留神窥察其言语志量，深可敬爱。

一时宝玉来了，宝钗方出去。宝玉便问袭人道："怎么宝姐姐和你说的这么热闹，见我进来就跑了？”问一声不答。再问时，袭人方道：“你问我吗？我不知道你们的原故。”宝玉听了这话，见他脸上气色非往日可比，便笑道：“怎么又动了气了呢？”袭人冷笑道：“我那里敢动气呢？只是你从今别进这屋子了，横竖有人伏侍你，再不必来支使我。我仍旧还伏侍老太太去。”一面说，一面便在炕上合眼倒下。宝玉见了这般景况，深为骇异，禁不住赶来央告。那袭人只管合着眼不理。宝玉没了主意，因见麝月进来，便问道：“你姐姐怎么了？”麝月道：“我知道么？问你自己就明白了。”宝玉听说，呆了一回，自觉无趣，便起身嗳道：“不理我罢，我也睡去。”说着，便起身下炕，到自己床上睡下。

袭人听他半日无动静，微微的打齁，料他睡着，便起来拿了一领斗篷来替他盖上。只听嗯的一声，宝玉便掀过去，仍合着眼装睡。袭人明知其意，便点头冷笑道：“你也不用生气。从今儿起，我也只当是个哑吧，再不说你一声儿了，好不好？”宝玉禁不住起身问道：“我又怎么了，你又劝我？你劝也罢了，刚才又没劝，我一进来，你就不理我，赌气睡了，我还摸不着是为什么。这会子你又说我恼了。我何尝听见你劝我的是什么话呢？”袭人道：“你心里还不明白，还等我说呢？”

正闹着，贾母遣人来叫他吃饭，方往前边来胡乱吃了一碗，仍回自己房中。只见袭人睡在外头炕上，麝月在旁抹牌。宝玉素知他两个亲厚，并连麝月也不理，揭起软帘，自往里间来。麝月只得跟进来。宝玉便推他出去，说：“不敢惊动。”麝月便笑着出来，叫了两个小丫头进去。

宝玉拿了本书，歪着看了半天。因要茶，抬头见两个小丫头在地下站着。一个大些的，生得十分清秀，宝玉问他道：“你不是叫什么‘香’吗？”那丫头答道：“叫蕙香。”宝玉又问：“是谁起的名字？”蕙香道：“我原叫芸香，是花大姐姐改的。”宝玉道：“正经叫‘晦气’也罢了，又‘蕙香’咧！你姐儿几个？”蕙香道：“四个。”宝玉道：“你第几个？”蕙香道：“第四。”宝玉道：“明日就叫四儿，不必什么蕙香兰气的。那一个配比这些花儿？没的玷辱了好名好姓的！”一面说，一面叫他倒了茶来。袭人和麝月在外间听了半日，只管悄悄的抿着嘴儿笑。

这一日，宝玉也不出房，自己闷闷的，只不过拿书解闷，或弄笔墨；也不使唤众人，只叫四儿答应。谁知这四儿是个乖巧不过的丫头，见宝玉用他，他就变尽方法儿笼络宝玉。至晚饭后，宝玉因吃了两杯酒，眼饧耳热之馀，若往日则有袭人等大家嘻笑有兴；今日却冷清清的，一人对灯，好没兴趣。待要赶了他们去，又怕他们得了意，以后越来劝了；若拿出作上人的光景镇唬他们，似乎又太无情了。说不得横着心："只当他们死了，横竖自家也要过的。"如此一想，却倒毫无牵挂，反能怡然自悦。因命四儿剪烛烹茶，自己看了一回《南华经》。至《外篇·胠箧》一则，其文曰：

……故绝圣弃智，大盗乃止；擿玉毁珠，小盗不起。焚符破玺，而民朴鄙；掊斗折衡，而民不争；殚残天下之圣法，而民始可与论议。擢乱六律，铄绝竽瑟，塞瞽旷之耳，而天下始人含其聪矣；灭文章，散五彩，胶离朱之目，而天下始人含其明矣；毁绝钩绳，而弃规矩，擺工倕之指，而天下始人有其巧矣。

看至此，意趣洋洋，趁着酒兴，不禁提笔续曰：

焚花散麝，而闺阁始人含其劝矣；戕宝钗之仙姿，灰黛玉之灵窍，丧灭情意，而闺阁之美恶始相类矣。彼含其劝，则无参商之虞矣；戕其仙姿，无恋爱之心矣；灰其灵窍，无才思之情矣。彼钗、玉、花、麝者，皆张其罗而邃其穴，所以迷惑缠陷天下者也。

续毕，掷笔就寝。头刚着枕，便忽然睡去，一夜竟不知所之，直至天明方醒。翻身看时，只见袭人和衣睡在衾上。宝玉将昨日的事，已付之度外，便推他说道："起来好生睡，看冻着。"

原来袭人见他无明无夜和姐妹们鬼混，若真劝他，料不能改，故用柔情以警之，料他不过半日片刻，仍旧好了；不想宝玉竟不回转，自己反不得主意，直一夜没好生睡。今忽见宝玉如此，料是他心意回转，便索性不理他。宝玉见他不应，便伸手替他解衣。刚解开钮子，被袭人将手推开，又自扣了。宝玉无法，只得拉他的手，笑道："你到底怎么了？"连问几声，袭人睁眼说道："我也不怎么着。你睡醒了，快过那边梳洗去，再迟了就赶不上了。"宝玉道："我过那里去？"袭人冷笑道："你问我，我知道吗？你爱过那里去，就过那里去。从今咱们两个人撂开手，省的鸡争鹅斗，叫别人笑话。横竖那边腻了过来，这边又有什么'四儿''五儿'伏侍你。我们这起东西，可是'白玷辱了好名好姓'的！"宝玉笑道："你今儿还记着呢？"袭人道："一百年还记着呢。比不得你，拿着我的话当耳旁风，夜里说了，早起就忘了。"

宝玉见他娇嗔满面，情不可禁，便向枕边拿起一根玉簪来，一跌两段，说道："我再不听你说，就和这簪子一样！"袭人忙的拾了簪子，说道："大早起，这是何苦来？听不听在你，也不值的这么着呀！"宝玉道："你那里知道我心里的急呢！"袭人笑道："你也知道着急么？你可知道我心里是怎么着？快洗脸去罢。"说着，二人方起来梳洗。

宝玉往上房去后，谁知黛玉走来，见宝玉不在房中，因翻弄案上书看。可巧便翻出昨儿的《庄子》来，看见宝玉所续之处，不觉又气又笑，不禁也提笔续了一绝云：

无端弄笔是何人？剿袭南华庄子文。
不悔自家无见识，却将丑语诋他人！

题毕，也往上房来见贾母，后往王夫人处来。

谁知凤姐之女大姐儿病了，正乱着请大夫诊脉。大夫说："替太太、奶奶们道喜：姐儿发热是见喜了，并非别症。"王夫人、凤姐听了，忙遣人问："可好不好？"大夫回道："症虽险，却顺，倒还不妨。预备桑虫、猪尾要紧。"凤姐听了，登时忙将起来：一面打扫房屋，供奉痘疹娘娘；一面传与家人，忌煎炒等物；一面命平儿打点铺盖、衣服，与贾琏隔房；一面又拿大红尺头，给奶子、丫头亲近人等裁衣裳。外面打扫净室，款留两位医生，轮流斟酌，诊脉下药，十二日不放家去。贾琏只得搬出外书房来安歇。凤姐和平儿都跟王夫人日日供奉娘娘。

那贾琏只离了凤姐，便要寻事。独寝了两夜，十分难熬，只得暂将小厮内清俊的选来出火。不想荣国府内有一个极不成材破烂酒头厨子，名叫多官儿，因他懦弱无能，人都叫他作“多浑虫”。二年前他父亲给他娶了个媳妇，今年才二十岁，也有几分人材；又兼生性轻薄，最喜拈花惹草。多浑虫又不理论，只要有酒有肉有钱，就诸事不管了。所以宁、荣二府之人，都得入手。因这媳妇妖调异常，轻狂无比，众人都叫他“多姑娘儿”。如今贾琏在外熬煎，往日也见过这媳妇，垂涎久了，只是内惧娇妻，外惧娈童，不曾得手。那多姑娘儿也久有意于贾琏，只恨没空儿；今闻贾琏挪在外书房来，他便没事也要走三四趟。招惹的贾琏似饥鼠一般，少不得和心腹小厮计议，许以金帛，焉有不允之理，况都和这媳妇子是旧交，一说便成。

是夜，多浑虫醉倒在炕，二鼓人定，贾琏便溜进来相会。一见面，早已神魂失据，也不及情谈款叙，便宽衣动作起来。谁知这媳妇子有天生的奇趣：一经男子挨身，便觉遍体筋骨瘫软，使男子如卧绵上；更兼淫态浪言，压倒娼妓。贾琏此时恨不得化在他身上。那媳妇子故作浪语，在下说道：“你们姐儿出花儿，供着娘娘，你也该忌两日，倒为我腌臜了身子。快离了我这里罢。”贾琏一面大动，一面喘吁吁答道：“你就是娘娘，那里还管什么娘娘呢！”那媳妇子越浪起来，贾琏亦丑态毕露。一时事毕，不免盟山誓海，难舍难分。自此后，遂成相契。

一日，大姐毒尽癍回，十二日后送了娘娘，合家祭天祀祖，还愿焚香，庆贺放赏已毕，贾琏仍复搬进卧室。见了凤姐，正是俗语云：“新婚不如远别。”是夜，更有无限恩爱，自不必说。

次日早起，凤姐往上屋里去后，平儿收拾外边拿进来的衣服、铺盖，不承望枕套中抖出一绺青丝来。平儿会意，忙藏在袖内，便走到这边房里，拿出头发来，向贾琏笑道："这是什么东西？"贾琏一见，连忙上来要抢。平儿就跑，被贾琏一把揪住，按在炕上，从手中来夺。平儿笑道："你这个没良心的，我好意瞒着他来问你，你倒赌利害。等我回来告诉了，看你怎么着？"贾琏听说，忙陪笑央求道："好人，你赏我罢。我再不敢利害了。"

一语未了，忽听凤姐声音。贾琏此时松了不是，抢又不是，只叫："好人，别叫他知道。"平儿才起身，凤姐已走进来，叫平儿："快开匣子，替太太找样子。"平儿忙答应了找时，凤姐见了贾琏，忽然想起来，便问平儿："前日拿出去的东西，都收进来了没有？"平儿道："收进来了。"凤姐道："少什么不少？"平儿道："细细查了，没少一件儿。"凤姐又道："可多什么？"平儿笑道："不少就罢了，那里还有多出来的分儿？"凤姐又笑道："这十几天，难保干净，或者有相好的丢下什么戒指儿、汗巾儿，也未可定。"一席话，说的贾琏脸都黄了，在凤姐身背后，只望着平儿杀鸡儿抹脖子的使眼色儿，求他遮盖。平儿只装看不见，因笑道："怎么我的心就和奶奶一样？我就怕有原故，留神搜了一搜，竟一点破绽儿都没有。奶奶不信，亲自搜搜。"凤姐笑道："傻丫头，他就有这些东西，肯叫咱们搜着？"说着，拿了样子出去了。

平儿指着鼻子，摇着头儿，笑道："这件事，你该怎么谢我呢？"喜的贾琏眉开眼笑，跑过来搂着，"心肝乖乖儿肉"的便乱叫起来。平儿手里拿着头发，笑道："这是一辈子的把柄儿：好便罢，不好咱们就抖出来。"贾琏笑着央告道："你好生收着罢，千万可别叫他知道。"嘴里说着，瞅他不隄防，一把就抢过来，笑道："你拿着到底不好，不如我烧了就完了事了。"一面说，一面掖在靴掖子内。平儿咬牙道："没良心的！过了河儿就拆桥，明儿还想我替你撒谎呢！"

贾琏见他娇俏动情，便搂着求欢。平儿夺手跑出来。急的贾琏弯着腰恨道："死促狭小娼妇儿！一定浪上人的火来，他又跑了。"平儿在窗外笑道："我浪我的，谁叫你动火？难道图你舒服，叫他知道了，又不待见我呀。"贾琏道："你不用怕他，等我性子上来，把这醋罐子打个稀烂，他才认的我呢！

他防我像防贼的似的，只许他和男人说话，不许我和女人说话。我和女人说话略近些，他就疑惑；他不论小叔子、侄儿，大的、小的，说说笑笑，就都使得了。以后我也不许他见人。”平儿道：“他防你使得，你醋他使不得：他不笼络着人，怎么使唤呢？你行动就是坏心，连我也不放心，别说他呀！”贾琏道：“哦！也罢了么！都是你们行的是，我行动儿就存坏心。多早晚才叫你们都死在我手里呢！”

正说着，凤姐走进院来，因见平儿在窗外，便问道：“要说话，怎么不在屋里说，又跑出来隔着窗户闹，这是什么意思？”贾琏在内接口道：“你可问他么，倒像屋里有老虎吃他呢！”平儿道：“屋里一个人没有，我在他跟前作什么？”凤姐笑道：“没人才便宜呢。”平儿听说，便道：“这话是说我么？”凤姐便笑道：“不说你说谁？”平儿道：“别叫我说出好话来了。”说着，也不打帘子，赌气往那边去了。

凤姐自己掀帘进来，说道：“平儿丫头疯魔了，这蹄子认真要降伏起我来了。仔细你的皮！”贾琏听了，倒在炕上，拍手笑道：“我竟不知平儿这么利害，从此倒服了他了。”凤姐道：“都是你兴的他，我只和你算帐就完了。”贾琏听了，啐道：“你们两个人不睦，又拿我来垫喘儿了。我躲开你们就完了。”凤姐道：“我看你躲到那里去？”贾琏道：“我自然有去处。”说着就走。凤姐道：“你别走，我还有话和你说呢。”

不知何事，且听下回分解。

第二十二回

听曲文宝玉悟禅机
制灯谜贾政悲谶语

话说贾琏听凤姐儿说有话商量，因止步问："什么话？"凤姐道："二十一是薛妹妹的生日，你到底怎么样？"贾琏道："我知道怎么样？你连多少大生日都料理过了，这会子倒没有主意了？"凤姐道："大生日是有一定的则例。如今他这生日，大又不是，小又不是，所以和你商量。"贾琏听了，低头想了半日，道："你竟糊涂了？现有比例，那林妹妹就是例。往年怎么给林妹妹做的，如今也照样给薛妹妹做就是了。"凤姐听了，冷笑道："我难道这个也不知道？我也这么想来着。但昨日听见老太太说，问起大家的年纪生日来，听见薛大妹妹今年十五岁，虽不算是整生日，也算得将笄的年分儿了。老太太说要替他做生日，自然和往年给林妹妹做的不同了。"贾琏道："这么着，就比林妹妹的多增些。"凤姐道："我也这么想着，所以讨你的口气儿；我私自添了，你又怪我不回明白了你了。"贾琏笑道："罢，罢！这空头情我不领。你不盘察我就够了，我还怪你？"说着，一径去了，不在话下。

且说湘云住了两日，便要回去。贾母因说："等过了你宝姐姐的生日，看了戏，再回去。"湘云听了，只得住下；又一面遣人回去，将自己旧日作的两件针线活计取来，为宝钗生辰之仪。

谁想贾母自见宝钗来了，喜他稳重和平，正值他才过第一个生辰，便自己捐资二十两，唤了凤姐来，交与他备酒、戏。凤姐凑趣，笑道："一个老祖宗，给孩子们作生日，不拘怎么着，谁还敢争？又办什么酒席呢？既高兴，要热闹，就说不得自己花费几两老库里的体己。这早晚找出这霉烂的二十两银子来做东，意思还叫我们赔上。果然拿不出来也罢了，金的银的，圆的扁的，压塌了箱子底，只是累掯我们。老祖宗看看，谁不是你老人家的儿女？难道将来只有宝兄弟顶你老人家上五台山不成？那些东西只留给他，我们虽不配使，也别太苦了我们。这个够酒的够戏的呢？”说的满屋里都笑起来。贾母亦笑道：“你们听听这嘴。我也算会说的了，怎么说不过这猴儿？你婆婆也不敢强嘴，你就和我啣啊啣的。”凤姐笑道：“我婆婆也是一样的疼宝玉，我也没处诉冤，倒说我强嘴。”说着，又引贾母笑了一会。贾母十分喜悦。

到晚上，众人都在贾母前，定省之馀，大家娘儿们说笑时，贾母因问宝钗爱听何戏，爱吃何物。宝钗深知贾母年老之人，喜热闹戏文，爱吃甜烂之物，便总依贾母素喜者说了一遍。贾母更加喜欢。次日，先送过衣服、玩物去，王夫人、凤姐、黛玉等诸人皆有随分的，不须细说。

至二十一日，就贾母内院搭了家常小巧戏台，定了一班新出的小戏，昆、弋两腔俱有。就在贾母上房摆了几席家宴酒席，并无一个外客，只有薛姨妈、史湘云、宝钗是客，馀者皆是自己人。

这日早起，宝玉因不见黛玉，便到他房中来寻，只见黛玉歪在炕上。宝玉笑道：“起来吃饭去。就开戏了，你爱听那一出？我好点。”黛玉冷笑道：“你既这么说，你就特叫一班戏，拣我爱的唱给我听。这会子犯不上借着光儿问我。”宝玉笑道：“这有什么难的？明儿就叫一班子，也叫他们借着咱们的光儿。”一面说，一面拉他起来，携手出去。

吃了饭，点戏时，贾母一定先叫宝钗点。宝钗推让一遍，无法，只得点了一出《西游记》。贾母自是喜欢。又让薛姨妈。薛姨妈见宝钗点了，不肯再点。贾母便特命凤姐点。凤姐虽有邢、王二夫人在前，但因贾母之命，不敢违拗；且知贾母喜热闹，更喜谑笑科诨：便先点了一出，却是《刘二当衣》。贾母果真更又喜欢。然后便命黛玉点。黛玉又让王夫人等先点。贾母道：“今儿原是我特带着你们取乐，咱们只管咱们的，别理他们。我巴巴儿的唱戏摆酒，为他们呢？他们白听戏白吃，已经便宜了，还让他们点戏呢。”说着，大家都笑。黛玉方点了一出。然后宝玉、史湘云、迎、探、惜、李纨等俱各点了。按出扮演。

至上酒席时，贾母又命宝钗点。宝钗点了一出《山门》。宝玉道："你只好点这些戏！"宝钗道："你白听了这几年戏，那里知道这出戏排场词藻都好呢！"宝玉道："我从来怕这些热闹戏。"宝钗笑道："要说这一出热闹，你更不知戏了。你过来，我告诉你：这一出戏是一套北《点绛唇》，铿锵顿挫，那音律不用说是好了；那词藻中有支《寄生草》，极妙。你何曾知道？"宝玉见说的这般好，便凑近来央告："好姐姐，念给我听听。"宝钗便念给他听道：

漫揾英雄泪，相离处士家。谢慈悲剃度在莲台下。没缘法转眼分离乍。赤条条来去无牵挂。那里讨烟蓑雨笠卷单行？一任俺芒鞋破钵随缘化。

宝玉听了，喜的拍膝摇头，称赏不已；又赞宝钗无书不知。黛玉把嘴一撇道："安静些看戏吧！还没唱《山门》，你就《妆疯》了。"说的湘云也笑了。于是大家看戏，到晚方散。

贾母深爱那做小旦的和那做小丑的，因命人带进来；细看时，益发可怜见的。因问他年纪，那小旦才十一岁，小丑才九岁。大家叹息了一回。贾母令人另拿些肉、果给他两个，又另赏钱。凤姐笑道："这个孩子扮上活像一个人，你们再瞧不出来。"宝钗心内也知道，却点头不说；宝玉也点了点头儿不敢说。湘云便接口道："我知道，是像林姐姐的模样儿。"宝玉听了，忙把湘云瞅了一眼。众人听了这话，留神细看，都笑起来了，说："果然像他。"一时散了。

晚间，湘云便命翠缕把衣包收拾了。翠缕道："忙什么？等去的时候，包也不迟。"湘云道："明早就走，还在这里做什么？看人家的脸子？"宝玉听了这话，忙近前说道："好妹妹，你错怪了我。林妹妹是个多心的人，别人分明知道，不肯说出来，也皆因怕他恼；谁知你不防头就说出来了，他岂不恼呢？我怕你得罪了人，所以才使眼色。你这会子恼了我，岂不辜负了我？要是别人，那怕他得罪了人，与我何干呢？"湘云摔手道："你那花言巧语，别望着我说。我原不及你林妹妹。别人拿他取笑儿都使得，我说了就有不是？我本也不配和他说话：他是主子姑娘，我是奴才丫头么！”宝玉急的说道：“我倒是为你为出不是来了。我要有坏心，立刻化成灰，教万人拿脚踹！”湘云道：“大正月里，少信着嘴胡说这些没要紧的歪话！你要说，你说给那些小性儿、行动爱恼人、会辖治你的人听去，别叫我啐你！”说着，进贾母里间屋里，气忿忿的躺着去了。

宝玉没趣，只得又来找黛玉。谁知才进门，便被黛玉推出来了，将门关上。宝玉又不解何故，在窗外只是低声叫：“好妹妹！好妹妹！”黛玉总不理他。宝玉闷闷的垂头不语。紫鹃却知端底，当此时料不能劝。那宝玉只呆呆的站着。

黛玉只当他回去了，却开了门，只见宝玉还站在那里，黛玉不好再闭门。宝玉因跟进来，问道：“凡事都有个原故，说出来人也不委屈。好好的就恼，到底为什么起的呢？”黛玉冷笑道：“问我呢？我也不知为什么。我原是给你们取笑儿的：拿着我比戏子，给众人取笑儿！”宝玉道：“我并没有比你，也并没有笑你，为什么恼我呢？”黛玉道：“你还要比？你还要笑？你不比不笑，比人家比了笑了的还利害呢。”宝玉听说，无可分辩。黛玉又道：“这还可恕。你为什么又和云儿使眼色儿？这安的是什么心？莫不是他和我玩，他就自轻自贱了？他是公侯的小姐，我原是民间的丫头。他和我玩，设如我回了口，那不是他自惹轻贱？你是这个主意不是？你却也是好心，只是那一个不领你的情，一般也恼了。你又拿我作情，倒说我‘小性儿、行动肯恼人’。你又怕他得罪了我。——我恼他，与你何干？他得罪了我，又与你何干呢？”

宝玉听了，方知才和湘云私谈，他也听见了。细想自己原为怕他二人恼了，故在中间调停，不料自己反落了两处的数落；正合着前日所看《南华经》内“巧者劳而智者忧，无能者无所求，蔬食而遨游，汎若不系之舟”，又曰“山木自寇，源泉自盗”等句。因此越想越无趣。再细想来：“如今不过这几个人，尚不能应酬妥协，将来犹欲何为？”想到其间，也不分辩，自己转身回房。

黛玉见他去了，便知回思无趣，赌气去的，一言也不发。不禁自己越添了气，便说："这一去，一辈子也别来了，也别说话。"

那宝玉不理，竟回来，躺在床上，只是闷闷的。袭人虽深知原委，不敢就说，只得以别事来解说，因笑道："今儿听了戏，又勾出几天戏来：宝姑娘一定要还席的。"宝玉冷笑道："他还不还，与我什么相干？"袭人听这话不似往日，因又笑道："这是怎么说呢？好好儿的大正月里，娘儿们、姐儿们都喜喜欢欢的，你又怎么这个样儿了？"宝玉冷笑道："他们娘儿们、姐儿们喜欢不喜欢，也与我无干！"袭人笑道："大家随和儿，你也随点和儿，不好？"宝玉道："什么大家彼此，他们有大家彼此，我只是赤条条无牵挂的。"说到这句，不觉泪下。袭人见这景况，不敢再说。

宝玉细想这一句意味，不禁大哭起来。翻身站起来，至案边，提笔立占一偈云：

你证我证，心证意证。
是无有证，斯可云证。
无可云证，是立足境。

写毕，自己虽解悟，又恐人看了不解，因又填一支《寄生草》，写在偈后。又念了一遍，自觉心中无有挂碍，便上床睡了。

谁知黛玉见宝玉此番果断而去，假以寻袭人为由，来看动静。袭人回道："已经睡了。"黛玉听了，就欲回去。袭人笑道："姑娘请站着，有一个字帖儿，瞧瞧写的是什么话？"便将宝玉方才所写的拿给黛玉看。黛玉看了，知是宝玉为一时感忿而作，不觉又可笑又可叹。便向袭人道："作的是个玩意儿，无甚关系的。"说毕，便拿了回房去。

次日，和宝钗、湘云同看。宝钗念其词曰：

无我原非你，从他不解伊。肆行无碍凭来去。茫茫着甚悲愁喜。纷纷说甚亲疏密。从前碌碌却因何？到如今回头试想真无趣！

看毕，又看那偈语，因笑道：“这是我的不是了。我昨儿一支曲子，把他这个话惹出来。这些道书机锋，最能移性的。明儿认真说起这些疯话，存了这个念头，岂不是从我这支曲子起的呢？我成了个罪魁了。”说着，便撕了个粉碎，递给丫头们，叫快烧了。黛玉笑道：“不该撕了，等我问他。你们跟我来，包管叫他收了这个痴心。”

三人说着，过来见了宝玉。黛玉先笑道：“宝玉，我问你：至贵者宝，至坚者玉。尔有何贵？尔有何坚？”宝玉竟不能答。二人笑道：“这样愚钝，还参禅呢！”湘云也拍手笑道：“宝哥哥可输了。”黛玉又道：“你道‘无可云证，是立足境’，固然好了；只是据我看来，还未尽善。我还续两句云：‘无立足境，方是干净。’”宝钗道：“实在这方悟彻。当日南宗六祖惠能初寻师至韶州，闻五祖弘忍在黄梅，他便充作火头僧。五祖欲求法嗣，令诸僧各出一偈。上座神秀说道：‘身是菩提树，心如明镜台。时时勤拂拭，莫使有尘埃。’惠能在厨房舂米，听了，道：‘美则美矣，了则未了。’因自念一偈曰：‘菩提本非树，明镜亦非台。本来无一物，何处染尘埃？’五祖便将衣钵传给了他。今儿这偈语亦同此意了。只是方才这句机锋，尚未完全了结，这便丢开手不成？”黛玉笑道：“他不能答就算输了，这会子答上了也不为出奇了。只是以后再不许谈禅了。连我们两个人所知所能的，你还不知不能呢，还去参什么禅呢？”

宝玉自己以为觉悟，不想忽被黛玉一问，便不能答；宝钗又比出语录来，此皆素不见他们所能的。自己想了一想：“原来他们比我的知觉在先，尚未解悟，我如今何必自寻苦恼？”想毕，便笑道：“谁又参禅？不过是一时的玩话儿罢了。”说罢，四人仍复如旧。

忽然，人报娘娘差人送出一个灯谜来，命他们大家去猜，猜后每人也作一个送进去。四人听说，忙出来。至贾母上房，只见一个小太监，拿了一盏四角平头白纱灯，专为灯谜而制，上面已有了一个，众人都争看乱猜。小太监又下谕道："众小姐猜着，不要说出来，每人只暗暗的写了，一齐封送进去，候娘娘自验是否。"宝钗听了，近前一看，是一首七言绝句，并无新奇，口中少不得称赞，只说"难猜"，故意寻思，其实一见早猜着了；宝玉、黛玉、湘云、探春四个人也都解了：各自暗暗的写了。一并将贾环、贾兰等传来，一齐各揣心机猜了，写在纸上。然后各人拈一物，作成一谜，恭楷写了，挂于灯上。

太监去了。至晚出来，传谕道："前娘娘所制，俱已猜着；惟二小姐与三爷猜的不是。小姐们作的也都猜了，不知是否？"说着，也将写的拿出来：也有猜着的，也有猜不着的。太监又将颁赐之物送与猜着之人，每人一个宫制诗筒，一柄茶筅；独迎春、贾环二人未得。迎春自以为玩笑小事，并不介意；贾环便觉得没趣。且又听太监说："三爷所作这个不通，娘娘也没猜，叫我带回，问三爷是个什么？"众人听了，都来看他作的是什么。写道：

大哥有角只八个，二哥有角只两根。
大哥只在床上坐，二哥爱在房上蹲。

众人看了，大发一笑。贾环只得告诉太监说："是一个枕头，一个兽头。"太监记了，领茶而去。

贾母见元春这般有兴，自己一发喜乐，便命速作一架小巧精致围屏灯来，设于堂屋，命他姊妹们各自暗暗的做了，写出来，粘在屏上；然后预备下香茶细果以及各色玩物，为猜着之贺。贾政朝罢，见贾母高兴，况在节间，晚上也来承欢取乐。上面贾母、贾政、宝玉一席。王夫人、宝钗、黛玉、湘云又一席，迎春、探春、惜春三人又一席：俱在下面。地下老婆、丫鬟站满。李宫裁、王熙凤二人在里间又一席。

贾政因不见贾兰，便问："怎么不见兰哥儿？"地下女人们忙进里间问李氏，李氏起身笑着回道："他说方才老爷并没叫他去，他不肯来。"女人们回复了贾政。众人都笑说："天生的牛心拐孤。"贾政忙遣贾环和个女人将贾兰唤来，贾母命他在身边坐了，抓果子给他吃。大家说笑取乐。

往常间只有宝玉长谈阔论，今日贾政在这里，便唯唯而已。馀者，湘云虽系闺阁弱质，却素喜谈论，今日贾政在席，也自拑口禁语；黛玉本性娇懒，不肯多话；宝钗原不妄言轻动，便此时亦是坦然自若：故此一席虽是家常取乐，反见拘束。

贾母亦知因贾政一人在此所致，酒过三巡，便撵贾政去歇息。贾政亦知贾母之意：撵了他去，好让他姊妹、兄弟们取乐。因陪笑道："今日原听见老太太这里大设春灯雅谜，故也备了彩礼、酒席，特来入会。何疼孙子、孙女之心，便不略赐与儿子半点？"贾母笑道："你在这里，他们都不敢说话，没的倒叫我闷的慌。你要猜谜儿，我说一个你猜，猜不着是要罚的。"贾政忙笑道："自然受罚；若猜着了，也要领赏呢。"贾母道："这个自然。"便念道：

猴子身轻站树梢。（打一果名）

贾政已知是荔枝，故意乱猜，罚了许多东西；然后方猜着了，也得了贾母的东西。然后也念一个灯谜与贾母猜。念道：

身自端方，体自坚硬。
虽不能言，有言必应。（打一用物）

说毕，便悄悄的说与宝玉。宝玉会意，又悄悄的告诉了贾母。贾母想了一想，果然不差，便说："是砚台。"贾政笑道："到底是老太太，一猜就是。"回头说："快把贺彩献上来。"地下妇女答应一声。大盘小盒，一齐捧上。贾母逐件看去，都是灯节下所用所玩新巧之物，心中甚喜，遂命："给你老爷斟酒。"宝玉执壶，迎春送酒。贾母因说："你瞧瞧那屏上，都是他姐儿们做的，再猜一猜我听。"

贾政答应，起身走至屏前，只见第一个是元妃的，写着道：

能使妖魔胆尽摧，身如束帛气如雷。
一声震得人方恐，回首相看已化灰。（打一玩物）

贾政道："这是爆竹吗？"宝玉答道："是。"贾政又看迎春的，道：

天运人功理不穷，有功无运也难逢。
因何镇日纷纷乱？只为阴阳数不通。（打一用物）

贾政道："是算盘？"迎春笑道："是。"又往下看，是探春的，道：

阶下儿童仰面时，清明妆点最堪宜。
游丝一断浑无力，莫向东风怨别离。（打一玩物）

贾政道："好像风筝。"探春道："是。"贾政再往下看，是黛玉的，道：

朝罢谁携两袖烟？琴边衾里两无缘。
晓筹不用鸡人报，五夜无烦侍女添。
焦首朝朝还暮暮，煎心日日复年年。
光阴荏苒须当惜，风雨阴晴任变迁。（打一用物）

贾政道："这个莫非是更香？"宝玉代言道："是。"贾政又看，道：

南面而坐，北面而朝。
象忧亦忧，象喜亦喜。（打一用物）

贾政道："好，好！如猜镜子，妙极！"宝玉笑回道："是。"贾政道："这一个却无名字，是谁做的？"贾母道："这个大约是宝玉做的。"贾政就不言语。往下再看宝钗的，道是：

> 有眼无珠腹内空，荷花出水喜相逢。
> 梧桐叶落分离别，恩爱夫妻不到冬。（打一用物）

贾政看完，心内自忖道："此物还倒有限，只是小小年纪，作此等言语，更觉不祥。看来皆非福寿之辈。"想到此处，甚觉烦闷，大有悲戚之状，只是垂头沉思。

贾母见贾政如此光景，想到他身体劳乏，又恐拘束了他众姊妹，不得高兴玩耍，便对贾政道："你竟不必在这里了，歇着去罢。让我们再坐一会子，也就散了。"贾政一闻此言，连忙答应几个"是"，又勉强劝了贾母一回酒，方才退出去了。回至房中，只是思索，翻来覆去，甚觉凄惋。

这里贾母见贾政去了，便道："你们乐一乐罢。"一语未了，只见宝玉跑至围屏灯前，指手画脚，信口批评：这个这一句不好，那个破的不恰当，如同开了锁的猴儿一般。黛玉便道："还像方才大家坐着，说说笑笑，岂不斯文些儿？"凤姐儿自里间屋里出来，插口说道："你这个人，就该老爷每日合你寸步儿不离才好。刚才我忘了，为什么不当着老爷，撺掇着叫你作诗谜儿？这会子不怕你不出汗呢。"说的宝玉急了，扯着凤姐儿厮缠了一会。

贾母又和李宫裁并众姊妹等说笑了一会子，也觉有些困倦；听了听，已交四鼓了：因命将食物撤去，赏给众人。遂起身道："我们歇着罢，明日还是节呢，该当早些起来。明日晚上再玩罢。"于是众人方慢慢的散去。

未知次日如何，且听下回分解。

第二十三回

西厢记妙词通戏语
牡丹亭艳曲警芳心

话说贾母次日仍领众人过节。那元妃却自幸大观园回宫去后，便命将那日所有的题咏，命探春抄录妥协，自己编次优劣，又令在大观园勒石，为千古风流雅事。因此贾政命人选拔精工，大观园磨石镌字。贾珍率领贾蓉、贾蔷等监工；因贾蔷又管着文官等十二个女戏子并行头等事，不得空闲，因此又将贾菖、贾菱、贾萍唤来监工。一日，烫蜡钉朱，动起手来。这也不在话下。

且说那玉皇庙并达摩庵两处，一班的十二个小沙弥并十二个小道士，如今挪出大观园来，贾政正想发到各庙去分住。不想后街上住的贾芹之母杨氏，正打算到贾政这边谋一个大小事件与儿子管管，也好弄些银钱使用，可巧听见这件事，便坐车来求凤姐。凤姐因见他素日嘴头儿乖滑，便依允了。想了几句话，便回了王夫人说："这些小和尚、小道士，万不可打发到别处去：一时娘娘出来，就要应承的；倘或散了，若再用时，可又费事。依我的主意，不如将他们都送到家庙铁槛寺去，月间不过派一个人，拿几两银子去买柴米就是了。说声用，走去叫一声就来，一点儿不费事。"王夫人听了，便商之于贾政。贾政听了，笑道："倒是提醒了我。就是这样。"即时唤贾琏。

贾琏正同凤姐吃饭，一闻呼唤，放下饭便走。凤姐一把拉住，笑道："你先站住，听我说话：要是别的事，我不管；要是为小和尚、小道士们的事，好歹你依着我这么着。"如此这般，教了一套话。贾琏摇头笑道："我不管。你有本事，你说去。"凤姐听说，把头一梗，把筷子一放，腮上带笑不笑的瞅着贾琏道："你是真话，还是玩话儿？"贾琏笑道："西廊下五嫂子的儿子芸儿求了我两三遭，要件事管管，我应了，叫他等着。好容易出来这件事，你又夺了去。”凤姐儿笑道：“你放心。园子东北角上，娘娘说了，还叫多多的种松柏树，楼底下还叫种些花草儿。等这件事出来，我包管叫芸儿管这工程就是了。”贾琏道：“这也罢了。”因又悄悄的笑道：“我问你：我昨儿晚上不过要改个样儿，你为什么就那么扭手扭脚的呢？”凤姐听了，把脸飞红，嗤的一笑，向贾琏啐了一口，依旧低下头吃饭。

贾琏笑着，一径去了。走到前面，见了贾政，果然为小和尚的事。贾琏便依着凤姐的话，说道：“看来芹儿倒出息了，这件事竟交给他去管，横竖照里头的规例，每月支领就是了。”贾政原不大理论这些小事，听贾琏如此说，便依允了。贾琏回房，告诉凤姐。凤姐即命人去告诉杨氏。贾芹便来见贾琏夫妻，感谢不尽。凤姐又做情，先支三个月的费用，叫他写了领字，贾琏画了押。登时发了对牌出去，银库上按数发出三个月的供给来：白花花三百两。贾芹随手拈了一块与掌平的人，叫他们喝了茶罢。于是命小厮拿了回家，与母亲商议。登时雇车坐上，又雇了几辆车子，至荣国府角门前，唤出二十四个人来，坐上车子，一径往城外铁槛寺去了。当下无话。

如今且说那元妃在宫中编次《大观园题咏》，忽然想起：那园中的景致，自从幸过之后，贾政必定敬谨封锁，不叫人进去，岂不辜负此园？况家中现有几个能诗会赋的姊妹们，何不命他们进去居住？也不使佳人落魄，花柳无颜。却又想：宝玉自幼在姊妹丛中长大，不比别的兄弟，若不命他进去，又怕冷落了他，恐贾母、王夫人心上不喜，须得也命他进去居住方妥。想毕，遂命太监夏忠到荣府下一道谕：命宝钗等在园中居住，不可封锢；命宝玉也随进去读书。贾政、王夫人接了谕命。夏忠去后，便回明贾母，遣人进去各处收拾打扫，安设帘幔床帐。

别人听了，还犹自可，惟宝玉喜之不胜。正和贾母盘算要这个，要那个，忽见丫鬟来说：“老爷叫宝玉。”宝玉呆了半晌，登时扫了兴，脸上转了色，便拉着贾母，扭的扭股儿糖似的，死也不敢去。贾母只得安慰他道：“好宝贝，你只管去，有我呢，他不敢委屈了你。况你做了这篇好文章，想必娘娘叫你进园去住，他吩咐你几句话，不过是怕你在里头淘气。他说什么，你只好生答应着就是了。”一面安慰，一面唤了两个老嬷嬷来，吩咐：“好生带了宝玉去，别叫他老子唬着他。”老嬷嬷答应了。宝玉只得前去，一步挪不了三寸，蹭到这边来。

可巧贾政在王夫人房中商议事情，金钏儿、彩云、彩凤、绣鸾、绣凤等众丫鬟都在廊檐下站着呢，一见宝玉来，都抿着嘴儿笑他。金钏儿一把拉住宝玉，悄悄的说道：“我这嘴上是才擦的香香甜甜的胭脂，你这会子可吃不吃了？”彩云一把推开金钏儿，笑道：“人家心里发虚，你还怄他。趁这会子喜欢，快进去罢。”宝玉只得挨门进去。原来贾政和王夫人都在里间呢。赵姨娘打起帘子来，宝玉挨身而入，只见贾政和王夫人对坐在炕上说话儿；地下一溜椅子，迎春、探春、惜春、贾环四人都坐在那里。一见他进来，探春、惜春和贾环都站起来。

贾政一举目，见宝玉站在跟前，神彩飘逸，秀色夺人；又看看贾环，人物委琐，举止粗糙；忽又想起贾珠来。再看看王夫人，只有这一个亲生的儿子，素爱如珍；自己的胡须将已苍白。因此上把平日嫌恶宝玉之心，不觉减了八九分。半晌说道：“娘娘吩咐说：你日日在外游嬉，渐次疏懒了功课，如今叫禁管你和姐妹们在园里读书。你可好生用心学习；再不守分安常，你可仔细着！”宝玉连连答应了几个“是”。

王夫人便拉他在身边坐下。他姊弟三人依旧坐下。王夫人摸索着宝玉的脖项，说道：“前儿的丸药都吃完了没有？”宝玉答应道：“还有一丸。”王夫人道：“明儿再取十丸来，天天临睡时候，叫袭人伏侍你吃了再睡。”宝玉道：“从太太吩咐了，袭人天天临睡打发我吃的。”

贾政便问道：“谁叫袭人？”王夫人道：“是个丫头。”贾政道：“丫头不拘叫个什么罢了，是谁起这样刁钻名字？”王夫人见贾政不喜欢了，便替宝玉掩饰道：“是老太太起的。”贾政道：“老太太如何晓得这样的话？一定是宝玉。”宝玉见瞒不过，只得起身回道：“因素日读诗，曾记古人有句诗云：‘花气袭人知昼暖’，因这丫头姓花，便随意起的。”王夫人忙向宝玉说道：“你回去改了罢。老爷也不用为这小事生气。”贾政道：“其实也无妨碍，不用改。只可见宝玉不务正，专在这些浓词艳诗上做工夫。”说毕，断喝了一声：“作孽的畜生，还不出去！”王夫人也忙道：“去罢，去罢，怕老太太等吃饭呢。”

宝玉答应了，慢慢的退出去，向金钏儿笑着伸伸舌头，带着两个老嬷嬷，一溜烟去了。刚至穿堂门前，只见袭人倚门而立，见宝玉平安回来，堆下笑来，问道：“叫你做什么？”宝玉告诉他：“没有什么，不过怕我进园淘气，吩咐吩咐。”一面说，一面回至贾母跟前，回明原委。只见黛玉正在那里，宝玉便问他：“你住在那一处好？”黛玉正盘算这事，忽见宝玉一问，便笑道：“我心里想着潇湘馆好：我爱那几竿竹子，隐着一道曲栏，比别处幽静些。”宝玉听了，拍手笑道：“合了我的主意了：我也要叫你那里住，我就住怡红院，咱们两个又近，又都清幽。”

二人正计议着，贾政遣人来回贾母，说是：“二月二十二日是好日子，哥儿、姐儿们就搬进去罢。这几日便遣人进去分派收拾。”宝钗住了蘅芜院，黛玉住了潇湘馆，迎春住了缀锦楼，探春住了秋掩书斋，惜春住了蓼风轩，李纨住了稻香村，宝玉住了怡红院。每一处添两个老嬷嬷，四个丫头；除各人的奶娘、亲随丫头外，另有专管收拾打扫的。至二十二日，一齐进去，登时园内花招绣带，柳拂香风，不似前番那等寂寞了。

闲言少叙。且说宝玉自进园来，心满意足，再无别项可生贪求之心。每日只和姊妹、丫鬟们一处，或读书，或写字，或弹琴下棋，作画吟诗，以至描鸾刺凤，斗草簪花，低吟悄唱，拆字猜枚，无所不至，倒也十分快意。他曾有几首四时即事诗，虽不算好，却是真情真景。《春夜即事》云：

霞绡云幄任铺陈，隔巷蛙声听未真。
枕上轻寒窗外雨，眼前春色梦中人。
盈盈烛泪因谁泣？点点花愁为我嗔。

自是小鬟娇懒惯，拥衾不耐笑言频。

《夏夜即事》云：

倦绣佳人幽梦长，金笼鹦鹉唤茶汤。
窗明麝月开宫镜，室霭檀云品御香。
琥珀杯倾荷露滑，玻璃槛纳柳风凉。
水亭处处齐纨动，帘卷朱楼罢晚妆。

《秋夜即事》云：

绛芸轩里绝喧哗，桂魄流光浸茜纱。
苔锁石纹容睡鹤，井飘桐露湿栖鸦。
抱衾婢至舒金凤，倚槛人归落翠花。
静夜不眠因酒渴，沉烟重拨索烹茶。

《冬夜即事》云：

梅魂竹梦已三更，锦罽鹴衾睡未成。
松影一庭惟见鹤，梨花满地不闻莺。
女儿翠袖诗怀冷，公子金貂酒力轻。
却喜侍儿知试茗，扫将新雪及时烹。

不说宝玉闲吟。且说这几首诗，当时有一等势利人，见是荣国府十二三岁的公子做的，抄录出来，各处称颂；再有等轻薄子弟，爱上那风流妖艳之句，也写在扇头、壁上，不时吟哦赏赞。因此上竟有人来寻诗觅字，倩画求题。这宝玉一发得意了，每日家做这些外务。

谁想静中生动，忽一日不自在起来：这也不好，那也不好，出来进去，只是发闷。园中那些女孩子正是混沌世界，天真烂熳之时，坐卧不避，嬉笑无心，那里知宝玉此时的心事。那宝玉不自在，便懒在园内，只想外头鬼混，却痴痴的又说不出什么滋味来。茗烟见他这样，因想与他开心，左思右想，皆是宝玉玩烦了的，只有一件不曾见过。想毕，便走到书坊内，把那古今小说，并那飞燕、合德、则天、玉环的外传，与那传奇角本，买了许多，孝敬宝玉。宝玉一看，如得珍宝。茗烟又嘱咐道：“不可拿进园去，叫人知道了，我就‘吃不了兜着走’了。”宝玉那里肯不拿进去，踟蹰再四，单把那文理雅道些的，拣了几套进去，放在床顶上，无人时方看；那粗俗过露的，都藏于外面书房内。

那日正当三月中浣，早饭后，宝玉携了一套《会真记》，走到沁芳闸桥那边桃花底下一块石上坐着，展开《会真记》，从头细看。正看到“落红成阵”，只见一阵风过，树上桃花吹下一大半来，落得满身满书满地皆是花片。宝玉要抖将下来，恐怕脚步践踏了；只得兜了那花瓣儿，来至池边，抖在池内。那花瓣儿浮在水面，飘飘荡荡，竟流出沁芳闸去了。回来，只见地下还有许多花瓣。

宝玉正踟蹰间，只听背后有人说道：“你在这里做什么？”宝玉一回头，却是黛玉来了，肩上担着花锄，花锄上挂着纱囊，手内拿着花帚。宝玉笑道：“来的正好，你把这些花瓣儿都扫起来，撂在那水里去罢。我才撂了好些在那里了。”黛玉道：“撂在水里不好：你看这里的水干净，只一流出去，有人家的地方儿，什么没有？仍旧把花糟蹋了。那畸角儿上，我有一个花冢，如今把他扫了，装在这绢袋里，埋在那里，日久随土化了，岂不干净。”

宝玉听了，喜不自禁，笑道：“待我放下书，帮你来收拾。”黛玉道：“什么书？”宝玉见问，慌的藏了，便说道：“不过是《中庸》《大学》。”黛玉道：“你又在我跟前弄鬼。趁早儿给我瞧瞧，好多着呢。”宝玉道：“妹妹，要论你，我是不怕的，你看了好歹别告诉人。真是好文章，你要看了，连饭也不想吃呢。”一面说，一面递过去。黛玉把花具放下，接书来瞧，从头看去，越看越爱，不顿饭时，已看了好几出了。但觉词句警人，馀香满口。一面看了，只管出神，心内还默默记诵。

宝玉笑道："妹妹，你说好不好？"黛玉笑着点头儿。宝玉笑道："我就是个'多愁多病的身'，你就是那'倾国倾城的貌'。"黛玉听了，不觉带腮连耳的通红了，登时竖起两道似蹙非蹙的眉，瞪了一双似睁非睁的眼，桃腮带怒，薄面含嗔，指着宝玉道："你这该死的胡说了！好好儿的把这些淫词艳曲弄了来，说这些混帐话欺负我！我告诉舅舅、舅母去。"说到"欺负"二字，就把眼圈儿红了，转身就走。宝玉急了，忙向前拦住道："好妹妹，千万饶我这一遭儿罢。要有心欺负你，明儿我掉在池子里，叫个癞头鼋吃了去，变个大忘八；等你明儿做了一品夫人，病老归西的时候儿，我往你坟上替你驼一辈子碑去。"说的黛玉扑嗤的一声笑了，一面揉着眼，一面笑道："一般唬的这么个样儿，还只管胡说。呸！原来也是个'银样镴枪头'。"宝玉听了，笑道："你说说，你这个呢？我也告诉去。"黛玉笑道："你说你会过目成诵，难道我就不能一目十行了？"宝玉一面收书，一面笑道："正经快把花儿埋了罢，别提那些个了。"二人便收拾落花。

正才掩埋妥协，只见袭人走来，说道："那里没找到？摸在这里来了。那边大老爷身上不好，姑娘们都过去请安去了，老太太叫打发你去呢。快回去换衣裳罢。"宝玉听了，忙拿了书，别了黛玉，同袭人回房换衣不提。

这里黛玉见宝玉去了，听见众姐妹也不在房中，自己闷闷的。正欲回房，刚走到梨香院墙角外，只听见墙内笛韵悠扬，歌声婉转，黛玉便知是那十二个女孩子演习戏文。虽未留心去听，偶然两句吹到耳朵内，明明白白，一字不落道："原来是姹紫嫣红开遍，似这般，都付与断井颓垣。"黛玉听了，倒也十分感慨缠绵，便止步侧耳细听。又唱道是："良辰美景奈何天，赏心乐事谁家院。"听了这两句，不觉点头自叹，心下自思："原来戏上也有好文章，可惜世人只知看戏，未必能领略其中的趣味。"想毕，又后悔不该胡想，耽误了听曲子。再听时，恰唱到："只为你如花美眷，似水流年。"黛玉听了这两句，不觉心动神摇。又听道“你在幽闺自怜”等句，越发如醉如痴，站立不住，便一蹲身，坐在一块山子石上，细嚼“如花美眷，似水流年”八个字的滋味。忽又想起前日见古人诗中有“水流花谢两无情”之句；再词中又有“流水落花春去也，天上人间”之句；又兼方才所见《西厢记》中“花落水流红，闲愁万种”之句：都一时想起来，凑聚在一处，仔细忖度，不觉心痛神驰，眼中落泪。正没个开交处，忽觉身背后有人拍了他一下。及至回头看时……

未知是谁，下回分解。

第二十四回

醉金刚轻财尚义侠
痴女儿遗帕惹相思

话说黛玉正在情思萦逗、缠绵固结之时，忽有人从背后拍了一下，说道：“你作什么一个人在这里？”黛玉唬了一跳，回头看时，不是别人，却是香菱。黛玉道：“你这个傻丫头，冒冒失失的唬我一跳。这会子打那里来？”香菱嘻嘻的笑道：“我来找我们姑娘，总找不着。你们紫鹃也找你呢，说琏二奶奶送了什么茶叶来了。回家去坐着罢。”一面说，一面拉着黛玉的手，回潇湘馆来，果然凤姐送了两小瓶上用新茶叶来。黛玉和香菱坐了，谈讲些这一个绣的好，那一个扎的精，又下一回棋，看两句书，香菱便走了，不在话下。

且说宝玉因被袭人找回房去，只见鸳鸯歪在床上看袭人的针线呢。见宝玉来了，便说道：“你往那里去了？老太太等着你呢，叫你过那边请大老爷的安去。还不快去换了衣裳走呢！”袭人便进房去取衣服。

宝玉坐在床沿上褪了鞋，等靴子穿的工夫，回头见鸳鸯穿着水红绫子袄儿，青缎子坎肩儿，下面露着玉色绸袜，大红绣鞋，向那边低着头看针线，脖子上围着紫绸绢子。宝玉便把脸凑在脖项上，闻那香气，不住用手摩挲，其白腻不在袭人以下。便猴上身去，涎着脸笑道：“好姐姐，把你嘴上的胭脂赏我吃了罢。”一面说，一面扭股糖似的粘在身上。鸳鸯便叫道：“袭人，你出来瞧瞧。你跟他一辈子，也不劝劝他，还是这么着。”袭人抱了衣裳出来，向宝玉道：“左劝也不改，右劝也不改，你到底是怎么着？你再这么着，这个地方儿可也就难住了。”一边说，一边催他穿衣裳，同鸳鸯往前面来。

见过贾母，出至外面，人马俱已齐备。刚欲上马，只见贾琏请安回来，正下马，二人对面，彼此问了两句话。只见旁边转过一个人来，说："请宝叔安。"宝玉看时，只见这人生的容长脸儿，长挑身材，年纪只有十八九岁，着实斯文清秀。虽然面善，却想不起是那一房的，叫什么名字。贾琏笑道："你怎么发呆，连他也不认得？他是廊下住的五嫂子的儿子芸儿。"宝玉笑道："是了，我怎么就忘了？"因问他："你母亲好？这会子什么勾当？"贾芸指贾琏道："找二叔说句话。"宝玉笑道："你倒比先越发出挑了，倒像我的儿子。"贾琏笑道："好不害臊，人家比你大五六岁呢，就给你作儿子了？"宝玉笑道："你今年十几岁？"贾芸道："十八了。"

原来这贾芸最伶俐乖巧的，听宝玉说像他的儿子，便笑道："俗话说的好：'摇车儿里的爷爷，拄拐棍儿的孙子。'虽然年纪大，山高遮不住太阳。只从我父亲死了，这几年也没人照管；宝叔要不嫌侄儿蠢，认做儿子，就是侄儿的造化了。"贾琏笑道："你听见了？认了儿子，不是好开交的。"说着，笑着进去了。宝玉笑道："明儿你闲了，只管来找我，别和他们鬼鬼祟祟的。这会子我不得闲儿，明日你到书房里来，我和你说一天话儿，我带你园里玩去。"

说着，扳鞍上马，众小厮随往贾赦这边来。见了贾赦，不过是偶感些风寒。先述了贾母问的话，然后自己请了安。贾赦先站起来，回了贾母问的话，便唤人来："带进哥儿去太太屋里坐着。"宝玉退出来，至后面，到上房。邢夫人见了，先站了起来，请过贾母的安，宝玉方请安。邢夫人拉他上炕坐了，方问别人，又命人倒茶。

茶未吃完，只见贾琮来问宝玉好。邢夫人道："那里找活猴儿去，你那奶妈子死绝了，也不收拾收拾？弄的你黑眉乌嘴的，那里还像个大家子念书的孩子？"正说着，只见贾环、贾兰小叔侄两个也来请安。邢夫人叫他两个在椅子上坐着。贾环见宝玉同邢夫人坐在一个坐褥上，邢夫人又百般摸索抚弄他，早已心中不自在了，坐不多时，便向贾兰使个眼色儿要走。贾兰只得依他，一同起身告辞。宝玉见他们起身，也就要一同回去。邢夫人笑道："你且坐着，我还和你说话。"宝玉只得坐了。邢夫人向他两个道："你们回去，各人替我问各人的母亲好罢。你姑姑、姐姐们都在这里呢，闹的我头晕，今儿不留你们吃饭了。”贾环等答应着便出去了。

宝玉笑道：“可是姐姐们都过来了？怎么不见？”邢夫人道：“他们坐了会子，都往后头，不知那屋里去了。”宝玉说：“大娘说有话说，不知是什么话？”邢夫人笑道：“那里什么话，不过叫你等着，同姐妹们吃了饭去；还有一个好玩的东西，给你带回去玩儿。”

娘儿两个说着，不觉又晚饭时候，请过众位姑娘们来，调开桌椅，罗列杯盘。母女、姊妹们吃毕了饭，宝玉辞别贾赦，同众姊妹们回家。见过贾母、王夫人等，各自回房安歇，不在话下。

且说贾芸进去见了贾琏，因打听：“可有什么事情？”贾琏告诉他说：“前儿倒有一件事情出来，偏偏你婶娘再三求了我，给了芹儿了。他许我说：明儿园里还有几处要栽花木的地方，等这个工程出来，一定给你就是了。”那贾芸听了，半晌说道：“既这么着，我就等着罢。叔叔也不必先在婶娘跟前提我今儿来打听的话，到跟前再说也不迟。”贾琏道：“提他做什么？我那里有这工夫说闲话呢？明日还要到兴邑去走一走，必须当日赶回来方好。你先等着去，后日起更以后，你来讨信，早了我不得闲。”说着，便向后面换衣服去了。

贾芸出了荣国府回家，一路思量，想出一个主意来，便一径往他舅舅卜世仁家来。原来卜世仁现开香料铺，方才从铺子里回来，一见贾芸，便问：“你做什么来了？”贾芸道：“有件事求舅舅帮衬：要用冰片、麝香，好歹舅舅每样赊四两给我，八月节按数送了银子来。”卜世仁冷笑道：“再休提赊欠一事。前日也是我们铺子里一个伙计，替他的亲戚赊了几两银子的货，至今总没还。因此我们大家赔上，立了合同：再不许替亲友赊欠；谁要犯了，就罚他二十两银子的东道。况且如今这个货也短，你就拿现银子到我们这小铺子里来买，也还没有这些，只好倒扁儿去，这是一件。二则，你那里有正经事，不过赊了去，又是胡闹。你只说舅舅见你一遭儿，就派你一遭儿不是，你小人儿家很不知好歹，也要立个主意，赚几个钱，弄弄穿的吃的，我看着也喜欢。”

贾芸笑道："舅舅说的有理。但我父亲没的时候儿，我又小，不知事体。后来听见母亲说，都还亏了舅舅替我们出主意料理的丧事。难道舅舅是不知道的？还是有一亩地，两间房子，在我手里花了不成？巧媳妇做不出没米的饭来，叫我怎么样呢？还亏是我呢，要是别的死皮赖脸的，三日两头儿来缠舅舅要三升米二升豆子，舅舅也就没法儿呢。"卜世仁道："我的儿，舅舅要有，还不是该当的？我天天和你舅母说，只愁你没个算计儿；你但凡立的起来，到你们大屋里，就是他们爷儿们见不着，下个气儿，和他们的管事的爷们嬉和嬉和，也弄个事儿管管。前儿我出城去，碰见你们三屋里的老四，坐着好体面车，又带着四五辆车，有四五十小和尚、道士儿，往家庙里去了。他那不亏能干，就有这个事到他身上了？"

贾芸听了唠叨的不堪，便起身告辞。卜世仁道："怎么这么忙？你吃了饭去罢。"一句话尚未说完，只见他娘子说道："你又糊涂了，说着没有米，这里买了半斤面来下给你吃，这会子还装胖呢，留下外甥挨饿不成？"卜世仁道："再买半斤来添上就是了。"他娘子便叫女儿："银姐，往对门王奶奶家去问：有钱借几十个，明儿就送了来的。"夫妻两个说话，那贾芸早说了几个"不用费事"，去的无影无踪了。

不言卜家夫妇。且说贾芸赌气离了舅舅家门，一径回来。心下正自烦恼，一边想，一边走，低着头，不想一头就碰在一个醉汉身上，把贾芸一把拉住，骂道："你瞎了眼？碰起我来了！"贾芸听声音像是熟人，仔细一看，原来是紧邻倪二。这倪二是个泼皮，专放重利债，在赌博场吃饭，专爱喝酒打架。此时正从欠钱人家索债归来，已在醉乡，不料贾芸碰了他，就要动手。贾芸叫道："老二，住手！是我冲撞了你。"倪二一听他的语音，将醉眼睁开，一看见是贾芸，忙松了手，趔趄着笑道："原来是贾二爷。这会子那里去？"贾芸道："告诉不得你，平白的又讨了个没趣儿。"倪二道："不妨，有什么不平的事告诉我，我替你出气。这三街六巷，凭他是谁，若得罪了我醉金刚倪二的街坊，管叫他人离家散！"贾芸道："老二，你别生气，听我告诉你这缘故。"便把卜世仁一段事告诉了倪二。倪二听了，大怒道："要不是二爷的亲戚，我就骂出来。真真把人气死！也罢，你也不必愁，我这里现有几两银子，你要用只管拿去。我们好街坊，这银子是不要利钱的。"一头说，一头从搭包内掏出一包银子来。

贾芸心下自思："倪二素日虽然是泼皮，却也因人而施，颇有义侠之名。若今日不领他这情，怕他臊了，反为不美。不如用了他的，改日加倍还他就是了。"因笑道："老二，你果然是个好汉。既蒙高情，怎敢不领？回家就照例写了文约送过来。"倪二大笑道："这不过是十五两三钱银子，你若要写文约，我就不借了。"贾芸听了，一面接银子，一面笑道："我遵命就是了，何必着急？"倪二笑道："这才是呢。天气黑了，也不让你喝酒了，我还有点事儿，你竟请回罢。我还求你带个信儿给我们家：叫他们关了门睡罢，我不回家去了；倘或有事，叫我们女孩儿明儿一早到马贩子王短腿家找我。"一面说，一面趔趄着脚儿去了，不在话下。

且说贾芸偶然碰见了这件事，心下也十分稀罕，想："那倪二倒果然有些意思，只是怕他一时醉中慷慨，到明日加倍来要，便怎么好呢？"忽又想道："不妨，等那件事成了，可也加倍还的起他。"因走到一个钱铺里，将那银子称了称，分两不错，心上越发喜欢。到家先将倪二的话捎给他娘子儿，方回家来。他母亲正在炕上拈线，见他进来，便问："那里去了一天？"贾芸恐母亲生气，便不提卜世仁的事，只说："在西府里等琏二叔来着。"问他母亲："吃了饭了没有？"他母亲说："吃了。还留着饭在那里。"叫小丫头拿来给他吃。那天已是掌灯时候，贾芸吃了饭，收拾安歇。一宿无话。

次日起来，洗了脸，便出南门大街，在香铺买了冰、麝，往荣府来。打听贾琏出了门，贾芸便往后面来。到贾琏院门前，只见几个小厮拿着大高的苕帚，在那里扫院子呢。忽见周瑞家的从门里出来叫小厮们："先别扫，奶奶出来了。"贾芸忙上去笑问道："二婶娘那里去？"周瑞家的道："老太太叫，想必是裁什么尺头。"正说着，只见一群人簇拥着凤姐出来了。贾芸深知凤姐是喜奉承爱排场的，忙把手逼着，恭恭敬敬抢上来请安。凤姐连正眼也不看，仍往前走，只问他母亲好："怎么不来这里逛逛？"贾芸道："只是身上不好，倒时常惦记着婶娘，要瞧瞧，总不能来。"凤姐笑道："可是你会撒谎：不是我提，他也就不想我了。"贾芸笑道："侄儿不怕雷劈，就敢在长辈儿跟前撒谎了？昨儿晚上还提起婶娘来，说：'婶娘身子单弱，事情又多，亏了婶娘好精神，竟料理的周周全全的；要是差一点儿的，早累的不知怎么样了。"

凤姐听了，满脸是笑，由不的止了步，问道："怎么好好儿的，你们娘儿两个在背地里嚼说起我来？"贾芸笑着道："只因我有个好朋友，家里有几个钱，现开香铺。因他捐了个通判，前儿选着了云南不知那一府，连家眷一齐去。他这香铺也不开了，就把货物攒了一攒，该给人的给人，该贱发的贱发。像这贵重的，都送给亲友，所以我得了些冰片、麝香。我就和我母亲商量，贱卖了可惜，要送人也没有人家儿配使这些香料。因想到婶娘往年间还拿大包的银子买这些东西呢，别说今年贵妃宫中，就是这个端阳节所用，也一定比往常要加十几倍，所以拿来孝敬婶娘。"一面将一个锦匣递过去。

凤姐正是要办节礼用香料，便笑了一笑，命丰儿："接过芸哥儿的来，送了家去，交给平儿。"因又说道："看你这么知好歹，怪不得你叔叔常提起你来，说你好，说话明白，心里有见识。"贾芸听这话入港，便打进一步来，故意问道："原来叔叔也常提我？"凤姐见问，便要告诉给他事情管的话；一想，又恐他看轻了：只说得了这点儿香料，便许他管事了。因且把派他种花木的事一字不提，随口说了几句淡话，便往贾母屋里去了。

贾芸自然也难提，只得回来。因昨日见了宝玉，叫他到外书房等着，故此吃了饭，又进来，到贾母那边仪门外绮散斋书房里来，只见茗烟在那里掏小雀儿呢。贾芸在他身后把脚一跺，道："茗烟小猴儿又淘气了！"茗烟回头，见是贾芸，便笑道："何苦二爷唬我们这么一跳？"因又笑道："我不叫茗烟了，我们宝二爷嫌'烟'字不好，改了叫'焙茗'了。二爷明儿只叫我焙茗罢。"贾芸点头笑着，同进书房，便坐下问："宝二爷下来了没来？"焙茗道："今日总没下来。二爷说什么？我替你探探去。"说着，便出去了。

这里贾芸便看字画、古玩，有一顿饭的工夫，还不见来。再看看要找别的小子，都玩去了。正在烦闷，只听门前娇音嫩语的叫了一声："哥哥呀！"贾芸往外瞧时，是个十五六岁的丫头，生的倒甚齐整，两只眼儿水水灵灵的。见了贾芸，抽身要躲。恰值焙茗走来，见那丫头在门前，便说道："好，好！正抓不着个信儿呢。"

贾芸见了焙茗，也就赶出来问："怎么样？"焙茗道："等了半日，也没个人过。这就是宝二爷屋里的。"因说道："好姑娘，你带个信儿，就说廊上二爷来了。"那丫头听见，方知是本家的爷们，便不似从前那等回避，下死眼把贾芸钉了两眼。听那贾芸说道："什么廊上廊下的，你只说芸儿就是了。"半晌，那丫头似笑不笑的说道："依我说，二爷且请回去，明日再来。今儿晚上得空儿，我替回罢。"焙茗道："这是怎么说？"那丫头道："他今儿也没睡中觉，自然吃的晚饭早，晚上又不下来，难道只是叫二爷这里等着挨饿不成？不如家去，明儿来是正经。就便回来，有人带信儿，也不过嘴里答应着罢咧。"

贾芸听这丫头的话简便俏丽，待要问他的名字，因是宝玉屋里的，又不便问，只得说道："这话倒是。我明日再来。"说着，便往外去了。焙茗道："我倒茶去，二爷喝了茶再去。"贾芸一面走，一面回头说："不用，我还有事呢。"口里说话，眼睛瞧那丫头还站在那里呢。

那贾芸一径回来。至次日，来至大门前，可巧遇见凤姐往那边去请安，才上了车，见贾芸过来，便命人叫住，隔着窗子笑道："芸儿，你竟有胆子在我跟前弄鬼。怪道你送东西给我，原来你有事求我：昨儿你叔叔才告诉我，说你求他。"贾芸笑道："求叔叔的事，婶娘别提，我这里正后悔呢。早知这样，我一起头儿就求婶娘，这会子早完了，谁承望叔叔竟不能的。"凤姐笑道："哦！你那边没成儿，昨儿又来找我了？"贾芸道："婶娘辜负了我的孝心，我并没有这个意思；要有这个意思，昨儿还不求婶娘吗？如今婶娘既知道了，我倒要把叔叔搁开，少不得求婶娘，好歹疼我一点儿。"凤姐冷笑道："你们要拣远道儿走么！早告诉我一声儿，多大点子事，还值的耽误到这会子？那园子里还要种树种花儿，我正想个人呢，早说不早完了？"贾芸笑道："这样，明日婶娘就派我罢。"凤姐半晌道："这个我看着不大好。等明年正月里的烟火灯烛那个大宗儿下来，再派你不好？”贾芸道：“好婶娘，先把这个派了我，果然这件办的好，再派我那件罢。”凤姐笑道：“你倒会拉长线儿。罢了，要不是你叔叔说，我不管你的事。我不过吃了饭就过来，你到午错时候来领银子，后日就进去种花儿。”说着，命人驾起香车，径去了。

贾芸喜不自禁。来至绮散斋打听宝玉，谁知宝玉一早便往北静王府里去了。贾芸便呆呆的坐到晌午，打听凤姐回来，去写个领票来领对牌，至院外，命人通报了。彩明走出来，要了领票，进去批了银数、年月，一并连对牌交给贾芸。贾芸接来看，那批上批着二百两银子，心中喜悦。翻身走到银库上领了银子，回家告诉他母亲，自是母子俱喜。次日五更，贾芸先找了倪二，还了银子。又拿了五十两银子，出西门，找到花儿匠方椿家里去买树，不在话下。

且说宝玉自这日见了贾芸，曾说过明日着他进来说话，这原是富贵公子的口角，那里还记在心上，因而便忘怀了。这日晚上从北静王府里回来，见过贾母、王夫人等，回至园内，换了衣服，正要洗澡。袭人被宝钗烦了去打结子去了；秋纹、碧痕两个去催水；檀云又因他母亲病了，接出去了；麝月现在家中病着；还有几个做粗活听使唤的丫头，料是叫不着他们，都出去寻伙觅伴的去了：不想这一刻的工夫，只剩了宝玉在屋内。偏偏的宝玉要喝茶，一连叫了两三声，方见两三个老婆子走进来。宝玉见了，连忙摇手说：“罢，罢，不用了。”老婆子们只得退出。

宝玉见没丫头们，只得自己下来，拿了碗，向茶壶去倒茶。只听背后有人说道：“二爷，看烫了手，等我倒罢。”一面说，一面走上来，接了碗去。宝玉倒唬了一跳，问：“你在那里来着？忽然来了，唬了我一跳。”那丫头一面递茶，一面笑着回道：“我在后院里，才从里间后门进来。难道二爷就没听见脚步响么？”

宝玉一面吃茶，一面仔细打量：那丫头穿着几件半新不旧的衣裳，倒是一头黑鸦鸦的好头发，挽着簪儿，容长脸面，细挑身材，却十分俏丽甜净。宝玉便笑问道：“你也是我屋里的人么？”那丫头笑应道：“是。”宝玉道：“既是这屋里的，我怎么不认得？”那丫头听说，便冷笑一声道：“爷不认得的也多呢！岂止我一个？从来我又不递茶水，拿东西，眼面前儿的一件也做不着，那里认得呢？”宝玉道：“你为什么不做眼面前儿的呢？”那丫头道：“这话我也难说，只是有句话回二爷：昨日有个什么芸儿来找二爷。我想二爷不得空儿，便叫焙茗回他；今日来了，不想二爷又往北府里去了。”

刚说到这句话，只见秋纹、碧痕嘻嘻哈哈的笑着进来，两个人共提着一桶水，一手撩衣裳，趔趔趄趄，泼泼撒撒的。那丫头便忙迎出去接。秋纹、碧痕一个抱怨你湿了我的衣裳，一个又说你踹了我的鞋。忽见走出一个人来接水，二人看时，不是别人，原来是小红。二人便都诧异，将水放下，忙进来看时，并没别人，只有宝玉，便心中俱不自在。只得且预备下洗澡之物。

待宝玉脱了衣裳，二人便带上门出来，走到那边房内，找着小红，问他：“方才在屋里做什么？”小红道：“我何曾在屋里呢？因为我的绢子找不着，往后头找去，不想二爷要茶喝，叫姐姐们，一个儿也没有，我赶着进去倒了碗茶，姐姐们就来了。”秋纹兜脸啐了一口道：“没脸面的下流东西！正经叫你催水去，你说有事，倒叫我们去，你可抢这个巧宗儿！一里一里的，这不上来了吗？难道我们倒跟不上你么？你也拿镜子照照，配递茶递水不配？”碧痕道：“明儿我说给他们：凡要茶要水拿东西的事，咱们都别动，只叫他去就完了。”秋纹道：“这么说，还不如我们散了，单让他在这屋里呢。”

二人你一句，我一句，正闹着，只见有个老嬷嬷进来传凤姐的话说：“明日有人带花儿匠来种树，叫你们严紧些，衣裳裙子别混晒混晾的。那土山上都拦着围幕，可别混跑。”秋纹便问：“明日不知是谁带进匠人来监工？”那老婆子道：“什么后廊上的芸哥儿。”秋纹、碧痕俱不知道，只管混问别的话。那小红心内明白，知是昨日外书房所见的那人了。

原来这小红本姓林，小名红玉，因“玉”字犯了宝玉、黛玉的名，便改唤他做小红。原来是府中世仆，他父亲现在收管各处田房事务。这小红年方十四，进府当差，把他派在怡红院中，倒也清幽雅静。不想后来命姊妹及宝玉等进大观园居住，偏生这一所儿又被宝玉点了。这小红虽然是个不谙事体的丫头，因他原有几分容貌，心内便想向上攀高，每每要在宝玉面前显弄显弄。只是宝玉身边一干人都是伶牙利爪的，那里插的下手去。不想今日才有些消息，又遭秋纹等一场恶话，心内早灰了一半。

正没好气，忽然听见老嬷嬷说起贾芸来，不觉心中一动。便闷闷的回房，睡在床上，暗暗思量，翻来覆去，自觉没情没趣的。忽听的窗外低低的叫道："红儿，你的绢子我拾在这里呢。"小红听了，忙走出来看时，不是别人，正是贾芸。小红不觉粉面含羞，问道："二爷在那里拾着的？"只见那贾芸笑道："你过来，我告诉你。"一面说，一面就上来拉他的衣裳。那小红臊的转身一跑，却被门槛子绊倒。

要知端底，下回分解。

第二十五回

魇魔法叔嫂逢五鬼
通灵玉蒙蔽遇双真

话说小红心神恍惚，情思缠绵，忽朦胧睡去，遇见贾芸要拉他，却回身一跑，被门槛绊了一跤，唬醒过来，方知是梦。因此翻来覆去，一夜无眠。

至次日天明，方才起来，有几个丫头来会他去打扫屋子、地面，舀洗脸水。这小红也不梳妆，向镜中胡乱挽了一挽头发，洗了洗手脸，便来打扫房屋。

谁知宝玉昨儿见了他，也就留心，想着指名唤他来使用；一则怕袭人等多心，二则又不知他是怎么个情性：因而纳闷。早晨起来，也不梳洗，只坐着出神。一时下了纸窗，隔着纱屉子，向外看的真切：只见几个丫头在那里打扫院子，都擦胭抹粉，插花带柳的，独不见昨儿那一个。宝玉便靸拉着鞋，走出房门，只装做看花，东瞧西望。一抬头，只见西南角上游廊下栏杆旁，有一个人倚在那里，却为一株海棠花所遮，看不真切。近前一步仔细看时，正是昨儿那个丫头，在那里出神。此时宝玉要迎上去，又不好意思。正想着，忽见碧痕来请洗脸，只得进去了。

却说小红正自出神，忽见袭人招手叫他，只得走上前来。袭人笑道：“咱们的喷壶坏了，你到林姑娘那边借用一用。”小红便走向潇湘馆去，到了翠烟桥，抬头一望，只见山坡高处都拦着帷幕，方想起今日有匠役在此种树。原来远远的一簇人在那里掘土，贾芸正坐在山子石上监工。小红待要过去，又不敢过去。只得悄悄向潇湘馆取了喷壶而回，无精打彩，自向房内躺着。众人只说他是身子不快，也不理论。

过了一日，原来次日是王子腾夫人的寿诞，那里原打发人来请贾母、王夫人。王夫人见贾母不去，也不便去了。倒是薛姨妈同着凤姐儿并贾家三个姊妹、宝钗、宝玉，一齐都去了。至晚方回。

王夫人正过薛姨妈院里坐着，见贾环下了学，命他去抄《金刚经咒》唪诵。那贾环便来到王夫人炕上坐着，命人点了蜡烛，拿腔做势的抄写。一时又叫彩云倒钟茶来，一时又叫玉钏剪蜡花，又说金钏挡了灯亮儿。众丫鬟们素日厌恶他，都不答理。只有彩霞还和他合得来，倒了茶给他，因向他悄悄的道："你安分些罢，何苦讨人厌？"贾环把眼一瞅道："我也知道，你别哄我：如今你和宝玉好了，不理我。我也看出来了。"彩霞咬着牙，向他头上戳了一指头，道："没良心的！狗咬吕洞宾——不识好歹。"

两人正说着，只见凤姐跟着王夫人都过来了。王夫人便一长一短问他今日是那几位堂客，戏文好歹，酒席如何。不多时，宝玉也来了，见了王夫人，也规规矩矩说了几句话，便命人除去了抹额，脱了袍服，拉了靴子，就一头滚在王夫人怀里。王夫人便用手摩挲抚弄他，宝玉也扳着王夫人的脖子说长说短的。王夫人道："我的儿，又吃多了酒，脸上滚热的。你还只是揉搓，一会子闹上酒来。还不在那里静静的躺一会子去呢！"说着，便叫人拿枕头。

宝玉因就在王夫人身后倒下，又叫彩霞来替他拍着。宝玉便和彩霞说笑，只见彩霞淡淡的不大答理，两眼只向着贾环。宝玉便拉他的手，说道："好姐姐，你也理我理儿。"一面说，一面拉他的手。彩霞夺手不肯，便说："再闹就嚷了！"

二人正闹着，原来贾环听见了，素日原恨宝玉，今见他和彩霞玩耍，心上越发按不下这口气。因一沉思，计上心来：故作失手，将那一盏油汪汪的蜡烛，向宝玉脸上只一推。只听宝玉"嗳哟"的一声，满屋里人都唬了一跳。连忙将地下的绰灯移过来一照，只见宝玉满脸是油。王夫人又气又急，忙命人替宝玉擦洗，一面骂贾环。凤姐三步两步上炕去替宝玉收拾着，一面说："这老三还是这么毛脚鸡似的。我说你上不得台盘。赵姨娘平时也该教导教导他。"

一句话提醒了王夫人，遂叫过赵姨娘来，骂道："养出这样黑心种子来，也不教训教训！几番几次我都不理论，你们一发得了意了，一发上来了。”那赵姨娘只得忍气吞声，也上去帮着他们替宝玉收拾。只见宝玉左边脸上起了一溜燎泡，幸而没伤眼睛。王夫人看了，又心疼，又怕贾母问时难以回答，急的又把赵姨娘骂一顿；又安慰了宝玉；一面取了败毒散来敷上。宝玉说：“有些疼，还不妨事。明日老太太问，只说我自己烫的就是了。”凤姐道：“就说自己烫的，也要骂人不小心，横竖有一场气生。”王夫人命人好生送了宝玉回房去。袭人等见了，都慌的了不得。

那黛玉见宝玉出了一天的门，便闷闷的。晚间打发人来问了两三遍，知道烫了，便亲自赶过来，只瞧见宝玉自己拿镜子照呢，左边脸上满满的敷了一脸药。黛玉只当十分烫的利害，忙近前瞧瞧。宝玉却把脸遮了，摇手叫他出去：知他素性好洁，故不肯叫他瞧。黛玉也就罢了，但问他：“疼的怎样？”宝玉道：“也不很疼。养一两日就好了。”黛玉坐了一会回去了。

次日，宝玉见了贾母，虽自己承认自己烫的，贾母免不得又把跟从的人骂了一顿。

过了一日，有宝玉寄名的干娘马道婆到府里来，见了宝玉，唬了一大跳。问其缘由，说是烫的，便点头叹息。一面向宝玉脸上用指头画了几画，口内嘟嘟囔囔的，又咒诵了一回，说道：“包管好了，这不过是一时飞灾。”又向贾母道：“老祖宗，老菩萨，那里知道那佛经上说的利害：大凡王公卿相人家的子弟，只一生长下来，暗里就有多少促狭鬼跟着他，得空儿就拧他一下，或掐他一下，或吃饭时打下他的饭碗来，或走着推他一跤，所以往往的那些大家子孙多有长不大的。”

贾母听如此说，便问：“这有什么法儿解救没有呢？”马道婆便说道：“这个容易：只是替他多做些因果善事，也就罢了。再那经上还说：西方有位大光明普照菩萨，专管照耀阴暗邪祟，若有善男信女虔心供奉者，可以永保儿孙康宁，再无撞磕邪祟之灾。”贾母道：“倒不知怎么供奉这位菩萨？”马道婆说：“也不值什么，不过除香烛供奉以外，一天多添几斤香油，点个大海灯。那海灯就是菩萨现身的法像，昼夜不熄的。”

贾母道："一天一夜也得多少油？我也做个好事。"马道婆说："这也不拘多少，随施主愿心。像我家里就有好几处的王妃、诰命供奉的：南安郡王府里太妃，他许的愿心大，一天是四十八斤油，一斤灯草，那海灯也只比缸略小些；锦乡侯的诰命次一等，一天不过二十斤油；再有几家，或十斤、八斤、三斤、五斤的不等，也少不得要替他点。"贾母点头思忖。

马道婆道："还有一件：若是为父母、尊长的，多舍些不妨；既是老祖宗为宝玉，若舍多了，怕哥儿担不起，反折了福气了。要舍，大则七斤，小则五斤，也就是了。"贾母道："既这么样，就一日五斤，每月打总儿关了去。"马道婆道："阿弥陀佛，慈悲大菩萨！"贾母又叫人来吩咐："以后宝玉出门，拿几串钱交给他的小子们，一路施舍给僧道、贫苦之人。"

说毕，那道婆便往各房问安闲逛去了。一时来到赵姨娘屋里，二人见过，赵姨娘命小丫头倒茶给他吃。赵姨娘正粘鞋呢，马道婆见炕上堆着些零星绸缎，因说："我正没有鞋面子，姨奶奶给我些零碎绸子缎子，不拘颜色，做双鞋穿罢。"赵姨娘叹口气道："你瞧，那里头还有块像样儿的么？有好东西也到不了我这里。你不嫌不好，挑两块去就是了。"马道婆便挑了几块，掖在袖里。赵姨娘又问："前日我打发人送了五百钱去，你可在药王面前上了供没有？"马道婆道："早已替你上了。"赵姨娘叹气道："阿弥陀佛！我手里但凡从容些，也时常来上供，只是心有馀而力不足。"马道婆道："你只放心，将来熬的环哥大了，得个一官半职，那时你要做多大功德，还怕不能么？"

赵姨娘听了，笑道："罢，罢！再别提起。如今就是榜样，我们娘儿们跟的上这屋里那一个儿？宝玉儿还是小孩子家，长的得人意儿，大人偏疼他些儿也还罢了；我只不服这个主儿。"一面说，一面伸了两个指头。马道婆会意，便问道："可是琏二奶奶？"赵姨娘唬的忙摇手儿，起身掀帘子一看，见无人，方回身向道婆说："了不得，了不得！提起这个主儿，这一分家私要不都叫他搬了娘家去，我也不是个人。"

马道婆见说，便探他的口气道："我还用你说，难道都看不出来？也亏了你们心里不理论，只凭他去。——倒也好。"赵姨娘道："我的娘，不凭他去，难道谁还敢把他怎么样吗？”马道婆道：“不是我说句造孽的话，你们没本事，也难怪。明里不敢罢咧，暗里也算计了，还等到如今？”赵姨娘听这话里有话，心里暗暗的喜欢，便说道：“怎么暗里算计？我倒有这个心，只是没这样的能干人。你教给我这个法子，我大大的谢你。”

马道婆听了这话拿拢了一处，便又故意说道：“阿弥陀佛！你快别问我，我那里知道这些事？罪罪过过的。”赵姨娘道：“你又来了。你是最肯济困扶危的人，难道就眼睁睁的看着人家来摆布死了我们娘儿们不成？难道还怕我不谢你么？”马道婆听如此，便笑道：“要说我不忍你们娘儿两个受别人的委屈，还犹可；要说谢我，那我可是不想的呀！”

赵姨娘听这话松动了些，便说：“你这么个明白人，怎么糊涂了？果然法子灵验，把他两人绝了，这家私还怕不是我们的？那时候你要什么不得呢？”马道婆听了，低了半日头，说：“那时候儿事情妥当了，又无凭据，你还理我呢？”赵姨娘道：“这有何难？我攒了几两体己，还有些衣裳、首饰，你先拿几样去；我再写个欠契给你，到那时候儿，我照数还你。”马道婆想了一会道：“也罢了，我少不得先垫上了。”

赵姨娘不及再问，忙将一个小丫头也支开，赶着开了箱子，将首饰拿了些出来，并体己散碎银子；又写了五十两欠约，递与马道婆道：“你先拿去作供养。”马道婆见了这些东西，又有欠字，遂满口应承，伸手先将银子拿了，然后收了契。向赵姨娘要了张纸，拿剪子铰了两个纸人儿，问了他二人年庚，写在上面；又找了一张蓝纸，铰了五个青面鬼，叫他并在一处，拿针钉了：“回去我再作法，自有效验的。”忽见王夫人的丫头进来道：“姨奶奶在屋里呢么？太太等你呢。”于是二人散了，马道婆自去，不在话下。

却说黛玉因宝玉烫了脸不出门，倒常在一处说话儿。这日饭后，看了两篇书，又和紫鹃作了一会针线，总闷闷不舒，便出来看庭前才迸出的新笋。不觉出了院门，来到园中，四望无人，惟见花光鸟语，信步便往怡红院来。只见几个丫头舀水，都在游廊上看画眉洗澡呢。听见房内笑声，原来是李纨、凤姐、宝钗都在这里。一见他进来，都笑道：“这不又来了一个？”黛玉笑道：

“今日齐全，谁下帖子请的？”凤姐道：“我前日打发人送了两瓶茶叶给姑娘，可还好么？”黛玉道：“我正忘了，多谢想着。”宝玉道：“我尝了不好，也不知别人说怎么样。”宝钗道：“口头也还好。”凤姐道：“那是暹罗国进贡的。我尝了不觉怎么好，还不及我们常喝的呢。”黛玉道：“我吃着却好，不知你们的脾胃是怎样的。”宝玉道：“你说好，把我的都拿了吃去罢。”凤姐道：“我那里还多着呢。”黛玉道：“我叫丫头取去。”凤姐道：“不用，我打发人送来。我明日还有一事求你，一同叫人送来罢。”

黛玉听了，笑道：“你们听听：这是吃了他一点子茶叶，就使唤起人来了。”凤姐笑道：“你既吃了我们家的茶，怎么还不给我们家作媳妇儿？”众人都大笑起来。黛玉涨红了脸，回过头去，一声儿不言语。宝钗笑道：“二嫂子的诙谐真是好的。”黛玉道：“什么诙谐！不过是贫嘴贱舌的讨人厌罢了。”说着又啐了一口。凤姐笑道：“你给我们家做了媳妇，还亏负你么？”指着宝玉道：“你瞧瞧人物儿配不上？门第儿配不上？根基儿家私儿配不上？那一点儿玷辱你？”黛玉起身便走。宝钗叫道：“颦儿急了，还不回来呢，走了倒没意思。”

说着，站起来拉住。才到房门，只见赵姨娘和周姨娘两个人都来瞧宝玉。宝玉和众人都起身让坐，独凤姐不理。宝钗正欲说话，只见王夫人房里的丫头来说：“舅太太来了，请奶奶、姑娘们过去呢。”李纨连忙同着凤姐儿走了。赵、周两人也都出去了。宝玉道：“我不能出去，你们好歹别叫舅母进来。”又说：“林妹妹，你略站站，我和你说话。”凤姐听了，回头向黛玉道：“有人叫你说话呢，回去罢。”便把黛玉往后一推，和李纨笑着去了。

这里宝玉拉了黛玉的手，只是笑，又不说话。黛玉不觉又红了脸，挣着要走。宝玉道：“嗳哟！好头疼！”黛玉道：“该，阿弥陀佛！”宝玉大叫一声，将身一跳，离地有三四尺高，口内乱嚷，尽是胡话。黛玉并众丫鬟都唬慌了，忙报知王夫人与贾母。此时王子腾的夫人也在这里，都一齐来看。宝玉一发拿刀弄杖，寻死觅活的，闹的天翻地覆。贾母、王夫人一见，唬的抖衣乱战，儿一声，肉一声，放声大哭。于是惊动了众人，连贾赦、邢夫人、贾珍、贾政，并琏、蓉、芸、萍、薛姨妈、薛蟠，并周瑞家的一干家中上下人等，并丫鬟、媳妇等，都来园内看视，登时乱麻一般。

正没个主意，只见凤姐手持一把明晃晃的刀砍进园来，见鸡杀鸡，见犬杀犬，见了人瞪着眼就要杀人，众人一发慌了。周瑞家的带着几个力大的女人，上去抱住，夺了刀，抬回房中。平儿、丰儿等哭的哀天叫地。贾政心中也着忙。当下众人七言八语：有说送祟的，有说跳神的，有荐玉皇阁张道士捉怪的。整闹了半日，祈求祷告，百般医治，并不见好。日落后，王子腾夫人告辞去了。

次日，王子胜也来问候。接着小史侯家、邢夫人弟兄并各亲戚都来瞧看：也有送符水的，也有荐僧道的，也有荐医的。他叔嫂二人一发糊涂，不省人事，身热如火，在床上乱说，到夜里更甚。因此那些婆子、丫鬟不敢上前，故将他叔嫂二人都搬到王夫人的上房内，着人轮班守视。贾母、王夫人、邢夫人并薛姨妈寸步不离，只围着哭。此时贾赦、贾政又恐哭坏了贾母，日夜熬油费火，闹的上下不安。贾赦还各处去寻觅僧道。贾政见不效验，因阻贾赦道："儿女之数，总由天命，非人力可强。他二人之病，百般医治不效，想是天意该如此，也只好由他去。"贾赦不理，仍是百般忙乱。

看看三日的光阴，凤姐、宝玉躺在床上，连气息都微了。合家都说没了指望了，忙的将他二人的后事都治备下了。贾母、王夫人、贾琏、平儿、袭人等更哭的死去活来。只有赵姨娘外面假作忧愁，心中称愿。

至第四日早，宝玉忽睁开眼，向贾母说道："从今以后，我可不在你家了，快打发我走罢。"贾母听见这话，如同摘了心肝一般。赵姨娘在旁劝道："老太太也不必过于悲痛。哥儿已是不中用了，不如把哥儿的衣服穿好，让他早些回去，也省他受些苦；只管舍不得他，这口气不断，他在那里，也受罪不安。"这些话没说完，被贾母照脸啐了一口唾沫，骂道："烂了舌头的混帐老婆！怎么见得不中用了？你愿意他死了，有什么好处？你别作梦！他死了，我只合你们要命！都是你们素日调唆着逼他念书写字，把胆子唬破了，见了他老子就像个避猫鼠儿一样。都不是你们这起小妇调唆的？这会子逼死了他，你们就随了心了。我饶那一个？”一面哭，一面骂。

贾政在旁听见这些话，心里越发着急，忙喝退了赵姨娘，委婉劝解了一番。忽有人来回：“两口棺木都做齐了。”贾母闻之，如刀刺心。一发哭着大骂，问：“是谁叫做的棺材？快把做棺材的人拿来打死！”闹了个天翻地覆。

忽听见空中隐隐有木鱼声，念了一句：“南无解冤解结菩萨！有那人口不利、家宅不安、中邪祟、逢凶险的，找我们医治。”贾母、王夫人都听见了，便命人向街上找寻去。原来是一个癞和尚同一个跛道士。那和尚是怎的模样？但见：

鼻如悬胆两眉长，目似明星有宝光。
破衲芒鞋无住迹，腌臜更有一头疮。

那道人是如何模样？看他时：

一足高来一足低，浑身带水又拖泥。
相逢若问家何处？却在蓬莱弱水西。

贾政因命人请进来，问他二人：“在何山修道？”那僧笑道：“长官不消多话，因知府上人口欠安，特来医治的。”贾政道：“有两个人中了邪，不知有何仙方可治？”那道人笑道：“你家现有稀世之宝，可治此病，何须问方？”贾政心中便动了，因道：“小儿生时虽带了一块玉来，上面刻着‘能除凶邪’，然亦未见灵效。”那僧道：“长官有所不知。那宝玉原是灵的，只因为声色货利所迷，故此不灵了。今将此宝取出来，待我持诵持诵，自然依旧灵了。”贾政便向宝玉项上取下那块玉来，递与他二人。那和尚擎在掌上，长叹一声道：“青埂峰下，别来十三载矣！人世光阴迅速，尘缘未断，奈何，奈何！可羡你当日那段好处：

天不拘兮地不羁，心头无喜亦无悲。

只因锻炼通灵后，便向人间惹是非。

可惜今日这番经历呵：

粉渍脂痕污宝光，房栊日夜困鸳鸯。

沉酣一梦终须醒，冤债偿清好散场。”

念毕，又摩弄了一回，说了些疯话，递与贾政道：“此物已灵，不可亵渎：悬于卧室上槛，除自己亲人外，不可令阴人冲犯。三十三日之后，包管好了。”贾政忙命人让茶，那二人已经走了，只得依言而行。

凤姐、宝玉果一日好似一日的，渐渐醒来，知道饿了。贾母、王夫人才放了心。众姊妹都在外间听消息，黛玉先念了一声佛，宝钗笑而不言。惜春道：“宝姐姐笑什么？”宝钗道：“我笑如来佛比人还忙：又要度化众生；又要保佑人家病痛，都叫他速好；又要管人家的婚姻，叫他成就。你说可忙不忙？可好笑不好笑？”一时黛玉红了脸，啐了一口道：“你们都不是好人！再不跟着好人学，只跟着凤丫头学的贫嘴贱舌的。”一面说，一面掀帘子出去了。

欲知端详，下回分解。

第二十六回

蜂腰桥设言传心事
潇湘馆春困发幽情

话说宝玉养过了三十三天之后，不但身体强壮，亦且连脸上疮痕平复，仍回大观园去。这也不在话下。

且说近日宝玉病的时节，贾芸带着家下小厮坐更看守，昼夜在这里；那小红同众丫鬟也在这里守着宝玉：彼此相见日多，渐渐的混熟了。小红见贾芸手里拿着块绢子，倒像是自己从前掉的，待要问他，又不好问。不料那和尚、道士来过，用不着一切男人，贾芸仍种树去了。这件事待放下又放不下，待要问去又怕人猜疑。

正是犹豫不决、神魂不定之际，忽听窗外问道："姐姐在屋里没有？"小红闻听，在窗眼内望外一看，原来是本院的个小丫头佳蕙，因答说："在家里呢，你进来罢。"佳蕙听了跑进来，就坐在床上，笑道："我好造化：才在院子里洗东西，宝玉叫往林姑娘那里送茶叶，花大姐姐交给我送去，可巧老太太给林姑娘送钱来，正分给他们的丫头们呢，见我去了，林姑娘就抓了两把给我，也不知是多少。你替我收着。"便把手绢子打开，把钱倒出来，交给小红。小红就替他一五一十的数了收起。

佳蕙道："你这两日心里到底觉着怎么样？依我说，你竟家去住两日，请一个大夫来瞧瞧，吃两剂药，就好了。"小红道："那里的话，好好儿的，家去做什么？"佳蕙道："我想起来了：林姑娘生的弱，时常他吃药，你就和他要些来吃，也是一样。"小红道："胡说，药也是混吃的？"佳蕙道："你这也不是个长法儿，又懒吃懒喝的，终久怎么样？”小红道：“怕什么？还不如早些死了倒干净！”佳蕙道：“好好儿的，怎么说这些话？”小红道：“你那里知道我心里的事。”

佳蕙点头，想了一会道：“可也怨不得你，这个地方，本也难站。就像昨儿老太太因宝玉病了这些日子，说伏侍的人都辛苦了，如今身上好了，各处还香了愿，叫把跟着的人都按着等儿赏他们。我们算年纪小，上不去，我也不抱怨；像你，怎么也不算在里头？我心里就不服。袭人那怕他得十分儿，也不恼他，原该的。说句良心话，谁还能比他呢？别说他素日殷勤小心，就是不殷勤小心，也拼不得。只可气晴雯、绮霞他们这几个都算在上等里去。仗着宝玉疼他们，众人就都捧着他们，你说可气不可气？”

小红道：“也犯不着气他们。俗语说的：‘千里搭长棚，没有个不散的筵席。’谁守一辈子呢？不过三年五载，各人干各人的去了，那时谁还管谁呢？”这两句话，不觉感动了佳蕙心肠，由不得眼圈儿红了，又不好意思无端的哭，只得勉强笑道：“你这话说的是。昨儿宝玉还说：明儿怎么收拾房子，怎么做衣裳。倒像有几百年熬煎似的。”

小红听了，冷笑两声。方要说话，只见一个未留头的小丫头走进来，手里拿着些花样子并两张纸，说道：“这两个花样子，叫你描出来呢。”说着，向小红撂下，回转身就跑了。小红向外问道：“到底是谁的？也等不的说完就跑。谁蒸下馒头等着你，怕冷了不成？”那小丫头在窗外只说得一声：“是绮大姐姐的。”抬起脚来，咕咚咕咚又跑了。

小红便赌气把那样子撂在一边，向抽屉内找笔。找了半天，都是秃的，因说道：“前儿一枝新笔放在那里了？怎么想不起来？”一面说，一面出神。想了一会，方笑道：“是了，前儿晚上莺儿拿了去了。”因向佳蕙道：“你替我取了来。”佳蕙道：“花大姐姐还等着我替他拿箱子，你自己取去罢。”小红道：“他等着你，你还坐着闲磕牙儿？我不叫你取去，他也不等你了。坏透了的小蹄子！”

说着，自己便出房来，出了怡红院，一径往宝钗院内来。刚至沁芳亭畔，只见宝玉的奶娘李嬷嬷从那边来。小红立住，笑问道："李奶奶，你老人家那里去了？怎么打这里来？"李嬷嬷站住，将手一拍道："你说好好儿的，又看上了那个什么云哥儿雨哥儿的，这会子逼着我叫了他来。明儿叫上屋里听见，可又是不好。"小红笑道："你老人家当真的就信着他去叫么？"李嬷嬷道："可怎么样呢？"小红笑道："那一个要是知好歹，就不进来才是。"李嬷嬷道："他又不傻，为什么不进来？"小红道："既是进来，你老人家该别和他一块儿来，回来叫他一个人混碰，看他怎么样？"李嬷嬷道："我有那样大工夫和他走？不过告诉了他，回来打发个小丫头子，或是老婆子，带进他来就完了。"说着，拄着拐一径去了。

小红听说，便站着出神，且不去取笔。不多时，只见一个小丫头跑来，见小红站在那里，便问道："红姐姐，你在这里作什么呢？"小红抬头见是小丫头子坠儿，小红道："那里去？"坠儿道："叫我带进芸二爷来。"说着，一径跑了。

这里小红刚走至蜂腰桥门前，只见那边坠儿引着贾芸来了。那贾芸一面走，一面拿眼把小红一溜；那小红只装着和坠儿说话，也把眼去一溜贾芸：四目恰好相对。小红不觉把脸一红，一扭身往蘅芜院去了，不在话下。

这里贾芸随着坠儿逶迤来至怡红院中，坠儿先进去回明了，然后方领贾芸进去。贾芸看时，只见院内略略有几点山石，种着芭蕉；那边有两只仙鹤，在松树下剔翎；一溜回廊上吊着各色笼子，笼着仙禽异鸟；上面小小五间抱厦，一色雕镂新鲜花样槅扇，上面悬着一个匾，四个大字题道是"怡红快绿"。贾芸想道："怪道叫'怡红院'，原来匾上是这四个字。"

正想着，只听里面隔着纱窗子笑说道："快进来罢，我怎么就忘了你两三个月？"贾芸听见是宝玉的声音，连忙进入房内。抬头一看，只见金碧辉煌，文章烱烁，却看不见宝玉在那里。一回头，只见左边立着一架大穿衣镜，从镜后转出两个一对儿十五六岁的丫头来，说："请二爷里头屋里坐。"

贾芸连正眼也不敢看，连忙答应了。又进一道碧纱厨，只见小小一张填漆床上，悬着大红销金撒花帐子。宝玉穿着家常衣服，靸着鞋，倚在床上，拿着本书。看见他进来，将书掷下，早带笑立起身来。贾芸忙上前请了安，宝玉让坐，便在下面一张椅子上坐了。

宝玉笑道："只从那个月见了你，我叫你往书房里来，谁知接接连连许多事情，就把你忘了。"贾芸笑道："总是我没造化，偏又遇着叔叔欠安。叔叔如今可大安了？"宝玉道："大好了。我倒听见说你辛苦了好几天。"贾芸道："辛苦也是该当的。叔叔大安了，也是我们一家子的造化。"

说着，只见有个丫鬟端了茶来与他。那贾芸嘴里和宝玉说话，眼睛却瞅那丫鬟：细挑身子，容长脸儿；穿着银红袄儿，青缎子坎肩，白绫细褶儿裙子。那贾芸自从宝玉病了，他在里头混了两天，都把有名人口记了一半，他看见这丫鬟，知道是袭人。他在宝玉房中比别人不同，如今端了茶来，宝玉又在旁边坐着，便忙站起来笑道："姐姐怎么给我倒起茶来？我来到叔叔这里，又不是客，等我自己倒罢了。"宝玉道："你只管坐着罢，丫头们跟前也是这么着。"贾芸笑道："虽那么说，叔叔屋里的姐姐们，我怎么敢放肆呢！"一面说，一面坐下吃茶。

那宝玉便和他说些没要紧的散话。又说道谁家的戏子好，谁家的花园好；又告诉他谁家的丫头标致，谁家的酒席丰盛；又是谁家有奇货，又是谁家有异物。那贾芸口里只得顺着他说。说了一会，见宝玉有些懒懒的了，便起身告辞。宝玉也不甚留，只说："你明儿闲了只管来。"仍命小丫头子坠儿送出去了。

贾芸出了怡红院，见四顾无人，便慢慢的停着些走，口里一长一短和坠儿说话。先问他："几岁了？名字叫什么？你父母在那行上？在宝叔屋里几年了？一个月多少钱？共总宝叔屋内有几个女孩子？"那坠儿见问，便一桩桩的都告诉他了。贾芸又道："刚才那个和你说话的，他可是叫小红？"坠儿笑道："他就叫小红。你问他作什么？"贾芸道："方才他问你什么绢子，我倒拣了一块。"坠儿听了，笑道："他问了我好几遍，可有看见他的绢子的，我那有那么大工夫管这些事。今儿他又问我，他说我替他找着了，他还谢我呢。才在蘅芜院门口儿说的，二爷也听见了，不是我撒谎。好二爷，你既拣了，给我罢，我看他拿什么谢我？”

原来上月贾芸进来种树之时，便拣了一块罗帕，知是这园内的人失落的，但不知是那一个人的，故不敢造次。今听见小红问坠儿，知是他的，心内不胜喜幸。又见坠儿追索，心中早得了主意，便向袖内将自己的一块取出来，向坠儿笑道：“我给是给你，你要得了他的谢礼，可不许瞒着我。”坠儿满口里答应了，接了绢子，送出贾芸，回来找小红，不在话下。

如今且说宝玉打发贾芸去后，意思懒懒的，歪在床上，似有朦胧之态。袭人便走上来，坐在床沿上推他，说道：“怎么又要睡觉？你闷的很，出去逛逛不好？”宝玉见说，携着他的手笑道：“我要去，只是舍不得你。”袭人笑道：“你没别的说了？”一面说，一面拉起他来。宝玉道：“可往那里去呢？怪腻腻烦烦的。”袭人道：“你出去了，就好了。只管这么委琐，越发心里腻烦了。”

宝玉无精打彩，只得依他。晃出了房门，在回廊上调弄了一回雀儿。出至院外，顺着沁芳溪，看了一回金鱼。只见那边山坡上两只小鹿儿箭也似的跑来。宝玉不解何意，正自纳闷，只见贾兰在后面拿着一张小弓儿赶来。一见宝玉在前，便站住了，笑道：“二叔叔在家里呢，我只当出门去了呢。”宝玉道：“你又淘气了，好好儿的，射他做什么？”贾兰笑道：“这会子不念书，闲着做什么？所以演习演习骑射。”宝玉道：“磕了牙，那时候儿才不演呢。”

说着，便顺脚一径来至一个院门前，看那凤尾森森，龙吟细细：正是潇湘馆。宝玉信步走入，只见湘帘垂地，悄无人声。走至窗前，觉得一缕幽香，从碧纱窗中暗暗透出。宝玉便将脸贴在纱窗上看时，耳内忽听得细细的长叹了一声，道：“每日家情思睡昏昏。”宝玉听了，不觉心内痒将起来。再看时，只见黛玉在床上伸懒腰。宝玉在窗外笑道：“为什么‘每日家情思睡昏昏’的？”一面说，一面掀帘子进来了。

黛玉自觉忘情，不觉红了脸，拿袖子遮了脸，翻身向里装睡着了。宝玉才走上来，要扳他的身子，只见黛玉的奶娘并两个婆子却跟进来了，说："妹妹睡觉呢，等醒来再请罢。"刚说着，黛玉便翻身坐起来，笑道："谁睡觉呢？"那两三个婆子见黛玉起来，便笑道："我们只当姑娘睡着了。"说着，便叫紫鹃说："姑娘醒了，进来伺候。"一面说，一面都去了。

黛玉坐在床上，一面抬手整理鬓发，一面笑向宝玉道："人家睡觉，你进来做什么？"宝玉见他星眼微饧，香腮带赤，不觉神魂早荡，一歪身坐在椅子上，笑道："你才说什么？"黛玉道："我没说什么。"宝玉笑道："给你个榧子吃呢！我都听见了。"

二人正说话，只见紫鹃进来。宝玉笑道："紫鹃，把你们的好茶沏碗我喝。"紫鹃道："我们那里有好的？要好的，只好等袭人来。"黛玉道："别理他，你先给我舀水去罢。"紫鹃道："他是客，自然先沏了茶来，再舀水去。"说着，倒茶去了。

宝玉笑道："好丫头！'若共你多情小姐同鸳帐，怎舍得叫你叠被铺床。'"黛玉登时急了，撂下脸来说道："你说什么？"宝玉笑道："我何尝说什么？"黛玉便哭道："如今新兴的：外头听了村话来，也说给我听；看了混帐书，也拿我取笑儿。我成了替爷们解闷儿的了！"一面哭，一面下床来，往外就走。宝玉心下慌了，忙赶上来说："好妹妹，我一时该死！你好歹别告诉去。我再敢说这些话，嘴上就长个疔，烂了舌头！"

正说着，只见袭人走来，说道："快回去穿衣裳去罢，老爷叫你呢。"宝玉听了，不觉打了个焦雷一般，也顾不得别的，疾忙回来穿衣服。出园来，只见焙茗在二门前等着。宝玉问道："你可知道老爷叫我是为什么？"焙茗道："爷快出来罢，横竖是见去的，到那里就知道了。"一面说，一面催着宝玉。

转过大厅，宝玉心里还自狐疑，只听墙角边一阵呵呵大笑，回头见薛蟠拍着手跳出来，笑道："要不说姨夫叫你，你那里肯出来的这么快？"焙茗也笑着跪下了。宝玉怔了半天，方想过来：是薛蟠哄他出来。薛蟠连忙打恭作揖赔不是，又求："别难为了小子，都是我央求他去的。"宝玉也无法了，只好笑问道："你哄我也罢了，怎么说是老爷呢？我告诉姨娘去，评评这个理，可使得么？"薛蟠忙道："好兄弟，我原为求你快些出来，就忘了忌讳这句话；改日你要哄我，也说我父亲，就完了。"宝玉道："嗳哟！越发的该死了。"又向焙茗道："反叛杂种！还跪着做什么？"焙茗连忙叩头起来。

薛蟠道："要不是，我也不敢惊动；只因明儿五月初三日，是我的生日。谁知老胡和老程他们不知那里寻了来的这么粗、这么长粉脆的鲜藕，这么大的西瓜，这么长、这么大的暹罗国进贡的灵柏香熏的暹罗猪、鱼。你说这四样礼物，可难得不难得？那鱼、猪不过贵而难得，这藕和瓜亏他怎么种出来的？我先孝敬了母亲，赶着就给你们老太太、姨母送了些去。如今留了些，我要自己吃，恐怕折福。左思右想，除我之外，惟你还配吃，所以特请你来。可巧唱曲儿的一个小子又来了，我和你乐一天何如？"

一面说，一面来到他书房里，只见詹光、程日兴、胡斯来、单聘仁等并唱曲儿的小子都在这里。见他进来，请安的，问好的，都彼此见过了。吃了茶，薛蟠即命人："摆酒来。"话犹未了，众小厮七手八脚摆了半天，方才停当归坐。

宝玉果见瓜、藕新异，因笑道："我的寿礼还没送来，倒先扰了。"薛蟠道："可是呢，你明儿来拜寿，打算送什么新鲜物儿？"宝玉道："我没有什么送的。若论银钱吃穿等类的东西，究竟还不是我的；惟有写一张字，或画一张画，这才是我的。"薛蟠笑道："你提画儿，我才想起来了：昨儿我看见人家一本春宫儿，画的很好，上头还有许多的字。我也没细看，只看落的款，原来是什么'庚黄'的。真好的了不得！"

宝玉听说，心下猜疑道："古今字画也都见过些，那里有个'庚黄'？"想了半天，不觉笑将起来，命人取过笔来，在手心里写了两个字，又问薛蟠道："你看真了是'庚黄'么？"薛蟠道："怎么没看真？"宝玉将手一撒，给他看道："可是这两个字罢？其实和'庚黄'相去不远。"众人都看时，原来是"唐寅"两个字，都笑道："想必是这两个字，大爷一时眼花了，也未可知。"

薛蟠自觉没趣，笑道："谁知他是'糖银'，是'果银'的。"

正说着，小厮来回："冯大爷来了。"宝玉便知是神武将军冯唐之子冯紫英来了。薛蟠等一齐都叫："快请！"说犹未了，只见冯紫英一路说笑，已进来了。众人忙起席让坐。冯紫英笑道："好啊！也不出门了，在家里高乐罢。"宝玉、薛蟠都笑道："一向少会。老世伯身上安好？"紫英答道："家父倒也托庇康健。但近来家母偶着了些风寒，不好了两天。"

薛蟠见他面上有些青伤，便笑道："这脸上，又和谁挥拳来，挂了幌子了？"冯紫英笑道："从那一遭把仇都尉的儿子打伤了，我记了，再不怄气，如何又挥拳？这脸上是前日打围，在铁网山叫兔鹘捎了一翅膀。"宝玉道："几时的话？"紫英道："三月二十八日去的，前儿也就回来了。"宝玉道："怪道前儿初三四儿，我在沈世兄家赴席不见你呢。我要问，不知怎么忘了。单你去了，还是老世伯也去了？"紫英道："可不是家父去，我没法儿，去罢了。难道我闲疯了，咱们几个人吃酒听唱的不乐，寻那个苦恼去？这一次，大不幸之中却有大幸。"

薛蟠众人见他吃完了茶，都说道："且入席，有话慢慢的说。"冯紫英听说，便立起身来说道："论理，我该陪饮几杯才是；只是今儿有一件很要紧的事，回去还要见家父面回，实不敢领。"薛蟠、宝玉、众人那里肯依，死拉着不放。冯紫英笑道："这又奇了：你我这些年，那一回有这个道理的？实在不能遵命。若必定叫我喝，拿大杯来，我领两杯就是了。"众人听说，只得罢了。薛蟠执壶，宝玉把盏，斟了两大海。那冯紫英站着，一气而尽。宝玉道："你到底把这个不幸之幸说完了再走。"冯紫英笑道："今儿说的也不尽兴，我为这个，还要特治一个东儿，请你们去细谈一谈；二则还有奉恳之处。"说着撒手就走。薛蟠道："越发说的人热剌剌的扔不下，多早晚才请我们？告诉了，也省了人打闷雷。"冯紫英道："多则十日，少则八天。"一面说，一面出门上马去了。众人回来，依席又饮了一会方散。

宝玉回至园中，袭人正惦记他去见贾政，不知是祸是福，只见宝玉醉醺醺回来，因问其原故。宝玉一一向他说了。袭人道："人家牵肠挂肚的等着，你且高乐去，也到底打发个人来给个信儿。”宝玉道：“我何尝不要送信儿，因冯世兄来了，就混忘了。”

正说着，只见宝钗走进来，笑道：“偏了我们新鲜东西了？”宝玉笑道：“姐姐家的东西，自然先偏了你们了。”宝钗摇头笑道：“昨儿哥哥倒特特的请我吃，我不吃，我叫他留着送给别人罢。我知道我的命小福薄，不配吃那个。”说着，丫鬟倒了茶来，吃茶说闲话儿，不在话下。

却说那黛玉听见贾政叫了宝玉去了，一日不回来，心中也替他忧虑。至晚饭后，闻得宝玉来了，心里要找他问问是怎么样了。一步步行来，见宝钗进宝玉的园内去了，自己也随后走了来。刚到了沁芳桥，只见各色水禽尽都在池中浴水，也认不出名色来，但见一个个文彩炳灼，好看异常，因而站住，看了一会。再往怡红院来，门已关了，黛玉即便叩门。谁知晴雯和碧痕二人正拌了嘴，没好气，忽见宝钗来了，那晴雯正把气移在宝钗身上，偷着在院内抱怨说：“有事没事跑了来坐着，叫我们三更半夜的不得睡觉！”忽听又有人叫门，晴雯越发动了气，也并不问是谁，便说道：“都睡下了，明儿再来罢。”

黛玉素知丫头们的性情，他们彼此玩耍惯了，恐怕院内的丫头没听见是他的声音，只当别的丫头们了，所以不开门，因而又高声说道：“是我，还不开门么？”晴雯偏偏还没听见，便使性子说道：“凭你是谁，二爷吩咐的，一概不许放进人来呢。”

黛玉听了这话，不觉气怔在门外。待要高声问他，逗起气来，自己又回思一番：“虽说是舅母家如同自己家一样，到底是客边。如今父母双亡，无依无靠，现在他家依栖，若是认真怄气，也觉没趣。”一面想，一面又滚下泪珠来了。真是回去不是，站着不是。

正没主意，只听里面一阵笑语之声，细听一听，竟是宝玉、宝钗二人。黛玉心中越发动了气，左思右想，忽然想起早起的事来：“必竟是宝玉恼我告他的原故。但只我何尝告你去了？你也不打听打听，就恼我到这步田地。你今儿不叫我进来，难道明儿就不见面了？”越想越觉伤感，便也不顾苍苔露冷，花径风寒，独立墙角边花阴之下，悲悲切切，呜咽起来。

原来这黛玉秉绝代之姿容，具稀世之俊美，不期这一哭，把那些附近的柳枝花朵上宿鸟栖鸦，一闻此声，俱忒楞楞飞起远避，不忍再听。正是。

花魂点点无情绪，鸟梦痴痴何处惊。

因又有一首诗道：

颦儿才貌世应稀，独抱幽芳出绣闺。
呜咽一声犹未了，落花满地鸟惊飞。

那黛玉正自啼哭，忽听吱喽喽一声，院门开处，不知是那一个出来。

要知端的，下回分解。

第二十七回

滴翠亭杨妃戏彩蝶
埋香冢飞燕泣残红

话说黛玉正自悲泣，忽听院门响处，只见宝钗出来了，宝玉、袭人一群人都送出来。待要上去问着宝玉，又恐当着众人问羞了宝玉不便，因而闪过一旁，让宝钗去了。宝玉等进去关了门，方转过来，尚望着门洒了几点泪。自觉无味，转身回来，无精打彩的卸了残妆。

紫鹃、雪雁素日知道黛玉的情性：无事闷坐，不是愁眉，便是长叹，且好端端的不知为着什么，常常的便自泪不干的。先时还有人解劝，或怕他思父母，想家乡，受委屈，用话来宽慰。谁知后来一年一月的，竟是常常如此，把这个样儿看惯了，也都不理论了。所以也没人去理他，由他闷坐，只管外间自便去了。那黛玉倚着床栏杆，两手抱着膝，眼睛含着泪，好似木雕泥塑的一般，直坐到二更多天，方才睡了。一宿无话。

至次日，乃是四月二十六日。原来这日未时交芒种节。尚古风俗：凡交芒种节的这日，都要设摆各色礼物，祭饯花神：言芒种一过，便是夏日了，众花皆卸，花神退位，须要饯行。闺中更兴这件风俗，所以大观园中之人都早起来了。那些女孩子们，或用花瓣柳枝编成轿马的，或用绫锦纱罗叠成干旄旌幢的，都用彩线系了，每一棵树头、每一枝花上都系了这些物事。满园里绣带飘飖，花枝招展；更兼这些人打扮的桃羞杏让，燕妒莺惭：一时也道不尽。

且说宝钗、迎春、探春、惜春、李纨、凤姐等，并大姐儿、香菱与众丫鬟们，都在园里玩耍，独不见黛玉。迎春因说道：“林妹妹怎么不见？好个懒丫头，这会子难道还睡觉不成？”宝钗道：“你们等着，等我去闹了他来。”说着，便撂下众人，一直往潇湘馆来。正走着，只见文官等十二个女孩子也来了，上来问了好，说了一会闲话儿才走开。宝钗回身指道：“他们都在那里呢，你们找他们去，我找林姑娘去就来。”说着，逶迤往潇湘馆来。忽然抬头见宝玉进去了，宝钗便站住，低头想了一想：“宝玉和黛玉是从小儿一处长大的，他兄妹间多有不避嫌疑之处，嘲笑不忌，喜怒无常；况且黛玉素多猜忌，好弄小性儿。此刻自己也跟进去，一则宝玉不便，二则黛玉嫌疑，倒是回来的妙。”

想毕，抽身回来。刚要寻别的姊妹去，忽见面前一双玉色蝴蝶，大如团扇，一上一下，迎风翩跹，十分有趣。宝钗意欲扑了来玩耍，遂向袖中取出扇子来，向草地下来扑。只见那一双蝴蝶忽起忽落，来来往往，将欲过河去了。引的宝钗蹑手蹑脚的一直跟到池边滴翠亭上，香汗淋漓，娇喘细细。宝钗也无心扑了，刚欲回来，只听那亭里边嘁嘁喳喳，有人说话。原来这亭子四面俱是游廊曲栏，盖在池中水上，四面雕镂槅子，糊着纸。

宝钗在亭外听见说话，便煞住脚，往里细听。只听说道：“你瞧这绢子果然是你丢的那一块，你就拿着；要不是，就还芸二爷去。”又有一个说：“可不是我那块，拿来给我罢。”又听道：“你拿什么谢我呢？难道白找了来不成？”又答道：“我已经许了谢你，自然是不哄你的。”又听说道：“我找了来给你，自然谢我；但只是那拣的人，你就不谢他么？”那一个又说道：“你别胡说。他是个爷们家，拣了我们的东西，自然该还的。叫我拿什么谢他呢？”又听说道：“你不谢他，我怎么回他呢？况且他再三再四的和我说了：若没谢的，不许我给你呢。”半晌，又听说道：“也罢，拿我这个给他，算谢他的罢。你要告诉别人呢？须得起个誓。”又听说道：“我要告诉人，嘴上就长一个疔，日后不得好死！”又听说道：“嗳哟！咱们只顾说，看仔细有人来悄悄的在外头听见。不如把这槅子都推开了，就是人见咱们在这里，他们只当我们说玩话儿呢；走到跟前，咱们也看的见，就别说了。”

宝钗在外面听见这话，心中吃惊，想道：“怪道从古至今那些奸淫狗盗的人，心机都不错！这一开了，见我在这里，他们岂不臊了？况且说话的语音，大似宝玉房里的小红。他素昔眼空心大，是个头等刁钻古怪的丫头，今儿我听了他的短儿，人急造反，狗急跳墙，不但生事，而且我还没趣。如今便赶着躲了，料也躲不及；少不得要使个‘金蝉脱壳’的法子。”犹未想完，只听咯吱一声。宝钗便故意放重了脚步，笑着叫道：“颦儿，我看你往那里藏？”一面说，一面故意往前赶。

那亭内的小红、坠儿刚一推窗，只听宝钗如此说着往前赶，两个人都唬怔了。宝钗反向他二人笑道：“你们把林姑娘藏在那里了？”坠儿道：“何曾见林姑娘了？”宝钗道：“我才在河那边看着林姑娘在这里蹲着弄水儿呢，我要悄悄的唬他一跳，还没有走到跟前，他倒看见我了，朝东一绕，就不见了。别是藏在里头了？”一面说，一面故意进去，寻了一寻，抽身就走，口内说道：“一定又钻在山子洞里去了。遇见蛇，咬一口也罢了。”一面说，一面走，心中又好笑：“这件事算遮过去了。不知他二人怎么样？”

谁知小红听了宝钗的话，便信以为真，让宝钗去远，便拉坠儿道：“了不得了！林姑娘蹲在这里，一定听了话去了。”坠儿听了，也半日不言语。小红又道：“这可怎么样呢？”坠儿道：“听见了，管谁筋疼！各人干各人的就完了。”小红道：“要是宝姑娘听见还罢了；那林姑娘嘴里又爱刻薄人，心里又细，他一听见了，倘或走露了，怎么样呢？”二人正说着，只见香菱、臻儿、司棋、侍书等上亭子来了。二人只得掩住这话，且和他们玩笑。

只见凤姐儿站在山坡上招手儿，小红便连忙弃了众人，跑至凤姐前，堆着笑问：“奶奶使唤做什么事？”凤姐打量了一回，见他生的干净俏丽，说话知趣，因笑道：“我的丫头们今儿没跟进我来。我这会子想起一件事来，要使唤个人出去，不知你能干不能干？说的齐全不齐全？”小红笑道：“奶奶有什么话，只管吩咐我说去。要说的不齐全，误了奶奶的事，任凭奶奶责罚就是了。”凤姐笑道：“你是那位姑娘屋里的？我使你出去，他回来找你，我好替你说。”小红道：“我是宝二爷屋里的。”凤姐听了，笑道：“嗳哟！你原来是宝玉屋里的，怪道呢。也罢了，等他问，我替你说。你到我们家告诉你平姐姐，外头屋里桌子上汝窑盘子架儿底下放着一卷银子，那是一百二十两，给绣匠的工价。等张材家的来，当面称给他瞧了，再给他拿去。还有一件事：里头床头儿上有个小荷包儿，拿了来。”

小红听说，答应着，撤身去了。不多时回来，不见凤姐在山坡上了。因见司棋从山洞里出来，站着系带子，便赶来问道：“姐姐，不知道二奶奶往那里去了？”司棋道：“没理论。”小红听了，回身又往四下里一看，只见那边探春、宝钗在池边看鱼。小红上来，陪笑道：“姑娘们可知道二奶奶刚才那里去了？”探春道：“往你大奶奶院里找去。”

小红听了，再往稻香村来，顶头见晴雯、绮霞、碧痕、秋纹、麝月、侍书、入画、莺儿等一群人来了。晴雯一见小红，便说道：“你只是疯罢！院子里花儿也不浇，雀儿也不喂，茶炉子也不弄，就在外头逛！”小红道：“昨儿二爷说了：今儿不用浇花儿，过一日浇一回。我喂雀儿的时候儿，你还睡觉呢。”碧痕道：“茶炉子呢？”小红道：“今儿不该我的班儿，有茶没茶，别问我。”绮霞道：“你听听他的嘴。你们别说了，让他逛罢。”小红道：“你们再问问，我逛了没逛？二奶奶才使唤我说话取东西去。”说着，将荷包举给他们看，方没言语了，大家走开。

晴雯冷笑道：“怪道呢！原来爬上高枝儿去了，就不服我们说了。不知说了一句话半句话，名儿姓儿知道了没有，就把他兴头的这个样儿。这一遭半遭儿的也算不得什么，过了，后儿还得听呵！有本事，从今儿出了这园子，长长远远的在高枝儿上，才算好的呢。”一面说着去了。

这里小红听了，不便分证，只得忍气来找凤姐。到了李氏房中，果见凤姐在这里和李氏说话儿呢。小红上来回道：“平姐姐说：奶奶刚出来了，他就把银子收起来了；才张材家的来取，当面称了给他拿了去了。”说着，将荷包递上去。又道：“平姐姐叫我来回奶奶：才旺儿进来讨奶奶的示下，好往那家子去；平姐姐就把那话，按着奶奶的主意打发他去了。”凤姐笑道：“他怎么按着我的主意打发去了呢？”小红道：“平姐姐说：‘我们奶奶问这里奶奶好。我们二爷没在家。虽然迟了两天，只管请奶奶放心。等五奶奶好些，我们奶奶还会了五奶奶来瞧奶奶呢。五奶奶前儿打发了人来说：舅奶奶带了信来了，问奶奶好，还要和这里的姑奶奶寻几丸延年神验万金丹。若有了，奶奶打发人来，只管送在我们奶奶这里。明儿有人去，就顺路给那边舅奶奶带了去。'”

小红还未说完，李氏笑道：“嗳哟！这话我就不懂了，什么奶奶爷爷的一大堆。”凤姐笑道：“怨不得你不懂，这是四五门子的话呢。”说着，又向小红笑道：“好孩子，难为你说的齐全，不像他们扭扭捏捏蚊子似的。嫂子不知道，如今除了我随手使的这几个丫头、老婆之外，我就怕和别人说话：他们必定把一句话拉长了，作两三截儿，咬文嚼字，拿着腔儿，哼哼唧唧的。急的我冒火，他们那里知道？我们平儿先也是这么着，我就问着他：难道必定装蚊子哼哼就算美人儿了？说了几遭儿，才好些儿了。”李纨笑道：“都像你泼辣货才好。”凤姐道：“这个丫头就好。刚才这两遭说话虽不多，口角儿就很剪断。”说着，又向小红笑道：“明儿你伏侍我罢，我认你做干女孩儿。我一调理，你就出息了。”

小红听了，扑哧一笑。凤姐道：“你怎么笑？你说我年轻，比你能大几岁，就做你的妈了？你做春梦呢！你打听打听，这些人比你大的赶着我叫妈，我还不理呢，今儿抬举了你了。”小红笑道：“我不是笑这个，我笑奶奶认错了辈数儿了。我妈是奶奶的干女孩儿，这会子又认我做干女孩儿。”凤姐道：“谁是你妈？”李纨笑道：“你原来不认的他？他是林之孝的女孩儿。”凤姐听了，十分诧异，因说道：“哦！是他的丫头啊。”又笑道：“林之孝两口子，都是锥子扎不出一声儿来的。我成日家说，他们倒是配就了的一对儿：一个天聋，一个地哑。那里承望养出这么个伶俐丫头来。你十几了？”小红道：“十七岁了。”又问名字，小红道：“原叫红玉，因为重了宝二爷，如今只叫小红了。”

凤姐听说，将眉一皱，把头一回，说道：“讨人嫌的很！得了玉的便宜似的，你也玉，我也玉！”因说：“嫂子不知道。我和他妈说：‘赖大家的如今事多，也不知这府里谁是谁，你替我好好儿的挑两个丫头我使。’他只管答应着。他饶不挑，倒把他的女孩儿送给别处去。难道跟我必定不好？”李纨笑道：“你可是又多心了。进来在先，你说在后，怎么怨的他妈？”凤姐也笑道：“既这么着，明儿我和宝玉说，叫他再要人，叫这丫头跟我去。可不知本人愿意不愿意？”小红笑道：“愿意不愿意，我们也不敢说。只是跟着奶奶，我们学些眉眼高低，出入上下，大小的事儿，也得见识见识。”刚说着，只见王夫人的丫头来请，凤姐便辞了李纨去了。小红自回怡红院去，不在话下。

如今且说黛玉因夜间失寝，次日起来迟了。闻得众姐妹都在园中做饯花会，恐人笑他痴懒，连忙梳洗了出来。刚到了院中，只见宝玉进门来了，便笑道：“好妹妹，你昨儿告了我了没有？叫我悬了一夜的心。”黛玉便回头叫紫鹃：“把屋子收拾了，下一扇纱屉子；看那大燕子回来，把帘子放下来，拿狮子倚住；烧了香，就把炉罩上。”一面说，一面又往外走。宝玉见他这样，还认作是昨日晌午的事，那知晚间的这件公案，还打恭作揖的。黛玉正眼儿也不看，各自出了院门，一直找别的姐妹去了。

宝玉心中纳闷，自己猜疑：“看起这样光景来，不像是为昨儿的事。但只昨日我回来的晚了，又没有见他，再没有冲撞他的去处儿了。”一面想，一面由不得随后跟了来。

只见宝钗、探春正在那边看鹤舞，见黛玉来了，三个一同站着说话儿。又见宝玉来了，探春便笑道：“宝哥哥身上好？我整整的三天没见你了。”宝玉笑道：“妹妹身上好？我前儿还在大嫂子跟前问你呢。”探春道：“宝哥哥，你往这里来，我和你说话。”

宝玉听说，便跟了他，离了钗、玉两个，到了一棵石榴树下。探春因说道：“这几天，老爷没叫你吗？”宝玉笑道：“没有叫。”探春道：“昨儿我恍惚听见说，老爷叫你出去来着。”宝玉笑道：“那想是别人听错了，并没叫我。”探春又笑道：“这几个月，我又攒下有十来吊钱了。你还拿了去，明儿出门逛去的时候，或是好字画，好轻巧玩意儿，替我带些来。”宝玉道：“我这么逛去，城里城外大廊大庙的逛，也没见个新奇精致东西。总不过是那些金、玉、铜、瓷器，没处撂的古董儿；再么就是绸缎、吃食、衣服了。”探春道：“谁要那些作什么？像你上回买的那柳枝儿编的小篮子儿，竹子根儿挖的香盒儿，胶泥垛的风炉子儿，就好了，我喜欢的了不的。谁知他们都爱上了，都当宝贝儿似的抢了去了。”宝玉笑道：“原来要这个。这不值什么，拿几吊钱出去给小子们，管拉两车来。”探春道：“小厮们知道什么？你拣那有意思儿又不俗气的东西，你多替我带几件来；我还像上回的鞋做一双你穿，比那双还加工夫。如何呢？”

宝玉笑道：“你提起鞋来，我想起故事来了：一回穿着，可巧遇见了老爷，老爷就不受用，问：‘是谁做的？’我那里敢提三妹妹，我就回说是前儿我的生日舅母给的。老爷听了是舅母给的，才不好说什么了。半日还说：‘何苦来？虚耗人力，作践绫罗，做这样的东西。’我回来告诉了袭人，袭人说：‘这还罢了，赵姨娘气的抱怨的了不得：“正经亲兄弟，鞋塌拉袜塌拉的没人看见，且做这些东西！”’”探春听说，登时沉下脸来道：“你说，这话糊涂到什么田地。怎么我是该做鞋的人么？环儿难道没有分例的？衣裳是衣裳，鞋袜是鞋袜，丫头、老婆一屋子，怎么抱怨这些话？给谁听呢？我不过闲着没事，做一双半双，爱给那个哥哥、兄弟，随我的心，谁敢管我不成？这也是他瞎气。”

宝玉听了，点头笑道：“你不知道，他心里自然又有个想头了。”探春听说，一发动了气，将头一扭，说道：“连你也糊涂了？他那想头，自然是有的，不过是那阴微下贱的见识。他只管这么想，我只管认得老爷、太太两个人，别人我一概不管。就是姐妹、弟兄跟前，谁和我好，我就和谁好；什么偏的庶的，我也不知道。论理，我不该说他，但他忒昏愦的不像了。还有笑话儿呢：就是上回我给你那钱，替我买那些玩的东西，过了两天，他见了我，就说是怎么没钱，怎么难过。我也不理。谁知后来丫头们出去了，他就抱怨起我来，说我攒的钱为什么给你使，倒不给环儿使呢？我听见这话，又好笑，又好气，我就出来往太太跟前去了。”

正说着，只见宝钗那边笑道：“说完了，来罢。显见的是哥哥妹妹了，撂下别人，且说体己去。我们听一句儿就使不得了？”说着，探春、宝玉二人方笑着来了。

宝玉因不见了黛玉，便知是他躲了别处去了。想了一想：“索性迟两日，等他的气息一息，再去也罢了。”因低头看见许多凤仙、石榴等各色落花，锦重重的落了一地，因叹道：“这是他心里生了气，也不收拾这花儿来了。等我送了去，明儿再问着他。”说着，只见宝钗约着他们往后头去。宝玉道：“我就来。”等他二人去远，把那花儿兜起来，登山渡水，过树穿花，一直奔了那日和黛玉葬桃花的去处。

将已到了花冢，犹未转过山坡，只听那边有呜咽之声，一面数落着，哭的好不伤心。宝玉心下想道：“这不知是那屋里的丫头受了委屈，跑到这个地方来哭。”一面想，一面煞住脚步，听他哭道是：

花谢花飞飞满天，红消香断有谁怜？
游丝软系飘春榭，落絮轻沾扑绣帘。

闺中女儿惜春暮，愁绪满怀无着处。
手把花锄出绣帘，忍踏落花来复去。

柳丝榆荚自芳菲，不管桃飘与李飞。
桃李明年能再发，明年闺中知有谁？

三月香巢初垒成，梁间燕子太无情！
明年花发虽可啄，却不道人去梁空巢已倾。

一年三百六十日，风刀霜剑严相逼。
明媚鲜妍能几时，一朝飘泊难寻觅。

花开易见落难寻，阶前愁杀葬花人。
独把花锄偷洒泪，洒上空枝见血痕。

杜鹃无语正黄昏，荷锄归去掩重门。
青灯照壁人初睡，冷雨敲窗被未温。

怪侬底事倍伤神？半为怜春半恼春：
怜春忽至恼忽去。至又无言去不闻。

昨宵庭外悲歌发，知是花魂与鸟魂？
花魂鸟魂总难留，鸟自无言花自羞。

愿侬此日生双翼。随花飞到天尽头。
天尽头，何处有香丘？

未若锦囊收艳骨，一抔净土掩风流。
质本洁来还洁去，不教污淖陷渠沟。

尔今死去侬收葬，未卜侬身何日丧？
侬今葬花人笑痴，他年葬侬知是谁？

试看春残花渐落，便是红颜老死时。
一朝春尽红颜老，花落人亡两不知！

正是一面低吟，一面哽咽。那边哭的自己伤心，却不道这边听的早已痴倒了。

要知端详，下回分解。

第二十八回

蒋玉函情赠茜香罗
薛宝钗羞笼红麝串

话说林黛玉只因昨夜晴雯不开门一事，错疑在宝玉身上。次日又可巧遇见饯花之期，正在一腔无明未曾发泄，又勾起伤春愁思，因把些残花落瓣去掩埋，由不得感花伤己，哭了几声，便随口念了几句。不想宝玉在山坡上听见，先不过点头感叹；次又听到“侬今葬花人笑痴，他年葬侬知是谁”、“一朝春尽红颜老，花落人亡两不知”等句，不觉恸倒山坡上，怀里兜的落花撒了一地。试想：“林黛玉的花颜月貌，将来亦到无可寻觅之时，宁不心碎肠断！既黛玉终归无可寻觅之时，推之于他人，如宝钗、香菱、袭人等，亦可以到无可寻觅之时矣！宝钗等终归无可寻觅之时，则自己又安在呢？且自身尚不知何在何往，将来斯处、斯园、斯花、斯柳，又不知当属谁姓？”因此一而二，二而三，反复推求了去，真不知此时此际如何解释这段悲伤。正是：

花影不离身左右，鸟声只在耳东西。

那黛玉正自伤感，忽听山坡上也有悲声，心下想道：“人人都笑我有痴病，难道还有一个痴的不成？”抬头一看，见是宝玉，黛玉便啐道：“呸！我打量是谁，原来是这个狠心短命的……”刚说到“短命”二字，又把口掩住，长叹一声，自己抽身便走。

这里宝玉悲恸了一回，见黛玉去了，便知黛玉看见他躲开了，自己也觉无味。抖抖土起来，下山寻归旧路，往怡红院来。可巧看见黛玉在前头走，连忙赶上去，说道："你且站着。我知道你不理我，我只说一句话，从今以后撩开手。"黛玉回头见是宝玉，待要不理他，听他说只说一句话，便道："请说。"宝玉笑道："两句话，说了你听不听呢？"黛玉听说，回头就走。宝玉在身后面叹道："既有今日，何必当初？"

黛玉听见这话，由不得站住，回头道："当初怎么样？今日怎么样？"宝玉道："嗳！当初姑娘来了，那不是我陪着玩笑？凭我心爱的，姑娘要就拿去；我爱吃的，听见姑娘也爱吃，连忙收拾的干干净净收着，等着姑娘回来。一个桌子上吃饭，一个床儿上睡觉。丫头们想不到的，我怕姑娘生气，替丫头们都想到了。我想着姊妹们从小儿长大，亲也罢，热也罢，和气到了儿，才见得比别人好。如今谁承望姑娘人大心大，不把我放在眼里，三日不理，四日不见的，倒把外四路儿的什么'宝姐姐''凤姐姐'的放在心坎儿上。我又没个亲兄弟，亲妹妹——虽然有两个，你难道不知道是我隔母的？我也和你似的独出，只怕你和我的心一样；谁知我是白操了这一番心，有冤无处诉！"说着，不觉哭起来。

这时黛玉耳内听了这话，眼内见了这光景，心内不觉灰了大半，也不觉滴下泪来，低头不语。宝玉见这般形象，遂又说道："我也知道我如今不好了，但只任凭我怎么不好，万不敢在妹妹跟前有错处；就有一二分错处，你或是教导我，戒我下次，或骂我几句，打我几下，我都不灰心。谁知你总不理我，叫我摸不着头脑儿，少魂失魄，不知怎么样才好；就是死了，也是个屈死鬼，任凭高僧高道忏悔，也不能超生，还得你说明了原故，我才得托生呢。"

黛玉听了这话，不觉将昨晚的事都忘在九霄云外了，便说道："你既这么说，为什么我去了，你不叫丫头开门呢？"宝玉诧异道："这话从那里说起？我要是这么着，立刻就死了！"黛玉啐道："大清早起死呀活的，也不忌讳。你说有呢就有，没有就没有，起什么誓呢？"宝玉道："实在没有见你去，就是宝姐姐坐了一坐，就出来了。"黛玉想了一想，笑道："是了，必是丫头们懒怠动，丧声歪气的，也是有的。”宝玉道：“想必是这个原故。等我回去问了是谁，教训教训他们就好了。”黛玉道：“你的那些姑娘们也该教训教训，只是论理我不该说。今儿得罪了我的事小，倘或明儿‘宝姑娘’来，什么‘贝姑娘’来，也得罪了，事情可就大了。”说着抿着嘴儿笑。宝玉听了，又是咬牙，又是笑。

二人正说话，见丫头来请吃饭，遂都往前头来了。王夫人见了黛玉，因问道：“大姑娘，你吃那鲍太医的药可好些？”黛玉道：“也不过这么着。老太太还叫我吃王大夫的药呢。”宝玉道：“太太不知道。林妹妹是内症，先天生的弱，所以禁不住一点儿风寒。不过吃两剂煎药，疏散了风寒，还是吃丸药的好。”王夫人道：“前儿大夫说了个丸药的名字，我也忘了。”宝玉道：“我知道那些丸药，不过叫他吃什么人参养荣丸。”王夫人道：“不是。”宝玉又道：“八珍益母丸？左归？右归？再不就是八味地黄丸。”王夫人道：“都不是。我只记得有个‘金刚’两个字的。”宝玉拍手笑道：“从来没听见有个什么‘金刚丸’。若有了‘金刚丸’，自然有‘菩萨散’了。”说的满屋里人都笑了。

宝钗抿嘴笑道：“想是天王补心丹。”王夫人笑道：“是这个名儿。如今我也糊涂了。”宝玉道：“太太倒不糊涂，都是叫‘金刚’、‘菩萨’支使糊涂了。”王夫人道：“扯你娘的臊！又欠你老子捶你了。”宝玉笑道：“我老子再不为这个捶我。”

王夫人又道：“既有这个名儿，明儿就叫人买些来吃。”宝玉道：“这些药都是不中用的。太太给我三百六十两银子，我替妹妹配一料丸药，包管一料不完就好了。”王夫人道：“放屁！什么药就这么贵？”宝玉笑道：“当真的呢。我这个方子比别的不同，那个药名儿也古怪，一时也说不清。只讲那头胎紫河车，人形带叶参，三百六十两不足。龟大何首乌，千年松根茯苓胆，诸如此类的药不算为奇，只在群药里算。那为君的药，说起来，唬人一跳。前年薛大哥哥求了我一二年，我才给了他这方子。他拿了方子去，又寻了二三年，花了有上千的银子，才配成了。太太不信，只问宝姐姐。”

宝钗听说，笑着摇手儿说道：“我不知道，也没听见。你别叫姨娘问我。”王夫人笑道：“到底是宝丫头好孩子，不撒谎。”宝玉站在当地，听见如此说，一回身，把手一拍，说道：“我说的倒是真话呢，倒说撒谎。”口里说着，忽一回身，只见林黛玉坐在宝钗身后抿着嘴笑，用手指头在脸上画着羞他。

凤姐因在里间屋里看着人放桌子，听如此说，便走来笑道：“宝兄弟不是撒谎，这倒是有的。前日薛大爷亲自和我来寻珍珠，我问他做什么，他说配药。他还抱怨说：‘不配也罢了，如今那里知道这么费事。’我问什么药，他说是宝兄弟说的方子，说了多少药，我也不记得。他又说：‘不然，我就买几颗珍珠了，只是必要头上戴过的，所以才来寻几颗。要没有散的花儿，就是头上戴过的，拆下来也使得。过后儿我拣好的再给穿了来。’我没法儿，只得把两枝珠子花儿现拆了给他。还要一块三尺长、上用的大红纱，拿乳钵研了面子呢。”

凤姐说一句，宝玉念一句佛。凤姐说完了，宝玉又道：“太太打量怎么着？这不过也是将就罢咧。正经按方子，这珍珠、宝石是要在古坟里找，有那古时富贵人家儿装裹的头面拿了来才好。如今那里为这个去刨坟掘墓？所以只是活人戴过的也使得。”王夫人听了道：“阿弥陀佛！不当家花拉的。就是坟里有，人家死了几百年，这会子翻尸倒骨的，作了药也不灵啊！”

宝玉因向黛玉道：“你听见了没有？难道二姐姐也跟着我撒谎不成？”脸望着黛玉说，却拿眼睛瞟着宝钗。黛玉便拉王夫人道：“舅母听听，宝姐姐不替他圆谎，他只问着我。”王夫人也道：“宝玉很会欺负你妹妹。”宝玉笑道：“太太不知道这个原故。宝姐姐先在家里住着，薛大哥的事他也不知道，何况如今在里头住着呢，自然是越发不知道了。林妹妹才在背后，以为是我撒谎，就羞我。”

正说着，见贾母房里的丫头找宝玉和黛玉去吃饭。黛玉也不叫宝玉，便起身带着那丫头走。那丫头说：“等着宝二爷一块儿走啊。”黛玉道：“他不吃饭，不和咱们走，我先走了。”说着，便出去了。宝玉道：“我今儿还跟着太太吃罢。”王夫人道：“罢罢，我今儿吃斋，你正经吃你的去罢。”宝玉道：“我也跟着吃斋。”说着，便叫那丫头：“去罢。”自己跑到桌子上坐了。王夫人向宝钗等笑道：“你们只管吃你们的，由他去罢。”宝钗因笑道：“你正经去罢，吃不吃，陪着林妹妹走一趟，他心里正不自在呢，何苦来？”宝玉道：“理他呢，过一会子就好了。”

一时吃过饭，宝玉一则怕贾母惦记，二则也想着黛玉，忙忙的要茶漱口。探春、惜春都笑道：“二哥哥，你成日家忙的是什么？吃饭吃茶也是这么忙碌碌的。”宝钗笑道：“你叫他快吃了瞧黛玉妹妹去罢，叫他在这里胡闹什么呢？”

宝玉吃了茶，便出来，一直往西院来。可巧走到凤姐儿院前，只见凤姐儿在门前站着，蹬着门槛子，拿耳挖子剔牙，看着十来个小厮们挪花盆呢。见宝玉来了，笑道：“你来的好，进来，进来，替我写几个字儿。”宝玉只得跟了进来。到了房里，凤姐命人取过笔砚纸来，向宝玉道：“大红妆缎四十匹，蟒缎四十匹，各色上用纱一百匹，金项圈四个。”宝玉道：“这算什么？又不是帐，又不是礼物，怎么个写法儿？”凤姐儿道：“你只管写上，横竖我自己明白就罢了。”宝玉听说，只得写了。

凤姐一面收起来，一面笑道：“还有句话告诉你，不知依不依？你屋里有个丫头叫小红的，我要叫了来使唤，明儿我再替你挑一个，可使得么？”宝玉道：“我屋里的人也多的很，姐姐喜欢谁，只管叫了来，何必问我？”凤姐笑道：“既这么着，我就叫人带他去了。”宝玉道：“只管带去罢。”说着要走。凤姐道：“你回来，我还有一句话呢。”宝玉道：“老太太叫我呢，有话等回来罢。”

说着，便至贾母这边，只见都已吃完了饭了。贾母因问道：“跟着你娘吃了什么好的了？”宝玉笑道：“也没什么好的，我倒多吃了一碗饭。”因问：“林姑娘在那里？”贾母道：“里头屋里呢。”宝玉进来，只见地下一个丫头吹熨斗，炕上两个丫头打粉线，黛玉弯着腰拿剪子裁什么呢。宝玉走进来，笑道：“哦！这是做什么呢？才吃了饭，这么控着头，一会子又头疼了。”黛玉并不理，只管裁他的。有一个丫头说道："那块绸子角儿还不好呢，再熨熨罢。"黛玉便把剪子一撂，说道："理他呢，过一会子就好了。"

宝玉听了，自是纳闷。只见宝钗、探春等也来了，和贾母说了一会话，宝钗也进来问："妹妹做什么呢？"因见林黛玉裁剪，笑道："越发能干了，连裁剪都会了。"黛玉笑道："这也不过是撒谎哄人罢了。"宝钗笑道："我告诉你个笑话儿：才刚为那个药，我说了个不知道，宝兄弟心里就不受用了。"黛玉道："理他呢，过会子就好了。"宝玉向宝钗道："老太太要抹骨牌，正没人，你抹骨牌去罢。"宝钗听说，便笑道："我是为抹骨牌才来么？"说着便走了。

黛玉道："你倒是去罢，这里有老虎，看吃了你。"说着又裁。宝玉见他不理，只得还陪笑说道："你也去逛逛，再裁不迟。"黛玉总不理。宝玉便问丫头们："这是谁叫他裁的？"黛玉见问丫头们，便说道："凭他谁叫我裁，也不管二爷的事。"宝玉方欲说话，只见有人进来，回说："外头有人请呢。"宝玉听了，忙撤身出来。黛玉向外头说道："阿弥陀佛！赶你回来，我死了也罢了。"

宝玉来到外面，只见焙茗说："冯大爷家请。"宝玉听了，知道是昨日的话，便说："要衣裳去。"就自己往书房里来。焙茗一直到了二门前等人，只见出来了一个老婆子，焙茗上去说道："宝二爷在书房里等出门的衣裳，你老人家进去带个信儿。"那婆子啐道："呸！放你娘的屁！宝玉如今在园里住着，跟他的人都在园里，你又跑了这里来带信儿了。"焙茗听了，笑道："骂的是，我也糊涂了。"说着，一径往东边二门前来。可巧门上小厮在甬路底下踢球，焙茗将原故说了。有个小厮跑了进去，半日才抱了一个包袱出来，递给焙茗，回到书房里。

宝玉换上，叫人备马，只带着焙茗、锄药、双瑞、寿儿四个小厮去了。一径到了冯紫英门口，有人报与冯紫英，出来迎接进去。只见薛蟠早已在那里久候了，还有许多唱曲儿的小厮们，并唱小旦的蒋玉函，锦香院的妓女云儿。

大家都见过了，然后吃茶。宝玉擎茶笑道："前儿说的幸与不幸之事，我昼夜悬想。今日一闻呼唤即至。"冯紫英笑道："你们令姑表弟兄倒都心实：前日不过是我的设辞，诚心请你们喝一杯酒，恐怕推托，才说下这句话，谁知都信了真了。"说毕，大家一笑。然后摆上酒来，依次坐定。冯紫英先叫唱曲儿的小厮过来递酒，然后叫云儿也过来敬三钟。

那薛蟠三杯落肚，不觉忘了情，拉着云儿的手笑道："你把那体己新鲜曲儿唱个我听，我喝一坛子，好不好？"云儿听说，只得拿起琵琶来，唱道：

两个冤家，都难丢下，想着你来又惦记着他。两个人形容俊俏，都难描画。想昨宵，幽期私订在荼蘼架：一个偷情，一个寻拿。拿住了三曹对案，我也无回话。

唱毕，笑道："你喝一坛子罢了。"薛蟠听说，笑道："不值一坛，再唱好的来。"

宝玉笑道："听我说罢：这么滥饮，易醉而无味。我先喝一大海，发一个新令，有不遵者，连罚十大海，逐出席外，给人斟酒。"冯紫英、蒋玉函等都道："有理，有理。"宝玉拿起海来，一气饮尽，说道："如今要说'悲''愁''喜''乐'四个字，却要说出'女儿'来，还要注明这四个字的原故。说完了，喝门杯，酒面要唱一个新鲜曲子，酒底要席上生风一样东西：或古诗、旧对，'四书''五经'成语。"

薛蟠不等说完，先站起来拦道："我不来，别算我。这竟是玩我呢！"云儿也站起来，推他坐下，笑道："怕什么？这还亏你天天喝酒呢，难道连我也不及？我回来还说呢。说是了罢，不是了不过罚上几杯，那里就醉死了？你如今一乱令，倒喝十大海，下去斟酒不成？"众人都拍手道："妙！"薛蟠听说无法，只得坐了。

听宝玉说道：

女儿悲，青春已大守空闺。
女儿愁，悔教夫婿觅封侯。
女儿喜，对镜晨妆颜色美。
女儿乐，秋千架上春衫薄。

众人听了，都说道：“好！”薛蟠独扬着脸摇头说：“不好，该罚。”众人问：“如何该罚？”薛蟠道：“他说的我全不懂，怎么不该罚？”云儿便拧他一把，笑道：“你悄悄儿的想你的罢，回来说不出来，又该罚了。”于是拿琵琶，听宝玉唱道：

滴不尽相思血泪抛红豆，开不完春柳春花满画楼；睡不稳纱窗风雨黄昏后，忘不了新愁与旧愁；咽不下玉粒金波噎满喉，照不尽菱花镜里形容瘦。展不开的眉头，挨不明的更漏。呀！恰便似遮不住的青山隐隐，流不断的绿水悠悠。

唱完，大家齐声喝彩。独薛蟠说：“没板儿。”宝玉饮了门杯，便拈起一片梨来，说道：“雨打梨花深闭门。”完了令。

下该冯紫英，说道：

女儿喜，头胎养了双生子。
女儿乐，私向花园掏蟋蟀。
女儿悲，儿夫染病在垂危。
女儿愁，大风吹倒梳妆楼。

说毕，端起酒来，唱道：

你是个可人，你是个多情；你是个刁钻古怪鬼灵精，你是个神仙也不灵。我说的话儿你全不信，只叫你去背地里细打听，才知道我疼你不疼。

唱完，饮了门杯，说道："鸡声茅店月。"令完。

下该云儿，云儿便说道：

女儿悲，将来终身倚靠谁？

薛蟠笑道："我的儿，有你薛大爷在，你怕什么？"众人都道："别混他，别混他。"云儿又道：

女儿愁，妈妈打骂何时休？

薛蟠道："前儿我见了你妈，还嘱咐他，不叫他打你呢。"众人都道："再多说的，罚酒十杯！"薛蟠连忙自己打了一个嘴巴子，说道："没耳性，再不许说了。"云儿又说：

女儿喜，情郎不舍还家里。
女儿乐，住了箫管弄弦索。

说完，便唱道：

豆蔻花开三月三，一个虫儿往里钻。钻了半日钻不进去，爬到花儿上打秋千。肉儿小心肝，我不开了你怎么钻？

唱毕，饮了门杯，说道："桃之夭夭。"令完。

下该薛蟠，薛蟠道："我可要说了：女儿悲，……"说了，半日不见说底下的。冯紫英笑道："悲什么？快说。"薛蟠登时急的眼睛铃铛一般，便说道："女儿悲，……"又咳嗽了两声，方说道：

女儿悲，嫁了个男人是乌龟。

众人听了，都大笑起来。薛蟠道："笑什么？难道我说的不是？一个女儿嫁了汉子，要做忘八，怎么不伤心呢？"众人笑的弯着腰说道："你说的是，快说底下的罢。"薛蟠瞪了瞪眼，又说道：

女儿愁，……

说了这句，又不言语了。众人道："怎么愁？"薛蟠道：

绣房钻出个大马猴。

众人哈哈笑道："该罚，该罚！先还可恕，这句更不通了。"说着，便要斟酒。宝玉道："押韵就好。"薛蟠道："令官都准了，你们闹什么？"众人听说方罢了。云儿笑道："下两句越发难说了，我替你说罢。"薛蟠道："胡说！当真我就没好的了？听我说罢：

女儿喜，洞房花烛朝慵起。"

众人听了，都诧异道："这句何其太雅？"薛蟠道：

女儿乐，一根毛毛往里戳。

众人听了，都回头说道："该死，该死！快唱了罢。"薛蟠便唱道：

一个蚊子哼哼哼，

众人都怔了，说道："这是个什么曲儿？"薛蟠还唱道：

两个苍蝇嗡嗡嗡。

众人都道："罢，罢，罢！"薛蟠道："爱听不听，这是新鲜曲儿，叫做'哼哼韵'儿。你们要懒怠听，连酒底儿都免了，我就不唱。"众人都道："免了罢，倒别耽误了别人家。"

于是蒋玉函说道：

女儿悲，丈夫一去不回归。
女儿愁，无钱去打桂花油。
女儿喜，灯花并头结双蕊。
女儿乐，夫唱妇随真和合。

说毕，唱道：

可喜你天生成百媚娇。恰便似活神仙离碧霄。度青春，年正小；配鸾凤，真也巧。呀！看天河正高，听谯楼鼓敲，剔银灯同入鸳帏悄。

唱毕，饮了门杯，笑道："这诗词上我倒有限，幸而昨日见了一副对子，只记得这句，可巧席上还有这件东西。"说毕，便干了酒，拿起一朵木樨来，念道："花气袭人知昼暖。"众人都倒依了，完令。

薛蟠又跳起来喧嚷道："了不得，了不得！该罚，该罚！这席上并没有宝贝，你怎么说起宝贝来了？”蒋玉函忙说道：“何曾有宝贝？”薛蟠道：“你还赖呢！你再说。”蒋玉函只得又念了一遍。薛蟠道：“这‘袭人’可不是宝贝是什么？你们不信，只问他。”说毕，指着宝玉。宝玉没好意思起来，说：“薛大哥，你该罚多少？”薛蟠道：“该罚，该罚。”说着，拿起酒来，一饮而尽。冯紫英和蒋玉函等还问他原故，云儿便告诉了出来，蒋玉函忙起身赔罪。众人都道：“不知者不作罪。”

少刻，宝玉出席解手，蒋玉函随着出来，二人站在廊檐下，蒋玉函又赔不是。宝玉见他妩媚温柔，心中十分留恋，便紧紧的攥着他的手，叫他：“闲了往我们那里去。还有一句话问你：也是你们贵班中，有一个叫琪官儿的，他如今名驰天下，可惜我独无缘一见。”蒋玉函笑道：“就是我的小名儿。”宝玉听说，不觉欣然跌足笑道：“有幸，有幸！果然名不虚传！今儿初会，却怎么样呢？”想了一想，向袖中取出扇子，将一个玉玦扇坠解下来，递给琪官道：“微物不堪，略表今日之谊。”

琪官接了，笑道：“无功受禄，何以克当？也罢，我这里也得了一件奇物，今日早起才系上，还是簇新，聊可表我一点亲热之意。”说毕撩衣，将系小衣儿的一条大红汗巾子解下来，递给宝玉道：“这汗巾子是茜香国女国王所贡之物。夏天系着，肌肤生香，不生汗渍。昨日北静王给的，今日才上身。若是别人，我断不肯相赠。二爷请把自己系的解下来，给我系着。”宝玉听说，喜不自禁，连忙接了；将自己一条松花汗巾解下来，递给琪官。

二人方束好，只听一声大叫：“我可拿住了！”只见薛蟠跳出来，拉着二人道：“放着酒不喝，两个人逃席出来干什么？快拿出来我瞧瞧。”二人都道：“没有什么。”薛蟠那里肯依，还是冯紫英出来才解开了。复又归坐饮酒，至晚方散。

宝玉回至园中，宽衣吃茶。袭人见扇上的坠儿没了，便问他：“往那里去了？”宝玉道：“马上丢了。”袭人也不理论。及睡时，见他腰里一条血点似的大红汗巾子，便猜着了八九分，因说道：“你有了好的系裤子了，把我的那条还我罢。”宝玉听说，方想起那汗巾子原是袭人的，不该给人。心里后悔，口里说不出来，只得笑道："我赔你一条罢。"袭人听了，点头叹道："我就知道你又干这些事了。也不该拿我的东西给那些混帐人哪！也难为你心里没个算计儿。"还要说几句，又恐怄上他的酒来，少不得也睡了。一宿无话。

次日天明方醒，只见宝玉笑道："夜里失了盗也不知道，你瞧瞧裤子上。"袭人低头一看，只见昨日宝玉系的那条汗巾子，系在自己腰里了，便知是宝玉夜里换的。忙一顿就解下来，说道："我不稀罕这行子，趁早儿拿了去！"宝玉见他如此，只得委婉解劝了一回。袭人无法，暂且系上。过后宝玉出去，终久解下来，扔在个空箱子里了，自己又换了一条系着。

宝玉并未理论，因问起昨日可有什么事情。袭人便回说："二奶奶打发人叫了小红去了。他原要等你来着，我想什么要紧，我就做了主，打发他去了。"宝玉道："很是。我已经知道了，不必等我罢了。"袭人又道："昨儿贵妃打发夏太监出来，送了一百二十两银子，叫在清虚观，初一到初三打三天平安醮，唱戏献供，叫珍大爷领着众位爷们跪香拜佛呢；还有端午儿的节礼也赏了。"说着，命小丫头来，将昨日的所赐之物取出来。却是上等宫扇两柄，红麝香珠二串，凤尾罗二端，芙蓉簟一领。

宝玉见了，喜不自胜，问："别人的也都是这个吗？"袭人道："老太太多着一个香玉如意，一个玛瑙枕。老爷、太太、姨太太的只多着一个香玉如意。你的和宝姑娘的一样。林姑娘和二姑娘、三姑娘、四姑娘，只单有扇子和数珠儿，别的都没有。大奶奶、二奶奶，他两个是每人两匹纱，两匹罗，两个香袋儿，两个锭子药。"

宝玉听了，笑道："这是怎么个原故？怎么林姑娘的倒不和我的一样，倒是宝姐姐的和我一样？别是传错了罢？"袭人道："昨儿拿出来，都是一份一份的写着签子，怎么会错了呢？你的是在老太太屋里，我去拿了来了的。老太太说了，明儿叫你一个五更天进去谢恩呢。"宝玉道："自然要走一趟。"说着，便叫了紫鹃来："拿了这个到你们姑娘那里去，就说是昨儿我得的，爱什么留下什么。”紫鹃答应了，拿了去。不一时，回来说：“姑娘说了，昨儿也得了，二爷留着罢。”

宝玉听说，便命人收了。刚洗了脸，出来要往贾母那里请安去，只见黛玉顶头来了，宝玉赶上去笑道：“我的东西叫你拣，你怎么不拣？”黛玉昨日所恼宝玉的心事，早又丢开，只顾今日的事了，因说道：“我没这么大福气禁受，比不得宝姑娘，什么‘金’哪‘玉’的，我们不过是个草木人儿罢了！”宝玉听他提出“金”、“玉”二字来，不觉心里疑猜，便说道：“除了别人说什么金什么玉，我心里要有这个想头，天诛地灭，万世不得人身！”黛玉听他这话，便知他心里动了疑了，忙又笑道：“好没意思！白白的起什么誓呢？谁管你什么金什么玉的！”宝玉道：“我心里的事也难对你说，日后自然明白。除了老太太、老爷、太太这三个人，第四个就是妹妹了；有第五个人，我也起个誓。”黛玉道：“你也不用起誓，我很知道你心里有妹妹，但只是见了姐姐，就把妹妹忘了。”宝玉道：“那是你多心，我再不是这么样的。”黛玉道：“昨儿宝丫头他不替你圆谎，你为什么问着我呢？那要是我，你又不知怎么样了。”正说着，只见宝钗从那边来了，二人便走开了。

宝钗分明看见，只装没看见，低头过去了。到了王夫人那里，坐了一会。然后到了贾母这边，只见宝玉也在这里呢。宝钗因往日母亲对王夫人曾提过“金锁是个和尚给的，等日后有玉的方可结为婚姻”等语，所以总远着宝玉。昨日见元春所赐的东西，独他和宝玉一样，心里越发没意思起来。幸亏宝玉被一个黛玉缠绵住了，心心念念只惦记着黛玉，并不理论这事。此刻忽见宝玉笑道：“宝姐姐，我瞧瞧你的那香串子呢？”可巧宝钗左腕上笼着一串，见宝玉问他，少不得褪了下来。宝钗原生的肌肤丰泽，一时褪不下来。

宝玉在旁边看着雪白的胳膊，不觉动了羡慕之心，暗暗想道：“这个膀子若长在林姑娘身上，或者还得摸一摸；偏长在他身上，正是恨我没福。”忽然想起“金玉”一事来，再看看宝钗形容，只见脸若银盆，眼同水杏，唇不点而含丹，眉不画而横翠，比黛玉另具一种妩媚风流，不觉又呆了。宝钗褪下串子来给他，他也忘了接。

宝钗见他呆呆的，自己倒不好意思起来，扔下串子。回身才要走，只见黛玉蹬着门槛子，嘴里咬着绢子笑呢。宝钗道："你又禁不得风吹，怎么又站在那风口里？"黛玉笑道："何曾不是在房里来着，只因听见天上一声叫，出来瞧了瞧，原来是个呆雁。"宝钗道："呆雁在那里呢？我也瞧瞧。"黛玉道："我才出来，他就忒儿的一声飞了。"口里说着，将手里的绢子一甩，向宝玉脸上甩来。宝玉不知，正打在眼上，"嗳哟"了一声。

要知端的，下回分解。

第二十九回

享福人福深还祷福
多情女情重愈斟情

话说宝玉正自发怔，不想黛玉将手帕子扔了来，正碰在眼睛上，倒唬了一跳，问：“这是谁？”黛玉摇着头儿笑道：“不敢，是我失了手。因为宝姐姐要看呆雁，我比给他看，不想失了手。”宝玉揉着眼睛，待要说什么，又不好说的。

一时凤姐儿来了，因说起初一日在清虚观打醮的事来，约着宝钗、宝玉、黛玉等看戏去。宝钗笑道：“罢，罢，怪热的，什么没看过的戏，我不去。”凤姐道：“他们那里凉快，两边又有楼。咱们要去，我头几天先打发人去，把那些道士都赶出去，把楼上打扫了，挂起帘子来，一个闲人不许放进庙去，才是好呢。我已经回了太太了，你们不去，我自家去。这些日子也闷的很了，家里唱动戏，我又不得舒舒服服的看。”贾母听说，就笑道：“既这么着，我和你去。”凤姐听说，笑道：“老祖宗也去，敢仔好，可就是我又不得受用了。”贾母道：“到明儿我在正面楼上，你在旁边楼上，你也不用到我这边来立规矩，可好不好？”凤姐笑道：“这就是老祖宗疼我了。”贾母因向宝钗道：“你也去，连你母亲也去。长天老日的，在家里也是睡觉。”宝钗只得答应着。

贾母又打发人去请了薛姨妈，顺路告诉王夫人，要带了他们姊妹去。王夫人因一则身上不好，二则预备元春有人出来，早已回了不去的，听贾母如此说，笑道：“还是这么高兴。打发人去到园里告诉：有要逛去的，只管初一跟老太太逛去。”这个话一传开了，别人还可以，只是那些丫头们天天不得出门槛儿，听了这话，谁不要去；就是各人的主子懒怠去，他也百般的撺掇了去：因此李纨等都说去。贾母心中越发喜欢，早已吩咐人去打扫安置，不必细说。

单表到了初一这一日，荣国府门前车辆纷纷，人马簇簇。那底下执事人等，听见是贵妃做好事，贾母亲去拈香，况是端阳佳节，因此凡动用的物件，一色都是齐全的，不同往日。

少时，贾母等出来：贾母坐一乘八人大轿，李氏、凤姐、薛姨妈每人一乘四人轿，宝钗、黛玉二人共坐一辆翠盖珠缨八宝车，迎春、探春、惜春三人共坐一辆朱轮华盖车。然后贾母的丫头鸳鸯、鹦鹉、琥珀、珍珠，黛玉的丫头紫鹃、雪雁、鹦哥，宝钗的丫头莺儿、文杏，迎春的丫头司棋、绣橘，探春的丫头侍书、翠墨，惜春的丫头入画、彩屏；薛姨妈的丫头同喜、同贵，外带香菱、香菱的丫头臻儿；李氏的丫头素云、碧月；凤姐儿的丫头平儿、丰儿、小红，并王夫人的两个丫头金钏、彩云也跟了凤姐儿来，奶子抱着大姐儿另在一辆车上。还有几个粗使的丫头，连上各房的老嬷嬷、奶妈子，并跟着出门的媳妇子们。黑压压的占了一街的车。

那街上的人见是贾府去烧香，都站在两边观看；那些小门小户的妇女，也都开了门，在门口站着：七言八语，指手画脚，就像看那过会的一般。只见前头的全副执事摆开，一位青年公子骑着银鞍白马，彩辔朱缨，在那八人轿前领着那些车轿人马，浩浩荡荡，一片锦绣香烟，遮天压地而来，却是鸦雀无闻，只有车轮马蹄之声。

不多时，已到了清虚观门口。只听钟鸣鼓响，早有张法官执香披衣，带领众道士在路旁迎接。宝玉下了马。贾母的轿刚至山门以内，见了本境城隍、土地各位泥塑圣像，便命住轿。贾珍带领各子弟上来迎接。凤姐儿的轿子却赶在头里先到了，带着鸳鸯等迎接上来，见贾母下了轿，忙要搀扶。可巧有个十二三岁的小道士儿拿着个剪筒，照管各处剪蜡花儿，正欲得便且藏出去，不想一头撞在凤姐儿怀里。凤姐便一扬手，照脸打了个嘴巴，把那小孩子打了一个筋斗，骂道："小野杂种！往那里跑？"那小道士也不顾拾烛剪，爬起来往外还要跑。正值宝钗等下车，众婆娘媳妇正围随的风雨不透，但见一个小道士滚了出来，都喝声叫："拿，拿！打，打！"

贾母听了，忙问："是怎么了？"贾珍忙过来问。凤姐上去搀住贾母，就回说："一个小道士儿剪蜡花的，没躲出去，这会子混钻呢。"贾母听说，忙道："快带了那孩子来，别唬着他。小门小户的孩子，都是娇生惯养惯了的，那里见过这个势派？倘或唬着他，倒怪可怜见儿的，他老子娘岂不疼呢。"说着，便叫贾珍去好生带了来。贾珍只得去拉了那孩子来，那孩子还一手拿着蜡剪，跪在地下乱颤。贾母命贾珍拉起来，叫他不用怕，问他几岁了。那孩子总说不出话来。贾母还说："可怜见儿的。"又向贾珍道："珍哥带他去罢，给他几个钱买果子吃，别叫人难为了他。"贾珍答应，领出去了。

这里贾母带着众人，一层一层的瞻拜观玩。外面小厮们见贾母等进入二层山门，忽见贾珍领了个小道士出来，叫人："来带了去，给他几百钱，别难为了他。"家人听说，忙上来领去。

贾珍站在台阶上，因问："管家在那里？"底下站的小厮们见问，都一齐喝声说："叫管家！"登时林之孝一手整理着帽子跑进来，到了贾珍跟前。贾珍道："虽然这里地方儿大，今儿咱们的人多：你使的人，你就带了在这院里罢；使不着的，打发到那院里去。把小幺儿们多挑几个在这二层门上和两边的角门上，伺候着要东西传话。你可知道不知道？今儿姑娘、奶奶们都出来，一个闲人也不许到这里来。"林之孝忙答应"知道"，又说了几个"是"。贾珍道："去罢。"又问："怎么不见蓉儿？"

一声未了，只见贾蓉从钟楼里跑出来了。贾珍道："你瞧瞧，我这里没热，他倒凉快去了。"喝命家人啐他。那小厮们都知道贾珍素日的性子，违拗不得，就有个小厮上来向贾蓉脸上啐了一口。贾珍还瞪着他，那小厮便问贾蓉："爷还不怕热，哥儿怎么先凉快去了？"贾蓉垂着手，一声不敢言语。那贾芸、贾萍、贾芹等听见了，不但他们慌了，并贾琏、贾瑞、贾琼等也都忙了，一个一个都从墙根儿底下慢慢的溜下来了。

贾珍又向贾蓉道："你站着做什么？还不骑了马，跑到家里告诉你娘母子去！老太太和姑娘们都来了，叫他们快来伺候。"贾蓉听说，忙跑了出来，一叠连声的要马。一面抱怨道："早都不知做什么的，这会子寻趁我。"一面又骂小子："捆着手呢么？马也拉不来！"要打发小厮去，又恐怕后来对出来，说不得亲自走一趟，骑马去了。

且说贾珍方要抽身进来，只见张道士站在旁边，陪笑说道："论理，我不比别人，应该里头伺候；只因天气炎热，众位千金都出来了，法官不敢擅入，请爷的示下：恐老太太问，或要随喜那里，我只在这里伺候罢了。"贾珍知道这张道士虽然是当日荣国公的替身，曾经先皇御口亲呼为"大幻仙人"，如今现掌道录司印，又是当今封为"终了真人"，现今王公、藩镇都称为神仙，所以不敢轻慢；二则他又常往两个府里去，太太、姑娘们都是见的。今见他如此说，便笑道："咱们自己，你又说起这话来；再多说，我把你这胡子还揪了你的呢。还不跟我进来呢！"那张道士呵呵的笑着，跟了贾珍进来。

贾珍到贾母跟前，控身陪笑，说道："张爷爷进来请安。"贾母听了，忙道："请他来。"贾珍忙去搀过来。那张道士先呵呵笑道："无量寿佛！老祖宗一向福寿康宁？众位奶奶、姑娘纳福？一向没到府里请安，老太太气色越发好了。"贾母笑道："老神仙你好？"张道士笑道："托老太太的万福，小道也还康健。别的倒罢了，只记挂着哥儿，一向身上好？前日四月二十六，我这里做遮天大王的圣诞，人也来的少，东西也很干净，我说请哥儿来逛逛，怎么说不在家？"贾母说道："果真不在家。"一面回头叫宝玉。

谁知宝玉解手儿去了，才来，忙上前问："张爷爷好？"张道士也抱住问了好。又向贾母笑道："哥儿越发发福了。"贾母道："他外头好，里头弱。又搭着他老子逼着他念书，生生儿的把个孩子逼出病来了。"张道士道："前日我在好几处看见哥儿写的字，做的诗，都好的了不得，怎么老爷还抱怨哥儿不大喜欢念书呢？依小道看来，也就罢了。"又叹道："我看见哥儿的这个形容身段，言谈举动，怎么就和当日国公爷一个稿子。"说着，两眼酸酸的。贾母听了，也由不得有些戚惨，说道："正是呢。我养了这些儿子孙子，也没一个像他爷爷的，就只这玉儿还像他爷爷。"

那张道士又向贾珍道："当日国公爷的模样儿，爷们一辈儿的不用说了，自然没赶上；大约连大老爷、二老爷也记不清楚了罢？”说毕，又呵呵大笑道：“前日在一个人家儿看见位小姐，今年十五岁了，长的倒也好个模样儿。我想着哥儿也该提亲了。要论这小姐的模样儿，聪明智慧，根基家当，倒也配的过。但不知老太太怎么样，小道也不敢造次，等请了示下，才敢提去呢。”贾母道：“上回有个和尚说了，这孩子命里不该早娶，等再大一大儿再定罢。你如今也讯听着，不管他根基富贵，只要模样儿配的上，就来告诉我。就是那家子穷，也不过帮他几两银子就完了。只是模样儿，性格儿，难得好的。”

说毕，只见凤姐儿笑道：“张爷爷，我们丫头的寄名符儿，你也不换去，前儿亏你还有那么大脸，打发人和我要鹅黄缎子去。要不给你，又恐怕你那老脸上下不来。”张道士哈哈大笑道：“你瞧，我眼花了，也没见奶奶在这里，也没道谢。寄名符早已有了，前日原想送去，不承望娘娘来做好事，也就混忘了。还在佛前镇着呢，等着我取了来。”说着，跑到大殿上，一时拿了个茶盘，搭着大红蟒缎经袱子，托出符来。大姐儿的奶子接了符。

张道士才要抱过大姐儿来，只见凤姐笑道：“你就手里拿出来罢了，又拿个盘子托着。”张道士道：“手里不干不净的，怎么拿？用盘子洁净些。”凤姐笑道：“你只顾拿出盘子，倒唬了我一跳：我不说你是为送符，倒像和我们化布施来了。”众人听说，哄然一笑，连贾珍也撑不住笑了。贾母回头道：“猴儿，猴儿，你不怕下割舌地狱？”凤姐笑道：“我们爷儿们不相干。他怎么常常的说我该积阴骘，迟了就短命呢？”

张道士也笑道：“我拿出盘子来，一举两用，倒不为化布施，倒要把哥儿的那块玉请下来，托出去给那些远来的道友和徒子徒孙们见识见识。”贾母道：“既这么着，你老人家老天拔地的跑什么呢？带着他去瞧了，叫他进来就是了。”张道士道：“老太太不知道。看着小道是八十岁的人，托老太太的福，倒还硬朗；二则外头的人多，气味难闻，况且大暑热的天，哥儿受不惯，倘或哥儿中了腌臜气味，倒值多了。”贾母听说，便命宝玉摘下通灵玉来，放在盘内。那张道士兢兢业业的用蟒袱子垫着，捧出去了。

这里贾母带着众人各处游玩一回，方要上楼去，只见贾珍回说：“张爷爷送了玉来。”刚说着，张道士捧着盘子走到跟前，笑道：“众人托小道的福，见了哥儿的玉，实在稀罕。都没什么敬贺的，这是他们各人传道的法器，都愿意为敬贺之礼；虽不稀罕，哥儿只留着玩耍赏人罢。”贾母听说，向盘内看时，只见也有金璜，也有玉玦；或有“事事如意”，或有“岁岁平安”：皆是珠穿宝嵌，玉琢金镂，共有三五十件。因说道：“你也胡闹。他们出家人，是那里来的？何必这样？这断不能收。”张道士笑道：“这是他们一点敬意，小道也不能阻挡。老太太要不留下，倒叫他们看着小道微薄，不像是门下出身了。”贾母听如此说，方命人接下了。

宝玉笑道：“老太太，张爷爷既这么说，又推辞不得，我要这个也无用，不如叫小子捧了这个，跟着我出去散给穷人罢。”贾母笑道：“这话说的也是。”张道士忙拦道：“哥儿虽要行好，但这些东西虽说不甚稀罕，也到底是几件器皿。若给了穷人，一则与他们也无益，二则反倒糟蹋了这些东西。要舍给穷人，何不就散钱给他们呢？”宝玉听说，便命：“收下，等晚上拿钱施舍罢。”说毕，张道士方才退出。

这里贾母和众人上了楼，在正面楼上归坐；凤姐等上了东楼；众丫头等在西楼轮流伺候。一时贾珍上来回道：“神前拈了戏，头一本是《白蛇记》。”贾母便问：“是什么故事？”贾珍道：“汉高祖斩蛇起首的故事。第二本是《满床笏》。”贾母点头道：“倒是第二本，也还罢了。神佛既这样，也只得如此。”又问第三本，贾珍道：“第三本是《南柯梦》。”贾母听了，便不言语。贾珍退下来，走至外边，预备着申表，焚钱粮，开戏，不在话下。

且说宝玉在楼上，坐在贾母旁边，因叫个小丫头子捧着方才那一盘子东西，将自己的玉带上，用手翻弄寻拨，一件一件的挑与贾母看。贾母因看见有个赤金点翠的麒麟，便伸手拿起来，笑道：“这件东西，好像是我看见谁家的孩子也带着一个的。”宝钗笑道：“史大妹妹有一个，比这个小些。”贾母道：“原来是云儿有这个。”宝玉道：“他这么常往我们家去住着，我也没看见。”探春笑道：“宝姐姐有心，不管什么他都记得。”黛玉冷笑道：“他在别的上头心还有限，惟有这些人带的东西上，他才是留心呢。”宝钗听说，回头装没听见。

宝玉听见史湘云有这件东西，自己便将那麒麟忙拿起来，揣在怀里。忽又想到怕人看见他听是史湘云有了，他就留着这件，因此手里揣着，却拿眼睛瞟人。只见众人倒都不理论，惟有黛玉瞅着他点头儿，似有赞叹之意。宝玉心里不觉没意思起来，又掏出来，瞅着黛玉讪笑道："这个东西有趣儿，我替你拿着，到家里穿上个穗子你带，好不好？"黛玉将头一扭道："我不稀罕！"宝玉笑道："你既不稀罕，我可就拿着了。"说着，又揣起来。

刚要说话，只见贾珍之妻尤氏和贾蓉续娶的媳妇胡氏，婆媳两个来了，见过贾母。贾母道："你们又来做什么？我不过没事来逛逛。"一句话说了，只见人报："冯将军家有人来了。"原来冯紫英家听见贾府在庙里打醮，连忙预备猪羊、香烛、茶食之类，赶来送礼。凤姐听了，忙赶过正楼来，拍手笑道："嗳呀！我却没防着这个。只说咱们娘儿们来闲逛逛，人家只当咱们大摆斋坛的来送礼。都是老太太闹的，这又不得不预备赏封儿。"

刚说了，只见冯家的两个管家女人上楼来了。冯家两个未去，接着赵侍郎家也有礼来了。于是接二连三，都听见贾府打醮，女眷都在庙里，凡一应远亲近友，世家相与，都来送礼。

贾母才后悔起来，说："又不是什么正经斋事，我们不过闲逛逛，没的惊动人。"因此虽看了一天戏，至下午便回来了，次日便懒怠去。凤姐又说："打墙也是动土，已经惊动了人，今儿乐得还去逛逛。"贾母因昨日见张道士提起宝玉说亲的事来，谁知宝玉一日心中不自在，回家来生气，嗔着张道士与他说了亲，口口声声说："从今以后，再不见张道士了。"别人也并不知为什么原故。二则黛玉昨日回家，又中了暑。因此二事，贾母便执意不去了。凤姐见不去，自己带了人去，也不在话下。

且说宝玉因见黛玉病了，心里放不下，饭也懒怠吃，不时来问，只怕他有个好歹。黛玉因说道："你只管听你的戏去罢，在家里做什么？"宝玉因昨日张道士提亲之事，心中大不受用，今听见黛玉如此说，心里因想道："别人不知道我的心还可恕，连他也奚落起我来。"因此心中更比往日的烦恼加了百倍。要是别人跟前，断不能动这肝火；只是黛玉说了这话，倒又比往日别人说这话不同：由不得立刻沉下脸来，说道："我白认得你了！罢了，罢了！"黛玉听说，冷笑了两声道："你白认得了我吗？我那里能够像人家有什么配的上你的呢？"宝玉听了，便走来，直问到脸上道："你这么说，是安心咒我天诛地灭？"黛玉一时解不过这话来。宝玉又道："昨儿还为这个起了誓呢，今儿你到底儿又重我一句。我就天诛地灭，你又有什么益处呢？"黛玉一闻此言，方想起昨日的话来。今日原是自己说错了，又是急，又是愧，便抽抽搭搭的哭起来，说道："我要安心咒你，我也天诛地灭！何苦来呢！我知道昨日张道士说亲，你怕拦了你的好姻缘，你心里生气，来拿我煞性子。"

原来宝玉自幼生成来的有一种下流痴病；况从幼时和黛玉耳鬓厮磨，心情相对，如今稍知些事，又看了些邪书僻传，凡远亲近友之家所见的那些闺英闱秀，皆未有稍及黛玉者：所以早存一段心事，只不好说出来。故每每或喜或怒，变尽法子，暗中试探。那黛玉偏生也是个有些痴病的，也每用假情试探。因你也将真心真意瞒起来，我也将真心真意瞒起来，都只用假意试探：如此两假相逢，终有一真，其间琐琐碎碎，难保不有口角之事。

即如此刻，宝玉的心内想的是："别人不知我的心还可恕，难道你就不想我的心里眼里只有你？你不能为我解烦恼，反来拿这个话堵噎我，可见我心里时时刻刻白有你，你心里竟没我了。"宝玉是这个意思，只口里说不出来。那黛玉心里想着："你心里自然有我，虽有'金玉相对'之说，你岂是重这邪说不重人的呢？我就时常提这'金玉'，你只管了然无闻的，方见的是待我重，无毫发私心了。怎么我只一提'金玉'的事，你就着急呢？可知你心里时时有这个'金玉'的念头，我一提，你怕我多心，故意儿着急，安心哄我。"

那宝玉心中又想着："我不管怎么样都好，只要你随意，我就立刻因你死了，也是情愿的；你知也罢，不知也罢，只由我的心，那才是你和我近，不和我远。"黛玉心里又想着："你只管你就是了，你好，我自然好。你要把自己丢开，只管周旋我，是你不叫我近你，竟叫我远了。"

看官：你道两个人原是一个心，如此看来，却都是多生了枝叶，将那求近之心，反弄成疏远之意了。此皆他二人素昔所存私心，难以备述。

如今只说他们外面的形容。那宝玉又听见他说“好姻缘”三个字，越发逆了己意，心里干噎，口里说不出来，便赌气向颈上摘下通灵玉来，咬咬牙，狠命往地下一摔，道：“什么劳什子！我砸了你，就完了事了！”偏生那玉坚硬非常，摔了一下，竟文风不动。宝玉见不破，便回身找东西来砸。黛玉见他如此，早已哭起来，说道：“何苦来，你砸那哑吧东西？有砸他的，不如来砸我！”

二人闹着，紫鹃、雪雁等忙来解劝。后来见宝玉下死劲的砸那玉，忙上来夺，又夺不下来。见比往日闹的大了，少不得去叫袭人。袭人忙赶了来，才夺下来。宝玉冷笑道：“我是砸我的东西，与你们什么相干？”袭人见他脸都气黄了，眉眼都变了，从来没气的这么样，便拉着他的手，笑道：“你合妹妹拌嘴，不犯着砸他；倘或砸坏了，叫他心里脸上怎么过的去呢？”

黛玉一行哭着，一行听了这话说到自己心坎儿上来，可见宝玉连袭人不如，越发伤心大哭起来。心里一急，方才吃的香薷饮便承受不住，哇的一声都吐出来了。紫鹃忙上来用绢子接住，登时一口一口的，把块绢子吐湿。雪雁忙上来捶揉。紫鹃道：“虽然生气，姑娘到底也该保重些。才吃了药，好些儿，这会子因和宝二爷拌嘴，又吐出来了；倘或犯了病，宝二爷怎么心里过的去呢？”

宝玉听了这话说到自己心坎儿上来，可见黛玉竟还不如紫鹃呢。又见黛玉脸红头胀，一行啼哭，一行气凑，一行是泪，一行是汗，不胜怯弱。宝玉见了这般，又自己后悔：“方才不该和他较证，这会子他这样光景，我又替不了他。”心里想着，也由不得滴下泪来了。

袭人守着宝玉，见他两个哭的悲痛，也心酸起来。又摸着宝玉的手冰凉，要劝宝玉不哭罢，一则恐宝玉有什么委屈闷在心里，二则又恐薄了黛玉：两头儿为难。正是女儿家的心性，不觉也流下泪来。紫鹃一面收拾了吐的药，一面拿扇子替黛玉轻轻的扇着，见三个人都鸦雀无声，各自哭各自的，索性也伤起心来，也拿着绢子拭泪。

四个人都无言对泣。还是袭人勉强笑向宝玉道：“你不看别的，你看看这玉上穿的穗子，也不该和林姑娘拌嘴呀。”黛玉听了，也不顾病，赶来夺过去，顺手抓起一把剪子来就铰。袭人、紫鹃刚要夺，已经剪了几段。黛玉哭道：“我也是白效力，他也不稀罕，自有别人替他再穿好的去呢！”袭人忙接了玉，道：“何苦来。这是我才多嘴的不是了。”宝玉向黛玉道：“你只管铰，我横竖不带他，也没什么。”

只顾里头闹，谁知那些老婆子们见黛玉大哭大吐，宝玉又砸玉，不知道要闹到什么田地儿，便连忙的一齐往前头去回了贾母、王夫人知道，好不至于连累了他们。那贾母、王夫人见他们忙忙的做一件正经事来告诉，也都不知有了什么原故，便一齐进园来瞧。急的袭人抱怨紫鹃：“为什么惊动了老太太、太太？”紫鹃又只当是袭人着人去告诉的，也抱怨袭人。

那贾母、王夫人进来，见宝玉也无言，黛玉也无话，问起来又没为什么事，便将这祸移到袭人、紫鹃两个人身上，说：“为什么你们不小心伏侍，这会子闹起来都不管呢？”因此将二人连骂带说，教训了一顿。二人都没的说，只得听着。还是贾母带出宝玉去了，方才平伏。

过了一日，至初三日，乃是薛蟠生日，家里摆酒唱戏，贾府诸人都去了。宝玉因得罪了黛玉，二人总未见面，心中正自后悔，无精打彩，那里还有心肠去看戏，因而推病不去。黛玉不过前日中了些暑溽之气，本无甚大病，听见他不去，心里想：“他是好吃酒听戏的，今日反不去，自然是因为昨儿气着了；再不然，他见我不去，他也没心肠去。只是昨儿千不该，万不该铰了那玉上的穗子。管定他再不带了，还得我穿了他才带。”因而心中十分后悔。

那贾母见他两个都生气，只说趁今儿那边去看戏，他两个见了，也就完了，不想又都不去。老人家急的抱怨说：“我这老冤家，是那一世里造下的孽障？偏偏儿的遇见了这么两个不懂事的小冤家儿，没有一天不叫我操心。真真的是俗语儿说的‘不是冤家不聚头’了。几时我闭了眼，断了这口气，任凭你们两个冤家闹上天去，我眼不见，心不烦，也就罢了。偏他娘的又不咽这口气！”自己抱怨着，也哭起来了。

谁知这个话传到宝玉、黛玉二人耳内，他二人竟从来没有听见过“不是冤家不聚头”的这句俗话儿，如今忽然得了这句话，好似参禅的一般，都低着头，细嚼这句话的滋味儿，不觉的潸然泪下。虽然不曾会面，却一个在潇湘馆临风洒泪，一个在怡红院对月长吁：正是人居两地，情发一心了。

袭人因劝宝玉道：“千万不是，都是你的不是。往日家里的小厮们和他的姐姐、妹妹拌嘴，或是两口子分争，你要是听见了，还骂那些小厮们蠢，不能体贴女孩儿们的心肠；今儿怎么你也这么着起来了？明儿初五，大节下的，你们两个再这么仇人似的，老太太越发要生气了，一定弄的大家不安生。依我劝，你正经下个气儿，赔个不是，大家还是照常一样儿的，这么着不好吗？”宝玉听了，不知依与不依。

要知端详，下回分解。

第三十回

宝钗借扇机带双敲
椿龄画蔷痴及局外

话说林黛玉自与宝玉口角后，也觉后悔，但又无去就他之理，因此日夜闷闷，如有所失。紫鹃也看出八九，便劝道：“论前儿的事，竟是姑娘太浮躁了些。别人不知宝玉的脾气，难道咱们也不知道？为那玉也不是闹了一遭两遭了。”黛玉啐道：“呸！你倒来替人派我的不是。我怎么浮躁了？”紫鹃笑道：“好好儿的，为什么铰了那穗子？不是宝玉只有三分不是，姑娘倒有七分不是？我看他素日在姑娘身上就好，皆因姑娘小性儿，常要歪派他，才这么样。”

黛玉欲答话，只听院外叫门。紫鹃听了听，笑道：“这是宝玉的声音，想必是来赔不是来了。”黛玉听了，说：“不许开门！”紫鹃道：“姑娘又不是了。这么热天毒日头地下，晒坏了他，如何使得呢！”口里说着，便出去开门，果然是宝玉。一面让他进来，一面笑着说道：“我只当宝二爷再不上我们的门了，谁知道这会子又来了。”宝玉笑道：“你们把极小的事倒说大了。好好的，为什么不来？我就死了，魂也要一日来一百遭。妹妹可大好了？”紫鹃道：“身上病好了，只是心里气还不大好。”宝玉笑道：“我知道了。有什么气呢？”一面说着，一面进来，只见黛玉又在床上哭。

那黛玉本不曾哭，听见宝玉来，由不得伤心，止不住滚下泪来。宝玉笑着走近床来道：“妹妹身上可大好了？”黛玉只顾拭泪，并不答应。宝玉因便挨在床沿上坐了，一面笑道：“我知道你不恼我。但只是我不来，叫旁人看见，倒像是咱们又拌了嘴的似的。要等他们来劝咱们，那时候儿，岂不咱们倒觉生分了？不如这会子你要打要骂，凭你怎么样，千万别不理我。”说着，又把

“好妹妹”叫了几十声。

黛玉心里原是再不理宝玉的，这会子听见宝玉说“别叫人知道咱们拌了嘴就生分了似的”这一句话，又可见得比别人原亲近，因又撑不住，便哭道：“你也不用来哄我。从今以后，我也不敢亲近二爷，权当我去了。”宝玉听了，笑道：“你往那里去呢？”黛玉道：“我回家去。”宝玉笑道：“我跟了去。”黛玉道：“我死了呢？”宝玉道：“你死了，我做和尚。”黛玉一闻此言，登时把脸放下来，问道：“想是你要死了！胡说的是什么！你们家倒有几个亲姐姐亲妹妹呢，明儿都死了，你几个身子做和尚去呢？等我把这个话告诉别人评评理。”宝玉自知说的造次了，后悔不来，登时脸上红涨，低了头不敢作声。幸而屋里没人。

黛玉两眼直瞪瞪的瞅了他半天，气的“嗳”了一声，说不出话来。见宝玉憋的脸上紫涨，便咬着牙，用指头狠命的在他额上戳了一下子，哼了一声，说道：“你这个……”刚说了三个字，便又叹了一口气，仍拿起绢子来擦眼泪。宝玉心里原有无限的心事，又兼说错了话，正自后悔；又见黛玉戳他一下子，要说也说不出来，自叹自泣：因此自己也有所感，不觉掉下泪来。要用绢子揩拭，不想又忘了带来，便用衫袖去擦。

黛玉虽然哭着，却一眼看见他穿着簇新藕合纱衫，竟去拭泪，便一面自己拭泪，一面回身将枕上搭的一方绡帕拿起来，向宝玉怀里一摔，一语不发，仍掩面而泣。宝玉见他摔了帕子来，忙接住拭了泪。又挨近前些，伸手拉了他一只手，笑道：“我的五脏都揉碎了，你还只是哭。走罢，我和你到老太太那里去罢。”黛玉将手一摔道：“谁和你拉拉扯扯的？一天大似一天，还这么涎皮赖脸的，连个理也不知道。”

一句话没说完，只听嚷道：“好了！”宝、黛两个不防，都唬了一跳。回头看时，只见凤姐儿跑进来，笑道：“老太太在那里抱怨天，抱怨地，只叫我来瞧瞧你们好了没有。我说：‘不用瞧，过不了三天，他们自己就好了。’老太太骂我，说我懒。我来了，果然应了我的话了。——也没见你们两个，有些什么可拌的？三日好了，两日恼了，越大越成了孩子了。有这会子拉着手哭的，昨儿为什么又成了乌眼鸡似的呢？还不跟着我到老太太跟前，叫老人家也放点儿心呢！”说着，拉了黛玉就走。

黛玉回头叫丫头们，一个也没有。凤姐道：“又叫他们做什么？有我伏侍呢。”一面说，一面拉着就走。宝玉在后头跟着。出了园门，到了贾母跟前，凤姐笑道：“我说他们不用人费心，自己就会好的，老祖宗不信，一定叫我去说和。赶我到那里说和，谁知两个人在一块儿对赔不是呢，倒像黄鹰抓住鹞子的脚——两个人都扣了环了，那里还要人去说呢？”说的满屋里都笑起来。

此时宝钗正在这里。那黛玉只一言不发，挨着贾母坐下。宝玉没什么说的，便向宝钗笑道：“大哥哥好日子，偏我又不好，没有别的礼送，连个头也不磕去。大哥哥不知道我病，倒像我推故不去似的。倘或明儿姐姐闲了，替我分辩分辩。”宝钗笑道：“这也多事。你就要去，也不敢惊动，何况身上不好。弟兄们常在一处，要存这个心，倒生分了。”宝玉又笑道：“姐姐知道体谅我就好了。”又道：“姐姐怎么不听戏去？”宝钗道：“我怕热，听了两出，热的很。要走呢，客又不散，我少不得推身上不好，就躲了。”

宝玉听说，自己由不得脸上没意思，只得又搭讪笑道：“怪不得他们拿姐姐比杨妃，原也富胎些。”宝钗听说，登时红了脸，待要发作，又不好怎么样。回思了一回，脸上越下不来，便冷笑了两声，说道：“我倒像杨妃，只是没个好哥哥好兄弟可以做得杨国忠的！”

正说着，可巧小丫头靓儿因不见了扇子，和宝钗笑道：“必是宝姑娘藏了我的。好姑娘，赏我罢。”宝钗指着他厉声说道：“你要仔细！你见我和谁玩过？有和你素日嘻皮笑脸的那些姑娘们，你该问他们去！”说的靓儿跑了。宝玉自知又把话说造次了，当着许多人，比才在黛玉跟前更不好意思，便急回身，又向别人搭讪去了。

黛玉听见宝玉奚落宝钗，心中着实得意。才要搭言，也趁势取个笑儿，不想靓儿因找扇子，宝钗又发了两句话，他便改口说道：“宝姐姐，你听了两出什么戏？”宝钗因见黛玉面上有得意之态，一定是听了宝玉方才奚落之言，遂了他的心愿。忽又见他问这话，便笑道：“我看的是李逵骂了宋江，后来又赔不是。”宝玉便笑道：“姐姐通今博古，色色都知道，怎么连这一出戏的名儿也不知道，就说了这么一套？这叫做《负荆请罪》。”宝钗笑道：“原来这叫《负荆请罪》！你们通今博古，才知道‘负荆请罪’，我不知什么叫‘负荆请罪’！”一句话未说了，宝玉、黛玉二人心里有病，听了这话，早把脸羞红了。

凤姐这些上虽不通，但只看他三人的形景，便知其意，也笑问道：“这么大热的天，谁还吃生姜呢？”众人不解，便道：“没有吃生姜的。”凤姐故意用手摸着腮，诧异道：“既没人吃生姜，怎么这么辣辣的呢？”宝玉、黛玉二人听见这话，越发不好意思了。宝钗再欲说话，见宝玉十分羞愧，形景改变，也就不好再说，只得一笑收住。别人总没解过他们四个人的话来，因此付之一笑。

一时宝钗、凤姐去了，黛玉向宝玉道：“你也试着比我利害的人了。谁都像我心拙口夯的，由着人说呢！”宝玉正因宝钗多心，自己没趣儿，又见黛玉问着他，越发没好气起来。欲待要说两句，又怕黛玉多心，说不得忍气，无精打彩，一直出来。

谁知目今盛暑之际，又当早饭已过，各处主仆人等多半都因日长神倦，宝玉背着手，到一处，一处雅雀无声。从贾母这里出来，往西走过了穿堂，便是凤姐的院落。到他院门前，只见院门掩着。知道凤姐素日的规矩：每到天热，午间要歇一个时辰的，进去不便。遂进角门，来到王夫人上房里。只见几个丫头手里拿着针线，却打盹儿。

王夫人在里间凉床上睡着，金钏儿坐在旁边捶腿，也乜斜着眼乱恍。宝玉轻轻的走到跟前，把他耳朵上的坠子一摘。金钏儿睁眼，见是宝玉。宝玉便悄悄的笑道：“就困的这么着？”金钏抿嘴儿一笑，摆手叫他出去，仍合上眼。宝玉见了他，就有些恋恋不舍的。悄悄的探头瞧瞧王夫人合着眼，便自己向身边荷包里带的香雪润津丹掏了一丸出来，向金钏儿嘴里一送。金钏儿也不睁眼，只管噙了。宝玉上来，便拉着手，悄悄的笑道：“我和太太讨了你，咱们在一处罢？”金钏儿不答。宝玉又道：“等太太醒了，我就说。”金钏儿睁开眼，将宝玉一推，笑道："你忙什么？金簪儿掉在井里头——有你的只是有你的，连这句俗语难道也不明白？我告诉你个巧方儿：你往东小院儿里头拿环哥儿和彩云去。"宝玉笑道："谁管他的事呢？咱们只说咱们的。"

只见王夫人翻身起来，照金钏儿脸上就打了个嘴巴，指着骂道："下作小娼妇儿！好好儿的爷们，都叫你们教坏了。"宝玉见王夫人起来，早一溜烟跑了。这里金钏儿半边脸火热，一声不敢言语。登时众丫头听见王夫人醒了，都忙进来。王夫人便叫："玉钏儿，把你妈叫来，带出你姐姐去！"金钏儿听见，忙跪下哭道："我再不敢了。太太要打要骂，只管发落，别叫我出去，就是天恩了。我跟了太太十来年，这会子撵出去，我还见人不见人呢？"王夫人固然是个宽仁慈厚的人，从来不曾打过丫头们一下子，今忽见金钏儿行此无耻之事，这是平生最恨的，所以气忿不过，打了一下子，骂了几句。虽金钏儿苦求也不肯收留，到底叫了金钏儿的母亲白老媳妇儿领出去了。那金钏儿含羞忍辱的出去，不在话下。

且说宝玉见王夫人醒了，自己没趣，忙进大观园来。只见赤日当天，树阴匝地，满耳蝉声，静无人语。刚到了蔷薇架，只听见有人哽噎之声。宝玉心中疑惑，便站住细听，果然那边架下有人。此时正是五月，那蔷薇花叶茂盛之际。宝玉悄悄的隔着药栏一看，只见一个女孩子蹲在花下，手里拿着根别头的簪子，在地下抠土，一面悄悄的流泪。宝玉心中想道："难道这也是个痴丫头，又像颦儿来葬花不成？"因又自笑道："若真也葬花，可谓东施效颦了，不但不为新奇，而且更是可厌。"想毕，便要叫那女子说："你不用跟着林姑娘学了。"

话未出口，幸而再看时，这女孩子面生，不是个侍儿，倒像是那十二个学戏的女孩子里头的一个，却辨不出他是生、旦、净、丑那一个脚色来。宝玉把舌头一伸，将口掩住，自己想道："幸而不曾造次。上两回皆因造次了，颦儿也生气，宝儿也多心。如今再得罪了他们，越发没意思了。"一面想，一面又恨不认得这个是谁。再留神细看，见这女孩子眉蹙春山，眼颦秋水，面薄腰纤，袅袅婷婷，大有黛玉之态。

宝玉早又不忍弃他而去，只管痴看。只见他虽然用金簪画地，并不是掘土埋花，竟是向土上画字。宝玉拿眼随着簪子的起落，一直到底，一画、一点、一勾的看了去，数一数，十八笔。自己又在手心里拿指头按着他方才下笔的规矩写了，猜是个什么字。写成一想，原来就是个蔷薇花的“蔷”字。宝玉想道：“必定是他也要做诗填词，这会子见了这花，因有所感，或者偶成了两句，一时兴至，怕忘了，在地下画着推敲，也未可知。且看他底下再写什么。”一面想，一面又看，只见那女孩子还在那里画呢。画来画去，还是个“蔷”字；再看，还是个“蔷”字。

里面的原是早已痴了，画完一个“蔷”，又画一个“蔷”，已经画了有几十个；外面的不觉也看痴了，两个眼睛珠儿只管随着簪子动，心里却想：“这女孩子一定有什么说不出的心事，才这么个样儿。外面他既是这个样儿，心里还不知怎么熬煎呢。看他的模样儿这么单薄，心里那里还搁的住熬煎呢？可恨我不能替你分些过来。”

却说伏中阴晴不定，片云可以致雨。忽然凉风过处，飒飒的落下一阵雨来。宝玉看那女孩子头上往下滴水，把衣裳登时湿了。宝玉想道：“这是下雨了，他这个身子，如何禁得骤雨一激？”因此禁不住便说道：“不用写了，你看身上都湿了。”那女孩子听说，倒唬了一跳。抬头一看，只见花外一个人叫他“不用写了”。一则宝玉脸面俊秀；二则花叶繁茂，上下俱被枝叶隐住，刚露着半边脸儿：那女孩子只当也是个丫头，再不想是宝玉。因笑道：“多谢姐姐提醒了我。难道姐姐在外头有什么遮雨的？”

一句提醒了宝玉，“嗳哟”了一声，才觉得浑身冰凉。低头看看自己身上，也都湿了。说：“不好！”只得一气跑回怡红院去了。心里却还记挂着那女孩子没处避雨。

原来明日是端阳节，那文官等十二个女孩子都放了学，进园来各处玩耍。可巧小生宝官、正旦玉官两个女孩子正在怡红院和袭人玩笑，被雨阻住，大家堵了沟，把水积在院内，拿些绿头鸭、花鸂鶒、彩鸳鸯，捉的捉，赶的赶，缝了翅膀，放在院内玩耍，将院门关了。袭人等都在游廊上嘻笑。

宝玉见关着门，便用手叩门。里面诸人只顾笑，那里听得见。叫了半日，拍得门山响，里面方听见了。料着宝玉这会子再不回来的，袭人笑道："谁这会子叫门？没人开去。"宝玉道："是我。"麝月道："是宝姑娘的声音。"晴雯道："胡说，宝姑娘这会子做什么来？"袭人道："等我隔着门缝儿瞧瞧，可开就开，别叫他淋着回去。"说着，便顺着游廊，到门前往外一瞧，只见宝玉淋得雨打鸡一般。袭人见了，又是着忙，又是好笑，忙开了门，笑着弯腰拍手道："那里知道是爷回来了。你怎么大雨里跑了来？"

宝玉一肚子没好气，满心里要把开门的踢几脚。方开了门，并不看真是谁，还只当是那些小丫头们，便一脚踢在肋上。袭人"嗳哟"了一声。宝玉还骂道："下流东西们！我素日担待你们得了意，一点儿也不怕，越发拿着我取笑儿了。"口里说着，一低头，见是袭人哭了，方知踢错了。忙笑道："嗳哟！是你来了？踢在那里了？"袭人从来不曾受过一句大话儿的，今忽见宝玉生气，踢了他一下子，又当着许多人：又是羞，又是气，又是疼，真一时置身无地。待要怎么样，料着宝玉未必是安心踢他，少不得忍着说道："没有踢着，还不换衣裳去呢！"

宝玉一面进房解衣，一面笑道："我长了这么大，头一遭儿生气打人，不想偏偏儿就碰见你了。"袭人一面忍痛换衣裳，一面笑道："我是个起头儿的人，也不论事大事小，是好是歹，自然也该从我起。但只是别说打了我，明日顺了手，只管打起别人来。"宝玉道："我才也不是安心。"袭人道："谁说是安心呢？素日开门关门的都是小丫头们的事。他们是憨皮惯了的，早已恨的人牙痒痒，他们也没个怕惧，要是他们，踢一下子唬唬也好。刚才是我淘气，不叫开门的。"

说着，那雨已住了，宝官、玉官也早去了。袭人只觉肋下疼的心里发闹，晚饭也不曾吃。到晚间脱了衣服，只见肋上青了碗大的一块，自己倒唬了一跳，又不好声张。一时睡下，梦中作痛，由不得"嗳哟"之声从睡中哼出。

宝玉虽说不是安心，因见袭人懒懒的，心里也不安稳。半夜里听见袭人“嗳哟”，便知踢重了，自己下床来，悄悄的秉灯来照。刚到床前，只见袭人嗽了两声，吐出一口痰来，“嗳哟”一声，睁眼见了宝玉，倒唬了一跳，道：“作什么？”宝玉道：“你梦里‘嗳哟’，必是踢重了，我瞧瞧。”袭人道：“我头上发晕，嗓子里又腥又甜，你倒照一照地下罢。”宝玉听说，果然持灯向地下一照，只见一口鲜血在地。宝玉慌了，只说：“了不得了！”袭人见了，也就心冷了半截。

要知端的，下回分解。

第三十一回

撕扇子作千金一笑
因麒麟伏白首双星

话说袭人见了自己吐的鲜血在地，也就冷了半截。想着往日常听人说："少年吐血，年月不保，纵然命长，终是废人了。"想起此言，不觉将素日想着后来争荣夸耀之心尽皆灰了，眼中不觉的滴下泪来。宝玉见他哭了，也不觉心酸起来，因问道："你心里觉着怎么样？"袭人勉强笑道："好好儿的，觉怎么样呢。"

宝玉的意思，即刻便要叫人烫黄酒，要山羊血黎峒丸来。袭人拉着他的手，笑道："你这一闹不打紧，闹起多少人来，倒抱怨我轻狂。分明人不知道，倒闹的人知道了，你也不好，我也不好。正经明儿你打发小子问问王大夫去，弄点子药吃吃就好了。人不知鬼不觉的不好吗？"宝玉听了有理，也只得罢了。向案上斟了茶来，给袭人漱口。袭人知宝玉心内也不安，待要不叫他伏侍，他又必不依；况且定要惊动别人，不如且由他去罢。因此倚在榻上，由宝玉去伏侍。

那天刚亮，宝玉也顾不得梳洗，忙穿衣出来，将王济仁叫来，亲自确问。王济仁问其原故，不过是伤损，便说了个丸药的名字，怎么吃，怎么敷。宝玉记了，回园来依方调治，不在话下。

这日正是端阳佳节，蒲艾簪门，虎符系臂。午间，王夫人置了酒席，请薛家母女等过节。宝玉见宝钗淡淡的，也不和他说话，自知是昨日的原故。王夫人见宝玉没精打彩，也只当是昨日金钏儿之事，他没好意思的，越发不理他。黛玉见宝玉懒懒的，只当是他因为得罪了宝钗的原故，心中不受用，形容也就懒懒的。凤姐昨日晚上，王夫人就告诉了他宝玉、金钏儿的事，知道王夫人不喜欢，自己如何敢说笑，也就随着王夫人的气色行事，更觉淡淡的。迎春姐妹见众人没意思，也都没意思了。因此，大家坐了一坐，就散了。

那黛玉天性喜散不喜聚，他想的也有个道理。他说："人有聚，就有散，聚时喜欢，到散时岂不清冷？既清冷则生感伤，所以不如倒是不聚的好。比如那花儿开的时候儿叫人爱，到谢的时候儿便增了许多惆怅，所以倒是不开的好。"故此人以为欢喜时，他反以为悲恸。那宝玉的性情只愿人常聚不散，花常开不谢；及到筵散花谢，虽有万种悲伤，也就没奈何了。因此今日之筵，大家无兴散了，黛玉还不觉怎么着，倒是宝玉心中闷闷不乐，回至房中，长吁短叹。

偏偏晴雯上来换衣裳，不防又把扇子失了手，掉在地下，将骨子跌折。宝玉因叹道："蠢才，蠢才！将来怎么样？明日你自己当家立业，难道也是这么顾前不顾后的？"晴雯冷笑道："二爷近来气大的很，行动就给脸子瞧。前儿连袭人都打了，今儿又来寻我的不是。要踢要打凭爷去。就是跌了扇子，也算不的什么大事。先时候儿，什么玻璃缸，玛瑙碗，不知弄坏了多少，也没见个大气儿；这会子，一把扇子就这么着。何苦来呢！嫌我们，就打发了我们，再挑好的使。好离好散的倒不好？"

宝玉听了这些话，气的浑身乱战。因说道："你不用忙，将来横竖有散的日子！"袭人在那边早已听见，忙赶过来，向宝玉道："好好儿的，又怎么了？可是我说的：一时我不到，就有事故儿。"晴雯听了，冷笑道："姐姐既会说，就该早来呀！省了我们惹的生气。自古以来，就只是你一个人会伏侍，我们原不会伏侍。因为你伏侍的好，为什么昨儿才挨窝心脚啊？我们不会伏侍的，明日还不知犯什么罪呢！"

袭人听了这话，又是恼，又是愧。待要说几句，又见宝玉已经气的黄了脸。少不得自己忍了性子道："好妹妹，你出去逛逛儿。原是我们的不是。"晴雯听他说"我们"两字，自然是他和宝玉了，不觉又添了醋意，冷笑几声道：

“我倒不知道，你们是谁？别叫我替你们害臊了！你们鬼鬼祟祟干的那些事，也瞒不过我去。不是我说，正经明公正道的，连个姑娘还没挣上去呢，也不过和我似的，那里就称起‘我们’来了？”袭人羞得脸紫涨起来，想想原是自己把话说错了。

宝玉一面说道：“你们气不忿，我明日偏抬举他。”袭人忙拉了宝玉的手道：“他一个糊涂人，你和他分证什么？况且你素日又是有担待的，比这大的过去了多少，今日是怎么了？”晴雯冷笑道：“我原是糊涂人，那里配和我说话！我不过奴才罢咧！”袭人听说，道：“姑娘到底是和我拌嘴，是和二爷拌嘴呢？要是心里恼我，你只和我说，不犯着当着二爷吵；要是恼二爷，不该这么吵的万人知道。我才也不过为了事，进来劝开了，大家保重，姑娘倒寻上我的晦气！又不像是恼我，又不像是恼二爷，夹枪带棒，终久是个什么主意？我就不说，让你说去！”说着便往外走。宝玉向晴雯道：“你也不用生气，我也猜着你的心事了。我回太太去，你也大了，打发你出去，可好不好？”

晴雯听了这话，不觉越伤起心来，含泪说道：“我为什么出去？要嫌我，变着法儿打发我去，也不能够的。”宝玉道：“我何曾经过这样吵闹？一定是你要出去了，不如回太太，打发你去罢。”说着，站起来就要走。

袭人忙回身拦住，笑道：“往那里去？”宝玉道：“回太太去。”袭人笑道：“好没意思！认真的去回，你也不怕臊了他？就是他认真要去，也等把这气下去了，等无事中说话儿，回了太太也不迟。这会子急急的当一件正经事去回，岂不叫太太犯疑？”宝玉道：“太太必不犯疑，我只明说是他闹着要去的。”晴雯哭道：“我多早晚闹着要去了？饶生了气，还拿话压派我。只管去回，我一头碰死了，也不出这门儿！”宝玉道：“这又奇了：你又不去，你又只管闹。我经不起这么吵，不如去了倒干净。”说着，一定要去回。

袭人见拦不住，只得跪下了。碧痕、秋纹、麝月等众丫鬟见吵闹的利害，都鸦雀无闻的在外头听消息；这会子听见袭人跪下央求，便一齐进来，都跪下了。宝玉忙把袭人拉起来，叹了一声，在床上坐下，叫众人起去。向袭人道：“叫我怎么样才好？这个心使碎了，也没人知道。”说着，不觉滴下泪来。袭人见宝玉流下泪来，自己也就哭了。

晴雯在旁哭着，方欲说话，只见黛玉进来，晴雯便出去了。黛玉笑道："大节下，怎么好好儿的哭起来了？难道是为争粽子吃，争恼了不成？"宝玉和袭人都扑嗤的一笑。黛玉道："二哥哥，你不告诉我，我不问就知道了。"一面说，一面拍着袭人的肩膀，笑道："好嫂子，你告诉我。必定是你们两口儿拌了嘴了，告诉妹妹，替你们和息和息。"袭人推他道："姑娘，你闹什么？我们一个丫头，姑娘只是混说。"黛玉笑道："你说你是丫头，我只拿你当嫂子待。"宝玉道："你何苦来替他招骂呢？饶这么着，还有人说闲话，还搁得住你来说这些个？"袭人笑道："姑娘，你不知道我的心。除非一口气不来死了，倒也罢了。"黛玉笑道："你死了，别人不知怎么样，我先就哭死了。"宝玉笑道："你死了，我做和尚去。"袭人道："你老实些儿罢，何苦还混说？"黛玉将两个指头一伸，抿着嘴儿笑道："做了两个和尚了。我从今以后，都记着你做和尚的遭数儿。"宝玉听了，知道是点他前日的话，自己一笑，也就罢了。

一时黛玉去了，就有人来说："薛大爷请。"宝玉只得去了。原来是吃酒，不能推辞，只得尽席而散。晚间回来，已带了几分酒，踉跄来至自己院内，只见院中早把乘凉的枕榻设下，榻上有个人睡着。宝玉只当是袭人，一面在榻沿上坐下，一面推他，问道："疼的好些了？"只见那人翻身起来说："何苦来？又招我！"

宝玉一看，原来不是袭人，却是晴雯。宝玉将他一拉，拉在身旁坐下，笑道："你的性子越发惯娇了。早起就是跌了扇子，我不过说了那么两句，你就说上那些话。你说我也罢了，袭人好意劝你，又刮拉上他。你自己想想该不该？"晴雯道："怪热的，拉拉扯扯的做什么？叫人看见什么样儿呢。我这个身子本不配坐在这里。"宝玉笑道："你既知道不配，为什么躺着呢？"

晴雯没的说，嗤的又笑了，说道："你不来使得，你来了就不配了。起来，让我洗澡去。袭人、麝月都洗了，我叫他们来。"宝玉笑道："我才喝了好些酒，还得洗洗。你既没洗，拿水来，咱们两个洗。"晴雯摇手笑道："罢，罢，我不敢惹爷。还记得碧痕打发你洗澡啊，足有两三个时辰，也不知道做什么呢，我们也不好进去。后来洗完了，进去瞧瞧，地下的水淹着床腿子，连席子上都汪着水，也不知是怎么洗的，笑了几天。我也没工夫收拾水，你也不用和我一块儿洗。今儿也凉快，我也不洗了。我倒是舀一盆水来，你洗洗脸，篦篦头。才鸳鸯送了好些果子来，都湃在那水晶缸里呢，叫他们打发你吃不好吗？”

宝玉笑道：“既这么着，你不洗，就洗洗手，给我拿果子来吃罢。”晴雯笑道：“可是说的，我一个蠢才，连扇子还跌折了，那里还配打发吃果子呢？倘或再砸了盘子，更了不得了。”宝玉笑道：“你爱砸就砸。这些东西，原不过是借人所用，你爱这样，我爱那样，各有性情。比如那扇子，原是扇的，你要撕着玩儿也可以使得，只是别生气时拿他出气；就如杯盘，原是盛东西的，你喜欢听那一声响，就故意砸了也是使得的，只别在气头儿上拿他出气：这就是爱物了。”

晴雯听了，笑道：“既这么说，你就拿了扇子来我撕，我最喜欢听撕的声儿。”宝玉听了，便笑着递给他。晴雯果然接过来，嗤的一声，撕了两半，接着又听嗤嗤几声。宝玉在旁笑着说：“撕的好！再撕响些。”

正说着，只见麝月走过来，瞪了一眼，啐道：“少作点孽儿罢！”宝玉赶上来，一把将他手里的扇子也夺了，递给晴雯。晴雯接了，也撕作几半子。二人都大笑起来。麝月道：“这是怎么说？拿我的东西开心儿！”宝玉笑道：“你打开扇子匣子拣去，什么好东西。”麝月道：“既这么说，就把扇子搬出来，让他尽力撕不好吗？”宝玉笑道：“你就搬去。”麝月道：“我可不造这样孽。他没折了手，叫他自己搬去。”晴雯笑着，便倚在床上，说道：“我也乏了，明儿再撕罢。”宝玉笑道：“古人云：‘千金难买一笑。’几把扇子，能值几何？”一面说，一面叫袭人。袭人才换了衣服走出来。小丫头佳蕙过来拾去破扇，大家乘凉，不消细说。

至次日午间，王夫人、宝钗、黛玉众姐妹正在贾母房中坐着，有人回道：

“史大姑娘来了。”一时，果见史湘云带领众多丫鬟、媳妇走进院来。宝钗、黛玉等忙迎至阶下相见。青年姊妹，经月不见，一旦相逢，自然是亲密的。

一时进入房中，请安问好，都见过了。贾母因说：“天热，把外头的衣裳脱脱罢。”湘云忙起身宽衣。王夫人因笑道：“也没见穿上这些做什么？”湘云笑道：“都是二婶娘叫穿的，谁愿意穿这些？”宝钗一旁笑道：“姨妈不知道，他穿衣裳，还更爱穿别人的。可记得旧年三四月里，他在这里住着，把宝兄弟的袍子穿上，靴子也穿上，带子也系上，猛一瞧，活脱儿就像是宝兄弟，就是多两个坠子。他站在那椅子后头，哄的老太太只是叫：‘宝玉，你过来，仔细那上头挂的灯穗子招下灰来，迷了眼。’他只是笑，也不过去。后来大家忍不住笑了，老太太才笑了，还说：‘扮作小子样儿，更好看了。’”黛玉道：“这算什么。惟有前年正月里接了他来，住了两日，下起雪来。老太太和舅母那日想是才拜了影回来，老太太的一件新大红猩猩毡的斗篷放在那里。谁知眼不见，他就披上了，又大又长，他就拿了条汗巾子拦腰系上，和丫头们在后院子里扑雪人儿玩，一跤栽倒了，弄了一身泥。”说着，大家想起来，都笑了。

宝钗笑问那周奶妈道：“周妈，你们姑娘还那么淘气不淘气了？”周奶妈也笑了。迎春笑道：“淘气也罢了，我就嫌他爱说话。也没见睡在那里还是咭咭呱呱，笑一阵，说一阵，也不知是那里来的那些谎话。”王夫人道：“只怕如今好了。前日有人家来相看，眼见有婆婆家了，还是那么着？”

贾母因问：“今日还是住着，还是家去呢？”周奶妈笑道：“老太太没有看见衣裳都带了来了，可不住两天？”湘云问宝玉道：“宝哥哥不在家么？”宝钗笑道：“他再不想别人，只想宝兄弟。两个人好玩笑，这可见还没改了淘气。”贾母道：“如今你们大了，别提小名儿了。”

刚说着，只见宝玉来了，笑道：“云妹妹来了？怎么前日打发人接你去不来？”王夫人道：“这里老太太才说这一个，他又来提名道姓的了。”黛玉道：“你哥哥有好东西等着给你呢。”湘云道：“什么好东西？”宝玉笑道：“你信他。——几日不见，越发高了。”湘云笑道：“袭人姐姐好？”宝玉道：“好，多谢你想着。”湘云道：“我给他带了好东西来了。”说着，拿出绢子来，挽着一个疙搭。宝玉道："又是什么好物儿？你倒不如把前日送来的那绛纹石的戒指儿带两个给他。"湘云笑道："这是什么？"说着便打开，众人看时，果然是上次送来的那绛纹戒指，一包四个。

黛玉笑道："你们瞧瞧他这个人，前日一般的打发人给我们送来，你就把他的也带了来，岂不省事？今日巴巴儿的自己带了来。我打量又是什么新奇东西呢，原来还是他。真真你是个糊涂人。"湘云笑道："你才糊涂呢！我把这理说出来，大家评评谁糊涂？给你们送东西，就是使来的人不用说话，拿进来一看，自然就知道是送姑娘们的；要带了他们的来，须得我告诉来人：这是那一个女孩儿的，那是那一个女孩儿的。那使来的人明白还好，再糊涂些，他们的名字多了，记不清楚，混闹胡说的，反倒连你们的都搅混了。要是打发个女人来还好，偏前日又打发小子来，可怎么说女孩儿们的名字呢？还是我来给他们带了来，岂不清白？"说着，把戒指放下，说道："袭人姐姐一个，鸳鸯姐姐一个，金钏儿姐姐一个，平儿姐姐一个：这倒是四个人的，难道小子们也记得这么清楚？"

众人听了，都笑道："果然明白。"宝玉笑道："还是这么会说话，不让人。"黛玉听了，冷笑道："他不会说话，就配带'金麒麟'了？"一面说着，便起身走了。幸而诸人都不曾听见，只有宝钗抿着嘴儿一笑。宝玉听见了，倒自己后悔又说错了话，忽见宝钗一笑，由不得也一笑。宝钗见宝玉笑，忙起身走开，找了黛玉说笑去了。

贾母因向湘云道："喝了茶，歇歇儿，瞧瞧你嫂子们去罢。园里也凉快，和你姐姐们去逛逛。"湘云答应了，因将三个戒指儿包上，歇了歇，便起身要瞧凤姐等去。众奶娘、丫头跟着。到了凤姐那里，说笑了一会。出来便往大观园来，见过了李纨。少坐片时，便往怡红院来找袭人。因回头说道："你们不必跟着，只管瞧你们的亲戚去，留下缕儿伏侍就是了。"众人应了，自去寻姑觅嫂，单剩下湘云、翠缕两个。

翠缕道："这荷花怎么还不开？"湘云道："时候儿还没到呢。"翠缕道："这也和咱们家池子里的一样，也是楼子花儿。"湘云道："他们这个还不及咱们的。”翠缕道：“他们那边有棵石榴，接连四五枝，真是楼子上起楼子，这也难为他长。”湘云道：“花草也是和人一样，气脉充足，长的就好。”翠缕把脸一扭，说道：“我不信这话。要说和人一样，我怎么没见过头上又长出一个头来的人呢？”

湘云听了，由不得一笑，说道：“我说你不用说话，你偏爱说。这叫人怎么答言呢？天地间都赋阴阳二气所生，或正或邪，或奇或怪，千变万化，都是阴阳顺逆，就是一生出来，人人罕见的，究竟道理还是一样。”翠缕道：“这么说起来，从古至今，开天辟地，都是些阴阳了？”湘云笑道：“糊涂东西，越说越放屁！什么‘都是些阴阳’！况且‘阴’、‘阳’两个字，还只是一个字：阳尽了就是阴，阴尽了就是阳；不是阴尽了又有一个阳生出来，阳尽了又有个阴生出来。”

翠缕道：“这糊涂死我了！什么是个阴阳？没影没形的。我只问姑娘：这阴阳是怎么个样儿？”湘云道：“这阴阳不过是个气罢了，器物赋了，才成形质。譬如天是阳，地就是阴；水是阴，火就是阳；日是阳，月就是阴。”翠缕听了，笑道：“是了，是了，我今儿可明白了。怪道人都管着日头叫‘太阳’呢，算命的管着月亮叫什么‘太阴星’，就是这个理了。”湘云笑道：“阿弥陀佛！刚刚儿的明白了。”

翠缕道：“这些东西有阴阳也罢了，难道那些蚊子、虼蚤、蠓虫儿、花儿、草儿、瓦片儿、砖头儿也有阴阳不成？”湘云道：“怎么没有呢？比如那一个树叶儿，还分阴阳呢：向上朝阳的就是阳，背阴覆下的就是阴了。”翠缕听了，点头笑道：“原来这么着，我可明白了。只是咱们这手里的扇子，怎么是阴，怎么是阳呢？”湘云道：“这边正面就为阳，那反面就为阴。”

翠缕又点头笑了。还要拿几件东西要问，因想不起什么来，猛低头看见湘云宫绦上的金麒麟，便提起来，笑道：“姑娘，这个难道也有阴阳？”湘云道：“走兽飞禽，雄为阳，雌为阴；牝为阴，牡为阳：怎么没有呢。”翠缕道：“这是公的，还是母的呢？”湘云啐道：“什么公的母的，又胡说了！”翠缕道：“这也罢了。怎么东西都有阴阳，咱们人倒没有阴阳呢？”湘云沉了脸说道："下流东西，好生走罢，越问越说出好的来了！'翠缕道："这有什么不告诉我的呢？我也知道了，不用难我。"湘云扑嗤的笑道："你知道什么？"翠缕道："姑娘是阳，我就是阴。"湘云拿着绢子掩着嘴笑起来。翠缕道："说的是了，就笑的这么样？"湘云道："很是，很是。"翠缕道："人家说主子为阳，奴才为阴，我连这个大道理也不懂得？"湘云笑道："你很懂得。"

正说着，只见蔷薇架下金晃晃的一件东西。湘云指着问道："你看那是什么？"翠缕听了，忙赶去拾起来，看着笑道："可分出阴阳来了。"说着，先拿湘云的麒麟瞧。湘云要把拣的瞧瞧，翠缕只管不放手，笑道："是件宝贝，姑娘瞧不得。这是从那里来的？好奇怪！我只从来在这里，没见人有这个。"湘云道："拿来我瞧瞧。"翠缕将手一撒，笑道："姑娘请看。"

湘云举目一看，却是文彩辉煌的一个金麒麟，比自己佩的又大，又有文彩。湘云伸手擎在掌上，心里不知怎么一动，似有所感。忽见宝玉从那边来了，笑道："你在这日头底下做什么呢？怎么不找袭人去呢？"湘云连忙将那个麒麟藏起，道："正要去呢，咱们一处走。"

说着，大家进了怡红院来。袭人正在阶下倚槛迎风，忽见湘云来了，连忙迎上来，携手笑说一向别情，一面进来让坐。宝玉因问道："你该早来，我得了一件好东西，专等你呢。"说着，一面在身上掏了半天，"嗳呀"了一声，便问袭人："那个东西，你收起来了么？"袭人道："什么东西？"宝玉道："前日得的麒麟。"袭人道："你天天带在身上的，怎么问我？"宝玉听了，将手一拍，说道："这可丢了！往那里找去？"就要起身自己寻去。

湘云听了，方知是宝玉遗落的，便笑问道："你几时又有个麒麟了？"宝玉道："前日好容易得的呢！不知多早晚丢了，我也糊涂了。"湘云笑道："幸而是个玩的东西，还是这么慌张。"说着，将手一撒，笑道："你瞧瞧，是这个不是？"宝玉一见，由不得欢喜非常。

要知后事，下回分解。

第三十二回

诉肺腑心迷活宝玉
含耻辱情烈死金钏

话说宝玉见那麒麟，心中甚是欢喜，便伸手来拿，笑道："亏你拣着了。你是怎么拾着的？"湘云笑道："幸而是这个，明日倘或把印也丢了，难道也就罢了不成？"宝玉笑道："倒是丢了印平常，若丢了这个，我就该死了。"

袭人倒了茶来与湘云吃，一面笑道："大姑娘，我前日听见你大喜呀！"湘云红了脸，扭过头去吃茶，一声也不答应。袭人笑道："这会子又害臊了？你还记得那几年，咱们在西边暖阁上住着，晚上你和我说的话？那会子不害臊，这会子怎么又臊了？"湘云的脸越发红了，勉强笑道："你还说呢，那会子咱们那么好，后来我们太太没了，我家去住了一程子，怎么就把你配给了他，我来了，你就不那么待我了。"

袭人也红了脸，笑道："罢呦！先头里，姐姐长，姐姐短，哄着我替你梳头洗脸，做这个，弄那个；如今拿出小姐款儿来了。你既拿款，我敢亲近吗？"湘云道："阿弥陀佛！冤枉冤哉！我要这么着，就立刻死了。你瞧瞧，这么大热天，我来了，必定先瞧瞧你。你不信问缕儿：我在家时时刻刻，那一回不想念你几句？"袭人和宝玉听了，都笑劝道："说玩话儿，你又认真了，还是这么性儿急。"湘云道："你不说你的话噎人，倒说人性急。"

一面说，一面打开绢子，将戒指递与袭人。袭人感谢不尽，因笑道："你前日送你姐姐们的，我已经得了，今日你亲自又送来，可见是没忘了我。就为这个试出你来了。戒指儿能值多少，可见你的心真。"史湘云道："是谁给你的？"袭人道："是宝姑娘给我的。"湘云叹道："我只当林姐姐送你的，原来是宝姐姐给了你。我天天在家里想着，这些姐姐们，再没一个比宝姐姐好的。可惜我们不是一个娘养的。我但凡有这么个亲姐姐，就是没了父母，也没妨碍的。”说着，眼圈儿就红了。宝玉道：“罢罢罢，不用提起这个话了。”史湘云道：“提这个便怎么？我知道你的心病：恐怕你的林妹妹听见，又嗔我赞了宝姐姐了。可是为这个不是？”袭人在旁嗤的一笑，说道：“云姑娘，你如今大了，越发心直嘴快了。”宝玉笑道：“我说你们这几个人难说话，果然不错。”史湘云道：“好哥哥，你不必说话叫我恶心！只会在我跟前说话，见了你林妹妹，又不知怎么好了。”

袭人道：“且别说玩话，正有一件事要求你呢。”史湘云便问：“什么事？”袭人道：“有一双鞋，抠了垫心子，我这两日身上不好，不得做。你可有工夫替我做做？”史湘云道：“这又奇了：你家放着这些巧人不算，还有什么针线上的，裁剪上的，怎么叫我做起来？你的活计叫人做，谁好意思不做呢？”袭人笑道：“你又糊涂了。你难道不知道，我们这屋里的针线，是不要那些针线上的人做的？”

史湘云听了，便知是宝玉的鞋，因笑道：“既这么说，我就替你做做罢。只是一件：你的我才做，别人的我可不能。”袭人笑道：“又来了。我是个什么儿，就敢烦你做鞋了？实告诉你，可不是我的。你别管是谁的，横竖我领情就是了。”史湘云道：“论理，你的东西也不知烦我做了多少；今日我倒不做的原故，你必定也知道。”袭人道：“我倒也不知道。”史湘云冷笑道：“前日我听见把我做的扇套儿拿着和人家比，赌气又铰了。我早就听见了，你还瞒我。这会子又叫我做，我成了你们奴才了？”

宝玉忙笑道：“前日的那个本不知是你做的。”袭人也笑道：“他本不知是你做的，是我哄他的话，说是新近外头有个会做活的，扎的绝出奇的好花儿，叫他们拿了一个扇套儿试试看好不好，他就信了，拿出去给这个瞧那个看的。不知怎么又惹恼了那一位，铰了两段。回来他还叫赶着做去，我才说了是你做的，他后悔的什么似的。”史湘云道：“这越发奇了。林姑娘也犯不上生气，他既会剪，就叫他做。”袭人道：“他可不做呢。饶这么着，老太太还怕他劳碌着了，大夫又说好生静养才好，谁还肯烦他做呢？旧年好一年的工夫做了个香袋儿，今年半年还没见拿针线呢。”

正说着，有人来回说：“兴隆街的大爷来了，老爷叫二爷出去会。”宝玉听了，便知贾雨村来了，心中好不自在。袭人忙去拿衣服。宝玉一面登着靴子，一面抱怨道：“有老爷和他坐着就罢了，回回定要见我。”史湘云一边摇着扇子，笑道：“自然你能迎宾接客，老爷才叫你出去呢。”宝玉道：“那里是老爷，都是他自己要请我见的。”湘云笑道：“‘主雅客来勤’，自然你有些警动他的好处，他才要会你。”宝玉道：“罢，罢，我也不过俗中又俗的一个俗人罢了，并不愿和这些人来往。”湘云笑道：“还是这个性儿，改不了。如今大了，你就不愿意去考举人进士的，也该常会会这些为官作宦的，谈讲谈讲那些仕途经济，也好将来应酬事务，日后也有个正经朋友。让你成年家只在我们队里，搅的出些什么来？”

宝玉听了，大觉逆耳，便道：“姑娘请别的屋里坐坐罢，我这里仔细腌臜了你这样知经济的人！”袭人连忙解说道：“姑娘快别说他。上回也是宝姑娘说过一回，他也不管人脸上过不去，嗐了一声，拿起脚来就走了。宝姑娘的话也没说完，见他走了，登时羞的脸通红，说不是，不说又不是。幸而是宝姑娘，那要是林姑娘，不知又闹的怎么样，哭的怎么样呢。提起这些话来，宝姑娘叫人敬重，自己过了一会子去了。我倒过不去，只当他恼了，谁知过后还是照旧一样，真真是有涵养，心地宽大的。谁知这一位反倒和他生分了。那林姑娘见他赌气不理，他后来不知赔多少不是呢。”宝玉道：“林姑娘从来说过这些混帐话吗？要是他也说过这些混帐话，我早和他生分了。”袭人和湘云都点头笑道：“这原是混帐话么？”

原来黛玉知道史湘云在这里，宝玉一定又赶来说麒麟的原故，因心下忖度着：“近日宝玉弄来的外传野史，多半才子佳人，都因小巧玩物上撮合：或有鸳鸯，或有凤凰，或玉环金佩，或鲛帕鸾绦，皆由小物而遂终身之愿。”今忽见宝玉也有麒麟，便恐借此生隙，同湘云也做出那些风流佳事来。因而悄悄走来，见机行事，以察二人之意。不想刚走进来，正听见湘云说经济一事，宝玉又说："林妹妹不说这些混帐话，要说这话，我也和他生分了。"

黛玉听了这话，不觉又喜又惊，又悲又叹。所喜者："果然自己眼力不错，素日认他是个知己，果然是个知己。"所惊者："他在人前，一片私心称扬于我，其亲热厚密，竟不避嫌疑。"所叹者："你既为我的知己，自然我亦可为你的知己；既你我为知己，又何必有'金玉'之论呢？既有'金玉'之论，也该你我有之，又何必来一宝钗呢？"所悲者："父母早逝，虽有铭心刻骨之言，无人为我主张；况近日每觉神思恍惚，病已渐成，医者更云气弱血亏，恐致劳怯之症。我虽为你的知己，但恐不能久待；你纵为我的知己，奈我薄命何！"想到此间，不禁泪又下来。待要进去相见，自觉无味，便一面拭泪，一面抽身回去了。

这里宝玉忙忙的穿了衣裳出来，忽见黛玉在前面慢慢的走着，似乎有拭泪之状，便忙赶着上来笑道："妹妹往那里去？怎么又哭了？又是谁得罪了你了？"黛玉回头见是宝玉，便勉强笑道："好好的，我何曾哭来？"宝玉笑道："你瞧瞧，眼睛上的泪珠儿没干，还撒谎呢。"一面说，一面禁不住抬起手来，替他拭泪。黛玉忙向后退了几步，说道："你又要死了！又这么动手动脚的。"宝玉笑道："说话忘了情，不觉的动了手，也就顾不得死活。"黛玉道："死了倒不值什么，只是丢下了什么'金'，又是什么'麒麟'，可怎么好呢？"一句话又把宝玉说急了，赶上来问道："你还说这些话，到底是咒我，还是气我呢？"黛玉见问，方想起前日的事来，遂自悔这话又说造次了，忙笑道："你别着急，我原说错了。这有什么要紧？筋都叠暴起来，急的一脸汗。"一面说，一面也近前，伸手替他拭面上的汗。

宝玉瞅了半天，方说道："你放心。"黛玉听了，怔了半天，说道："我有什么不放心的？我不明白你这个话，你倒说说，怎么放心不放心？"宝玉叹了一口气，问道："你果然不明白这话？难道我素日在你身上的心都用错了？连你的意思若体贴不着，就难怪你天天为我生气了。"黛玉道："我真不明白放心不放心的话。"宝玉点头叹道："好妹妹，你别哄我。你真不明白这话，不但我素日白用了心，且连你素日待我的心也都辜负了：你皆因都是不放心的原故，才弄了一身的病了；但凡宽慰些，这病也不得一日重似一日了。”

黛玉听了这话，如轰雷掣电。细细思之，竟比自己肺腑中掏出来的还觉恳切。竟有万句言语，满心要说，只是半个字也不能吐出，只管怔怔的瞅着他。此时宝玉心中也有万句言词，不知一时从那一句说起，却也怔怔的瞅着黛玉。两个人怔了半天，黛玉只咳了一声，眼中泪直流下来，回身便走。宝玉忙上前拉住道：“好妹妹，且略站住，我说一句话再走。”黛玉一面拭泪，一面将手推开，说道：“有什么可说的？你的话我都知道了。”口里说着，却头也不回，竟去了。

宝玉望着，只管发起呆来。原来方才出来忙了，不曾带得扇子，袭人怕他热，忙拿了扇子，赶来送给他。猛抬头看见黛玉和他站着，一时黛玉走了，他还站着不动，因而赶上来说道：“你也不带了扇子去，亏了我看见，赶着送来。”宝玉正出了神，见袭人和他说话，并未看出是谁，只管呆着脸说道：“好妹妹，我的这个心，从来不敢说。今日胆大说出来。就是死了，也是甘心的。我为你也弄了一身的病，又不敢告诉人，只好挨着。等你的病好了，只怕我的病才得好呢。睡里梦里也忘不了你！”袭人听了，惊疑不止，又是怕，又是急，又是臊。连忙推他道：“这是那里的话？你是怎么着了？还不快去吗？”宝玉一时醒过来，方知是袭人。虽然羞的满面紫涨，却仍是呆呆的，接了扇子，一句话也没有，竟自走去。

这里袭人见他去后，想：“他方才之言，必是因黛玉而起，如此看来，倒怕将来难免不才之事，令人可惊可畏。却是如何处治，方能免此丑祸？”想到此间，也不觉呆呆的发起怔来。

谁知宝钗恰从那边走来，笑道：“大毒日头地下，出什么神呢？”袭人见问，忙笑说道：“我才见两个雀儿打架，倒很有个玩意儿，就看住了。”宝钗道：“宝兄弟才穿了衣服，忙忙的那里去了？我要叫住问他呢，只是他慌慌张张的走过去，竟像没理会我的，所以没问。”袭人道：“老爷叫他出去的。”宝钗听了，忙说道："嗳哟！这么大热的天，叫他做什么？别是想起什么来生了气，叫他出去教训一场罢？"袭人笑道："不是这个，想必有客要会。"宝钗笑道："这个客也没意思，这么热天，不在家里凉快，跑什么？"袭人笑道："你可说么。"

宝钗因问："云丫头在你们家做什么呢？"袭人笑道："才说了会子闲话儿，又瞧了会子我前日粘的鞋帮子，明日还求他做去呢。"宝钗听见这话，便两边回头，看无人来往，笑道："你这么个明白人，怎么一时半刻的就不会体谅人？我近来看着云姑娘的神情儿，风里言，风里语的，听起来在家里一点儿做不得主。他们家嫌费用大，竟不用那些针线上的人，差不多儿的东西，都是他们娘儿们动手。为什么这几次他来了，他和我说话儿，见没人在跟前，他就说家里累的慌？我再问他两句家常过日子的话，他就连眼圈儿都红了，嘴里含含糊糊，待说不说的。看他的形景儿，自然从小儿没了父母是苦的。我看见他也不觉的伤起心来。"

袭人见说这话，将手一拍道："是了，怪道上月我求他打十根蝴蝶儿结子，过了那些日子，才打发人送来，还说：'这是粗打的，且在别处将就使罢；要匀净的，等明日来住着，再好生打。'如今听姑娘这话，想来我们求他，他不好推辞，不知他在家里怎么三更半夜的做呢。可是我也糊涂了，早知道是这么着，我也不该求他。"宝钗道："上次他告诉我，说在家里做活做到三更天。要是替别人做一点半点儿，那些奶奶、太太们还不受用呢。"

袭人道："偏我们那个牛心的小爷，凭着小的大的活计，一概不要家里这些活计上的人做，我又弄不开这些。"宝钗笑道："你理他呢，只管叫人做去就是了。"袭人道："那里哄的过他？他才是认得出来呢。说不得，我只好慢慢的累去罢了。"宝钗笑道："你不必忙，我替你做些就是了。"袭人笑道："当真的？这可就是我的造化了。晚上我亲自送过来。"

一句话未了，忽见一个老婆子忙忙走来，说道："这是那里说起，金钏儿姑娘好好儿的投井死了！"袭人听得，唬了一跳，忙问："那个金钏儿？"那老婆子道："那里还有两个金钏儿呢？就是太太屋里的。前日不知为什么撵出去，在家里哭天抹泪的，也都不理会他。谁知找不着他，才有打水的人说那东南角上井里打水，见一个尸首，赶着叫人打捞起来，谁知是他。他们还只管乱着要救，那里中用了呢。”宝钗道：“这也奇了！”袭人听说，点头赞叹，想素日同气之情，不觉流下泪来。宝钗听见这话，忙向王夫人处来安慰。这里袭人自回去了。

宝钗来至王夫人房里，只见鸦雀无闻，独有王夫人在里间房内坐着垂泪。宝钗便不好提这事，只得一旁坐下。王夫人便问：“你打那里来？”宝钗道：“打园里来。”王夫人道：“你打园里来，可曾见你宝兄弟？”宝钗道：“才倒看见他了，穿着衣裳出去了，不知那里去。”

王夫人点头叹道：“你可知道一件奇事？金钏儿忽然投井死了。”宝钗见说，道：“怎么好好儿的投井？这也奇了！”王夫人道：“原是前日他把我一件东西弄坏了，我一时生气，打了他两下子，撵了下去。我只说气他几天，还叫他上来，谁知他这么气性大，就投井死了。岂不是我的罪过？”宝钗笑道：“姨娘是慈善人，固然是这么想。据我看来，他并不是赌气投井；多半他下去住着，或是在井旁边儿玩，失了脚掉下去的。他在上头拘束惯了，这一出去，自然要到各处去玩玩逛逛儿。岂有这样大气的理？纵然有这样大气，也不过是个糊涂人，也不为可惜。”王夫人点头叹道：“虽然如此，到底我心里不安。”宝钗笑道：“姨娘也不劳关心。十分过不去，不过多赏他几两银子发送他，也就尽了主仆之情了。”

王夫人道：“才刚我赏了五十两银子给他妈，原要还把你姐妹们的新衣裳给他两件装裹，谁知可巧都没有什么新做的衣裳，只有你林妹妹做生日的两套。我想你林妹妹那孩子素日是个有心的，况且他也三灾八难的，既说了给他作生日，这会子又给人去装裹，岂不忌讳？因这么着，我才现叫裁缝赶着做一套给他。要是别的丫头，赏他几两银子，也就完了；金钏儿虽然是个丫头，素日在我跟前，比我的女孩儿差不多儿。”口里说着，不觉流下泪来。宝钗忙道：“姨娘这会子何用叫裁缝赶去？我前日倒做了两套，拿来给他，岂不省事？况且他活的时候儿也穿过我的旧衣裳，身量也相对。”王夫人道：“虽然这样，难道你不忌讳？”宝钗笑道：“姨娘放心，我从来不计较这些。”一面说，一面起身就走。王夫人忙叫了两个人跟宝钗去。

一时宝钗取了衣服回来，只见宝玉在王夫人旁边坐着垂泪。王夫人正才说他，因见宝钗来了，就掩住口不说了。宝钗见此景况，察言观色，早知觉了七八分。于是将衣服交明王夫人。王夫人便将金钏儿的母亲叫来拿了去了。

后事如何，下回分解。

第三十三回

手足眈眈小动唇舌
不肖种种大承笞挞

却说王夫人唤上金钏儿的母亲来，拿了几件簪环，当面赏了；又吩咐请几众僧人念经超度他。金钏儿的母亲磕了头，谢了出去。

原来宝玉会过雨村回来，听见金钏儿含羞自尽，心中早已五内摧伤。进来又被王夫人数说教训了一番，也无可回说。看见宝钗进来，方得便走出，茫然不知何往，背着手，低着头，一面感叹，一面慢慢的信步走至厅上。刚转过屏门，不想对面来了一人，正往里走，可巧撞了个满怀。只听那人喝一声："站住！"宝玉唬了一跳，抬头看时，不是别人，却是他父亲。早不觉倒抽了一口凉气，只得垂手一旁站着。

贾政道："好端端的，你垂头丧气的嗐什么？方才雨村来了要见你，那半天才出来；既出来了，全无一点慷慨挥洒的谈吐，仍是委委琐琐的，我看你脸上一团私欲愁闷气色；这会子又嗳声叹气：你那些还不足，还不自在？无故这样，是什么原故？"宝玉素日虽然口角伶俐，此时一心却为金钏儿感伤，恨不得也身亡命殒；如今见他父亲说这些话，究竟不曾听明白了，只是怔怔的站着。

贾政见他惶悚，应对不似往日，原本无气的，这一来倒生了三分气。方欲说话，忽有门上人来回："忠顺亲王府里有人来，要见老爷。"贾政听了，心下疑惑，暗暗思忖道："素日并不与忠顺府来往，为什么今日打发人来？"一面想，一面命："快请厅上坐。"急忙进内更衣。出来接见时，却是忠顺府长府官。一面彼此见了礼，归坐献茶。

未及叙谈，那长府官先就说道："下官此来，并非擅造潭府，皆因奉命而来，有一件事相求。看王爷面上，敢烦老先生做主，不但王爷知情，且连下官辈亦感谢不尽。"贾政听了这话，摸不着头脑，忙陪笑起身问道："大人既奉王命而来，不知有何见谕？望大人宣明，学生好遵谕承办。"那长府官冷笑道："也不必承办，只用老先生一句话就完了。我们府里有一个做小旦的琪官，一向好好在府，如今竟三五日不见回去，各处去找，又摸不着他的道路，因此各处察访。这一城内，十停人倒有八停人都说：他近日和衔玉的那位令郎相与甚厚。下官辈听了，尊府不比别家，可以擅来索取，因此启明王爷。王爷亦说：'若是别的戏子呢，一百个也罢了；只是这琪官，随机应答，谨慎老成，甚合我老人家的心境，断断少不得此人。'故此求老先生转致令郎，请将琪官放回：一则可慰王爷谆谆奉恳之意，二则下官辈也可免操劳求觅之苦。"说毕，忙打一躬。

贾政听了这话，又惊又气，即命唤宝玉出来。宝玉也不知是何原故，忙忙赶来。贾政便问："该死的奴才！你在家不读书也罢了，怎么又做出这些无法无天的事来？那琪官现是忠顺王爷驾前承奉的人，你是何等草莽，无故引逗他出来？如今祸及于我。"宝玉听了，唬了一跳，忙回道："实在不知此事。究竟'琪官'两个字，不知为何物，况更加以'引逗'二字。"说着便哭。

贾政未及开口，只见那长府官冷笑道："公子也不必隐饰。或藏在家，或知其下落，早说出来，我们也少受些辛苦，岂不念公子之德呢！"宝玉连说："实在不知。恐是讹传，也未见得。"那长府官冷笑两声道："现有证据，必定当着老大人说出来，公子岂不吃亏？既说不知，此人那红汗巾子怎得到了公子腰里？"宝玉听了这话，不觉轰了魂魄，目瞪口呆。心下自思："这话他如何知道？他既连这样机密事都知道了，大约别的瞒不过他。不如打发他去了，免得再说出别的事来。"因说道："大人既知他的底细，如何连他置买房舍这样大事倒不晓得了？听得说他如今在东郊离城二十里有个什么紫檀堡，他在那里置了几亩田地，几间房舍。想是在那里，也未可知。”那长府官听了，笑道：“这样说，一定是在那里了。我且去找一回，若有了便罢；若没有，还要来请教。”说着，便忙忙的告辞走了。

贾政此时气得目瞪口歪，一面送那官员，一面回头命宝玉：“不许动！回来有话问你！”一直送那官去了。才回身时，忽见贾环带着几个小厮一阵乱跑。贾政喝命小厮：“给我快打！”贾环见了他父亲，吓得骨软筋酥，赶忙低头站住。贾政便问：“你跑什么？带着你的那些人都不管你，不知往那里去，由你野马一般！”喝叫：“跟上学的人呢？”

贾环见他父亲甚怒，便乘机说道：“方才原不曾跑，只因从那井边一过，那井里淹死了一个丫头，我看脑袋这么大，身子这么粗，泡的实在可怕，所以才赶着跑过来了。”贾政听了，惊疑问道：“好端端，谁去跳井？我家从无这样事情，自祖宗以来，皆是宽柔待下。大约我近年于家务疏懒，自然执事人操克夺之权，致使弄出这暴殄轻生的祸来。若外人知道，祖宗的颜面何在！”喝命：“叫贾琏、赖大来！”

小厮们答应了一声，方欲去叫，贾环忙上前拉住贾政袍襟，贴膝跪下道：“老爷不用生气。此事除太太屋里的人，别人一点也不知道。我听见我母亲说……”说到这句，便回头四顾一看。贾政知其意，将眼色一丢。小厮们明白，都往两边后面退去。贾环便悄悄说道：“我母亲告诉我说：宝玉哥哥前日在太太屋里，拉着太太的丫头金钏儿强奸不遂，打了一顿，金钏儿便赌气投井死了。”

话未说完，把个贾政气得面如金纸，大叫：“拿宝玉来！”一面说，一面便往书房去，喝命：“今日再有人来劝我，我把这冠带、家私，一应就交与他和宝玉过去；我免不得做个罪人，把这几根烦恼鬓毛剃去，寻个干净去处自了，也免得上辱先人、下生逆子之罪！”众门客、仆从见贾政这个形景，便知又是为宝玉了，一个个咬指吐舌，连忙退出。贾政喘吁吁直挺挺的坐在椅子上，满面泪痕，一叠连声：“拿宝玉来！拿大棍拿绳来！把门都关上！有人传信到里头去，立刻打死！”众小厮们只得齐齐答应着，有几个来找宝玉。

那宝玉听见贾政吩咐他“不许动”，早知凶多吉少，那里知道贾环又添了许多的话。正在厅上旋转，怎得个人往里头捎信，偏偏的没个人来，连焙茗也不知在那里。正盼望时，只见一个老妈妈出来。宝玉如得了珍宝，便赶上来拉他，说道：“快进去告诉：老爷要打我呢！快去，快去！要紧，要紧！”宝玉一则急了，说话不明白；二则老婆子偏偏又耳聋，不曾听见是什么话，把“要紧”二字只听做“跳井”二字。便笑道：“跳井让他跳去，二爷怕什么？”宝玉见是个聋子，便着急道：“你出去叫我的小厮来罢。”那婆子道：“有什么不了的事？老早的完了。太太又赏了银子，怎么不了事呢？”

宝玉急的手脚正没抓寻处，只见贾政的小厮走来，逼着他出去了。贾政一见，眼都红了，也不暇问他在外流荡优伶，表赠私物，在家荒疏学业，逼淫母婢，只喝命：“堵起嘴来，着实打死！”小厮们不敢违，只得将宝玉按在凳上，举起大板，打了十来下。宝玉自知不能讨饶，只是呜呜的哭。贾政还嫌打的轻，一脚踢开掌板的，自己夺过板子来，狠命的又打了十几下。宝玉生来未经过这样苦楚，起先觉得打的疼不过，还乱嚷乱哭；后来渐渐气弱声嘶，哽咽不出。

众门客见打的不祥了，赶着上来恳求夺劝。贾政那里肯听，说道：“你们问问他干的勾当，可饶不可饶？素日皆是你们这些人把他酿坏了，到这步田地，还来劝解！明日酿到他弑父弑君，你们才不劝不成？”

众人听这话不好，知道气急了，忙乱着觅人进去给信。王夫人听了，不及去回贾母，便忙穿衣出来，也不顾有人没人，忙忙扶了一个丫头，赶往书房中来。慌得众门客、小厮等避之不及。贾政正要再打，一见王夫人进来，更加火上浇油，那板子越下去的又狠又快。按宝玉的两个小厮忙松手走开。宝玉早已动弹不得了。

贾政还欲打时，早被王夫人抱住板子。贾政道：“罢了，罢了！今日必定要气死我才罢！”王夫人哭道：“宝玉虽然该打，老爷也要保重；且炎暑天气，老太太身上又不大好，打死宝玉事小，倘或老太太一时不自在了，岂不事大？”贾政冷笑道：“倒休提这话！我养了这不肖的孽障，我已不孝；平昔教训他一番，又有众人护持。不如趁今日结果了他的狗命，以绝将来之患！”说着，便要绳来勒死。王夫人连忙抱住哭道：“老爷虽然应当管教儿子，也要看夫妻分上。我如今已五十岁的人，只有这个孽障。必定苦苦的以他为法，我也不敢深劝；今日越发要弄死他，岂不是有意绝我呢？既要勒死他，索性先勒死我，再勒死他！我们娘儿们不如一同死了，在阴司里也得个倚靠。”说毕，抱住宝玉，放声大哭起来。

贾政听了此话，不觉长叹一声，向椅上坐了，泪如雨下。王夫人抱着宝玉，只见他面白气弱，底下穿着一条绿纱小衣，一片皆是血渍。禁不住解下汗巾去，由腿看至臀胫：或青或紫，或整或破，竟无一点好处。不觉失声大哭起“苦命的儿”来。因哭出“苦命的儿”来，又想起贾珠来，便叫着贾珠哭道：“若有你活着，便死一百个我也不管了！”

此时里面的人闻得王夫人出来，李纨、凤姐及迎、探姊妹两个也都出来了。王夫人哭着贾珠的名字，别人还可，惟有李纨禁不住也抽抽搭搭的哭起来了。贾政听了，那泪更似走珠一般滚了下来。

正没开交处，忽听丫鬟来说：“老太太来了。”一言未了，只听窗外颤巍巍的声气说道：“先打死我，再打死他，就干净了！”贾政见母亲来了，又急又痛，连忙迎出来。只见贾母扶着丫头，摇头喘气的走来。贾政上前躬身陪笑说道：“大暑热的天，老太太有什么吩咐，何必自己走来？只叫儿子进去吩咐便了。”贾母听了，便止步喘息，一面厉声道：“你原来和我说话！我倒有话吩咐，只是我一生没养个好儿子，却叫我和谁说去？”

贾政听这话不像，忙跪下，含泪说道：“儿子管他，也为的是光宗耀祖。老太太这话，儿子如何当的起？”贾母听说，便啐了一口，说道：“我说了一句话，你就禁不起；你那样下死手的板子，难道宝玉儿就禁的起了？你说教训儿子是光宗耀祖，当日你父亲怎么教训你来着？”说着也不觉泪往下流。

贾政又陪笑道：“老太太也不必伤感，都是儿子一时性急，从此以后再不打他了。”贾母便冷笑两声道：“你也不必和我赌气。你的儿子，自然你要打就打。想来你也厌烦我们娘儿们，不如我们早离了你，大家干净！”说着，便令人：“去看轿，我和你太太、宝玉儿立刻回南京去！”家下人只得答应着。

贾母又叫王夫人道：“你也不必哭了。如今宝玉儿年纪小，你疼他；他将来长大，为官作宦的，也未必想着你是他母亲了。你如今倒是不疼他，只怕将来还少生一口气呢！”贾政听说，忙叩头说道：“母亲如此说，儿子无立足之地了。”贾母冷笑道：“你分明使我无立足之地，你反说起你来！只是我们回去了，你心里干净，看有谁来不许你打！”一面说，一面只命：“快打点行李、车辆、轿马回去！”贾政直挺挺跪着，叩头谢罪。

贾母一面说，一面来看宝玉。只见今日这顿打不比往日，又是心疼，又是生气，也抱着哭个不了。王夫人与凤姐等解劝了一会，方渐渐的止住。

早有丫鬟、媳妇等上来要搀宝玉。凤姐便骂：“糊涂东西！也不睁开眼瞧瞧，这个样儿，怎么搀着走的？还不快进去把那藤屉子春凳抬出来呢！”众人听了，连忙飞跑进去，果然抬出春凳来，将宝玉放上，随着贾母、王夫人等进去，送至贾母屋里。

彼时贾政见贾母怒气未消，不敢自便，也跟着进来。看看宝玉果然打重了，再看看王夫人一声“肉”一声“儿”的哭道：“你替珠儿早死了，留着珠儿，也免你父亲生气，我也不白操这半世的心了！这会子你倘或有个好歹，撂下我，叫我靠那一个？”数落一场，又哭“不争气的儿”。贾政听了，也就灰心，自己不该下毒手打到如此地步。先劝贾母，贾母含泪说道：“儿子不好，原是要管的，不该打到这个分儿。你不出去，还在这里做什么？难道于心不足，还要眼看着他死了才算吗？”贾政听说，方诺诺的退出去了。

此时薛姨妈、宝钗、香菱、袭人、湘云等也都在这里。袭人满心委屈，只不好十分使出来。见众人围着灌水的灌水，打扇的打扇，自己插不下手去，便索性走出门，到二门前，命小厮们找了焙茗来细问：“方才好端端的，为什么打起来？你也不早来透个信儿？”焙茗急的说：“偏我没在跟前，打到半中间，我才听见了。忙打听原故，却是为琪官儿和金钏儿姐姐的事。”袭人道：

“老爷怎么知道了？”焙茗道：“那琪官儿的事，多半是薛大爷素昔吃醋，没法儿出气，不知在外头挑唆了谁来，在老爷跟前下的蛆。那金钏儿姐姐的事，大约是三爷说的，我也是听见跟老爷的人说。”

袭人听了这两件事都对景，心中也就信了八九分。然后回来，只见众人都替宝玉疗治。调停完备，贾母命：“好生抬到他屋里去。”众人一声答应，七手八脚，忙把宝玉送入怡红院内自己床上卧好。又乱了半日，众人渐渐的散去了。袭人方才近前来，经心服侍细问。

要知端底究竟如何，且听下回分解。

第三十四回

情中情因情感妹妹
错里错以错劝哥哥

话说袭人见贾母、王夫人等去后，便走来宝玉身边坐下，含泪问他："怎么就打到这步田地？"宝玉叹气说道："不过为那些事，问他做什么？只是下半截疼的很，你瞧瞧打坏了那里？"袭人听说，便轻轻的伸手进去，将中衣脱下，略动一动，宝玉便咬着牙叫"嗳哟"，袭人连忙停住手：如此三四次，才褪下来了。袭人看时，只见腿上半段青紫，都有四指阔的僵痕高起来。袭人咬着牙说道："我的娘！怎么下这般的狠手！你但凡听我一句话，也不到这个分儿。幸而没动筋骨，倘或打出个残疾来，可叫人怎么样呢？"

正说着，只听丫鬟们说："宝姑娘来了。"袭人听见，知道穿不及中衣，便拿了一床夹纱被，替宝玉盖了。只见宝钗手里托着一丸药走进来，向袭人说道："晚上把这药用酒研开，替他敷上，把那淤血的热毒散开，就好了。"说毕，递与袭人。又问："这会子可好些？"宝玉一面道谢，说："好些了。"又让坐。

宝钗见他睁开眼说话，不像先时，心中也宽慰了些，便点头叹道："早听人一句话，也不至有今日。别说老太太、太太心疼，就是我们看着，心里也……"刚说了半句，又忙咽住，不觉眼圈微红，双腮带赤，低头不语了。

宝玉听得这话如此亲切，大有深意，忽见他又咽住不往下说，红了脸低下头，含着泪只管弄衣带，那一种软怯娇羞、轻怜痛惜之情，竟难以言语形容，越觉心中感动，将疼痛早已丢在九霄云外去了。想道："我不过挨了几下打，他们一个个就有这些怜惜之态，令人可亲可敬；假若我一时竟别有大故，他们还不知何等悲感呢！既是他们这样，我便一时死了，得他们如此，一生事业纵然尽付东流，也无足叹惜了。”

正想着，只听宝钗问袭人道：“怎么好好的动了气，就打起来了？”袭人便把焙茗的话悄悄说了。宝玉原来还不知贾环的话，见袭人说出，方才知道；因又拉上薛蟠，惟恐宝钗沉心，忙又止住袭人道：“薛大哥从来不是这样，你们别混猜度。”

宝钗听说，便知宝玉是怕他多心，用话拦袭人，因心中暗暗想道：“打得这个形像，疼还顾不过来，还这样细心，怕得罪了人。你既这样用心，何不在外头大事上做工夫？老爷也欢喜了，也不能吃这样亏。你虽然怕我沉心，所以拦袭人的话，难道我就不知我哥哥素日恣心纵欲、毫无防范的那种心性吗？当日为个秦钟还闹的天翻地覆，自然如今比先又加利害了。”想毕，因笑道：“你们也不必怨这个，怨那个。据我想，到底宝兄弟素日肯和那些人来往，老爷才生气。就是我哥哥说话不防头，一时说出宝兄弟来，也不是有心挑唆：一则也是本来的实话，二则他原不理论这些防嫌小事。袭姑娘从小儿只见过宝兄弟这样细心的人，何曾见过我哥哥那天不怕地不怕，心里有什么口里说什么的人呢？”

袭人因说出薛蟠来，见宝玉拦他的话，早已明白自己说造次了，恐宝钗没意思；听宝钗如此说，更觉羞愧无言。宝玉又听宝钗这一番话，半是堂皇正大，半是体贴自己的私心，更觉比先心动神移。方欲说话时，只见宝钗起身道：“明日再来看你，好生养着罢。方才我拿了药来，交给袭人，晚上敷上，管就好了。”说着便走出门去。袭人赶着送出院外，说：“姑娘倒费心了。改日宝二爷好了，亲自来谢。”宝钗回头笑道：“这有什么的，只劝他好生养着，别胡思乱想就好了。要想什么吃的玩的，悄悄的往我那里只管取去，不必惊动老太太、太太、众人。倘或吹到老爷耳朵里，虽然彼时不怎么样，将来对景，终是要吃亏的。”说着去了。

袭人抽身回来，心内着实感激宝钗。进来见宝玉沉思默默，似睡非睡的模样，因而退出房外栉沐。

宝玉默默的躺在床上，无奈臀上作痛，如针挑刀挖一般，更热如火炙，略展转时，禁不住“嗳哟”之声。那时天色将晚，因见袭人去了，却有两三个丫鬟伺候，此时并无呼唤之事，因说道：“你们且去梳洗，等我叫时再来。”众人听了，也都退出。

这里宝玉昏昏沉沉，只见蒋玉函走进来了，诉说忠顺府拿他之事；一时又见金钏儿进来，哭说为他投井之情。宝玉半梦半醒，刚要诉说前情，忽又觉有人推他，恍恍惚惚听得悲切之声。宝玉从梦中惊醒，睁眼一看，不是别人，却是黛玉。犹恐是梦，忙又将身子欠起来，向脸上细细一认，只见他两个眼睛肿得桃儿一般，满面泪光，不是黛玉，却是那个？宝玉还欲看时，怎奈下半截疼痛难禁，支持不住，便“嗳哟”一声，仍旧倒下，叹了口气，说道：“你又做什么来了？太阳才落，那地上还是怪热的，倘或又受了暑，怎么好呢？我虽然挨了打，却也不很觉疼痛；这个样儿是装出来哄他们，好在外头布散给老爷听。其实是假的，你别信真了。”

此时黛玉虽不是嚎啕大哭，然越是这等无声之泣，气噎喉堵，更觉利害。听了宝玉这些话，心中提起万句言词，要说时却不能说得半句。半天，方抽抽噎噎的道：“你可都改了罢！”宝玉听说，便长叹一声道：“你放心，别说这样话。我便为这些人死了，也是情愿的。”

一句话未了，只见院外人说：“二奶奶来了。”黛玉便知是凤姐来了，连忙立起身，说道：“我从后院子里去罢，回来再来。”宝玉一把拉住道：“这又奇了，好好的怎么怕起他来了？”黛玉急得跺脚，悄悄的说道：“你瞧瞧我的眼睛！又该他们拿咱们取笑儿了。”宝玉听说，赶忙的放了手。黛玉三步两步转过床后，刚出了后院，凤姐从前头已进来了，问宝玉：“可好些了？想什么吃，叫人往我那里取去。”接着薛姨妈又来了。一时贾母又打发了人来。

至掌灯时分，宝玉只喝了两口汤，便昏昏沉沉的睡去。接着周瑞媳妇、吴新登媳妇、郑好时媳妇这几个有年纪常来往的，听见宝玉挨了打，也都进来。袭人忙迎出来，悄悄的笑道：“婶娘们略来迟了一步，二爷睡着了。”说着，一面陪他们到那边屋里坐着，倒茶给他们吃。那几个媳妇子都悄悄的坐了一会，向袭人说："等二爷醒了，你替我们说罢。"

袭人答应了，送他们出去。刚要回来，只见王夫人使个老婆子来说："太太叫一个跟二爷的人呢。"袭人见说，想了一想，便回身悄悄的告诉晴雯、麝月、秋纹等人说："太太叫人，你们好生在屋里，我去了就来。"说毕，同那老婆子一径出了园子，来至上房。

王夫人正坐在凉榻上，摇着芭蕉扇子。见他来了，说道："你不管叫谁来也罢了，又撂下他来了，谁伏侍他呢？"袭人见说，连忙陪笑回道："二爷才睡了。那四五个丫头如今也好了，会伏侍了，太太请放心。恐怕太太有什么话吩咐，打发他们来，一时听不明白，倒耽误了事。"王夫人道："也没什么话，白问问他这会子疼的怎么样了。"袭人道："宝姑娘送来的药，我给二爷敷上了，比先好些了。先疼的躺不住，这会子都睡沉了，可见好些。"

王夫人又问："吃了什么没有？"袭人道："老太太给的一碗汤，喝了两口，只嚷干渴，要吃酸梅汤。我想酸梅是个收敛东西，刚才挨打，又不许叫喊，自然急的热毒热血未免存在心里；倘或吃下这个去激在心里，再弄出病来，那可怎么样呢？因此我劝了半天，才没吃。只拿那糖腌的玫瑰卤子和了，吃了小半碗，嫌吃絮了，不香甜。"王夫人道："嗳哟！你何不早来和我说？前日倒有人送了几瓶子香露来，原要给他一点子，我怕胡糟蹋了，就没给；既是他嫌那玫瑰膏子吃絮了，把这个拿两瓶子去，一碗水里只用挑上一茶匙，就香的了不得呢。"说着，就唤彩云来："把前日的那几瓶香露拿了来。"袭人道："只拿两瓶来罢，多也白糟蹋；等不够再来取，也是一样。"

彩云听了，去了半日，果然拿了两瓶来，付与袭人。袭人看时，只见两个玻璃小瓶，却有三寸大小，上面螺丝银盖，鹅黄笺上写着"木樨清露"，那一个写着"玫瑰清露"。袭人笑道："好尊贵东西。这么个小瓶儿，能有多少？"王夫人道："那是进上的，你没看见鹅黄笺子？你好生替他收着，别糟蹋了。"

袭人答应着，方要走时，王夫人又叫："站着，我想起一句话来问你。"

袭人忙又回来。王夫人见房内无人，便问道："我恍惚听见宝玉今日挨打，是环儿在老爷跟前说了什么话，你可听见这个话没有？"袭人道："我倒没听见这个话，只听见说为二爷认得什么王府的戏子，人家来和老爷说了，为这个打的。"王夫人摇头说道："也为这个，只是还有别的原故呢。"袭人道："别的原故，实在不知道。"又低头迟疑了一会，说道："今日大胆在太太跟前说句冒撞话。论理……"说了半截，却又咽住。王夫人道："你只管说。"袭人道："太太别生气，我才敢说。"王夫人道："你说就是了。"袭人道："论理，宝二爷也得老爷教训教训才好呢；要老爷再不管，不知将来还要做出什么事来呢。"

王夫人听见了这话，便点头叹息，由不得赶着袭人叫了一声："我的儿，你这话说的很明白，和我的心里想的一样。其实，我何曾不知道宝玉该管，比如先时你珠大爷在，我是怎么样管他，难道我如今倒不知管儿子了？只是有个原故：如今我想我已经五十岁的人了，通共剩了他一个，他又长的单弱，况且老太太宝贝似的；要管紧了他，倘或再有个好歹儿，或是老太太气着，那时上下不安，倒不好，所以就纵坏了他了。我时常掰着嘴儿说一阵，劝一阵，哭一阵。彼时也好，过后来还是不相干，到底吃了亏才罢。设若打坏了，将来我靠谁呢？"说着，由不得又滴下泪来。

袭人见王夫人这般悲感，自己也不觉伤了心，陪着落泪。又道："二爷是太太养的，太太岂不心疼？就是我们做下人的伏侍一场，大家落个平安，也算造化了。要这样起来，连平安都不能了。那一日那一时我不劝二爷？只是再劝不醒。偏偏那些人又肯亲近他，也怨不得他这样。如今我们劝的倒不好了。今日太太提起这话来，我还惦记着一件事，要来回太太，讨太太个主意。只是我怕太太疑心，不但我的话白说了，且连葬身之地都没有了。"

王夫人听了这话内中有因，忙问道："我的儿，你只管说。近来我因听见众人背前面后都夸你，我只说你不过在宝玉身上留心，或是诸人跟前和气这些小意思；谁知你方才和我说的话，全是大道理，正合我的心事。你有什么，只管说什么，只别叫别人知道就是了。"袭人道："我也没什么别的说，我只想着讨太太一个示下：怎么变个法儿，以后竟还叫二爷搬出园外来住就好了。”

王夫人听了，吃一大惊，忙拉了袭人的手，问道：“宝玉难道和谁作怪了不成？”袭人连忙回道：“太太别多心，并没有这话，这不过是我的小见识：如今二爷也大了，里头姑娘们也大了，况且林姑娘、宝姑娘又是两姨姑表姐妹，虽说是姐妹们，到底是男女之分，日夜一处，起坐不方便，由不得叫人悬心。既蒙老太太和太太的恩典，把我派在二爷屋里，如今跟在园中住，都是我的干系。太太想：多有无心中做出，有心人看见，当做有心事，反说坏了的，倒不如预先防着点儿。况且二爷素日的性格，太太是知道的，他又偏好在我们队里闹。倘或不防，前后错了一点半点，不论真假，人多嘴杂。那起坏人的嘴，太太还不知道呢：心顺了，说的比菩萨还好；心不顺，就没有忌讳了。二爷将来倘或有人说好，不过大家落个直过儿；设若叫人哼出一声不是来，我们不用说，粉身碎骨还是平常，后来二爷一生的声名品行，岂不完了呢？那时老爷、太太也白疼了，白操了心了。不如这会子防避些，似乎妥当。太太事情又多，一时固然想不到；我们想不到便罢了，既想到了，要不回明了太太，罪越重了。近来我为这件事日夜悬心，又恐怕太太听着生气，所以总没敢言语。”

王夫人听了这话，正触了金钏儿之事，直呆了半晌，思前想后，心下越发感爱袭人。笑道：“我的儿，你竟有这个心胸，想得这样周全。我何曾又不想到这里？只是这几次有事就混忘了。你今日这话提醒了我。难为你这样细心，真真好孩子。也罢了，你且去罢，我自有道理。只是还有一句话：你如今既说了这样的话，我索性就把他交给你了，好歹留点心儿，别叫他糟蹋了身子才好。自然不辜负你。”

袭人低了一回头，方道：“太太吩咐，敢不尽心吗？”说着，慢慢的退出。回到院中，宝玉方醒，袭人回明香露之事。宝玉甚喜，即命调来吃，果然香妙非常。因心下惦着黛玉，要打发人去，只是怕袭人拦阻，便设法先使袭人往宝钗那里去借书。

袭人去了，宝玉便命晴雯来，吩咐道："你到林姑娘那里，看他做什么呢？他要问我，只说我好了。"晴雯道："白眉赤眼儿的作什么去呢？到底说句话儿，也像件事啊。"宝玉道："没有什么可说的么。"晴雯道："或是送件东西，或是取件东西，不然我去了怎么搭讪呢？"宝玉想了一想，便伸手拿了两条旧绢子，撂与晴雯，笑道："也罢，就说我叫你送这个给他去了。"晴雯道："这又奇了：他要这半新不旧的两条绢子？他又要恼了，说你打趣他。"宝玉笑道："你放心，他自然知道。"

晴雯听了，只得拿了绢子，往潇湘馆来。只见春纤正在栏杆上晾手巾，见他进来，忙摇手儿说："睡下了。"晴雯走进来，满屋漆黑，并未点灯。黛玉已睡在床上，问："是谁？"晴雯忙答道："晴雯。"黛玉道："做什么？"晴雯道："二爷叫给姑娘送绢子来了。"黛玉听了，心中发闷，暗想："做什么送绢子来给我？"因问："这绢子是谁送他的？必定是好的，叫他留着送别人罢，我这会子不用这个。"晴雯笑道："不是新的，就是家常旧的。"黛玉听了，越发闷住了。细心揣度，一时方大悟过来，连忙说："放下，去罢。"晴雯只得放下，抽身回去，一路盘算，不解何意。

这黛玉体贴出绢子的意思来，不觉神痴心醉：想到宝玉能领会我这一番苦意，又令我可喜；我这番苦意，不知将来可能如意不能？又令我可悲；要不是这个意思，忽然好好的送两块帕子来，竟又令我可笑了；再想到私相传递，又觉可惧；他既如此，我却每每烦恼伤心，反觉可愧。如此左思右想，一时五内沸然，由不得馀意缠绵，便命掌灯；也想不起嫌疑避讳等事，研墨蘸笔，便向那两块旧帕上写道：

眼空蓄泪泪空垂，暗洒闲抛更向谁？
尺幅鲛绡劳惠赠，为君那得不伤悲！

其二

抛珠滚玉只偷潸，镇日无心镇日闲。

枕上袖边难拂拭，任他点点与斑斑。

其三

彩线难收面上珠，湘江旧迹已模糊。
窗前亦有千竿竹，不识香痕渍也无？

那黛玉还要往下写时，觉得浑身火热，面上作烧。走至镜台，揭起锦袱一照，只见腮上通红，真合压倒桃花，却不知病由此起。一时方上床睡去，犹拿着绢子思索，不在话下。

却说袭人来见宝钗，谁知宝钗不在园内，往他母亲那里去了。袭人不便空手回来，等至起更，宝钗方回。

原来宝钗素知薛蟠情性，心中已有一半疑是薛蟠挑唆了人来告宝玉了，谁知又听袭人说出来，越发信了。究竟袭人是焙茗说的，那焙茗也是私心窥度，并未据实，大家都是一半猜度，竟认作十分真切了。

可笑那薛蟠因素日有这个名声，其实这一次却不是他干的，竟被人生生的把个罪名坐定。这日正从外头吃了酒回来，见过了母亲，只见宝钗在这里坐着，说了几句闲话儿，忽然想起，因问道："听见宝玉挨打，是为什么？"薛姨妈正为这个不自在，见他问时，便咬着牙道："不知好歹的冤家！都是你闹的，你还有脸来问？"薛蟠见说便怔了，忙问道："我闹什么？"薛姨妈道："你还装腔呢，人人都知道是你说的。"薛蟠道："人人说我杀了人，也就信了罢？"薛姨妈道："连你妹妹都知道是你说，难道他也赖你不成？"

宝钗忙劝道："妈妈和哥哥且别叫喊，消消停停的，就有个青红皂白了。"又向薛蟠道："是你说的也罢，不是你说的也罢，事情也过去了，不必较正，把小事倒弄大了。我只劝你从此以后，少在外头胡闹，少管别人的事。天天一处大家胡逛，你是个不防头的人，过后没事就罢了，倘或有事，不是你干的，人人都也疑惑说是你干的。不用别人，我先就疑惑你。"

薛蟠本是个心直口快的人，见不得这样藏头露尾的事；又是宝钗劝他别再胡逛去；他母亲又说他犯舌，宝玉之打，是他治的：早已急得乱跳，赌神发誓的分辩。又骂众人："谁这么编派我？我把那囚攮的牙敲了！分明是为打了宝玉，没的献勤儿，拿我来做幌子。难道宝玉是天王，他父亲打他一顿，一家子定要闹几天？那一回为他不好，姨父打了他两下子，过后儿老太太不知怎么知道了，说是珍大哥治的，好好儿的叫了去骂了一顿。今日越发拉上我了！既拉上我也不怕，索性进去把宝玉打死了，我替他偿命！"一面嚷，一面抓起一根门闩来就跑。慌的薛姨妈拉住，骂道："作死的孽障！你打谁去？你先打我来！"薛蟠的眼急的铜铃一般，嚷道："何苦来！又不叫我去，为什么好好的赖我？将来宝玉活一日，我耽一日的口舌，不如大家死了清净！"

宝钗忙也上前劝道："你忍耐些儿罢。妈妈急的这个样儿，你不说来劝，你倒反闹的这样。别说是妈妈，就是旁人来劝你，也是为好，倒把你的性子劝上来。"薛蟠道："你这会子又说这话，都是你说的。"宝钗道："你只怨我说，再不怨你那顾前不顾后的形景。"薛蟠道："你只会怨我顾前不顾后，你怎么不怨宝玉外头招风惹草的呢？别说别的，就拿前日琪官儿的事比给你们听：那琪官儿我们见了十来次，他并没和我说一句亲热话；怎么前儿他见了，连姓名还不知道，就把汗巾子给他？难道这也是我说的不成？"薛姨妈和宝钗急的说道："还提这个，可不是为这个打他呢？可见是你说的了。"薛蟠道："真真的气死人了！赖我说的我不恼，我只气一个宝玉闹的这么天翻地覆的。"宝钗道："谁闹来着？你先持刀动杖的闹起来，倒说别人闹。"

薛蟠见宝钗说的话句句有理，难以驳证，比母亲的话反难回答，因此便要设法拿话堵回他去，就无人敢拦自己的话了。也因正在气头儿上，未曾想话之轻重，便道："好妹妹，你不用和我闹，我早知道你的心了：从先妈妈和我说，你这金锁要拣有玉的才可配，你留了心，见宝玉有那劳什子，你自然如今行动护着他。"话未说了，把个宝钗气怔了，拉着薛姨妈哭道："妈妈，你听哥哥说的是什么话？"薛蟠见妹子哭了，便知自己冒撞，便赌气走到自己屋里安歇不提。

宝钗满心委屈气忿，待要怎样，又怕他母亲不安，少不得含泪别了母亲，各自回来，到屋里整哭了一夜。次日一早起来，也无心梳洗，胡乱整理了衣裳，便出来瞧母亲。可巧遇见黛玉独立在花阴之下，问他那里去。宝钗因说："家去。"口里说着，便只管走。黛玉见他无精打彩的去了，又见眼上好似有哭泣之状，大非往日可比，便在后面笑道："姐姐也自己保重些儿，就是哭出两缸泪来，也医不好棒疮。"

不知宝钗如何答对，且听下回分解。

第三十五回

白玉钏亲尝莲叶羹
黄金莺巧结梅花络

话说宝钗分明听见黛玉刻薄他，因惦记着母亲、哥哥，并不回头，一径去了。

这里黛玉仍旧立于花阴之下，远远的却向怡红院内望着。只见李纨、迎春、探春、惜春并丫鬟人等都向怡红院内去过之后，一起一起的散尽了；只不见凤姐儿来。心里自己盘算道："他怎么不来瞧瞧宝玉呢？便是有事缠住了，他必定也是要来打个花胡哨，讨老太太、太太的好儿才是呢！今儿这早晚不来，必有原故。"一面猜疑，一面抬头再看时，只见花花簇簇一群人又向怡红院内来了。定睛看时，却是贾母搭着凤姐的手，后头邢夫人、王夫人，跟着周姨娘并丫头、媳妇等人，都进院去了。

黛玉看了，不觉点头，想起有父母的好处来，早又泪珠满面。少顷，只见薛姨妈、宝钗等也进去了。忽见紫鹃从背后走来，说道："姑娘吃药去罢，开水又冷了。"黛玉道："你到底要怎么样？只是催。我吃不吃，与你什么相干？"紫鹃笑道："咳嗽的才好了些，又不吃药了？如今虽是五月里，天气热，到底也还该小心些。大清早起，在这个潮地上站了半日，也该回去歇歇了。"一句话提醒了黛玉，方觉得有点儿腿酸。呆了半日，方慢慢的扶着紫鹃，回到潇湘馆来。

一进院门，只见满地下竹影参差，苔痕浓淡，不觉又想起《西厢记》中所云"幽僻处可有人行？点苍苔白露泠泠"二句来，因暗暗的叹道："双文虽然命薄，尚有孀母、弱弟；今日我黛玉之薄命，一并连孀母、弱弟俱无。"想到这里，又欲滴下泪来。不防廊下的鹦哥见黛玉来了，嘎的一声扑了下来，倒吓了一跳。因说道："你作死呢！又扇了我一头灰。"那鹦哥又飞上架去，便叫："雪雁，快掀帘子，姑娘来了。"黛玉便止住步，以手扣架，道："添了食水不曾？"那鹦哥便长叹一声，竟大似黛玉素日吁嗟音韵。接着念道："侬今葬花人笑痴，他年葬侬知是谁？"黛玉、紫鹃听了，都笑起来。紫鹃笑道："这都是素日姑娘念的，难为他怎么记了。"

黛玉便命将架摘下来，另挂在月洞窗外的钩上。于是进了屋子，在月洞窗内坐了，吃毕药。只见窗外竹影映入纱窗，满屋内阴阴翠润，几簟生凉。黛玉无可释闷，便隔着纱窗调逗鹦哥做戏，又将素日所喜的诗词也教与他念。这且不在话下。

且说宝钗来至家中，只见母亲正梳头呢。看见他进来，便笑着说道："你这么早就梳上头了？"宝钗道："我瞧瞧妈妈身上好不好。昨儿我去了，不知他可又过来闹了没有？"一面说，一面在他母亲身旁坐下，由不得哭将起来。薛姨妈见他一哭，自己撑不住，也就哭了一场。一面又劝他："我的儿，你别委屈了，你等我处分那孽障。你要有个好歹，叫我指望那一个呢？"

薛蟠在外听见，连忙的跑过来，对着宝钗左一个揖，右一个揖，只说："好妹妹，恕我这次罢。原是我昨儿吃了酒，回来的晚了，路上撞客着了，来家没醒，不知胡说了些什么，连自己也不知道，怨不得你生气。"宝钗原是掩面而哭，听如此说，由不得也笑了，遂抬头向地下啐了一口，说道："你不用做这些像生儿了。我知道你的心里多嫌我们娘儿们，你是变着法儿叫我们离了你就心净了。"

薛蟠听说，连忙笑道："妹妹这从那里说起？妹妹从来不是这么多心说歪话的人哪。"薛姨妈忙又接着道："你只会挑你妹妹的歪话，难道昨儿晚上你说的那些话就使得吗？当真是你发昏了？"薛蟠道："妈妈也不必生气，妹妹也不用烦恼，从今以后，我再不和他们一块儿喝酒了，好不好？"宝钗笑道："这才明白过来了。"薛姨妈道："你要有个横劲，那龙也下蛋了。"

薛蟠道："我要再和他们一处喝，妹妹听见了，只管啐我，再叫我畜生，不是人，如何？何苦来为我一个人，娘儿两个天天儿操心？妈妈为我生气还犹可，要只管叫妹妹为我操心，我更不是人了。如今父亲没了，我不能多孝顺妈妈，多疼妹妹，反叫娘母子生气，妹妹烦恼，连个畜生不如了！"口里说着，眼睛里掌不住掉下泪来。

薛姨妈本不哭了，听他一说，又伤起心来。宝钗勉强笑道："你闹够了，这会子又来招着妈妈哭了。"薛蟠听说，忙收泪笑道："我何曾招妈妈哭来着？罢罢罢，扔下这个别提了，叫香菱来倒茶妹妹喝。"宝钗道："我也不喝茶，等妈妈洗了手，我们就进去了。"薛蟠道："妹妹的项圈我瞧瞧，只怕该炸一炸去了。"宝钗道："黄澄澄的，又炸他做什么？"薛蟠又道："妹妹如今也该添补些衣裳了，要什么颜色花样，告诉我。"宝钗道："连那些衣裳我还没穿遍了，又做什么？"一时薛姨妈换了衣裳，拉着宝钗进去，薛蟠方出去了。

这里薛姨妈和宝钗进园来看宝玉，到了怡红院中，只见抱厦里外回廊上许多丫头、老婆站着，便知贾母等都在这里。母女两个进来，大家见过了。只见宝玉躺在榻上，薛姨妈问他："可好些？"宝玉忙欲欠身，口里答应着"好些"，又说："只管惊动姨娘、姐姐，我当不起。"薛姨妈忙扶他睡下，又问他："想什么，只管告诉我。"宝玉笑道："我想起来，自然和姨娘要去。"

王夫人又问："你想什么吃？回来好给你送来。"宝玉笑道："也倒不想什么吃，倒是那一回做的那小荷叶儿小莲蓬儿的汤还好些。"凤姐一旁笑道："都听听，口味倒不算高贵，只是太磨牙了，巴巴儿的想这个吃。"贾母便一叠连声的叫做去。凤姐笑道："老祖宗别急，我想想这模子是谁收着呢？"因回头吩咐个老婆问管厨房的去要。那老婆去了半天，来回话："管厨房的说，四副汤模子都缴上来了。"凤姐听说，又想了一想道："我也记得交上来了，就只不记得交给谁了，多半是在茶房里。"又遣人去问管茶房的，也不曾收。次后还是管金银器的送了来了。

薛姨妈先接过来瞧时，原来是个小匣子，里面装着四副银模子，都有一尺多长，一寸见方。上面凿着豆子大小，也有菊花的，也有梅花的，也有莲蓬的，也有菱角的……共有三四十样，打的十分精巧。因笑向贾母、王夫人道："你们府上也都想绝了，吃碗汤还有这些样子。要不说出来，我见了这个，也不认得是做什么用的。"凤姐儿也不等人说话，便笑道："姑妈不知道，这是旧年备膳的时候儿他们想的法儿。不知弄什么面印出来，借点新荷叶的清香，全仗着好汤。我吃着究竟也没什么意思，谁家常吃他？那一回呈样做了一回，他今儿怎么想起来了？"

说着接过来，递与个妇人，吩咐厨房里立刻拿几只鸡，另外添了东西，做十碗汤来。王夫人道："要这些做什么？"凤姐笑道："有个原故：这一宗东西，家常不大做。今儿宝兄弟提起来了，单做给他吃，老太太、姑妈、太太都不吃，似乎不大好。不如就势儿弄些大家吃吃，托赖着连我也尝个新儿。"贾母听了，笑道："猴儿，把你乖的，拿着官中的钱做人情。"说的大家笑了。凤姐忙笑道："这不相干，这个小东道儿，我还孝敬的起。"便回头吩咐妇人："说给厨房里，只管好生添补着做了，在我帐上领银子。"婆子答应着去了。

宝钗一旁笑道："我来了这么几年，留神看起来，二嫂子凭他怎么巧，再巧不过老太太。"贾母听说，便答道："我的儿，我如今老了，那里还巧什么？当日我像凤丫头这么大年纪，比他还来得呢。他如今虽说不如我，也就算好了，比你姨娘强远了。你姨娘可怜见的，不大说话，和木头似的，公婆跟前就不献好儿。凤儿嘴乖，怎么怨得人疼他？"

宝玉笑道："要这么说，不大说话的就不疼了？"贾母道："不大说话的，又有不大说话的可疼之处；嘴乖的也有一宗可嫌的，倒不如不说的好。"宝玉笑道："这就是了。我说大嫂子倒不大说话呢，老太太也是和凤姐姐一样的疼。要说单是会说话的可疼，这些姐妹里头，也只凤姐姐和林妹妹可疼了。"贾母道："提起姐妹，不是我当着姨太太的面奉承，千真万真，从我们家里四个女孩儿算起，都不如宝丫头。"薛姨妈听了，忙笑道："这话是老太太说偏了。"王夫人忙又笑道："老太太时常背地里和我说宝丫头好，这倒不是假话。"宝玉勾着贾母，原为要赞黛玉，不想反赞起宝钗来，倒也意出望外，便看着宝钗一笑。宝钗早扭过头去和袭人说话去了。

忽有人来请吃饭，贾母方立起身来，命宝玉："好生养着罢。"把丫头们又嘱咐了一回，方扶着凤姐儿，让着薛姨妈，大家出房去了。犹问："汤好了不曾？"又问薛姨妈等："想什么吃，只管告诉我，我有本事叫凤丫头弄了来咱们吃。"薛姨妈笑道："老太太也会怄他，时常他弄了东西来孝敬，究竟又吃不多儿。"凤姐儿笑道："姑妈倒别这么说。我们老祖宗只是嫌人肉酸，要不嫌人肉酸，早已把我还吃了呢。"一句话没说了，引的贾母、众人都哈哈的大笑起来。宝玉在屋里也掌不住笑了。袭人笑道："真真的二奶奶的嘴，怕死人。"

宝玉伸手拉着袭人，笑道："你站了这半日，可乏了。"一面说，一面拉他身旁坐下。袭人笑道："可是又忘了，趁宝姑娘在院子里，你和他说，烦他们莺儿来打上几根绦子。"宝玉笑道："亏了你提起来。"说着，便仰头向窗外道："宝姐姐，吃过饭叫莺儿来，烦他打几根绦子，可得闲儿？"宝钗听见，回头道："是了，一会儿就叫他来。"贾母等尚未听真，都止步问宝钗何事，宝钗说明了。贾母便说道："好孩子，你叫他来替你兄弟打几根罢。你要人使，我那里闲的丫头多着呢，你喜欢谁，只管叫来使唤。"薛姨妈、宝钗等都笑道："只管叫他来做就是了，有什么使唤的去处？他天天也是闲着淘气。"

大家说着，往前正走，忽见湘云、平儿、香菱等在山石边掐凤仙花呢，见了他们走来，都迎上来了。少顷出至园外，王夫人恐贾母乏了，便欲让至上房内坐。贾母也觉脚酸，便点头依允。王夫人便命丫头忙先去铺设坐位。那时赵姨娘推病，只有周姨娘与那老婆、丫头们忙着打帘子，立靠背，铺褥子。贾母扶着凤姐儿进来，与薛姨妈分宾主坐了，宝钗、湘云坐在下面。王夫人亲自捧了茶来，奉与贾母；李宫裁捧与薛姨妈。贾母向王夫人道："让他们小妯娌们伏侍罢，你在那里坐下，好说话儿。"王夫人方向一张小杌子上坐下，便吩咐凤姐儿道："老太太的饭放在这里，添了东西来。"凤姐儿答应，出去便命人去贾母那边告诉。那边的老婆们忙往外传了，丫头们忙都赶过来。王夫人便命："请姑娘们去。"请了半天，只有探春、惜春两个来了；迎春身上不奈烦，不吃饭；那黛玉是不消说，十顿饭只好吃五顿，众人也不着意了。

少顷饭至，众人调放了桌子。凤姐儿用手巾裹了一把牙箸，站在地下，笑道："老祖宗和姨妈不用让，还听我说就是了。"贾母笑向薛姨妈道："我们就是这样。"薛姨妈笑着应了。于是凤姐放下四双箸：上面两双是贾母、薛姨妈，两边是宝钗、湘云的。王夫人、李宫裁等都站在地下，看着放菜。凤姐先忙着要干净家伙来，替宝玉拣菜。少顷，莲叶汤来了，贾母看过了。王夫人回头见玉钏儿在那里，便命玉钏儿与宝玉送去。凤姐道："他一个人难拿。"可巧莺儿和同喜都来了，宝钗知道他们已吃了饭，便向莺儿道："宝二爷正叫你去打络子，你们两个同去罢。"

莺儿答应着，和玉钏儿出来。莺儿道："这么远，怪热的，那可怎么端呢？"玉钏儿笑道："你放心，我自有道理。"说着，便命一个婆子来，将汤、饭等类放在一个捧盒里，命他端了跟着，他两个却空着手走。一直到了怡红院门口，玉钏儿方接过来，同着莺儿进入房中。

袭人、麝月、秋纹三个人正和宝玉玩笑呢，见他两个来了，都忙起来笑道："你们两个来的怎么碰巧，一齐来了？"一面说，一面接过来。玉钏儿便向一张杌子上坐下；莺儿不敢坐，袭人便忙端了个脚踏来，莺儿还不敢坐。

宝玉见莺儿来了，却倒十分欢喜；见了玉钏儿，便想起他姐姐金钏儿来了，又是伤心，又是惭愧，便把莺儿丢下，且和玉钏儿说话。袭人见把莺儿不理，恐莺儿没好意思的，又见莺儿不肯坐，便拉了莺儿出来，到那边屋里去吃茶说话儿去了。

这里麝月等预备了碗箸来，伺候吃饭。宝玉只是不吃，问玉钏儿道："你母亲身上好？"玉钏儿满脸娇嗔，正眼也不看宝玉，半日方说了一个"好"字。宝玉便觉没趣，半日，只得又陪笑问道："谁叫你替我送来的？"玉钏儿道："不过是奶奶、太太们。"宝玉见他还是哭丧着脸，便知他是为金钏儿的原故。待要虚心下气哄他，又见人多，不好下气的。因而便寻方法将人都支出去，然后又陪笑问长问短。

那玉钏儿先虽不欲理他，只管见宝玉一些性气也没有，凭他怎么丧谤，还是温存和气，自己倒不好意思的了，脸上方有三分喜色。宝玉便笑央道："好姐姐，你把那汤端了来，我尝尝。"玉钏儿道："我从不会喂人东西，等他们来了再喝。"宝玉笑道："我不是要你喂我。我因为走不动，你递给我喝了，你好赶早回去交代了，好吃饭去。我只管耽误了时候，岂不饿坏了你？你要懒怠动，我少不得忍着疼下去取去。"说着，便要下床，扎挣起来，禁不住"嗳哟"之声。玉钏儿见他这般，也忍不过，起身说道："躺下去罢。那世里造的孽，这会子现世现报，叫我那一个眼睛瞧的上！"一面说，一面哧的一声又笑了，端过汤来。

宝玉笑道："好姐姐，你要生气，只管在这里生罢。见了老太太、太太，可和气着些；若还这样，你就要挨骂了。"玉钏儿道："吃罢，吃罢。你不用和我甜嘴蜜舌的了，我都知道啊。"说着，催宝玉喝了两口汤。宝玉故意说不好吃。玉钏儿撇嘴道："阿弥陀佛！这个还不好吃，也不知什么好吃呢？"宝玉道："一点味儿也没有。你不信尝一尝，就知道了。"玉钏儿果真赌气尝了一尝。宝玉笑道："这可好吃了。"玉钏儿听说，方解过他的意思来，原是宝玉哄他喝一口。便说道："你既说不喝，这会子说好吃，也不给你喝了。"宝玉只管陪笑央求要喝；玉钏儿又不给他，一面又叫人打发吃饭。

丫头方进来时，忽有人来回话，说："傅二爷家的两个嬷嬷来请安，来见二爷。"宝玉听说，便知是通判傅试家的嬷嬷来了。那傅试原是贾政的门生，原来都赖贾家的名声得意；贾政也着实看待，与别的门生不同。他那里常遣人来走动。

宝玉素昔最厌勇男蠢妇的，今日却如何又命这两个婆子进来？其中原来有个原故。只因那宝玉闻得傅试有个妹子，名唤傅秋芳，也是个琼闺秀玉，常听人说才貌俱全，虽自未亲睹，然遐思遥爱之心，十分诚敬。不命他们进来，恐薄了傅秋芳，因此连忙命让进来。

那傅试原是暴发的，因傅秋芳有几分姿色，聪明过人，那傅试安心仗着妹子，要与豪门贵族结亲，不肯轻意许人，所以耽误到如今。目今傅秋芳已二十三岁，尚未许人。怎奈那些豪门贵族又嫌他本是穷酸，根基浅薄，不肯求配。那傅试与贾家亲密，也自有一段心事。

今日遣来的两个婆子，偏偏是极无知识的，闻得宝玉要见，进来只刚问了好，说了没两句话。那玉钏儿见生人来，也不和宝玉厮闹了，手里端着汤，却只顾听；宝玉又只顾和婆子说话，一面吃饭，伸手去要汤：两个人的眼睛都看着人，不想伸猛了手，便将碗碰翻，将汤泼了宝玉一手。玉钏儿倒不曾烫着，吓了一跳，忙笑道："这是怎么了？"慌的丫头们忙上来接碗。宝玉自己烫了手，倒不觉的，只管问玉钏儿："烫了那里了？疼不疼？"玉钏儿和众人都笑了。玉钏儿道："你自己烫了，只管问我。"宝玉听了，方觉自己烫了。众人上来，连忙收拾。宝玉也不吃饭了，洗手吃茶，又和那两个婆子说了两句话，然后两个婆子告辞出去。晴雯等送至桥边方回。

那两个婆子见没人了，一行走，一行谈论。这一个笑道："怪道有人说，他们家的宝玉是相貌好，里头糊涂，中看不中吃，果然竟有些呆气：他自己烫了手，倒问别人疼不疼，这可不是呆了吗？"那个又笑道："我前一回来，还听见他家里许多人说，千真万真有些呆气：大雨淋的水鸡儿似的，他反告诉别人：'下雨了，快避雨去罢。'你说可笑不可笑？时常没人在跟前，就自哭自笑的；看见燕子就和燕子说话，河里看见了鱼就和鱼儿说话；见了星星月亮，他不是长吁短叹的，就是咕咕哝哝的。且一点刚性儿也没有，连那些毛丫头的气都受到了。爱惜起东西来，连个线头儿都是好的；糟蹋起来，那怕值千值万，都不管了。"两个人一面说，一面走出园来回去，不在话下。

且说袭人见人去了，便携了莺儿过来，问宝玉："打什么绦子？"宝玉笑向莺儿道："才只顾说话，就忘了你了。烦你来不为别的，替我打几根络子。"莺儿道："装什么的络子？"宝玉见问，便笑道："不管装什么的，你都每样打几个罢。"莺儿拍手笑道："这还了得！要这样，十年也打不完了。"宝玉笑道："好姑娘，你闲着也没事，都替我打了罢。"

袭人笑道："那里一时都打的完？如今先拣要紧的打几个罢。"莺儿道："什么要紧？不过是扇子、香坠儿、汗巾子。"宝玉道："汗巾子就好。"莺儿道："汗巾子是什么颜色？"宝玉道："大红的"。莺儿道："大红的须是黑络子才好看，或是石青的才压得住颜色。"宝玉道："松花色配什么？"莺儿道："松花配桃红。"宝玉笑道："这才娇艳。再要雅淡之中带些娇艳。"莺儿道："葱绿柳黄可倒还雅致。"宝玉道："也罢了，也打一条桃红，再打一条葱绿。"莺儿道："什么花样呢？"宝玉道："也有几样花样？"莺儿道："一炷香、朝天凳、象眼块、方胜、连环、梅花、柳叶。"宝玉道："前儿你替三姑娘打的那花样是什么？"莺儿道："是攒心梅花。"宝玉道："就是那样好。"

一面说，一面袭人刚拿了线来。窗外婆子说："姑娘们的饭都有了。"宝玉道："你们吃饭去，快吃了来罢。"袭人笑道："有客在这里，我们怎么好意思去呢？"莺儿一面理线，一面笑道："这打那里说起？正经快吃去罢。"袭人等听说，方去了，只留下两个小丫头呼唤。

宝玉一面看莺儿打络子，一面说闲话。因问他："十几岁了？"莺儿手里打着，一面答话："十五岁了。"宝玉道："你本姓什么？"莺儿道："姓黄。"宝玉笑道："这个姓名倒对了，果然是个'黄莺儿'。"莺儿笑道："我的名字本来是两个字，叫做金莺。姑娘嫌拗口，只单叫莺儿，如今就叫开了。"宝玉道："宝姐姐也就算疼你了。明儿宝姐姐出嫁，少不得是你跟了去了。"莺儿抿嘴一笑。宝玉笑道："我常常和你花大姐姐说，明儿也不知那一个有造化的消受你们主儿两个呢。"莺儿笑道："你还不知我们姑娘，有几样世上的人没有的好处呢，模样儿还在其次。"宝玉见莺儿娇腔婉转，语笑如痴，早不胜其情了，那堪更提起宝钗来。便问道："什么好处？你细细儿的告诉我听。"莺儿道："我告诉你，你可不许告诉他。"宝玉笑道："这个自然。"

正说着，只听见外头说道："怎么这么静悄悄的？"二人回头看时，不是别人，正是宝钗来了。宝玉忙让坐。宝钗坐下，因问莺儿："打什么呢？"一面问，一面向他手里去瞧，才打了半截儿。宝钗笑道："这有什么趣儿？倒不如打个络子，把玉络上呢。"一句话提醒了宝玉，便拍手笑道："倒是姐姐说的是，我就忘了。只是配个什么颜色才好？"宝钗道："用鸦色断然使不得，大红又犯了色，黄的又不起眼，黑的太暗。依我说，竟把你的金线拿来，配着黑珠儿线，一根一根的拈上，打成络子，那才好看。”

宝玉听说，喜之不尽，一叠连声就叫袭人来取金线。正值袭人端了两碗菜走进来，告诉宝玉道：“今儿奇怪：刚才太太打发人给我送了两碗菜来。”宝玉笑道：“必定是今儿菜多，送给你们大家吃的。”袭人道：“不是，说指名给我的，还不叫过去磕头：这可是奇了。”宝钗笑道：“给你的你就吃去，这有什么猜疑的？”袭人道：“从来没有的事，倒叫我不好意思的。”宝钗抿嘴一笑，说道：“这就不好意思了？明儿还有比这个更叫你不好意思的呢。”袭人听了话内有因，素知宝钗不是轻嘴薄舌奚落人的，自己想起上日王夫人的意思来，便不再提了。将菜给宝玉看了，说：“洗了手，来拿线。”说毕，便一直出去了。吃过饭，洗了手进来，拿金线给莺儿打络子。此时宝钗早被薛蟠遣人来请出去了。

这里宝玉正看着打络子，忽见邢夫人那边遣了两个丫头，送了两样果子来给他吃，问他：“可走得了么？要走的动，叫哥儿明儿过去散散心，太太着实惦记着呢。”宝玉忙道：“要走得了，必定过来请太太的安去。疼的比先好些，请太太放心罢。”一面叫他两个坐下，一面又叫：“秋纹来，把才那果子拿一半，送给林姑娘去。”秋纹答应了，刚欲去时，只听黛玉在院内说话，宝玉忙叫快请。

要知端底，且看下回分解。

第三十六回

绣鸳鸯梦兆绛芸轩
识分定情悟梨香院

话说贾母自王夫人处回来，见宝玉一日好似一日，心中自是欢喜。因怕将来贾政又叫他，遂命人将贾政的亲随小厮头儿唤来，吩咐：“以后倘有会人待客诸样的事，你老爷要叫宝玉，你不用上来传话，就回他说我说的：一则打重了，得着实将养几个月才走得；二则他的星宿不利，祭了星，不见外人，过了八月，才许出二门。”那小厮头儿听了，领命而去。贾母又命李嬷嬷、袭人等来，将此话说与宝玉，使他放心。

那宝玉素日本就懒与士大夫诸男人接谈，又最厌峨冠礼服贺吊往还等事，今日得了这句话，越发得意了，不但将亲戚朋友一概杜绝了，而且连家庭中晨昏定省，一发都随他的便了。日日只在园中游玩坐卧，不过每日一清早到贾母、王夫人处走走就回来了，却每日甘心为诸丫头充役，倒也得十分消闲日月。或如宝钗辈有时见机劝导，反生起气来，只说：“好好的一个清净洁白女子，也学的钓名沽誉，入了国贼禄鬼之流。这总是前人无故生事，立意造言，原为引导后世的须眉浊物；不想我生不幸，亦且琼闺绣阁中亦染此风，真真有负天地钟灵毓秀之德了。”众人见他如此，也都不向他说正经话了。独有黛玉自幼儿不曾劝他去立身扬名，所以深敬黛玉。

闲言少述。如今且说凤姐自见金钏儿死后，忽见几家仆人常来孝敬他些东西，又不时的来请安奉承，自己倒生了疑惑，不知何意。这日又见人来孝敬他东西，因晚间无人时笑问平儿。平儿冷笑道：“奶奶连这个都想不起来了？

我猜他们的女孩儿，都必是太太屋里的丫头。如今太太屋里有四个大的，一个月一两银子的分例，下剩的都是一个月只几百钱。如今金钏儿死了，必定他们要弄这一两银子的窝儿呢。”凤姐听了，笑道：“是了，是了，倒是你想的不错。只是这起人也太不知足：钱也赚够了，苦事情又摊不着，他们弄个丫头搪塞身子儿也就罢了，又要想这个巧宗儿。他们几家的钱也不是容易花到我跟前的，这可是他们自寻，送什么我就收什么，横竖我有主意。”凤姐儿安下这个心，所以只管耽延着，等那些人把东西送足了，然后乘空方回王夫人。

这日午间，薛姨妈、宝钗、黛玉等正在王夫人屋里，大家吃西瓜。凤姐儿得便回王夫人道：“自从玉钏儿的姐姐死了，太太跟前少着一个人。太太或看准了那个丫头，就吩咐了，下月好发放月钱。”王夫人听了，想了一想道：“依我说，什么是例，必定四个五个的？够使就罢了，竟可以免了罢。”凤姐笑道：“论理，太太说的也是。只是原是旧例，别人屋里还有两个呢，太太倒不按例了？况且省下一两银子，也有限的。”王夫人听了，又想了想道：“也罢，这个分例只管关了来，不用补人，就把这一两银子给他妹妹玉钏儿罢。他姐姐伏侍了我一场，没个好结果，剩下他妹妹跟着我，吃个双分儿也不为过。”凤姐答应着，回头望着玉钏儿笑道：“大喜，大喜。”玉钏儿过来磕了头。

王夫人又问道：“正要问你：如今赵姨娘、周姨娘的月例多少？”凤姐道：“那是定例，每人二两。赵姨娘有环兄弟的二两，共是四两，另外四串钱。”王夫人道：“月月可都按数给他们？”凤姐见问得奇，忙道：“怎么不按数给呢？”王夫人道：“前儿恍惚听见有人抱怨，说短了一串钱，什么原故？”凤姐忙笑道：“姨娘们的丫头月例，原是人各一吊钱；从旧年他们外头商量的，姨娘们每位丫头，分例减半，人各五百钱。每位两个丫头，所以短了一吊钱。这事其实不在我手里，我倒乐得给他们呢，只是外头扣着。这里我不过是接手儿，怎么来，怎么去，由不得我做主。我倒说了两三回，仍旧添上这两分儿为是；他们说了，只有这个数儿，叫我也难再说了。如今我手里给他们，每月连日子都不错。先时候儿在外头关，那个月不打饥荒？何曾顺顺溜溜的得过一遭儿呢？”

王夫人听说，就停了半晌，又问："老太太屋里几个一两的？"凤姐道："八个。如今只有七个，那一个是袭人。"王夫人说："这就是了。你宝兄弟也并没有一两的丫头，袭人还算老太太房里的人。"凤姐笑道："袭人还是老太太的人，不过给了宝兄弟使，他这一两银子还在老太太的丫头分例上领；如今说因为袭人是宝玉的人，裁了这一两银子，断乎使不得。若说再添一个人给老太太，这个还可以裁他；若不裁他，须得环兄弟屋里也添上一个，才公道均匀了。就是晴雯、麝月他们七个大丫头，每月人各月钱一吊；佳蕙他们八个小丫头们，每月人各月钱五百：还是老太太的话，别人也恼不得气不得呀。"

薛姨妈笑道："你们只听凤丫头的嘴，倒像倒了核桃车子似的：帐也清楚，理也公道。"凤姐笑道："姑妈，难道我说错了吗？"薛姨妈笑道："说的何尝错，只是你慢着些儿说不省力些？"凤姐才要笑，忙又忍住了，听王夫人示下。

王夫人想了半日，向凤姐道："明儿挑一个丫头送给老太太使唤，补袭人，把袭人的一分裁了。把我每月的月例二十两银子里，拿出二两银子一吊钱来给袭人去。以后凡是有赵姨娘、周姨娘的，也有袭人的，只是袭人的这一分都从我的分例上匀出来，不必动官中的就是了。"凤姐一一的答应了，笑推薛姨妈道："姑妈听见了？我素日说的话如何？今儿果然应了。"薛姨妈道："早就该这么着。那孩子模样儿不用说，只是他那行事儿的大方，见人说话儿的和气里头带着刚硬要强，倒实在难得的。"王夫人含泪说道："你们那里知道袭人那孩子的好处，比我的宝玉还强十倍呢。宝玉果然有造化，能够得他长长远远的伏侍一辈子，也就罢了。"凤姐道："既这么样，就开了脸，明放他在屋里不好？"王夫人道："这不好：一则年轻；二则老爷也不许；三则宝玉见袭人是他的丫头，纵有放纵的事，倒能听他的劝，如今做了跟前人，那袭人该劝的也不敢十分劝了。如今且浑着，等再过二三年再说。"

说毕，凤姐见无话，便转身出来。刚至廊檐下，只见有几个执事的媳妇子正等他回事呢，见他出来，都笑道："奶奶今儿回什么事，说了这半天？可别热着罢。"凤姐把袖子挽了几挽，跐着那角门的门槛子，笑道："这里过堂风，倒凉快，吹一吹再走。”又告诉众人道：“你们说我回了这半日的话？太太把二百年的事都想起来问我，难道我不说罢？”又冷笑道：“我从今以后，倒要干几件刻薄事了。抱怨给太太听，我也不怕。糊涂油蒙了心、烂了舌头、不得好死的下作娼妇们！别做娘的春梦了，明儿一裹脑子扣的日子还有呢！如今裁了丫头的钱，就抱怨了咱们。也不想想，自己也配使三个丫头！”一面骂，一面方走了，自去挑人，回贾母话去，不在话下。

却说薛姨妈等这里吃毕西瓜，又说了一会闲话儿，各自散去。宝钗与黛玉回至园中，宝钗要约着黛玉往藕香榭去，黛玉因说还要洗澡，便各自散了。

宝钗独自行来，顺路进了怡红院，意欲寻宝玉去说话儿，以解午倦。不想步入院中，鸦雀无闻，一并连两只仙鹤在芭蕉下都睡着了。宝钗便顺着游廊，来至房中，只见外间床上横三竖四，都是丫头们睡觉。转过十锦槅子，来至宝玉的房内，宝玉在床上睡着了。袭人坐在身旁，手里做针线，旁边放着一柄白犀麈。

宝钗走近前来，悄悄的笑道：“你也过于小心了，这个屋里还有苍蝇、蚊子？还拿蝇刷子赶什么？”袭人不防，猛抬头见是宝钗，忙放针线起身，悄悄笑道：“姑娘来了，我倒不防，唬了一跳。姑娘不知道，虽然没有苍蝇、蚊子，谁知有一种小虫子，从这纱眼里钻进来，人也看不见，只睡着了咬一口，就像蚂蚁叮的。”宝钗道：“怨不得，这屋子后头又近水，又都是香花儿，这屋子里头又香，这种虫子都是花心里长的，闻香就扑。”

说着，一面就瞧他手里的针线。原来是个白绫红里的兜肚，上面扎着鸳鸯戏莲的花样：红莲绿叶，五色鸳鸯。宝钗道：“嗳哟！好鲜亮活计。这是谁的，也值的费这么大工夫？”袭人向床上拗嘴儿。宝钗笑道：“这么大了，还带这个？”袭人笑道：“他原是不带，所以特特的做的好了，叫他看见，由不得不带。如今天热，睡觉都不留神，哄他带上了，就是夜里纵盖不严些儿，也就罢了。你说这一个就用了工夫？还没看见他身上带的那一个呢。”宝钗笑道：“也亏你奈烦。”袭人道：“今儿做的工夫大了，脖子低的怪酸的。”又笑道：

“好姑娘，你略坐一坐，我出去走走就来。”说着就走了。

宝钗只顾看着活计，便不留心，一蹲身，刚刚的也坐在袭人方才坐的那个所在。因又见那个活计实在可爱，不由的拿起针来，就替他作。

不想黛玉因遇见湘云，约他来与袭人道喜，二人来至院中，见静悄悄的，湘云便转身先到厢房里去找袭人去了。那黛玉却来至窗外，隔着窗纱往里一看，只见宝玉穿着银红纱衫子，随便睡着在床上，宝钗坐在身旁做针线，旁边放着蝇刷子。黛玉见了这个景况，早已呆了，连忙把身子一躲。半日，又捂着嘴笑，却不敢笑出来，便招手儿叫湘云。湘云见他这般，只当有什么新闻，忙也来看，才要笑，忽然想起宝钗素日待他厚道，便忙掩住口。知道黛玉口里不让人，怕他取笑，便忙拉过他来，道：“走罢。我想起袭人来，他说晌午要到池子里去洗衣裳，想必去了，咱们找他去罢。”黛玉心下明白，冷笑了两声，只得随他走了。

这里宝钗只刚做了两三个花瓣，忽见宝玉在梦中喊骂，说：“和尚道士的话如何信得？什么‘金玉姻缘’，我偏说‘木石姻缘’！”宝钗听了这话，不觉怔了。忽见袭人走进来，笑道：“还没醒呢吗？”宝钗摇头。袭人又笑道：“我才碰见林姑娘、史大姑娘，他们进来了么？”宝钗道：“没见他们进来。”因向袭人笑道：“他们没告诉你什么？”袭人红了脸，笑道：“总不过是他们那些玩话，有什么正经说的？”宝钗笑道：“今儿他们说的可不是玩话，我正要告诉你呢，你又忙忙的出去了。”

一句话未完，只见凤姐打发人来叫袭人。宝钗笑道：“就是为那话了。”袭人只得叫起两个丫头来，同着宝钗出怡红院，自往凤姐这里来。果然是告诉他这话，又教他给王夫人磕头，且不必去见贾母。倒把袭人说的甚觉不好意思。及见过王夫人回来，宝玉已醒，问起原故，袭人且含糊答应。至夜间人静，袭人方告诉了。

宝玉喜不自禁，又向他笑道：“我可看你回家去不去了？那一回往家里走了一趟，回来就说你哥哥要赎你，又说在这里没着落，终久算什么：说那些无情无义的生分话唬我。从今我可看谁敢来叫你去？”袭人听了，冷笑道：“你倒别这么说。从此以后，我是太太的人了，我要走，连你也不必告诉，只回了太太就走。”宝玉笑道：“就算我不好，你回了太太去了。叫别人听见，说我不好，你去了，你有什么意思呢？”袭人笑道：“有什么没意思的？难道下流人，我也跟着罢？再不然，还有个死呢。人活百岁，横竖要死，这口气没了，听不见看不见就罢了。”

宝玉听见这话，便忙捂他的嘴，说道：“罢，罢，你别说这些话了。”袭人深知宝玉性情古怪：听见奉承吉利话，又厌虚而不实；听了这些近情的实话，又生悲感。也后悔自己冒撞，连忙笑着，用话截开，只拣宝玉那素日喜欢的，说些春风秋月，粉淡脂红；然后又说到女儿如何好，不觉又说到女儿死的上头，袭人忙掩住口。

宝玉听至浓快处，见他不说了，便笑道：“人谁不死？只要死的好。那些须眉浊物，只听见‘文死谏，武死战’这二死是大丈夫的名节，便只管胡闹起来。那里知道有昏君，方有死谏之臣，只顾他邀名，猛拚一死，将来置君父于何地？必定有刀兵，方有死战，他只顾图汗马之功，猛拚一死，将来弃国于何地？”袭人不等说完，便道：“古时候儿这些人，也因出于不得已，他才死啊。”宝玉道：“那武将要是疏谋少略的，他自己无能，白送了性命，这难道也是不得已么？那文官更不比武官了，他念两句书，记在心里：若朝廷少有瑕疵，他就胡弹乱谏，邀忠烈之名；倘有不合，浊气一涌，即时拚死：这难道也是不得已？要知道那朝廷是受命于天，若非圣人，那天也断断不把这万幾重任交代。可知那些死的，都是沽名钓誉，并不知君臣的大义。比如我此时若果有造化，趁着你们都在眼前，我就死了，再能够你们哭我的眼泪流成大河，把我的尸首漂起来，送到那鸦雀不到的幽僻去处，随风化了，自此再不托生为人，这就是我死的得时了。”袭人忽见说出这些疯话来，忙说：“困了。”不再答言。那宝玉方合眼睡着，次日也就丢开了。

一日，宝玉因各处游的腻烦，便想起《牡丹亭》曲子来，自己看了两遍，犹不惬怀。因闻得梨香院的十二个女孩儿中，有个小旦龄官唱的最妙，因出了角门来找时，只见葵官、药官都在院内，见宝玉来了，都笑迎让坐。宝玉因问："龄官在那里？"都告诉他说："在他屋里呢。"宝玉忙至他屋内，只见龄官独自躺在枕上，见他进来，动也不动。宝玉身旁坐下，因素昔与别的女孩子玩惯了的，只当龄官也和别人一样，遂近前陪笑，央他起来唱一套"袅晴丝"。不想龄官见他坐下，忙抬起身来躲避，正色说道："嗓子哑了，前儿娘娘传进我们去，我还没有唱呢。"宝玉见他坐正了，再一细看，原来就是那日蔷薇花下画"蔷"字的那一个。又见如此景况，从来未经过这样被人弃厌，自己便讪讪的，红了脸，只得出来了。

药官等不解何故，因问其所以，宝玉便告诉了他们。宝官笑说道："只略等一等，蔷二爷来了，他叫唱，是必唱的。"宝玉听了，心下纳闷，因问："蔷哥儿那里去了？"宝官道："才出去了，一定就是龄官儿要什么，他去变弄去了。"宝玉听了，以为奇特。少站片时，果见贾蔷从外头来了，手里提着个雀儿笼子，上面扎着小戏台，并一个雀儿，兴兴头头往里来找龄官。见了宝玉，只得站住。宝玉问他："是个什么雀儿？"贾蔷笑道："是个玉顶儿，还会衔旗串戏。"宝玉道："多少钱买的？"贾蔷道："一两八钱银子。"一面说，一面让宝玉坐，自己往龄官屋里来。

宝玉此刻把听曲子的心都没了，且要看他和龄官是怎么样。只见贾蔷进去，笑道："你来瞧这个玩意儿。"龄官起身问："是什么？"贾蔷道："买了个雀儿给你玩，省了你天天儿发闷。我先玩个你瞧瞧。"说着，便拿些谷子，哄的那个雀儿果然在那戏台上衔着鬼脸儿和旗帜乱串。众女孩子都笑了；独龄官冷笑两声，赌气仍睡着去了。贾蔷还只管陪笑问他："好不好？"龄官道："你们家把好好儿的人弄了来，关在这牢坑里，学这个还不算，你这会子又弄个雀儿来，也干这个浪事。你分明弄了来打趣形容我们，还问'好不好'！"贾蔷听了，不觉站起来，连忙赌神起誓，又道："今儿我那里的糊涂油蒙了心，费一二两银子买他，原说解闷儿，就没想到这上头。罢了，放了生，倒也免你的灾。"说着，果然将那雀儿放了，一顿把那笼子拆了。

龄官还说："那雀儿虽不如人，他也有个老雀儿在窝里，你拿了他来，弄这个劳什子，也忍得？今儿我咳嗽出两口血来，太太打发人来找你，叫你请大夫来细问问，你且弄这个来取笑儿！偏是我这没人管没人理的，又偏爱害病。”贾蔷听说，连忙说道：“昨儿晚上我问了大夫，他说不相干，吃两剂药，后儿再瞧。谁知今儿又吐了，这会子就请他去。”说着便要请去。龄官又叫：“站住，这会子大毒日头地下，你赌气去请了来，我也不瞧。”贾蔷听如此说，只得又站住。

宝玉见了这般景况，不觉痴了，这才领会过画“蔷”深意。自己站不住，便抽身走了。贾蔷一心都在龄官身上，竟不曾理会，倒是别的女孩子送出来了。

那宝玉一心裁夺盘算，痴痴的回至怡红院中，正值黛玉和袭人坐着说话儿呢。宝玉一进来，就和袭人长叹，说道：“我昨儿晚上的话竟说错了，怪不得老爷说我是管窥蠡测。昨夜说你们的眼泪单葬我，这就错了，看来我竟不能全得。从此后，只好各人得各人的眼泪罢了。”袭人只道昨夜不过是些玩话，已经忘了，不想宝玉又提起来，便笑道：“你可真真有些个疯了！”宝玉默默不对。自此深悟人生情缘，各有分定，只是每每暗伤：“不知将来葬我洒泪者为谁？”

且说黛玉当下见宝玉如此形像，便知是又从那里着了魔来，也不便多问，因说道：“我才在舅母跟前，听见说明儿是薛姨妈的生日，叫我顺便来问你出去不出去。你打发人前头说一声去。”宝玉道：“上回连大老爷的生日我也没去，这会子我又去，倘或碰见了人呢？我一概都不去。这么怪热的，又穿衣裳。我不去，姨妈也未必恼。”袭人忙道：“这是什么话？他比不得大老爷，这里又住的近，又是亲戚，你不去，岂不叫他思量？你怕热，就清早起来，到那里磕个头，吃钟茶再来，岂不好看？”宝玉尚未说话，黛玉便先笑道：“你看着人家赶蚊子的分上，也该去走走。”宝玉不解，忙问：“怎么赶蚊子？”袭人便将昨日睡觉无人作伴，宝姑娘坐了一坐的话，告诉宝玉。宝玉听了，忙说：“不该。我怎么睡着了？就亵渎了他。”一面又说：“明日必去。”

正说着，忽见湘云穿得齐齐整整的走来，辞说家里打发人来接他。宝玉、黛玉听说，忙站起来让坐。湘云也不坐，宝、黛两个只得送他至前面。那湘云只是眼泪汪汪的，见有他家的人在跟前，又不敢十分委屈。少时宝钗赶来，愈觉缱绻难舍。还是宝钗心内明白：他家里人若回去告诉了他婶娘，待他家去了，又恐怕他受气，因此倒催着他走了。众人送至二门前，宝玉还要往外送他，倒是湘云拦住了。一时回身，又叫宝玉到跟前，悄悄的嘱咐道："就是老太太想不起我来，你时常提着，好等老太太打发人接我去。"宝玉连连答应了。眼看着他上车去了，大家方才进来。

要知端底，且看下回分解。

第三十七回

秋爽斋偶结海棠社
蘅芜院夜拟菊花题

话说史湘云回家后，宝玉等仍不过在园中嬉游吟咏，不提。

且说贾政自元妃归省之后，居官更加勤慎，以期仰答皇恩。皇上见他人品端方，风声清肃，虽非科第出身，却是书香世代，因特将他点了学差，也无非是选拔真才之意。这贾政只得奉了旨，择于八月二十日起身。是日拜别过宗祠及贾母，便起身而去。宝玉等如何送行，以及贾政出差外面诸事，不及细述。

单表宝玉自贾政起身之后，每日在园中任意纵性游荡，真把光阴虚度，岁月空添。这日甚觉无聊，便往贾母、王夫人处来混了一混，仍旧进园来了。刚换了衣裳，只见翠墨进来，手里拿着一幅花笺，送与他看。宝玉因道："可是我忘了，才要瞧瞧三妹妹去，你来的正好。可好些了？"翠墨道："姑娘好了，今儿也不吃药了，不过是冷着一点儿。"宝玉听说，便展开花笺看时，上面写道：

妹探谨启二兄文几：前夕新霁，月色如洗，因惜清景难逢，未忍就卧，漏已三转，犹徘徊桐槛之下，竟为风露所欺，致获采薪之患。昨亲劳抚嘱，已复遣侍儿问切，兼以鲜荔并真卿墨迹见赐，抑何惠爱之深耶！今因伏几处默，忽思历来古人处名攻利夺之场，犹置些山滴水之区，远招近揖，投辖攀辕，务结二三同志，盘桓其中，或竖词坛，或开吟社。

虽因一时之偶兴，每成千古之佳谈。妹虽不才，幸叨陪泉石之间，兼慕薛、林雅调。风庭月榭，惜未宴集诗人；帘杏溪桃，或可醉飞吟盏。孰谓雄才莲社，独许须眉；不教雅会东山，让余脂粉耶？若蒙造雪而来，敢请扫花以俟。谨启。

宝玉看了，不觉喜的拍手笑道："倒是三妹妹高雅，我如今就去商议。"一面说，一面就走。翠墨跟在后面。

刚到了沁芳亭，只见园中后门上值日的婆子手里拿着一个字帖儿走来，见了宝玉，便迎上去，口内说道："芸哥儿请安，在后门等着呢。这是叫我送来的。"宝玉打开看时，写道：

不肖男芸恭请父亲大人万福金安：男思自蒙天恩，认于膝下，日夜思一孝顺，竟无可孝顺之处。前因买办花草，上托大人洪福，竟认得许多花儿匠，并认得许多名园。前因忽见有白海棠一种，不可多得，故变尽方法，只弄得两盆。大人若视男是亲男一般，便留下赏玩。因天气暑热，恐园中姑娘们妨碍不便，故不敢面见。谨奉书恭启，并叩台安。男芸跪书。

宝玉看了，笑问道："他独来了，还有什么人？"婆子道："还有两盆花儿。"宝玉道："你出去说：我知道了，难为他想着。你就把花儿送到我屋里去就是了。"

一面说，一面同翠墨往秋爽斋来，只见宝钗、黛玉、迎春、惜春已都在那里了。众人见他进来，都大笑说："又来了一个。"探春笑道："我不算俗，偶然起了个念头，写了几个帖儿试一试，谁知一招皆到。"宝玉笑道："可惜迟了，早该起个社的。"黛玉说道："此时还不算迟，也没什么可惜。但只你们只管起社，可别算我，我是不敢的。"迎春笑道："你不敢，谁还敢呢？"宝玉道："这是一件正经大事，大家鼓舞起来，别你谦我让的。各有主意，只管说出来，大家评论。宝姐姐也出个主意，林妹妹也说句话儿。”宝钗道：“你忙什么？人还不全呢。”

一语未了，李纨也来了，进门笑道：“雅的很哪！要起诗社，我自举我掌坛。前儿春天，我原有这个意思的，我想了一想，我又不会做诗，瞎闹什么？因而也忘了，就没有说。既是三妹妹高兴，我就帮着你作兴起来。”

黛玉道：“既然定要起诗社，咱们就是诗翁了，先把这些姐、妹、叔、嫂的字样改了才不俗。”李纨道：“极是。何不起个别号？彼此称呼倒雅。我是定了‘稻香老农’，再无人占的。”

探春笑道：“我就是‘秋爽居士’罢。”宝玉道：“居士、主人，到底不雅，又累赘。这里梧桐、芭蕉尽有，或指桐、蕉起个倒好。”探春笑道：“有了，我却爱这芭蕉，就称‘蕉下客’罢。”众人都道别致有趣。

黛玉笑道：“你们快牵了他来，炖了肉脯子来吃酒。”众人不解，黛玉说道：“庄子说的‘蕉叶覆鹿’，他自称‘蕉下客’，可不是一只鹿么？快做了鹿脯来。”众人听了，都笑起来。

探春因笑道：“你又使巧话来骂人。你别忙，我已替你想了个极当的美号了。”又向众人道：“当日娥皇、女英洒泪，竹上成斑，故今斑竹又名湘妃竹。如今他住的是潇湘馆，他又爱哭，将来他那竹子想来也是要变成斑竹的，以后都叫他做‘潇湘妃子’就完了。”大家听说，都拍手叫妙。黛玉低了头，也不言语。

李纨笑道：“我替薛大妹妹也早已想了个好的，也只三个字。”众人忙问是什么，李纨道：“我是封他为‘蘅芜君’，不知你们以为如何？”探春道：“这个封号极好。”

宝玉道：“我呢？你们也替我想一个。”宝钗笑道：“你的号早有了：‘无事忙’三字恰当得很。”李纨道：“你还是你的旧号‘绛洞花主’就是了。”宝玉笑道：“小时候干的营生，还提他做什么。”宝钗道：“还是我送你个号罢。有最俗的一个号，却于你最当：天下难得的是富贵，又难得的是闲散，这两样再不能兼，不想你兼有了，就叫你‘富贵闲人’也罢了。”宝玉笑道：“当不起，当不起。倒是随你们混叫去罢。”黛玉道：“混叫如何使得？你既住怡红院，索性叫‘怡红公子’不好？”众人道：“也好。”

李纨道：“二姑娘、四姑娘起个什么？”迎春道：“我们又不大会诗，白起个号做什么？”探春道：“虽如此，也起个才是。”宝钗道：“他住的是紫菱洲，就叫他‘菱洲’；四丫头住藕香榭，就叫他‘藕榭’就完了。”

李纨道：“就是这样好。但序齿我大，你们都要依我的主意，管教说了大家合意。我们七个人起社，我和二姑娘、四姑娘都不会做诗，须得让出我们三个人去，我们三个人各分一件事。”探春笑道：“已有了号，还只管这样称呼，不如不有了。以后错了，也要立个罚约才好。”李纨道：“立定了社，再定罚约。我那里地方儿大，竟在我那里作社。我虽不能做诗，这些诗人竟不厌俗，容我做个东道主人，我自然也清雅起来了。还要推我做社长。我一个社长，自然不够，必要再请两位副社长。就请菱洲、藕榭二位学究来：一位出题、限韵，一位誊录、监场。亦不可拘定了我们三个不做，若遇见容易些的题目、韵脚，我们也随便做一首。你们四个却是要限定的。是这么着就起，若不依我，我也不敢附骥了。”

迎春、惜春本性懒于诗词，又有薛、林在前，听了这话，深合己意，二人皆说：“是极。”探春等也知此意，见他二人悦服，也不好相强，只得依了。因笑道：“这话罢了。只是自想好笑：好好儿的我起了个主意，反叫你们三个管起我来了。”

宝玉道：“既这样，咱们就往稻香村去。”李纨道：“都是你忙。今日不过商议了，等我再请。”宝钗道：“也要议定几日一会才好。”探春道：“若只管会多了，又没趣儿了，一月之中，只可两三次。”宝钗说道：“一月只要两次就够了。拟定日期，风雨无阻。除这两日外，倘有高兴的，他情愿加一社，或请到他那里去，或附就了来，也使得，岂不活泼有趣？”众人都道：“这个主意更好。”

探春道：“这原是我起的意，我须得先做个东道，方不负我这番高兴。”李纨道：“既这样说，明日你就先开一社不好吗？”探春道：“明日不如今日，就是此刻好。你就出题，菱洲限韵，藕榭监场。”迎春道：“依我说，也不必随一人出题限韵，竟是拈阄儿公道。”李纨道：“方才我来时，看见他们抬进两盆白海棠来，倒很好，你们何不就咏起他来呢？”迎春道：“都还未赏，先倒做诗？”宝钗道：“不过是白海棠，又何必定要见了才做？古人的诗赋也不过都是寄兴寓情，要等见了做，如今也没这些诗了。”

迎春道：“这么着，我就限韵了。”说着，走到书架前，抽出一本诗来，随手一揭，这首诗竟是一首七言律。递与众人看了，都该做七言律。迎春掩了诗，又向一个小丫头道：“你随口说个字来。”那丫头正倚门站着，便说了个“门”字。迎春笑道：“就是‘门’字韵，‘十三元’了。起头一个韵定要‘门’字。”说着，又要了韵牌匣子过来，抽出“十三元”一屉；又命那丫头随手拿四块。那丫头便拿了“盆”、“魂”、“痕”、“昏”四块来。宝玉道：“这‘盆’、‘门’两个字不大好做呢。”

侍书一样预备下四分纸笔，便都悄然各自思索起来。独黛玉或抚弄梧桐，或看秋色，或又和丫鬟们嘲笑。迎春又命丫鬟点了一枝梦甜香。原来这梦甜香只有三寸来长，有灯草粗细，以其易烬，故以此为限。如香烬未成，便要受罚。

一时，探春便先有了，自己提笔写出，又改抹了一回，递与迎春。因问宝钗：“蘅芜君，你可有了？”宝钗道：“有却有了，只是不好。”宝玉背着手在回廊上踱来踱去，因向黛玉说道：“你听他们都有了。”黛玉道：“你别管我。”宝玉又见宝钗已誊写出来，因说道：“了不得，香只剩下一寸了，我才有了四句。”又向黛玉道：“香要完了，只管蹲在那潮地下做什么？”黛玉也不理。宝玉道：“我可顾不得你了，管他好歹，写出来罢。”说着，走到案前写了。

李纨道：“我们要看诗了，若看完了还不交卷，是必罚的。”宝玉道：“稻香老农虽不善作，却善看，又最公道。你的评阅，我们是都服的。”众人点头。于是先看探春的稿上写道：

咏白海棠

斜阳寒草带重门，苔翠盈铺雨后盆。
玉是精神难比洁，雪为肌骨易销魂。
芳心一点娇无力，倩影三更月有痕。
莫道缟仙能羽化，多情伴我咏黄昏。

大家看了，称赏一回，又看宝钗的道：

珍重芳姿昼掩门，自携手瓮灌苔盆。
胭脂洗出秋阶影，冰雪招来露砌魂。
淡极始知花更艳，愁多焉得玉无痕。
欲偿白帝宜清洁，不语婷婷日又昏。

李纨笑道：“到底是蘅芜君。”说着，又看宝玉的道：

秋容浅淡映重门，七节攒成雪满盆。
出浴太真冰作影，捧心西子玉为魂。
晓风不散愁千点，宿雨还添泪一痕。
独倚画栏如有意，清砧怨笛送黄昏。

大家看了，宝玉说：“探春的好。”李纨终要推宝钗：“这诗有身分。”因又催黛玉。黛玉道：“你们都有了？”说着，提笔一挥而就，掷与众人。李纨等看他写的道：

半卷湘帘半掩门，碾冰为土玉为盆。

看了这句，宝玉先喝起彩来，说："从何处想来？"又看下面道：

偷来梨蕊三分白，借得梅花一缕魂。

众人看了，也都不禁叫好，说："果然比别人又是一种心肠！"又看下面道：

月窟仙人缝缟袂，秋闺怨女拭啼痕。
娇羞默默同谁诉？倦倚西风夜已昏。

众人看了，都道："是这首为上。"李纨道："若论风流别致，自是这首；若论含蓄浑厚，终让蘅稿。"探春道："这评的有理，潇湘妃子当居第二。"李纨道："怡红公子是压尾，你服不服？"宝玉道："我的那首原不好，这评的最公。"又笑道："只是蘅、潇二首，还要斟酌。"李纨道："原是依我评论，不与你们相干。再有多说者必罚。"宝玉听说，只得罢了。

李纨道："从此后，我定于每月初二、十六这两日开社，出题、限韵都要依我。这其间你们有高兴的，只管另择日子补开，那怕一个月每天都开社，我也不管。只是到了初二、十六这两日，是必往我那里去。"宝玉道："到底要起个社名才是。"探春道："俗了又不好，忒新了刁钻古怪也不好。可巧才是海棠诗开端，就叫个'海棠诗社'罢，虽然俗些，因真有此事，也就不碍了。"说毕，大家又商议了一回，略用些酒果，方各自散去：也有回家的，也有往贾母、王夫人处去的。当下无话。

且说袭人因见宝玉看了字帖儿，便慌慌张张同翠墨去了，也不知何事。后来又见后门上婆子送了两盆海棠花来，袭人问那里来的，婆子们便将前番原故说了。袭人听说，便命他们摆好，让他们在下房里坐了。自己走到屋里，称了六钱银子封好，又拿了三百钱走来，都递给那两个婆子道："这银子赏那抬花儿的小子们。这钱你们打酒喝罢。"那婆子们站起来，眉开眼笑，千恩万谢的不肯受，见袭人执意不收，方领了。袭人又道："后门上外头可有该班的小子们？"婆子忙应道："天天有四个，原预备里头差使的。姑娘有什么差使，我们吩咐去。"袭人笑道："我有什么差使？今儿宝二爷要打发人到小侯爷家，给史大姑娘送东西去，可巧你们来了，顺便出去叫后门上小子们雇辆车来。回来你们就往这里拿钱，不用叫他们往前头混碰去。"婆子答应着去了。

袭人回至房中，拿碟子盛东西与湘云送去，却见槅子上碟子槽儿空着。因回头见晴雯、秋纹、麝月等都在一处做针黹，袭人问道："那个缠丝白玛瑙碟子那里去了？"众人见问，你看我，我看你，都想不起来。半日，晴雯笑道："给三姑娘送荔枝去了，还没送来呢。"袭人道："家常送东西的家伙多呢，巴巴儿的拿这个！"晴雯道："我也这么说，但只那碟子配上鲜荔枝才好看。我送去，三姑娘也见了，说好看，连碟子放着，就没带来。你再瞧那槅子尽上头的一对联珠瓶还没收来呢。"秋纹笑道："提起这瓶来，我又想起笑话儿来了。我们宝二爷说声孝心一动，也孝敬到二十分。那日见园里桂花，折了两枝，原是自己要插瓶的，忽然想起来说，这是自己园里才开的新鲜花儿，不敢自己先玩。巴巴儿的把那对瓶拿下来，亲自灌水插好了，叫个人拿着，亲自送一瓶进老太太，又进一瓶给太太。谁知他孝心一动，连跟的人都得了福了。可巧那日是我拿去的，老太太见了，喜的无可不可，见人就说：'到底是宝玉孝顺我，连一枝花儿也想的到。别人还只抱怨我疼他。'你们知道老太太素日不大和我说话，有些不入他老人家的眼；那日竟叫人拿几百钱给我，说我可怜见儿的，生的单弱。这可是再想不到的福气。几百钱是小事，难得这个脸面。及至到了太太那里，太太正和二奶奶、赵姨奶奶好些人翻箱子，找太太当日年轻的颜色衣裳，不知要给那一个。一见了，连衣裳也不找了，且看花儿。又有二奶奶在旁边凑趣儿，夸宝二爷又是怎么孝顺，又是怎么知好歹，有的没的说了两车话。当着众人，太太脸上又增了光，堵了众人的嘴，太太越发喜欢了，现成的衣裳，就赏了我两件。衣裳也是小事，年年横竖也得，却不像这个彩头。"

晴雯笑道："呸！好没见世面的小蹄子！那是把好的给了人，挑剩下的才给你，你还充有脸呢。"秋纹道："凭他给谁剩的，到底是太太的恩典。"晴雯道："要是我，我就不要。若是给别人剩的，给我也罢了，一样这屋里的人，难道谁又比谁高贵些？把好的给他，剩的才给我，我宁可不要，冲撞了太太，我也不受这口气。"秋纹忙问道："给这屋里谁的？我因为前日病了几天，家去了，不知是给谁的。好姐姐，你告诉我知道。"晴雯道："我告诉了你，难道你这会子退还太太去不成？"秋纹笑道："胡说。我白听了喜欢喜欢，那怕给这屋里的狗剩下的，我只领太太的恩典，也不管别的事。"众人听了，都笑道："骂的巧，可不是给了那西洋花点子哈巴儿了。"袭人笑道："你们这起烂了嘴的！得空儿就拿我取笑，打牙儿，一个个不知怎么死呢！"秋纹笑道："原来姐姐得了。我实在不知道，我赔个不是罢。"

袭人笑道："少轻狂罢，你们谁取了碟子来是正经。"麝月道："那瓶也该得空儿收来了：老太太屋里还罢了，太太屋里人多手杂，别人还可以，那个主儿的一伙子人，见是这屋里的东西，又该使黑心弄坏了才罢。太太又不大管这些，不如早收来是正经。"晴雯听说，便放下针线道："这是等我取去呢！"秋纹道："还是我取去罢，你取你的碟子去。"晴雯道："我偏取一遭儿！是巧宗儿，你们都得了，难道不许我得一遭儿吗？"麝月笑道："统共秋丫头得了一遭儿衣裳，那里今儿又巧，你也遇见找衣裳不成？"晴雯冷笑道："虽然碰不见衣裳，或者太太看见我勤谨，也把太太的公费里一个月分出二两银子来给我，也定不得。"说着，又笑道："你们别和我装神弄鬼的，什么事我不知道？"一面说，一面往外跑了。秋纹也同他出来，自去探春那里取了碟子来。

袭人打点齐备东西，叫过本处的一个老宋妈妈来，向他说道："你去好生梳洗了，换了出门的衣裳来，回来打发你给史大姑娘送东西去。"宋妈妈道："姑娘只管交给我，有话说与我，我收拾了就好一顺去。"袭人听说，便端过两个小摄丝盒子来：先揭开一个，里面装的是红菱、鸡头两样鲜果；又揭开那个，是一碟子桂花糖蒸的新栗粉糕。又说道："这都是今年咱们这里园里新结的果子，宝二爷送来给姑娘尝尝。再，前日姑娘说这玛瑙碟子好，姑娘就留下玩罢。这绢包儿里头是姑娘前日叫我做的活计，姑娘别嫌粗糙，将就着用罢。替二爷问好，替我们请安就是了。"宋妈妈道："宝二爷不知还有什么说的？

姑娘再问问去，回来别又说忘了。”袭人因问秋纹：“方才可是在三姑娘那里么？”秋纹道：“他们都在那里商议起什么诗社呢，又是做诗。想来没话，你只管去罢。”宋妈妈听了，便拿了东西出去，穿戴了。袭人又嘱咐他：“你打后门去，有小子和车等着呢。”宋妈妈去了，不在话下。

一时宝玉回来，先忙着看了一回海棠。至屋里，告诉袭人起诗社的事。袭人也把打发宋妈妈给史湘云送东西去的话告诉了宝玉。宝玉听了，拍手道：“偏忘了他。我只觉心里有件事，只是想不起来，亏你提起来，正要请他去。这诗社里要少了他，还有个什么意思？”袭人劝道：“什么要紧？不过玩意儿。他比不得你们自在，家里又作不得主儿。告诉他，他要来，又由不得他；要不来，他又牵肠挂肚的：没的叫他不受用。”宝玉道：“不妨事，我回老太太，打发人接他去。”

正说着，宋妈妈已经回来，道生受，给袭人道乏。又说：“问二爷做什么呢，我说和姑娘们起什么诗社，做诗呢。史姑娘道：‘他们做诗，也不告诉我。’急的了不得。”宝玉听了，转身便往贾母处来，立逼着叫人接去。贾母因说：“今儿天晚了，明日一早去。”宝玉只得罢了，回来闷闷的。次日一早，便又往贾母处来，催逼人接去。

直到午后，湘云才来了，宝玉方放了心。见面时，就把始末原由告诉他，又要与他诗看。李纨等因说道：“且别给他看，先说给他韵脚，他后来的，先罚他和了诗。要好，就请入社；要不好，还要罚他一个东道儿再说。”湘云笑道：“你们忘了请我，我还要罚你们呢。就拿韵来，我虽不能，只得勉强出丑。容我入社，扫地焚香，我也情愿。”众人见他这般有趣，越发喜欢，都埋怨：“昨日怎么忘了他呢？”遂忙告诉他诗韵。

湘云一心兴头，等不得推敲删改，一面只管和人说着话，心内早已和成，即用随便的纸笔录出，先笑说道：“我却依韵和了两首，好歹我都不知，不过应命而已。”说着，递与众人。众人道：“我们四首也算想绝了，再一首也不能了，你倒弄了两首。那里有许多话说？必要重了我们的。”一面说，一面看时，只见那两首诗写道：

白海棠和韵

神仙昨日降都门，种得蓝田玉一盆。
自是霜娥偏爱冷，非关倩女欲离魂。
秋阴捧出何方雪，雨渍添来隔宿痕。
却喜诗人吟不倦，肯令寂寞度朝昏。

其二

蘅芷阶通萝薜门，也宜墙角也宜盆。
花因喜洁难寻偶，人为悲秋易断魂。
玉烛滴干风里泪，晶帘隔破月中痕。
幽情欲向嫦娥诉，无那虚廊月色昏。

众人看一句，惊讶一句，看到了，赞到了，都说："这个不枉做了海棠诗，真该要起海棠社了。"湘云道："明日先罚我个东道儿，就让我先邀一社，可使得？"众人道："这更妙了。"因又将昨日的诗与他评论了一回。

至晚，宝钗将湘云邀往蘅芜院去安歇。湘云灯下计议如何设东拟题。宝钗听他说了半日，皆不妥当，因向他说道："既开社，就要作东。虽然是个玩意儿，也要瞻前顾后：又要自己便宜，又要不得罪了人，然后方大家有趣。你家里，你又做不得主，一个月统共那几吊钱，你还不够使。这会子又干这没要紧的事，你婶娘听见了，越发抱怨你了。况且你就都拿出来，做这个东也不够，难道为这个，家去要不成？还是和这里要呢？"一席话提醒了湘云，倒踌躇起来。

宝钗道："这个我已经有个主意了。我们当铺里有个伙计，他们地里出的好螃蟹，前儿送了几个来。现在这里的人，从老太太起，连上屋里的人，有多一半都是爱吃螃蟹的，前日姨娘还说要请老太太在园里赏桂花，吃螃蟹，因为有事，还没有请。你如今且把诗社别提起，只普同一请。等他们散了，咱们有多少诗做不得的？我和我哥哥说，要他几篓极肥极大的螃蟹来，再往铺子里取上几坛好酒来，再备四五桌果碟子，岂不又省事，又大家热闹呢？”湘云听了，心中自是感服，极赞想的周到。

宝钗又笑道：“我是一片真心为你的话，你可别多心，想着我小看了你，咱们两个就白好了。你要不多心，我就好叫他们办去。”湘云忙笑道：“好姐姐，你这么说，倒不是真心待我了。我凭怎么糊涂，连个好歹也不知，还是个人吗？我要不把姐姐当亲姐姐待，上回那些家常烦难事，我也不肯尽情告诉你了。”宝钗听说，便唤一个婆子来：“出去和大爷说，照前日的大螃蟹要几篓来，明日饭后请老太太、姨娘赏桂花。你说与大爷：好歹别忘了，我今儿已经请下人了。”那婆子出去说明，回来无话。

这里宝钗又向湘云道：“诗题也别过于新巧了，你看古人中那里有那些刁钻古怪的题目和那极险的韵呢？若题目过于新巧，韵过于险，再不得好诗，倒小家子气。诗固然怕说熟话，然也不可过于求生。头一件，只要主意清新，措词就不俗了。究竟这也算不得什么，还是纺绩针黹是你我的本等。一时闲了，倒是把那于身心有益的书看几章，却还是正经。”

湘云只答应着，因笑道：“我心里想着，昨日做了海棠诗，我如今要做个菊花诗如何？”宝钗道：“菊花倒也合景，只是前人太多了。”湘云道：“我也是这么想着，恐怕落套。”宝钗想了一想，说道：“有了。如今以菊花为宾，以人为主，竟拟出几个题目来，都要两个字：一个虚字，一个实字；实字就用‘菊’字，虚字便用通用门的。如此，又是咏菊，又是赋事，前人虽有这么做的，还不很落套。赋景咏物两关着，也倒新鲜大方。”

湘云笑道：“很好。只是不知用什么虚字才好？你先想一个我听听。”宝钗想了一想，笑道：“《菊梦》就好。”湘云笑道：“果然好。我也有一个：《菊影》可使得？”宝钗道：“也罢了，只是也有人做过。若题目多，这个也搭的上。我又有了一个。”湘云道：“快说出来。”宝钗道：“《问菊》如何？”湘云拍案叫妙。因接说道：“我也有了：《访菊》好不好？”宝钗也赞有趣。因说道："索性拟出十个来，写上再来。"说着，二人研墨蘸笔，湘云便写，宝钗便念，一时凑了十个。湘云看了一遍，又笑道："十个还不成幅，索性凑成十二个，就全了，也和人家的字画册页一样。"

宝钗听说，又想了两个，一共凑成十二个。说道："既这么着，一发编出个次序来。"湘云道："更妙，竟弄成个菊谱了。"宝钗道："起首是《忆菊》；忆之不得，故访，第二是《访菊》；访之既得，便种，第三是《种菊》；种既盛开，故相对而赏，第四是《对菊》；相对而兴有馀，故折来供瓶为玩，第五是《供菊》；既供而不吟，亦觉菊无彩色，第六便是《咏菊》；既入词章，不可以不供笔墨，第七便是《画菊》；既然画菊，若是默默无言，究竟不知菊有何妙处，不禁有所问，第八便是《问菊》；菊若能解语，使人狂喜不禁，便越要亲近他，第九竟是《簪菊》；如此人事虽尽，犹有菊之可咏者，《菊影》《菊梦》二首，续在第十、第十一；末卷便以《残菊》总收前题之感。这便是三秋的妙景妙事都有了。"

湘云依言，将题录出，又看了一回，又问："该限何韵？"宝钗道："我平生最不喜限韵，分明有好诗，何苦为韵所缚？咱们别学那小家派，只出题，不拘韵。原为大家偶得了好句取乐，并不为以此难人。"

湘云道："这话很是。既这样，自然大家的诗还进一层。但只咱们五个人，这十二个题目，难道每人作十二首不成？"宝钗道："那也太难人了。将这题目誊好，都要七言律诗，明日贴在墙上，他们看了，谁能那一个，就做那一个。有力量者，十二首都做也可；不能的，作一首也可。高才捷足者为尊。若十二首已全，便不许他赶着又做，罚他便完了。"湘云道："这也罢了。"二人商议妥贴，方才熄灯安寝。

要知端底，下回分解。

第三十八回

林潇湘魁夺菊花诗
薛蘅芜讽和螃蟹咏

话说宝钗、湘云计议已定，一宿无话。

次日，湘云便请贾母等赏桂花。贾母等都说道："倒是他有兴头，须要扰他这雅兴。"至午，果然贾母带了王夫人、凤姐，兼请薛姨妈等进园来。贾母因问："那一处好？"王夫人道："凭老太太爱在那一处，就在那一处。"凤姐道："藕香榭已经摆下了。那山坡下两棵桂花开的又好，河里的水又碧清，坐在河当中亭子上，不敞亮吗？看看水，眼也清亮。"贾母听了，说："很好。"说着，引了众人往藕香榭来。

原来这藕香榭盖在池中，四面有窗，左右有回廊，也是跨水接岸，后面又有曲折竹桥。众人上了竹桥，凤姐忙上来搀着贾母，口里说道："老祖宗只管迈大步走，不相干，这竹子桥规矩是咯吱咯吱的。"

一时进入榭中，只见栏杆外另放着两张竹案：一个上面设着杯箸酒具，一个上头设着茶筅茶具、各色盏碟。那边有两三个丫头煽风炉煮茶，这边另有几个丫头也煽风炉烫酒呢。贾母忙笑问："这茶想的很好，且是地方、东西都干净。"湘云笑道："这是宝姐姐帮着我预备的。"贾母道："我说那孩子细致，凡事想的妥当。"一面说，一面又看见柱子上挂的黑漆嵌蚌的对子，命湘云念道：

芙蓉影破归兰桨，菱藕香深泻竹桥。

贾母听了，又抬头看匾，因回头向薛姨妈道："我先小时，家里也有这么一个亭子，叫做什么枕霞阁。我那时也只像他姐妹们这么大年纪，同着几个人天天玩去。谁知那日一下子失了脚掉下去，几乎没淹死。好容易救上来了，到底叫那木钉把头碰破了。如今这鬓角上那指头顶儿大的一个坑儿，就是那碰破的。众人都怕经了水，冒了风，说了不得了，谁知竟好了。"

凤姐不等人说，先笑道："那时要活不得，如今这么大福可叫谁享呢？可知老祖宗从小儿福寿就不小，神差鬼使，碰出那个坑儿来，好盛福寿啊！寿星老儿头上原是个坑儿，因为万福万寿盛满了，所以倒凸出些来了。"未及说完，贾母和众人都笑软了。

贾母笑道："这猴儿惯的了不得了，拿着我也取起笑儿来了，恨的我撕你那油嘴！"凤姐道："回来吃螃蟹，怕存住冷在心里，怄老祖宗笑笑儿，就是高兴多吃两个也无妨了。"贾母笑道："明日叫你黑家白日跟着我，我倒常笑笑儿，也不许你回屋里去。"王夫人笑道："老太太因为喜欢他，才惯的这么样，还这么说，他明儿越发没礼了。"贾母笑道："我倒喜欢他这么着，况且他又不是那真不知高低的孩子。家常没人，娘儿们原该说说笑笑，横竖大礼不错就罢了。没的倒叫他们神鬼似的做什么？"

说着，一齐进了亭子。献过茶，凤姐忙安放杯箸：上面一桌，贾母、薛姨妈、宝钗、黛玉、宝玉；东边一桌，湘云、王夫人、迎、探、惜；西边靠门一小桌，李纨和凤姐，虚设坐位，二人皆不敢坐，只在贾母、王夫人两桌上伺候。

凤姐吩咐："螃蟹不可多拿来，仍旧放在蒸笼里，拿十个来，吃了再拿。"一面又要水洗了手，站在贾母跟前剥蟹肉，头次让薛姨妈。薛姨妈道："我自己掰着吃香甜，不用人让。"凤姐便奉与贾母。二次的便与宝玉。又说："把酒烫得滚热的拿来。"又命小丫头们去取菊花叶儿、桂花蕊熏的绿豆面子，预备着洗手。

湘云陪着吃了一个，便下座来让人；又出至外头，命人盛两盘子给赵姨娘送去。又见凤姐走来道："你张罗不惯，你吃你的去，我先替你张罗，等散了我再吃。”湘云不肯。又命人在那边廊上摆了两席，让鸳鸯、琥珀、彩霞、彩云、平儿去坐。鸳鸯因向凤姐笑道：“二奶奶在这里伺候，我可吃去了。”凤姐儿道：“你们只管去，都交给我就是了。”说着，湘云仍入了席。

凤姐和李纨也胡乱应了个景儿，凤姐仍旧下来张罗。一时出至廊上，鸳鸯等正吃得高兴，见他来了，鸳鸯等站起来道：“奶奶又出来做什么？让我们也受用一会子。”凤姐笑道：“鸳鸯丫头越发坏了，我替你当差，倒不领情，还抱怨我。还不快斟一钟酒来我喝呢。”鸳鸯笑着，忙斟了一杯酒，送至凤姐唇边。凤姐一挺脖子喝了。琥珀、彩霞二人也斟上一杯，送至凤姐唇边，那凤姐也吃了。平儿早剔了一壳黄子送来，凤姐道：“多倒些姜醋。”一会也吃了，笑道：“你们坐着吃罢，我可去了。”

鸳鸯笑道：“好没脸，吃我们的东西。”凤姐儿笑道：“你少和我作怪。你知道你琏二爷爱上了你，要和老太太讨了你做小老婆呢。”鸳鸯红了脸，咂着嘴，点着头道：“哎！这也是做奶奶说出来的话？我不拿腥手抹你一脸，算不得人。”说着站起来，就要抹。凤姐道：“好姐姐，饶我这遭儿罢。”

琥珀笑道：“鸳丫头要去了，平丫头还饶他？你们看看，他没吃两个螃蟹，倒喝了一碟子醋了。”平儿手里正剥了个满黄螃蟹，听如此奚落他，便拿着螃蟹，照琥珀脸上来抹，口内笑骂：“我把你这嚼舌根的小蹄子儿！”琥珀也笑着往旁边一躲。平儿使空了，往前一撞，恰恰的抹在凤姐腮上。凤姐正和鸳鸯嘲笑，不防吓了一跳，“嗳哟”了一声。众人撑不住，都哈哈的大笑起来。凤姐也禁不住笑骂道：“死娼妇！吃离了眼了？混抹你娘的！”平儿忙赶过来替他擦了，亲自去端水。鸳鸯道：“阿弥陀佛！这才是现报呢。”

贾母那边听见，一叠连声问：“见了什么了，这么乐？告诉我们也笑笑。”鸳鸯等忙高声笑回道：“二奶奶来抢螃蟹吃，平儿恼了，抹了他主子一脸螃蟹黄子，主子奴才打架呢。”贾母和王夫人等听了，也笑起来。贾母笑道：“你们看他可怜见儿的，那小腿子、脐子给他点子吃罢。”鸳鸯等笑着答应了，高声的说道：“这满桌子的腿子，二奶奶只管吃就是了。”凤姐笑着洗了脸，走来，又伏侍贾母等吃了一会。

黛玉弱，不敢多吃，只吃了一点夹子肉就下来了。贾母一时也不吃了。大家都洗了手，也有看花的，也有弄水看鱼的，游玩了一回。王夫人因问贾母："这里风大，才又吃了螃蟹，老太太还是回屋里去歇歇罢。若高兴，明日再来逛逛。"贾母听了，笑道："正是呢。我怕你们高兴，我走了，又怕扫了你们的兴。既这么说，咱们就都去罢。"回头嘱咐湘云："别让你宝哥哥多吃了。"湘云答应着。又嘱咐湘云、宝钗二人说："你们两个也别多吃了。那东西虽好吃，不是什么好的，吃多了肚子疼。"

二人忙应着，送出园外，仍旧回来，命将残席收拾了另摆。宝玉道："也不用摆，咱们且做诗。把那大团圆桌子放在当中，酒菜都放着。也不必拘定坐位，有爱吃的去吃，大家散坐，岂不便宜？"宝钗道："这话极是。"湘云道："虽这么说，还有别人。"因又命另摆一桌，拣了热螃蟹来，请袭人、紫鹃、司棋、侍书、入画、莺儿、翠墨等一处共坐；山坡桂树底下铺下两条花毯，命支应的婆子并小丫头等也都坐了，只管随意吃喝，等使唤再来。

湘云便取了诗题，用针绾在墙上。众人看了，都说："新奇，只怕做不出来。"湘云又把不限韵的缘故说了一番。宝玉道："这才是正理。我也最不喜限韵。"黛玉因不大吃酒，又不吃螃蟹，自命人掇了一个绣墩，倚栏坐着，拿着钓杆钓鱼。宝钗手里拿着一枝桂花，玩了一回，俯在窗槛上，掐了桂蕊，扔在水面，引的那游鱼洑上来唼喋。湘云出一会神，又让一回袭人等，又招呼山坡下的众人只管放量吃。探春和李纨、惜春立在垂柳阴中看鸥鹭。迎春却独在花阴下，拿着个针儿穿茉莉花。宝玉看了一回黛玉钓鱼，一会又俯在宝钗旁边说笑两句，一会又看袭人等吃螃蟹，自己也陪他喝两口酒，袭人又剥一壳肉给他吃。

黛玉放下钓竿，走至座间，拿起那乌银梅花自斟壶来，拣了一个小小的海棠冻石蕉叶杯。丫头看见，知他要饮酒，忙着走上来斟。黛玉道："你们只管吃去，让我自己斟才有趣儿。"说着便斟了半盏看时，却是黄酒，因说道："我吃了一点子螃蟹，觉得心口微微的疼，须得热热的吃口烧酒。"宝玉忙接道："有烧酒。"便命将那合欢花浸的酒烫一壶来。黛玉也只吃了一口，便放下了。

宝钗也走过来，另拿了一只杯来，也饮了一口，放下，便蘸笔，至墙上把头一个《忆菊》勾了，底下又赘一个"蘅"字。宝玉忙道："好姐姐，第二个我已有了四句了，你让我做罢。"宝钗笑道："我好容易有了一首，你就忙的这样。"黛玉也不说话，接过笔来，把第八个《问菊》勾了，接着把第十一个《菊梦》也勾了，也赘上了一个"潇"字。宝玉也拿起笔来，将第二个《访菊》也勾了，也赘上一个"怡"字。探春起来看着道："竟没人作《簪菊》，让我作。"又指着宝玉笑道："才宣过，总不许带出闺阁字样来，你可要留神。"

说着，只见湘云走来，将第四、第五《对菊》《供菊》一连两个都勾了，也赘上一个"湘"字。探春道："你也该起个号。"湘云笑道："我们家里如今虽有几处轩馆，我又不住着，借了来也没趣。"宝钗笑道："方才老太太说，你们家里也有一个水亭，叫做枕霞阁，难道不是你的？如今虽没了，你到底是旧主人。"众人都道："有理。"宝玉不待湘云动手，便代将"湘"字抹了，改了一个"霞"字。

没有顿饭工夫，十二题已全，各自誊出来，都交与迎春。另拿了一张雪浪笺过来，一并誊录出来。某人作的，底下赘明某人的号。李纨等从头看道：

忆菊

蘅芜君

怅望西风抱闷思，蓼红苇白断肠时。
空篱旧圃秋无迹，冷月清霜梦有知。
念念心随归雁远，寥寥坐听晚砧迟。
谁怜我为黄花瘦，慰语重阳会有期。

访菊

怡红公子

闲趁霜晴试一游，酒杯药盏莫淹留。
霜前月下谁家种，槛外篱边何处秋？
蜡屐远来情得得，冷吟不尽兴悠悠。
黄花若解怜诗客，休负今朝挂杖头。

种菊

怡红公子

携锄秋圃自移来，篱畔庭前处处栽。
昨夜不期经雨活，今朝犹喜带霜开。
冷吟秋色诗千首，醉酹寒香酒一杯。
泉溉泥封勤护惜，好和井径绝尘埃。

对菊

枕霞旧友

别圃移来贵比金，一丛浅淡一丛深。
萧疏篱畔科头坐，清冷香中抱膝吟。
数去更无君傲世，看来惟有我知音。
秋光荏苒休孤负，相对原宜惜寸阴。

供菊

枕霞旧友

弹琴酌酒喜堪俦，几案婷婷点缀幽。
隔坐香分三径露，抛书人对一枝秋。
霜清纸帐来新梦，圃冷斜阳忆旧游。
傲世也因同气味，春风桃李未淹留。

咏菊

潇湘妃子

无赖诗魔昏晓侵，绕篱欹石自沉音。
毫端蕴秀临霜写，口角噙香对月吟。
满纸自怜题素怨，片言谁解诉秋心。
一从陶令评章后，千古高风说到今。

画菊

蘅芜君

诗馀戏笔不知狂，岂是丹青费较量。
聚叶泼成千点墨，攒花染出几痕霜。
淡浓神会风前影，跳脱秋生腕底香。
莫认东篱闲采掇，粘屏聊以慰重阳。

问菊

潇湘妃子

欲讯秋情众莫知，喃喃负手扣东篱。
孤标傲世偕谁隐？一样开花为底迟？
圃露庭霜何寂寞？雁归蛩病可相思？
莫言举世无谈者，解语何妨话片时。

簪菊

蕉下客

瓶供篱栽日日忙，折来休认镜中妆。
长安公子因花癖，彭泽先生是酒狂。
短鬓冷沾三径露，葛巾香染九秋霜。
高情不入时人眼，拍手凭他笑路旁。

菊影

枕霞旧友

秋光叠叠复重重，潜度偷移三径中。
窗隔疏灯描远近，篱筛破月锁玲珑。
寒芳留照魂应驻，霜印传神梦也空。
珍重暗香踏碎处，凭谁醉眼认朦胧？

菊梦

潇湘妃子

篱畔秋酣一觉清，和云伴月不分明。
登仙非慕庄生蝶，忆旧还寻陶令盟。
睡去依依随雁断，惊回故故恼蛩鸣。
醒时幽怨同谁诉，衰草寒烟无限情。

残菊

蕉下客

露凝霜重渐倾欹，宴赏才过小雪时。
蒂有馀香金淡泊，枝无全叶翠离披。
半床落月蛩声切，万里寒云雁阵迟。
明岁秋分知再会，暂时分手莫相思。

众人看一首，赞一首，彼此称扬不绝。李纨笑道："等我从公评来。通篇看来，各人有各人的警句。今日公评：《咏菊》第一，《问菊》第二，《菊梦》第三：题目新，诗也新，立意更新了，只得要推潇湘妃子为魁了。然后《簪菊》《对菊》《供菊》《画菊》《忆菊》次之。"宝玉听说，喜的拍手叫道："极是！极公！"黛玉道："我那个也不好，到底伤于纤巧些。"李纨道："巧的却好，不露堆砌生硬。"

黛玉道："据我看来，头一句好的是'圃冷斜阳忆旧游'，这句背面傅粉：'抛书人对一枝秋'，已经妙绝，将供菊说完，没处再说，故翻回来想到未折未供之先，意思深远。"李纨笑道："固如此说，你的'口角噙香'一句也敌得过了。"探春又道："到底要算蘅芜君沉着：'秋无迹'、'梦有知'，把个'忆'字竟烘染出来了。"宝钗笑道："你的'短鬓冷沾'、'葛巾香染'，也就把簪菊形容的一个缝儿也没有。"湘云笑道："'偕谁隐'、'为底迟'，真真把个菊花问的无言可对。"李纨笑道："那么着，像'科头坐'、'抱膝吟'，竟一时也舍不得离了菊花，菊花有知，倒还怕腻烦了呢。"说的大家都笑了。

宝玉笑道："这场我又落第了。难道'谁家种'、'何处秋'、'蜡屐远来'、'冷吟不尽'，那都不是访不成？'昨夜雨'、'今朝霜'，都不是种不成？但恨敌不上'口角噙香对月吟'、'清冷香中抱膝吟'、'短鬓'、'葛巾'、'金淡泊'、'翠离披'、'秋无迹'、'梦有知'这几句罢了。"又道："明日闲了，我一个人做出十二首来。"李纨道："你的也好，只是不及这几句新雅就是了。"

大家又评了一会，复又要了热螃蟹来，就在大圆桌上吃了一会。宝玉笑道："今日持螯赏桂，亦不可无诗。我已吟成，谁还敢作？"说着，便忙洗了手，提笔写出。众人看道：

持螯更喜桂阴凉，泼醋擂姜兴欲狂。
饕餮王孙应有酒，横行公子竟无肠。
脐间积冷馋忘忌，指上沾腥洗尚香。
原为世人美口腹，坡仙曾笑一生忙。

黛玉笑道："这样的诗，一时要一百首也有。"宝玉笑道："你这会子才力已尽，不说不能作了，还褒贬人家。"黛玉听了，也不答言，略一仰首微吟，提起笔来一挥，已有了一首。众人看道：

铁甲长戈死未忘，堆盘色相喜先尝。
螯封嫩玉双双满，壳凸红脂块块香。
多肉更怜卿八足，助情谁劝我千觞。
对兹佳品酬佳节，桂拂清风菊带霜。

宝玉看了，正喝彩时，黛玉便一把撕了，命人烧去，因笑道："我做的不及你的，我烧了罢。你那个很好，比方才的菊花诗还好，你留着他给人看看。"

宝钗笑道："我也勉强了一首，未必好，写出来取笑儿罢。"说着，也写出来。大家看时，写道：

桂霭桐阴坐举觞，长安涎口盼重阳。
眼前道路无经纬，皮里春秋空黑黄。

看到这里，众人不禁叫绝。宝玉道："骂得痛快！我的诗也该烧了。"看底下道：

酒未涤腥还用菊，性防积冷定须姜。
于今落釜成何益，月浦空馀禾黍香。

众人看毕，都说："这方是食蟹的绝唱。这些小题目，原要寓大意思，才算是大才。只是讽刺世人太毒了些。"说着，只见平儿复进园来。

不知却做什么，且听下回分解。

第三十九回

村老老是信口开河
情哥哥偏寻根究底

话说众人见平儿来了，都说："你们奶奶做什么呢，怎么不来了？"平儿笑道："他那里得空儿来。因为说没得好生吃，又不得来，所以叫我来问还有没有，叫我再要几个拿了家去吃罢。"湘云道："有，多着呢。"忙命人拿盒子装了十个极大的。平儿道："多拿几个团脐的。"众人又拉平儿坐，平儿不肯。李纨瞅着他笑道："偏叫你坐。"因拉他身旁坐下，端了一杯酒，送到他嘴边。平儿忙喝了一口，就要走。李纨道："偏不许你去，显见得你只有凤丫头，就不听我的话了。"说着，又命嬷嬷们："先送了盒子去，就说我留下平儿了。"

那婆子一时拿了盒子回来，说："二奶奶说，叫奶奶和姑娘们别笑话要嘴吃。这个盒子里，方才舅太太那里送来的菱粉糕和鸡油卷儿，给奶奶、姑娘们吃的。"又向平儿道："说了：使唤你来，你就贪住嘴不去了，叫你少喝钟儿罢。"平儿笑道："多喝了，又把我怎么样？"一面说，一面只管喝，又吃螃蟹。

李纨揽着他笑道："可惜这么个好体面模样儿，命却平常，只落得屋里使唤。不知道的人，谁不拿你当做奶奶、太太看？"平儿一面和宝钗、湘云等吃喝着，一面回头笑道："奶奶，别这么摸的我怪痒痒的。"李氏道："嗳哟！这硬的是什么？"平儿道："是钥匙。"李氏道："有什么要紧的东西怕人偷了去，这么带在身上？我成日家和人说：有个唐僧取经，就有个白马来驮着他；刘智远打天下，就有个瓜精来送盔甲；有个凤丫头，就有个你。你就是你奶奶的一把总钥匙，还要这钥匙做什么？”平儿笑道：“奶奶吃了酒，又拿我来打趣着取笑儿了。”

宝钗笑道：“这倒是真话。我们没事评论起来，你们这几个都是百个里头挑不出一个来的，妙在各人有各人的好处。”李纨道：“大小都有个天理。比如老太太屋里要没鸳鸯姑娘，如何使得？从太太起，那一个敢驳老太太的回，他现敢驳回。偏老太太只听他一个人的话。老太太的那些穿的戴的，别人不记得，他都记得。要不是他经管着，不知叫人诓骗了多少去呢。况且他心也公道，虽然这样，倒常替人上好话儿，还倒不倚势欺人的。”惜春笑道：“老太太昨日还说呢，他比我们还强呢。”平儿道：“那原是个好的，我们那里比得上他？”

宝玉道：“太太屋里的彩霞是个老实人。”探春道：“可不是老实，心里可有数儿呢。太太是那么佛爷似的，事情上不留心，他都知道。凡一应事，都是他提着太太行，连老爷在家、出外去的一应大小事他都知道，太太忘了，他背后告诉太太。”

李纨道：“那也罢了。”指着宝玉道：“这一个小爷屋里要不是袭人，你们度量到个什么田地？凤丫头就是个楚霸王，也得两只膀子好举千斤鼎；他不是这丫头，他就得这么周到了？”平儿道：“先时陪了四个丫头来，死的死，去的去，只剩下我一个孤鬼儿了。”李纨道：“你倒是有造化的，凤丫头也是有造化的。想当初你大爷在日，何曾也没两个人？你们看，我还是那容不下人的？天天只是他们不如意，所以你大爷一没了，我趁着年轻都打发了。要是有一个好的守的住，我到底也有个膀臂了。”说着，不觉眼圈儿红了。

众人都道：“这又何必伤心？不如散了倒好。”说着，便都洗了手，大家约着往贾母、王夫人处问安。众婆子、丫头打扫亭子，收洗杯盘。

袭人便和平儿一同往前去，袭人因让平儿到屋里坐坐，再喝碗茶去。平儿回说：“不喝茶了，再来罢。”一面说，一面便要出去。袭人又叫住，问道：“这个月的月钱，连老太太、太太屋里还没放，是为什么？”平儿见问，忙转身至袭人跟前，又见无人，悄悄说道："你快别问，横竖再迟两天就放了。"袭人笑道："这是为什么，唬的你这个样儿？"平儿悄声告诉他道："这个月的月钱，我们奶奶早已支了，放给人使呢。等别处利钱收了来，凑齐了才放呢。因为是你，我才告诉你，可不许告诉一个人去。"袭人笑道："他难道还短钱使？还没个足厌？何苦还操这心？"平儿笑道："何曾不是呢！他这几年，只拿着这一项银子，翻出有几百来了。他的公费月例又使不着，十两八两零碎攒了，又放出去，单他这体己利钱，一年不到，上千的银子呢。"袭人笑道："拿着我们的钱，你们主子、奴才赚利钱，哄的我们呆等着。"平儿道："你又说没良心的话，你难道还少钱？"袭人道："我虽不少，只是我也没处儿使去，就只预备我们那一个。"平儿道："你倘若有紧要事用银钱使时，我那里还有几两银子，你先拿来使，明日我扣下你的就是了。"袭人道："此时也用不着，怕一时要用起来不够了，我打发人去取就是了。"

平儿答应着，一径出了园门，只见凤姐那边打发人来找平儿，说："奶奶有事等你。"平儿道："有什么事这么要紧？我叫大奶奶拉扯住说话儿，我又没逃了，这么连三接四的叫人来找。"那丫头说道："这又不是我的主意，姑娘这话自己和奶奶说去。"平儿啐道："好了，你们越发上脸了。"

说着走来，只见凤姐儿不在屋里。忽见上回来打抽丰的刘老老和板儿来了，坐在那边屋里，还有张材家的、周瑞家的陪着。又有两三个丫头在地下倒口袋里的枣儿、倭瓜并些野菜。众人见他进来，都忙站起来。刘老老因上次来过，知道平儿的身分，忙跳下地来问："姑娘好？"又说："家里都问好。早要来请姑奶奶的安，看姑娘来的，因为庄家忙。好容易今年多打了两石粮食，瓜果菜蔬也丰盛，这是头一起摘下来的，并没敢卖呢，留的尖儿，孝敬姑奶奶、姑娘们尝尝。姑娘们天天山珍海味的也吃腻了，吃个野菜儿，也算我们的穷心。"

平儿忙道："多谢费心。"又让坐，自己坐了，又让张婶子、周大娘坐了，命小丫头子倒茶去。周瑞、张材两家的因笑道："姑娘今日脸上有些春色，眼圈儿都红了。"平儿笑道："可不是，我原不喝，大奶奶和姑娘们只是拉着死灌，不得已喝了两钟，脸就红了。"张材家的笑道："我倒想着要喝呢，又没人让我。明日再有人请姑娘，可带了我去罢。"说着，大家都笑了。周瑞家的道："早起我就看见那螃蟹了，一斤只好称两个三个，这么两三大篓，想是有七八十斤呢。"周瑞家的又道："要是上上下下，只怕还不够。"平儿道："那里都吃，不过都是有名儿的吃两个子；那些散众儿的，也有摸着的，也有摸不着的。"刘老老道："这些螃蟹，今年就值五分一斤，十斤五钱，五五二两五，三五一十五，再搭上酒菜，一共倒有二十多两银子。阿弥陀佛！这一顿的银子，够我们庄家人过一年了。"

平儿因问："想是见过奶奶了？"刘老老道："见过了，叫我们等着呢。"说着，又往窗外看天气，说道："天好早晚了，我们也去罢，别出不去城，才是饥荒呢。"周瑞家的道："等着我替你瞧瞧去。"说着，一径去了。半日方来，笑道："可是老老的福来了，竟投了这两个人的缘了。"平儿等问："怎么样？"周瑞家的笑道："二奶奶在老太太跟前呢。我原是悄悄的告诉二奶奶：刘老老要家去呢，怕晚了赶不出城去。二奶奶说：'大远的，难为他扛了些东西来，晚了就住一夜，明日再去。'这可不是投上二奶奶的缘了吗？这也罢了，偏老太太又听见了，问：'刘老老是谁？'二奶奶就回明白了。老太太又说：'我正想个积古的老人家说话儿，请了来我见见。'这可不是想不到的投上缘了？"说着，催刘老老下来前去。

刘老老道："我这生像儿，怎么见得呢？好嫂子，你就说我去了罢。"平儿忙道："你快去罢，不相干的。我们老太太最是惜老怜贫的，比不得那个狂三诈四的那些人。想是你怯上，我和周大娘送你去。"说着，同周瑞家的带了刘老老往贾母这边来。

二门口该班的小厮们见了平儿出来，都站起来；有两个又跑上来，赶着平儿叫"姑娘"。平儿问道："又说什么？"那小厮笑道："这会子也好早晚了，我妈病着，等我去请大夫。好姑娘，我讨半日假，可使得？"平儿道："你们倒好，都商量定了，一天一个，告假又不回奶奶，只和我胡缠。前日住儿去了，二爷偏叫他，叫不着，我应起来了，还说我做了情了。你今日又来了。”周瑞家的道：“当真的他妈病了，姑娘也替他应着，放了他罢。”平儿道：“明日一早来。听着：我还要使你呢，再睡的日头晒着屁股再来！你这一去，带个信儿给旺儿，就说奶奶的话，问他那剩的利钱，明日要还不交来，奶奶不要了，索性送他使罢。”那小厮欢天喜地答应去了。

平儿等来至贾母房中，彼时大观园中姐妹们都在贾母前承奉。刘老老进去，只见满屋里珠围翠绕，花枝招展的，并不知都系何人。只见一张榻上独歪着一位老婆婆，身后坐着一个纱罗裹的美人一般的个丫鬟在那里捶腿，凤姐儿站着正说笑。刘老老便知是贾母了，忙上来，陪着笑，拜了几拜，口里说：“请老寿星安！”贾母也忙欠身问好，又命周瑞家的端过椅子来坐着。那板儿仍是怯人，不知问候。

贾母道：“老亲家，你今年多大年纪了？”刘老老忙起身答道：“我今年七十五了。”贾母向众人道：“这么大年纪了，还这么硬朗。比我大好几岁呢。我要到这个年纪，还不知怎么动不得呢。”刘老老笑道：“我们生来是受苦的人，老太太生来是享福的。我们要也这么着，那些庄家活也没人做了。”贾母道：“眼睛、牙齿还好？”刘老老道：“还都好，就是今年左边的槽牙活动了。”贾母道：“我老了，都不中用了：眼也花，耳也聋，记性也没了。你们这些老亲戚，我都不记得了。亲戚们来了，我怕人笑话，我都不会。不过嚼的动的吃两口，睡一觉，闷了时和这些孙子孙女儿玩笑会子就完了。”刘老老笑道：“这正是老太太的福了。我们想这么着也不能。”贾母道：“什么福，不过是老废物罢咧。”说的大家都笑了。

贾母又笑道：“我才听见凤哥儿说，你带了好些瓜菜来，我叫他快收拾去了，我正想个地里现结的瓜儿菜儿吃。外头买的，不像你们地里的好吃。”刘老老笑道：“这是野意儿，不过吃个新鲜。依我们倒想鱼肉吃，只是吃不起。”贾母又道：“今日既认着了亲，别空空的就去，不嫌我这里，就住一两天再去。我们也有个园子，园子里头也有果子。你明日也尝尝，带些家去，也算是看亲戚一趟。”

凤姐儿见贾母喜欢，也忙留道：“我们这里虽不比你们的场院大，空屋子还有两间。你住两天，把你们那里的新闻故事儿，说些给我们老太太听听。”贾母笑道：“凤丫头别拿他取笑儿，他是屯里人，老实，那里搁的住你打趣？”说着，又命人去先抓果子给板儿吃。板儿见人多了，又不敢吃。贾母又命拿些钱给他，叫小幺儿们带他外头玩去。刘老老吃了茶，便把些乡村中所见所闻的事情说给贾母听，贾母越发得了趣味。正说着，凤姐儿便命人请刘老老吃晚饭。贾母又将自己的菜拣了几样，命人送过去给刘老老吃。

凤姐知道合了贾母的心，吃了饭，便又打发过来。鸳鸯忙命老婆子带了刘老老去洗了澡；自己去挑了两件随常的衣裳，叫给刘老老换上。那刘老老那里见过这般行事，忙换了衣裳出来，坐在贾母榻前，又搜寻些话出来说。彼时宝玉姐妹们也都在这里坐着，他们何曾听见过这些话，自觉比那些瞽目先生说的书还好听。

那刘老老虽是个村野人，却生来的有些见识；况且年纪老了，世情上经历过的。见头一件贾母高兴，第二件这些哥儿、姐儿都爱听，便没话也编出些话来讲。因说道：“我们村庄上种地种菜，每年每日，春夏秋冬，风里雨里，那里有个坐着的空儿？天天都是在那地头上做歇马凉亭，什么奇奇怪怪的事不见呢。就像旧年冬天，接连下了几天雪，地下压了三四尺深。我那日起的早，还没出屋门，只听外头柴草响，我想着必定有人偷柴草来了。我扒着窗户眼儿一瞧，不是我们村庄上的人……”贾母道：“必定是过路的客人们冷了，见现成的柴火，抽些烤火，也是有的。”刘老老笑道：“也并不是客人，所以说来奇怪。老寿星打量是什么人？原来是一个十七八岁极标致的个小姑娘儿，梳着溜油儿光的头，穿着大红袄儿，白绫子裙儿……”

刚说到这里，忽听外面人吵嚷起来，又说：“不相干，别唬着老太太。”贾母等听了，忙问：“怎么了？”丫鬟回说：“南院子马棚里走了水了，不相干，已经救下去了。”贾母最胆小的，听了这话，忙起身，扶了人出至廊上来瞧时，只见那东南角上火光犹亮。贾母唬得口内念佛，又忙命人去火神跟前烧香。王夫人等也忙都过来请安，回说："已经救下去了，老太太请进去罢。"贾母足足的看着火光熄了，方领众人进来。

宝玉且忙问刘老老："那女孩儿大雪地里做什么抽柴火？倘或冻出病来呢？"贾母道："都是才说抽柴火，惹出事来了，你还问呢。别说这个了，说别的罢。"宝玉听说，心内虽不乐，也只得罢了。

刘老老便又想了想，说道："我们庄子东边庄上有个老奶奶子，今年九十多岁了。他天天吃斋念佛，谁知就感动了观音菩萨，夜里来托梦说：'你这么虔心，原本你该绝后的，如今奏了玉皇，给你个孙子。'原来这老奶奶只有一个儿子，这儿子也只一个儿子，好容易养到十七八岁上死了，哭的什么儿似的。后起间，真又养了一个，今年才十三四岁，长得粉团儿似的，聪明伶俐的了不得呢。这些神佛是有的不是？"这一席话，暗合了贾母、王夫人的心事，连王夫人也都听住了。

宝玉心中只惦记抽柴的事，因闷闷的心中筹画。探春因问他："昨日扰了史大妹妹，咱们回去商议着邀一社，又还了席，也请老太太赏菊如何？"宝玉笑道："老太太说了，还要摆酒还史妹妹的席，叫咱们做陪呢。等吃了老太太的，咱们再请不迟。"探春道："越往前越冷了，老太太未必高兴。"宝玉道："老太太又喜欢下雨下雪的，咱们等下头场雪，请老太太赏雪不好吗？咱们雪下吟诗，也更有趣了。"黛玉笑道："咱们雪下吟诗，依我说，还不如弄一捆柴火，雪下抽柴，还更有趣儿呢。"说着，宝钗等都笑了。宝玉瞅了他一眼，也不答话。

一时散了，背地里宝玉到底拉了刘老老，细问那女孩儿是谁。刘老老只得编了告诉他："那原是我们庄子北沿儿地埂子上，有个小祠堂儿供的，不是神佛。当先有个什么老爷……"说着，又想名姓。宝玉道："不拘什么名姓，也不必想了，只说原故就是了。"刘老老道："这老爷没有儿子，只有一位小姐，名字叫什么若玉，知书儿识字的，老爷、太太爱的像珍珠儿。可惜了儿的，这小姐儿长到十七岁了，一病就病死了。"宝玉听了，跌足叹惜。又问："后来怎么样？"刘老老道："因为老爷、太太疼的心肝儿似的，盖了那祠堂，塑了个像儿，派了人烧香儿拨火的。如今年深日久了，人也没了，庙也烂了，那泥胎儿可就成了精咧。”

宝玉忙道：“不是成精，规矩这样人是不死的。”刘老老道：“阿弥陀佛！是这么着吗？不是哥儿说，我们还当他成了精了呢。他时常变了人出来闲逛，我才说抽柴火的就是他了。我们村庄上的人商量着还要拿榔头砸他呢。”宝玉忙道：“快别如此，要平了庙，罪过不小。”刘老老道：“幸亏哥儿告诉我，明日回去，拦住他们就是了。”

宝玉道：“我们老太太、太太都是善人，就是合家大小也都好善喜舍，最爱修庙塑神的。我明日做一个疏头，替你化些布施，你就做香头，攒了钱，把这庙修盖，再装塑了泥像，每月给你香火钱烧香，好不好？”刘老老道：“若这样时，我托那小姐的福，也有几个钱使了。”宝玉又问他地名、庄名，来往远近，坐落何方，刘老老便顺口诌了出来。

宝玉信以为真，回至房中，盘算了一夜。次日一早，便出来给了焙茗几百钱，按着刘老老说的方向、地名，着焙茗去先踏看明白，回来再作主意。那焙茗去后，宝玉左等也不来，右等也不来，急的热地里的蛐蜒似的。

好容易等到日落，方见焙茗兴兴头头的回来了。宝玉忙问：“可找着了？”焙茗笑道：“爷听的不明白，叫我好找。那地名坐落，不像爷听的一样，所以找了一天。找到东北角田埂子上，才有一个破庙。”宝玉听说，喜的眉开眼笑，忙说道：“刘老老有年纪的人，一时错记了，也是有的。你且说你见的。”焙茗道：“那庙门却倒也朝南开，也是稀破的。我找的正没好气，一见这个，我说可好了，连忙进去。一看泥胎，唬的我又跑出来了，活像真的似的。”宝玉喜的笑道：“他能变化人了，自然有些生气。”焙茗拍手道：“那里是什么女孩儿，竟是一位青脸红发的瘟神爷。”

宝玉听了，啐了一口，骂道：“真是个没用的杀材！这点子事也干不来。”焙茗道：“爷又不知看了什么书，或者听了谁的混帐话，信真了，把这件没头脑的事派我去碰头，怎么说我没用呢？”宝玉见他急了，忙抚慰他道：“你别急，改日闲了，你再找去。要是他哄我们呢，自然没了；要竟是有的，你岂不也积了阴骘呢？我必重重的赏你。”说着，只见二门上的小厮来说：“老太太屋里的姑娘们站在二门口找二爷呢。”

不知何事，下回分解。

第四十回

史太君两宴大观园
金鸳鸯三宣牙牌令

话说宝玉听了，忙进来看时，只见琥珀站在屏风跟前，说："快去罢，立等你说话呢。"宝玉来至上房，只见贾母正和王夫人、众姐妹商议给史湘云还席。宝玉因说："我有个主意：既没有外客，吃的东西也别定了样数，谁素日爱吃的，拣样儿做几样；也不必安桌席，每人跟前摆一张高几，各人爱吃的东西一两样，再一个十锦攒心盒子、自斟壶。岂不别致？"贾母听了，说："很是。"即命人传与厨房："明日就拣我们爱吃的东西做了，按着人数，再装了盒子来，早饭也摆在园里吃。"商议之间，早又掌灯。一夕无话。

次日清早起来，可喜这日天气清朗。李纨清晨起来，看着老婆子、丫头们扫那些落叶，并擦抹桌椅，预备茶酒器皿。只见丰儿带了刘老老、板儿进来，说："大奶奶倒忙的很。"李纨笑道："我说你昨儿去不成，只忙着要去。"刘老老笑道："老太太留下我，叫我也热闹一天去。"丰儿拿了几把大小钥匙，说道："我们奶奶说了：外头的高几儿怕不够使，不如开了楼，把那收的拿下来使一天罢。奶奶原该亲自来，因和太太说话呢，请大奶奶开了，带着人搬罢。"

李氏便命素云接了钥匙。又命婆子出去，把二门上小厮叫几个来。李氏站在大观楼下，往上看着，命人上去开了缀锦阁，一张一张的往下抬。小厮、老婆子、丫头一齐动手，抬了二十多张下来。李纨道："好生着，别慌慌张张鬼赶着似的，仔细碰了牙子。"又回头向刘老老笑道："老老也上去瞧瞧。"刘老老听说，巴不得一声儿，拉了板儿，登梯上去。进里面，只见乌压压的堆着些围屏桌椅、大小花灯之类，虽不大认得，只见五彩炳灼，各有奇妙。念了几声佛，便下来了。然后锁上门，一齐下来。李纨道：“恐怕老太太高兴，越发把船上划子、篙、桨、遮阳幔子，都搬下来预备着。”众人答应，又复开了门，色色的搬下来。命小厮传驾娘们，到船坞里撑出两只船来。

正乱着，只见贾母已带了一群人进来了。李纨忙迎上去，笑道：“老太太高兴，倒进来了。我只当还没梳头呢，才掐了菊花要送去。”一面说，一面碧月早已捧过一个大荷叶式的翡翠盘子来，里面养着各色折枝菊花。贾母便拣了一朵大红的簪在鬓上。因回头看见了刘老老，忙笑道：“过来带花儿。”

一语未完，凤姐儿便拉过刘老老来，笑道：“让我打扮你。”说着，把一盘子花，横三竖四的插了一头。贾母和众人笑的了不得。刘老老也笑道：“我这头也不知修了什么福，今儿这样体面起来。”众人笑道：“你还不拔下来摔到他脸上呢，把你打扮的成了老妖精了。”刘老老笑道：“我虽老了，年轻时也风流，爱个花儿粉儿的，今儿索性作个老风流。”

说话间，已来至沁芳亭上。丫鬟们抱了个大锦褥子来，铺在栏杆榻板上。贾母倚栏坐下，命刘老老也坐在旁边，因问他：“这园子好不好？”刘老老念佛说道：“我们乡下人到了年下，都上城来买画儿贴。闲了的时候儿，大家都说，怎么得到画儿上逛逛。想着画儿也不过是假的，那里有这个真地方儿？谁知今儿进这园里一瞧，竟比画儿还强十倍。怎么得有人也照着这个园子画一张，我带了家去，给他们见见，死了也得好处。”贾母听说，指着惜春笑道：“你瞧我这个小孙女儿，他就会画，等明儿叫他画一张如何？”刘老老听了，喜的忙跑过来，拉着惜春说道：“我的姑娘，你这么大年纪儿，又这么个好模样儿，还有这个能干，别是个神仙托生的罢？”贾母、众人都笑了。

歇了歇，又领着刘老老都见识见识。先到了潇湘馆。一进门，只见两边翠竹夹路，土地下苍苔布满，中间羊肠一条石子漫的甬路。刘老老让出来与贾母、众人走，自己却走土地。琥珀拉他道：“老老，你上来走，看青苔滑倒了。”刘老老道：“不相干，我们走熟了。姑娘们只管走罢，可惜你们的那鞋，别沾了泥。”他只顾上头和人说话，不防脚底下果踩滑了，咕咚一交跌倒。众人都拍手呵呵的大笑。贾母笑骂道："小蹄子们，还不搀起来，只站着笑。"说话时，刘老老已爬起来了，自己也笑了，说道："才说嘴，就打了嘴了。"贾母问他："可扭了腰了没有？叫丫头们捶捶。"刘老老道："那里说的我这么娇嫩了？那一天不跌两下子。都要捶起来，还了得呢！"

紫鹃早打起湘帘，贾母等进来坐下。黛玉亲自用小茶盘儿捧了一盖碗茶来，奉与贾母。王夫人道："我们不吃茶，姑娘不用倒了。"黛玉听说，便命丫头把自己窗下常坐的一张椅子挪到下手，请王夫人坐了。刘老老因见窗下案上设着笔砚，又见书架上放着满满的书，刘老老道："这必定是那一位哥儿的书房了。"贾母笑指黛玉道："这是我这外孙女儿的屋子。"刘老老留神打量了黛玉一番，方笑道："这那里像个小姐的绣房？竟比那上等的书房还好呢。"贾母因问："宝玉怎么不见？"众丫头们答说："在池子里船上呢。"贾母道："谁又预备下船了？"李纨忙回说："才开楼拿的，我恐怕老太太高兴，就预备下了。"

贾母听了，方欲说话时，有人回说："姨太太来了。"贾母等刚站起来，只见薛姨妈早进来了，一面归坐，笑道："今儿老太太高兴，这早晚就来了。"贾母笑道："我才说，来迟了的要罚他，不想姨太太就来迟了。"说笑一会。

贾母因见窗上纱颜色旧了，便和王夫人说道："这个纱，新糊上好看，过了后儿就不翠了。这院子里头又没有个桃杏树，这竹子已是绿的，再拿绿纱糊上，反倒不配。我记得咱们先有四五样颜色糊窗的纱呢，明儿给他把这窗上的换了。"凤姐儿忙道："昨儿我开库房，看见大板箱里还有好几匹银红蝉翼纱：也有各样折枝花样的，也有流云蝙蝠花样的，也有百蝶穿花花样的，颜色又鲜，纱又轻软，我竟没见这个样的。拿了两匹出来，做两床绵纱被，想来一定是好的。"贾母听了，笑道："呸！人人都说你没有没经过没见过的，连这个纱还不能认得，明儿还说嘴！"

薛姨妈等都笑说："凭他怎么经过见过，怎么敢比老太太呢？老太太何不教导了他？连我们也听听。"凤姐儿也笑说："好祖宗，教给我罢。"贾母笑向薛姨妈、众人道："那个纱，比你们的年纪还大呢，怪不得他认做蝉翼纱；原也有些像，不知道的都认做蝉翼纱。正经名字叫‘软烟罗’。”凤姐儿道：“这个名儿也好听，只是我这么大了，纱罗也见过几百样，从没听见过这个名色。”贾母笑道：“你能活了多大，见过几样东西，就说嘴来了？那个软烟罗只有四样颜色：一样雨过天青，一样秋香色，一样松绿的，一样就是银红的。要是做了帐子，糊了窗屉，远远的看着，就和烟雾一样，所以叫做软烟罗。那银红的又叫做‘霞影纱’。如今上用的府纱也没有这样软厚轻密的了。”薛姨妈笑道：“别说凤丫头没见，连我也没听见过。”

凤姐儿一面说话，早命人取了一匹来了。贾母道：“可不是这个。先时原不过是糊窗屉；后来我们拿这个做被做帐子试试，也竟好。明日就找出几匹来，拿银红的替他糊窗户。”凤姐答应着。

众人看了，都称赞不已。刘老老也觑着眼看，口里不住的念佛，说道：“我们想做衣裳也不能，拿着糊窗子，岂不可惜？”贾母道：“倒是做衣裳不好看。”凤姐忙把自己身上穿的一件大红绵纱袄的襟子拉出来，向贾母、薛姨妈道：“看我的这袄儿。”贾母、薛姨妈都说：“这也是上好的了，这是如今上用内造的，竟比不上这个。”凤姐儿道：“这个薄片子，还说是内造上用呢，竟连这个官用的也比不上啊！”

贾母道：“再找一找，只怕还有。要有，就都拿出来，送这刘亲家两匹；有雨过天青的，我做一个帐子挂上；剩的，配上里子，做些个夹坎肩儿给丫头们穿。白收着霉坏了。”凤姐儿忙答应了，仍命人送去。

贾母便笑道：“这屋里窄，再往别处逛去罢。”刘老老笑道：“人人都说大家子住大房。昨儿见了老太太正房，配上大箱、大柜、大桌子、大床，果然威武。那柜子比我们一间房子还大还高，怪道后院子里有个梯子。我想又不上房晒东西，预备这梯子做什么？后来我想起来，一定是为开顶柜取东西，离了那梯子怎么上得去呢？如今又见了这小屋子，更比大的越发齐整了。满屋里东西都只好看，可不知叫什么。我越看越舍不得离了这里了。”凤姐道：“还有好的呢，我都带你去瞧瞧。”

说着，一径离了潇湘馆，远远望见池中一群人在那里撑船。贾母道：“他们既备下船，咱们就坐一回。”说着，向紫菱洲蓼溆一带走来。未至池前，只见几个婆子手里都捧着一色摄丝戗金五彩大盒子走来。凤姐忙问王夫人：“早饭在那里摆？”王夫人道：“问老太太在那里，就在那里罢了。”贾母听说，便回头说：“你三妹妹那里好，你就带了人摆去，我们从这里坐了船去。”

凤姐儿听说，便回身和李纨、探春、鸳鸯、琥珀带着端饭的人等，抄着近路到了秋爽斋，就在晓翠堂上调开桌案。鸳鸯笑道：“天天咱们说外头老爷们吃酒吃饭，都有个凑趣儿的，拿他取笑儿。咱们今儿也得了个女清客了。”李纨是个厚道人，倒不理会。凤姐儿却听着是说刘老老，便笑道：“咱们今儿就拿他取个笑儿。”二人便如此这般商议。李纨笑劝道：“你们一点好事儿不做。又不是个小孩儿，还这么淘气，仔细老太太说。”鸳鸯笑道：“很不与大奶奶相干，有我呢。”

正说着，只见贾母等来了，各自随便坐下。先有丫鬟挨人递了茶。大家吃毕，凤姐手里拿着西洋布手巾，裹着一把乌木三镶银箸，按席摆下。贾母因说：“把那一张小楠木桌子抬过来，让刘亲家挨着我这边坐。”众人听说，忙抬过来。凤姐一面递眼色与鸳鸯，鸳鸯便忙拉刘老老出去，悄悄的嘱咐了刘老老一席话。又说：“这是我们家的规矩，要错了，我们就笑话呢。”

调停已毕，然后归坐。薛姨妈是吃过饭来的，不吃了，只坐在一边吃茶。贾母带着宝玉、湘云、黛玉、宝钗一桌，王夫人带着迎春姐妹三人一桌，刘老老挨着贾母一桌。贾母素日吃饭，皆有小丫鬟在旁边拿着漱盂、麈尾、巾帕之物。如今鸳鸯是不当这差的了，今日偏接过麈尾来拂着。丫鬟们知他要捉弄刘老老，便躲开让他。鸳鸯一面侍立，一面递眼色。刘老老道：“姑娘放心。”

那刘老老入了坐，拿起箸来，沉甸甸的不伏手，原是凤姐和鸳鸯商议定了，单拿了一双老年四楞象牙镶金的筷子给刘老老。刘老老见了，说道：“这个叉巴子，比我们那里的铁锨还沉，那里拿的动他？”说的众人都笑起来。只见一个媳妇端了一个盒子站在当地，一个丫鬟上来揭去盒盖，里面盛着两碗菜。李纨端了一碗放在贾母桌上，凤姐偏拣了一碗鸽子蛋放在刘老老桌上。

贾母这边说声“请”，刘老老便站起身来，高声说道：“老刘，老刘，食量大如牛，吃个老母猪不抬头。”说完，却鼓着腮帮子，两眼直视，一声不语。众人先还发怔，后来一想，上上下下都一齐哈哈大笑起来：湘云撑不住，一口茶都喷出来；黛玉笑岔了气，伏着桌子只叫“嗳哟”；宝玉滚到贾母怀里，贾母笑的搂着叫“心肝”；王夫人笑的用手指着凤姐儿，却说不出话来；薛姨妈也撑不住，口里的茶喷了探春一裙子；探春的茶碗都合在迎春身上；惜春离了坐位，拉着他奶母叫揉揉肠子；地下无一个不弯腰屈背，也有躲出去蹲着笑去的，也有忍着笑上来替他姐妹换衣裳的。独有凤姐、鸳鸯二人掌着，还只管让刘老老。

刘老老拿起箸来，只觉不听使。又道：“这里的鸡儿也俊，下的这蛋也小巧，怪俊的。我且得一个儿。”众人方住了笑，听见这话，又笑起来。贾母笑的眼泪出来，只忍不住，琥珀在后捶着。贾母笑道：“这定是凤丫头促狭鬼儿闹的。快别信他的话了。”

那刘老老正夸鸡蛋小巧，凤姐儿笑道：“一两银子一个呢，你快尝尝罢，冷了就不好吃了。”刘老老便伸筷子要夹，那里夹的起来。满碗里闹了一阵，好容易撮起一个来，才伸着脖子要吃，偏又滑下来，滚在地下。忙放下筷子，要亲自去拣，早有地下的人拣出去了。刘老老叹道：“一两银子，也没听见个响声儿就没了！”

众人已没心吃饭，都看着他取笑。贾母又说：“谁这会子又把那个筷子拿出来了？又不请客摆大筵席。都是凤丫头支使的，还不换了呢。”地下的人原不曾预备这牙箸，本是凤姐和鸳鸯拿了来的，听如此说，忙收过去了，也照样换上一双乌木镶银的。

刘老老道：“去了金的，又是银的，到底不及俺们那个伏手。”凤姐儿道：“菜里要有毒，这银子下去了，就试的出来。”刘老老道：“这个菜里有毒，我们那些都成了砒霜了。那怕毒死了，也要吃尽了。”

贾母见他如此有趣，吃的又香甜，把自己的菜也都端过来给他吃。又命一个老嬷嬷来，将各样的菜给板儿夹在碗上。

一时吃毕，贾母等都往探春卧室中去闲话。这里收拾残桌，又放了一桌。

刘老老看着李纨与凤姐儿对坐着吃饭，叹道："别的罢了，我只爱你们家这行事。怪道说'礼出大家'。"凤姐儿忙笑道："你可别多心，才刚不过大家取乐儿。"一言未了，鸳鸯也进来笑道："老老别恼，我给你老人家赔个不是儿罢。"刘老老忙笑道："姑娘说那里的话，咱们哄着老太太开个心儿，有什么恼的？你先嘱咐我，我就明白了，不过大家取笑儿。我要恼，也就不说了。"鸳鸯便骂人："为什么不倒茶给老老吃？"刘老老忙道："才刚那个嫂子倒了茶来，我吃过了。姑娘也该用饭了。"凤姐儿便拉鸳鸯坐下道："你和我们吃罢，省了回来又闹。"鸳鸯便坐下了，婆子们添上碗箸来。三人吃毕，刘老老笑道："我看你们这些人都只吃这一点儿就完了，亏你们也不饿。怪道风儿都吹的倒。"

鸳鸯便问："今儿剩的不少，都那里去了？"婆子们道："都还没散呢，在这里等着，一齐散给他们吃。"鸳鸯道："他们吃不了这些，挑两碗给二奶奶屋里平丫头送去。"凤姐道："他早吃了饭了，不用给他。"鸳鸯道："他吃不了，喂你的猫。"婆子听了，忙拣了两样，拿盒子送去。鸳鸯道："素云那里去了？"李纨道："他们都在这里一处吃，又找他做什么？"鸳鸯道："这就罢了。"凤姐道："袭人不在这里，你倒是叫人送两样给他去。"鸳鸯听说，便命人也送两样去。鸳鸯又问婆子们："回来吃酒的攒盒，可装上了？"婆子道："想必还得一会子。"鸳鸯道："催着些儿。"婆子答应了。

凤姐等来至探春房中，只见他娘儿们正说笑。探春素喜阔朗，这三间屋子并不曾隔断。当地放着一张花梨大理石大案，案上堆着各种名人法帖，并数十方宝砚、各色笔筒，笔海内插的笔如树林一般。那一边设着斗大的一个汝窑花囊，插着满满的一囊水晶球的白菊。西墙上，当中挂着一大幅米襄阳《烟雨图》；左右挂着一副对联，乃是颜鲁公墨迹，其联云：

烟霞闲骨格，泉石野生涯。

案上设着大鼎；左边紫檀架上放着一个大官窑的大盘，盘内盛着数十个娇黄玲珑大佛手；右边洋漆架上悬着一个白玉比目磬，旁边挂着小槌。那板儿略熟了些，便要摘那槌子去击，丫鬟们忙拦住他。他又要那佛手吃，探春拣了一个给他，说："玩罢，吃不得的。"东边便设着卧榻拔步床，上悬着葱绿双绣花卉草虫的纱帐。板儿又跑来看，说："这是蝈蝈，这是蚂蚱。"刘老老忙打了他一巴掌，道："下作黄子！没干没净的乱闹。倒叫你进来瞧瞧，就上脸了。"打的板儿哭起来，众人忙劝解方罢。贾母隔着纱窗后往院内看了一会，因说道："后廊檐下的梧桐也好了，只是细些。"

正说话，忽一阵风过，隐隐听得鼓乐之声。贾母问："是谁家娶亲呢？这里临街倒近。"王夫人等笑回道："街上的那里听的见？这是咱们的那十来个女孩子们演习吹打呢。"贾母便笑道："既他们演，何不叫他们进来演习？他们也逛一逛，咱们也乐了，不好吗？"凤姐听说，忙命人出去叫来；赶着吩咐摆下条桌，铺上红毡子。贾母道："就铺排在藕香榭的水亭子上，借着水音更好听。回来咱们就在缀锦阁底下吃酒，又宽阔，又听的近。"众人都说好。

贾母向薛姨妈笑道："咱们走罢。他们姐妹们都大不喜欢人来，生怕腌臜了屋子。咱们别没眼色儿，正经坐会子船，喝酒去罢。"说着，大家起身便走。探春笑道："这是那里的话？求着老太太、姨妈、太太来坐坐还不能呢。"贾母笑道："我的这三丫头倒好，只有两个玉儿可恶。回来喝醉了，咱们偏往他们屋里闹去。"

说着，众人都笑了，一齐出来。走不多远，已到了荇叶渚。那姑苏选来的几个驾娘早把两只棠木舫撑来。众人扶了贾母、王夫人、薛姨妈、刘老老、鸳鸯、玉钏儿上了这一只船，次后李纨也跟上去。凤姐也上去，立在船头上，也要撑船。贾母在舱内道："那不是玩的，虽不是河里，也有好深的，你快给我进来。"凤姐笑道："怕什么？老祖宗只管放心。"说着，便一篙点开，到了池当中，船小人多，凤姐只觉乱晃，忙把篙子递与驾娘，方蹲下去。然后迎春姐妹等并宝玉上了那只，随后跟来。其馀老嬷嬷、众丫鬟俱沿河随行。

宝玉道："这些破荷叶可恨，怎么还不叫人来拔去？"宝钗笑道："今年这几日，何曾饶了这园子闲了一闲？天天逛，那里还有叫人来收拾的工夫呢？”黛玉道：“我最不喜欢李义山的诗，只喜他这一句：‘留得残荷听雨声’。偏你们又不留着残荷了。”宝玉道：“果然好句，以后咱们别叫拔去了。”

说着，已到了花溆的萝港之下，觉得阴森透骨，两滩上衰草残菱，更助秋兴。贾母因见岸上的清厦旷朗，便问：“这是薛姑娘的屋子不是？”众人道：“是。”贾母忙命拢岸，顺着云步石梯上去，一同进了蘅芜院，只觉异香扑鼻。那些奇草仙藤，愈冷愈苍翠，都结了实，似珊瑚豆子一般，累垂可爱。及进了房屋，雪洞一般，一色的玩器全无。案上止有一个土定瓶，瓶中供着数枝菊，并两部书、茶奁、茶杯而已。床上只吊着青纱帐幔，衾褥也十分朴素。

贾母叹道：“这孩子太老实了！你没有陈设，何妨和你姨娘要些？我也没理论，也没想到，你们的东西自然在家里没带了来。”说着，命鸳鸯去取些古董来。又嗔着凤姐儿：“不送些玩器来给你妹妹，这样小气！”王夫人、凤姐等都笑回说：“他自己不要么，我们原送了来，都退回去了。”薛姨妈也笑说道：“他在家里也不大弄这些东西。”

贾母摇头道：“那使不得：虽然他省事，倘或来个亲戚，看着不像；二则，年轻的姑娘们，屋里这么素净，也忌讳。我们这老婆子，越发该住马圈去了。你们听那些书上、戏上说的小姐们的绣房，精致的还了得呢。他们姐妹们虽不敢比那些小姐们，也别很离了格儿。有现成的东西，为什么不摆呢？要很爱素净，少几样倒使得。我最会收拾屋子，如今老了，没这个闲心了。他们姐妹们也还学着收拾的好：只怕俗气，有好东西也摆坏了；我看他们还不俗。如今等我替你收拾，包管又大方又素净。我的两件体己，收到如今，没给宝玉看见过，若经了他的眼也没了。”说着，叫过鸳鸯来，吩咐道：“你把那石头盆景儿和那架纱照屏，还有个墨烟冻石鼎拿来：这三样摆在这案上就够了。再把那水墨字画白绫帐子拿来，把这帐子也换了。”鸳鸯答应着，笑道：“这些东西都搁在东楼上不知那个箱子里，还得慢慢找去，明儿再拿去也罢了。”贾母道：“明日后日都使得，只别忘了。”

说着，坐了一会，方出来，一径来至缀锦阁下。文官等上来请过安，因问："演习何曲？"贾母道："只拣你们熟的演习几套罢。"文官等下来，往藕香榭去不提。

这里凤姐已带着人摆设齐整：上面左右两张榻，榻上都铺着锦裀、蓉簟；每一榻前两张雕漆几：也有海棠式的，也有梅花式的，也有荷叶式的，也有葵花式的，也有方的，有圆的，其式不一。一个上头放着一分炉瓶，一个攒盒。上面二榻四几是贾母、薛姨妈，下面一椅两几是王夫人的，馀者都是一椅一几。东边刘老老、刘老老之下便是王夫人；西边便是湘云，第二便是宝钗，第三便是黛玉，第四迎春，探春、惜春挨次排下去，宝玉在末。李纨、凤姐二人之几设于三层槛内、二层纱厨之外。攒盒式样，亦随几之式样。每人一把乌银洋錾自斟壶，一个十锦珐琅杯。

大家坐定，贾母先笑道："咱们先吃两杯，今日也行一个令，才有意思。"薛姨妈笑说道："老太太自然有好酒令，我们如何会呢？安心叫我们醉了。我们都多吃两杯就有了。"贾母笑道："姨太太今儿也过谦起来，想是厌我老了。"薛姨妈笑道："不是谦，只怕行不上来，倒是笑话了。"王夫人忙笑道："便说不上来，只多吃了一杯酒，醉了睡觉去，还有谁笑话咱们不成？"薛姨妈点头笑道："依令。老太太到底吃一杯令酒才是。"贾母笑道："这个自然。"说着便吃了一杯。

凤姐儿忙走至当地，笑道："既行令，还叫鸳鸯姐姐来行才好。"众人都知贾母所行之令，必得鸳鸯提着，故听了这话，都说很是。凤姐便拉着鸳鸯过来。王夫人笑道："既在令内，没有站着的理。"回头命小丫头子："端一张椅子，放在你二位奶奶的席上。"鸳鸯也半推半就，谢了坐，便坐下，也吃了一钟酒，笑道："酒令大如军令。不论尊卑，惟我是主，违了我的话，是要受罚的。"王夫人等都笑道："一定如此，快些说。"

鸳鸯未开口，刘老老便下席，摆手道："别这样捉弄人，我家去了。"众人都笑道："这却使不得。"鸳鸯喝令小丫头子们："拉上席去！"小丫头子们也笑着，果然拉入席中。刘老老只叫："饶了我罢。"鸳鸯道："再多言的罚一壶。”刘老老方住了。

鸳鸯道：“如今我说骨牌副儿，从老太太起，顺领下去，至刘老老止。比如我说一副儿，将这三张牌拆开，先说头一张，再说第二张……说完了，合成这一副儿的名字。无论诗词歌赋，成语俗话，比上一句，都要合韵；错了的罚一杯。”众人笑道：“这个令好，就说出来。”

鸳鸯道：“有了一副了。左边是张‘天’。”贾母道：“头上有青天。”众人道：“好。”鸳鸯道：“当中是个‘五合六’。”贾母道：“六桥梅花香彻骨。”鸳鸯道：“剩了一张‘六合幺’。”贾母道：“一轮红日出云霄。”鸳鸯道：“凑成却是个‘蓬头鬼’。”贾母道：“这鬼抱住钟馗腿。”说完，大家笑着喝彩，贾母饮了一杯。

鸳鸯又道：“又有一副了。左边是个‘大长五’。”薛姨妈道：“梅花朵朵风前舞。”鸳鸯道：“右边是个‘大五长’。”薛姨妈道：“十月梅花岭上香。”鸳鸯道：“当中‘二五’是杂七。”薛姨妈道：“织女牛郎会七夕。”鸳鸯道：“凑成‘二郎游五岳’。”薛姨妈道：“世人不及神仙乐。”说完，大家称赏，饮了酒。

鸳鸯又道：“有了一副了。左边‘长幺’两点明。”湘云道：“双悬日月照乾坤。”鸳鸯道：“右边‘长幺’两点明。”湘云道：“闲花落地听无声。”鸳鸯道：“中间还得‘幺四’来。”湘云道：“日边红杏倚云栽。”鸳鸯道：“凑成一个‘樱桃九熟’。”湘云道：“御园却被鸟衔出。”说完，饮了一杯。

鸳鸯道：“有了一副了。左边是‘长三’。”宝钗道：“双双燕子语梁间。”鸳鸯道：“右边是‘三长’。”宝钗道：“水荇牵风翠带长。”鸳鸯道：“当中‘三六’九点在。”宝钗道：“三山半落青天外。”鸳鸯道：“凑成‘铁锁练孤舟’。”宝钗道：“处处风波处处愁。”说完，饮毕。

鸳鸯又道：“左边一个‘天’。”黛玉道：“良辰美景奈何天。”宝钗听了，回头看着他。黛玉只顾怕罚，也不理论。鸳鸯道：“中间‘锦屏’颜色俏。”黛玉道：“纱窗也没有红娘报。”鸳鸯道：“剩了‘二六’八点齐。”黛玉道：“双瞻玉座引朝仪。”鸳鸯道：“凑成‘篮子’好采花。”黛玉道：“仙杖香挑芍药花。”说完，饮了一口。

鸳鸯道：“左边‘四五’成花九。”迎春道：“桃花带雨浓。”众人笑道：“该罚：错了韵，而且又不像。”迎春笑着，饮了一口。

原是凤姐和鸳鸯都要听刘老老的笑话儿，故意都叫说错了。至王夫人，鸳鸯便代说了一个，下便该刘老老。刘老老道：“我们庄家人闲了，也常会几个人弄这个儿，可不像这么好听就是了。少不得我也试试。”众人都笑道：“容易的，你只管说，不相干。”

鸳鸯笑道：“左边‘大四’是个人。”刘老老听了，想了半日，说道：“是个庄家人罢？”众人哄堂笑了。贾母笑道：“说的好，就是这么说。”刘老老也笑道：“我们庄家人不过是现成的本色儿，姑娘、姐姐别笑。”鸳鸯道：“中间‘三四’绿配红。”刘老老道：“大火烧了毛毛虫。”众人笑道：“这是有的，还说你的本色。”鸳鸯笑道：“右边‘幺四’真好看。”刘老老道：“一个萝卜一头蒜。”众人又笑了。鸳鸯笑道：“凑成便是‘一枝花’。”刘老老两只手比着，也要笑，却又掌住了，说道：“花儿落了结个大倭瓜。”众人听了，由不的大笑起来。只听外面乱嚷嚷的……

不知何事，且听下回分解。